福尔摩斯

侦探小说全集

[英]阿·柯南道尔／著

悉尼·佩吉特／插图

上卷

经典插图修订本

THE COMPLETE
SHERLOCK
HOLMES

南方出版传媒
花城出版社
中国·广州

图书在版编目（CIP）数据

福尔摩斯侦探小说全集：经典插图修订本／（英）柯南道尔著；（英）佩吉特插图；路旦俊等译. -- 4版. -- 广州：花城出版社，2016.11（2018.8重印）
ISBN 978-7-5360-7937-3

Ⅰ．①福… Ⅱ．①柯… ②佩… ③路… Ⅲ．①侦探小说－小说集－英国－现代 Ⅳ．①I561.45

中国版本图书馆CIP数据核字(2016)第085922号

出 版 人：	詹秀敏
责任编辑：	黎　萍　夏显夫
技术编辑：	薛伟民　凌春梅
封面设计：	棱角视觉 ANGULAR VISION

书　　名	福尔摩斯侦探小说全集：经典插图修订本 FU ER MO SI ZHEN TAN XIAO SHUO QUAN JI：JING DIAN CHA TU XIU DING BEN
出版发行	花城出版社 （广州市环市东路水荫路11号）
经　　销	全国新华书店
印　　刷	佛山市浩文彩色印刷有限公司 （广东省佛山市南海区狮山科技工业园A区）
开　　本	880毫米×1230毫米　32开
印　　张	64.75　1插页
字　　数	1519,000字
版　　次	1997年1月第1版　2018年8月累计第11次印刷 2016年11月第4版
定　　价	98.00元（上、中、下卷）

如发现印装质量问题，请直接与印刷厂联系调换。
购书热线：020-37604658　37602954
花城出版社网站：http://www.fcph.com.cn

目　　录

血 字 分 析

第一部　原陆军军医部医学博士约翰·H. 华生回忆录

歇洛克·福尔摩斯先生 ………………………… 3
演绎法 …………………………………………… 11
劳里斯顿花园奇案 ……………………………… 21
约翰·兰斯的叙述 ……………………………… 32
广告招来不速客 ………………………………… 39
格雷格森大显身手 ……………………………… 46
黑暗中的一线光明 ……………………………… 56

第二部　圣徒的故园

大漠荒原之旅 …………………………………… 65
犹他之花 ………………………………………… 75
约翰·费里尔和先知的会谈 …………………… 81
逃命 ……………………………………………… 86
复仇天使 ………………………………………… 95
华生回忆录续篇 ………………………………… 104
尾声 ……………………………………………… 115

四 签 名

演绎法的研究	123
案情的陈述	130
寻求解答	135
秃头的故事	139
樱塘别墅的惨案	148
福尔摩斯的推断	155
木桶的插曲	163
贝克街小分队	174
线索的中断	183
凶手的下场	192
大宗阿格拉财宝	200
乔纳森·斯茂传奇	205

冒 险 史

波希米亚丑闻	231
红发会	261
身份案	292
伯斯克姆彼溪谷秘案	316
五颗橘核	349
歪嘴汉子	374
侦破蓝宝石案	406
查访斑带	430
工程师大拇指	458

单身贵族	480
绿玉皇冠	505
铜山毛榉之谜	532

巴斯克维尔的猎犬

献辞	562
歇洛克·福尔摩斯先生	563
巴斯克维尔的灾祸	570
疑案	581
亨利·巴斯克维尔爵士	591
三条断了的线索	605
巴斯克维尔庄园	617
梅利琵宅邸的主人斯台普吞	629
华生医生的第一份报告	644
华生医生的第二份报告	652
华生医生日记几则	671
山岩上的人	681
命丧荒野	694
撒网	707
巴斯克维尔的猎犬	721
案情回顾	734

血字分析

杨柳译

第一部　原陆军军医部医学博士约翰·H. 华生回忆录

歇洛克·福尔摩斯先生

1878年我获得伦敦大学医学博士学位后，接着到奈特里攻读陆军军医的必修课程。完成学业之后，我被正式任命为诺森伯兰第五火枪团助理军医。该团当时驻扎在印度。我赶去报到，人还没有到，第二次阿富汗战争就爆发了。我在孟买一上岸，便得知我所属的部队已经穿过重重关隘，向前挺进，到了敌国的腹地。尽管如此，我还是同其他那些跟我处境一样的军官追赶着部队，安全抵达坎大哈。在那里找到了我所属的部队，并立即走马上任，接受了新职务。

这场战争使许多人升了职，获得了荣誉，但带给我的却是不幸和灾难。我被调到伯克郡旅，参加了迈旺德决战。在这次战斗中，一粒捷泽尔子弹射中了我的肩部，击碎了肩胛骨，擦伤了锁骨下的动脉。如果不是我那忠心耿耿的勇敢的勤务兵莫里把我救起，扔在一匹马的背上，将我安全地带回英军前线，我早就落入杀人如麻的格吉人手中了。

长期的艰苦转战使得我弱不禁风，伤痛的折磨更使我体力衰竭。我和一大批伤病员被转移到了白沙瓦后方医院。在那家医院里，我渐渐康复。可是，当我能在病房中稍稍走动几步，甚至还能挪到阳台上去晒晒太阳时，又染上了伤寒，一种我们印度属地特有的倒霉病症，我再次被拖垮了。有几个月时间，我不省人事，生命危在旦夕。我终于挺了过来，身体渐渐好转，进入康复阶段，只是仍很瘦弱、憔悴。医生们会诊之后，决定将我送回英国。于是，我被送上部队运输船"奥朗蒂兹号"回国了。一个月之后，我在朴茨茅斯码头下船时，我的身体已经坏到了极点。慈父般的政府允许我继续休养九个月。

我在英格兰没有亲戚，逍遥自由极了；或者说是像一个每天收入十一等先令六便士的人那样快活自在。这种情况使我就很自然地融入到伦敦这个大染缸里，大英帝国所有二流子、游手好闲之辈都汇集在此。我在伦敦湖滨路一家私人旅馆住了一段时间，过着无所慰藉、无聊透顶的生活，手上的钱全挥霍完了，有时还入不敷出。这种经济状况使我警觉起来，很快我认识到，如果我不彻底改变自己的生活方式，那么我就得离开这个大都市搬到乡村小镇去。我选择了离开都市，决定搬出这家私人旅馆，找一个较简朴而价钱又合理的住所。

就在我做出这个决定的当天，在克里特利安酒吧门口时，忽然有人拍了我的肩膀一把。回头一看，是小斯坦福德，在巴茨时他曾在我手下当过救护员。我这么一个形单影只的人，在人海茫茫的伦敦城遇见了朋友，岂不快哉。我和斯坦福德谈不上是密友，但此刻我却显得格外热情。他见到我似乎也很高兴。一阵欢喜之后，我邀请他去霍尔餐厅共进午餐；于是，我俩乘上了马车。

我们的马车在伦敦熙熙攘攘的街道嘎达嘎达地穿行，他好生奇怪地问道："华生，你最近究竟是怎么回事？这么面黄肌瘦，瘦骨嶙峋？"

我只好简单地将我的际遇告诉他，可话还没讲完，我们已经到了目的地。

听了我的不幸经历,他颇为同情,说:"可怜的家伙!那你现在都做些什么呀?"

"找住处,"我答道,"我想租间舒适、价钱又公道的房子,不知是否找得到。"

"真是怪了。今天你是第二个对我说这话的人了。"我的同伴说。

我问:"第一个是谁?"

"一个在医院化验室工作的伙计。今天早上他还在长吁短叹呢,因为没有人与他合租找好的房子,而那房租他又实在难以负担。"

我大声说道:"啊!如果他真的想找人合租房子,我可是最合适的人选了。我不喜欢独居,倒挺喜欢有个伴儿。"

小斯坦福德啜着酒,诧异地看着我:"你还不认识歇洛克·福尔摩斯,你会不会喜欢与他长期为伴还难说。"

"为什么,难道他有什么怪癖吗?"

"哦,倒不是说他有什么不好,只是他的脑子有点儿怪——他对某些科学领域特别着迷。据我所知,他可是个正人君子。"

"我猜他应该是学医的吧?"

"不是,我也不知道他研究些什么。他精通解剖学,还是一流的药剂师。据我所知,他从未系统地上过医学课,他所研究的东西非常杂乱,还挺古怪。他掌握了许多怪异的知识,连室里的教授们都感到吃惊。"

"你从没问过他都钻研些什么吗?"我问。

"没有,他可不是会轻易说出自己内心想法的人。不过,当话题恰好他感兴趣时,他也挺喜欢说话的。"

我说:"我倒想会会他。如果与人合住,我倒想挑一个勤学好静的人。我身体还很虚弱,经不起喧闹和刺激。在阿富汗我可吃够了这苦头,这辈子也不想再吃这苦了。我怎么见到你的这位朋友呢?"

我的同伴说:"他肯定在化验室。他要么好几个星期都不去化验室,要么就没日没夜地待在那工作。你若愿意,我们吃过午饭就坐车去吧。"

我答道:"当然乐意啦!"之后,我们天南海北地谈起了别的话题。

离开霍尔餐厅驱车前往医院的路上,斯坦福德又讲了一些我这位未来室友的详细情况。

他说:"要是你俩相处不来,可别责怪我。我对他的了解仅仅局限于在化验室偶尔碰到他,除此之外,一无所知。既然是你自己提议与他会面,那你可别要我担责任。"

"如果我们合不来,分手也很容易。"我紧紧盯着他接着说,"斯坦福德,我觉得你在这事上将责任推得一干二净,必有原因。这位仁兄的脾气真的那么可怕,或者另有其他原因?别这么拐弯抹角的,好不好?"

他笑笑说:"这事儿只可意会不可言传。在我看来,福尔摩斯是有点太科学了,几乎科学到了残酷的地步。记得有一回,他竟拿一小撮生物碱给他的朋友尝。你要明白,这绝不是出于恶意,只是想对生物碱的药效穷根究底罢了。说句公道话,我相信他自己也同样乐意把它吞下。他似乎对准确地了解事物有着狂热的爱好。"

"这并没有错呀。"

"是的,可他有些太过分了。他竟在解剖室用棍子抽打尸体,这未免太离谱了吧?!"

"棍打尸体!"

"是的,为的是证实人死后被抽打会留下什么样的伤痕。我亲眼见过这场面。"

"可你说他不是学医的。"

"是啊。可天知道他究竟研究些什么。好了,到了。你可以自己观察他是个什么样的人了。"说着,我们拐进了一条小巷,从通向这家医院侧楼的一扇旁门走了进去。这个地方我非常熟悉,不需要人引路。我们走上那阴冷的石头台阶,经过一条长长的走廊。走廊两侧的墙壁全是白色,上面开了许多深褐色的小门。走廊尽头有一低矮的拱形过道岔开来,通向化验室。

化验室很宽敞,横七竖八摆满了数不清的瓶子。几张高矮不一、大小不同的桌子七零八落地摆在里面。桌子上立着的全是曲颈瓶、试管和一些闪烁着蓝色火苗的煤气灯,到处是瓶瓶罐罐。化验室里只有一个学生,正趴在较远的一张桌子上聚精会神地工作着。听到我们的脚步声,他回过头看了看,跳起来高兴地大声嚷着:"我发现了!我发现了!"他对着我的同伴大声叫着,手里拿着一根试管向我们冲过来。"我发现了一种试剂,只要遇到血红蛋白就会沉淀,而别的则不会。"我想即使他发现了一座金矿,也不至于比现在更显得欢天喜地。

斯坦福德介绍说:"这位是华生医生,这位是歇洛克·福尔摩斯先生。"

"你好。"他热情地说,紧紧地握住了我的手。他的力气比我想象的大得多,"你一定去过阿富汗。"

我吃惊地问:"你怎么知道?"

"这无关紧要,"他说着,咯咯地笑了起来,"现在的问题是血红蛋白。毫无疑问,你也看到了我这发现的重要性了吧?"

我回答说:"从化学上来说,这肯定是很有意思的,可在实际应用方面……"

"怎么，伙计，这可是近几年来法医学上最实用的发现了。你知不知道，这为我们提供了一种确实可靠的辨认血迹的方法？请过来看！"他一把抓住我的衣袖，将我拉到他刚才伏案工作的桌旁。"我们取点儿新鲜血样。"说着，他用一枚粗针扎破自己的手指，把渗出的鲜血吸到一根吸管里。"喏，我把这滴血滴到一升水里。你看，这样的混合液跟清水没什么两样吧。血在水中的比例不会超过百万分之一。但是我可以肯定，我们可以得到明显的反应。"他说着便往容器里放了少许白色的晶体，然后又滴了几滴透明的液体。不一会儿，溶液就呈现出暗红色，并且还有一些棕色的颗粒慢慢沉淀到玻璃容器底部。

"哈！哈！"他拍着手叫嚷起来，高兴得像个得了件新玩具的孩子，说，"你认为怎么样？"

"这测试方法好像很精密。"

"妙！太妙了！陈旧的愈疮树脂测试法既难操作又不可靠，用显微镜测试血球的方法也同样不可靠。假如血迹干了几个小时，显微镜测试法就不灵了。瞧，用这种方法，无论血迹新旧都同样有效。如果这个方法早一点被发现，现在那些逍遥法外的人早就因为所犯的罪行而受到法律的严惩了。"

我喃喃说道："的确如此。"

"刑事案件的侦查往往取决于对血迹的辨认。很可能在案发后几个月才能查访到一个疑犯。他的麻棉衣物经检查后，会发现上面有棕色的斑点，那么，这些究竟是血迹、泥浆印，还是果汁印呢？它们到底是什么？这个问题迷惑了许多专家。为什么呢？就是因为没有可靠的测试方法。现在我们有了歇洛克·福尔摩斯测试法，一切问题都迎刃而解了。"

说话时，他的双眼炯炯有神。说完，他将右手放在胸前鞠了一躬，就像面对着无数鼓掌欢呼的观众似的。

他那激动的样子让我颇为吃惊："我们的确应该向你祝贺。"

"就以去年发生在法兰克福的冯·比肖夫一案为例，如果当时能运用这种检验方法，此人一定会被处以绞刑的。还有发生在布莱德弗的梅森一案，臭名昭著的穆勒案，蒙特培利尔的利菲佛案以及新奥尔良的萨姆森案，我可以举出二十多件这种测试法能起到关键作用的案子。"

斯坦福德笑着说："你就像部刑事案件的活字典。你完全可以创办一份报纸，名字就叫'陈案警事录'。"

"读起来一定很有意思。"歇洛克·福尔摩斯边说边将一小块胶布贴在手指的针眼上，然后转过脸微笑着对我说，"我得小心些。我常常要接触毒药。"说完，他伸出手让我看。我注意到上面贴满了大小相当的胶布，这些胶布在强酸的腐蚀下都已变了颜色。

"无事不登三宝殿。"斯坦福德说着坐在一张三脚高凳上，又用脚推了一张给我，"我的朋友想找个住处，你不是抱怨找不着人合租，于是我就让他来跟你见见面。"

歇洛克·福尔摩斯似乎对我想与他合租寓所一事感到非常高兴，他说："我看中了贝克街的一套公寓，两人合住非常合适。希望你不会介意浓烈的烟草味。"

我答道："我自己也常常抽'船牌'。"

"那就好。我还会经常摆弄化学药品，有时还得做些实验。你该不会恼火吧？"

"绝对不会。"

"我再想想，还有什么其他毛病。哦，我会时不时地出现心情郁闷，一连几天不开口说话。如果碰到这种情况，可别以为我有什么事不高兴，别管我就是了，我很快就会好的。你有什么要说的吗?两个人同住之前,不妨互相了解了解对方最坏的一面。"

如此相互盘查,我不禁笑了起来,说:"我养了条小哈巴狗。我的神经很脆弱,讨厌喧闹吵嚷。还有一个毛病,就是每天没个定准起床时间,另外我还懒得很。原先身体棒的时候,我还有许多其他坏毛病,可眼下评分就是刚才说的这些。"

他不无担心地问:"你有没有把拉小提琴列入喧闹的范围?"

我答道:"那得看拉琴人的水平了。拉得好,那就是仙乐飘飘了,可要是拉得糟糕——"

福尔摩斯高兴得笑出声来,大声说:"我想这事儿就算谈妥了,当然,前提是房子让你觉得满意。"

"那我们什么时候去看房子?"

他回答说:"明天中午到这儿来找我吧。我们一块去,把所有的事情都办妥。"

我握住他的手说:"行啊,明天中午准时见。"

我和斯坦福德离开化验室时,他埋头去工作了。我和斯坦福德一同前往我居住的旅馆。

"顺便问一下,"我忽然停住脚步,转向斯坦福德,"他到底是怎么知道我去过阿富汗的?"

我的同伴神秘地笑笑说:"这正是他与众不同的地方。许多人都弄不懂他究竟是怎么把事情了解得清清楚楚的。"

"哦,这是个谜,对不对?"我搓着双手大声说,"倒挺有意思的。我得感谢你介绍我们相识。要知道,'研究人类最恰当的途径就是要研究具体的人'。"

"你一定得好好研究研究他,"斯坦福德边说边向我道别,"你会发现他是个难以捉摸的人。我敢打赌,他对你的了解要比你对他的了解全面得多。再见吧!"

"再见!"我说。然后慢慢走回了旅馆,内心对这个新交的朋友充满了好奇。

演 绎 法

第二天,我们按约定的时间见了面,一起去看了前一天会面时谈到的贝克街221号B座的房子。这套房子有一间宽敞通风的客厅和两间舒适的卧室,屋内两扇大窗户使得房子敞亮无比,房间的布置也赏心悦目。无论从哪方面讲,这套公寓都让我俩称心如意。房租平摊后,价格显得更加公道合理,我们当场成交,马上租了下来。当天晚上我就把行李从旅馆搬了出来;第二天一早福尔摩斯也搬进来了几只箱子和皮包。开始一两天,我俩忙着收拾各自箱包里的东西,尽可能合理地安置好所有物品。收拾妥当后,我俩这才安下心来,慢慢熟悉新的环境。

福尔摩斯当然不是一个难以生活在一起的人。他生性沉静,行为习惯极有规律,很少晚上十点钟以后还没睡觉,早上总是在我还没起床之前就吃完早餐出门去了。他有时整天泡在化验室,有时在解剖室;偶尔也长距离散步,去的地方似乎是伦敦城的贫民区。他工作热情高涨的时候,精力之旺盛无人能比;他时常也会有萎靡不振、体力不支的时候,会一连好几天,从早到晚躺在客厅的沙发上,几乎不说一句话,也不动弹。每到这种时候,我都发现他的眼睛里流露出一种迷茫、恍惚的神情。若不是他平时律己甚严、洁身自爱的话,我真的要怀疑他可能是服用某种麻醉剂上瘾了。

几周之后,我对他这个人的兴趣越来越浓,好奇心也渐渐加深。他生活的目的是什么呢?福尔摩斯其人其貌即便是不经意地看一眼,也足以引人注意。他身高六英尺多,身体非常单薄,显得格外颀长。他的目光犀利(我上文提到的他怅然若失的时候除外);他那细长的鹰钩鼻更给人以机敏果断的感觉;他的下巴宽大突出,显示出他是个非常有毅力的人。尽管他的双手常常沾满了墨水和化学药品,但动作却灵巧机敏得超过常人。这些都是在他摆弄那些精致易碎的化学仪器时,我在一旁观察到的。

我承认福尔摩斯大大激起了我的好奇心,而且我也时常努力打破他在关于他自己的话题上缄默不语的态度。读者一定会觉得我是个不可救药的好事之徒吧。但在你下此结论之前,请你别忘了我的生活是多么空虚乏味,能够引起我注意的事情少得可怜。除非气候格外温和,我的身体状况不允许我出门溜达;何况,我又没有朋友来访可调剂那单调乏味的日常生活。于是我便对我朋友本人这个小秘密产生了极大的兴趣,并且把大部分时间都花在设法解开这个谜团上。

他并不是在研究医学。在回答我的一个提问时,他自己便证实了斯坦福德的那一看法。他既不是在钻研某些课程以获得科学学位,也不是走任何公认的捷径来进入学术界。然而,他对于某些东西的研究热情着实让人吃惊;对于一些怪诞的学科,他的知识是如此广博精深,以至他的观察结果往往让我惊讶不已。的确,如果一个人没有明确的目的,决不会这样勤奋地工作以获取如此精确的信息。盲目地见书就读的人很少以学识精湛而著称。除非有充足的理由,一般人是绝不会为一些细枝末节之事绞尽脑汁的。

他的无知与他的渊博同样令人惊叹。他对当代文学、哲学和政治几乎是一无所知。当我引用托马斯·卡莱尔①的文章时，他傻乎乎地问卡莱尔是什么人，做过什么事情。有一次我偶然发现，他对哥白尼的理论及太阳系的构成竟然一无所知，我的惊讶简直难以形容。已经是十九世纪了，一个文化人竟然不知道地球绕着太阳转，太奇怪了，我真是百思不得其解。

"你看上去很吃惊呢，"看着我惊诧的样子，他微笑着说，"即使我真的懂得这些，我也得尽量把它们忘掉。"

"忘掉?!"

他解释说："你想想看，我认为人的大脑原本像一间空空的屋子，放在里面的家具必须是经过选择的。只有笨蛋才会把他碰到的什么破烂都塞进去，这样的话，那些可能派得上用场的知识就被挤了出来；充其量只不过是把那些破烂同其他东西混在一块罢了，结果，需要的东西却很难找到了。一个善于工作的人，对于什么东西该纳入自己的头脑是非常讲究的。他只会容纳那些工作时用得着的东西，而且将它们分门别类，安排得井然有序。你可别认为这间屋子的墙壁富有弹性，可以随意扩展，真那样可就大错特错了。毫无疑问，你每增加一点知识，就会把从前熟悉的知识给忘记一点。因此，千万不要让无用的信息挤掉那些有用的信息，这一点至关重要。"

"可这是太阳系学说呀!"我争辩道。

"这对我又有何意义?"他不耐烦地打断我的话，"你说我们围绕着太阳转，可即便是我们围着月亮转，这对我、对我的工作不会有任何价值。"

我想问他都做些什么工作，可他的态度表明这个问题是不会受欢迎的。我只好反复回顾我俩简短的谈话，竭力想据此进

---

① 卡莱尔（1795—1881），英国著名散文家、历史学家和哲学家。

行推断。他说他不会涉猎那些与他的研究内容无关的知识,他所具备的知识都是对他有用的知识。我默默地在心里罗列出了我所了解的他最为精通的学科,甚至还用铅笔写了下来。写完一看,我忍不住笑了。内容如下:

歇洛克·福尔摩斯知识范围:

1. 文学知识——无。
2. 哲学知识——无。
3. 天文学知识——无。
4. 政治学知识——浅薄。
5. 植物学知识——不全面。对颠茄制剂及鸦片等毒品所知甚详,但对实用园艺学一无所知。
6. 地质学知识——偏重实用,局限性大。一眼就能分辨出各种土质。他步行回来后,让我看沾在他裤子上的泥点,并就其颜色和硬度为我分析是在伦敦什么地方溅上的。
7. 化学知识——渊博。
8. 解剖学知识——精确,却不系统。
9. 恐怖文学——广博,他似乎了解近一个世纪出现的每个恐怖案件的所有细节。
10. 小提琴拉得不错。
11. 棍棒术、拳术和剑术极棒。
12. 对于英国法律具有全面而且实用的知识。

写完这些之后,我失望地把纸条扔进火里,自言自语地说:"如果我把这些才艺联系起来,想由此找出与这些才艺相关的职业,可仍无法搞清楚这位仁兄在搞什么的话,那我不如趁早放弃这种努力。"

我记得上文提到过他拉小提琴的本领。他琴艺高超,但也同他其他的本事一样有些古怪离奇。我知道他能拉一些难度很大的曲子。他曾应我的请求演奏过几支门德尔松的浪漫曲及其他一些他喜欢的曲子。但是,当他独自一人时,却很少拉出什么动听的曲子或是大家熟知的曲调。傍晚,他会斜靠在扶手椅上,双眼紧闭,漫不经心地拨弄着横放在膝上的提琴。琴声时而响亮、忧伤,时而又怪诞、欢快。显然,琴声反映出当时左右着他的思绪,不过,究竟是他演奏的乐曲拨动了他的思绪,还是他的即兴弹奏,我就不得而知了。如果不是他总是在结束这些刺耳的独奏之后,一连拉上几支我喜欢的曲子,作为对我的耐性的小小补偿,我真的要提抗议了。

最初那一两个礼拜,我们俩谁都没有客人来访。我还以为我的同伴和我一样无亲无友,无牵无挂。可过了不久,我就发现他的熟人多得很,而且三教九流都有。其中有一个小个子,面带菜色,贼头贼脑,生着一双黑眼睛。福尔摩斯向我介绍说他是雷斯垂德先生。这人每星期都会来三四次。一天上午,一个衣着入时的年轻姑娘来访,待了半个多小时。当天下午,又来了一位一头银发、衣着破烂的客人。他看上去像个犹太小贩,情绪非常激动,身后还跟着一个衣衫褴褛的老妪。又一次,我的同伴接待了一个满头银发的绅士;还有一回,一个身穿棉绒制服的火车站搬运工也找上门来了。每当有这些无法形容的客人上门时,福尔摩斯总是要用起居室,我就只好退到自己的卧室去了。他总是为此给我带来的不便表示歉意。他说:"我不得不用这间起居室来办公,这些人都是我的客户。"这次我又有了一次直截了当向他提问的机会,可我一向谨慎,不想强人所难,逼他吐露自己的秘密。当时我想,他对自己的职业避而不谈,一定有他的理由。可没过多久,他就主动谈起这个问题,消除了我的疑惑。

那是三月四号,我记得很清楚。那天我比平时起得早些,

·血字分析·

福尔摩斯还没吃完早餐。房东太太对我晚起早已习以为常，所以饭桌还没为我布置好，咖啡也没备好。我不知怎么发起无名火来，按响了铃，并粗声粗气地通知房东太太，我已经准备就餐了。我随手从桌上拿起一本杂志来打发时间，我的同伴则不声不响地嚼着面包。杂志上有篇文章的标题用铅笔做了记号，自然我就浏览起这篇文章来。

文章标题颇有些自命不凡：《生活明鉴录》。这篇文章试图说明，一个观察敏锐的人如何通过准确、系统的调查，来观察他所关心的事物，会有多大的收获。我觉得这篇文章引人入胜，写得也精明机智，却仍不免有些荒谬可笑。它的推理精确而严密，而演绎推论却过于牵强附会，言过其实。作者称，根据某人瞬间的表情，肌肉的抽搐，或是目光的移动，他就可以揣测出他的内心活动。作者认为，在一个观察分析方面训练有素的人面前，"欺骗"是行不通的。他得出的结论像许多欧几里得的命题一样准确无误。对外行来说，他的这些结论的确令人吃惊。用不着了解作者借以得出结论的那些步骤，他们很可能就已把他看成神机妙算的巫师了。

作者继续说道："逻辑学家无须亲眼看见或亲耳听说大西洋或尼亚加拉大瀑布，只须根据一滴水就能推测出它有无可能存在。生活是一条巨大的链条，只要看到其中的一环，整个链条的本质就一目了然了。像其他学科一样，演绎分析也须通过长期耐心的研究才能掌握。人的生命毕竟有限，一般人都不可能在这方面臻于完善，达到极致。最初人道者在着手难度极大的有关事物的道德及心理方面的调查那些之前，最好从掌握一些基本问题入手。譬如，在遇到一个人时，从第一眼去判断此人的经历和职业。这样做可能显得有些幼稚甚至傻气，它却能磨炼一个人的观察能力，教会人们从哪些方面观察以及怎样观察。一个人的指甲，衣袖，靴子，裤子的膝盖处，拇指和食指上的茧皮，脸部表情，衬衣袖口等等，其中任何一个方面都足以清楚地反映出他的职业。查案的人如果把这些方面综合起来考察仍不能得到启发，那就不可思议了！"

读着读着，我大叫起来，把杂志摔在桌子上："一派无稽之谈！我这辈子也没读过这么废话连篇的文章！"

"哪篇文章？"歇洛克·福尔摩斯问。

"喏，就是这篇。"我一边吃早餐，一边用小匙子指着那篇文章说，"我想你早读过了，你在上面画了不少记号。不可否认，这是篇巧妙的好文章，可读了还是让我生气。这套理论显然是某个无所事事的闲人在自己的小书斋里杜撰出来的谬论！太不切实际了。我倒想把他关进地铁三等车厢里，让他猜猜车厢里的乘客的职业。我下一千比一的赌注！"

"那你会赔本的！"福尔摩斯平静地说，"那篇文章就是我写的。"

"是你！"

"是的。我在观察和推理方面有特殊才能。文章中讲述的那套理论，在你看来可能是荒诞不经，可确非常实用。而且我本人就是靠它挣面包和奶酪的。"

"这怎么可能？"我脱口而出。

"哦，我有自己的职业。我想世界上只有我一个人从事这一行。我是一名咨询侦探，希望你能理解这一行的意义。伦敦有许多政府侦探和私家侦探，当这些人办案遇到困难时就会来找我，我则想方设法让他们找到所需的线索。他们把所有的证据摆在我面前，我呢，则借助自己对犯罪历史的知识，纠正他们可能犯的错误。犯罪行为都有其共同点；假如你对一千个案例的细节了如指掌，却不能解决第一千零一件的话，那才叫奇怪呢。雷斯垂德先生是个颇有名气的侦探，他最近被一桩伪造案弄得一头雾水，不得不来找我。"

"那其他的人呢？"

"大部分是私家侦探社要他们来的。他们都遇到了难题，需要有人指点，我听他们讲述事情的经过，并给他们对事件的评论和建议，我从中收取费用。"

"你的意思是说，尽管别人亲眼目睹事件的所有细节，却束手无策，而你闭门不出就能使这些难题迎刃而解？"

"情况的确如此，我在这方面有直觉。偶尔也会碰到一些较复杂的案子，那我就得忙上一阵子，亲自去查探一番。告诉你吧，我有许多特殊知识，可以用来解开这些谜团，而且能轻易地解决问题。你很鄙视那篇文章中讨论的推理原则，但它在我的实际工作中却是无价之宝。敏锐的观察力是我的第二天性。还记得第一次见面时，我说起你刚从阿富汗回来，你似乎很惊讶哩。"

"一定是有人告诉过你。"

"绝对没有。我当时一眼就断定你是从阿富汗回来的。我长年养成了习惯，当时我一眼看见你，一长串的想法就飞快地掠过我的脑海，我几乎在无意识中就得到了结论。当然，这过程还是有一定的步骤和顺序的。我推理的过程是这样的：'这位先生从事医务工作，同时又具有军人的风度，那显然是位军医。他刚从炎热的地区回来，这可从他晒得黝黑的脸看出来，而他白皙的腕部表明那不是他本来的肤色。从那憔悴的脸色分明可见他历尽艰辛并受疾病的折磨。他的左臂受过伤，因为左臂显得有点僵硬，动作有些吃力。试问，在哪个炎热地区，一个英国军医可能历尽千辛万苦，而且致使手臂受伤？这只可能是在阿富汗。'这一长串的推理发生在一秒钟之内。然后我就对你说你是从阿富汗回来的，当时你非常惊讶。"

我笑着说道："你这么一解释，事情就简单多了。你让我想起埃德加·爱伦·坡①笔下的人物——侦探杜宾。真没想到现实生活中居然真有这样的人。"

福尔摩斯站起来，点燃烟斗说："无疑，你以为把我比作杜宾是在抬举我。可我认为，杜宾不过是个技艺拙劣的侦探。他要沉默一刻钟才能道出朋友的心事，这伎俩未免太浅薄了。的确，他有些分析天才，但绝对不是爱伦·坡所想象的那种奇才。"

我又问道："你读过加波利奥的作品吗？勒高克这个人物怎么样？算得上个侦探吗？"

"勒高克也是个笨头呆脑的可怜家伙，"福尔摩斯挖苦地哼了一声，语调颇为不屑，"只有一点值得称道，那就是他过人的精力。那本书真是让我厌烦透了。其实该书中问题的关键是如何找出不知名的罪犯。我可以在二十四小时内解决这个问题，但勒高克却花了六个来月的时间。这么长的时间足以写出一本侦探教科书，供侦探们学习如何避免犯错误。"

我钦佩的两个人物居然被他贬得一钱不值，心里十分窝火。我站起来走到窗前，站在那儿望着下面热闹的街道，自言自语道："这家伙可能真的聪明不凡，可也未免太自高自大了！"

"这些日子没有发生什么案子，没有罪犯可分析，"福尔摩斯发起牢骚来，"那我们这一行人的头脑还有什么用？我对自己这头脑会使我扬名立万这一点非常清楚。古往今来，无人像我一样对刑侦方面做过如此深入的研究，也无人有我这么高的天赋，可结果又如何呢？居然没有案子让我施展才华。充其量只有一些拙劣幼稚的犯罪行为，其动机显而易见，就连苏格

---

① 爱伦·坡（1809—1849），美国著名短篇小说家，以侦探小说著称。

兰场的警探也一眼能看破。"

我对他言谈中那副自命不凡的腔调仍心存不满，于是想最好换换话题。

"不知道那个人在找什么？"我指着一个正在街对面慢慢地走着的体格健硕、衣着普通的人问。那人手中捏着一个蓝色的大信封，正神情焦虑地看着门牌号码，显然是个信差。

"你是说那个退役的海军陆战队中士吗？"福尔摩斯说。

我心里暗想："又在夸夸其谈了。他明知我无法证实他的揣测是否正确。"

这念头刚闪过我脑际，只见那人看到了我们的门牌号码，快步从街对面跑了过来。紧接着传来一阵敲门声，楼下响起低沉浑厚的嗓音和沉重的上楼梯的脚步声。

那人走进屋子后把信递给我的朋友，说："这封信是给歇洛克·福尔摩斯先生的。"

这可是挫挫他的傲气的机会。刚才他信口开河，根本没料到会出现眼下这情况。我用最最平常的语调问："小伙子，你从事什么职业？"

"门卫，先生。"那人粗声粗气地回答道，"我的制服送出去缝补去了。"

"以前是做什么的？"我问道，幸灾乐祸地看着福尔摩斯。

"中士，先生，我在皇家海军陆战队轻步兵中队服过役。先生，你没有回信吗？那好，先生。"

他的双脚一并，抬手行了个礼，走了。

劳里斯顿花园奇案

福尔摩斯那套理论的实用性在这个新的实例中得到了证实。我承认，这确实让我很惊诧。我对他的分析能力也愈加钦佩起来。但我内心深处仍隐隐约约有点儿怀疑那是他事先安排的一个小插曲，目的是让我眼花缭乱，可他为什么要欺骗我，我却说不清道不明。我定睛朝他看去，他已读完了来信，那恍然失神的双眼表明他正苦思冥想呢。

"你是怎么推断出来的呢？"我问道。

"推断什么？"他没好气地说。

"哦，就是那个退役的海军陆战队中士。"

"我可没时间来谈这鸡毛蒜皮的小事！"他的回答有些粗暴无礼，但接着又笑着说，"请原谅我的粗暴。你打断了我的思路，可这也没关系。这么说，你真的猜不出那人是个海军陆战队的中士吗？"

"的确猜不出。"

"知道一件事如何可要比解释我是如何知道的要难得多。如果有人要你证明二加二等于四，你会觉得很难，尽管你对这个结果的正确性确信无疑。隔着马路我就看见那人手背上文着一只蓝色的锚，这是海员的标志，而那人的行为举止颇有军人风度，他留的络腮胡子是军队规定的式样。因此我得出结论：他在海军陆战队待过。那人的神态还有些趾高气扬，颐指气使；你一定注意到他昂首挺胸，挥杖阔步行走的样子了吧；从他的面部特征看，他是个踏实正派的中年人——所有这一切都使我确信他当过海军陆战队的中士。"

"太妙了!"我脱口叫出声来。

"太平常了。"福尔摩斯说,但从他的面部表情看,他对我溢于言表的惊讶和敬佩的神情颇感得意。"我刚才说无案可办,看来是说错了——你瞧这个!"说着他把那封刚送来的信扔到我眼前。

"哎呀,太可怕了!"我浏览了一遍,失声叫道。

"这事看来有点不同寻常。你能不能大声念一遍?"他平静地说。

下面就是我念给他听的那封信:

亲爱的福尔摩斯先生:

昨晚,在离布里克斯顿路不远的劳里斯顿花园街三号发生了一起命案。今日凌晨二点左右,巡警发现宅子里有灯光,但该宅闲置已久,巡警便怀疑事有蹊跷。巡警查探时,发现大门洞开,空空的前室停有男尸一具。尸体穿戴讲究,衣袋中的名片上印着"伊诺克·J. 德雷伯,美国俄亥俄州克利夫兰市人"。现场没有抢劫的迹象,也无任何表明该人死因的证据。房间里有几处血迹,而死者身上却无任何伤痕。至于死者是如何进入空宅的,我们毫无眉目。此案使我们备感困惑。若你能在十二点亲临现场,我将在此恭候。在没有得到你的指教之前,我将保护好现场。如果不能前来,我会将详情奉上。如蒙赏光赐教,不胜感激。

托白厄斯·格雷格森上

我的朋友说:"格雷格森是苏格兰场最出色的警探。他和雷斯垂德是那群废物中的佼佼者。他俩思维敏捷，可惜过分循规蹈矩，死板之极。他俩明争暗斗，相互敌视，像两个荡妇那样善嫉好妒。假如他俩都插手此案，那一定会有好戏看。"

他若无其事、慢条斯理的样子叫我非常惊诧，我不禁叫了起来："现在的情形是分秒必争，我马上去叫辆马车来吧。"

"我还确定不了是去还是不去呢，我可是世上少有的懒汉，当然是在说我发懒劲儿的时候。来兴致的时候，我也会非常敏捷哩。"

"怎么，这不正是你盼望已久的机会吗？"

"亲爱的朋友，这与我有什么关系呢？我把案子查个水落石出，格雷格森和雷斯垂德这两个家伙却坐享其成，因为我是非官方人士。"

"可现在是他向我们求助呀！"

"是啊。他知道我技高一筹，当面也坦白承认。可是，他宁可割下自己舌头也不会当着第三者的面承认这一点。话虽如此，我们还是去看看吧。我得亲自去摸摸情况，即使查不出什么，看看他们的笑话总可以。走吧！"

他抓过大衣一把披上，那性急的样子表明他正跃跃欲试，漠然冷淡一扫而光了。

他说："把帽子戴上。"

"你想我跟你去吗？"

"是的，如果你没有别的事好做的话。"一分钟之后，我俩坐上了一辆双座马车，朝布里克斯顿路飞驰而去。

早晨的空气雾气蒙蒙，天空阴沉沉的，屋顶上像蒙着一层灰暗的帷幕，就像是脚下泥泞不堪的街道映了上去。我的同伴兴致勃勃，喋喋不休地谈着克雷莫纳提琴以及斯特迪瓦莉和阿玛蒂提琴之间的区别。我站在一旁默不作声，这阴霾的天气和

· 血字分析 ·

我们担负着的令人忧心的差事，使我的心情格外沉重。

我终于开口打断了福尔摩斯对音乐的评论："你好像并不大把眼前这件案子放在心上。"

他答道："一点材料都没有呢。在收集到所有证据之前就进行推理，是绝对错误的，这只会使你的判断产生偏差。"

"你很快就会找到材料了，"我用手指着前面说，"如果我没弄错的话，这就是布里克斯顿路了。前面就是案发的房子。"

"正是。停车，车夫！快停车！"离那房子大约还有一百来码时，他坚持下车步行。

劳里斯顿花园街三号阴森可怖，很有些凶宅的味道。这儿并排立着四幢房屋，离开大路有点距离，其中两幢住了人，另外两幢空着。三号临街的一面开了三扇大窗，显得阴沉凄清。积着厚厚一层灰的玻璃窗上东一张西一张贴着"出租"字样的招贴，像是眼睛上长出的白内障似的。每座房屋前有一个小花园把房子与街道隔了开来。花园里杂草丛生，一条用黏土和石子铺成的黄褐色的小径穿园而过。昨晚彻夜的大雨使得到处泥泞不堪。花园四周围了堵矮墙，约有三英尺高，墙头上有木栅栏。一个身材魁梧的警察倚墙而立，他旁边有几个游手好闲的人，正伸长脖子拼命往里张望，大概是想看看里面发生了什么事，当然什么都瞧不见。

原以为歇洛克·福尔摩斯一定会马上冲进屋子，立即着手研究这桩奇案。可他却不慌不忙，一副若无其事的样子。在我看来，此时此地此神情，是在故弄玄虚。他在人行道上踱来踱去，茫然地看看地面，又看看天空，看看对面的房屋及墙头的木栅。仔细察看了一番之后，他慢慢地走上园中小径，准确地说是踏着小径两侧的草丛在走，两眼死盯着潮湿的黏土路面。他停下过两次，其中一次我见他面带微笑，还听见他满意地叫了一声什么。潮湿泥泞的路面上有许多脚印，可由于警察们出出进进，我看不出我的同伴怎么可能指望在上面有发现。但我已见识过他那超凡敏锐的洞察力，因此我确信他发现了许多我看不见的蛛丝马迹。

一个长着亚麻色头发、面孔白皙的高个子在房屋门口迎接我们，他手里拿着一个笔记本。他冲上前来非常热情地握住福尔摩斯的手说："你能来真是太好了！我把现场保护得完好如初。"

我的同伴指了指那条小径说："除了那条小径。即使有一群野牛在那儿走过，情况也不会比现在更糟糕。格雷格森，显然你已经得出结论，所以才会容忍这种情况发生吧。"

这位侦探含糊其词地说："我一直在屋里忙着。我的同事雷斯垂德先生也在现场，他负责外面的事情。"

福尔摩斯瞥了我一眼，讥讽地扬了扬眉毛说："有你和雷斯垂德两位出面，第三个人当然查不出什么线索了。"

格雷格森搓着手不无得意地说："我想我们已经尽力而为了。这案子的确很蹊跷，我知道你一向对这样的案子感兴趣。"

"你没乘马车来吧？"福尔摩斯问。

"没有，先生。"

"雷斯垂德呢？"

"也没有。"

"那我们到屋里看看吧。"说完这几句前言不搭后语的话之后，他大步走进了屋子，紧跟其后的格雷格森一脸惊讶。

进屋后是一条不长的过道通向厨房和贮藏室。过道没有铺地毯，积着厚厚的灰尘。过道两侧各开一扇门，其中一扇显然有好几个星期没人开过，另一扇是餐厅的门，神秘的凶杀案就发生在这里。福尔摩斯走了进去，我紧随其后。看见尸体时，我感觉到格外压抑。

· 血字分析 ·

  这间餐厅四四方方，很宽敞，由于没有摆放家具，更加显得空落落的。墙壁上俗气花哨的墙纸因为发霉，有的地方出现了大片污渍，还有的地方墙纸一条条地剥落下来，露出了黄色的粉墙。正对着门口有一个显眼的壁炉，很显眼。顶上的壁炉架用白色的人造大理石砌成；壁炉架的一角插着一截红色的蜡烛头。屋里唯一的那扇窗户异常的脏，使得屋内的光线格外昏暗，给一切都罩上了一层灰黑的色调，加上屋内尘封已久，更平添了一分阴森的气氛。

  这些情形我后来才留意到。当时我只注意僵卧在地上那具令人恐怖的尸体。死者睁着茫然无神的眼睛，直瞪着褪色的天花板。此人大概四十三四岁，中等身材，宽肩膀，一头卷曲的黑发，蓄着短胡子；上身穿厚厚的绒呢礼服上衣和背心，下身穿一条浅色长裤；领口袖口一尘不染，身旁放着顶整洁漂亮的礼帽。死者双手握拳，两臂伸直，下肢交叠在一起，仿佛临死前有过一番痛苦的挣扎，僵硬的面孔上仍可见惊恐的神情。我从未见过那种仇恨的表情。那扭曲的容貌、塌陷的额头、粗大的鼻子和翘起的下巴，就跟猿猴无异，再加上那不自然的扭曲的姿势，更显得可怖。各种各样的死人我都见过，却从未见过比伦敦市郊临街大道旁这所黑暗、污浊的房屋里发现的死者更为可怕。

  身材瘦削、不无侦探风度的雷斯垂德正站在门口向我和福尔摩斯打招呼。

  "这案子会轰动全城，先生。我也算是见多识广了，但还没见过这样离奇的案子。"他说。

  "没发现什么线索吗？"格雷格森问。

  "一点儿线索也没有。"雷斯垂德说。

  福尔摩斯走到死尸边上，跪下来仔细地检查起来。"你肯定死者身上没有伤口吗？"他指着周围的血迹问道。

"绝对肯定！"两个侦探同声回答说。

"那这血迹就是另一个人的了——如果真是谋杀的话，这血很可能就是凶手的。这使我想起了一八三四年乌特勒支的范·坚森之死。格雷格森，你还记得那个案子吗？"

"不记得了，先生。"

"你真该把这桩旧案找来重温一下。这世上没有什么新鲜事，都是前人做过的。"

他一边说，他那灵巧的手指一边飞快地摸摸这儿按按那儿，一会儿又解开衣服检查，他的眼里又露出了我前面提到过的那种恍惚的神情。不一会儿，他就检查完了，动作之快，检查之细，令人难以想象。最后，他嗅嗅死者的嘴唇，又查看了一下死者漆皮靴的底子。

"没人移动过尸体吧？"他问。

"只在做必要检查时动过，仅此而已。"

"可以把他送到停尸房去了，"福尔摩斯说，"再没什么要检查的了。"

格雷格森已经召来了一副担架和四个人。他一声招呼，那几个人便走进餐厅把死者抬起往外走去。这时，叮当一声一只戒指滚落在地板上。雷斯垂德赶紧捡起来，一脸疑惑地看着。

"一定有女人来过。"他叫了起来，"这是女人的婚戒。"

说着他把戒指托在掌上让大家看。大家围上去一起看着那戒指。毫无疑问，这枚朴素的金戒指是一个新娘的婚戒。

格雷格森说："案情更复杂了。老天爷，这案子本来就够复杂的了。"

福尔摩斯说："你就那么肯定？这戒指难道就不会使案情明朗些吗？光看它是查不出什么来的。你们在他口袋里还查出过什么东西?"

格雷格森指着放在楼梯第一级上的一小堆东西说:"都在这儿。一只伦敦巴罗德公司制造的金表,编号97163,一根又粗又重的艾尔伯特金链,一枚刻有共济会徽章的金戒指,一枚刻有一只哈巴狗脑袋、狗眼上嵌着两颗红宝石的金别针,俄国皮名片夹,里面有印着'克利夫兰城伊诺克·J. 德雷伯'的名片,首字母与亚麻衬衣上的 E·J·D 这三个缩写字母正好一致;没有钱包,只有些零钱,共七英镑十三先令;袖珍版薄伽丘的《十日谈》,扉页上写着约瑟夫·斯坦杰森的名字,另外还有两封信,一封是写给 E.J. 德雷伯的,一封是写给约瑟夫·斯坦杰森的。"

"收信地址是哪?"

"河滨路美国交易所,由本人自取。两封信都寄自盖恩船运公司,内容是通知他们轮船从利物浦出发的时间。显然这个可怜的家伙正准备回纽约。"

"你调查过这位斯坦杰森?"

格雷格森说:"我马上就去调查了,并已在各家报纸上登了寻人广告,派了一位警察去美国交易所查问情况,但至今没有回来。"

"同克利夫兰城警察局联系了吗?"

"今早已发了封电报。"

"电文是怎么措辞的?"

"我们把这件凶案的情况大致介绍了一下,切盼能告知任何有助于调查的线索。"

"没有就你认为至关重要的某个细节进行咨询吗?"

"我问了斯坦杰森这个人。"

"没有问别的了?这个案子中就没有任何关键的问题?能

不能再拍个电报?"

"我已经把该说的都说了。"格雷格森羞恼地说。

福尔摩斯窃笑了一下,正想开口说话,雷斯垂德搓着手得意洋洋地过来了。我们同格雷格森在过道谈话时,他一直待在前厅。

他说:"格雷格森,我有个最最重要的发现。如果不是我仔细检查墙壁的话,就会把它给漏掉了。"这个小个子男子说话时两眼闪闪发光,显然,他由于比同僚棋高一着,内心正喜不自胜。

"过来看,"他说着,快步走进餐厅。可怕的尸体搬走后,屋里的空气顿时显得清新多了。"好了,请站在那里!"

他在靴子上擦亮一根火柴,照着墙壁。

"看这儿!"他自鸣得意地说。

我前面讲过,有的地方的墙纸已经剥落了。就在他指的这个墙角处,有一大片墙纸从墙上剥离开来,露出粗糙的黄色粉墙。在这块没有墙纸的地方有一个潦草的血字:

拉　契(Rache)

"你对此有何高见?"这位侦探的神气活像一个马戏团老板在炫耀自己的节目,"这个字在房间最暗的角落里,没人想到要往这儿看,所以就漏网了。凶手是用自己的血写下的这个字。看,血沿着墙滴了下来!不管怎样,现在可以排除自杀的假设了。为什么凶手选这个角落写字呢?我来告诉你们吧,看见壁炉架上的那截蜡烛了吧?当时蜡烛仍燃着,蜡烛亮着时,这个角落是墙上最明亮的而不是最黑的地方。"

"你发现的这个字,它究竟意味着什么呢?"格雷格森不屑地说。

"意味着什么?意味着凶手想写一个女人的名字 Rachel,

还没来得及写完就被打断了。记住我的话吧,这个案子真相大白时,你会发现一个名叫 Rachel 的女子跟这个案子有关。你现在可以嘲笑我,福尔摩斯先生,或许你聪明绝顶,可归根结底,姜还是老的辣。"

我的朋友听了这番话大笑起来,小个子雷斯垂德似乎被激怒了。福尔摩斯说:"实在不好意思!的确,你立了一大功,你第一个发现了这个血字,而且正如你所说的,血字是昨晚奇案中另一位在场的人写的。来了这么久了我都还没来得及仔细查探这个房间,若诸位不反对,我现在就开始。"

说着,他从衣袋里迅速取出一卷皮尺和一个大大的圆形放大镜。他拿着这两样东西在屋里走来走去,一言不发,时而停下来,时而跪在地板上,时而卧倒在地。他全神贯注,似乎忘记了我们的存在,他自始至终都在自言自语地嘀咕着什么,一会儿欢叫,一会儿呢喃,一会儿吹着口哨,时而又像是满怀信心和希望地低声叫喊。我一直盯着他看,不禁联想起训练有素的纯种大猎犬,在森林中来回奔跑,焦急地低吠着,直至找到猎物的踪迹才肯罢休。有二十多分钟,他不停地检查,细心地测量我根本看不见的痕迹之间的距离。间或,他用皮尺测量着墙壁,这有点令人费解;后来他从地板的某个地方抓起一小撮灰色粉末,小心翼翼地用一个信封装了起来。最后用放大镜检查了墙上的血字,细致小心地端详着每个字母。做完这些,他似乎满意了,把皮尺和放大镜放回了衣袋里。

"有人说'天才'就是有无穷尽的吃苦耐劳的能力。这个定义真是糟透了,但对侦探这一行却挺适用。"他笑着说。

格雷格森和雷斯垂德一直兴致勃勃并带着几分不屑地注视着这位业余同行的一举一动。显然,他们根本不明白这个事实:福尔摩斯的每一个细小的动作都有一个确定而实际的目的，正是这时我才清楚地意识到这一点。

"先生，有何高见？"他俩一齐问道。

我的朋友说："如果此时我冒昧出手相助，岂不会掠美，夺了两位破案立功的机会？二位查案进展如此顺利，任何人插手都将使之成为遗憾。"他的话中透出强烈的讽刺意味，他接着说："如果你们愿意告诉我两位调查的结果，我倒乐意鼎力相助。现在，我想同发现尸体的巡警谈一谈。你们能告诉我他的姓名和地址吗？"

雷斯垂德翻了翻记事本，说："他叫约翰·兰斯，已经下班了。你可在肯宁顿公园路奥德利大院46号找到他。"

福尔摩斯记下了地址。

他对我说："来吧，医生，咱们去找他。我告诉你们一种对破案不无助益的情况。"他转头对那两个侦探说："这是一桩谋杀案，凶手是男性，身高六英尺多，正值壮年，相对身高，他的脚小了些。他穿一双粗皮方头靴子，抽的是印度方头雪茄烟。凶手和被害人是坐同一辆四轮马车到这儿，拉车的只有一匹马，那匹马有三只旧蹄铁，只有右前腿的蹄铁是新的。凶手很可能面色红润，右手指甲留得很长。这几点线索供参考，对你们应该很有帮助。"

雷斯垂德和格雷格森相视而笑，满脸的狐疑。

"如果这个人是被谋杀的，那么他是怎样被谋杀的呢？"雷斯垂德问。

"毒杀。"福尔摩斯简短地答了一声，就健步往外走。走到门口，他转过身来补充道："还有一件事，雷斯垂德，Rache 是德语，意思是'复仇'。别再浪费时间去找什么 Rachel 小姐了。"

撂下这几句临别赠言后，福尔摩斯走出了门，剩下两位对头傻呆呆地站在那儿。

·血字分析·

约翰·兰斯的叙述

离开劳里斯顿花园街三号时,已经是下午一点了。歇洛克·福尔摩斯带我去了附近一家电报局,发了一封长长的电报。之后,他招手叫了一辆马车,让车夫送我们去雷斯垂德给我们的那个地址。

"第一手证据比什么都可靠。事实上,对这件案子我已经胸有成竹了,但是最好还是去了解一下应该知道的情况。"他说。

"福尔摩斯,你真让我吃惊。显然,你对推测出来的那些细节并不见得像你表面上装的那么有把握吧。"我说。

他答道:"绝对不会有错的。早晨到那儿我首先注意到的就是马路边有两道马车压出的深深的车辙。昨夜下了雨,在这之前一直晴了一个礼拜,那留下了深深车辙的马车肯定是昨晚到过那儿。此外,那儿还有马蹄印,其中一只马蹄铁的轮廓比其他三只要清晰,说明这只是新换的。既然那辆马车是下雨后才到那儿的,据格雷格森所说,整个早晨又一直没有马车去过那儿,可见马车是夜里在那儿停留过,是这辆马车把这两个人送到那座空宅里去的。"

"似乎这也太简单了,那其中一人的身高你又是怎么推测出来的?"我说。

"哦,身高基本上可以从步幅的长度推测出来,推算极容易,但要我将枯燥的数字摆出来算给你看实在没这个必要。我在屋外的黏土路上和屋内的尘土上都找到了那人的脚印,另外我还有一个办法验证:即一个人在墙上写字时,他会本能地将字写在视线以上的地方,那个血字正好离地面六英尺。这推算实在是简单得像儿戏一般。"

"那他的年龄呢?"我问。

"一个人不费吹灰之力就一步跨出四英尺半,他不可能年老体衰,花园小径上的泥坑恰好四英尺半宽,他显然是一步跨过去的。穿漆皮靴的人则是绕过去的,可见这也没有什么神秘的地方。这些都是将我在那篇文章中推崇的一些观察和演绎的规则应用在日常生活中罢了。还有什么不明白的地方吗?"

"指甲和雪茄烟呢?"我说。

"墙上的字是用食指蘸血写成的。在放大镜下看,有些墙灰是写字时被刮下来的。假如此人的指甲修剪整齐的话,是不会出现这种情况的。我从地板上还发现了一些撒落的烟灰,呈深色片状——这种烟灰只可能是印度雪茄留下的。我曾对雪茄烟灰做过深入的研究,我还就此写过专题文章呢。可以毫不夸张地说,我能一眼便分辨出任何品牌的雪茄或纸烟的烟灰。正是这些细微之处,使一个有经验的侦探与格雷格森和雷斯垂德之辈拉开了距离。"

"那红润脸膛呢?"我又问。

"哦,那是一个更为大胆的猜测。尽管我肯定我绝对不会有错,但目前的情形,你暂且别问我这个问题。"

我用手摸摸额头说:"我的脑子乱成一团,愈想案子愈扑朔迷离。如果说现场有两个人,那这两个人是怎么进去的?送他们去的那个车夫又怎样了?一个人怎么能够强迫另一个人服毒?血从哪儿来的?凶手的目的是什么?现场并没有抢劫的迹象。女人的戒指是怎么到那儿的?最关键的是,凶手逃离现场之前为什么要写下德文'复仇'呢?说老实话,我简直想不出有什么办法可使这些事实相互联系起来。"

· 血字分析 ·

我的朋友笑了笑，不无赞赏地说："你对案情疑难点的总结简明扼要，恰到好处。虽说我对案子的主要情况已经胸有成竹，但还是有好些地方不够清楚。关于雷斯垂德发现的血字，只不过是为了将警方引入歧途的圈套，凶手想借此暗示社会党或什么秘密社团参与了此案。写字的人绝对不是德国人。留心去看，字母 A 的写法有几分模仿德文的样子，真正的德国人写字总是用拉丁字体，因此我敢肯定写这字的人绝对不是德国人，而是一个拙劣的模仿者，他的伎俩似乎过火了一点儿。那是企图将侦查引入歧途的诡计，如此而已。医生，我不想就此案再与你谈论了。要知道，魔术师一旦说穿了自己的拿手好戏，就得不到别人的喝彩了。如果我将自己的工作方法全说出来，那你就会得出这么一个结论：福尔摩斯终究只是个普普通通的人。"

我回答说："我决不会这么想的。侦探最终会成为一门精确的科学的，而你几乎已将它创立起来了。"

这一席话，加上我说话时那副诚恳的样子，福尔摩斯显得格外高兴，脸上露出了淡淡的红晕。我早就注意到，当旁人对他的侦探技艺大加赞扬时，他会敏感得像一个大姑娘听到别人夸奖自己的美貌一样。

他说："再告诉你一件事吧。漆皮靴和方头靴是同乘一辆马车来的。他们像是一对好朋友，还可能是手挽手地沿着小径走进空宅的。进屋之后，他们在屋里来回走动，准确地说，穿漆皮靴的那位待在原地不动，穿方头靴的却在屋里踱来踱去。这是我从余下的积尘中发现的。我还发现他走着走着情绪便激动起来，这一点从他愈跨愈大的步幅中可以看出来。很可能是他一边踱步一边说，说着说着变得怒不可遏，接下来悲剧就发生了。好了，我已把了解到的情况和盘托出了，余下的只有臆测和推断了,好在现有的前期成果使我们可以马上开始工作。我们得抓紧时间,下午我还想去听哈勒的音乐会,欣赏欣赏诺尔曼·聂鲁达的音乐。"

说话的工夫,车子已穿过了一条条死气沉沉的大街和沉闷的小巷。最后在一条肮脏、昏暗之极的小巷口,车夫突然停了下来。他指着夹在一片灰黑砖房中的一条窄窄的胡同说:"那就是奥德利大院。我在这里等你们回来。"

沿着那条狭窄的胡同,我们走进了一个四四方方的院子。奥德利大院一点也不幽雅。院子里铺着石板路面,四周都是些破破烂烂的房屋。我们穿过一群群胡乱的孩子,钻过一排排褪色的旧衣物,终于来到了46号。门上挂着块小铜牌,上面刻着"兰斯"这个名字。推门进去,这位警察还在睡觉,我们被领到一间小小的会客室等候。

兰斯很快就出来了,因被人打扰了美梦而面带愠色。他说:"我已在警察局将事情经过如实报告过了。"

福尔摩斯掏出一枚半镑的金币,若有所思地拿在手里把玩着,说:"我们想听你亲口说一遍。"

警察两眼盯着金币回答说:"乐意如实奉告。"

"请你将所看到的事情经过原原本本讲一遍吧。"

兰斯坐在马毛呢的沙发上,蹙着眉头,好像决意叙述不漏掉任何细节。

他说:"从头说起吧。我值班的时间是晚上十点到第二天清晨六点。除了夜里十一点白华街有人斗殴外,我巡逻的地段相当平静。凌晨一点时,天下起雨来,我碰到了哈利·默契,他负责巡逻荷兰园林区。我俩站在亨瑞埃塔街拐角处聊上了。不久,大约两点或两点多一点儿,我想我得回去转转,看看布里克斯顿路段的情况。那是条僻静的路,路面泥泞不堪。一路上除了一二辆马车驶过，连个人影也没见着。我慢慢溜达着，暗暗想着要是能喝上一杯热杜松子酒该有多美。突然，我发现那座空宅的窗口透出微弱的亮光。劳里斯顿花园街的那幢房屋一直是空着的，三号的最后一个房客也得伤寒病死了，可房主仍不愿意挖修阴沟。所以，我一看见窗口的灯光，一下慌了神，疑心出什么问题了。我走到屋门口——"

"你停下来，往回走到花园门口，"我的同伴插了句，"那是为什么呢？"

兰斯惊跳而起，一脸惊异，睁着大眼睛望着福尔摩斯。

"天哪！正是这样，先生，你怎么知道？老天爷！要知道，我走到门口时，周围一片死寂，显得好凄惨，好恐怖，我想还是叫个人同我一起进去。活人闹事倒没有什么可怕，可当时我想莫不是患伤寒病而死的那个房客的鬼魂在那里查看致他死命的那条阴沟吧。这么一想，吓得我转身就往花园门口跑，想看看是否看得见默契的提灯，可根本见不到他的人影，更没见到其他什么人。"

"街上一个人也没有？"

"连个人影也没有，连条狗也没见着。我壮起胆子走回去，推开房门，屋里静悄悄的。我走进有亮光的那间屋子，只见壁炉架上点着根蜡烛，一根红蜡烛，借着摇摇晃晃的烛光，我看见——"

"行了，你看到的情况我都知道了。你在屋里转了几圈，然后在尸体旁跪下来，然后穿过房子去开厨房的门，再后来——"

约翰·兰斯听到这儿跳了起来，一脸的惊恐，眼里流露出大惑不解的神色，他叫了起来："当时你躲在哪个角落，看得这么清楚？天啦，你知道的未免太多了点儿。"

·约翰·兰斯的叙述·

福尔摩斯大笑起来,从桌子上把名片抛了过去,说:"千万别把我当嫌疑犯抓起来。我是条猎犬,不是恶狼,格雷格森和雷斯垂德先生可以证明。好啦,接着讲下去。后来你又做什么了?"

兰斯重新坐到沙发上,脸上仍疑窦未消,"接着,我走到大门口,吹响警笛,默契和另外两个警察闻声赶了过来。"

"街上那时仍然什么人也没有吗?"

"是的,这当然是指正人君子。"

"这话什么意思?"

兰斯咧嘴笑了,说:"这辈子我见过的醉鬼无数,但是从没见过像那个家伙一样,醉得那么烂醉如泥。我出来的时候,他正站在花园门边,靠在栏杆上,扯着喉咙唱着考棱班唱的曲子或之类的调子。他连站都站不稳了,真是不可救药。"

"那人什么样子?"福尔摩斯问。

约翰·兰斯似乎对福尔摩斯乱打岔有些恼火,他说:"他是个罕见的醉汉。如果不是当时我们忙得不可开交,肯定会把他带回警察局去的。"

"你注意到他的长相、打扮了没有?"福尔摩斯急不可耐地又插了句。

"我想当时我留意过,因为是我和默契把他架起来的。他个子很高,赤红的脸膛,下面长了一圈——"

福尔摩斯大声说道:"行了,足够了。那人后来怎么样了?"

"我们太忙了,没去管他。"兰斯抱怨道,"我敢肯定,他倒没忘记回家的路哩。"

"他穿什么衣服?"

"棕色外衣。"

"他手里拿没拿马鞭?"

"马鞭？没有。"

"他一定把它放在车上了。"我的朋友咕哝着,"后来你有没有碰巧看见或听见马车声？"

"没有。"

"这半镑金币归你了。"我的朋友说着站起身来,戴好帽子,"兰斯,你这个警察恐怕是没指望升职了。你的脑袋不应该是个装饰品,还应该派些用场才对。昨夜,你本来可官升一级的。你昨晚架起的那个人正是这桩奇案的关键线索,也正是我们要找的人。现在再说什么也没有用了,但实不相瞒,情况的确如此。医生,我们走吧。"

我俩往回走,找到了来时乘坐的那辆马车。兰斯待在那儿,一副将信将疑的样子,但显然又觉得浑身不自在。

在我们乘车回去的路上,福尔摩斯狠狠地诅咒着:"这个笨蛋,愚蠢透顶!想想吧,他碰上这么一个千载难逢的好机会,竟然白白让它溜走了!"

"可我还是蒙在鼓里,这警察所说的人与你推测的人的情况完全吻合,这的确如此。可他为什么去而复返呢?这不是罪犯惯常的做法。"

"戒指,伙计,那只戒指。他回来是想来找这个戒指的。如果我们没有其他办法逮住他,不妨用戒指放长线钓大鱼。我会捉住他的,医生,我跟你赌一把,一赔二,他肯定会上钩的。我得感谢你,要不是你,我可能还不会去呢,那样岂不错过了一个难得的研究机会。我们就叫它'血字分析',好不好?我们为什么不用些艺术语言呢?生活就像一个暗灰的麻团,凶杀案就像贯穿其中的红线。我们的职责就是发现它,把它从生活中抽离出来,暴露出来。该吃午饭了,待会儿我们去听诺尔曼·聂鲁达的音乐演奏。她的指法和弓法真是了不起,尤其是她演奏肖邦的曲子，简直美妙绝伦！特拉——拉——拉——里拉——里拉——莱。"

这位私家侦探靠在马车座椅上，像只云雀般欢快地哼了起来。我在一旁暗自思忖着：人的大脑真是无所不能啊！

广告招来不速客

这大半天的忙碌，我这虚弱的身体已有些受不住了，到下午我已经精疲力竭了。福尔摩斯去听音乐会去了，我躺在沙发上，努力想睡两个小时，可是怎么也睡不着。发生的一切使我的脑子处于异常兴奋的状态，我的脑子里充满了奇思乱想和种种猜测。一闭上眼睛，眼前就浮现出死者那张扭曲得如猿猴般的可怕面孔，那副恶心凶险的脸留给我的印象实在太恐怖了，对那个将这般相貌的人从世上除掉的凶手，除了感激我很难再生出别的想法。要说人的长相能显现恶棍的邪恶，那是非克利夫兰城的伊诺克·德雷伯莫属了。话虽如此，我还是认为正义一定得伸张。可从法律的角度来看，被害人的堕落行径并不能减轻凶手的罪行。

前思后想，我越来越觉得福尔摩斯关于死者被毒杀的假设不同寻常。我还记得他嗅过死者的嘴唇。无疑，他查到的某一线索促成了他的这个想法。更何况死者身上既无伤痕，脖子上又不见扼死的印记，如果不是毒杀，原因又会是什么呢？可从另一方面来看，地板上那一摊摊的血迹又是谁的呢？现场没有搏斗的迹象，被害人身上也找不到任何伤害对手的凶器。这些问题如果找不到答案，无论是福尔摩斯还是我要想睡得踏实都不是件容易的事。见他那镇定自若、胸有成竹的样子，我坚信他已有办法解释所有的事了，只是我现在还无从猜测到。

福尔摩斯回得很晚。晚饭已经摆上桌了，他才出现。我想音乐会不会让他耗去这么长的时间。

"音乐会妙极了！"他在饭桌边坐了下来，说，"你还记得达尔文对音乐的论述吗？他声称，早在人类具备语言能力之前，就有了创造音乐和欣赏音乐的能力。也许这正是我们对音乐具有如此敏锐的感受力的缘故吧。我们的心灵深处，仍然对混沌初开之时那些岁月保留着朦胧模糊的记忆。"

"你这观点未免有点不着边际吧？"我说。

他回答说："如果想要理解大自然，那他的想象力就得像大自然一样的广阔。怎么了？你看上去不太舒服。布里克斯顿路的凶杀案让你心烦意乱了吧？"

我说："说实话，这案子已弄得我心烦意乱。经历了阿富汗战争，我的心应该变得麻木不仁了。在迈旺德一战中，我亲眼目睹同伴们被砍得血肉横飞，可我并没有魂飞魄散。"

"可以理解。这案子的某些神秘之处引发了你的联想。如果没有联想，也就无所谓恐惧了。你看了今天的晚报吗？"

"没有。"

"晚报详尽报道了这一凶杀案，但没有写到尸首抬出来时，一枚女戒掉在地上的细节。没有写反而更好。"

"为什么？"

"你看看这则广告，"福尔摩斯说，"今天上午去案发现场后，我马上在各家报纸上登了这则广告。"

他把报纸递给我，我瞥了一眼他指的地方。那是"失物招领"栏中的头条广告："在布里克斯顿路、白鹿旅馆和荷兰园林路之间拾得金质婚戒一枚。请失者今晚八时至九时到贝克街221号B座找华生医生认领。"

"请原谅用了你的名字,"福尔摩斯说,"如果我用自己的名字,那些愚蠢的侦探肯定会有人识破,进而横加干涉。"

我说:"没有关系。可是,真有人前来认领的话,我没有戒指呀。"

"啊,有的,"说着他递过来一枚戒指,"这一只完全可以蒙混过去,简直就是那只的复制品。"

"那你猜测谁会来认领失物呢?"

"哦,那个穿棕色外套的人,那位穿方头靴的赤面朋友。即使他本人不来,也会派一个同谋来。"

"难道他不觉得这样做太冒险了吗?"

"当然不会。假如我对这个案子的推断正确的话,而我又有充足的理由相信我不会搞错,此人宁愿冒任何风险也不愿失去这枚戒指。据我推测,他是在弯腰察看德雷伯的尸体时把戒指掉了出来,当时他没有发觉。离开空宅后,他发现戒指不见了,他匆匆赶回去时,发现警察已经进了那座房子,这完全是因为他一时糊涂,没有将蜡烛吹灭引来的。为避免他此时出现在空宅门口可能引起怀疑,所以他装出烂醉如泥的样子来蒙骗警察。你不妨设身处地从他的角度想想看。反复追忆事情的前前后后,他一定会以为,可能是他离开空宅后把戒指掉在路上了。他会怎么办?肯定会焦急地找来晚报,满怀希望在'失物招领'栏里找线索。看到这则广告,他一定会喜形于色,说不定还会欣喜若狂,怎么会担心其中有诈?在他看来,将丢失戒指与凶杀案联系起来简直没有可能。他会来,他肯定会来的。一小时之后你就会见到他。"

"那接下来该怎么办呢?"我问。

"啊,到时候让我来对付他。你有什么武器吗?"

· 血字分析 ·

"我有一支服役时用过的左轮手枪和一些子弹。"

"你最好把它擦一擦,装上子弹。来人肯定是个亡命徒。虽然我会冷不防地将他制服,可最好还是有准备,以防万一。"

我走进卧室照他的话把手枪备好。我拿着枪出来时,饭桌已经收拾好了,福尔摩斯正在那里入神地拉着他那把心爱的小提琴,这是他最喜欢的娱乐。

见我走出来,福尔摩斯就说:"案情更复杂了,我发往美国的电报刚才有了回电。我对这个案子的判断是正确的。"

我急切地问:"那就是说……"

他说:"我的提琴若换上新弦就好了。你把手枪放在衣兜里,那家伙进屋后,你要不动声色地同他讲话。其他的一概交给我好了。别死盯着他,免得他起疑心。"

我看了看手表说:"八点钟了。"

"呀,可能他几分钟后就会到。把门开一条缝。行了,把钥匙插在内锁上。谢谢!这里有一本我昨天在书摊上碰巧买到的《论各民族的法律》珍藏版旧书,是用拉丁文写的,一六四二年出版于苏格兰低地的列日。这本棕皮小册子出版时,查理一世①的脑袋还好好长在脖子上呢。"

"作者是谁?"

"菲利浦·德·克罗伊,不知是个什么人物。扉页上写着'古列奥米·怀特',也不清楚这位威廉·怀特是什么人,我猜大概是十九世纪某个自负的律师吧,他的字体还颇有法律行文的风格哩。我看,我们等的客人来了。"

话音刚落,门外的铃声就响起来了。歇洛克·福尔摩斯轻

---

① 查理一世(1600—1649),英格兰、苏格兰和爱尔兰国王(1625—1649),其统治政策引发英国资产阶级革命,1649年被国会处死。

巧地站起来，把椅子朝房门口挪了挪。只听见女仆走向门厅和她开门时门闩清脆的咔嗒声。

"华生医生住在这里吗？"一个响亮而刺耳的声音问道。没有听见仆人的回答，只听见大门关上了，有人朝楼上来了。脚步缓慢而拖沓，我的同伴竖着耳朵在听，脸上露出吃惊不已的表情。脚步声沿着过道缓缓而来，接着就响起了轻轻的叩门声。

"请进。"我大声地说。

应声而入的并非我们期待的凶手，而是一个满脸皱纹的老太婆，她蹒跚着走进屋来。乍地被屋中的灯光一照，她似乎连眼睛都睁不开了。行过礼之后，她站在那里，用两只烂眼不停地打量着我们，随后手哆哆嗦嗦地在上衣口袋里摸了好一阵。我朝福尔摩斯瞥了一眼，他一副闷闷不乐的样子，我只好保持镇定自若的神态。

老太婆掏出一张晚报，指着我们登的那则广告说："我是冲这个来的，好心的先生们，"说着，她又行了个礼，"上面说在布里克斯顿路捡到一个结婚金戒指，那是我女儿萨莉的。她是去年这个时候结的婚，她丈夫是一条英国船上的船员。如果他回来发现她把戒指丢了，我真想象不出他会发多大脾气呢。他这人平时就脾气暴躁，喝了酒之后就更加急躁了。对不起，事情是这样的，昨晚她去看马戏，是和……"

"是这个戒指吗？"我问。

"感谢上帝！"老太婆大叫起来，"今晚萨莉可要高兴死了。这正是她丢失的戒指。"

我拿起一支铅笔问道："你住在什么地方？"

"豪德迪奇路，邓肯街13号。离这儿挺远的。"

"布里克斯顿路并不在马戏团和豪德迪奇路之间。"福尔摩斯突然说。

·血字分析·

老太婆转过脸来,她那红肿的小眼睛颇为敏锐地看了看福尔摩斯说:"那位先生刚刚是问我的地址。萨莉住在派肯罕街,梅菲尔德公寓3号。"

"你贵姓?"

"索耶,萨莉姓丹尼斯,她的丈夫叫汤姆·丹尼斯。出海时他可是个肯干、正派的小伙子,也是公司最信赖的船员,可到了岸上,他嫖女人,酗酒……"

见福尔摩斯打了个手势,于是我打断了她的话说:"显然这戒指是你女儿的,很高兴将它物归原主。"

她叽里咕噜说了一大堆感恩的话,然后将戒指装进衣兜里,拖着步子下楼去了。老太婆刚出门,福尔摩斯就跳起来,冲进他的房间。几秒钟后,他穿着一件斗篷,系好围巾出来了。他心急火燎地说:"我去跟踪她。她肯定是同伙,她会帮我找到凶手的。先别睡,等我回来。"大门刚在老太婆身后关上,福尔摩斯就下了楼。我从窗口望出去,只见那老太婆有气无力地在街对面走着,福尔摩斯在后面不远处紧跟着。我暗自思忖:要么福尔摩斯的整个推论都搞错了,要么他这次会解开谜团。他根本没必要提醒我等他,我知道,在没听到他这次冒险行动的结果之前,我是绝对无法入睡的。

他出门的时候已经快九点了。我拿不准他会出去多久,只好叼着烟斗呆呆地坐在那儿,信手翻开一本亨利·莫尔杰的《波亥米传》①。十点过了,我听见女仆回房睡觉的脚步声。十一点时分,房东太太重重的脚步声从我门前经过,她也回屋休息了。快十二点时,我听见福尔摩斯开门的声音。他一进屋,我就从他的表情上看出,他这次失算了。他内心交织着喜悦和

---

① 《波亥米传》,19世纪法国剧作家亨利·莫尔杰的剧本。

懊丧，终于，喜悦战胜了懊丧，他忽然爆发出一阵开心的大笑。

"我绝不能让苏格兰场的警探们知道这事，"他大声说道，一屁股在椅子上坐了下来，"我时常取笑他们，这次他们定会没完没了地嘲笑我。不过，我也经受得住，我知道将来我肯定会与他们扯平的。"

"到底是怎么回事？"我问。

"唉，我索性把自己受挫的情况和盘托出，这也没什么关系。那家伙走了没多远，就开始一瘸一拐地装脚痛。过了一会儿，她停了下来，召了一辆四轮马车。我尽可能地靠近她，想听清楚她要去的地点，其实我根本用不着这么着急的，她的声音大得足以让马路对面的人听得清清楚楚。她高声说：'去豪德迪奇路，邓肯街13号。'我想，这大概是真的了。看见她确确实实坐上马车后，我也纵身跳上这辆马车的后部。这可是每个侦探必须精通的技艺。好了，马车一路向前行驶着，一直开到了刚才提到的那条街。车未到门前，我就提前跳了下来，一副悠闲自得的样子慢慢在马路上走着。我看见马车停了下来，车夫跳下车，打开车门在一边等候着，可半天没见有人下车。我走近车夫，他正在黑漆漆的马车厢里胡乱摸索着，嘴里气呼呼地不干不净地咒骂着，恐怕那是我听到的最齐全、最动听的骂人的话了。乘客踪影全无了，我想他大概永远也别想收回车费了。到13号一打听，才知道房子的住客是一位正派的裱糊匠，名叫凯斯维克，他从未听说过姓索耶的或是丹尼斯的人。"

我惊奇地叫起来："你难道是说，那个虚弱不堪、连路都走不稳的老太婆居然在马车的行进中，神不知鬼不觉地在你和车夫的眼皮下飞身下了车？"

福尔摩斯气急败坏地说："该死的老太婆！我们才是糊涂的老太婆呢，竟然上了这么个大当！他肯定是个年轻小伙子，而且身手敏捷。此外，他还是个出色的演员，他的装扮和表演足能以假乱真。无疑，他察觉到有人跟踪，于是来了个金蝉脱壳，乘我不备溜了。这说明，我追踪的这个人不像我推测的那样是孤身一人，他有些甘愿为他冒风险的朋友。好了，医生，你看上去疲惫不堪。听我的劝告，进屋休息吧！"

我确实累极了，于是听从他的劝告上床休息了，把福尔摩斯一个人丢在闪着微弱火光的壁炉边。夜半更深时，我还听见他那低沉哀怨的琴声在屋内回荡，我知道他还在琢磨着那个神秘的难题。

格雷格森大显身手

第二天，各家报纸都用了不小的版面报道了"布里克斯顿奇案"。每家报纸都有一篇长文章谈论此事，有的报社还有专题评论，其中还有一些我不了解的情况。我的剪贴簿里至今还保留着许多有关这桩案件的剪报和摘录。下面就是其中的几条。

《每日电讯报》报道说：在犯罪史上，没有比此案更离奇、更悲惨的了。被害人用了个德文姓名，没发现其他的作案动机，墙上的歹毒字样，都足以说明这是一桩政治难民和革命党犯下的罪行。在美国社会党有不少门派，死者肯定是触犯了那些不成文的法律，才被迫杀，在英国惨遭杀害。报道简略提及了德国秘密法庭案、矿泉案、意大利烧炭党人案、布利威列侯爵夫人案、达尔文理论案、马尔萨斯原理案以及瑞特克利夫公路谋杀案之后，结尾时向政府提出了劝告，并倡议往后对于逗留英国的外籍人士应严加注意。

《旗帜报》评述说：这类不法之徒的暴行通常发生在自由党执政期间。这些暴力事件发生的主要原因，是民众思想混乱及随之而来的政府权力的削弱。死者是一名美国绅士，来伦敦已经几个星期，被杀前住在坎伯韦尔区托奎街的查朋杰尔夫人的公寓里。他与私人秘书约瑟夫·斯坦杰森先生结伴旅行。两人于本月四号星期二向房东太太辞行后，前往尤斯顿车站，据称二人拟搭乘快车前往利物浦。有人曾在站台上见过他们，之后他们的行踪就无人知晓了。据报道，德雷伯先生的尸体在离尤斯顿车站数英里外的布里克斯顿路的一座空宅中被发现。他是怎么到达该宅的，又是如何遇害的，至今仍然是个谜。而斯坦杰森先生如今仍下落不明。有消息说，苏格兰场的雷斯垂德先生和格雷格森先生同时出马，着手此案的调查。我们深信这两位大名鼎鼎的侦探会在短时间内使案情大白于天下。

《每日新闻报》评论说：毋庸置疑，这是一起政治谋杀案。由于大陆各国专制主义盛行，人们痛恨自由主义，致使许多人被驱逐到我们的国家来了。这批人如果没有为过去的所作所为所影响，是极有希望成为好公民的。然而这批流亡者中，立有苛刻的"法典"，稍有触犯，就会遭处决。目前，应尽一切努力寻找死者的秘书斯坦杰森，以便弄清楚死者生前的生活习惯。死者生前寄宿的公寓地址现已查到，使得案情有了极大的进展。这一切完全归功于苏格兰场思路敏捷、办事干练的格雷格森警探。

早餐桌上，福尔摩斯和我一起读着这些报道，这些文章似乎让他觉得非常好笑。

"我跟你说过，无论案情有什么进展，功劳总是归雷斯垂德和格雷格森的。"

"那也得看案子结果如何吧。"

"唉，天哪，这毫无关系。如果案犯被捉住，自然是他们全力以赴办案有功；如果凶手逃之夭夭，他们又会说，虽然他们竭尽全力，可……无论怎样，他们都不会吃亏。不管他们做得怎样，总有人维护他们。有一句法国俗语说得好，'蠢材虽蠢，可总会得到更蠢的蠢材的赏识'。"

我们正聊得起劲，门厅里和楼梯上响起了乱哄哄的脚步声，还夹杂着房东太太的埋怨声，我叫了起来："这究竟是什么声音？"

我的同伴煞有介事地说："侦缉队贝克街支队到了。"他话音未落，只见六个街头流浪儿冲进了屋里。我还从没见过身上这么脏、衣服这么破的孩子。

"立正！"福尔摩斯厉声喝道，六个脏兮兮的孩子马上像几尊满身污垢的小泥塑站成了一行。"以后只准派威金斯一人上来报告，其余的人在街上等着。威金斯，找到了吗？"

"还没呢，先生，还没找到。"一个孩子回答说。

"我也没指望你们马上就能找到。继续找，找不着决不罢休。这是给你们的工钱。"他给每个孩子发了一个先令，"行了，下去吧。希望你们下次带来好消息。"福尔摩斯挥了挥手，六个孩子像一群耗子似的飞快窜下楼去。不一会儿，街上就响起了他们刺耳的尖叫声。

"小乞丐的作用顶得上一打警探。"福尔摩斯说，"人们只要一看见警方人员，就不说话了。但是，这帮古灵精怪的小家伙什么地方都去得了，什么消息都能打听到。他们像针尖一样无孔不入，只是他们的组织性较差。"

"你雇他们来帮你查布里克斯顿路的案子吗？"我问。

"对，我得核实清楚一件事，当然这只是时间的问题了。哦，我们马上会听到一些爆炸性的新闻了。看，格雷格森朝我们这儿走过来了,瞧他那满面春风得意的样子,我知道他是上我们这儿来的。喏,他停下来了。是他!"

门铃响开了,几秒钟后,这位发式讲究的侦探三步并作两步地跨上楼来,冲进了客厅。

"亲爱的朋友,"他紧紧握着福尔摩斯那双毫无反应的手,大声地说,"祝贺我吧!我已经将这个案子侦破了。"

我似乎瞥见福尔摩斯表情丰富的脸上掠过淡淡的焦虑的阴云。

"你是说已经掌握了确凿的线索?"他问。

"当然!哎呀,老兄,我已经把凶手关押起来了。"

"他叫什么名字?"

"亚瑟·查朋杰尔,皇家海军中尉。"格雷格森搓着两只肥胖的手,挺着胸脯自负地大声说道。

福尔摩斯欣慰地舒了口气,如释重负地微笑起来,说:"请坐,抽支雪茄吧。我们想听听你是怎么查到的。要不要来点儿威士忌加水?"

"那就来点吧,"侦探答道,"这两天我费尽心机,真是累惨了。你知道的,干我们这一行的,体力消耗尽管不大,可费脑子得很。福尔摩斯先生,你是了解其中的艰辛的,毕竟我们都是凭脑吃饭的。"

福尔摩斯一本正经地说:"过奖过奖。说说你是怎么取得这可喜可贺的成绩的?"

大侦探稳稳坐在扶椅上,洋洋得意地抽着雪茄,过了一会,他突然猛拍了一下大腿,大声说:

"可笑,雷斯垂德那个傻瓜,自以为很聪明,可他完全搞错了。他去寻找秘书斯坦杰森的下落,可这家伙像刚出世的婴儿一样与此案毫无干系。我敢说,这会儿他已经将那人拘捕起来了。"

说着，格雷格森哈哈大笑起来，笑得都快喘不过气来了。

"你到底是怎么找到线索的？"

"啊，我会原原本本地告诉你们的。华生医生，这件事绝对是秘密，不能泄露出去的，仅限于自己人之间谈谈。第一个必须解决的难题就是查清这个美国人的来历。某些人会登广告，坐着傻等别人的答复，或者等死者的亲友前来主动提供情况。可我格雷格森的行事作风却大不相同。还记得死者身边的那顶帽子吗？"

"记得，"福尔摩斯说，"是在坎伯韦尔路129号的约翰·安德乌德父子礼帽店买的。"

格雷格森顿时像个泄了气的皮球，说："你也注意到那顶帽子了，没想到。你去过那家帽店吗？"

"没有。"

"哈！"格雷格森颇感宽慰地说，"不管线索是多么的微不足道，也决不能放过。"

"对一个伟大的智者来说，没有什么事情是微不足道的。"福尔摩斯说话的语气像是在引用什么格言警句。

"好了，我去了安德乌德礼帽店，去问店主是否卖出过一顶这么大号码和这种式样的帽子。他查阅售货记录，很快就查到了。帽子送到住在托奎街查朋杰尔公寓的一位房客，德雷伯先生。于是我就找到了死者的住址。"

"漂亮，干得真漂亮！"福尔摩斯小声赞叹道。

"接着我去拜访查朋杰尔太太，"侦探接着说，"只见她面色苍白，神情局促不安。当时她女儿也在房子里，真是个绝色美人。我也跟她谈了谈，谈话时她的嘴唇颤抖个不停，眼圈发红。这一切都没有逃过我的眼睛，我觉得其中必有蹊跷。福尔摩斯先生，你完全了解，找到对路的线索时的那种感觉——只觉得

顿时所有的神经都兴奋起来了。我问她：'你们是否听说了，克利夫兰城来的德雷伯先生，你们先前的房客，被人暗杀了？'

"母亲点了点头，似乎连句话都说不出来了。女儿的眼泪夺眶而出。我更加觉得这家人是此案的知情人。

"我继续问她：'德雷伯先生是几点钟离开你们家去火车站的？'

"'八点钟，'她说话的时候喉咙像哽了东西，极力抑制着内心的紧张不安，'他的秘书斯坦杰森先生说有两班去利物浦的火车，一班是九点十分，一班是十一点。他们要赶头一班。'

"'这是你们最后一次见到他吗？'

"这个问题一提出，那女人的脸霎时变得铁青。过了好一阵子，她才吐出两个字'是的'。可她说这话时，声音沙哑，极不自然。

"一阵沉默后，姑娘开口说话了。她的态度坦然，吐字也很清楚。

"'说假话没有好处的，妈妈，'她说，'我们还是在这位先生面前坦白说出真情的好。后来，我们确实又见过德雷伯先生。'

"愿上帝饶恕你！'查朋杰尔太太举起双手，叫喊了一声，便瘫坐在椅子上，'你害了你哥哥呀！'

"'亚瑟也希望我们说实话。'姑娘的态度很坚定。

"我说：'你最好把事情经过原原本本告诉我，这么吞吞吐吐的，倒不如只字不提。何况，你并不知道我们掌握了多少情况。'

"'都怪你，爱丽丝！'母亲大声说着，然后转身面向我，'我把事情的经过通通告诉你，先生。可你别以为我为儿子担忧，就说明他跟这件凶案有牵连。他完全是清白无辜的。真正让我忧心的是，在你或别人眼里，他好像嫌疑最大。可这绝对不可能。他品德高尚，职业体面，历史清白，这些都不允许他

这么做。'

"'你最好将事情完完全全讲出来,'我说,'请相信,如果你儿子真是无辜的,他根本不会有什么事的。'

"她说:'爱丽丝,你最好回避一下,让我和这位先生谈吧。'于是,她女儿退了出去。她接着说:'好吧,先生,我本来不打算跟你谈这些的,可我女儿已经把这层纸捅破,我别无选择。既然我已决定实言相告,我就会毫无保留地说出来。'

"我说:'这才是明智之举。'

"德雷伯先生在我这里住了近三个礼拜。这之前他和他的秘书斯坦杰森先生一直在欧洲旅行。我注意到他们的行李箱上都贴着哥本哈根的标签,可见,他们刚从哥本哈根来。斯坦杰森先生脾气温和,寡言少语,可他的老板,恕我直言,恰恰相反。这人为人猥亵,行为粗痞下流。刚搬来的那天晚上,他就醉得人事不知,直到第二天中午十二点还没醒过来。他对女仆的态度极其恶劣,轻佻放肆。最糟糕的是,他竟对我女儿爱丽丝也这样,而且不止一次地对她说污秽不堪的话。好在爱丽丝单纯,根本不明白他在说什么。有一次,他竟然拦住我女儿,将她搂在怀里。他如此粗暴无礼,连他的秘书都斥责他无耻下流,简直像个畜生。'

"我忍不住问:'可是你怎么会容忍这些事呢?我想,如果你愿意,完全可以把房客赶走。'

"查朋杰尔被我问得面红耳赤,说:'要是他来的第一天我拒绝就好了!可他的房租实在太诱人了。他们俩每人每天付一镑,一个礼拜就是十四镑,而现在正是生意萧条的季节。我是个寡妇,儿子在海军服役开销很大。我实在是不愿意丢掉这笔收入,所以能忍就尽量忍着。可最后这一次他做得实在太过分了,为此我才把他撵走了,这就是他们搬出去的原因。'

"'还有呢?'

"'看到他们乘车离开时,我心里有种如释重负的感觉。这一段时间,我儿子恰好在家休假,但我在儿子面前对此事一直守口如瓶。他是个火爆性子,又特别疼爱妹妹。我送他们出了门并关好大门时,心里那块石头终于落了地。哎,可还不到一个钟头,门铃响了起来,那个德雷伯又回来了。他非常兴奋,显然是又喝醉了。我和女儿当时正坐在房里,他硬是闯进来,语无伦次地说什么他们没赶上火车。然后他转身对爱丽丝说起话来,他居然当着我的面劝爱丽丝与他私奔,他说:"你都成年了,法律约束不了你。我钱多得很,撇下这个老太婆,现在马上跟我走吧,往后你就会生活得像个公主。"可怜的爱丽丝惊恐万分,拼命地躲着他,可他还是捉住了她的手腕,使劲地把她往门口拖。我尖叫起来,这时我儿子走进屋来。后来发生的事我就不知道了,只听见叫骂声和乱哄哄的扭打声。当时我吓得连头也不敢抬。待我抬起头来看时,只见亚瑟站在门口哈哈大笑,手里拎着一根木棍,他说:"我想这个混蛋再也不会来骚扰我们了。我去跟踪他一会儿,看看他究竟还要干什么。'说完他拿着帽子,下楼去了。第二天上午,我们就听到了德雷伯被人杀害的新闻。'

"这些话都是查朋杰尔太太亲口对我说的。她讲述的过程时断时续,有时声音小得我无法听清楚。她说的情况我统统速记了下来,绝不会有什么差错。"

福尔摩斯打了个呵欠,说:"的确非常刺激。后来呢?"

格雷格森接着说了下去:"查朋杰尔太太的话一说完,我就知道了整个案子的关键在什么地方。于是,我用那种对妇女很奏效的眼光紧盯着她,追问她儿子什么时候回的家。

"她答道:'不知道。'

"'不知道?'"

"'对,他有大门钥匙,自己可以开门进来。'"

"'你上床睡觉后回来的?'"

"'是的。'"

"'你是什么时候睡的?'"

"'大约十一点。'"

"'这么说,你儿子至少出去了两个小时?'"

"'是的。'"

"'可能有四五个小时?'"

"'大概吧。'"

"'他出去都干了些什么?'"

"'我真的不知道。'房东太太脸色变得惨白,嘴唇血色全无。

"自然,话说到这已没什么可再问的了。于是我找到查朋杰尔中尉的下落,带两个警官把他拘捕了。当我拍拍他的肩膀,警告他别耍花招跟我们走时,他竟然说:'你们抓我大概是认为我同那恶棍德雷伯的死有什么关系吧?'那样子好放肆。我们还没提起什么事呢,他倒先说出来了,太让人觉得可疑了。"

"确实如此。"福尔摩斯说。

"当时他手中仍然提着那根大木棍,就是他母亲说他去追德雷伯时用的那根。那可是根又粗又扎实的橡木棍。"

"那你推测他是怎么做的呢?"

"哦,照我的推测,他跟踪德雷伯到了布里克斯顿路,在那儿又吵起来了。争吵中,德雷伯挨了一棍子,可能正打在胸口上,所以他虽然被打死了却没留下任何伤痕。夜里雨下得很大,周围又一个人都没有,于是查朋杰尔把尸体拖进了空宅。至于那蜡烛、血迹、戒指和墙上的血字等等,只不过是他迷惑警方的伎俩。"

"干得不错！格雷格森，"福尔摩斯大加赞许地说，"说真的，你大有进展，我想你迟早会有所作为的。"

这位侦探自豪地说："我觉得此事办得干净利索。可那小伙子录口供时声称，他跟踪了一阵子后，德雷伯就发现了他，便上了一辆马车把他甩掉了。回家的路上，他遇到一位在同一条船上共过事的朋友。他陪那人走了好久，可当我问起他那位旧同事的地址时，他又回答不了。我认为整个案子的前后细节都丝丝入扣。让我觉得好笑的是雷斯垂德从一开始就走上了歧途。恐怕他是不会有什么收获的。哟，正说他呢，他就来了！"

来人果然是雷斯垂德，我们谈话时，他已经上了楼，进了屋里。他一扫平时那种洋洋得意自命不凡的言谈举止和西装革履派头十足的样子，心烦意乱，愁眉苦脸，衣服皱巴巴的。显然他是来向福尔摩斯请教的，因为他一看见同事格雷格森立刻就显得局促不安，不知所措起来。他站在房子中央，两手紧张地摆弄着自己的帽子，不知如何是好。终于，他开口了："这案子真是太离奇了，让人摸不着头脑。"

"嗨，你这么想吗，雷斯垂德先生？"格雷格森得意洋洋地说，"我早就知道你会得出这样的结论的。你找到那秘书约瑟夫·斯坦杰森先生了吗？"

雷斯垂德声音低沉地说："那位秘书先生，今天清晨六时左右，被人杀死在哈利戴私人旅馆。"

黑暗中的一线光明

雷斯垂德带来的这个出乎意料的重要消息，使我们三人都惊呆了。格雷格森从椅子上跳了起来，打翻了还剩一点的威士忌。我在一旁静观福尔摩斯，只见他紧闭双唇，皱着眉头。

福尔摩斯低声说："斯坦杰森死了！案情更复杂了。"

雷斯垂德找了一把椅子坐下来，咕哝道："原来就够复杂的了。我好像是不知不觉卷入了什么军事会议，糊里糊涂的。"

"你……你这消息可靠吗？"格雷格森结结巴巴地问。

"我是从他的房子那儿直接过来的，我是第一个发现他被暗杀的人。"雷斯垂德说。

福尔摩斯说："你来之前我们在听格雷格森谈他对此案的看法，现在你能不能说说你的见解和工作进展？"

"好的，"雷斯垂德坐定后说道，"老实说，我原以为斯坦杰森与德雷伯之死有关系，可目前事态的发展表明我的判断是错的。我是抱着前一想法着手调查这个秘书的下落的。有人曾在三号晚上八点半左右看见他俩在尤斯顿车站。四号凌晨两点，德雷伯的尸体便在布里克斯顿路被人发现。我要做的就是查清八点半以后至凶案发生的这段时间里，斯坦杰森都干了些什么，之后他又如何。我首先给利物浦有关方面发了电报，将斯坦杰森的外貌特征告诉了他们，并提醒他们监视美国的轮船；接着我立即着手查访尤斯顿车站附近的旅馆和出租公寓。我是这么想的：德雷伯与他的同伴分手之后，斯坦杰森很有可能会在车站附近找个地方过夜，第二天早晨再去车站。"

· 黑暗中的一线光明 ·

福尔摩斯说:"他们很可能事先约好了会面地点。"

"事实的确如此。昨晚我找了一晚上,却毫无结果。今天一早我又查访开了。八点时分,我来到小乔治街的哈利戴旅馆。我问是否有个叫斯坦杰森的先生住在这儿,马上便得到了肯定的回答。

"他们说:'你一定就是他一直在等的先生了。他都等了两天了。'

"'他在哪里?'我问道。

"'他还在楼上睡觉呢。他让我们九点钟叫醒他。'

"'我马上上楼找他。'我说。

"当时我想,我的突然出现会使他惊慌失措,一不留神他就会说走嘴。擦鞋的茶房主动领我上楼,他的房间在三楼,有一条走廊直通房门。茶房把房门指给我看后正准备下楼时,我突然看到的景象令我极为恶心,虽说我当侦探也有二十多年了,但我还是忍不住想吐。一道殷红的血迹从房门底下弯弯曲曲地淌出,流过走廊,汇积在对面墙根下。我失声大喊起来,引得茶房转身走回来。他看到血迹时,几乎晕死过去。房门从里面锁上了,我们用肩撞开了房间。屋里窗户敞开,窗边有一个身穿睡衣的男人,蜷缩成一团。他早断气了,四肢僵硬冰凉。我们把尸体翻转过来一看,茶房立刻认出正是那间房间的房客,自称为约瑟夫·斯坦杰森的人。他身体左侧深深插着一把匕首,匕首一定刺穿了他的心脏。还有一件更奇怪的事呢,你们猜死者脸上有什么?"

福尔摩斯还没说话,我已经不寒而栗了,预感到此事的可怕。

福尔摩斯说:"血字'拉契'。"

"正是这两个字。"雷斯垂德心神不宁地说,忽然间我们都陷入了沉寂。

·血字分析·

这个藏在暗处的凶手作起案来井井有条,而又神秘莫测,更加重了他所犯罪行的恐怖色彩。虽说我在战场上镇定自若,可这会儿想到将面对的场面竟然栗栗危惧起来。

雷斯垂德继续说道:"有人看见凶手了。一个送牛奶的孩子在去牛奶场的路上,碰巧从旅馆后面的一条小巷子走过,这条小巷通向旅馆后面的马厩。他发现平时搁在地上的梯子被架在靠三楼的一扇窗户上,窗子大大敞开着。他走过去后,又回头看了看,正好看见一个男人从梯子上下来。他的动作轻巧无声,神情坦然自若,那孩子还以为他是旅馆里干活儿的木匠呢,因此并没留心注意他,那孩子哪会想到这个时候开工未免太早了点儿。他印象中那个男人身材高大,红红的脸膛,穿着一件棕色的长外套。他杀人之后,肯定在房间里停留了一会儿,我们发现脸盆里的水中有血,说明凶手洗过手;床单上有血迹,说明凶手不慌不忙地在上面擦过刀子。"

听到雷斯垂德描述的凶手的特征正好与福尔摩斯的推断完全吻合,我不禁瞥了他一眼,可他脸上并没有半点自鸣得意的样子。

"房里没发现任何有助于破案的线索吗?"

"没有。斯坦杰森身上带着德雷伯的钱包,可似乎平日就是由他带着的,因为总是他付账。钱包里共有八十多镑现金,分文不少。无论这个案子有多么不同寻常,作案动机完全可以排除谋财害命。死者的衣袋里没有证件,也没有记事本,仅有一封电报,是一个月前从克利夫兰发来的,电文是'J·H在欧洲',无署名。"

福尔摩斯问道:"没有其他东西了吗?"

"没什么重要东西了。床上放着一本小说,死者临睡前读过,旁边的一把椅子放着他的烟斗;桌上有一杯水,窗台上有一个装药的木匣子，里面有两粒药丸。"

福尔摩斯从椅子上一跃而起，兴奋地叫了起来。他喜不自胜地高声说："这是最后一环了，我的推断至此算完整了。"

两位侦探注视着他，满脸惊诧。

我的朋友自信地说："我已经掌握了此案所有错综复杂的线索。当然，还须补充一些细节，但对德雷伯在火车站与斯坦杰森分手、到发现斯坦杰森的尸体等主要事实，我已经完全清楚了。我来给你验证一下。你能弄到那些药丸吗？"

"我带来了，"雷斯垂德掏出一个白色的小匣子，"我把药丸、钱包和电报都拿走了，原想存放到场里某个保险的地方。我拿这些药丸纯粹出于偶然。我声明，我认为这两颗药丸不是什么重要的东西。"

"拿过来吧，"福尔摩斯说，"喂，大夫，"他转向我说，"这是普通的药丸吗？"

这两颗药丸并不是普通的药丸。它们又小又圆，呈灰白的珍珠色，对着亮光照几乎是透明的。我说："从重量和透明度来判断，我想它们在水中会溶解。"

"没错，"福尔摩斯回答说，"劳驾你去楼下把那条可怜的狗抱上来好吗？这狗病了好长一段时间了，昨天房东太太不是请你了结它的性命，免得它活受罪吗？"

我下楼把狗抱了上来。这只狗呼吸困难，目光呆滞，看样子是活不了几天了。那雪白的鼻子和嘴唇足以表明它早已超过了一般犬类的寿命。我把它放在地毯上的一块垫子上。

"现在我把其中的一颗药丸切成两半，"福尔摩斯一边说一边用小刀把药丸切开来，"这半粒放回匣里留备将来用，这半粒我把它放进酒杯里，小杯里有一匙水。诸位看见了吧，朋友们，医生的话是对的，它很快就溶解了。"

· 血字分析 ·

"真有意思,"雷斯垂德气恼地说,那语气分明是怀疑福尔摩斯在嘲弄他,"可我仍然看不出这跟斯坦杰森的死有什么关系。"

"耐心点儿,伙计,耐心点!迟早你会发现两者之间大有关系。现在我在里面掺些牛奶,味道就会好得多了,把它放到狗的面前,它会马上舔个精光。"

说着,他将酒杯里的溶液倒进了一个碟子,然后摆到狗的面前,狗很快把它舔尽了。福尔摩斯的每一个动作都那么一本正经,使我们不得不信服。我们都静静地坐在那里,瞪着那条狗,期待着令人吃惊的结果发生。然而,任何异常反应都没有,狗仍旧趴在垫子上吃力地喘着气。但有一点是显而易见的,药丸对它既无好处,也没有产生什么副作用。

福尔摩斯掏出怀表,可是时间一分钟一分钟地过去了,什么也没有发生,他脸上露出极度懊丧和失望的表情。他咬着嘴唇,敲着桌子,显得急躁不安。看见他那焦急的样子,我不禁为他难过起来,可那两个警探却在一旁讪笑,他们为福尔摩斯遇到了挫折,感到特别高兴。

"这药丸不可能是巧合,"他大声说着站起身来,焦躁地在房间里踱来踱去,"绝不可能只是个巧合。在德雷伯案子中,我就怀疑有人用药丸作案,而斯坦杰森死后果然找到了药丸。可是它竟然没有效果。这究竟是怎么回事?我的推理不可能出错!绝不可能!但是这条可怜的狗却依然如故。啊,我知道了!我知道了!"福尔摩斯高兴地尖叫一声,直奔药匣,把另一颗药丸切成两半,用水溶开半颗,兑了些牛奶,然后端到狗跟前。这一次,那条可怜的狗甚至连舌头也没舔湿,四条腿不停地抽搐,就像被雷电击中了似的直挺挺地死了。

福尔摩斯长吁了一口气,擦了擦额头上的汗珠,说:"我对自己推理的结果还不够坚定;都到这一步了,我早该明白,一个犯罪行为如果表面上与一系列的推理相矛盾的话,那必定会有其他的解释。那个药匣中的两颗药丸,一颗是烈性毒药,另一颗则完全无毒。我本该在看见药匣前就推断出来的。"

依我看,他最后这句话也未免过分故作惊人了,我很难相信他此时是否仍神志清醒。然而死狗的的确确躺在那里,证明他的推测是正确的。我脑子中的疑团渐渐解开,隐约觉得对案子的真相有了认识。

福尔摩斯接着说:"你们肯定觉得这一切挺离奇,因为办案一开始,你们就忽略了面前唯一正确的线索的重要性。幸亏我把握住了这个机会,此后的每件事都证明了我最初的假设,而且以后发生的一切都符合我的逻辑推理出来的结果。因此,那些使你们困惑难解,使案情扑朔迷离的情节,对我却大有启发,并更进一步坚定了我的想法。把奇特与神秘混为一谈是错误的,再说平常普通的案件都是极神秘的,没有任何新奇特别之处作为推理的依据。这件凶杀案中被害者的尸体是在大街上发现的,又没有那些荒诞离奇、耸人听闻的情节,案子显得不同寻常,那么,这案子肯定会更难侦破。那些离奇的情节不但没有增加破案的难度,反而使侦破容易了许多。"

这番议论让格雷格森先生很不受用,这时他再也忍不住了。他说:"我说,福尔摩斯先生,大家都承认你精明干练,有自己的一套工作方法。可是,我们想听的不是理论和说教,而是如何能捉到凶手。刚才我将自己的办案经过告诉了大家,看来是我弄错了,年轻的查朋杰尔不可能卷入第二起凶杀案。雷斯垂德对他的怀疑对象斯坦杰森穷追不舍,他也错了。可你东说一点,西说一点,显得比我们谁都知道得多。如今我觉得有理由直截了当地质问你,你对此案了解的程度究竟有多深,你知道凶手姓甚名啥吗?"

雷斯垂德也说:"我非常赞同格雷格森的说法,先生。我俩都努力去做了,但都失败了。自从我进了这间房子,你已经不止一次地说你获得了所需的所有证据。你该不会仍旧秘而不宣吧?"

我说:"如果凶手迟迟不能缉拿归案,便可能有时间再去行凶作恶。"

在众人的追问下,福尔摩斯显得有些犹豫不决。他不停地在屋里来回地走着,眉头紧锁,低着的头都快垂到胸口了,他沉思时就是这副模样。

"不会再发生凶杀案了,"他突然停下脚步,转身对我们说,"大家大可不必为此忧心忡忡。你们问我是否知道凶手姓甚名啥,我知道。可仅仅知道并不说明什么,能抓获凶手才算有本事。我想很快就能捉住他。照我的安排,要完成这项工作完全没有问题;可这工作具体做起来毕竟不是件容易的事,我们的对手是一个狡猾的亡命之徒。而且,我还曾亲自验证了有一个与他同样机敏的人在协助他。但只要凶手不知道有人掌握了有关线索,我们就有希望抓住他。但是,如果凶手稍有怀疑,他便会隐姓埋名,马上在这个大都市的四百万居民中人间蒸发。我并不想伤害二位的感情,但我不得不说官方警探绝非他们的对手,因此,我没有请求你们的帮助。如果失败了,这当然是我自己的责任;而且我准备承担一切责任。此时此刻我只能承诺,在不危及我的全盘计划的时候,我一定立即将案情如实相告。"

格雷格森和雷斯垂德对福尔摩斯的这一承诺十分不满,或许是因他贬低了警探。格雷格森脸涨得通红,一直红到脖子。雷斯垂德则瞪着那双溜圆的小眼睛,眼里闪烁着既好奇又恼怒的光。然而他俩都没来得及开口说话,就听见门外有人敲门,原来是街头流浪儿的头儿,那个微不足道、一身异味儿的小威金斯前来报告。

威金斯挠挠额头上的头发,说:"先生,请吧,马车叫来了,就在楼下。"

"好孩子,"福尔摩斯和蔼地说,"你们苏格兰场为什么不使用这种样式的手铐呢?"说着他从抽屉里拿出一副钢手铐,"瞧,这弹簧多好用,一下就卡上了。"

雷斯垂德说:"要是能找到戴手铐的对象,老式手铐同样好用。"

"很好,很好,"福尔摩斯微笑着说,"不妨叫车夫帮我把箱子提下去。威金斯,去叫他上来。"

听了福尔摩斯的话,我十分惊讶,他好像真的要出门去旅行了,可他从没向我提起过。房间里有只小旅行箱,他将它拖出来,将箱子上的皮带系上。他正埋头忙着呢,车夫走了进来。

"车夫,帮我把这个皮带扣扣上。"福尔摩斯蹲在那里摆弄着箱子,头也不回地说。

那车夫沉着脸,极不情愿地上前几步,伸手去帮忙。眨眼间只听到钢手铐咔嗒一声铐上的声音,福尔摩斯猛地跳起身来。

"先生们,"他眼睛里放着光,高声说,"我来介绍一下杰弗逊·霍普先生,杀死伊诺克·德雷伯和约瑟夫·斯坦杰森的凶手。"

这一切发生在短短的一瞬间——简直短促得使人来不及思索。当时福尔摩斯脸上胜利的表情、洪亮的嗓音,还有车夫看着锃亮的手铐像施了魔法般地铐在自己手腕上时那茫然、狂暴的面孔,至今我还记忆犹新。我们仿佛雕像似的在那里呆立了几秒钟;接着,车夫狂怒地大吼一声,猛地挣脱了福尔摩斯的手,朝着窗户撞去。窗框和玻璃被撞得粉碎,可他还没来得及

·血字分析·

钻出窗户,格雷格森、雷斯垂德和福尔摩斯已像三条猎犬似的一拥而上,把他拖了回来,开始了一场激烈的搏斗。马车夫力大无比,凶猛异常,我们四个人一次次地被他甩开。他那蛮劲就像癫痫病人发作一样。他的脸和手在碰窗时划伤严重,鲜血淋漓,可是他并没有因此减弱反抗。直到雷斯垂德用手卡住他的脖子,几乎使他窒息,他才意识到反抗是徒劳的;即使这样,我们还是觉得不保险,把他的脚也铐了起来。待铐牢之后,我们才站了起来,一个个气喘吁吁,心跳加剧。

"他的马车就在下面,"福尔摩斯说,"我们就用他的车送他去苏格兰场吧。好了,先生们。"他开心地笑着说,"这桩小小的神秘案件总算告一段落了。现在,欢迎诸位提问,我绝对不会拒绝回答。"

第二部　圣徒的故园

大漠荒原之旅

北美大陆中部,有一片荒凉的沙漠;多年以来,它一直是文明进步的障碍。从内华达山脉到内布拉斯加,从北部的黄石河到南部的科罗拉多,完全是一片荒僻死寂的地域。可这片荒无人烟的地区,自然景色也并不单调。这里有终年积雪的高山峻岭,有阴森昏暗的幽幽山谷,有湍急的河流在巉岩遍布的峡谷间奔腾;还有无垠的荒原,冬天白雪茫茫、夏季一片灰蒙蒙的盐碱地。这一切表明的仍然是贫瘠、萧瑟和凄惨。

这片环境险恶的地区人迹罕至,偶尔有一队波尼人或黑足人①。从中穿过前往别的猎区。即使是最坚强的勇士也巴不得早点远离这令人生畏的荒原,返回自己赖以生存的大草原。这里的常住居民只有北美郊狼,它们东躲西藏,出没于灌木丛中。老鹰在天空飞翔,笨拙的灰熊扭动着身体缓缓穿行在昏暗的峡谷中,在岩石缝中觅食。

地球上再没有比布兰卡山脉北坡更荒凉的景色了。极目望去,是一马平川的盐碱地,中间偶尔被一簇簇低矮的榆树丛隔断。地平线尽头,山嶂重叠,积雪覆盖,银光闪闪。在这片广

---

① 波尼人和黑足人,北美大平原印第安民族。

·血字分析·

阔的疆土上，没有生命，没有适合生存的环境。铁灰色的天空中飞鸟绝迹，灰蒙蒙的大地上生物绝迹——只有一片冷寂。侧耳倾听，这片广袤荒凉的土地上，死寂一片。

都说，这片广阔的荒野中没有任何生命的迹象，其实也不尽然。从布兰卡山上往下俯瞰，可以看到一条小径在沙漠中穿过，消失在遥远的天际。小径上尽是车马碾轧的痕迹和无数探险家留下的足迹。阳光下有些白晃晃的东西在反光，这里一堆，那里一堆，四下散落着，在这沉闷的盐碱滩上显得格外醒目。走上前细瞧，你会发现原来全是白骨！粗大的骨头是牛骨，小而细的是人骨。在这漫长的一千五百英里的充满恐怖的商旅之途上，人们是循着倒毙路边的骸骨一步步前进的。

1847年5月4日，一个形单影只的旅行者从山上俯视着这凄凉的景象。看他的外表，简直就是守护此地的神灵或恶魔。至于他的年龄，即便一个观察力敏锐的人也难以判断究竟是四十来岁还是年近六十。他面貌清癯，憔悴不堪，瘦骨嶙峋的身体上紧紧包裹着一层棕色的羊皮纸似的皮肤；长长的栗色须发已经花白；那双眍䁖的眼睛，闪烁着奇异的光芒。那只握枪的手青筋暴起，骨瘦如柴。他站在那儿，用来复枪支撑着身体。他那高高的个子、魁梧的体格都表明他曾经是个结实强壮的人。然而，他枯槁的面容和罩在瘦弱身体上那身空落落的衣衫，使他看起来年老体衰。此人又饥又渴，已经临近死亡了。

在群山中跋涉，历尽千辛万苦，好不容易爬到这片小高地上，抱着寻找水源的一线希望。可展现在他眼前的只有广袤的盐碱地和地平线尽头层峦叠嶂的荒山，根本看不见草木的踪迹，他不可能找到水。在这茫茫荒原上，毫无希望了。他用野性而困惑的眼睛往北边、东边和西边扫视后，意识到自己漂泊不定的生活即将终止，生命将在这块寸草不生的岩石上结束。

"死在这里，和二十年后死在鹅绒锦被的床上不会有什么区别！"他咕哝着在一块大砾石的阴影中坐了下来。

坐下来前，他随手将派不上用场的来复枪放在地上，又将右肩上挎着的一个裹着灰色披肩的大包袱搁在地上。看上去他已经疲惫不堪，实在背不动了。他放下包袱时，着力稍稍猛了些。包袱里立刻传出尖细的呜咽声，同时从里面钻出了一张惊恐不安的小脸，一双棕色的眼睛在那里闪亮，接着伸出了两只脏兮兮的长着浅涡的拳头。

"你摔痛我啦！"是一个孩子稚嫩的嗓音，略带责备。

"是吗？"那男人急忙自责着，"我不是有意的。"说着打开了灰色的包袱，从里面抱出一个约五岁大的漂亮小女孩。她脚上穿一双精致的鞋子，身着漂亮的粉色上衣和亚麻围兜，这些装束表明了母亲对她体贴入微的关心。这孩子虽然面带倦容，脸色苍白，可她健壮的胳膊腿都表明她不像同伴一样受了那么多的罪。

"现在怎么样了？"他不无担心地问道，小女孩还在揉着脑后蓬松零乱的金发。

"亲亲这儿就会好的，"她把头上被碰撞的部位指给他看，并郑重其事地说，"妈妈过去总是这样的。妈妈在哪儿呢？"

"走了。我想你很快就能见到她了。"

"咦，她走了吗？"小女孩说，"真怪，她还没跟我说再见呢。以前她去姨妈家喝茶的时候总会说一声的。可这次她都走了三天。哎呀，口干得要命，我不干吗？难道什么吃的喝的都没有了吗？"

"对，什么都没有了，宝贝。你还得再忍一会儿，很快就没事了。来，把头靠在我身上，对了，这样你会觉得好多了。嘴唇干得像皮革时，说话可是费劲的事，可我想我还得向你摊牌：你手里拿的是什么？"

"可爱的小玩意，好看极了！"小女孩兴奋地嚷着，拿着两块闪亮的云母片给他看，"回家后我要把它们送给鲍勃弟弟。"

"你很快就能见到比这更好看的东西，"男人肯定地说。

"再等一会儿。我刚才正准备告诉你的——你还记得我们离开那条河时的情形吗？"

"噢，记得。"

"好的，当时我估计很快就能再碰到另一条河，懂吗？可是不知哪儿出了毛病，是指南针呢，还是地图，或是别的什么，之后再也没找到河流了。水喝光了，只剩下一丁点给你这么大的孩子喝。后来……后来……"

"你连脸都洗不成了。"小家伙打断他的话严肃地说，同时扬起头来看着他那满是污垢的脸。

"不光脸洗不成，连喝的也没有了。后来班德先生第一个走了，接下来是印第安人皮特，随后是麦格雷戈夫人，约翰尼·霍恩斯，再后来，宝贝，就是妈妈了。"

"那么，妈妈也死了。"小女孩哭着说，她用围兜捂着脸，痛哭起来。

"是的，他们都走了，除了我俩。原以为朝这个方向走或许能找到水，所以就背上你走到这里来了。现在看来，我俩的处境仍没有改善。我俩现在活下去的机会非常小了。"

"你是说我俩也快要死了？"孩子止住了哭声，扬起满是泪痕的脸问道。

"大概是吧。"

"怎么不早点说呢？你吓了我一大跳。嗨，只要我俩一死，就又能和妈妈在一起了。"孩子张开笑脸说。

"是的，一定能，亲爱的。"

"你也会见到她。我要告诉妈妈你对我太好了。我肯定,她会在天堂门口迎接我们,会端出一大罐水和许多热乎乎的荞麦饼,两面都烤得黄黄的,就像我和鲍勃喜欢吃的那种。还要多长时间我们才会死呢?"

"不清楚——不会太久的。"男人的眼睛注视着北方的地平线。蓝灰色的苍穹下出现了三个黑点,黑点越来越大,并飞快地逼近。很快就能辨认出那是三只棕色的大鸟,它们在这两个漂泊者的头上盘旋,而后落在他们头上的几块岩石上。这些鸟儿是秃鹰,也即美国西部称为兀鹫的家伙,它们的到来是死亡的前兆。

"公鸡和母鸡。"小女孩指着三只不祥之物兴高采烈地叫道,还使劲儿地拍着巴掌,想把它们轰起来,"喂,这地方也是上帝造的吗?"

"当然是的。"她的同伴答道,对孩子提这出人意料的问题着实有些吃惊。

孩子又说:"那边的伊利诺伊州是他造的,密苏里州也是他造的。我猜这个地方一定是别的人造的。造得可没那么好,忘了树木和水。"

"做做祷告,怎么样?"大人显得有些犹豫。

"还没有到晚上呢。"孩子答道。

"没关系的。又不是正式的祈祷,而且上帝也不会介意,你放心好了。你现在就做祷告吧,就像我们经过荒原的夜晚在牛车里做的那样。"

"你自己怎么不祷告呢?"孩子瞪着两眼不解地问。

男人说道:"我记不得祷告词了。从我长到那支枪一半高的时候起,就没祷告过了。我想现在祷告还不算太晚吧。你祷告时念出声来,我在一旁跟着念。"

"那你得跪下来,我也跪下,"说着小女孩把披肩铺在地上,"你还得把手像这样举起来,这样你就会觉得好些的。"

除了兀鹫,没有人目睹这奇特的场面。在那狭小的披肩上,并排跪着两个漂泊者,一个是天真纯朴的小女孩,一个是饱经风霜的莽汉。她那张圆嘟嘟的脸蛋和他那张瘦削、棱角分明的面孔,朝着万里无云的天穹,虔诚地面对着那无所不在、令人生畏的上帝祈祷;那两个嗓音同声祈求着上帝的怜悯和宽恕——一个清脆稚嫩,一个深沉粗哑。祈祷完,他们回到巨石的阴影下坐了下来,小女孩偎依在她保护人宽阔的胸膛上,渐渐入睡了。他端详着她那安详入睡的模样,可他无法抗拒自然的力量,他已经三天三夜没有歇息过了,也没有安睡过片刻。他的眼皮慢慢地耷拉下来盖住了满是倦色的双眼,头渐渐低垂在胸前,最后大人那花白的胡须与小女孩金黄色的鬈发混在一起,两人都昏昏沉沉地进入了梦乡。

如果这流浪者晚半个小时入睡,他便会看到一幕奇景。盐碱地遥远的尽头,尘土飞扬,起初很轻,几乎无法与远处的雾气区分开来,可后来尘土越扬越高,越来越宽,最后形成了一团浓重的云块。这尘土飞扬的场面只可能是大队人马行进而产生的。如果处在富饶肥沃的地区,人们会断定那是大草原上放牧的大队牛群走过来了。可在这死寂的荒原上,这种情况显然是不可能的。遮天蔽日的烟尘朝着静寂的悬崖,朝着这两个休息的落难者移过来,滚滚浓尘中帆布顶篷的牛车和全副武装的骑士的身影依稀可见。原来这壮观的场面是一支庞大的车队浩浩荡荡地行进在西行的征途上。这时,队伍的前端已经来到了山脚,而队尾还在地平线那一边遥不可见。一辆接一辆的马车在这片无边无际的荒野上行驶着。有的男人骑在马背上,有的男人步行,一支散乱的队伍。无数的妇女身驮重负在小径上蹒跚而行，还有好多小孩在车前马后摇摇晃晃地奔来跑去，或从车上的白色顶篷里探头出来向外张望。显然，这绝不是普通的移民队伍，而是一群游牧民族，为环境所迫，背井离乡，另觅家园。此刻，大队人马经过，晴空里回响着嘈杂喧闹的声音，人嚷马嘶，车声辘辘。然而，震天响的嘈杂声并没有吵醒山上那两个困顿的流浪者。

大队人马的前面有二十多个神情严肃、坚毅果断的骑马人。他们一律身穿浅黑色的粗布衣服，肩挎来复枪。来到悬崖脚下，他们勒马停下，简单地商议了一会儿。

"井就在右前方，弟兄们。"一个双唇紧绷、头发花白、脸刮得挺干净的人说。

另一个说："沿布兰卡山右侧前进，可到达格兰德河。"

第三个人高声说："用不着担心水的问题。可从岩缝中引水出来，主绝不会抛弃他的子民的。"

"阿门！阿门！"他们齐声响应着。

正准备重新上路时，突然，一个目光锐利的小伙子惊叫一声，指着上面那块陡峭的岩石叫大家看。原来山顶上有一抹粉红色的东西在飘扬，在灰蒙蒙的岩石衬托下，那粉红色显得格外醒目。瞥见那东西后，大家都勒马止步，持枪在手，后面的骑手也策马赶来增援。人们异口同声地惊呼："印第安人！"

"这里不可能有印第安人，"一个像是头领的长者说，"我们已经越过了波尼人的居住地，翻过这座大山之前，不会有别的部落的。"

"我去察看一下行吗，斯坦杰森兄弟？"队伍中有人问。

"我也去。""还有我。"十几个人同声嚷嚷着。

"把马匹留在山下，我们就在这里等。"长者说。小伙子们立即飞身下马，拴好坐骑，爬上险峻的山坡，朝着激起大家

·血字分析·

好奇心的那个目标攀援而上。他们迅速无声地前进,像是训练有素的斥候般沉着镇定,身手敏捷。山下的人一直看着他们在岩石间奔走,不一会儿他们就来到了高耸入云的山顶。那个最先发现情况的青年走在前头。忽然,跟在他后面的人看见他举起了手,仿佛惊呆了。待大家走上前,也被眼前的场景惊呆在那里了。

在这光秃秃的山顶上一小片高地上,矗立着一块孤零零的巨石。巨石边躺着一个男人,他个子很高,须发很长,面容冷峻,骨瘦如柴。那安详的面孔和均匀的呼吸,表明他睡得正香。他身边还睡着一个孩子,她那白嫩的圆胳膊,搂着大人黢黑刚劲的脖颈;披着金发的小脑袋,偎依在这个身穿棉绒外衣的男人胸前。小女孩红润的嘴唇微微张开,露出两排整齐洁白的牙齿,稚气的小脸上溢出淘气的微笑;那双白胖胖的小腿上套着纯白色短袜,精致的小鞋子上晶亮的鞋扣绊闪着光,这一切与同伴那枯瘦的四肢和脸庞形成了奇特的对比。在这对奇异的流浪者头顶的大岩石上,站着三只黑色的兀鹫,一见到又有人来了,于是发出几声失望的叫声,不情愿地拍打着翅膀飞走了。

秃鹫的叫声惊醒了熟睡的人,他们困惑不解地看着周围的人。那男人摇摇晃晃地站起身来,朝山下的荒原望去。当初困倦不堪时一片孤寂的旷野,此刻已是人烟辏集,车马云集。他一脸不解的神情,于是用干瘦的手捂着眼睛,喃喃自语道:

"我想这大概就是所谓的神志不清了。"小女孩一言不发,站在他身边,紧紧扯着他的衣摆,用孩子特有的惊奇疑惑的眼光打量着周围的人。

救星们很快就让这两个落难者相信,眼前的一切并不是幻觉。其中一个人将小女孩抱起放在肩膀上,另外两个人搀扶着小女孩那瘦弱的同伴,一起向车队走去。

这个流浪者自我介绍说:"我叫约翰·费里尔。我们一行二十一个人,只剩下我和这个小家伙了。在南边时,其他人都因为没吃没喝死去了。"

有人问:"她是你的孩子吗?"

那男子不顾一切地大声说:"我想现在她就是我的孩子了。我救了她,她应该算是我的孩子了,谁都不能把她从我这儿夺走。从今天起,她就叫露茜·费里尔了。可是,你们是什么人呢?"他好奇地看了看这些高大健壮、面目黧黑的救命恩人,又补了句:"你们好像有好多人呢?"

一个年轻人答道:"将近有一万人呢。我们是遭受迫害的上帝的儿女——守护神梅罗尼的子民。"

流浪者说:"没听说过这位守护神,可他似乎选中了一批相当不错的子民。"

"神圣的事开不得玩笑!"另一个人严厉地说,"我们信奉摩门圣典,这部圣典是用埃及语刻在金箔片上的,在帕尔米拉岛交给了神圣的约瑟·史密斯。我们从伊利诺伊州的瑙伏城来,在那儿我们曾经建了教堂。现在我们在躲避那些暴徒和目无神明的家伙,即使浪迹沙漠也在所不惜。"

提起瑙伏城,显然使费里尔先生马上记起了什么,他说:"知道了,你们是摩门教徒。"

"我们是摩门教徒。"周围的人齐声叫着。

"那你们打算往哪去?"

"不知道。上帝让先知给我们引路。你得去见他,他会指示如何处置你俩。"

这时他们已经来到了山脚下,一大群移民围了过来,有面色苍白的妇女,健康活泼的孩童,目光诚恳的男子。看到这两个陌生人,孩子那么年幼,大人那么落魄,大家心生恻隐,发

·血字分析·

起感叹来。护送者没有停下来,他们推开人群继续前行,一大群摩门教徒跟在后面,最后众人在一辆马车前停了下来。马车特别高大,精致华美,非常引人注目。这辆马车套有六匹马,而其他车都只配两匹,最多四匹。赶车人旁边坐着一个年纪顶多三十岁的人,他那巨大的脑袋和坚定果敢的表情表明,他是个领袖人物。他正在读一本棕色封皮的书。当人群走到跟前时,他把书搁在一旁,认真地听取了对这件事的叙述,然后,他转身看着两个落难者。

他郑重地说:"如果我们带上你们一起走,你们必须信奉我们的教义。我们决不会让狼混进羊群里的。与其让你们日后成为腐烂的斑,再将整个果实腐蚀,倒不如让你们的尸骨留在这荒野中。愿意接受这个条件跟我们走吗?"

"无论什么条件,我都愿意跟你们走。"费里尔那语气使得那些持重的长老们都忍不住笑了,唯独那位首领仍然一脸冷峻,让人印象深刻。

他说:"斯坦杰森兄弟,收下他吧,给他食物和水,还有那孩子。由你负责把我们神圣的教义传授给她。耽误时间太多了,出发吧!向锡安山前进!"

"前进,向锡安山前进!"摩门教徒们齐声喊着,这命令像波浪一样涌动,在队伍中一人接一人地传了下去,传令的声音渐渐地模糊了。随着阵阵鞭声和辚辚车声,庞大的车队又启程了。负责照顾两个流浪者的长老领着他们来到自己的车上,车上早已准备好了食物。

长老说:"你们就待在我这里。用不着几天你们就会恢复的。你们得牢记,从今以后,你们将永远是我们的教民了。布拉罕·杨是这样说的,他是约瑟·史密斯的代言人,也是上帝的代言人。"

犹他之花

有关摩门教迁徙者们在抵达乐土途中所经历的种种磨难这里不再细说。总之他们以前所未有的坚忍不拔的精神，从密西西比河两岸跋涉到落基山西麓。他们充分体现了盎格鲁-萨克逊人那种永不屈服的顽强精神，克服了野蛮人、野兽、饥渴、疲乏和疾病等上天所能降临的一切磨难。那漫漫征途，无穷无尽的恐怖，即使他们中最勇敢顽强的人也不免为之心惊胆战。当他们看见脚下辽阔的犹他山谷沐浴在灿烂的阳光之中时，当首领宣布这片处女地就是神赐予他们并将永远归属他们的希望之乡时，全都跪拜于地，虔诚祈祷。

没多久，事实就证明了杨不仅是一位坚毅果敢的首领，也是一位精明能干的行政长官。地图和设计图绘制完毕后，未来城市的全景便勾勒出来了。城市四周的耕地按教民的地位高低，按比例分配。商人依旧从商，工匠仍旧做工。城市的街道、广场像变魔术一样很快建成了。乡下则挖沟修渠，筑篱划界，拓荒耕种，一片繁忙。第二年夏天，整个乡村便麦浪滚滚，呈现一片金黄色的丰收景象。这片荒僻的移民区，这时到处欣欣向荣，蒸蒸日上。市中心的大教堂，也在一天天地拔地而起。每天，从晨曦初露到暮霭沉沉，教堂里不断传来叮当的锤声、嚯嚯的钢锯声。这座教堂是教徒们为感谢上帝指引他们渡过了千难万险，终于抵达平安乐土而建造的。

约翰·费里尔将小女孩收养为义女，两人相依为命。这两个落难者跟着摩门教徒来到了迁徙之旅的终点。小露茜·费里尔很招人喜爱，被留在斯坦杰森长老的篷车里，跟他的三个妻子和任性早熟的十二岁的儿子住在一起。小孩子适应能力强，小露茜很快从丧母的打击中恢复了过来。她深得三个女人的宠爱，也渐渐习惯了漂泊不定、以篷车为家的新生活。与此同时，费里尔摆脱了贫困，恢复了元气，并因是出色的向导和不知疲倦的猎人而鹤立鸡群，很快就赢得了新伙伴的尊重。当漫长的旅程结束的时候，大家一致赞同：费里尔跟任何移民（除去先知杨及斯坦杰森、肯博尔、约翰斯顿和德雷伯这四位长老之外）一样分得了一大片土地。

在分得的土地上，约翰·费里尔建起了一座坚固的原木屋，后来连年翻修，慢慢成为了一座宽敞的乡间别墅。他生性务实，待人诚恳，心灵手巧。他有一副钢筋铁骨一般的身板，他起早摸黑在田间耕作，他的农庄以及其他家业因此也很兴旺。三年之后，他便超过了邻家；六年后他家已经是个小康之家了；九年后他便非常富有了；十二年后，整个盐湖城里只有五六个人能与他比肩。从盐湖这个宽阔的内陆海一直到遥远的瓦撒齐山脉，约翰·费里尔远近闻名。

只是在一件事上，费里尔伤了教友们的感情。教友们无论怎样同他辩论，怎样规劝他，都不能说服他按同伴们的方式来娶妻成亲。他从不解释自己再三拒绝的原因，只是一门心思地固执己见。有人指责他对于所信奉的宗教三心二意；有人则解释为吝惜钱财，不肯破费；还有人揣测他曾有过一段风流韵事，或许在大西洋沿岸地区有一位金发姑娘，曾为他憔悴不堪，郁郁而终。不论人们怎样猜测，费里尔仍旧我行我素，过着刻板的独身生活。除此之外，他严格尊奉这个新移民区的一切规矩和宗教信仰，而且赢得了恪守传统、正派诚实的美名。

露茜·费里尔在这座木屋里渐渐长大了，她帮义父料理所有的家务。山间清新的空气和松林中散发的油脂香味都像慈母般抚育这个少女成长。岁月流逝,年复一年,露茜出落得亭亭玉立。她的脸颊日显红润,她的步态也愈发袅娜。人们走过费里尔农庄旁的大道时,常常可以看见露茜娉婷的身影轻盈地穿过麦田,或是看见她飞身跨上父亲的野马,驾驭起来得心应手,显示出地道的西部少年那种特有的魅力时,那久违了的思绪又浮上心头。当年那枝稚嫩的小蓓蕾已经绽放出一朵奇葩,岁月的流逝,父亲成为当地最富有的农民,而她则成长为太平洋沿岸山地罕见的美洲美少女。

然而,第一个发觉小女孩长大成人的并不是她的父亲,这种事很少首先被父亲觉察到。这变化神秘而微妙,发生又极为缓慢,并不是能用时日来计算的。少女自己也是在听到某个人的嗓音或是触到某个人的手感到心头怦怦乱跳时,才开始有所自觉;这时,她才明白,一个崭新的、奔放不羁的本性已在内心深处觉醒了。世间很少有人会记不起那个特殊的日子,或是回忆不起预示自己新生命开端的那件微不足道的小事。对露茜·费里尔来说,且不提此事对她的命运及其他几个人的命运会产生何种影响,仅就事情本身,已经非同小可。

那是六月一个温暖的早晨,摩门教徒们像蜜蜂一样忙碌着——蜂巢正是他们的图腾标志。田野中,街道上,人们辛勤的劳动声响成一片。大路上,尘土飞扬,大队驮负重载的骡群不断走过,向西方进发。这时加利福尼亚正掀起淘金热潮,横贯美洲大陆的道路正好穿越摩门教徒选定的这座城市。大路上还有从边远的牧场赶来的羊群和牛群;还有成群结队经过漫长的旅途之后疲惫不堪的移民。在这人烟辏集、车马骈驰的喧闹中,露茜·费里尔仗着自己娴熟的骑术,策马穿行其间;因策马奔驰,她美丽的面庞变得红扑扑的,一头栗色的长发在身后

·血字分析·

飘拂。父亲让她进城办事；她仍像往日那样，凭着年轻人的冲劲，一个劲地策马飞驰，心中只想着如何把事情办好。那些风尘仆仆的探险者，一个个带着惊异的目光注视着她；就连那些运输皮货的印第安人，见到这美丽不凡的白皙少女也放下了他们惯常的那副漠然刻板的表情。

露茜来到城郊，发现从荒原上来的六个一脸蛮横的牧人，赶着一大群牛，把道路堵得水泄不通。露茜不耐烦极了，策马便冲进牛群中的一条空隙，竭力要越过这一阻碍。可她刚一进入牛群，牛在后面围拢过来，她发觉自己完全陷入了长角鼓睛的牛群中。她习惯了同牛群打交道，对自己的处境并没有惊慌失措，而是利用任何机会催马前行，打算从牛群中挤出一条路来。不幸的是，一头牛无意中用角猛撞了一下那匹马，马受惊了，四蹄一跃而起，狂嘶不已。它又是甩蹄又是尥蹶子，若非骑术高超，非被它摔下来不可。情况万分危急，受惊的马每次跃起，都使自己再一次受到牛角的顶撞，致使它狂跳不止。露茜只得紧贴马鞍，稍一失手，便有可能丧身于受惊炸了群的牛蹄之下。露茜没有经历过这种意外的情况，只觉得头晕目眩，眼看着紧紧拉住的缰绳就要松开，骚乱扬起的尘土和乱成一团的牛群中散发出的刺鼻气味使她透不过气来。若不是此刻她身边响起了一个亲切的声音，使她相信有人伸出了援助之手的话，露茜很可能会在绝望之中放弃了。说时迟那时快，一只刚劲有力的棕色大手，一把抓住了衔索，硬是在牛群中挤出一条路，很快将露茜带出了牛群。

"小姐，但愿你没有受伤。"这位救星彬彬有礼地说。

她抬头看着他那黢黑而粗犷的脸，大大咧咧地笑了，天真地说："我真是吓坏了。谁会想到庞乔这马竟被一群牛吓成这样。"

他诚恳地说:"感谢上帝,你夹紧了马鞍子。"这位年轻人高高的个子,长得粗犷豪爽,骑着一匹高大的花毛骏马,穿着一件粗布猎装,肩挎一杆长筒来复枪。他说:"我想,你就是约翰·费里尔的女儿吧。我看见你从他的农庄骑马过来。回家后,你问问他是否还记得圣路易城的杰弗逊·霍普。如果他是同一个费里尔,我父亲过去和他交情还挺深的呢。"

"你干吗不自己去问问他,岂不更好?"她显得有些拘谨。

年轻人对这个建议似乎很高兴,漆黑的眼珠闪烁着快乐的光芒。他说:"会去的。我们已经在大山里待了两个月了,这副样子根本不便去拜访。到时得请他多包涵。"

她说:"他一定会好好谢你的,我也一样。别提他有多喜欢我了,要是那些牛把我踩死了,他会伤透心的。"

她的同伴说:"我也会的。"

"你?哈哈,我怎么也看不出来这跟你有什么关系,你甚至都不是我们的朋友。"

年轻的猎人听了这话,黧黑的脸变得阴沉起来,惹得露茜放声大笑起来。

"好了,我不是那个意思,"她说,"当然,你现在是我的朋友了。你一定要来看我们。我得走了,要不然爸爸不会再把事情交给我办啦。再见!"

"再见!"他一面道别,一面举起那顶宽边帽,低头吻了一下她的小手。她拨转马头,策马扬鞭,在尘土飞扬的大路上急驰而去。

年轻的杰弗逊·霍普与同伴们骑马继续赶路,可他一直闷闷不乐,沉默寡言。他和同伴们在内华达山区寻找银矿有一段时间了,现正返回盐湖城,想筹集足够的资金去开采他们已经发现的矿脉。本来他跟同伴们一样对此事非常热心;可这突如其来的邂逅将他的思路带到了另一条轨道上，那美丽的姑娘如山野微风般的清新纯洁，深深打动了他那颗炽热而奔放不羁的心。当她的身影从他视野中消失时，他忽然意识到这是他生命的紧要关头，开发银矿也好，其他什么问题也罢，对他来说，都没有刚刚发生的这件令他神魂颠倒的事情更重要。他心中萌发的爱情，绝不是小男孩那突如其来、变幻无常的幻想，而是一个意志坚定、性格刚强的成熟男子那种狂热的激情。他向来没有办不到的事，他心中暗暗发誓，只要通过不屈不挠的努力能办得到的，他就决不会失败。

当晚，他去拜访了约翰·费里尔；后来他又去了几次，终于他成了木屋的熟客。这十二年来约翰·费里尔被圈在深谷之中，埋头从事田间的劳动，很少有机会了解外界发生的一切。而杰弗逊·霍普却能绘声绘色地讲述这些年间的所见所闻，父女俩都听得津津有味。霍普是加利福尼亚的拓荒者，他讲述了许多离奇的故事，比如在那疯狂的年代里一夜暴富或倾家荡产。他做过探子、猎人，探过银矿，经营过牧场。只要哪里有激动人心的冒险事业，他就出现在哪里。很快这位老农便对他宠信有加，老人总是对他的刚毅坚韧赞不绝口。这种时候，露茜总是默不作声，可她那绯红的双颊、明亮而幸福的眼睛，都表明她已芳心有主了。她那厚道的老父可能还没发现这些征兆，可却逃不过已赢得姑娘芳心的小伙子那双锐利的眼睛。

一个夏日的傍晚，霍普骑马沿着大路一路飞奔来到费里尔家的大门口，翻身下马。姑娘等候在门口，上前迎接。他把马缰摔在篱垣上，大步走上前来。

"露茜，我要走了，"他握住她的双手，温柔地凝视着她的脸，"这次我不能求你跟我走，但是下次你是否愿意跟我走呢？"

"可是，下次是什么时候呢？"姑娘羞涩地笑着问。

"最多两个月。到那时，你就属于我了，亲爱的。谁也不能阻挡我们。"

她问："可是，父亲呢？"

"他已经同意了，只要我们的银矿进展顺利就行。对此我并不担心。"

"啊，好吧；如果你和父亲把一切都安排好了，就不必担心了。"她轻声说道，把脸颊贴在他那宽阔的胸膛上。

"感谢上帝！"他声音粗哑地说，俯身去吻她，"好了，就这么定了。我待的时间越长，就越难舍难分。他们还在峡谷那里等我呢。再见，宝贝，再见！两个月后，我们一定会再见面的。"

说着，他抽身推开姑娘，猛地跃身上马，头也不回地飞驰而去，仿佛是只要回头看看那姑娘，他的决心就会动摇了。她伫立在门口，呆呆地注视着他远去的背景消逝在远方，这个犹他州最幸福的姑娘才回到屋里。

约翰·费里尔和先知的会谈

杰弗逊·霍普和他的伙伴离开盐湖城已经三个星期了。约翰·费里尔一想到年轻人回来时将失去义女，心里不免有些痛苦。可是，女儿那张灿烂幸福的脸，让他没有任何理由来质疑这个安排，他认了。他早已铁了心，无论怎样他也决不将女儿嫁给摩门教徒。在他看来，这样的婚配根本就不算是婚姻，而是奇耻大辱。不管他对摩门教义怎么看，在这一点上，他是不会妥协的。但是，对此他却不得不三缄其口，在摩门教盛行的

·血字分析·

地方发表有违教规的言论是相当危险的。

是的,这确实是一件非常危险的事。这种危险以至到了这种地步,就连教会中道行最高洁的圣徒,也只敢私下里压低声音悄悄耳语,交流一下对教会的看法。如果不慎泄露出去遭人曲解,马上会给自己招灾引祸。过去受迫害的人,出于报复,现在摇身变为迫害者,变本加厉,手段也更残忍。即使是塞维利亚的宗教法庭、德意志的叛教律或是意大利的秘密组织,与摩门教在犹他州乌云笼罩一般的宗教组织比起来也望尘莫及。

该组织无影无踪,其神秘性使得它更加可怕。这个组织似乎是无所不知,无所不能,但是它却让人看不见摸不着。那些胆敢反对教会的,会突然失踪。没有人知道他的下落,也没有人知道什么可怕的事落到了他头上。妻儿望眼欲穿,丈夫却一去不复返。他们在秘密审判者魔掌中所经历的一切永远是个谜。说话稍有不慎,行为偶失检点,马上就会招致灭顶之灾;无人知道如悬剑在头的这骇人的势力究竟是什么。难怪人们成天胆战心惊,惶惶不可终日,即使在荒郊野外,也不敢将心头的疑惑悄悄向他人倾诉。

开始的时候,这隐秘可怕的势力只是对付那些教会的叛徒,那些想背弃或放弃的人。但没过多久,范围扩大了。当时,成年妇女渐渐减少,没有足够的妇女,一夫多妻制成了名存实亡的教规。于是,各种离奇的传闻满天飞,移民在途中被杀戮,营帐被歹徒抢劫,而事发地从来没有印第安人出没过。与此同时,摩门长老的妻妾中增添了一些陌生的女人。这些女人面容憔悴,泪流满面,脸上露出无法抹去的恐惧。据从山里晚归的游民们说,当暮色降临时,他们曾看见一伙伙的蒙面的武装匪徒骑马悄然从他们身旁飞奔而过。这些故事和传闻说得有模有样,并且反复被确认和证实,到后来汇成了一个确切的名字。时至今日，在西部荒僻的大草原上，"丹奈特匪帮"和"复仇天使"仍然是邪恶和不祥的代名词。

对该组织犯下的滔天罪行的进一步了解，只会使已在人们心中引起的那种恐惧更加强烈。没有人知道谁属于这个残忍的组织。那些打着宗教幌子从事血腥暴力活动的成员的姓名是绝对保密的。你推心置腹地谈论对先知及其教会的忧虑和恐惧的这位对象，可能正是夜晚出来烧杀抢掠以弥补本教缺憾的暴徒之一。因此，左邻右舍人人自危，更无人敢倾心交谈了。

一个晴朗的早晨，约翰·费里尔正准备去麦田干活，忽然听到门闩咔嗒一声，他急忙从窗口往外看去，只见一个浅褐色头发的壮年人正从院中小径走过来。他的心一下子提到了嗓子眼，竟是大人物布拉罕·杨亲自登门。他有些失措起来，他知道这种拜访对他来讲凶多吉少。费里尔连忙跑到门口迎接这位摩门教的领袖。可布拉罕·杨却对他的迎候并不领情，板着脸跟他走进了客厅。

"费里尔兄弟，"他坐定后说，两眼从浅色睫毛下严厉地盯着这个农民，"上帝忠实的信徒们一直待你不薄，当你在沙漠中濒临死亡时，是我们救了你，将食物分给你，将你平安地带到了神择之谷，分给你一大片土地，并且让你在我们的庇护之下慢慢地富裕起来。情况是不是这样呢？"

"确实如此。"约翰·费里尔回答道。

"作为回报，我们只提出过一个条件，那就是你必须信奉我们正统的教义，并在各个方面严格遵守教规。你答应过要这么做，然而，如果大家的报告属实的话，你做得不够好。"

费里尔摊开双手争辩道："我是哪里做得不够好呢？没有交纳基金？没有去教堂做礼拜？还是……"

"你的妻子们呢？"布拉罕·杨环顾四周问道，"把她们叫来，我要见见她们。"

费里尔回答说:"我没有娶妻,这确实是事实。可是,女人的数量不多,而好多人比我更需要。我并不是孤身一人,我有个女儿侍奉我呢。"

这位摩门教的领袖说:"我正要同你谈谈你这个女儿的事呢。她已经成年了,是犹他的一枝花,本地有不少有身份的人都看中了她。"

约翰·费里尔心中不由得连连叫苦。

布拉罕·杨又说:"关于她有许多传闻,说她同异教徒订了婚,对此我并不相信,这一定是些无聊的人在搬弄是非。圣约瑟·史密斯经典中第十三条教规怎么说的?'让摩门教的少女嫁给上帝的子民;如果他嫁给异教徒,就犯下了弥天大罪。'经典上是那么说的。既然你正式入了教,就绝不能让你的女儿去触犯教规。"

约翰·费里尔没有答话,只是紧张地摆弄着手中的鞭子。

"对此我们要考验你是否忠心,这是四圣会上一致通过的决定。你女儿还年轻,我们不会让她嫁给一个老头的,也不会完全剥夺她选择的自由。我们这些长老都有许多'小母牛'了,可是我们的孩子们还有需要。斯坦杰森有个儿子,德雷伯也有一个儿子,他们都非常乐意将你女儿迎娶进门。她可以在他们中间挑一个。他们都年轻富有,并且笃信正教。你该不会反对吧?"

费里尔沉默了一会,紧锁眉头。

他终于说话了:"你总得给我们时间考虑考虑吧。我女儿还太年轻,没到出嫁的年龄。"

"她有一个月的时间来选择,"杨说着站起身来,"一个月期限一到,她就得做出答复。"

他正要跨出门口时，突然掉转头，满脸通红，目露凶光，大声吼道："约翰·费里尔，你要是自不量力，敢违抗四圣会的命令，你俩倒不如当年暴尸布兰卡山的好！"

他的手做了个威胁的姿势，然后转身出去了。费里尔听见他沉重的步子落在卵石铺成的小径上，发出嘎吱嘎吱的声响。

他呆呆坐在那里用肘支在膝头上，寻思着如何跟女儿谈。这时一只柔软的小手搭在他的手上。费里尔抬头一瞧，只见女儿站在身边，脸色惨白，惊恐无措，显然她已经听到刚才的谈话了。

见父亲满脸愁容，女儿说："我没法不听见，他的声音那么大，传到了房子的每个角落。天哪，爸爸，我们该怎么办？"

"不要惊慌，"他边说边把她拉到身边，用粗糙的大手怜爱地抚摸着她栗色的长发，"总会有办法的。你对小伙子的恋情不会有所冷淡，对吧？"

露茜只是低声抽泣，小手紧握着老人的手。

"不会，当然不会。我也不愿意听到你说会。他是个可靠的小伙子，一个基督徒。就这一点，他就比这里所有的人强多了，尽管这些人总是在祈祷布道。明天有一伙人动身前往内华达，我想个办法捎信给他，让他知道我们陷入了困境。如果我对这个年轻人的了解不错的话，他一定会以电报的速度火速赶回来。"

听了父亲的话，露茜破涕为笑了。

"他回来后，定会给我们想个万全之策。我担心的是你，爸爸。有人听说过，听说过关于跟先知作对的人的可怕的结局；他们总是免不了灭顶之灾。"

父亲答道："但我们还没有反对他呀。我们还有时间事先做些准备。我们还有整整一个月的时间，期限一到，我想我们无论如何也得赶紧逃出犹他这个鬼地方。"

"离开犹他?"

"只能这样!"

"那农庄怎么办?"

"我们尽量多筹集一些现金,其他的只能算了。说老实话,露茜,我不止一次地想要这样做了。我并不愿意像这里的那些人一样屈从于该死的先知,屈服于某个人。我生来就是一个自由的美国人,这里的一切我都不习惯。我想我是太老了,学不来那一套。但是如果有人胆敢在我的农庄里捣乱的话,我就要让他尝尝迎面飞来的大号铅弹的滋味了。"

"可他们不会放过我们走的。"女儿反驳说。

"等杰弗逊回来,我们很快就地将此事处理好。你不用发愁,我的宝贝女儿,也不要把眼睛哭肿。他看见你这样,一定会来找我的麻烦的。没有什么可怕的,而且根本不会有危险的。"

约翰·费里尔信心十足地安慰着女儿。当天晚上,她发现父亲特别留意门窗是否闩好,并且还将挂在卧室墙上的那杆生锈的旧猎枪取了下来,小心地拭干净,上好子弹。

逃 命

约翰·费里尔与摩门教先知会谈的次日早晨,他便去了盐湖城。他找到了那个将启程去内华达山脉的熟人后,托他带封信给杰弗逊·霍普。信中说他们正面临迫在眉睫的危险,让他千万要赶回来。办完这件事后,他感到轻松了一些,愉快地回家了。

当他走近农庄时,发现大门两边的门柱各拴着一匹马,很有些吃惊。进了家门,发现客厅里有两个年轻人,他更诧异了。摇椅上靠着一个脸色苍白的长脸家伙,两只脚架在火炉上跷得老高。另一个家伙脖子又粗又短;面相粗俗,站在窗前,手插在口袋里,嘴里吹着流行赞美曲,一副得意忘形的样子。费里尔进门时,他俩都朝他点点头,靠在摇椅上的那位先开了口。

他说:"可能你还不认识我们。这位是德雷伯长老的儿子,我叫约瑟夫·斯坦杰森。当上帝伸手将你们领进忠实的摩门信徒中来时,我们就和你一起旅行过。"

另一个家伙带着重重的鼻音说:"上帝将把普天下所有的人都适时地引入正教。他锲而不舍,循序而行,细致周到,无一疏漏。"

约翰·费里尔冷冷地点了点头,来人是谁已明白了七八分。

斯坦杰森又说:"我们今天奉父亲的旨意向你女儿求婚,让你看看哪个更合适。我只有四个老婆,德雷伯兄弟已经有七个。在我看来,我比他的需要更迫切。"

另外那个大声叫了起来:"不,不,斯坦杰森兄弟,问题不在于我们有几个老婆,而在于能养活几个。我父亲已经把他的磨坊给了我,我比你富有。"

另一个激动地说:"可是我比你前程远大。等我父亲被上帝召去时,我便可以继承鞣皮坊和制革厂,到那时,我就是你的长老了,在教会中的地位比你高。"

小德雷伯对着镜子讪笑着说:"还是由这位姑娘定夺吧。"

一直站在门口的约翰·费里尔听到这些话,怒不可遏,几乎控制不住要用马鞭子抽打这两个不速之客。

终于,他大步走到他们面前:"你们给我听着,我女儿叫你们来的时候,你们才可以进来,在这之前我不想见到你们!"

·血字分析·

两个年轻的摩门教徒看着老人,满脸惊诧。在他们看来,他俩争着向姑娘求婚,无论对姑娘还是对父亲,都是无上荣光的事情。

费里尔喝道:"有两种方式从这屋子里出去,那里是门,这里是窗,请便吧!"

他棕色的脸膛怒气冲冲,青筋直暴的手也骇人可怕,吓得两个来访者跳了起来,仓皇而逃。老人追着他们来到门口。

他嘲笑地说:"当你们商量好了,别忘了告诉我一声。"

斯坦杰森气得脸色惨白,哇哇叫道:"你要为此付出代价的!你竟然违抗先知和四圣会,你会后悔一辈子的!"

小德雷伯也叫着:"上帝之手会重罚你们的!他能让你生,也能让你死!"

"那我就先杀了你们!"费里尔怒吼着。如果不是露茜死死拉住他的胳膊,他已经冲上楼拿枪去了。他还没来得及挣脱露茜的手,门外便响起了得得的马蹄声,他知道他们已经跑了。

他抹去额头上的汗水,大声地说:"这两个满口胡言的小痞子!孩子啊,我宁愿你去死,也不会把你嫁给其中的任何一个!"

她勇敢地说:"爸爸,我会的,不过杰弗逊很快就要回来了。"

"是啊,要不了多久他就会回来了,越快越好,我们不知道他们下一步会有什么行动。"

的确,此刻正是这个坚强的老农和他的养女最需要有人出谋划策,伸出援助之手的时候。在摩门教移民区的历史上,这种公开对抗四圣会权力的事情还从来没有过。连一些细小的过错都要遭受严罚,犯下如此滔天大罪,结局又会如何呢?费里尔知道,他的财富和地位帮不上任何忙。在这之前不少像他一样有名和富有的人,照样神不知鬼不觉地被除掉了,财产全部归教会。费里尔虽然勇敢，可一想到那即将降临的隐秘无形的恐怖，也有些不寒而栗。任何危险只要在明处，他都能够顽强不屈地面对；可是，这种让人提心吊胆的恐惧却让他寝食不安。他把恐惧深埋在心底，不让女儿知道，还装出一副毫不在乎的样子；但是女儿那双聪慧的充满关切的眼睛，早已看出了父亲的惶惶不安。

对于这番举动将招致杨的责难或告诫，他心里早有准备，可是警告的方式却大大出乎他的意料。第二天早晨起床时，费里尔惊恐地发现，在被面正好贴着他胸口的地方，钉着一张四方纸条。上面歪歪扭扭地写着醒目的大字：

"限你二十九天内改邪归正，否则——"

最后的破折号比任何恫吓都令人恐怖。这警告是怎么别到被面上的，费里尔百思不得其解。仆人们就睡在外面的小屋里，门窗都关得严严实实的。他把纸条揉成一团，没对女儿提起此事，可这件事让他透心的寒。这"二十九天"显然是指杨限定的那个期限。面对这么一个深不可测的敌人，蛮力和勇气又有多大的作用呢？那只别纸条的手本可以一刀刺穿他的心脏，他永远也不会知道是被谁杀害的。

第二天早晨，费里尔更加震惊了。他们坐下来吃早饭，露茜突然惊叫一声，用手指着上方。天花板中央胡乱涂着"28"，是用烧焦的炭棒写的。女儿对这个数字迷惑不解，他也没有挑明这个数字的含意。那天晚上，他一夜没有合眼，枕着猎枪，通宵警卫着。他没有听见任何动静，更没有看到半个人影。可第二天清晨，大门外又写着一个大大的"27"。

日子一天天地过去，就像黎明每天必然降临一样，数字一天不落地记在显眼的地方，提醒他还剩下几天。那个不祥的数字出现在墙上，在地板上；有时写在小牌子上，挂在花园的门上或围栏上。约翰·费里尔提高警惕,仍不能发现这些每日必来的警告是什么时候送到的。每当看到这些警告,他就感觉到恐慌。他变得憔悴不堪,心神不宁,眼中流露着被追猎的野兽一样惊恐忧虑的神情。现在,他生命中只有一丝希望了,那就是期待着那个年轻的猎人从内华达归来。

二十五天变成了十五天,十五天又变成了十天,可仍然音信杳无,霍普还是踪影不见。只要大路上响起得得的马蹄声,或者车夫吆喝拉车的畜群的声音,老人就会赶紧跑到大门口,以为帮手到了。最后,期限从五天变成了四天,又变成了三天,他终于心灰意冷,完全放弃了逃跑的希望。单枪匹马一个人,而且对移民区周围山区的情况又不熟悉,一切都是徒劳的。关卡要道已被严密监视把守,没有四圣会的命令,任何人都不得通行。无论怎么选择,大祸临头了。尽管如此,老人的决心丝毫没有动摇,就是豁出老命也决不忍受那对女儿的污辱。

一天晚上,他独自坐在那里,反复思忖着面临的困境,怎么也想不出摆脱困境的法子。清晨,屋内的墙上已经出现了"2"字,明天就是限期的最后一天了。究竟会有什么事发生呢?他想象着各种模糊而恐怖的场面。他死后,女儿的命运会怎样呢?难道他们真的无法逃出无形的天罗地网吗?想到自己如此软弱无能,他禁不住趴在桌上哭了起来。

什么声音?寂静中他听到一阵极轻微的刮擦声。声音虽小,但在夜深人静时分却听得十分清楚。声音从大门外边传来。费里尔蹑手蹑脚地走进客厅,屏住呼吸,专心倾听着。声响停了,过了一会儿,那微弱的、令人毛骨悚然的声音又响了起来。有人在门上轻轻地拍打着。难道是午夜刺客前来执行秘密法庭的暗杀令吗?或是某个跟走卒正在写最后一天的期限?约翰·费里尔觉得与其提心吊胆地受折磨,不如干脆一死了之。于是,他跳起来,拉开门闩,打开了门。

门外一片宁静,夜色阑珊,夜空中闪烁着满天星斗。老人定睛一看,庭前的小花园门栅完好,花园的路上不见人影。老人环视左右,松了口气。他无意中看了看脚下,不觉大吃一惊。一个人面朝下趴在地上,四肢伸直。

见此情形,老人惊恐万状,不由得靠到了墙上。他用手捂住嘴,才没有叫出声来。开始,他以为这个匍匐在地的人受了伤或快死了,可再定神细看,那人手足并用向前移动,像一条蛇一样迅速而悄然无声地爬进了客厅。进屋后,那人跳了起来,关上大门。老人眼前出现的竟是杰弗逊·霍普那张桀骜不驯、不屈不挠的脸。

"天哪!"约翰·费里尔气喘吁吁地说,"你可把我吓坏了!你怎么这样进来?"

"快拿吃的,"霍普声音嘶哑地说,"我已经两天两夜没吃没喝了。"他看到晚餐桌上一口未动的食物,跑过去,一把抓起冷肉、面包狼吞虎咽起来。肚皮填饱后,他问:"露茜还撑得住吗?"

"还行。她还不太清楚事态的危险程度。"老人答道。

"这就好。这座房屋四周都有人监视,我不得不一路爬进来。他们够厉害的,要想逮住一个瓦休湖的猎人,还差得远呢。"

有了一个忠实可靠的同盟者,约翰·费里尔顿时觉得精神一振,仿佛变成了另外一个人。他抓住年轻人粗糙的大手,热诚地紧握着说:"你让我感到骄傲,年轻人。愿意来分担我们的危难和麻烦的人不多了。"

年轻的猎人说:"你说得对,朋友。我很敬重你,但是如果只是你一个人陷入了这桩麻烦事,我可不会这么冒冒失失地来捅这个大马蜂窝。我是为救露茜而来的。在他们伤害露茜之前，我早带她远走高飞了，犹他州再也不会有霍普家族的人了。"

"我现在该怎么办？"

"明天是最后一天，如果今晚不行动就没有机会了。鹰谷有头骡子和两匹马在等我们。你有多少现钱？"

"两千块金币和五千纸钞。"

"够了，我也有这么多钱，凑在一起足够了。我们得穿越大山到卡森城去。你去叫醒露茜。仆人没睡在这座屋里太棒了。"

费里尔进去叫女儿准备出发的时候，杰弗逊·霍普把所有的食物装到了一个小包里，又往一个粗陶罐里装满了水。凭经验他知道，山里水井少，间隔也远。他正收拾着，老人牵着女儿出来了。两人都穿戴好了，准备出发。两个恋人亲热地问候了一番，但时间很短，一分一秒都相当宝贵，而且眼下还有好多事情要做呢。

"我们必须马上动身。"杰弗逊·霍普说，声音低沉而坚定。明知山有虎，偏向虎山行。他横下一条心，决意勇敢地面对一切，"前后的出路都有人把守，我们可从侧面的窗出去，千万小心。穿过麦田，上了大路，离鹰谷就只有两英里了，骡马就在那里等着。破晓之前，我们必须赶过半山去。"

费里尔问："如果有人阻拦，该怎么办？"

霍普拍拍前襟下鼓起的左轮手枪，阴沉地笑了笑，说：

"即使他们人多势众，我们也能干掉两三个人。"

房子里的灯早就熄了。费里尔从黑洞洞的窗户凝视着自己经营多年的田野，现在他只能永远放弃了。长期以来，他虽有意逃离魔域，但一想到要付出如此巨大的牺牲，就下不了决心。现在，为了女儿的名誉和终身幸福，即使倾家荡产也在所不惜了。树林沙沙作响，寂静的田野一望无际，一片宁静祥和，让人难以想象那刽子手像幽灵一般暗中潜伏在周围。年轻猎人苍白的面孔和镇定的神情表明：他爬近这所房屋的时候，已经把这里的险恶情况摸得一清二楚了。

费里尔提着钱袋，杰弗逊·霍普带着不多的食物和水，露茜则拎着一个小包，包里装着她的贵重物品。他们慢慢地、小心翼翼地打开窗，然后等在那里，直到一片乌云飘来夜色变得更深沉，他们才一个接一个地越窗而出，溜进小花园。他们屏住呼吸，弯下腰，深一脚浅一脚地穿过花园，来到花园篱墙的阴影下，沿着树篱摸到一个通向麦田的缺口。他们走到那个缺口时，霍普一把拖住父女俩，把他们扯到阴暗处，他们静静地卧倒在地，吓得浑身直抖。

多亏了在草原上多年磨砺，霍普有一双山猫一样灵敏的耳朵。他和父女俩刚一卧倒，便听见几步远处响起一声凄厉的猫头鹰的叫声，不远处马上有同样的叫声回应。与此同时，一个模糊的黑影从他们刚才想经过的缺口处闪了出来。那个人又发出一声凄惨的叫声做暗号，另一个人应声从暗处出现了。

"明天午夜十二点，夜鹰啼三声动手。"第一个人说，显然是个头。

另一个答道："好的。要告诉德雷伯兄弟吗？"

"告诉他，再让他告诉其他人。九到七？"

"七到五！"那人应道，然后两个人向不同的方向消失了。最后的两句话，显然是暗号。两个人的脚步声刚刚消逝，霍普马上跳了起来，拉着两个同伴跨过缺口，以最快的速度穿过了麦田。露茜体力不支时，霍普还得连架带拖地拽着她飞跑。

"快跑！赶快跑！"他一次又一次气喘吁吁地催促道。"已经穿过警戒线了。成功与否完全看行动是否迅速。快跑呀！"

上了大路，他们跑得更快了。路上仅有一次发现有人，他们赶忙闪进一块麦地，以免被发觉。快到城边时，年轻的猎人带着父女俩拐进了一条通向山里的崎岖羊肠小道。茫茫夜色中，两座黑压压的嵯峨山峰赫然耸立在前方。山峰之间的狭道就是鹰谷，马匹在那里等着他们。霍普凭着直觉，在一片巨砾中择路而行，顺着一条干涸了的小溪涧来到了巨石掩蔽的幽僻处。忠实的骡马就拴在那里。露茜骑上骡子，老费里尔带着钱袋骑上一匹马，杰弗逊·霍普骑上另一匹马，带着他们沿着陡峭险峻的山路前进。

对那些不习惯大自然的荒凉原始的人来说，这是一条使人望而却步的山道。山道的一边是万丈悬崖，黑压压的，巍峨挺拔，峭壁上那一道道黑黢黢的石梁，仿佛是魔鬼身上一根根的肋骨。山道另一侧乱石嶙峋，无法前进。一条小道在中间蜿蜒穿过，有的地方狭窄得只容得一个人侧身而过。崎岖不平的山道，只有骑术精湛的人才能穿过。纵使有千难万险，几个逃亡者的心里还是轻松愉快的。每走一步，就离刚刚逃遁出来的暴虐无道的专制统治地区远了一步。

然而，他们很快就发现自己仍然没有逃出摩门教徒管辖的范围。当他们来到山道中最荒僻的地段时，露茜突然惊叫起来，用手指着上方，原来在一块俯视小径的岩石上面，有一个步哨的黑影，在夜色里显得突兀怕人。逃亡者发现他时，他也看见了他们。寂静的山谷里响起了一声军队里查问的口令："谁在那里？"

"去内华达的旅行者。"霍普说着，伸手去取挂在马鞍旁的来复枪。

步哨扣着扳机，向下张望，似乎对他们的回答不太满意。

"是谁批准的？"步哨又喝问着。

"四圣会！"费里尔答道，凭他做摩门教徒的经验，他清楚，这是教会中的最高权威了。

"九到七。"步哨叫着。

"七到五。"杰弗逊·霍普应声答道，他想起了在花园里听到的这句暗号。

"过去吧，上帝与你们同在！"上面的人说，经过这个哨位后，道路宽阔起来，马匹可以小跑前进了。回头望去，他们仍能看见那个步哨支着枪孤零零地站着，他们想已经通过了摩门教徒的最边远的哨卡，自由在望了。

复仇天使

整个夜晚，他们都在乱石密布、曲折险峻的山间小路爬坡涉险。不止一次，他们迷了路，多亏霍普熟悉大山，才使他们一次又一次重返正道。黎明时分，眼前出现了荒凉壮观的景色，他们已置身于白雪皑皑的群山之中，周围山峦重叠，起伏绵延伸向遥远的地平线。山道两旁是悬崖峭壁，崖壁上生长着奇松怪树，悬在头顶上，只要一阵风吹来，就会疾落而下砸在他们头顶上。这种恐惧并非出于幻想，深山幽谷之中，随处可见滚落下来的树木、砾石。当他们通过谷中时，便有一块巨石轰然落下，那声音打破了空谷的沉寂，惊得倦乏的马狂奔起来。

太阳从地平线上慢慢升起，群峰就像节日悬挂的彩灯，一座接一座地点亮了，直到朝霞将所有的峰巅披上了红装。这奇丽壮观的景色使三个逃亡者精神振奋，他们仿佛被注入了新的力量。一条急流在出谷里奔腾而下。他们停住脚步，饮马休整，匆匆吃了一顿早饭。露茜和她父亲都想多休息一会，可杰

·血字分析·

弗逊·霍普却毫不容情地说:"一切都取决于我们的速度,他们随时可能追上我们。到卡森城我们就安全了,那时我们休息一辈子都没有关系。"

整整一天,他们在山道上不停地赶路,傍晚,他们估计离开敌人差不多三十多英里了。夜间,他们在一块凸起的大岩石下安顿下来,躲避凛冽的寒风。为了互相取暖,三个人挤在一起睡了几个小时,可是,天还没亮,他们又启程上路了。一路上没发现后面有人追踪,杰弗逊·霍普以为已经逃出虎口,逃出那个骇人的组织的魔爪了。但他对那铁腕的影响力有多大多广知道得太少,也不知道那只魔掌很快就要赶上他们,将把他们捏得粉碎。

逃亡的次日中午,所剩不多的食物已经吃光了。猎人并没有因此感到不安,深山密林之中,不愁没有猎物充饥。过去他就常常靠那杆来复枪维生。他选择了一个隐蔽的地方,找来一堆枯枝生起火来,让两个同伴暖和一下。他们现在已经身处海拔五千英尺的高山上,冷风瑟瑟,寒气彻骨。拴好骡马,向露茜道别后,他挎上来复枪,出去寻找猎物去了,凭运气打点什么回来吃。他转过身来,只见老人和少女正蜷缩在火堆旁烤火取暖,骡子和两匹马一动不动地站在后面。再走几步老人和姑娘就被山石挡住,再也看不见了。

他翻山越岭,走了两英里多路,毫无所获。不过他从树干上的印迹和其他种种迹象判断,附近有许多野熊出没。可是他搜索了两三个小时,没有任何收获。他准备放弃了,不经意间抬眼看到个东西。他不禁大喜。原来,在离地三四百英尺高的一块突出的山岩边,站着一头山羊模样的动物,长着一对巨大的犄角。这种被称为"大犄角"的野兽,很可能正为猎人看不见的一群同类放哨呢,幸好它面向另一边,没有发现猎人。

霍普卧倒在地,把枪架在一块岩石上,慢慢瞄准后,扣动了扳机。野兽摔向空中,在悬崖边挣扎了一番,滚落到下面的山谷中去了。

这只野兽又大又沉,霍普背不动,只好割下一条腿和一些腰肉。暮色已经临近,他连忙扛起战利品,急着朝来的方向往回赶。可是,迈步时他才发现自己陷入了困境。先前一心猎到野兽,他走得太远,早走出了他熟悉的山谷,要再找到来时的路可不那么容易。他发觉自己身处其中的深谷一时间冒出许多大大小小的峡谷,而且个个都很相似,无法区分。他沿着一条山谷走了大约一英里多路,来到一条山涧旁,他肯定从来没来过这里。确信走错了路,他又试另一条路,还是一样的结果。夜晚很快来临,待他最后找到一条熟悉的小路时,天几乎黑尽了。即使此时要保证不偏离来时的路也绝非易事,月亮还没有升起,山道两旁高耸的峭壁使得周围的一切更加朦胧模糊。身上背着的重物又把霍普压得直不起腰来,忙碌了半天,他实在精疲力竭了。他仍然咬着牙蹒跚而行,心里不停地想着每前进一步,就离露茜近了一点儿,并且他带回的食物,足够今后旅途需要了。

现在他来到中午离开他们的那个峡谷口。即使在夜色里,他仍能认出厄阻在隘口的绝壁的轮廓。他想,他们一定正着急地等他回来,也难怪,这一去将近有五个小时了。他一时高兴,把两手合在嘴边,借着峡谷的回声,高喊一声"喂",表示自己回来了。他停下来,仔细倾听是否有回应。可除了自己的声音在静寂、荒凉的深谷中振荡回响,不再有其他声音。他又扯着嗓子叫了几声,声音稍微大了些,但他那分手不久的朋友仍然没有回答。一种不可名状的恐惧袭上心头,他狂奔过去,情急之中,他把格外珍惜的兽肉丢掉了。

·血字分析·

转过一道弯,当初生火歇脚的地方映入了眼帘。那里有一堆余烬在闪着微光;可看那情形,显然是他走后便无人添过柴了。四周一片沉寂。他的恐惧变成了确凿无疑的事实,他加快脚步走上前。灰堆旁边没有任何活物,马匹、老人、少女全都不见了。事情再明白不过了:他离开之后发生了突如其来的可怕灾难,他俩都没有逃脱,也没有留下任何痕迹。

这打击使杰弗逊·霍普头脑发木,不知所措。他只觉得天旋地转,赶紧抓住来复枪支撑住身体,才没有跌倒。他毕竟是个强人,没多久他就从暂时的软弱中恢复了过来。他从余烬中抽出一节烧了一半的柴棍,把它吹燃。借着微弱的火光,他开始检查这一小片营地。地上布满杂乱的马蹄印,显然,大队人马追上了逃亡者。种种迹象表明,他们回盐湖城去了。他们是不是把两个人都抓走了?杰弗逊·霍普几乎确信他们把老人和少女都带走了,突然他的目光落在一堆东西上,他一阵紧张,毛骨悚然。离那块歇脚的地方不远处,有一小丘新堆的红土,原来肯定没有。绝对不会错,这是刚刚掘成的坟墓。年轻猎人走到跟前,只见坟头上插着一根木棍,在木棍劈开的缝隙处夹着一张纸条。纸条上只有寥寥数字,却简单明了:

约翰·费里尔
生前居盐湖城,死于 1860 年 8 月 4 日

那个坚强不屈的老人就这样死去了,他只离开他短短一个下午,这寥寥几个字竟成了他的墓志铭。霍普又发疯似地四处寻找,看看是否有第二座坟茔,可是没有发现任何痕迹。露茜被这帮可怕的追踪者带回去了,去承受她命中注定的命运,成了某名长老儿子的小妾。年轻人明白她的命运已无法改变,他

自己也回天乏术，他真想随这位老人一起长眠在他最终安息的坟墓中。

积极向上的精神再次驱散了那由于绝望而产生的极度的颓丧。如果说他现在是一无所有了的话，他至少可以用自己的余生为露茜报仇雪恨。不屈不挠的韧劲和毅力使霍普具备了百折不挠的复仇的力量，这大概是他与印第安人相处的时候学来的。他站在余温尚存的火堆旁，觉得唯有彻底、痛快地复仇，亲手杀死他的敌人，才能抚平他心中的悲痛。他下定决心，要将坚强的意志和旺盛的精力全都用于这个目标。

他的脸色苍白而冷峻，他沿着刚才的足印来到扔掉兽肉的地方，将余烬挑燃，烤熟足以维持几天食用的兽肉。他把烤肉捆成一包背上，然后不顾疲惫，沿着仇人的足迹，翻山越岭往回走。

他沿着来时骑马走过的山道，徒步跋涉了五天，直至疲惫不堪，脚痛难耐。夜晚，他倒在乱石之中，睡上几个小时；天还没亮，他就起来赶路了。第六天，他来到了鹰谷，他们那不幸的逃亡之旅正是从这里开始的。从这里可以眺望摩门教徒的家园。此时，他已精疲力竭，虚弱不堪，他手持来复枪站在那里，对着脚下这座寂静的大城市，狠狠地挥动着他瘦削的拳头。他盯着城市看，发现几条主要街道都飘着彩旗，还挂着其他一些节日标志。他正在纳闷为什么张灯结彩，传来了一阵马蹄声，只见一人骑马向他跑来。来人走近时，霍普发现他认识此人，他叫考珀，是摩门教徒，霍普曾帮过他好多忙。当考珀走近时，霍普就跟他打招呼，想打听露茜现在的情况。

他说："我是杰弗逊·霍普，你还记得吗？"

那摩门教徒看着他，满脸惊诧。的确，谁会相信这个面色苍白、衣衫破烂、一脸凶相的流浪汉就是过去英俊潇洒的年轻猎人？当他终于认出这的确是霍普时，考珀脸上的惊诧马上变成了惊慌失措。

他失声叫了起来："你还敢到这里来，简直是发疯了。要是被人看见我同你讲话，我都会丢掉小命的。四圣会已经发出通缉令抓你了，罪名是你帮助费里尔父女逃跑。"

霍普诚恳地说："我不怕他们，也不怕什么通缉令。考珀，你一定知道这件事，我求你，无论如何要回答我几个问题。我们一直是朋友，看在上帝的分上，请别拒绝我。"

那摩门教徒惶恐不安地问道："什么问题？快说吧，这些岩石都有耳朵，树木也长着眼睛哩。"

"露茜·费里尔现在情况怎样？"

"她昨天嫁给小德雷伯了。别这么垂头丧气，嗨，振作点儿；你怎么像丢了魂似的。"

"别管我，"霍普有气无力地说，他的嘴唇没有一点血色，瘫坐在刚才靠着的那块大石头上，"你说，结婚了？"

"是的，昨天结的。新房上挂彩旗就是为了这事。在谁该娶她的问题上，小德雷伯和小斯坦杰森吵了一番。他俩都去追踪了父女俩，是斯坦杰森开枪杀死她父亲的，他觉得自己更有权力得到她。他们在四圣会上争得不可开交，德雷伯一派势力更大，先知就把露茜交给了德雷伯。但是，不管谁娶了她，她都活不多久了；昨天我看见她面无血色，哪里还像个女人，更像个鬼。喂，你要走吗？"

"对，我要走了。"霍普说着站起身来。他的脸仿佛是大理石雕琢成的，神情冷峻而坚然，两眼露着凶光。

"你去哪儿？"

"你别管。"他答道，然后他扛上枪，大踏步走入了山谷，直奔大山深处野兽出没的地方。群兽之中，再也没有比霍普更凶猛、更危险的动物了。

那个摩门教徒的预言果真应验了。或许是因为父亲的惨死，或许是因为被迫成亲悲愤交加，可怜的露茜从此消沉颓丧，日见消瘦，不到一个月就香消玉殒了。她那酒鬼丈夫娶她的目的，主要是为了约翰·费里尔的钱财；对于她的故世，并没有多少悲痛；倒是他的妻妾们对她的死表示了哀悼，并且依照摩门教的习俗，在她下葬之前通宵守灵。第二天凌晨，她们仍围坐在灵柩四周，房门突然被撞开，一个衣衫褴褛的男人大踏步走进来，面目狰狞，饱经风霜，她们吓得惊恐万状、目瞪口呆。那男人瞧也不瞧那些身如筛糠般的妇女，径直走到一度曾容纳着露茜纯洁魂灵的洁白、安详的遗体旁。他俯下身去，在她那冰凉的额头上恭恭敬敬地吻了一下，接着，拉起她的手，从手指上取下那只婚戒。他凄厉地吼叫了一句："她绝不能戴着这个东西下葬！"人们还没来得及叫喊，他早已飞身下楼，消失得无影无踪。这一幕如此离奇而且突然，如果不是露茜新娘身份的标志——金戒指不翼而飞，这无法否认的事实，连当时的目击者也不敢相信是真的，别人就更无法相信了。

杰弗逊·霍普在大山里游荡了几个月，过着原始的流浪生活，念念不忘报仇雪耻。与此同时，城里流传着这么一个传闻，一个神秘古怪的人潜行在城郊一带或者是出没于深山幽谷之境。有一次，一颗子弹呼啸着穿过斯坦杰森的窗户，射在离他不到一英尺远的墙壁上。又有一次，德雷伯从峡谷经过时，绝壁上一块大石头落了下来，幸好他一个饿狗扑食趴在地上，否则难逃此劫。两个年轻的摩门教徒很快便发现了有人企图索取他们性命的原因。于是他们多次深入崇山峻岭，要逮住或干掉他们的敌人，却屡遭失败。他们只好小心行事，绝不单独外出，天黑以后闭门不出，还在宅院四周加岗布哨。后来，他们再没听到仇敌的消息,也没发现仇敌的行踪,才松了口气,放松了警戒。他们希望,时间会冲淡仇敌心头的复仇烈焰。

然而,事情并非如此如愿,相反,仇敌的复仇之心更坚定了。霍普天生具有坚忍不拔、百折不挠的个性,除了报仇雪恨,其他任何情感都不可能占据他的心灵。他也是一个很实际的人。他很快认识到,即使自己是铁骨钢筋,也无法承受这种过度的劳顿。日晒雨淋,风餐露宿,他已经疲乏不堪。如果像条野狗似的暴毙于荒山野岭,那么他的复仇大业将无法完成。他坚持下去,只有死路一条。这种结局岂不正中敌人下怀。为了不致陷入缺衣少食的极度贫困之中,万般无奈之下,他返回到了内华达的银矿,他要在那里养精蓄锐,积攒足够的钱,来达到自己报仇的目的。

他原来计划最多离开一年,但是由于各种意外情况的阻碍,他在银矿上一待就是五年。五年过去了,往日的深仇大恨仍然记忆犹新,报仇雪恨的渴望依然像那个难忘的夜晚站在费里尔坟边时同样的迫切。他乔装打扮,隐姓埋名,再一次回到了盐湖城。他但求报仇雪恨,早把自己的生死置之度外了。可到了盐湖城,等待着他的是坏消息:摩门教徒几个月前闹了一次分裂,部分年轻教徒起来反抗长老的统治,结果有相当多的反叛者退出教会,离开犹他州,成为了异教徒。德雷伯和斯坦杰森也在其中,但没有人知道他们的去向。据说,德雷伯早就把他的大部分财产变卖了,离开时是个腰缠万贯的富翁。而他的伙伴斯坦杰森,相比之下却相当贫穷。他们究竟现在何处,无人知道。

通常在如此困难的局面下,一个人无论怎样报仇心切,恐怕也会放弃复仇的念头了。可是,杰弗逊·霍普却毫不动摇。他带着为数不多的积蓄,不时打些零工,在美国一个城市接一个城市地寻找仇敌。一年年过去，他的一头黑发变成了斑斑白发，可是他依然继续漂泊，就像一头机警凶猛的猎犬，全身心地投入到终生为之奋斗的复仇目标上。终于，苍天不负有心人。他只是在一扇窗口瞥见了一张面孔，从这一瞥中他断定：他追踪的两个仇敌就在俄亥俄州的克利夫兰城。他回到自己的住所时，已把复仇的方案筹划得天衣无缝。可是，说来也巧，德雷伯那天也从窗口认出了大街上这个流浪汉，而且还从他眼神中看到了杀机。于是，他在斯坦杰森的陪同下（斯坦杰森已经当了德雷伯的私人秘书），慌忙找到一位地方治安长官，向他报告说：由于遭到一位旧日情敌的嫉恨，他们的生命受到了威胁。杰弗逊·霍普当天晚上就被捕了，因为找不到保人，一连被拘留了几个星期。当他终于获释时，德雷伯的住所早已人去楼空，德雷伯和他的秘书动身去了欧洲。

　　霍普的复仇计划又没有成功。可是他心头聚集的仇恨激励着他继续追踪。由于缺乏资金，他不得不再工作一段时间，省下每一铜板作为未来的旅资。终于，他攒足了维持生活的钱，启程前往欧洲。到了欧洲，霍普又一个城市一个城市地追踪仇敌；沿途他靠各种低贱卑下的工作来维持温饱，却始终没能追上这两个亡命者。他到达圣彼得堡时，他们已经离开去巴黎了；他追到巴黎，他们又刚刚动身去了哥本哈根；在丹麦首都，他又迟到了几天，他们旅行去伦敦了。到伦敦后，霍普终于查到了他们的下落。至于以后伦敦发生的一切，华生医生日记记录得十分详细，我们来看看老猎人的叙述吧。

华生回忆录续篇

囚犯激烈的反抗显然不是针对我们而来，当他发现自己无。能为力时，便友善地笑了起来，并说希望他在挣扎的时候，没有弄伤谁。他对福尔摩斯说："我想，你打算把我送到警察局去吧。我的马车就停在门口。如果你们将我的腿松绑，我可以自己下楼上车，我可不像过去那样容易就被人抬得起来。"

格雷格森和雷斯垂德交换了一下眼色，似乎认为这样的要求胆大包天。而福尔摩斯却立即相信了犯人的话，解开绑在他脚踝上的毛巾。他站起来，伸了一下腿，好像是要证实一下它们是真的自由了。至今我仍记得，当时我看着他的时刻，心里在想，如此体格魁梧的人还真的少见。他那张晒得黝黑的面孔显出坚毅而精力旺盛的神情，就像他那力大无比的体格一样令人望而生畏。

"我想，如果警察局长一职有空缺的话，你是最合适的人选了。你对我留下的种种线索的侦破方法，实在是精细缜密。"他看着我的同伴，言语中流露出毫不掩饰的钦佩之情。

"你们最好跟我们一起去。"福尔摩斯对那两个侦探说。

"我给你们赶车。"雷斯垂德说。

"好极了！那格雷格森就跟我坐在一起吧。还有你，医生。你对此案一直很感兴趣，不如也跟我们走一趟吧。"

我欣然同意了，我们就一块儿下了楼。案犯无意逃跑，平静地跨上了那辆原本属于他的马车，我们随后也上了车。雷斯垂德坐到车夫的座位上，扬鞭策马，很快就将我们带到了目的地。我们被领进一间小屋，那里有一位警官，他把案犯的姓名以及他被控谋杀的两人的姓名一一记录下来。这个警官面孔白皙，表情冷漠，机械呆板地履行着自己的职责。最后，他说："案犯将于本周内提交地方法庭审讯。杰弗逊·霍普先生，在此期间，你还有什么要交代的吗？我必须事先申明，你所讲的一切都将记录在案，成为呈堂证供。"

"我有许多话要讲，"犯人慢腾腾地说，"我想将事情的来龙去脉讲清楚。"

"等到审讯时交代不是更好吗？"警官问。

"可能我永远也受不到审讯了。"他回答道，"诸位不必吃惊，我并不是想自杀。你是医生吗？"当他说到最后一句话时，他把那双凶狠黑亮的眼睛转过来看着我。

"是的，我是医生。"我说。

"那好，请你用手按住这里。"说着，他微笑了一下，用铐住的手指了一下胸口。

我照他的话用手按压着他的胸部，立即感觉到他的胸腔里有一种不同寻常、杂乱的悸动。他的胸腔壁就像是一座不牢固的建筑里开着一台功率过大的机器，不停地震颤抖动。在这间寂然无声的屋子里，我清楚地听到他胸腔里发出一阵阵嘈杂的嗡鸣声。

"怎么，你得了动脉血瘤症！"我叫了起来。

"他们都这么说。"他平静地说，"上个星期，我去看了医生。他告诉我，血瘤过不了多久就会破裂。这些年来，这病一年一年恶化。这种病是在盐湖城群山之中风餐露宿，过度劳累，又长期吃不饱引起的。现在大仇已报，对于什么时候死，我一点儿都不在乎。不过，临死之前，我还是想把这件事情交代清楚，我不希望被人当成一个普通的杀人凶手。"

警官和两个侦探匆忙讨论了一下准许他讲述事情始末是否恰当。

"医生,你认为他的病有突然恶化的危险吗?"警官问。

"的确如此。"我回答道。

警宫又说:"既然这样,为了维护法律的公正,我们的职责就是录下他的口供。先生,现在你可以自由陈述了。我再一次提醒你,你所说的一切都将记录在案。"

"请原谅,我得坐下来讲。"犯人边说边坐了下来,"这血瘤症让我很容易感到疲乏,何况半个小时前我们还扭打了一场,这只会加重这毛病。我是个半截身子入土的人了,我不可能向你们撒谎。我说的绝无半句假话,至于你们如何处置,对我都无关紧要。"

说完这番话,杰弗逊·霍普便靠在椅子上,讲述了下面这篇震撼心灵的供词。他讲述时沉着镇定,条理清楚,仿佛在讲述一件平淡无奇的事情。我可以保证,我所摘录的一概绝对准确无误,因为我有机会看了雷斯垂德的笔记本,他逐字逐句地记下了案犯的供词。

他说:"我为什么痛恨这两个人,对你们来说无关紧要。重要的是,这两个家伙罪该万死,他们害死了一对父女,杀人必须偿命,他们是罪有应得。这是很多年前的事了,我不可能找到他们犯罪的任何证据,到法庭去控告他们。但我知道他们有罪,我下定决心,自己充当法官、陪审员和刽子手。如果你们是男子汉大丈夫,而且又处在我的位置上,你们也会像我一样干的。

"我刚刚提到的那个姑娘,十年前是我的未婚妻,可是她却被逼嫁给了这个德雷伯,以致悲伤欲绝,含恨而终。当她去世后,我从她的手指上摘下了这枚结婚戒指,并且向天发誓,德雷伯一定得睁眼望着这只婚戒去死；另外，我还要让他死得明白，善恶自有天报应，他的死是死有余辜。我带着这枚戒指找遍了两大洲，终于让我找到了德雷伯和他的帮凶。他们以为亡命地四处奔波就可以拖垮我，他们可是打错了算盘。即使我明天就可能死去，这是非常可能的，但我知道，我活在这个世上的任务已经完成了，出色地完成了。那两个人死了，而且是我亲手杀死的，那么，我还有什么可牵挂的呢。

"他们家财万贯，而我不过是个穷光蛋。所以，四处追踪他们，这事的确不那么容易。我到达伦敦时，差不多已经囊空如洗了。我发现自己不得不赶紧去找点活干。赶车、骑马，对于我来说，不过是驾轻就熟之事。于是我到一家马车行去找工作，很快就得到了这份工作。我每个星期必须向车主缴纳一定数目的租金，剩余的钱才是自己的。余款尽管不少，但我省吃俭用，日子也还过得下去。但令我头痛的是，我不认得路。我觉得，在道路纵横复杂的城市中，伦敦城是最令人一筹莫展的。于是，我随身总是带着一张地图。直到能准确地辨认一些主要的旅馆和车站后，我的工作才开始得心应手起来。

"我查到了这两个家伙的住址，花了不少工夫。我东访西查，终于有一天，我很偶然地碰见了他们。他俩住在泰晤士河对岸坎伯韦尔区的寄宿公寓里。当我找到他们时，我对自己说，这两个恶棍总算落在我的手中了。我蓄了胡须，他们不可能认出我来。我不会轻易让这机会溜走，我要伺机杀了他们。我下决心，这次怎么也不能让他们从我的眼皮底下溜掉了。

"尽管如此，他们还是差一点又逃出了我的掌心。无论他们走到哪儿，我都会像影子一样紧紧地跟在后面，有时候驾车，有时候步行。赶车这法子比较好，他们逃脱的机会比较小。但是，如果这样的话，我只能在清晨或是深夜才能拉几趟客，赚点儿钱，我就不可能按时向车主交租了。然而，只要我能如愿杀了这两个家伙，我可顾不了那么多了。

"不过，他们非常狡猾，肯定猜到有人可能在跟踪他们，从不单独外出，晚上也从来不出门。这两个星期，我每天都赶着车跟在他们后面，可一次也没见他俩分开过。德雷伯总是喝得酩酊大醉，斯坦杰森却一点也没有掉以轻心。我从早到晚窥探他们的行踪，可是根本找不到机会下手。不过，我并没有因此而灰心丧气，因为我内心有种声音在对我说，报仇雪恨的时刻就要到了。唯一让我担心的是，如果我胸口的毛病突发的话，我的复仇计划将化为泡影。

"终于，有一天傍晚，当我赶车在他们旅居的托魁街转悠的时候，我看见一辆马车停在公寓门口。不一会儿，有人搬出了几件行李，德雷伯和斯坦杰森也紧跟着出来，上车走了。我赶紧挥鞭追了上去，远远地尾随在后边。当时我心里扑扑地跳个不停，担心他们又要换地方了。他们在尤斯顿车站下了车。

我找了个小男孩帮我看守马车，自己跟着他们上了站台。我听见他们要买去利物浦的票，可是车站的人说去利物浦的火车刚刚开走，几个小时之内不会再有第二班车了。斯坦杰森听了似乎不太高兴，德雷伯却非常开心。我混在嘈杂的人群中，差不多贴到了他们的身边，他们说的每一个字我都听得清清楚楚。德雷伯说他得去办件私事，如果斯坦杰森愿意等的话，他过一会儿就回来。他的同伴劝阻他，并且提醒他说，他们曾经说好的不要单独行动。德雷伯说，这事很微妙，他必须一个人去。斯坦杰森又说了什么，我听得不是太清楚，我只听见德雷伯破口大骂，说他不过是自己雇佣的仆人，怎么倒支使起主人来了。听了这些话，这名秘书先生只好闭嘴，不再说什么了。跟着，他同德雷伯商量说，如果没赶上最后一班去利物浦的火车，就去哈利戴旅馆会面。德雷伯答应十一点以前赶回车站，说完他就走了。

"我等候多日的机会，这个千载难逢的机会，终于来到了。我的仇家已经完全落入我的掌心了。他俩一道行动，可以互相照应；可是一旦分开，那可就该听由我摆布了。尽管如此，我并没有心急火燎地行动起来。我早已制订好了一套复仇计划。如果仇人没有时间弄清楚自己死于谁的手上，如果他不明白到底为什么会遭到这样的报应，这样的复仇根本就不是我想要的。我的复仇计划十分周密，按照计划，我要让这个十恶不赦的恶棍死得明明白白，他是死有余辜。碰巧的是，几天前有位先生乘我的马车去布里克斯顿路察看房子，忘了其中一座屋子的钥匙在我的车里。当天晚上，他来取回了钥匙，可是在这之前，我早已经印下一个模印，原样仿配了一把。有了这把钥匙，我在这座大都市里至少有了一个比较安全的地方，可以自由行动而不会受到干扰。这时，我要做的就是如何把德雷伯弄到那座房子里去。

"他沿着大街往前走，中间进过一两家酒馆。在第二家酒馆里，他待了差不多半个小时。他出来的时候，喝得有几分醉了，走起路来踉踉跄跄。前面正好有辆双轮马车，于是，他上了那辆马车。我一路紧跟在后边，我那匹马与双轮马车的距离差不多只有一码远。我们经过了滑铁卢桥，又在大街上跑了好几英里。然而，让我惊讶不已的是，他又回到了他原来住的地方。我不知道他回去到底想要干什么。我跟着他继续往前赶，在离房子大约一百码的地方，我停下马车。他走进屋去了，他乘的那辆马车也离开了。请给我一杯水，说了这么多，我已经口干舌燥了。"

我递给他一杯水，他一饮而尽。

他说:"好多了。嗯,我等了十五分钟,或许还久一点儿,突然房子里传来一阵吵闹声,好像有人在里面打架。紧接着,大门砰的一声打开,出来了两个人,德雷伯和一个小伙子,那小伙子我从来没见过。小伙子揪着德雷伯的衣领,当他们走到台阶边时,小伙子使劲儿一推,跟着还踢了他一脚,把德雷伯一下子踹到了大街上。他挥着手中的棍子,对着德雷伯大声吼道:'你这个混账东西!你再敢侮辱大姑娘,看我怎么教训你!'小伙子满面怒色,我想他肯定会用棍子狠狠地揍德雷伯一顿,可是,那个恶棍撒腿就没命地逃走了。他逃到大街的拐角处,看见了我的马车,招呼一声就跳了上车,说:"送我去哈利戴私人旅馆。'

"当他在马车里坐好后,我简直喜不自禁,心脏跳个不停。这时我非常担心在这紧要关头我的血管瘤迸裂了。我慢慢地赶着车,心里盘算着下一步该怎么办。我本可以将他拉到乡下,找条荒僻的小径,将与他的仇怨来个彻底的了断。当我正在思忖的时候,倒是他帮我解决了这个难题。他的酒瘾又上来了,要我在一家豪华大酒店外面停了下来。他一边往酒店里走,一边吩咐我一定要等着他。他在里面一直待到酒店打烊,出来时已是烂醉如泥了,我这次是稳操胜券了。

"别以为我会用残忍的手段干掉他,如果那样的话,这与机械地进行公审有什么区别。我不会这么做的。我计划给他一个机会,如果他能把握得住的话,他完全有可能不死。在我浪迹美洲大陆的日子里,我干过不同的工作,我曾经在约克学院实验室当过看门人和清洁工。有一天,教授给学生们讲授毒药方面的知识,他将一种叫作生物碱的东西给学生们看。这种毒药是他从南美土著造的箭毒中提炼出来的,毒性很大,只要服下一丁点儿就会立刻毙命。我记住了毒药瓶存放的位置,他们都走了后,我就倒了一些毒药出来。我是个不错的配药行家,我把这些毒药配制成易于溶解的药丸,然后一个盒子里放一粒,同时再在小盒子里放入一颗模样一样但无毒的普通药丸。当时我就下定决心,一旦机会来了,我的仇人必须从盒子里挑出一粒药丸吃下,而我则吞服剩下的那粒。就像枪口上蒙着手帕射击可以致人死命一样,这样做也能达到目的,而且还没有声音。从那天起,我就一直把药盒带在身边;现在它终于能够派上用场了。

"当时已是午夜,快一点钟了。这是一个风雨交加的夜晚,狂风呼啸,大雨倾盆。天气十分恶劣,但我却很欢喜,我兴奋得想要大声喊叫。如果在座哪位先生心中揪着一件事,二十年都不能忘怀,一旦突然有了机会,你们就会理解我的心情了。我点上一支雪茄,大口地喷着烟雾,想让自己紧张的情绪平服些。可是,我的双手不停地颤抖,太阳穴突突地跳。我赶着车往前走时,仿佛看见老约翰·费里尔和可爱的露茜在黑暗中看着我,望着我微笑,那么清晰,就像我现在看见你们站在这屋子里一样。一路上,他们一直在我前方,一左一右地站在马的两侧,一直伴着我将车停在布里克斯顿路的那座空宅外。

"当时四周静悄悄的,不见一个人影,除了哗啦啦的雨声什么声音也没有。我透过车窗往车里一看,只见德雷伯蜷成一团,像一堆烂泥样醉卧在座位上。我摇晃着他的胳膊,说:该下车了。'

"'好的,车夫。'他说。

"我想,他以为已经到了他要去的那家旅馆,他没说什么就下了车,跟着我走进花园。他仍然醉醺醺的,我只好扶着他走,以免他摔倒在地。走到门口,我打开门,搀着他走进前厅。我敢向你们保证,一路上,那父女俩一直在前面给我引路。

· 血字分析 ·

"他一边乱跺着脚,一边说:'怎么这么黑。'

"'马上就点灯,'我一边说一边擦亮一根火柴,点燃一根我带来的蜡烛。然后我转过身去,举起蜡烛照着自己的脸,说:'好了,伊诺克·德雷伯,你看看我是谁?'

"他半睁着一双醉眼盯着我看,突然他两眼露出惊恐的神色,整张脸都抽搐起来,他认出我来了。他吓得脸青面黑,跌跌撞撞地后退了几步,我看见他的额头上渗出了大滴大滴的汗珠,滚落在眉毛上,两排牙齿也咯咯地抖个不停。此情此景,太让我开心了,我靠在门上痛快地大笑。我知道,报仇是一件开心的事儿,却从没想到这滋味竟如此畅快。

"我说:'你这个混账东西!我从盐湖城一下追到了圣彼得堡,可每次都让你逃脱了。现在,你逃亡的日子也该结束了。要么是你,要么是我,明天就再也看不见太阳了。'我说话的时候,他又惊恐地后退了几步。从他脸上的表情看,他一定是以为我发疯了。当时我可能的确是狂了,像有铁锤在锤打我的太阳穴一样,我的血管突突地狂跳。我相信,当时要不是我的鼻孔不停地流血,稍稍缓解了一下病情的话,我的病恐怕就会发作了。

"'现在你给我说说,露茜·费里尔到底怎么样了?'我锁上门,大声地吼道,一边还把钥匙在他眼前晃了几下,'惩罚来得太迟了,可它终于还是来了。'我看见他的双唇直哆嗦,似乎想求我饶命,可是他很清楚这不过是浪费口水。

"他结结巴巴地问:'你要谋杀我吗?'

"我回答说:'这怎么能算是谋杀。杀死一条疯狗,能算得上谋杀吗?你这该死的恶棍,当你谋害那姑娘的老父亲,当你把我可怜的心上人从她父亲身边抢走,当你把她抢到你那可恨的新房里去,这个时候你对她有过丝毫的怜悯吗?'

"他喊道：'我又没杀死她父亲！'

"我怒不可遏地吼道：'可是，你伤透了她那颗纯洁的心！'我把药盒推到他面前说：'让万能的上帝来做公正的审判吧！挑一粒药丸吃下去。有一粒会致人于死命，另一粒却可以捡一条命。我吃你剩下的那一粒，让我们瞧瞧，这世界上是否还有公道，听天由命吧。'

"他一边嚷嚷着往后躲，一边哀告求饶。我拔出尖刀，架在他的脖子上，逼着他吞下了一粒药丸，接着我吞下了另一粒。我和他面对面地站了两分钟，看看究竟是谁罪该万死。第一次痛楚发作时，他心里明白了他服的是毒药，脸上露出惊恐而痛苦的表情。那模样我永远也忘不了，见他那丑陋的样子，我畅快地大笑起来，还把露茜的婚戒在他眼前晃动着。生物碱的毒性发作起来相当快。有一阵痉挛使他的脸都扭曲得变了形，他向前伸出双手，在空中胡乱地摇晃了几下，然后惨叫一声，重重地摔在了地板上。我用脚把他踢转过来，用手摸了摸他的胸口。他的心脏停止了跳动，到地狱去了！

"那时我的鼻血不停地往外涌，我压根没注意到。不知怎么，我突然心血来潮，蘸着血在墙上写了一个字。也许这只不过是恶作剧，想让警方误入歧途。我当时的心情的确是太愉快了。我记起纽约曾发生过一起谋杀德国人的案子，死者身上就写着拉契这个字。当时的报纸说一定是某个秘密组织干的。我想这个让纽约人迷惑的字也许也一样会让伦敦人糊涂。于是，我就用手指蘸着鼻血，顺手在墙上写下了那个字。然后我回到停放马车的地方，依然是狂风骤雨。我望了望四周，连个人影也见不着。我赶着车走出好远后，伸手到放婚戒的口袋里一摸，才发现戒指不翼而飞，我猛地一惊。这个戒指是露茜留下的唯一的纪念物啊。我仔细回想，可能是我弯腰察看德雷伯的尸体时，把戒指掉出来了。我马上掉头驾着马车往那座屋子赶。我把马车停在一条僻静的街上，大着胆子向那座空屋走去。为这枚戒指，我愿冒任何的风险。刚走到那座屋子外，我就看见一个警察正从屋里走出来。我马上装出一副醉醺醺的样子，打消了他的怀疑。

"这就是伊诺克·德雷伯之死的经过。之后我要做的就是如法炮制，杀了斯坦杰森，为约翰·费里尔报仇。我知道斯坦杰森住在哈利戴旅馆，我整日在那家旅馆附近转悠，可他根本就不出来。我猜想，可能是因为德雷伯没有如约回来，他起了疑心。斯坦杰森是只老狐狸，老奸巨猾。可是，如果他以为只要待在房子里，我就接近不了他，那他可就是打错了如意算盘。我很快就查清了哪扇窗是他的卧室的窗户。第二天一大早，我搬来放在旅馆后面一条小巷里的梯子，趁着朦胧的晨光，爬进了他的房间。我叫醒他，对他说，他许多年前杀过人，现在是血债血偿的时候了。我把德雷伯死时的情形讲了一遍，也让他选一颗药丸服下。他不要我给他的活命的机会，一个鲤鱼打挺从床上跳起来，猛扑上来掐我的喉咙。为了自卫，我一刀扎进了他的心脏。用什么方法都好，结果都是一样的，上帝不会让那只罪恶的手捡起那粒无毒的药丸的。

"我还想补充几句，说完了心里安乐，我也活不了多久了。完事之后，我又赶着马车载了一两天客人。我原打算再干几天，攒够回美国的路费。那天我正站在车行的院子里，忽然有个衣衫褴褛的少年前来打听一个叫杰弗逊·霍普的车夫，他还说，贝克街221号B座有位先生要雇他的马车，我丝毫没有生疑就来了。接下来我只知道这个年轻人用手铐铐住了我的手腕，身手如此敏捷，我这一生还是第一次见到。先生们，这就是我的全部经历。你们可能认为我是谋杀犯，可我认为我跟你们一样都是执法者。"

霍普的叙述如此令人激动,他的态度又如此镇定自若,我们大家都听得入了神,连熟知种种刑事犯罪细节的职业侦探都听得津津有味。他讲完后,好几分钟都没有人说话,屋内一片寂静,除了雷斯垂德速记供词的铅笔在纸上画出的刷刷声。

"有一点我还想了解一下。"歇洛克·福尔摩斯终于开口了,"我登招领广告后,来认领戒指的同伙究竟是谁?"

霍普狡黠地对我的朋友眨了眨眼睛,说:"我可以讲出自己的秘密,但我不能连累别人。我看到你的广告就想到了这可能是个骗局,但我非常想找回我的戒指,于是,我的朋友便主动前来探听虚实。我想,你得承认他干得很漂亮吧。"

"的确如此。"福尔摩斯由衷地说。

警官一本正经地说:"好了,先生们,法律程序必须遵守。本星期四,该罪犯将提交地方法庭审理,届时诸位必须出庭。开庭之前,该犯完全由我负责。"他一边说,一边按了一下铃,杰弗逊·霍普就被两个看守带走了。我和我的朋友离开警察局,乘上马车回贝克街去了。

尾 声

我们本来被要求在本周星期四出庭。但是,到了星期四那天,我们再也不需要出庭作证了。一位至高无上的审判者决定审理这桩案子,杰弗逊·霍普被召到一个特殊法庭去了,在那里他将受到公正的审判。就在被捕的当天夜里,他的血管瘤就迸裂了。第二天一早,有人发现他僵直地躺在牢房的地板上,面容显得十分安详,好像在告诉人们,在升上天堂之前,他大仇已报,他这一生没有白过。

第二天傍晚,我们又聊起这件事,福尔摩斯说:"格雷格森和雷斯垂德听说霍普死了,会气得发疯的。他们还拿什么去自吹自擂呢?"

我答道:"破这单案,我看不出他们做了些什么。"

我的朋友懊丧地说:"在这个世上,你做了什么无关紧要,重要的是,你怎么让人们相信你做了些什么。"过了一会儿,他又轻快地说:"不过,我怎么也不会放弃调查这件案子的。在我的记忆中,没有比这件案子更精彩的了。案子很简单,但对人很有启发。"

我脱口而出:"简单!"

"是啊,很简单,除此之外,我找不出更好的词来形容它了。"歇洛克·福尔摩斯看着我吃惊的样子,笑了笑,"你看,没有人帮助,我只不过很平常地做了一番推理,三天之内就捉住了罪犯,你说这案子不简单吗?"

我说:"是的。"

"我曾经说过,超乎寻常的事一般不会妨碍人们的思想,只会给人启发。解决这类问题,需要逆向推理的能力。这种能力非常有用,又容易掌握,可是人们却很少运用这种能力。在日常生活中,一般的推理方法更为实用,所以人们往往忽略了逆向推理。假如有五十个人用综合的方法推断事物的话,那么只有一个人能够以解析的方法来推理。"

我说:"老实说,我不太懂你的意思。"

"我也没指望你能够完全弄懂。让我试试能不能解释得更明白些。假如你向人描述一系列事实,大多数人都会告诉你可能的结果是什么,他们会在脑子里把这一系列事实联系起来,

尾 声

并且综合这些事实就能得出结果来。但是有一部分人，在你告诉他们事情的结果后，他们就能够通过思维推导出事件的每个步骤。这就是我刚才谈到的逆向推理或者解析推理方法。"

我说："我懂了。"

"好，这桩案子就是一个例子，你只知道结果，其他的必须自己去发现。现在我来说明一下我进行推理分析的详细步骤。从最开始说起吧。你知道我是步行到那座空房子去的。我的头脑里没有任何先入为主的观念。我从检查沿路入手；我已经同你讲过，在那儿我清清楚楚地看见了一辆马车留下的痕迹。通过分析，我肯定那痕迹是夜里留下的。再说，车轮之间的轮距比较窄，我敢确定那是一辆出租马车，而不是私家马车，伦敦城里所有出租马车都比私家马车窄得多。

"这是我调查得来的第一收获。然后，我慢慢地沿着花园小径走，那条小径是条黏土路，容易留下痕迹。也许你会觉得那是一条被人践踏过的烂泥路，但用专业眼光来看，小径上的每个印痕都有意义。侦探学的各个分支中，最重要而且最受重视的，当推足印探查这门技艺。我历来都很重视这门技艺，而且实际侦探中经常使用它。我看见了警察们留下的笨重的靴印，我也注意到了最先走过花园的那两个人的足印。那两人的脚印比其他人的还早，这容易证明，他们的脚印有的已经被人反复践踏，完全消失了。因此，我的第二步推理就出来了：夜间来客有两个人，一个高个子（从他的步距中推算出来的），另一个衣着考究（从他留下的考究的靴印判断出来的）。

"走进屋里，我的推断就得到了证实。那个穿高级皮靴的先生就躺在我的面前。如果是谋杀的话，那个高个子就是凶手。死者身上没有伤痕，可是，从他脸上流露出的焦虑不安的表情看，他在临死之前，已经料到自己的命运了。那些死于心脏病，

·血字分析·

或诸如此类的突发病症的人，脸上绝不可能出现激动焦虑的神情。我嗅了嗅死者的嘴唇，闻到了一点儿酸味，我敢肯定，他是被逼服毒而死的。还有，从他脸上流露出的憎恨和恐惧的表情看，也可推测出他是被逼服毒的。我就是利用排除法得出结论的，其他假设都与事实不相符合。你别以为我是在耸人听闻，强制服毒在犯罪史上有不少先例。任何毒物学家都会马上联想到敖德萨的多尔斯基一案和蒙特培利尔的莱特里尔一案。

"接下来谈谈最关键的问题，那就是谋杀动机是什么。谋杀却不是为了抢劫，死者身上的财物都在。那么，它到底是政治谋杀，还是情杀呢？对这两个答案，我倾向于后一种假设。如果是政治谋杀的话，凶手一旦得手，必然会立刻逃之夭夭。而此案却没有，凶手很镇定，毫不慌张，屋里留下了不少的痕迹。这点说明案犯一直都在案发现场。这件杀人案一定是因为个人仇怨，不会是政治暗杀，只有仇杀案才会这样处心积虑地实施报复。当发现墙上的血字后，我对自己的判断更加有信心了。很清楚，这只是个障眼法。当发现戒指后，问题整个儿就解决了。显然，凶手就是用这枚戒指让死者回忆起某个死去的或不在场的女性。我就这事还问过格雷格森，在拍往克利夫兰的电报里，是否询问过德雷伯的一生有什么不寻常的事。你是否还记得，他当时回答说，没有。

"后来，我又仔细地检查房子，检查的结果进一步证实了我对凶手身高的判断，并且我还发现了一些细节，如印度产雪茄、凶手的长指甲等等。由于屋里没有打斗的迹象，我又推断出地板上的血迹是凶手兴奋时流的鼻血。我发现，凡是有血迹的地方，就有他的足印。除非气血特别旺，一般人很少会因情绪激动而大量出血。因此，我又大胆地推测凶手可能是个赤面壮汉。事实证明我的判断十分准确。

尾 声

"离开案发现场后,我又去做格雷格森忽略了的事。我发了封电报给克利夫兰警察局长,查询伊诺克·德雷伯的婚姻状况。回电印证了我的推测。电文上说,德雷伯曾指控过一个叫杰弗逊·霍普的情敌,并请求警察局庇护,而这个霍普现在就在欧洲。我知道这个神秘的案件已经在我的掌握之中,要做的就是捉拿凶手了。

"我敢肯定,同德雷伯一起走进空宅的人就是那个车夫。从道路上的那些痕迹看,拉车的马曾经四处乱踏过,要是有人看守着它,它不可能随便走动的。那么,车夫如果不在屋里,他能去哪儿呢?另外,一个脑瓜子正常的人,会故意在一个肯定会告发他的第三者面前犯罪吗?这也未免太荒唐了。最后一点,假如有人想在伦敦城里跟踪一个人,除了做车夫外,还能有其他更好的方法吗?因此,我敢得出一个非常肯定的结论:杰弗逊·霍普这个人,必须在伦敦的出租马车夫中去寻找。

"如果他曾经做过车夫,那么,他不会因此就不干这一行了。正好相反,从他的角度考虑,突然改变工作倒会引起注意。至少在短时间内,他会继续干这一行。我认为他也不会用化名,在一个没有人知道谁是谁的国度里,他为什么要改名换姓?所以我就组织一批街头流浪儿,将他们派到伦敦每一家马车行去打听,一定要打探到我要找的人。你肯定还记得,他们干得多漂亮,这支队伍反应快捷,使用方便。谋杀斯坦杰森确实出乎我的意料,可它却是无法避免的。你已经知道,斯坦杰森被害后我找到了两粒药丸,这一点我早就推测到了。你看,整个案子就是一条逻辑链上相互衔接的链条。"

"妙极了!"我大声说道,"你的功劳应当公之于众,让大家都知道。你应该公开破案的经过。如果你不愿意,我来替你发表。"

"医生,随你的便吧,"他答道,"你看看这个!"他说着,递给我一张报纸,"你看这儿!"

这是一张今天的《回声报》,他指的那一段报道的正是我们谈论的这单案件。

报上说:"由于霍普暴病身亡,公众失去了一个轰动性的话题。霍普是谋杀伊诺克·德雷伯和约瑟夫·斯坦杰森的疑犯。我们有足够的证据证明,这是一件陈旧的桃色纠纷刑事案,涉及到爱情以及摩门教等问题,但是案情的细节却不得而知。看来两个被害者在年轻时都曾是摩门教徒,暴亡的在押犯霍普也来自盐湖城。如果这件案子说不上别的意义的话,至少它明确地显示了我警探破案之神速,而且还可以告诫所有外国人:在本国解决宿怨才是明智之举,千万不要把恩怨带到不列颠的国土上。如此神速地侦破了一桩刑事案件,这荣誉完全应该属于苏格兰场著名警官雷斯垂德和格雷格森两位先生,这已经不是一个什么秘密了。据悉,凶手是在一位叫歇洛克·福尔摩斯先生的家中被捕的。歇洛克·福尔摩斯作为一名私家侦探,也表现出了一定的侦探才能,相信在两位神探的提携下,他将来必定会有所成就的。据估计两位警探将受到嘉奖,以表彰他们取得的卓越功绩。"

歇洛克·福尔摩斯哈哈大笑道:"刚开始我不就对你说过吗?这就是血字分析的结局:给他们挣来了嘉奖!"

我回答道:"没关系。事实经过都记在我的记事本里,公众会知道真相的,只要知道料事如神,你也该满足了,正像罗马守财奴所言——**是非任由他人说,我自逍遥自得意。**"

四签名

李浥波 译

演绎法的研究

歇洛克·福尔摩斯从壁炉台的角上拿下他的瓶子,又从整洁的山羊鞣皮盒里取出一个皮下注射器来。他用修长、白皙、有力的手指调好精细的针头,卷起左手衬衫袖口。双眼注视着自己强壮的前臂和手腕沉思了一会儿,那儿布满了无数的针孔。终于,他插入针尖,按下了细小的活塞,然后坐进绒面扶手椅里,满足地长吁了一口气。

几个月来,我亲眼目睹他每天三次这样做。然而,我对此并没有习以为常,相反,见此情形,我的焦躁日渐加重。一想到没有勇气制止他,我的良心夜夜不安。我一次又一次想对我的朋友说出心里话,然而他那冷峻、淡漠的神情,让人感到难以随意向他进言。他才能卓异,气度非凡,我多次领教过他那超乎常人的本领,这使我在想要劝阻他时,胆怯畏缩。

可是,那天下午,不知是午餐时我多喝了酒,还是他那若无其事的态度激怒了我,我突然感到再也忍不住了。

"今天注射的是什么?"我问,"吗啡还是可卡因?"

他正在看一本老黑体字印的书,无精打采地抬起头来。

"是可卡因,"他说,"百分之七的溶液。你想试试吗?"

"我才不试呢,"我粗暴地回答说,"我的体质还没有从阿富汗战役中恢复过来,再不能给体内注入任何毒素了。"

他对我的激烈措辞付之一笑。"也许你是对的,华生,"他说,"我想,这对身体有害。不过,我发现它能强烈刺激和清醒大脑,所以,其副作用就不值一提啦。"

·四 签 名·

"可是你要想想!"我严肃地说,"想想代价!像你说的那样,你的大脑兴奋了,激动了,但这正是一个致病的过程,它会加剧器官组织变质,至少会留下永久性衰弱。你也知道它的副作用多么可怕,这肯定是得不偿失。为什么要为一时的快感而丧失你那卓尔不群的才智呢?我不仅是对你的身体负责的医生,而且还是你的朋友,才说这番话的。"

看来,他并没有生气,反而把十指尖顶在一起,双肘靠在围椅的扶手上,像个颇喜欢交谈的人。

他说:"我的大脑不能停止思考。给我难题,给我工作,给我最难解开的密码,或是最复杂的分析工作,让我回复到属于我的气氛中。这样,我才不需要人为的刺激。我厌倦枯燥乏味的生活,渴求精神上的兴奋。这就是我选择这种特殊职业的原因,或者说,我创造了这种职业,因为我是世界上唯一从事这种职业的人。"

"唯一的私人侦探吗?"我抬眼问道。

"唯一的私人咨询侦探,"他回答说,"我是侦探界的最高上诉法庭。当格雷格森、雷斯垂德、阿瑟尼·琼斯遇到难题时——这是他们常有的事——难题就会摆到我的面前。我以专家的身份审查材料,发表专家的意见。我这样做并非图名,报纸上并不发表我的名字。工作本身,为我的特殊才能找到用武之地所带来的快乐,就是对我的最大回报。你不是也领略过我在杰弗逊·霍普案中所采用的工作方法吗?"

"的确如此,"我诚恳地说,"那是我平生印象最深的事件。我已把它写成了一本小册子,取了个新颖的题目:《血字分析》。"

他不满地摇摇头。

"我粗略看了一遍,"他说,"照实说,不敢恭维。侦探是一门，或者说应该是一门精确的科学，应该用同样冷静而不带感情色彩的方式来论述。你试图给它染上浪漫的色彩，无异于将爱情故事或私奔事件掺杂到欧几里得的几何学里。"

"可是确有那么浪漫，"我抗议道，"我不能篡改事实！"

"有些事可以不提，至少在处理它们时应知道孰轻孰重。此案中唯一值得一提的，是运用奇妙的分析推理，从结果中找出原因，我就是运用这一方法，成功地破获此案的。"

我的作品是专为讨他的欢心而写的，他的批评使我大为不快。我得承认，要求书中的每行每字都必须描写他个人的特殊行为的利己主义激怒了我。我和他共住在贝克街的那些年里，我不止一次地觉察到，我朋友那冷静和说教式的态度里，隐藏着些许虚荣。我没吱声了，只是坐着护理我受过伤的腿。不久前，我的腿上挨过枪子儿，虽不妨碍走路，但每到变天，就感到疼痛难忍。

"最近我的业务已发展到欧洲大陆了，"过了一会，福尔摩斯装满了他那支欧石南根做的旧烟斗后说，"上星期福朗斯瓦·勒·维拉德向我求教，这个人，你也许知道，近来在法国侦探界出人头地。他具有凯尔特民族敏感的直觉力，但缺乏进一步提高技术水平所必备的广博知识。案件关涉到一份遗嘱，有点意思。我教他去查看两个类似的案例，一个是1857年发生在里加市的案例，另一个是1871年发生在圣路易市的案例，这两个案例给他揭示了破案的真正办法。这儿有一封我今天早上收到的他寄来的致谢信。"

他说着，递过一张皱巴巴的外国信纸。我看了一眼，信中尽是赞美之词，什么"伟大""高超的技艺""有力的行动"，足以证明这位法国人充满了热切的感激之情。

"他像是个跟老师说话的小学生。"我说。

"噢，他过高地评价了我给他的帮助，"福尔摩斯轻声说道，"他天赋极高，具备一个理想的侦探家应具备的大部分素质。他有观察能力，有推理能力。他只缺少学识，总有一天会获得的。他正在把我的几篇作品译成法文。"

"你的作品？"

"哦，你还不知道吧？"他笑了，大声说道，"很惭愧，我写了几篇专论，都是技术方面的。比方说，有一篇叫《论各种烟灰的辨别》。此文列举了一百四十种雪茄烟、卷烟、烟斗烟丝的烟灰，并附有彩色插图，以说明烟灰的区别。这是刑事审判中常常出现的重要证据，有时还是案件的重要线索。举例说，如果你断定某一谋杀案系一个抽印度雪茄的男人所为，显然缩小了侦查范围。在训练有素的人看来，印度雪茄的黑灰与'鸟眼'牌的白灰的区别，正如白菜和土豆的区别一样大。"

"你具有区别细节的非凡才智。"我评价道。

"我十分注重细节。我写了一篇关于脚印跟踪的专论，里面谈及用熟石膏保存脚印的方法。这里还有一篇新奇的小论文，谈及职业对手形的影响，并配有石匠、水手、木刻工、排字工、纺织工和磨钻石的工人的手形插图。这对于科学的侦察有很大的实用价值，特别是在无人认领的死尸案中和显示犯人原有经历时有用。我的爱好让你乏味了吧。"

"一点不乏味，"我恳切地答道，"我对此极有兴趣，特别是能有机会亲眼目睹你对它的实际应用。你刚才说到观察与演绎。当然，在某种程度上，两者是相互关联的。"

"啊，不一样，"他回答说，舒舒服服地靠在扶手椅里，从烟斗里吐出一股浓浓的蓝色烟圈，"举个例说，根据观察，我知道你今天早上去了韦格摩尔街邮局，但根据演绎，我才知道你在那里发了一份电报。"

·演绎法的研究·

"对了!"我说,"两点都对了!真弄不明白你是怎么知道的。我一时心血来潮发了一份电报,从没对任何人说起过。"

"这个太简单了,"他说道,对我的惊奇暗自一笑,"简单得没必要解释,但解释一下有助于区分观察和演绎的界限。我观察到你的鞋面上沾有一些红色的泥土。韦格摩尔街邮局对面正在修路,挖出的泥土就那样胡乱地堆在路上,走进邮局难免踩进泥里。那个地方的泥土有一种特殊的红色,据我所知,附近其他任何地方都找不到这种红色。这就是观察,其余的就是演绎了。"

"那么,你是怎样推断出那份电报的呢?"

"那当然,我知道你没写过一封信,因为整个上午我就坐在你对面。我还看到你桌上有一整张邮票和厚厚的一扎明信片。你去邮局不是发电报又是干什么呢?排除所有其他因素,剩下的就是事实。"

"此事确实如此,"我略加思索,回答说,"这事儿,如你所说,太简单了。如果我让你这套理论接受一个更严峻的考验,你会不会认为我无礼呢?"

"恰恰相反,"他回答说,"那样我就用不着再来一针可卡因了。我很乐意探究你提出的任何问题。"

"我听你说过,一个人用过的日用品很难不留下他个人的印记,受过训练的观察者对此一目了然。现在,我这里有一只新近得到的手表。你能否告诉我这表原来的主人的性格和习惯吗?"

我递过表去,心中暗自欣喜,因为我知道这种考验是行不通的,算是给他平时那种武断腔调的一个教训吧。他咂摸着手表,细审过表壳,又打开后盖,先是用肉眼,继而又用高倍放大镜察看机件。他合上后盖,把表递给了我,看到他那张沮丧的脸,我差点笑出声来。

·四 签 名·

"几乎找不到痕迹,"他说,"这表刚清洗过,把最有启发性的痕迹洗掉了。"

"不错,"我答道,"我拿到之前就清洗过了。"

我暗自责备我的朋友竟用这种站不住脚的借口来掩盖自己的失败。即便是一只没有清洗过的手表,他又能找到什么痕迹呢?

"尽管不令人满意,但我的观察并非毫无结果。"他说道,茫然无神的眼睛盯着天花板,"如有不对,请你指正。我断定这只表是你哥哥的,是你父亲传给他的。"

"你无疑是从表面的 H. W. 两个字母猜出来的吧?"

"的确如此。字母 W 代表你的姓。这表大约是五十年前制造的,缩写字母和表一样旧,因此是上一辈人刻上去的。珠宝通常是传给长子,长子很可能袭用父亲的名字。我没记错的话,你父亲已去世多年,所以这表一直在你哥哥手里。"

"说的都对,"我说,"还有什么?"

"他是个不修边幅的人——非常不爱整洁而且粗心。他本来有着美好的前程,但他放弃了所有的机会,有段时间生活潦倒,偶尔也有境况好的时候,最后因嗜酒而死。这就是我推断出的全部。"

我从椅子里跳了起来,心烦意乱地在屋子里踱来踱去,极度的酸痛涌上心头。

"你这就不对了,福尔摩斯,"我说。"我真不敢相信你竟会转而说出这个。你已调查过我不幸的长兄的履历,此时假装用玄妙的方法推断出这些事实。你别想让我相信,这是你从这块旧表上观察到的!你太无情无义了,说白了,你玩的是骗术!"

"我亲爱的医生,"他和蔼地说,"请接受我的道歉!我把这件事当成了一个理论上的问题,没想到它会触痛你的隐私。但我保证，在你把表递给我之前，我决不知道你还有一个哥哥。"

"那你究竟是怎样推断出这些事实的呢？每一点都绝对正确。"

"啊，那不过是侥幸罢了。我只是说出了某些可能性，确实没想到会如此准确。"

"那么，并不是猜测啰？"

"不，不，我从不猜测。那是个坏习惯，有害于逻辑推理。你感到奇怪，只因为你没跟上我的思路，也没注意到重大事件是靠某些细小的事实推断出来的。比方说，我一开始说你哥哥很粗心。看看这块表，不仅下面的边缘上有两处凹痕，整个表面尽是伤痕，这是因为他习惯把硬币、钥匙之类的硬物和表一起放在同一个口袋里。这么随随便便地对待价值五十英镑的手表，说他是个粗心的人，不算过分吧。一个继承了如此贵重之物的人，说他在其他方面亦所获甚丰，不算牵强附会吧。"

我点头表示领会他的推断。

"在英国，当铺老板的惯常做法是，用针尖在表壳内刻上当票的号码。这比贴标签更为方便，号码既不会遗失，也不会混淆。我用放大镜看过，表壳内这类号码不少于四个。结论是：你哥哥时常拮据困顿。另一个结论是：他有时境况不错，否则就不会赎回自己的典当品。最后，请你看看上弦的钥匙孔，孔的四周有无数印痕，那是插入钥匙时留下的痕迹。头脑清醒的人上弦怎么会留下这些痕迹呢？但醉汉的表没有不留下这种痕迹的。他夜间上弦，因而留下了手腕颤抖的痕迹。这有什么玄妙的？"

"经你一说，昭如白日，"我答道，"多有冒犯，后悔莫及。我应该充分相信你的非凡才智。请问目前是否正在进行某项案件的调查？"

"没有,所以注射可卡因。离开思考,我不能活。离开思考,活着为了什么?请站到窗前来。难道有过如此沉闷、凄凉、毫无生趣的世界吗?看吧,大街上黄尘滚滚,飘过一幢幢灰暗的房屋。难道还有比这更无聊、更卑俗的吗?医生,当英雄无用武之地时,他的才智又有何用?犯罪是寻常事,苟活是寻常事,寻常又寻常,在这个世界上,才智如粪土!"

我正想开口回答他那激烈的言辞,突然传来响亮的敲门声,我们的房东进来了,托着铜盘,上面放着一张名片。

"先生,有位年轻女士求见。"她对我朋友说。

"玛丽·摩斯坦小姐,"他念道,"嗯,这名字生疏得很。赫德森太太,请她上来。别走,医生,我欢迎你留在这儿。"

案情的陈述

摩斯坦小姐走进屋来,步履稳健,仪态镇静。她是个年轻的金发女郎,轻盈、秀美,戴着手套,穿着十分得体。但她那朴素的装束表明她的生活并不优裕。她的外套是暗灰色的斜纹呢料的,没有装饰,没有镶边,戴一顶暗灰色的小帽,只在帽边上插了一根白色的翎羽。外貌谈不上美丽,情态却温柔可爱,一双蓝色的大眼睛神采飞扬,含情脉脉。我到过三大洲,见过许多国家的女人,还不曾见过如此优雅聪慧的美貌。当福尔摩斯请她坐下时,我看见她嘴唇微微颤动,手轻轻发抖,表现出内心的紧张与不安。

"福尔摩斯先生,"她说,"我来找你,是因为你帮助过我的主人赛西尔·弗里斯特太太解决过一桩小小的家庭纠纷。你的仁慈和技术给她留下了很深的印象。"

"赛西尔·弗里斯特太太。"他思索着反复念着这个名字,"我好像是帮过她一个小忙。但我记得那个案子非常简单。"

"她可不这么认为。至少你不能说我的案子同样简单。我几乎想象不出比我现在的处境更奇异,更令人费解的事情了。"

福尔摩斯搓着手,双眼放亮。他坐在椅子里,倾身向前,轮廓分明的、鹰一般的脸露出全神贯注的神情。

"请陈述案情。"他以生气勃勃而又郑重其事的口气说。

我感到我在场有些不方便。

"请原谅,失陪了!"我说,一边站起身来。

令我吃惊的是,这位年轻的女士抬起她戴着手套的手留住了我。

"如果你的朋友愿意留下,他会给我很大的帮助的。"

我又坐回到椅子上。

她继续说:"简单地说,事情是这样的:我父亲是驻印度的军官,我很小的时候就被送回家。母亲去世后,我在英国举目无亲。我被送到爱丁堡一所条件很好的寄宿学校,直到十七岁才离开那里。1878年,我父亲——他是兵团里资深的上尉——请了一年的探亲假。他从伦敦发电报给我,告知已平安到达,住在朗格汉旅馆,催促我前往会面。我记得他的电文里充满了慈爱。我一到伦敦就驱车赶到朗格汉旅馆。旅馆里的人告诉我,摩斯坦上尉确实住在那里,但头一天夜里外出后尚未回来。我等了整整一天,毫无消息。那天夜里,按旅馆老板的建议,我与警方取得了联系。第二天早上,各家报纸都刊登了寻人启事。寻找毫无结果。打那以后,至今没有我不幸的父亲的消息。他满怀希望,回家寻找安宁与舒适,可是……"

她将手放在喉部,泣不成声。

"日期?"福尔摩斯问,打开了记事本。

"他是1878年12月3日失踪的,差不多10年了。"

"他的行李呢?"

"留在旅馆。里面没有可提供线索的东西——一些衣服、一些书,还有大量安达曼群岛的古玩。他曾是那里监管囚犯的军官。"

"他在城里有朋友吗?"

"我们只知道一个,叫舒尔托少校,和他同在一个兵团,驻孟买的34步兵团。少校在我父亲回来前不久退伍,住在上诺伍德。我们当然与他联系过,但他竟不知道我父亲已经回国。"

"奇怪的案件!"福尔摩斯说。

"最奇怪的事我还没讲呢。大约6年前,确切地说是1882年5月4日,《泰晤士时报》刊出征询玛丽·摩斯坦小姐住址的广告。广告上说,如果她回应,对她有利。没有署名也没有留地址。当时我刚到赛西尔·弗里斯特家当家庭教师。按照她的建议,我在报纸广告栏里登出了我的住址。就在当天,我收到通过邮局寄给我的一个小纸盒,里面装着一颗很大的、闪闪发亮的珠子。只字未留。从那以后,每年的同一天,我都收到一个同样的盒子和同样的珠子,寄件人的线索一点也没有。据专家鉴定,这些珠子是稀世珍宝,价值连城。你们自己看看吧,珠子确实很美。"

她边说边打开一个扁平的盒子,我看到六颗平生从未见过的最美的珍珠。

"你所说的有趣极了,"福尔摩斯说,"还发生了别的事吗?"

"是的,就在今天。所以我来找你。今天早上,我收到这封信,你自己看看吧。"

"谢谢,"福尔摩斯说,"还有信封。邮戳:伦敦西区,7月

7日。啊，信封角上有一个男人的大拇指印，也许是邮递员的。最好的纸张，六便士一扎的信封。此人非常讲究。没留地址。

> 今晚七时请于莱西姆剧院外左第三根柱处等候。如见疑，请偕二友同来。你是受屈女子，将获公道。切勿带警察，否则尽皆徒劳。你不知名的朋友。

啊，这真是一桩小小的怪事！摩斯坦小姐，你有何打算？"

"这正是我要问你的。"

"那我们一定得去。你和我，噢，还有华生医生。信中不是说'请偕二友同来'吗？他和我做过搭档。"

"他肯去吗？"她恳切地问道。

"如能为你效劳，我将无上荣幸。"我热切地说。

"你们俩真好，"她答道，"我过着隐居的生活，没有可求助的朋友。我六点到这儿，行吗？"

"不能再晚了，"福尔摩斯说，"还有一点，这封信的笔迹与珠宝盒上地址的笔迹相同吗？"

"我全带来了。"她说着便拿出六张纸。

"你是一个模范的委托人，考虑周到。好，让我们看看吧。"他把纸全摊在桌子上，一张接一张飞快地扫视了一眼。"除信之外，全做过手脚，"他说，"但必须承认这是原作。请看这个希腊字母 e 显得多么突出，再看末尾的 s 的弯法。毫无疑问，全出自一人之手。摩斯坦小姐，我无意给你奢望，但这手迹与你父亲的手迹无任何相似之处吗？"

"绝无相似之处。"

"我就希望听到你这样说。我们等着你，六点。请允许我留下这些纸，我想去之前再研究研究。现在才三点半，好吧，再见。"

"再见!"我们的客人答道。善良的明眸一个个看了我们一眼,把珠宝盒塞进怀里,匆匆走了。

我立在窗口,看着她轻快地朝街那边走去,直到她那灰暗的帽子和白色的翎羽消失在阴郁的人群中。

"多么迷人的女郎!"我转身对朋友说。

他又点燃了烟斗,合上双眼靠在椅子里,懒洋洋地说:"是吗?我没注意。"

"你真是一台机器——一台计算机,"我嚷道,"有时简直没点儿人性。"

他温和地笑了,大声说道:

"最重要的是,不要让你的判断力受到个人特质的影响。对我来说,委托人仅仅是一个单位,一个问题里的一个因素。情感的特质有损于清醒的理智。我认识的最迷人的女人,为了保险金毒死了三个小孩,结果被绞死。我认识的最不讨人喜欢的男人,是个慈善家,他捐了近25万镑给伦敦的贫民。"

"可是,这一次……"

"我从不把任何事当作例外。例外证伪法则。你不是研究过笔迹特征吗?对这个人的笔迹,你有何高见?"

"字迹清晰、规整,"我答道,"是个有商人习惯且性格坚强的人。"

福尔摩斯摇头道:

"看看他写的长字母。它们差不多都没高于一般的字母。d像个a,l像个e。有个性的人无论字迹写得多么潦草,字母的长短总是分明的。写k时犹豫不决,写大写字母时充满自信。我要走了,去了解一些情况。我介绍一本书给你——一本最杰出的著作,是温伍德·瑞德写的《殉道者》。我一小时后回来。"

我捧着书坐在窗前,但思维全不在本书作者大胆的推测上,我在想着刚才来过的客人——她的笑容、深沉圆润的嗓音、威胁她生命的怪事。如果她父亲失踪时她只有十七岁,那她现在二十七岁了——芳龄正妙,这个年龄的人稚气已脱,经历已使她变得成熟。我坐在那儿这样幻想,直至脑子里产生危险的念头,于是赶紧坐到桌前,仔细研究一篇最新的有关病理学的论文。我是什么人,一个军医,跛着一条腿,银行里没存几个子儿,怎敢有这样的妄想呢?她只是案件中的一个单位,一个因素——再不是别的了。假如我的前途黯淡,也得像个男子汉直面它,而不能凭缥缈的想象使它变得光明起来啊。

寻 求 解 答

福尔摩斯五点半才回来。一办起案来,他便乐观、兴奋,心情极好,不再心灰意冷、沮丧无聊。

"这案子没什么很神秘的,"他说着,端起我为他泡好的茶,"事实表明只有一种解释。"

"什么!你已经弄清楚啦?"

"还不能这么说。我找到了一个有启发性的事实,极有启发性,但还需要增加一些细节。在查阅旧《泰晤士时报》的合订本时,我发现住在上诺伍德的前孟买34步兵团的舒尔托少校,死于1882年4月28日。"

"可能我太迟钝了,福尔摩斯,我看不出这能启发什么。"

"看不出?真让我吃惊。那么,这样来看看这个案子吧。摩斯坦上尉失踪了。他在伦敦可能拜访过的人只有舒尔托少校。舒尔托少校否认听说过他在伦敦。四年后舒尔托死了。死后一周,摩斯坦上尉的女儿收到一件贵重的礼物,以后每年收到一次,现在又收到一封信,说她是个受了委屈的女子。除了失去父亲外,她还有什么委屈呢?为什么舒尔托刚一死,她就收到了礼物呢?莫非是舒尔托的继承人知道其中的秘密,以此弥补罪过吗?你对此有何异议?"

"如此补过,不可思议!再说,他为什么六年前不写信,到现在才写呢?还有,信中说要给她公道。她能得到什么公道呢?这不是比设想她父亲还活着更离奇吗?你又不知道她是否还受过别的委屈。"

"令人费解,确实令人费解,"福尔摩斯沉思地说,"但今晚之行会使案情真相大白。啊,来了一辆四轮马车,摩斯坦小姐在里面。你准备好了吗?我们下去吧,时间已经不早了。"

我拿起帽子和我那笨重的手杖,看见福尔摩斯从抽屉里取出他的手枪,塞进口袋里。显然,他认为今晚的事情极为严重。

摩斯坦小姐披着黑色的斗篷,她那张敏感的脸上保持着镇定,但显得苍白。如果她对我们今晚将要进行的冒险行动没感到任何不安,那她一定是个非同寻常的女子。然而,她的自制力极强,很快回答了福尔摩斯提出的一个新问题。

她说:"舒尔托少校是爸爸一个特别要好的朋友,他的信中总是提到这位少校。他们俩都是安达曼群岛驻军的指挥官,所以常在一起。另外,在我爸爸的抽屉里发现了一张无人能读懂的神秘纸条。我想这东西也许并不重要,但你可能想看看,所以带来了,就是这张。"

福尔摩斯小心翼翼地展开纸条,平铺在膝盖上,然后用双层放大镜有条不紊地审视了一番。

"纸是印度当地出产的,"他说,"曾被钉在木板上。纸上的图案好像是一所大建筑物样图的一部分,有许多大厅、走廊和甬道。有个地方用红墨水画了十字,十字上方用铅笔模糊地写着'左3.37'。左角处有一个神秘的符号,像左右相连的四个十字。符号旁潦潦草草地写着'四人签名——乔纳森·斯茂、默哈米特·辛格、阿巴杜拉·克汉、多斯特·阿克巴',我实在看不出这张图与本案有何关联,但它确实是一份很重要的文件。这张图一直被小心地保存在皮夹子里,因为两面同样干净。"

"我们是在他的皮夹子里找到的。"

"请好好保存,摩斯坦小姐,也许对我们有用。我现在觉得,此事比我当初想象的更玄妙,更令人费解。我必须重新考虑自己的看法。"

他靠在车座里,从他那紧皱的眉宇间和那凝注的眼神里,我看出他陷入了沉思。摩斯坦小姐和我低声交谈着我们眼下的行动和可能的结果。但我们的朋友始终保持着捉摸不透的沉默,直到我们到达目的地。

九月的夜晚,还不到七点,天已变得阴沉沉的,蒙蒙细雨般的浓雾笼罩着这座大都市。灰暗的云团阴郁地低悬在泥泞的街道上空。河岸两边的路灯有如蒙眬的睡眼,斑斑点点,将暗弱的微光洒在泥泞的人行道上。黯淡的黄光透过商店的橱窗,穿过空中迷茫的雾气,照在拥挤的大街上。在我看来,朦胧黯淡的灯光照在络绎的人群的脸上,显现出荒诞和怪异:有人忧郁有人欣喜,有人憔悴有人快乐。所有的人正从黑暗走向光明,又从光明走向黑暗。我并非是多愁善感的人,但阴郁、沉闷的夜晚,再加上我们即将卷入的事件,使我不禁紧张沮丧。从摩斯坦小姐的表情中,可以看出她和我有同样的感受。只有福尔摩斯没有受到任何影响。他把笔记本摊放在膝上,借着随身携带的电筒光,不停地记着数据和其他材料。

莱西姆剧院的两旁入口人头攒动。剧院前双轮马车和四轮马车如流水一般辚辚而至,卸下穿着礼服的男人和披着围巾、戴着珠宝的女人。我们刚走近约定的第三根柱子边,一个黝黑矮小,马车夫装束的精明的男子向我们打招呼。

"你们是和摩斯坦小姐同来的朋友吧?"他问道。

"我是摩斯坦小姐,二位先生是我的朋友。"她说。

他用尖锐而疑惧的目光逼视着我们。

"请原谅,小姐,"他说,态度强硬固执,"向我担保你的同伴中没有警官。"

"我担保。"她答道。

他吹了一声刺耳的口哨,一个街头流浪汉引来一辆四轮马车,打开车门。我们坐进车厢里,和我们搭话的男人跳上车夫座位。没等我们坐稳,车夫就扬鞭策马,马车急速冲过雾蒙蒙的街道。

处境奇特。我们既不知道去哪里,也不知道去干什么。邀请我们要么是彻头彻尾的骗局——这是难以置信的假设——要么我们有理由相信,这次旅行会带给我们重大的结论。摩斯坦小姐的态度仍像以前一样坚决而镇定。我极力鼓励和逗乐她,讲些我在阿富汗经历的冒险故事;说实话,我自己对我们的处境感到惴惴不安,对我们的命运感到前景未卜,致使我的故事讲得乱七八糟。至今她还拿我讲的一个故事取笑我:深夜一头滑膛枪钻进我们的帐篷,我拿起双管小老虎开火。起初,我还能辨别经过的路线和方向,但没过多久,由于车速太快,大雾弥漫,更加上我对伦敦不够熟悉,我迷失了方向,除了知道走了很远的路程外,其他一概不知。但福尔摩斯没有迷路,当马车穿过广场,行驶在弯弯曲曲的小道上时,他喃喃地说出了所有的地名。

"罗彻斯特街,"他说,"现在是文森特广场。现在我们到了沃克斯霍尔大桥路。显然,我们正前往萨里坡。是的,没错。我们上桥了。你们可看到河了。"

我们果然看到了泰晤士河的景色,灯光映照在宽阔、平静的水面上;但我们的马车仍在奔驰,不久就驶入了河对岸弯弯曲曲的街道中。

"沃兹沃斯路,"我的朋友说,"修道院路,拉克霍尔小巷,斯托克威尔街,冷港小巷。马车似乎没有把我们带往上流社会居住的地方。"

我们的确到了一个可疑又可怕的地方。只有拐角处酒吧里粗俗刺眼的灯光,映照着长排长排灰暗的砖房。接着是几排两层楼的住宅,每幢楼都有一个小花园,随后是一片显眼的新砖房——这座大都市在郊区扩建的建筑群。最后,我们的车子停在一条新街的第三栋房屋前。其他的房屋都没住人,我们停车处的那栋房子和周围的房屋一样漆黑,只有厨房窗户里射出一线微弱的光。我们一敲门,立刻就有一个印度仆人开了门,他围着黄头巾,穿着宽大的白裇,系一条黄色饰带。在郊外一幢二等住宅的门前出现一个东方仆人,显得很不协调。

"主人一直在等候你们……"没等他说完,里屋就有人高声喊道:"吉特穆特迦,带他们来我这里,直接来我这里。"

秃头的故事

我们跟着印度人穿过一条肮脏的普通甬道,光线暗淡,陈

·四 签 名·

设简陋,走到右边的一个门时,他把门推开了。昏黄的灯光从屋里照射到我们身上,灯光下立着一个矮小的男人。高而突出的头上一圈红发,秃顶油光发亮,就像枞树林里耸起的一座山峰。他站在那里,双手紧紧握在一起,脸上的肌肉不停地抽搐——时而微笑,时而皱眉,一刻也不能平静。天生耷拉着下唇,露出一排错落不齐的黄牙,他不停地用手遮掩下半张脸,但无济于事。他虽然秃了头,但看上去还年轻,实际上不过三十来岁。

"摩斯坦小姐,愿为你效劳,"他不断高声重复道,"先生们,愿为你们效劳。请到我的小房间里来吧。小姐,这房间很小,却是按照我的爱好摆设的。这是伦敦南郊荒凉的沙漠中一片小小的艺术绿洲。"

我们被请进房里,里面的摆设使我大吃一惊。破烂的房屋与里面的陈设极不协调,就像一颗上等的钻石摆在一个铜托子上。墙壁上挂着极华丽精美的窗帘和花毯。花毯结着环,露出裱贴精致的油画和东方特色的花瓶。琥珀色和黑色的地毯又软又厚,踩在上面舒服极了,就像踩在一层苔藓上。两张大虎皮横铺在地上,屋角处的席子上立着一个高大的水烟筒,更显出东方特色的富丽。屋顶中央一根隐约可见的金线悬挂着一盏银鸽式的吊灯。灯火燃烧时,散发出淡淡的清香。

"我叫塞笛厄斯·舒尔托,"矮个子说,脸上肌肉抽搐着,笑得极不自然,"你自然是摩斯坦小姐,二位先生是——"

"这位是歇洛克·福尔摩斯,这位是华生医生。"

"哦,医生?"他兴奋地叫了起来,"你带了听诊器吗?我能否请你——你是否愿意?我担心我心脏的二尖瓣有毛病,请你帮个忙。我的大动脉还不错,但我想听听你对我的二尖瓣的看法。"

按他的请求，我听了听他的心脏，但没发现任何不正常，除了因极度紧张而全身发抖外。

"心脏正常，不必紧张。"我说。

"请原谅我的焦虑，摩斯坦小姐，"他轻快地说，"我苦难深重，一直疑心心脏不好。听说正常，我很高兴。摩斯坦小姐，如果你的父亲能克制自己，没伤害他的心脏，他或许仍健在呢。"

我愤慨已极，真想给他一记耳光，这种微妙敏感的事情，他竟若无其事，轻轻松松地说了出来。摩斯坦小姐坐下来，面色苍白。

"我的心里早已明白父亲已经去世。"她说。

"我会告诉你一切的，"他说，"并且，我会替你主持公道。无论我哥哥巴索洛谬会说什么，我也会替你主持公道。很高兴，你的两位朋友不仅能护送你，还能对我所要做的、所要说的做个见证。我们三人可以大胆地对付巴索洛谬，但不得有外人参与——不能有警察和官员。无须外人干预，就能圆满地解决所有的问题。巴索洛谬最讨厌将事情公开。"

他坐到一把矮靠椅上，眨巴着他那无神的、噙着泪花的蓝眼睛，期待地望着我们。

福尔摩斯说："我个人担保，严守你说出的所有秘密。"

我也点头表示同意。

"好极啦！好极啦！"他说，"摩斯坦小姐，可以敬你一杯香槟酒吗？或者托凯酒，行吗？我没有别的酒。我开一瓶行吗？不行？那好吧，我相信你不会反对我抽烟的，不会反对这种东方烟草的香气的。我有点紧张，我发现，我这水烟是一种无价的镇静剂。"

他把点烟的蜡捻儿放在了大烟斗上，烟从烟斗里的玫瑰香水中轻轻飘出。我们三人围坐成一个半圆，头凑在一处，双手支着下巴。神情怪异，面肌痉挛的矮个子，将他那高而发亮的头凑在我们中间，局促不安地喷出一团团烟雾。

他说："当初决定和你取得联系时，就应该告知我的住址，但我疑心你会忽视我的请求，带来一些不合适的人。所以，我冒昧做出这种安排，让我的仆人威廉斯先和你见面。我完全信任他的随机应变的能力。我嘱咐他，如果情况不对，当即了断。预先做此安排，还请见谅，因为我是个性情孤傲的人，甚至可以说是个情趣优雅的人，而警察最为粗俗不堪。我天生厌恶粗俗的实用主义，极少与粗鄙之徒来往。如你们所见，我生活于优雅的情调中。我自命为艺术家，这是我的嗜好。这幅风景图画是柯罗①的真迹。尽管有的鉴赏家可能怀疑那幅萨尔瓦多·罗萨②的作品，但这一幅毫无疑问是布盖洛③的作品，我对法国现代派情有独钟。"

"请原谅，舒尔托先生，"摩斯坦小姐说，"我们被请到这儿，是因为有话见教，时间不早了，我想我们的谈话愈简短愈好。"

"最好先别忙，"他答道，"因为我们一定得去上诺伍德与我哥哥巴索洛谬会面。如果我们想胜过他，必须一同前往，他对我采取的合乎情理的步骤气急败坏。昨晚我们吵了一架，你们简直想象不出他发怒时样子多么可怕。"

"如果要去上诺伍德，最好立刻动身。"我冒昧地说。

他笑得涨红了脸。

---

① 柯罗（1796—1875），法国画家。法国风景画从传统的历史风景画过渡到现实主义风景画的代表人物。

② 罗萨（1615—1673），意大利风景画家、铜版画家。

③ 布盖洛（1825—1905），法国画家。

"这样做太冒失啦,"他说,"如果突然带你们去,我不知道他会说些什么。不,我必须告诉你们咱们如何相互配合,好让你们有所准备。首先要说明的是,这段故事里尚有几点连我自己也没有弄明白。我仅能就我所知告诉你。

"我的父亲,也许你们已经猜到,就是以前印度兵团里的约翰·舒尔托少校。大约十一年前,他解甲归田,住在上诺伍德的樱塘别墅。他在印度发了财,带回一大笔钱,许多贵重的古玩,还有几个当地仆人。有了这些优越条件,他给自己买了别墅,过着奢侈的生活。他只有两个孩子,巴索洛谬和我,我们是孪生兄弟。

"我清楚地记得摩斯坦上尉失踪所引起的轰动。详情是从报纸上得知的。由于了解到他曾是我们父亲的一个朋友,所以在父亲面前无拘无束地谈论过此事。他常和我们一道揣测事情究竟是怎样发生的。我们丝毫没有怀疑过,他会把整个秘密埋藏在自己的心里——只有他一人知道阿瑟·摩斯坦的命运。

"但我们确也知道,神秘的恐怖威胁着父亲。他不敢独自出门,还雇了两名职业拳击手在樱塘别墅当保镖。今晚给你们驾车的威廉斯就是其中一个。他曾获得英国轻量级冠军。父亲只字不提他究竟害怕什么,但他十分厌恶木腿人。有一次,他朝一个木腿人开枪,结果那人只是一个兜揽生意的并无恶意的商贩,我们只得赔偿一大笔钱了事。哥哥和我以为这只不过是父亲一时的冲动,但后来所发生的事情使我们改变了看法。

"1882年春,父亲收到一封来自印度的信,此信如晴空霹雳。他打开信后差点昏倒在早餐桌旁,从此一病不起。信的内容我们一概不知,但他拿着信时,我看到上面只有潦潦草草的几行字。他多年来一直患有脾肿大,这一来,病情急剧恶化,四月底我们得知他已毫无希望了,想最后见我们一面。

"当我们走进他房间时,只见他靠着高枕,呼吸急促。他恳求我们锁上门,站到他床边。然后,拉紧我们的手,给我们讲述了一桩惊人的事,由于极度激动和痛苦,他的声音断断续续。我尽量给你们复述他的原话。

"他说:'在我临终的时候,只有一件事仍压在心头。我亏待了摩斯坦可怜的孤女。我一生的罪孽是万恶的贪婪,它使我独吞了她的财宝,这些财宝至少有一半应属于她。然而我自己也没用过这些财宝——贪婪真是既盲目又愚蠢!强烈的占有欲使我不能忍受与他人分享宝物。瞧,奎宁瓶旁边那个珍珠项圈。连它我也不忍割舍,尽管我是特意挑选出来送给她的。你们俩,我的儿子,要把阿格拉财宝公平地分给她。但不要给她任何东西——包括那项圈——在我死之前。说不定,病成我这样的人,还会好的。'

"他继续说:'告诉你们摩斯坦是怎样死的。他有多年的心脏病,但他瞒着其他人。只有我知道。在印度时,他和我,由于一连串的怪事,获得大批财宝。我把财宝带回英国,摩斯坦回到英国的当天晚上,就径直找到我这儿,领取他的那份。他从车站步行来到这里,已故的忠实的老仆人拉尔·乔达给他开的门。摩斯坦和我对财宝的分配有分歧,我们吵了起来。摩斯坦盛怒之下从椅子里跳了起来,突然手按胸口,面色惨白,向后一仰,头撞在财宝箱角上。我弯下腰发现,天啊,他死啦!

"'我坐了很久,魂飞魄散,不知所措。头一个冲动,自然是报警;但我意识到,肯定会指控我谋杀了他。他是争吵时死去的,头部有伤口,都对我不利。再说,警方调查时定会引发出财宝之事,这是我特别要保守的秘密。他已告诉我,他来时神不知鬼不觉。所以,似乎没有必要让任何人知道这件事。

"'我还在不知如何是好的时候,抬头忽然看见仆人拉尔·乔达站在门口。他悄悄走进来，随手关好门。"别害怕，主人，"他说，"没人知道你杀了他。把他藏起来，还会有谁知道呢？"我说："我没有杀他。"拉尔·乔达摇摇头，笑了笑。他说："我全听见了，主人。我听见你们在争吵，还听见了撞击声，但我会守口如瓶的。屋里的人全睡了，我们一起把他弄走吧。"他的话让我下了决心。如果我自己的仆人都不相信我是无辜的，又怎能指望在陪审团十二名愚蠢的商人面前澄清事实呢？拉尔·乔达和我当夜处理了他的尸体。几天后，伦敦各家报纸就登出了摩斯坦上尉神秘的失踪。从我的话中你们可以看出，此事很难说是我的过错。我的过错是，我们不仅隐藏了尸体，还隐藏了财宝，我得了自己的一份，还霸占了摩斯坦的一份。所以，我希望你们物归原主。把耳朵凑到我耳边来，财宝藏在——'

"就在这时，他的脸色煞变，可怕极啦；他双眼直瞪，下颏下坠，用一种我永远也忘不了的声音喊道：'赶走他！看在上帝的分上，赶走他！'我们俩一齐回头朝他双眼紧盯着的窗户望去。黑暗中一张脸正朝屋里注视着我们。我们能看清他那在玻璃上压得发白的鼻子，满脸的胡子，凶狠的眼睛，凶神恶煞般的表情。哥哥和我奔向窗户，但那人跑了。当我们回到父亲身边时，他已垂下了头，停止了心跳。

"我们当晚搜寻了花园，除窗下花圃上有一只明显的脚印外，没发现任何不速之客的痕迹。但是，仅凭这只脚印，我们或许还会怀疑那张凶狠的脸出自我们的幻觉。然而，不久我们就得到了更确切的证明，我们周围有神秘的人物在活动。第二天早晨我们发现，父亲房里的窗户被打开了，橱柜和箱子全被搜寻过，他的胸前别着一张破纸，上面潦草地写着'四签名'。这几个字是什么意思，秘密来客会是谁，我们从没弄明白。我们所能断定的是：尽管所有的东西都被翻动过，但父亲的财物并没有被盗走。哥哥和我自然把这桩怪事与他平日的恐惧联系起来，但至今仍是个谜。"

矮个子没说了，重新点燃他的水烟筒，沉思地吸了一会。我们坐在那里，全神贯注地听他讲述这个离奇的故事。讲至她父亲死时，摩斯坦小姐面色惨白，我担心她会昏倒。我悄悄地从旁边桌上的威尼斯式的水瓶里给她倒了一杯水，她喝了水后才振作起来。福尔摩斯靠回椅子里，一副心不在焉的样子，眼睑罩过了闪亮的眼睛。看着他，我不由得想起，就在今天他还抱怨过人生平淡无味，至少此时此刻的问题是对他智慧的最严峻的考验。塞笛厄斯·舒尔托打量了我们一番，显然因他讲述的故事所产生的效果感到骄傲，他吸着水烟又讲起来了。

"哥哥和我，你们想象得到，为父亲提起的财宝兴奋不已。几周，几个月，我们挖遍了花园里的每一个地方，但没找到藏财宝的地方。想到藏宝之处刚到嘴边他却死了，我们简直发疯了。从他拿出的那个项圈我们便可断定，失去的财富有多么贵重。哥哥巴索洛谬和我讨论了那串项链。珠子无疑很值钱，他难以割舍，对待朋友，他有父亲同样的缺点。他也曾想过，如果我们放弃项圈，可能会引起闲话，最终将招致麻烦。我所能做的是说服哥哥，让我找到摩斯坦小姐的住址，然后在固定的时候寄给她一颗拆下来的珠子，这样她至少不会感到贫困。"

"你的心肠真善良，"我的朋友说，"你的做法感人至深！"

矮个子摇手反对。

他说："我们只是你财产的受托人，当然这是我的想法，哥哥巴索洛谬是看不到这一点的。我们自己有够多的钱，我无需更多的钱。再说，如此卑劣地对待一位年轻的女子，情理难容。'卑劣为万恶之首'，法国人对此做了精练的概括。我们的分歧越来越大,所以我建了自己的家,离开了樱塘别墅,还带了一个印度仆人和威廉斯。然而就在昨天,我得知发生了一件极为重要的事。财宝找到了,我立刻与摩斯坦小姐联系。此时我们要做的就是驱车前往上诺伍德,拿取我们的那份。昨晚我和巴索洛谬解释过我的想法。也许我们不是他欢迎的客人,但他会等我们的。"

塞笛厄斯·舒尔托先生不再说话了,坐在舒适的矮椅上不停地颤抖。我们都沉默不语,都在想着这桩怪事的新进展,福尔摩斯第一个站起来。

"先生,你自始至终做得很好。"他说,"我们可以告诉你一些你还不知道的事情,以作为对你小小的回报。但正如摩斯坦小姐所说,时间不早了,事不宜迟,赶紧行动吧。"

我们的新朋友小心翼翼地盘好水烟筒管,从幔帐后取下一件羔皮袖领的轻便长袍。尽管夜里天气闷热,他还是严严实实地扣上了长袍,最后戴上一顶兔皮帽,并用帽檐盖住耳朵。这样除了那张表情多变而又清瘦的脸,他身体的其他部位都看不见了。

"我身体有些虚弱,"他带我们走出过道时说,"我只能是个体弱的人了。"

马车正等着我们,这一切显然是预先安排的,因为车夫立刻驱车疾驰。塞笛厄斯·舒尔托说个不停,声音高过了轧轧车轮声。

"巴索洛谬是个聪明人,"他说,"你们猜猜他是怎样找到财宝的?他最后断定财宝在屋内的某个地方,于是他计算了整座房屋的体积,量过了每个地方,没漏掉一英寸之地。他算出整幢房屋高74英尺。他钻穿了楼板,量了厚度,然后把每间房的高度和楼板的厚度加在一起,但发现只有70英尺。还剩

·四 签 名·

下4英尺,那显然是楼顶了。于是他在顶层的用板条和熟石膏做的天花板上打了个洞,在那儿,就在那儿,他发现了一个封闭的、无人知晓的小阁楼,财宝箱就放在正中的两根椽子上。他从洞口放下箱子,当即开箱,他估计珠宝的价值不少于50万英镑。"

听到这笔巨大的数目,我们全都瞪大眼睛看着对方。如果我们确保摩斯坦小姐得到她应有的那一份,她将由一个贫穷的家庭教师变成英国最富有的继承人。当然,一个忠实的朋友会为这种消息感到高兴,但羞愧地说,自私占据了我的心灵,我的心变得铅一般沉重。我吞吞吐吐地说了几句祝贺的话,然后垂头丧气地坐在那儿,耷拉着脑袋,连我们的新朋友说了些什么也全没听见。他显然是个疑病症患者。我朦朦胧胧听见他没完没了地说出一大串病症,并恳求我告诉他无数江湖秘方的配方及其作用,有些秘方他还随身带在口袋的皮夹里,我想他可能记不起那天晚上我给他的任何回答了。福尔摩斯说他听见我告诫矮个子不要服用两滴以上的蓖麻油,并建议用大量的剧毒番木鳖碱作镇静剂。不管怎样,直到马车戛然停下,车夫跳下车开门时,我才松了口气。

"摩斯坦小姐,这就是樱塘别墅。"塞笛厄斯扶她下车时说道。

樱塘别墅的惨案

我们到达当晚冒险行动的最后一站时已快十一点了。大都市潮湿的雾气已抛在身后,夜色宜人。暖风从西边吹来,厚厚的云层缓缓消散，半圆的月亮不时窥破云层。已经能够看清较远的地方了，但塞笛厄斯·舒尔托还是从马车上取下一盏边灯，好让我们一路上看得更清楚。

樱塘别墅建在独自的一片广场上，四周围有高墙，墙头插着碎玻璃。一张窄小的铁夹板门是唯一的入口，我们的向导像邮递员那样在门上砰砰敲了两下。

"谁？"里边的人粗暴地问道。

"是我，麦克默多，你一定知道我会在这时敲门的。"

传来一阵抱怨声，接着是窸窸窣窣的钥匙声。门沉重地向后打开，一个个头矮小，胸脯厚实的男人立在门口，昏黄的灯光照着他向外窥探的脸和两只眨巴眨巴的多疑的眼睛。

"塞笛厄斯先生，是你吗？另外几个是谁？我没听主人说还有别人要来。"

"没听说？麦克默多，你真让我吃惊！我昨晚告诉了哥哥，我会带几个朋友来。"

"塞笛厄斯先生，他今天还没出过他的房间呢，我没接到吩咐，你知道我必须守规矩，我可以让你进来，但你的朋友必须等在外面。"

这是我们没有料到的。塞笛厄斯看着他，不知所措。

"麦克默多，你太不像话了！"他说，"我为他们担保，够了吧！还有一位小姐呢，总不能让她在这个时候站在外面吧。"

"非常抱歉，塞笛厄斯先生，"看门的毫不容情地说，"这帮人可能是你的朋友，但不一定是我主人的朋友。主人待我不薄，我得尽职尽责。你的朋友我一个也不认识。"

"噢，麦克默多，你认得的，"福尔摩斯和蔼地说，"我想你还记得我吧。四年前的那个晚上在爱里森场子里为你举行拳击赛，一个业余拳击手和你拼了三个回合，还记得吗？"

·四 签 名·

"这不是歇洛克·福尔摩斯先生吗?"这位职业拳击手嚷道,"我的天哪!我怎么没认出来?你站在那儿不吱声干吗,上来在我的颏底下来几下你的交叉拳,不就早认出你了吗?啊,你的天赋浪费啦,浪费啦!如果你爱好拳击,造诣一定很深了。'

"华生,你瞧,如果我一事无成,还有一种科学的职业等着我呢,"福尔摩斯笑着说,"我想,我们的朋友不会让我们站在外面受冻的。"

"请进,先生,请进!你和你的朋友都进来吧,"他答道,"很抱歉,塞笛厄斯先生,主人的命令很严,让他们进来之前必须搞清他们是你的朋友。"

院内,一条砾石铺成的小径穿过一片荒芜的空地,弯弯曲曲通向一所方方正正、普普通通的大房子。整座房屋隐现在暗影中,唯有一缕月光照着房屋的一角,在顶楼的窗户上隐隐闪现。这么大的房屋,死一般寂静,让人不寒而栗。就连塞笛厄斯·舒尔托也显得局促不安,手中的提灯不住地抖动,嘎嘎作响。

"我实在不明白,"他说,"一定出了什么事。我明明告诉过巴索洛谬我们会来,可他的窗户里没有灯。这是怎么回事呢?"

"他总是这样戒备森严吗?"福尔摩斯问。

"是的,他沿袭了我父亲的习惯。你知道,他是我父亲的爱子。我时常纳闷,父亲告诉他的要比告诉我的多。月亮照着的那扇窗户就是巴索洛谬的。很明亮,但里面没有灯光,我想。"

"是没有,"福尔摩斯说,"但我看见门旁边那扇小窗户里闪烁着灯光。"

"哦,那是管家的房间,博恩斯通老太太住在那里。她会告诉我们一切的。不过,请你们在此暂候一会,因为她没听说我们要来,如果我们都去,会吓着她的。可是,嘘!什么声音?"

他举起提灯,手瑟瑟发抖,灯光在我们四周摇晃。摩斯坦小姐抓紧我的手腕,我们站住了,心怦怦直跳,侧耳倾听。寂静的深夜,从那所巨大漆黑的房屋里传来一阵阵声嘶力竭的悲惨恐怖的声音——是一个受惊吓的女人发出的凄惨的哭声。

"是博恩斯通太太!"塞笛厄斯说,"屋里只有她一人,等着,我马上回来。"

他奔到门口,以他特有的方式敲开门。一个高大的老太太一看到他,如见亲人,请他进屋。

"哦,塞笛厄斯先生,你来了就好!来了就好,塞笛厄斯先生!"

我们听到她不断重复这些高兴的话,直到门关上了,还能隐约听到。

向导把提灯留给了我们。福尔摩斯慢慢地转动提灯,仔细地查看房子和堆在空地上的大堆垃圾。摩斯坦小姐和我手拉着手站在一起。爱情真是奇妙,我们俩站在一起,在这之前不曾见面,不曾对话,不曾递送秋波。然而,在这危难时刻,我们的手本能地握在了一起。回想起此事就感到惊奇,但在当时我走向她是那么自然;她也常说,当时是本能地转向我,寻求我的安慰与保护。于是,我们像两个孩子手拉着手站在那儿,尽管周围险象环生,但我们的心中平静无惧。

"多么奇怪的地方啊!"她说,环顾四周。

"好像英格兰的鼹鼠在这儿都被释放了。我曾在白拉莱特附近的山边见过类似的情景,那里是探矿工工作的地方。"

"原因完全一致,"福尔摩斯说,"都是探宝者留下的痕迹。别忘了,他们已找了六年。难怪这地方像个砾石场。"

就在这时,门猛地打开了。塞笛厄斯·舒尔托奔出门外,双手朝前伸出,眼睛里充满恐惧。

"巴索洛谬出事了!"他大声叫喊,"吓死我了!受不了啦!"

·四签名·

他惊恐万状,那张从羔皮大领里探出来的脸不住地痉挛,苍白无血;哀求帮助的表情,就像一个惊骇失措的孩子。

"进屋去!"福尔摩斯斩钉截铁地说。

"好,走!"塞笛厄斯·舒尔托恳求道,"我真的不敢领路了。"

我们跟着他一同走进了管家的房间,房间就在过道的左边。老妇人搓着双手,惊恐不安地在屋子里踱来踱去。但摩斯坦小姐的出现给她带来了一丝安慰。

"老天爷,多么甜美、文静的脸!"她歇斯底里地哭诉道,"见到你,我好多啦,哦,我今天受够了!"

我们的朋友轻轻拍了拍她那双粗糙干瘦的手,嘀咕了几句温柔、安慰的话,才使老妇人苍白的脸恢复过来。

"主人把自己锁在屋子里不和我答话,"她解释道,"我整天都在等他的吩咐,因为他常常喜欢一个人待着;刚才我担心出了什么事,于是上楼从钥匙孔里偷偷地看了看。塞笛厄斯先生,你必须上去,必须上去亲自看看。十年来,我见过巴索洛谬·舒尔托先生高兴的样子,也见过他悲伤的样子,但从未见过他现在这副面孔。"

福尔摩斯提着灯,在前面引路,因为塞笛厄斯·舒尔托已吓得牙齿咯咯地响。他被吓成这个样子,上楼时我不得不伸手搀他一把,因为他的双膝直哆嗦。上楼时,我们看到福尔摩斯两次从口袋里拿出放大镜,仔细察看楼梯上棕毛垫上的痕迹;在我看来,那只不过是一点点看也看不清的灰斑。他慢慢地一级一级向上走,低提着灯,从左到右细细观察。摩斯坦小姐留在后面陪伴受惊的管家。

上了第三级楼梯,前面是一段较长的甬道,甬道右边有一幅很大的印度挂毯,左边有三扇门。福尔摩斯小心谨慎地沿着甬道缓缓前行，我们紧随其后，把长长的黑影投在身后的甬道上。第三扇门就是我们要找的地方。福尔摩斯敲敲门，没有回应，接着转动门钮，想猛地推开。但当我们把灯贴近门缝时，才发现门是从里面用一根又宽又结实的插销闩上的。钥匙已经扭转，但钥匙孔还没全被堵上。福尔摩斯弯腰朝里面看去，但立刻直起身来，倒吸一大口气。

"有异常情况，华生，"他说，我从未见过他如此激动，"你看怎么办？"

我弯腰朝钥匙孔看去，吓得缩了回来。隐约闪动的月光照亮了屋子。一张悬在空中的脸注视着我，脸部以下全浸在黑影里——那正是我们的朋友塞笛厄斯那张脸。同样高而发亮的头，同样一圈红发，同样苍白的脸。然而露出恐怖的狞笑，龇牙咧嘴，肌肉板滞。在寂静的、月光照射的屋子里的狞笑，比任何凄惨痛苦的脸或是扭曲变形的脸更令人毛骨悚然。这张脸和我们的矮个子朋友的脸如此相像，我不由得回头看看他是否确实还在我们身旁。我又回想起他说过的话，这两兄弟是双胞胎。

"太可怕了！"我对福尔摩斯说，"该怎么办？"

"门一定要打开。"他答道，朝门猛撞，将全身的重量压在锁上。

门嘎嘎作响，但没被打开。我们一齐朝门猛撞，这时门砰地一声打开了，我们进了巴索洛谬的卧室。

房子布置得像个化学实验室。门对面的墙上摆着双排带玻璃塞的玻璃瓶，桌上摆满了本生灯、试管和蒸馏器。墙角处是一些放在柳条编的篮子里的装酸的瓶子。其中一个好像有点漏，也许已被打破，流出一股黑色的液体，空中散发着一股刺鼻的柏油气味。屋子的一边，在杂乱的板条和灰泥上，立着一架梯子，天花板上有一个大得可以穿过一个人的洞，梯子下零乱地放着一卷很长的绳子。

在桌子旁边的扶手木椅上，坐着房屋的主人，头靠在左肩上，脸上露出恐怖的、令人费解的笑。他已变得僵硬冰冷，显然已死去数小时了。在我看来，他的脸孔和四肢都蜷曲成了十分怪异的模样。扶在桌上的那只手旁，摆着一件奇怪的东西——一根木纹细密的棕色木棍，上面用粗麻线捆着一块像锤子的石头。旁边放着一张破纸，上面潦草地写着几个字。福尔摩斯扫了一眼便递给了我。

他对我使了个眼色："你看看吧。"

在提灯的灯光下，我惊恐地看见上面写着"四签名"。

"天啊，这是怎么回事？"我问道。

"是谋杀！"他说着弯腰察看尸体，"啊！我猜到了，你看！"他指着扎在耳朵上方头皮里的一根黑色的长刺。

"像是根刺。"我说。

"正是一根刺。把它拔出来。要当心，有毒。"

我用拇指和食指拔出长刺。刺拔出后头皮上几乎没留下任何痕迹，只有一个小血点。

"不可思议的难解之谜，"我说，"不仅没弄明白，反而更糊涂了。"

"正好相反，"他答道，"很快就会明白的。只须弄清几个遗漏的环节，案情就会真相大白。"

进屋后我几乎忘记了我们的同伴，他仍站在门口，神情恐惧，绞着双手，独自悲叹。可突然间，他失望地尖叫起来。

"财宝不见了！"他说，"他们抢走了财宝！我们就是从那个洞口取下财宝的。是我帮他取下的！我是最后一个见到他的人！昨晚离开他下楼时听见他锁了门。"

"什么时候？"

"十点。可现在他死了,警察会来的,他们肯定会怀疑是我干的。哦,会的,会被怀疑的。先生们,你们不这样想吧?你们肯定不会认为是我干的吧?如果是我害了他,还会带你们来吗?哦,天啊!哦,天啊!我会发疯的!"

他的手狂乱地抽搐,不停地跺脚。

"舒尔托先生,你没有害怕的理由,"福尔摩斯拍着他的肩膀温和地说,"听我的话,驾车去警察局报案。答应全力协助他们,我们在这里等你回来。"

矮个子茫然地听从了福尔摩斯的话,我们听到他摸着黑跌跌撞撞地下了楼梯。

福尔摩斯的推断

福尔摩斯搓着手说道:"华生,现在我们还有半个小时,要充分利用。我对你说过,我的案子就要了结了,但不能因过分自信而出错。现在案情似乎很简单,但其中可能隐藏着更玄奥的东西。"

"简单?"我不由得问道。

"当然简单。"他以临床教授给学生讲课的口吻说,"就坐在那个角落里,别让你的脚印把事情弄复杂了。开始工作吧!首先,这帮人是怎样进来的,又是怎样出去的呢?房门自昨晚就没打开过。窗户呢?"他提着灯走到窗边,大声说着他观察到的情况,好像不是在对我说话,"窗户是从里面锁好的,窗框很牢实,旁边没有铰链。打开看看,附近没有水管,屋顶也离得很远,但有人爬上了窗户。昨晚下过小雨,窗台上有个脚印，这儿有个圆形的泥印，地板上也有一个，桌旁又有一个。华生，看这儿，这真是个极好的证据。"

我看了看那些清晰的圆形泥印。

"这不是脚印。"我说。

"这对我们更有价值。这是木桩的印迹。你看窗台上，有个带宽大金属后跟的大靴子印，旁边则是木桩印。"

"是木腿人！"

"一点没错！但还有一个人———一个精明能干的同谋。医生，你能爬上那面墙吗？"

我朝窗外望去，月光依然明亮地照在屋角上，我们离地面足有六十英尺高。从我这儿看，墙上没有任何立足之处，连个裂缝也没有。

"绝对爬不上来。"我答道。

"没人帮忙，是爬不上来。试想想：这上面有个朋友，他将角落里那根粗绳朝你扔下来，再将绳子的一端牢牢地拴在墙上的大挂钩上。我想，只要你是个能动的人，即便装着一条木腿，也能爬上来。当然，你可以用同样的方式下去，你的同伙再将绳子扯上来，从大挂钩上解下，关上窗户，从里面闩上，再从来的地方逃走。还有一个值得注意的细节，"他指着绳子继续说，"我们那名装有木腿的朋友虽然爬墙技术不错，但不是个职业水手。他的手一点也不粗硬。我用放大镜看出不止一处有血迹，特别是在绳子的末端。他下滑得那么快，竟把手掌皮磨破了。"

"这都不错，但事情变得更加扑朔迷离了。神秘的同谋是谁呢？他是怎样进屋的呢？"

"对，那个同谋！"福尔摩斯沉思着重复道，"关于这个同谋，确实有些有趣的事情。他把这案子搅得更复杂了。我想，这个同谋在我国的犯罪史上开辟了一条新的路子——类似的案子在印度发生过，如果我没记错的话，在森尼干比亚也发生过。"

"那他是怎样进来的?"我反复地问，"门锁上了，窗户又够不着，是从烟囱里进来的吗?"

"烟囱太小了，"他回答，"我已考虑过这种可能性。"

"那到底是怎么进来的呢?"我追问道。

"你总是不按我的规则办事，"他摇头说，"我给你讲过多次，当你排除了不可能性，那么余下的事实——不管多么难以置信——就是必然的事实。我们知道，他不是从门进来的，也不是从窗口进来的，更不是从烟囱进来的。我们也知道，他不可能预先藏在屋子里，因为屋里没有藏身之处。那么，他是从哪里进来的呢?"

"他是从屋顶上那个洞口进来的。"我说。

"当然是从那里进来的，我敢肯定。如果你乐意给我提下灯，我们的搜索范围将扩大到房顶上那个找到财宝的密室。"

他爬上梯子，一手抓住一根橡木，翻身上了阁楼。接着探出头来伸手接过灯，我也跟着上了阁楼。

阁楼大约十英尺长，六英尺宽。地板是用橡木架成的，橡木之间铺了一层薄薄的板条和灰泥。这样，走路时必须踩在一根根橡木上。屋顶呈人字形，这就是这座房子的真正屋顶了。阁楼里没有任何家具，地板上是多年厚积的灰尘。

"你看，"福尔摩斯把手扶在人字形屋顶上说，"这就是通往屋顶外面的暗门。我能推开，这就是坡度不大的屋顶。那么，这里就是第一名来者经过的路线。让我们看看是否能找到其他有关他个人特征的痕迹。"

他拿灯照着地板，此时我又一次看到他那天晚上再一次露出的惊异的表情。我朝他注视的地方看去，吓得浑身发冷。地板上到处都是赤脚印：清晰、明显、十分完整，但不到常人脚印的一半大！

"福尔摩斯，"我嗫嚅道，"一个孩子竟干出这种恐怖的勾当。"

他立刻冷静下来。

他说："我开始也吃了一惊，但不足为怪。记忆一时出错，我本该料想到的。这儿没什么可查的了，我们下去吧。"

"你对那些脚印有何见解？"回到下面的屋子后，我迫不及待地问。

"亲爱的华生，你也该动点脑筋嘛，"他不耐烦地说，"你知道我的方法，你得用啊，这有助于我们比较各自得出的结论。"

"我想不出任何东西能掩盖这些事实。"

"你很快就会明白的，"他不假思索地说，"我想这地方没什么重要线索了，但我还是要看看。"

他拿出放大镜、卷尺，跪在地板上迅速地度量、比较、观察。他那细长的鼻子离地板只有几英寸，深陷的眼睛闪闪发亮、滴溜溜直转，如同鹰的眼睛。他动作敏捷、无声、诡秘，就像训练有素的警犬在寻找气味。我不禁想到：如果他用自己的精力和才智来触犯法律而不是维护法律，那他是一个多么可怕的罪犯啊。他一面察看，一面不停地嘟哝着，最后发出惊喜的呼叫。

"我们真走运，"他说，"现在问题不大了。第一个人不幸踩在木馏油里。在这种刺鼻的东西旁边你能看到他的小脚印。你看，这只瓶子被踩破了，里面的东西流出来了。"

"那又怎么样？"我问道。

"我们已经逮住他了，就这样。"他说。

"我知道狗能顺着这种气味到达世界的尽头。如果狼群能顺着鲱鱼的臭迹越过一个郡,难道一条受过特殊训练的警犬不能顺着这种刺鼻的气味这样做吗?这如同一道比例计算题:内项的积等于外项的积,结果必然是——啊,警察到了。"

楼下传来了沉重的脚步声和叫嚷声,大厅的门砰地一声关上了。

"趁他们还没上来,"福尔摩斯说,"摸摸这可怜的家伙的胳膊,还有他的腿。感觉怎么样?"

"肌肉僵硬如木头。"我答道。

"确实如此。是极度痉挛的结果,远远超过一般僵尸的硬度。再看看这张扭曲的脸,这种希波克拉底的笑,或如老作家们所说的'惨笑'。你能从中得出什么结论?"

"死于某种植物性剧毒生物碱,"我回答,"某种能导致破伤风的马钱子碱类的东西。"

"我一看到他面部收缩的肌肉就想到了这一点。一进屋我就想立刻弄清这种剧毒是怎样进入他体内的。你已看到了,我发现了一根毫不费力就能扎进他头皮的刺。你看,被刺扎中的部位正好对着天花板上的那个洞,如果当时死者正直坐在椅子里。再检查一下这根刺。"

我小心翼翼地取出那根刺放到灯光里,发现是一根又长又尖的黑刺,刺尖发亮,涂有干了的胶质物,较钝的那一端用刀子削圆了。

"是生长在英国的刺吗?"他问。

"不,绝对不是。"

"有了这些资料,你应该能够做出合理的推论了。但正规军已到,辅助部队可以撤退了。"

他说这话时,过道上"噔噔噔噔"的脚步声越来越近,一个身材矮胖,结实健壮,穿着灰色制服的男人大步走进屋来。他面色红润、身强体壮，是个多血质的人，胀鼓鼓的眼袋中露出一对闪亮的小眼睛。他身后紧跟着一个身穿制服的检查员和仍在瑟瑟发抖的塞笛厄斯·舒尔托。

他用沙哑的声音嚷道："糟糕！糟糕透了！这是些什么人？屋子里热闹得像个养兔场！"

"阿瑟尼·琼斯先生，我想你一定还记得我吧！"福尔摩斯轻声说道。

"哦，当然记得。"他说，喘着粗气，"是大理论家歇洛克·福尔摩斯先生。记得！我永远忘不了你演讲的有关主教门珠宝案的起因、推理和结论。你的确把我们引入了正轨，但你也得承认，那一次主要是靠运气好，而不是靠正确的指导才破案的。"

"那不过是一个非常简单的推理。"

"哦，好啦好啦！不要不好意思承认嘛。这里怎么搞好？糟糕透了！糟糕透了！这里只有严峻的事实，没有理论的余地。真走运，我正好因为办另一个案子到上诺伍德来了！报案时我正在警察局。你认为这个人是怎么死的？"

"啊，这案子似乎用不着我的理论。"福尔摩斯冷冷地说。

"不，不，你有时还真能说中。天啦，我听说门是锁着的，可价值五十万英镑的珠宝怎么会不翼而飞呢？窗户怎么样？"

"关得牢牢实实，但窗台上有脚印。"

"行，行，行，如果窗户关牢了，那脚印与本案无关。这是常识。人也许会突然暴亡，但珠宝怎么会不翼而飞呢？哈！我有一个理论。我有时也有一些灵感。——检查员，请先出去，还有你，舒尔托先生。你的朋友可以留下，——福尔摩斯先生，你认为这是怎么回事？舒尔托自己承认他昨晚与哥哥在一起。他哥哥死了，于是舒尔托带走了财宝。是不是这样的？"

"这死人还细心地起身从里面关好了门。"

"唔，这是个破绽。让我们用常识来考虑这个案子吧。这个塞笛厄斯·舒尔托确定和他哥哥在一起，也确实发生过争执，这是我们所知道的。他哥哥死了，珠宝不见了，这也是我们所知道的。自塞笛厄斯走后，就没人再见过他哥哥。他的床又没人睡过。塞笛厄斯显然心神不安。他的外表——哈，并不引人注意。你看，我在向塞笛厄斯四面夹击，大网正向他收拢。"

"你还不太了解事实，"福尔摩斯说，"我有充分的理由相信这根木刺是有毒的，曾扎在死者的头皮里，伤痕还在这张纸，你看看，在桌子上，旁边放着这根相当奇怪的绑着石头的木棒。用你的理论怎样解释这些事实呢？"

"各方面都证实了，"肥胖的警官自负地说。"屋子里满是印度古玩。刺是塞笛厄斯带来的，如果这刺有毒，塞笛厄斯也可以像别人那样用它来杀人。这张纸不过是变戏法中惯用的障眼法，没有任何意义。唯一的问题是：他是怎样出去的？哈，有了，屋顶上有个洞。"

由于身体肥胖，他费了九牛二虎之力才爬上梯子，从洞口挤进阁楼。不一会，我们就听见他得意地喊道他找到了暗门。

福尔摩斯耸了耸肩说道："他也能发现点什么，有时也有点模模糊糊的理性。法国有句谚语：'与有思想的混蛋更难处。'"

"你瞧，"阿瑟尼·琼斯下梯子时说，"还是事实胜于雄辩吧。我对此案的判断已被证实了。有一个暗门通往屋顶，门还半开着呢。"

"是我打开的。"

"哦，那好，你也看到暗门了？"他显得有些沮丧，"好吧，不管是谁发现的，都说明了凶手是如何逃走的。检查员！"

"是，先生。"过道里有人答道。

"叫舒尔托先生过来。——舒尔托先生，我有责任告诉你,无论你说什么都会对你不利。因为你与你哥哥的死有关,所以我以女王的名义逮捕你。"

"现在,你们看,我不是跟你们说了吗?"可怜的矮个子伸出双手望着我们,大声嚷道。

"舒尔托先生,别担心,"福尔摩斯说,"我会为你澄清事实的。"

"不要口出狂言,理论家先生,不要口出狂言!事情也许不像你想的那么简单。"侦探插嘴道。

"琼斯先生,我不仅要洗清他的罪名,而且还要告诉你昨晚来这房间的两名凶手中的一个的姓名和模样。他的姓名——我有充分的理由断定——是乔纳森·斯茂。他文化程度低,个子矮小,人很机灵,右腿断了,装有一条木腿,但木腿的内侧已磨损坏了。左脚靴子的底呈方形而且粗糙,鞋跟钉有铁掌。他是个中年人,皮肤晒得黝黑,曾是个囚犯。这些特征以及他手掌脱落了很多皮的事实可能对你有用。另一个人嘛——"

"啊,另一个人呢?"阿瑟尼·琼斯冷冷地笑道。不过我看得出,他还是对另一个凶手的特征判断感兴趣。

"是个非常古怪的人,"福尔摩斯转过身来说,"我想不久就能把这两个人介绍给你。华生,跟你讲句话。"

他把我带到楼梯口。

他说:"这一意外的插曲竟使我们忘记了来这里的本意。"

"我也这么想,"我答道,"摩斯坦小姐留在这所恐怖的房子里不合适。"

"对,你得送她回去。她住在下坎伯韦尔,赛西尔·弗里斯特夫人家,离这儿不远。如果你愿意再来,我在这儿等你。你太累了吧!"

"一点不累,不把这桩怪事弄个水落石出,我是睡不着的。我也曾经历过危难，但老实说，今晚发生的一连串怪事把我的神经全搅乱了。既然已经走到这一步了，我愿意和你一道了结这个案子。"

"你在这里对我帮助很大，"他答道，"我们应该单独行动，琼斯那家伙想怎么干就让他去干好了。把摩斯坦小姐送回家后，请去河边莱姆贝斯品庆巷三号。右边第三幢楼住着一个养鸟人，他叫谢尔曼。你会看到窗户上画着一只黄鼠狼抓了一只幼兔。敲门叫醒那老头，告诉他我急着要借他的透比，将透比随车带来。"

"一只狗吧，我猜。"

"对，一只奇特的混血狗，嗅觉极灵敏。我想得到透比的帮助，而不愿意得到伦敦所有警察力量的帮助。"

"一定把它带来，"我说，"现在一点啦，如果能换匹马，三点前一准返回。"

福尔摩斯说："我要找博恩斯通太太和那位印度仆人了解情况，塞笛厄斯先生说，那个仆人睡在隔壁顶楼。然后，研究一下这位伟大的琼斯先生的方法，再听听他的挖苦话。"

"'某些人总要对他们所不了解的事情挖苦讽刺，对此我们已经习惯。'歌德的话总是这样精辟。"

木桶的插曲

警察是坐马车来的，我便驾着这辆马车护送摩斯坦小姐回了家。她是天使一般的女人，只要还有比她更脆弱的人需要帮助，她便镇定地承受危难。我看到她安详愉快地坐在惊恐的女

四 签 名

管家身边,然而上了马车她便昏倒了,接着嘤嘤抽噎——痛苦地熬过了这一夜离奇的遭遇,她再也忍不住了。事后她对我说,那天晚上一路上我对她太冷漠、太疏远。可她哪里知道我内心的斗争和强自抑制的痛苦呢。我的同情和爱意伸向了她,正如在院子里向她伸出了手一样。如果没有这一天奇异的遭遇,多年生活的积习难以使我认识到她的温柔勇敢的天性。倾慕的话语已到嘴边,但两种考虑使我欲言又止。她脆弱无助,精神和神经都受了刺激,此时向她求爱,未免有乘人危难之嫌,更令我为难的是:如果福尔摩斯的努力成功了,她将成为很富有的继承人。一个薪水不高的医生利用这种随机而来的亲近关系向她求爱,公平吗?体面吗?她难道不会认为我不过是个粗俗的淘金者吗?我不敢冒险让她产生这种想法,这批阿格拉财宝成了我俩之间不可逾越的鸿沟。

到达赛西尔·弗里斯特夫人家时差不多两点钟了。仆人们早已休息,但弗里斯特夫人显然对摩斯坦小姐收到的那封奇特的信放心不下,仍坐在那儿盼她回来。她亲自打开门,是一个优雅的中年妇女,看到她轻柔地搂着摩斯坦小姐的腰并以慈母般的声音问候她,我万分高兴。显然,她不仅仅是个受雇用的人,还是一个受尊重的朋友。经介绍后,弗里斯特夫人诚恳地请我进屋,给她讲今晚的奇遇。我只得向她解释我有要事在身,并真诚地答应她我会前来向她报告案情的任何进展。驱车往回走时,我回头看了一眼,仿佛看见楼梯上两个优雅的女人正手拉着手依偎在一起,半掩着门,大厅的灯光透过彩色玻璃照射出来,还有晴雨表和光洁的扶梯。在这纷纷扰扰、杂乱无章的事件中,看到这样一个优雅宁静的英国家庭,真让人备感欣慰。

对发生的一切想得越多,越感离奇纷乱。驱车穿过被煤气灯照亮的寂静的街道时,我又回忆起这一连串的奇特事件。最初的疑问现在已经解开,摩斯坦上尉的死、寄来的珠宝、刊出的广告,还有这封信——这些都已水落石出。但这些事件又使我们陷入了一个更玄奥、更悲惨的大谜之中。印度财宝、摩斯坦行李中发现的奇特图案、舒尔托少校临死时的怪状、财宝的重新发现和随之而来的财宝发现者的被害、与谋杀有关的种种怪象、小孩的脚印、怪异的凶器、写着和摩斯坦上尉的图案上的字相同的字的破纸——这真是一座迷宫,一个不具备福尔摩斯那种天赋的人是无法找到任何线索的。

品庆巷是莱姆贝斯区尽头的一排破旧的两层楼的砖房,我在三号门上敲了很久才有人做出回应。终于,百叶窗里露出了一丝烛光,上方窗户里露出了一个人头。

"滚开,你这个醉鬼!"探出来的头说,"再叫嚷,我就会打开狗窝,放出四十三条狗来咬你。"

"放一条就够了,我正是为这个来的。"我说。

"滚开!"那人吼道,"我袋子里有把雨刷,再不躲开就会打中你的脑袋!"

"但我要的是狗。"我大声嚷道。

"少废话!"谢尔曼喊道,"站开点,我数到三就扔刷子。"

"歇洛克·福尔摩斯先生——"我这才说,但这几个字有神奇的功效,窗户立刻关上了,不到一分钟门打开了。谢尔曼先生是个瘦长的老头儿,双肩下垂,脖上青筋突起,戴一副蓝色的眼镜。

"福尔摩斯先生的朋友随时欢迎,"他说,"先生,请进。小心那只獾,它会咬人的。嗤!淘气鬼,淘气鬼。别咬这位先生。"他对那只从笼子钻出可怕的头来,有一对红眼睛的鼬鼠喊道,"先生,别害怕,是条蛇蜥,还没长毒牙,我把它放出

·四 签 名·

来吃甲虫。请原谅我刚才的失礼,因为孩子们常来这儿捣乱,吵得我睡不安。先生,福尔摩斯先生要什么?"

"他要你的一条狗。"

"啊,一定是透比。"

"对,就是透比。"

"透比在左边第七只笼子里。"

他举着蜡烛慢慢地穿行在他收养的奇禽异兽之间。在微光中,我隐约看见每个角落里都有闪亮的眼睛对着我们窃笑。就连我们头顶上的椽子上也栖着一排罕见的野鸟,它们被我们的声响吵醒了,懒洋洋地将重心从一条腿移到另一条腿。

透比是一条丑陋的长毛垂耳狗,是长毛垂耳狗与猎狗的混血种,毛色黄白相杂,走起路来摇摇摆摆。迟疑片刻后,它吃掉了谢尔曼先生让我喂给它的那块糖。就这样我们之间建立了友谊,它跟我上了车,一路上很听话。我再次回到樱塘别墅时,王宫的钟刚敲响三点。我发现曾经是职业拳击手的麦克默多被当作同谋逮捕了,他和舒尔托先生已被带往警察局。两名警察把守着那张狭窄的大门,但当我说出警官的名字后,他们就让我带着狗进去了。

福尔摩斯站在台阶上,双手插在口袋里,嘴里叼着烟斗。

"啊,你把它带来了!"他说,"好狗!阿瑟尼·琼斯已走了。你走后我们大吵了一阵。他不仅逮捕了我们的朋友塞笛厄斯,还带走了看门人、女管家和那位印度仆人。除楼上的检查员外,这地方就属于我们了。把狗留在这儿,我们上楼去。"

我们把狗拴在厅内的桌腿上,再次上楼。房间还是老样子,只是死者的身上罩了一张床单,满脸倦意的检查员倚靠在角落里。

"检查员,你的牛眼灯借我用一下,"我朋友说,"把这块纸板系在我的脖子上，以便把灯挂在胸前。谢谢。现在我得甩掉靴子和袜子。华生，请把靴袜带下楼去。我要爬一爬，拿这块手绢在木馏油里蘸一蘸。好了，好了，跟我到阁楼上来一会儿。"

我们从洞口爬上去，福尔摩斯再一次用灯照了照灰尘上的脚印。

"我希望你特别注意这些脚印，"他说，"发现什么值得注意的东西了吗？"

"还不是小孩或小妇人的脚印。"我答道。

"除脚印的大小外，没别的了吗？"

"好像跟别的脚印没什么两样。"

"好吧。看这儿！这是灰尘上一只右脚印，我在这脚印旁再踩上一个。主要区别在哪儿？"

"你的脚趾是并拢的，那只脚印上的脚趾是分开的。"

"不错，这是关键。记住，请到那个吊窗前闻一闻木框的边缘。我站在这边，因为我手里还拿着这条手绢。"

我照他说的做了，立即闻到一股强烈的木馏油气味。

"那就是他逃走时踩过的地方。如果你能追踪到他，我想透比肯定不成问题。好啦，下楼去，放开透比，当心布朗丁。"

我下楼回到院子时，福尔摩斯已上了屋顶。我看到他像只大萤火虫在屋脊上缓缓爬行。他消失在烟囱后面，不一会又出现了，接着又消失在屋脊对面。我绕到那边时，他已坐在屋檐的一角上。

"是华生吗？"他喊道。

"是我。"

"就是这儿，下面那黑东西是什么？"

"是个水桶。"

"有盖吗？"

"有。"

"看见梯子没有?"

"没有。"

"混账东西!这是个最危险的地方。他能从这儿爬上来,我就能从这儿爬下去。水管好像很结实,我下来啦!"

一阵窸窸窣窣的脚步声,提灯沿着墙边稳稳地下降。然后轻轻一跳,落在木桶上,随后跳到了地上。

"跟踪他并不难,"他边穿靴袜边说,"沿路上的瓦都被踩松了,匆忙中还丢下了这东西。按你们医生的话说,它证实了我的诊断。"

他拿给我看的东西是个小袋子,或是一只用彩色草编成的烟袋,外面装饰着几颗俗气的珠子,形状大小很像烟盒。里面装着六根黑色的木刺,一头尖,一头圆,和刺到巴索洛谬·舒尔托头上的那根一模一样。

"这是危险的凶器,"他说,"当心伤着你自己。得到它我高兴极了,因为这很可能就是他的全部凶器。用不着担心它会扎在我们的身上了。我宁愿挨枪子也不愿中毒刺。华生,还能跑六英里的路吗?"

"没问题。"我答道。

"腿受得了吗?"

"受得了。"

"喂,狗儿!好透比,闻闻这,透比,闻闻这!"他把蘸有木馏油的手绢放在狗鼻子下,透比叉着多毛的双腿立起来,滑稽地抬起头,翘翘鼻子,就像一位鉴赏家在闻陈香的佳酿。接着福尔摩斯丢开手绢,在狗脖子上系了一根结实的绳子,把它牵到木桶边。这时狗发出一连串尖而颤抖的吠声,鼻尖贴地,尾巴指天,循着气味向前奔去,我们拉着绳子,以最快的速度紧随其后。

东方渐白，在灰蒙蒙的寒光中我看到了远方。四四方方的大房子，和它那灰暗、空寂的窗户，光秃秃的高墙，凄然耸立于我们身后。我们穿过院子朝右拐去，院内被弄得到处坑坑洼洼。散乱的垃圾和长势不良的灌木使得这块地方看上去如同昨夜笼罩在这里的惨案一样凄凉惨淡。

到达界墙时，透比跑上去，在高墙的阴影下焦躁不安地嗷嗷直叫，最后在长着一棵小山毛榉的角落里停了下来。两墙相合于此，有几块砖已经松动，其余的砖缝亦已磨损，矮处的砖缝已被磨圆，似乎常被当作梯子使用。福尔摩斯爬上墙，从我手中接过狗，放到墙的另一边。

"这儿有木腿人的手印，"我爬到他身边时他说道，"你看，白灰上留有血迹。幸好昨晚没下大雨！尽管时隔二十八小时，气味仍留在路上。"

我承认曾担心伦敦大街上川流不息的车马会破坏木馏油的臭迹。但我的担心很快就消除了。透比嗅着地面，摇摇摆摆，毫不犹豫地朝前奔跑。显然，木馏油气味比路上其他气味更强烈。

福尔摩斯说："不要以为此案的破获仅仅依赖于作案的一人偶然踩到了化学药品上。我知道有多种不同的方法可以帮助我找到凶手。但既然命运已将这一方法送到了我们手中，我们就得运用这一最快捷的方法；如果忽视这一点，我应受到责备。然而，这使得本案简单化了，我们曾一度认为破获此案需要一点智力。假如没有这一显而易见的线索，我们或许还能从中得到一些赞赏。"

"还是功劳不小，真的，"我说，"福尔摩斯，我觉得你破获此案的方法比破获杰弗逊·霍普一案的方法更令我感到惊异。我以为这件事更深奥，更令人费解。比方说，你怎么那么自信地描述了木腿人的特征呢?"

"咳,老兄!那太简单,我不想夸张。事情明白地摆到了桌上。两个负责监管囚犯的官员听说了一个藏宝的重大秘密,一个叫乔纳森·斯茂的英国人给他们画了一张图。还记得我们在摩斯坦上尉的纸条上见过的这个名字吧。他自己签了名,还替他的同伙签了名——这就是他所谓的'四签名'。凭借这张图纸,这两个官员——或其中的一个——找到了财宝并将财宝带回了英国。我们可以设想,他已接受过的条件并没有兑现。那么,乔纳森·斯茂为什么没有亲自去取财宝呢?答案很明显,画图的日期正是摩斯坦和囚犯们接触频繁的时候。乔纳森·斯茂没有亲自取财宝,是因为他和他的同伙都是囚犯,脱不了身。"

"这只不过是推测。"我说。

"不只是推测,是合乎事实的唯一假设。让我们看看它是如何吻合以后发生的事情的吧。舒尔托少校获得财宝后过了几年安稳的日子。后来收到一封来自印度的信,此信使他大为惊骇。为什么呢?"

"信中说他欺骗过的人都被释放了。"

"或是越狱逃跑了。这种可能性更大,因为他肯定知道他们的刑期,否则他不会感到震惊。然后他会怎么做呢?他处处提防那个木腿人——注意,是一个白种人,他误把一个白种商人打伤了。图纸上只有一个白种人的姓名,其他几个全是印度人或回教徒的名字,没有第二个白种人。因此我们蛮有把握地说木腿人就是乔纳森·斯茂。你认为这样推理有何漏洞?"

"没有,很清楚,很精辟。"

"好吧,让我们设身处地设想一下乔纳森·斯茂的处境,让我们从他的立场来分析一下事实吧。他抱着两个目的回到英国,一是要拿到他认为自己有权得到的东西,二是要报复欺骗他的人。他找到了舒尔托先生的住所，很可能还与他家里的某个人建立了联系。有一个叫拉尔·拉奥的男管家，我们还没见过。博恩斯通太太说他品行不端。斯茂并不知道财宝藏在什么地方，除了少校和他死去的忠实仆人外无人知道。斯茂突然得知少校病危，担心财宝的秘密会同少校一起消失，所以暴跳如雷，冒着被守门人抓住的危险，来到了垂死的少校的窗前。因为少校的两个儿子在跟前，才没有能够进屋。他对死者怀恨在心，当夜又潜入屋里，翻遍了少校的私人文件，希望找到财宝的线索，临走时留下一张写有简短留言的纸条以示他来过。他无疑早有预谋，准备杀死少校后在尸体旁留下'四签名'的纸条，表示这不是普通的谋杀案，而是从四个同道的立场出发的维护正义的行为。这种怪诞离奇的想法在犯罪史上是常见的，通常可提供与罪犯有关的某些有价值的线索。明白了吗？"

"明白了。"

"那么乔纳森·斯茂如何采取进一步的行动呢？他只能继续暗地里留心别人搜寻财宝的动静。也许他离开了英国，有时回来探听情况。后来阁楼被发现了，他立刻得到了消息。这又证明他是有内线的。乔纳森装有木腿，绝不可能爬上巴索洛谬·舒尔托家的顶楼。但他带来了一个相当古怪的同谋，此人爬上屋顶，却把赤脚踩进了木馏油里，所以找来了透比，还让一个脚筋受伤的薪水减半的军官跛着脚跑了六英里的路。"

"但凶手是那个同谋而不是乔纳森了。"

"是的。从乔纳森进屋后顿脚的情形来看，他反对这样做。他与巴索洛谬·舒尔托无冤无仇，他只想将他捆起来，堵住他的嘴。杀人抵命，他不想把自己的头伸进绞索。然而，事已至此，无法挽回：他的同伙蛮性大发，使用了毒刺。于是乔纳森·斯茂留下纸条，带着财宝跑了。这就是我对事件经过的解释。至于他的相貌,他自然是个皮肤黝黑的中年人,因为他在如同火炉的安达曼服刑多年。他的高矮很容易从他脚印的长短推算出来。我们还知道他留有络腮胡,这是塞笛厄斯·舒尔托从窗口亲眼看到的,我想没什么遗漏的了吧。"

"同谋呢?"

"啊,这没什么神秘的,不久就会真相大白。早晨的空气多么新鲜!天边的云霞像巨大的火烈鸟身上一片粉红色的羽毛在空中飘动,一轮红日已穿破伦敦上空的云层。阳光普照众生,但照不到像你我这样的负有奇特使命的人。在大自然的天威面前,我们这点儿雄心和斗志显得多么渺小啊!你熟悉约翰·保罗①的著作吗?"

"多少熟悉一点。我是读过卡莱尔②的作品后再研究他的作品的。"

"这如同顺着小溪找到了湖泊。他说过一句奇特而意味深长的话,'人类的真正伟大在于他能认识到自己的渺小'。此话论及了比较和鉴别的威力,这种威力本身就是崇高的证明。瑞奇特的作品中富含精神食粮。你带了手枪吗?"

"我有手杖。"

"要打入他们的巢穴,用得着这类东西的。我把乔纳森交给你,他的同伙如果难以对付,我就开枪击毙他。"

说着,他掏出左轮手枪,装上两颗子弹,放进右边的口袋。

我们跟着透比上了通往伦敦的大道,路旁是半乡村式别墅,接着进入了向远方伸展的大街。街上的人们和码头工人都

---

① 德国作家瑞奇特(1763—1825)的笔名。
② 卡莱尔(1795—1881),英国历史学家和作家。著有《法国革命史》《英雄与英雄崇拜》等。

已起床，懒散的妇人正打开门窗清扫台阶。街角边四方屋顶的酒吧刚开始营业，粗野的男人走出酒吧，用袖子擦拭沾在胡须上的酒沫。野狗在街上闲游，好奇地盯着我们，但举世无双的透比从不左顾右盼，鼻子嗅着地，直往前奔，偶尔发出急切的吠叫，以示气味很浓。

我们经过斯特汉姆、布瑞克斯顿、坎伯韦尔，穿过奥弗尔东面的小街，来到肯宁顿小巷。我们的跟踪对象选择了这条曲折的道路，可能是想掩人耳目。只要能拐进平行的小巷，他们就不走大路。到达肯宁顿小巷的尽头后，他们穿过证券街和麦尔斯街向左拐。透比不再往前跑，只是来回乱跑，一只耳朵竖着，一只耳朵垂着，一副不知所措的模样。它摇摇摆摆兜了几圈，不时抬头望着我们，似乎在请求我们同情它的窘态。

"透比究竟怎么啦？"福尔摩斯说，"他们肯定不会乘车也不会乘气球逃跑啊。"

"他们可能在这儿停留了一会儿。"我建议道。

"啊，行了，它又上路了。"我朋友松了一口气说道。

透比的确又上路了，它四处嗅了嗅，突然下定决心，以前所未有的力气和决心飞奔。气味似乎比以前更浓了，因为它不再用鼻子嗅地，而是使劲地拖着绳子往前跑。从福尔摩斯的眼神看，我们就要到达他们的老巢了。

穿过九榆树我们来到白鹰饭店附近的布罗德里克和纳尔逊大木场。透比兴奋得发狂似的，从侧门跑进了锯木工已经上班的木场。它穿过锯屑和刨花向前奔跑，绕着两堆木头之间的过道跑到一条小路上，最后得意地叫了一声，跳到了仍放在手推车上的一只大木桶上。透比伸着舌头，眨着眼睛站在木桶上，想从我们这儿得到赞赏。桶板和车轮上沾满了黑色的液体，空气中散发着浓厚的木馏油气味。

福尔摩斯和我面面相觑，禁不住同时哈哈大笑。

贝克街小分队

"现在怎么办？"我问，"透比已靠不住了。"

"它已尽力而为了，"福尔摩斯把它从木桶上抱下来，带它走出了木场，"你只要想一想伦敦市内每天的木馏油运输量，就不会对我们的错误跟踪感到奇怪了。现在木馏油的用途很广，特别是能用于木头防腐。可怜的透比不应受到责备。"

"我们最好回到气味混杂的地方去。"我建议。

"对，幸好路程不远。透比在骑士街路口犹豫不决，显然那里有两条方向相反的小道。我们走错了路，现在只剩下另一条路可走了。"

事情并不难。我们把透比带回到它原来走错的地方，它兜了个大圈，最后朝一个新的方向跑去。

"我们要当心，别让它把我们带到木馏油运出的地方去了。"我说。

"我知道。你瞧，它在人行道上跑，运木桶的车走的是马路。所以我们找到了真正的线索。"

穿过贝尔蒙特路和太子街，它朝河边跑去。到了布罗特街的尽头，它径直朝水边跑，那儿有个很小的木码头。透比把我们带到码头的边缘，站在那儿望着肮脏的河水直哼哼。

"运气不好，"福尔摩斯说，"他们已经从这儿上船走啦。"

水中和码头边有几条平底船和小艇。我们把透比依次带到每条船上，虽然它很认真地嗅了一遍，但没做出任何表示。

靠近简陋的浮码头有一所小砖房，从第二个窗口挂出一块木牌。木牌上写着几个大字：莫迪凯·史密斯，下面写着：船只计时计日出租。门上还写着备有小汽船——码头上那一大堆煤证实了这一点。福尔摩斯四下里张望，显得很不高兴。

"情况不妙，"他说，"这帮家伙比我想象的要狡猾。他们早有预谋，掩盖了行踪。"

他朝门口走去，门打开了，一个六岁的鬈发男孩正好冲了出来，一个肥胖的红脸女人拿着一块海绵追过来。

"杰克，回来洗澡，"她叫道，"回来，混账东西，你老子回来了看到你这样，轻饶不了你。"

"小朋友！"福尔摩斯趁机说道，"红红的脸蛋多可爱！杰克，你想要什么？"

小家伙想了想。

"我要一个先令。"他说。

"不想要更好的东西吗？"

"给我两个先令更好。"小家伙想了想又说。

"好吧，拿着！史密斯太太，这孩子真乖。"

"先生，他就这么淘气，我男人一出去就是几天，我真管不住这小东西。"

"他出去了？"福尔摩斯失望地说，"真不凑巧，我有事找他。"

"先生，他昨天早上就出去了，真是急死人。不过，你要租船，找我就是。"

"我想租他的汽船。"

"噢，先生，他就是坐汽船出去的。我急就急这个，我知道船上的煤不够去伍尔维奇打个来回。要是他坐平底船去，我就不急了，因为他常有事还要去格雷夫圣德。事情多的话，可

175

能会耽搁的。可是汽船没有煤如何是好?"

"他可能已经在下河码头买了煤。"

"可能吧,先生,但他从不这样做。我老听他念叨零售煤如何如何贵。再说,我不喜欢那个木腿人,样子又丑还操外国腔。他常往这里跑,搞不清有什么鸟事。"

"木腿人?"福尔摩斯惊讶地问。

"是的,先生,那个猴毛黑脸的家伙常来找我男人。昨天晚上就是他把我男人叫起来的。我男人知道他会来,早把汽船发动了。说真的,先生,我就是放心不下。"

"可是,史密斯太太,"福尔摩斯耸耸肩说,"你用不着担心。你怎么知道昨晚来的就是那个木腿人呢?我不明白你怎么这么肯定。"

"他的声音,先生,我熟悉他的声音,粗声粗气,含含糊糊。他在窗户上拍了几下——好像是三点。他说:'起来,伙计,该走了。'我男人叫醒我的大儿子吉姆,他们没跟我说半句话就走了,我还听到那条木腿戳在石头上咚咚响。"

"木腿人是一个人来的吗?"

"是的,先生,没听到还有别人。"

"史密斯太太,真不巧,我想租那条汽船,因为我早听说过——让我想想,它叫什么来着?"

"'曙光'号,先生。"

"哦,是不是那条绿色的,横梁上画有宽宽的黄线的旧船?"

"不,不是。它跟河上其他小船一样整洁,刚刷过漆,黑色的船身上有两道红线。"

"谢谢。我想你不久就会有史密斯先生的消息的。我现在顺水而下,如果碰到'曙光'号,会告诉他你很着急。你刚才说船的烟囱是黑色的吗?"

"不，先生，黑色的烟囱上系有白色的带子。"

"哦，对了，船身是黑色的。史密斯太太，再见。华生，这儿有条渔船，叫他把我们渡到河那边去。"

"和那种人打交道，"上了船后福尔摩斯说，"决不能让他们觉得所提供的情况对你有丝毫的用处，否则他们会装聋作哑的。你若是装着不很乐意听他们说话，你就很可能得到想要了解的一切。"

"我们要做的事似乎很清楚了。"

"那你该干什么呢？"

"雇一条汽船往下游追踪'曙光'号。"

"我亲爱的朋友，那太费事啦。'曙光'号可能早已停靠在从这儿到格林尼治两岸的某个码头上。桥那边数英里内都是停船的好地方。如果你挨个挨个地去找，会要很多天的。"

"那么雇用警察。"

"不。到最后关头我也许会把阿瑟尼·琼斯叫来。那家伙并不坏，我不愿干有损于他职业的事情。既然干到了这一步，我很想单独干下去。"

"能否登广告请码头老板提供情报呢？"

"那更糟！那帮人会知道我们在跟踪，会逃出国境的。他们很可能做了外逃的准备，但只要他们认为安全，就不会匆匆行动的。在这方面，琼斯对我们有利，因为他对本案的审理情况每天都刊登在报纸上，那帮逃犯会认为大家都在朝错误的方向追踪他们。"

"那我们该怎么办？"在密尔班克教养所附近下船时我问道。

"坐这辆马车回去，吃点早餐，睡上一个钟头。说不定今晚还得赶路呢。车夫，请在电报局停一下！我们得留着透比还会用得着它的。"

我们在大彼得街电报局停下了，福尔摩斯发了份电报。

"知道我给谁发电报吗？"

"不知道。"

"还记得在杰弗逊·霍普案子里我们雇请的贝克街侦探小分队吗？"

"记得。"我笑着说。

"他们对此案可能用处不大。如果他们失败了，我另有办法，但我要先试试他们。电报就是发给小队长威金斯的，我想我们用完早餐之前他和他的伙伴会赶到这里的。"

早晨八九点钟，一夜奔波之后，早已筋疲力尽，走起路来一瘸一拐的。我缺少我朋友所具备的那种对职业的热情，也没有把这件事当成一道深奥的智力难题。至于巴索洛谬·舒尔托的惨死，我很少听人说他的好话，所以我对谋害他的凶手也没有强烈的厌恶感，但财宝另当别论。全部的财宝，或其中的一部分理应归摩斯坦小姐。只要有机会找到财宝，我愿为之赴汤蹈火。不错，假如我找到了财宝，也许再也不能和她接触了。然而，被这种想法所左右的爱情是渺小的，自私的。如果福尔摩斯能找到凶手，我就要付出强于他十倍的努力去找到财宝。

我在贝克街洗了个澡，里里外外干干净净，精神振奋。下楼回到房间，早餐已经摆好，福尔摩斯正在倒咖啡。

"哈哈哈哈！"他指着摊开的报纸对我说，"看这，看这，这位精力过剩的琼斯和一个普通的记者已经结案了。可你还在为这个案子活受罪。还是先吃点火腿和鸡蛋吧。"

我从他手里拿过报纸，读了简短的布告，标题是《上诺伍德的奇案》。

〔旗帜报消息〕昨晚十二时许，上诺伍德樱塘别墅之主人于索洛谬·舒尔托先生暴亡于室内，显系谋杀。据悉，死者身上无暴力痕迹，但死者继承其父的大宗价值连城的财宝全部被窃。死者之弟塞笛厄斯·舒尔托先生及应邀同往的歇洛克·福尔摩斯先生和华生医生首先发现尸体。值得庆幸的是：警署著名侦探瑟尼·琼斯彼时恰在上诺伍德警察分署，接到报警后半小时内即赶至现场。他训练有素，经验丰富，一到现场即发现了凶手的线索，结果死者之弟塞笛厄斯·舒尔托因重大嫌疑被捕，同时被捕的还有女管家博恩斯通太太、印度仆人拉尔·拉奥及守门人麦克默多。业已确证，凶手对房屋十分熟悉，琼斯先生运用他那娴熟的技术和精密的观察后确信：凶手绝无可能经由门窗潜入室内，必定是穿过屋顶经一暗门潜至与死者卧室相通的某个房间里。事实朗如白日：此案绝非普通窃案。警方此种及时得力之举措表明，此等情形之下，必须有资深老辣的名家在场。此案的破获表明，把全市侦探力量分散驻守，以便案发后及时赶至现场调查的建议，是值得考虑的。

"太棒了！"福尔摩斯说，边喝咖啡边咯咯发笑，"你有何见解？"

"我想我们差点被当作嫌疑犯逮捕了。"

"我也这么想。如果他什么时候又精力过剩，我就很难对我们的安全问题做出回答了。"

正在这时，门铃大作，我听见房东赫德森太太扯起嗓门和人争吵。

"我的天啦！福尔摩斯，他们真的来抓我们了。"我欠起身来说道。

·四 签 名·

"不,没那么糟。是非官方的部队——贝克街小分队。"

话音未落,便传来了赤脚踩在楼梯上的声音和叫嚷声。十几个衣衫褴褛的街头小流浪汉闯了进来,尽管进屋时吵吵嚷嚷,但他们还有点纪律,立刻站成了一排,用期待的表情望着我们。其中一位个头较高,年岁稍长的站在前面,一副神气十足的样子,在这群肮脏的、衣衫褴褛的人中显得滑稽可笑。

他说:"先生,接到你的命令后我马上带他们来了。车费共花了三先令六便士。"

"给你,"福尔摩斯拿出一些银币给他,"以后他们向你报告,你再一人来找我,我不想把这房子弄成这个样子。但来了也好,都听听我的命令吧。我要找一条叫'曙光'号的汽船,船主叫莫迪凯·史密斯。船身黑色,有两道红线,黑色的烟囱上系着一条白色的带子。这条船在下游的某个地方。我要一个男孩守在密尔班克教养所对面的莫迪凯·史密斯码头,船一回来立即报告。你们必须严密分守两岸,一有情况立即报告。都听明白了吗?"

"听明白了,长官。"威金斯说。

"报酬照旧,找到船的多得二十一先令。先预付你们一天的工钱,好了,走吧!"

他分发给每人一个先令,他们高高兴兴地下了楼,不一会儿便消失在大街上。

"只要汽船浮在水面上,他们就能找到它,"福尔摩斯从桌边站起身来,点燃烟斗,说道,"他们可以到处跑,可以看到各色各样的事情,可以偷听到任何人的谈话。我希望天黑前有人来报告找到了那条船。找到'曙光'号或莫迪凯·史密斯后,我们才能重新找到中断了的线索。"

"透比吃我们剩下的饭菜就行。福尔摩斯,你想睡一会儿吗?"

"不,我不累。我的体质很特别,工作起来不知疲倦,无所事事则精神萎靡。我想抽烟,仔细想想我的女委托人交给我们办的这件奇事。我们手头的事情并不难办,装木腿的人并不多见。但我想,另外一个一定是绝无仅有。"

"你又提到那另外一个了!"

"我并不想把他神秘化,但你该有自己的见解。好吧,考虑一下这些线索:小脚印、从未穿过靴子的脚趾、赤脚、绑着石头的木棍、敏捷的动作、有毒的小刺。对此你有何高见?"

"一个原始人!"我喊道,"或许是乔纳森·斯茂的同伙中的一个印度人。"

"不太像,"他说,"最初见到这种奇怪的武器时我也这么想。但那些奇特的脚印使我重新考虑了自己的看法。印度半岛有矮小的土著人,但都不会留下这类脚印。印度土著人的脚长而单瘦。穿便鞋的回教徒的拇指与其他脚趾是分开的,因为鞋带正好在拇指与其他脚趾之间。还有这些木刺,只能用一种方式发射,那就是从吹管里发射。那么,我们上哪儿去找这个原始人呢?"

"南美洲。"我说。

他伸手从书架上取下一本厚书。

"这是刚出版的地名词典的第一卷,可以说是最新的权威著作。看看里面是怎么写的?

  安达曼群岛位于孟加拉湾的苏门答腊以北三百四十英里处。

"啊,啊,看看这些,气候潮湿、珊瑚礁、鲨鱼、布勒尔

四签名

港、囚犯营、罗特兰德岛、杨树林……啊,找到啦!

> 安达曼群岛的土著人以世界上最矮小的人种著称,尽管某些人类学家认为非洲的布什人、美洲的迪格印第安人和火地人是最矮小的人种。普通人的平均高度不足四英尺,许多成年人比这还要矮。他们生性凶狠、倔强、难以相处。但一旦取得信任,就能和他们建立起最忠诚的友谊。

"注意这一点,华生。好,接着听。

> 他们天生可怕,长着畸形的大头,凶狠的小眼睛,相貌怪异。他们的脚和手都特别小,他们凶蛮已极,英国官吏竭尽全力也未能争取到他们。他们是遇难船只上水手的最大祸害,他们会用镶着石块的木棒击碎幸存者的头,或用毒箭将其射杀。这种屠杀总是以一场人肉宴告终。

"好极啦,真是可亲可敬的人!华生,如果让这家伙逍遥自在,这件事会极其可怕。我想,既然如此,乔纳森·斯茂雇用他恐怕也是迫不得已。"

"但他是如何找到这名奇特的同谋的呢?"

"啊,这我就不得而知了。但既然我们已认定斯茂来自安达曼,那么这个人和他在一起也就不足为怪了。毫无疑问,我们很快就会知道一切的。华生,你看起来很疲倦。躺在那张沙发上,我来催你入睡吧。"

他从屋角处拿起小提琴,我舒展全身,他开始奏起低沉的、梦幻般的抒情曲——无疑是他自编的,他有即兴作曲的天才。时至今日,我还朦胧地记得他那瘦削的手、真诚的脸以及弓弦上下拉动的姿态。那时我仿佛飘荡在柔和的海涛声中，进入了梦乡，梦见玛丽·摩斯坦甜甜的脸蛋对我微笑。

线索的中断

一觉醒来，已是傍晚，我感到力气十足、精神焕发。福尔摩斯仍坐在原来的地方，只是放下了小提琴，在专心看书。我起来时他朝我望了一眼，我发现他脸上阴沉沉的，一副迷惑的样子。

"你睡得真香，"他说，"我担心我们的谈话声会吵醒你呢。"

"什么也没听见，"我答道，"有新情况吗？"

"不幸得很，还没有。我感到困惑而又失望。我预计到这个时候肯定会有消息的。威金斯刚才报告，没找到汽船的任何踪影。真让人恼火，因为每时每刻都很要紧。"

"我能干点什么？我的精力完全恢复过来了，已准备外出再干一整夜。"

"不，我们什么也做不了，只能等待。如果我们自己出去了，消息来了我们却不在，会误事的。你有事请随尊便，但我必须在此等候。"

"那，我想去坎伯韦尔拜访赛西尔·弗里斯特夫人。她昨天邀请了我。"

"拜访赛西尔·弗里斯特夫人吗？"福尔摩斯的眼睛里闪动着笑意。

"当然还有摩斯坦小姐。她们都急于知道所发生的一切。"

"我就不会告诉他们太多，"福尔摩斯说，"不能完全相信女人——即便是最好的女人。"

我没和他争辩这种粗暴的论调。

"我一两个小时内返回。"我说。

"好吧,祝你好运!喂,如果过河的话,最好把透比送回去,我们暂时用不着它了。"

我依照他的吩咐把透比送还给品庆巷的主人,并给了他半个英镑。到达坎伯韦尔后,我发现摩斯坦小姐经过那一夜的奇异遭遇后显得有些疲惫,但急切地想听到消息。弗里斯特太太更是好奇。我给她们讲述了我们所经历的一切,但隐去了那些最可怕的事情。然后提到了巴索洛谬先生的死,但丝毫没有触及真正的惨状和凶手采用的方法。尽管省去了许多细节,还是够让她们惊诧的了。

"传奇故事!"弗里斯特太太大声嚷道,"一个被伤害的女人,五十万镑的财宝,一个黑脸土著人,还有一个装木腿的暴徒。他们取代了旧式的龙骑兵和邪恶的伯爵。"

"还有两位前来营救的骑士。"摩斯坦小姐愉快地看着我说。

"摩斯坦小姐,这次搜寻决定你的命运,我觉得你并不怎么激动。试想想,一旦成为巨富,世界任逍遥,该是多么美妙啊!"

令我欣慰的是,她并没有对此表现得欣喜若狂。相反,她摇摇头,对此事淡泊得很。

"我最担心的是塞笛厄斯·舒尔托先生,其他的东西并不重要。我觉得在事情的全部过程中他表现得可亲可敬。我们有责任帮助他洗刷这无中生有的可怕罪名。"

我到晚上才离开坎伯韦尔,回到家中已经很晚了。我朋友的书和烟斗还放在椅子旁,但他本人却不见了。我四处寻找,希望找到他的留言条,但什么也没找到。

赫德森太太上楼来放窗帘时我说:"我想歇洛克·福尔摩

斯先生已经外出了。"

"没有，先生，他回自己房里了。"她压低嗓门轻声说，"先生，你知道吗？我真担心他的身体。"

"赫德森太太，他生病了吗？"

"嗯，先生，他真是个怪人。你走后他在屋子里走来走去，他的脚步声都让我感到厌烦了。后来还听见他自言自语。每次门铃一响，他就冲到楼梯口喊道：'赫德森太太，是谁？'现在他把自己关在了屋子里，但还能听到他来回走动的声音。先生，我希望他别生病。刚才我冒昧地向他提到镇定药，可他转过头来瞪了我一眼，吓得我跌跌撞撞从他房间里跑出来。"

"我想你用不着担心，赫德森太太，"我说，"我以前见过他的这种样子。他心里有事，所以心神不安。"

我轻快地和我们的忠实的房东太太交谈着，但当我在这个漫漫长夜里不断听到他沉重的脚步声时，自己也不安起来。我知道，他那急切的心情因暂时不能采取行动而越发变得焦躁不安。

早餐时，他显得疲倦消瘦，面颊微微泛红。

"你会把自己累垮的，老兄，"我说，"我听到你整夜就那么踱来踱去。"

"我睡不着，"他答道。"这该死的问题快把我摧垮了。所有的问题都解决了，却被这么一个小小的障碍难住了，真想不通。我已知道了凶手、汽船，什么都知道了，可就是得不到汽船的消息。我已发动了其他力量，用尽了所有的办法。整条河的两岸都搜寻过了，可就是没有消息，史密斯太太那边也没有她丈夫的音信。我差点得出这样的结论：他们把船沉到了河底。但这也讲不通。"

"或许是史密斯太太隐瞒了实情。"

"不会的，这种顾虑可以消除。我已叫人调查过，是有那样一条汽船。"

"是不是朝上游去了呢?"

"我考虑过这种可能性,有一支搜查队会往上游一直搜寻至瑞奇蒙德。如果今天还没有消息,我明天将亲自出马寻找凶手,而不去找汽船了。当然,当然会有消息的。"

可是,我们没得到任何消息,威金斯和其他方面都没有送来消息。多家报纸报道了上诺伍德惨案。他们似乎都极其憎恶那位不幸的塞笛厄斯·舒尔托。除了说第二天召开审讯会外,各家报纸都没有增加新的细节。晚上我步行来到坎伯韦尔向女士们通报了我们的失败,回来时发现福尔摩斯情绪低落,愁眉不展。他无暇回答我的问题,整夜忙于做一个玄妙的化学分析,蒸馏器加热后散发的气味把我赶出了房间。直到第二天清早,我还听到试管的敲击声,我知道他还在做那个臭气熏天的实验。

拂晓时分,我惊醒了,惊奇地发现他就站在我床边,身穿粗糙的水手服装,外面套着一件粗呢大衣,脖子上围着一条红围巾。

他说:"华生,我要去一趟下游,我考虑再三,觉得只有这条路可走,无论如何值得一试。"

"那我和你同去好吗?"我说。

"不行,你留在这儿做我的代表更有用处。我也不愿意离开,因为今天白天肯定会有消息,尽管昨晚威金斯还很泄气。我希望你拆开所有的来信和电报,如有消息,按你自己的判断行事。好吗?"

"当然可以。"

"我行踪不定,恐怕你无法给我发电报。但如果运气好,我不会耽搁很久,回来时一定有消息带来。"

线索的中断

早餐时还没有他的消息，但翻开《旗帜报》，我发现案情有了新的说法：

> 据悉上诺伍德惨案之案情比预料的更复杂、更神秘。有新证据证明塞笛厄斯·舒尔托与本案毫无干系。他和管家博恩斯通太太已于昨晚释放。据警方称，已找到真凶的线索。此案由伦敦警署精明干练的阿瑟尼·琼斯负责办理，预计缉获凶手之期指日可待。

我想：这还令人满意，我们的朋友舒尔托总算自由了，但我不明白新的线索指什么，警方出了错时总来这老一套。

我把报纸扔在桌上，但忽然看见寻人启事栏目里的一则广告。内容如下：

> 寻人：船工莫迪凯·史密斯及其长子吉姆于星期二清晨三时许乘汽船"曙光"号离开史密斯码头，船身为黑色带两道红线，烟囱为黑色并系有白带。知莫迪凯·史密斯及其"曙光"号汽船下落者请与史密斯码头史密斯太太或贝克街221号联系，当面酬谢五英镑。

这显然是福尔摩斯刊出的，贝克街的地址足以证明这一点。这种聪明的举措令我惊讶，因为逃犯们看到广告后会认为这不过是妻子对丈夫的担心，而不会看出其中的真正意图。

这是漫长的一天。每次听到敲门声或穿过街道的急促的脚步声，我都以为是福尔摩斯回来了或是看到广告的人来报信了。我试着看书，但脑子里尽是奇异的追踪和我们所追踪的那两个极不相配的可恶可憎的逃犯。我怀疑我朋友的推理是否发生了根本的错误。他莫非是在自欺欺人？莫非他那长于思索的机智的大脑把这一切实际的理论建立在错误的前提之上？我从没见他做出过错误的判断，然而智者千虑必有一失啊。我想他可能是因为推理过于精细反而出了错误——一个极简单极平常的案子落到他的手中，他总喜欢做出精妙的、非同凡响的解释。但反过来说，我也亲眼看到了证据，亲耳听他说出了推理的理由。当我回想起所发生的一连串怪事时，我发现其中有些事情无关紧要，但都指向同一个方向。我不得不承认，即便福尔摩斯的推理错了，那么正确的推理也一定十分离奇并令人吃惊。

下午三点，门铃大作，大厅里传来命令式的谈话声，没想到上来的不是别人，而是阿瑟尼·琼斯先生。但他的态度变了，在上诺伍德接管本案时，他粗暴而又专横。现在他垂头丧气，举止柔和并有歉意。

"你好，先生，你好，"他说，"听说歇洛克·福尔摩斯先生外出了。"

"是的，我不知道他什么时候回来。请你等一等。请坐，抽一支烟吧。"

"好的，谢谢！"他说，用红绸巾擦了擦脸。

"还来一杯威士忌加苏打好吗？"

"好的，来半杯吧。到这时候天气还这么热，我的心情又这么烦闷。你还记得我对上诺伍德案的理解吗？"

"记得你做出了一种推断。"

"嘿，我现在得重新考虑此案了，本来我已经把舒尔托先生紧紧地兜在网里了。可是，先生，他半道上又突然从网眼里溜走了。他能证明一个不可推翻的证据，他离开他哥哥的房间的。始终和别人在一起，所以不可能是他爬上屋顶从暗门进入房间的。这案子很玄妙，我做警察的威望怕是保不住了，我很希望能得到些许帮助。"

"有时候我们大家都需要帮助。"我说。

"先生,你的朋友福尔摩斯是个了不起的人,"他很肯定地说,"谁也斗不过他。我知道他办过许多案子,而且每个案子都被他弄得清清楚楚。他的方法变化无穷,有点急于钻理论圈子,但总的说来,他会成为一名优秀的警官,我真是望尘莫及啊。今天早上我收到他的电报,我想他对舒尔托的事情有了新的线索,这就是他的电报。"

他从口袋里拿出电报递给我。电报是十二点从波普拉发出的。电文是:

> 请速去贝克街。如我未归,请等。我即将找到舒尔托案的凶手。如想看到本案的结局,今晚与我们同行。

"太妙了,"我说,"他显然重新找到了线索。"

"啊,他也出错啦,"琼斯得意地说,"就连我们最好的侦探也会出错呢。当然,这也许是假报警,但作为警官,我有责任抓住每一个机会。门口有人,可能是他。"

我们听到有沉重的脚步朝楼上走来,还伴随着一个人因呼吸困难而发出的喘息声。他中途停顿了两次,好像是爬楼梯太吃力,但终于走进屋来。他的外表与我们所听到的声音相吻合。来人是个老头,穿一身水手服,外面套着破旧的粗呢上衣,纽扣一直扣到喉部。他弓着背,双膝发抖,不停地喘着粗气。他拄着一根粗大的栎木拐杖,耸着双肩喘气。一条花围巾围住了他的下巴,除那双锐利的眼睛显露在外,脸上的其他地方全被白色的眉毛和长长的络腮胡子遮住了。给我的总体印象是:他是个年岁已高、穷困潦倒但令人尊敬的航海家。

"老人家,有事吗?"我问。

他以老者那种慢条斯理的方式看了看四周。

"歇洛克·福尔摩斯先生在家吗?"他问道。

"不在,但我能代表他。你有话可以跟我说。"

"我要对他本人说。"他说。

"可我告诉你,我能代表他。是有关莫迪凯汽船的事吗?"

"是的。我知道船在哪里,也知道他要追的人在哪里,还知道财宝在哪里。我什么都知道。"

"那就告诉我吧,我会转告他的。"

"我要告诉他本人。"他以老者那种易怒和执拗的口气重复道。

"那你只得等他了。"

"不行,不行,我不能这样白白浪费我的一天。如果福尔摩斯先生不在,那他自己去调查这些事情好了。我和你们素不相识,一个字也不会说的。"

说着他便朝门口走去,但阿瑟尼·琼斯拦住了他。

"请等一等,朋友,"他说,"你带来了重要的消息,你不能走。不管你是否愿意,我们得留住你,直到我们的朋友回来。"

老人想夺门而逃,但阿瑟尼·琼斯用他那宽大的背挡住了门,他知道再抗争也无济于事。

"岂有此理!"他嚷道,用拐杖戳着地板,"我是来见一个朋友的,可你们两个我素不相识的人,竟抓住我不放,还待我如此无礼!"

"你还是留下吧,"我说,"我们会补偿你浪费的时间。请在这边沙发上就座,你不会久等的。"

他怏怏地走过来坐在沙发上,双手撑着脸。琼斯和我又开始吸烟闲聊了。但突然传来福尔摩斯的说话声。

"我想你们也应该给我一支雪茄吧。"他说。

我们俩坐在椅子里目瞪口呆。福尔摩斯就坐在我们身边,带着一副有趣的表情。

"福尔摩斯!"我惊愕道,"你在这,老人哪去了?"

"老人在此,"他拿出一堆白发说,"他在这——假发、络腮胡、眉毛,全在这儿。我想我的伪装还不错吧,真没想到还经受住了考验。"

"好啊,你这坏蛋!"琼斯高兴地喊道,"你应该去当演员——一个少有的演员。你模仿贫民的咳嗽,还有那颤巍巍的双腿,值得每星期十英镑呢。我想你的眼神还是瞒不过我。瞧,你没有轻易骗过我们。"

"我今天一整天都打扮成这副模样。"他说着点燃了雪茄,"要知道,很多犯罪团伙渐渐认识了我——特别是在我们这位朋友发表了一些有关我破案的事情后。所以侦探有时只能化装。收到我的电报了吗?"

"收到了,所以到了这儿。"

"案子进展如何?"

"一切化为乌有。我不得不释放了两个人,对其他两个也证据不足。"

"没关系,我们会另外给你两个替代他们的。但你必须听我的安排。所有官方的荣誉都给你,但必须按我说的去做。同意吗?"

"完全同意,只要你帮我抓到凶手。"

"那好吧,首先,我需要一艘快速警船——一艘汽船——今晚七时等候在威斯敏斯特。"

"好办好办,那儿常备有一艘,但我得去对面打电话落实一下。"

"我还要两个健壮的人,以防凶手反抗。"

"船里有两三个,还要什么?"

"捉到凶手后我们即可获得财宝,我想我这位朋友肯定乐意将财宝箱送到那位年轻小姐手里——财宝的一半理应归她。让她第一个打开箱子,嘿,华生,怎么样?"

"我十分乐意。"

"这很不符合程序,"琼斯摇摇头说,"不过整个案子就不合常规,我们还是装糊涂吧。但其后必须把财宝交给政府以待官方查验。"

"没问题,这好办。还有一点,我想听乔纳森·斯茂亲口说出此案的详情。你知道我希望弄清我经手的案子的详情。在他被严密看守的情况下,我要和他在我房间里或别的地方进行一次非官方的审讯,你不反对吧?"

"你是掌握全部案情的人。我还不能证明有这样一个叫乔纳森·斯茂的人,但只要你能抓到他,我没有理由拒绝你审讯他。"

"那么,这也同意了?"

"完全同意。还有别的要求吗?"

"最后一个要求:和我们共进晚餐。晚餐半小时内可以准备好。我这儿有牡蛎和一对松鸡,还有上等的白酒。华生,你还没发现我有理家的才能呢。"

凶手的下场

我们这顿饭吃得很快活。福尔摩斯心情愉快时向来谈锋甚健,今天晚上他自然格外愉快,谈起话来意气风发,妙语连珠，滔滔不绝。我还从不知道他如此地学识渊博。他天南海北地谈了许多问题——从奇迹剧到中世纪的陶器，从意大利的斯特莱迪瓦利厄斯的小提琴到锡兰的佛教和未来的战舰——他好像对每个方面都进行过专门的研究。他神采飞扬，几天来的消沉郁闷一扫而空。阿瑟尼·琼斯在休闲时是个随和的人，兴致勃勃地饱餐了一顿。我自己一想到全案就要了结便感到欢欣鼓舞，我也明白福尔摩斯兴奋的原因。宾主三人只顾开怀畅饮，谁也没有提到使三人聚在一起的原因。

饭桌收拾干净后，福尔摩斯看了看表，又斟满三杯葡萄酒。

"为今晚小小的冒险活动干杯！"他说，"好，我们该动身了。华生，带上手枪了吗？"

"抽屉里有一支军用左轮手枪。"

"最好带上，有备无患嘛。马车已到门口，我是订好六点半来接我们的。"

我们抵达威斯敏斯特码头时刚过七点，汽船正在等我们。福尔摩斯警觉地查看了汽船。

"上面有警船标志吗？"

"有，旁边那盏绿灯就是。"

"把它取掉。"

做过小小的改变后，我们上了船，船缆解开了。琼斯、福尔摩斯和我坐在船尾。一人掌舵，一人管发动机，两位精壮警察坐在船头。

"去哪儿？"琼斯问。

"去伦敦塔，叫他们把船停在杰克伯森船坞的对面。"

我们的船确实很快。当我们赶上并超过一艘汽轮时，福尔摩斯满意地笑了。

"我们能赶上河里所有的船。"他说。

"嗯,那可不一定。但能胜过我们的船的确不多。"

"我们一定要追上'曙光'号,它有快艇之称。华生,我给你讲讲案情吧。你还记得我曾因一件小事而烦恼过吗?"

"记得。"

"我通过潜心于化学分析而使头脑得到了彻底的休息。一位大政治家曾经说过,改变工作是最好的休息,确实如此。当我成功地做完了碳氢化合物溶解实验后,又回到了舒尔托的案子上,把整个案情重新思考了一遍。我派出去的孩子们找遍了上游和下游,但毫无结果。那条船既没有停靠在任何码头,也没有返回。我想也不可能为掩其踪迹而船沉人逃,如果什么地方也找不到,凿船也是可能的。我知道,这个叫斯茂的人有些狡猾,但我想他还不至于有如此周密的安排。办事缜密是高等教育的结果。我又想,既然他在伦敦住过一段时间——我们有证据表明他对樱塘别墅窥伺已久——不可能匆匆一瞥就立刻离去,他总需要一些时间,哪怕是一天,来安排好他的事情。无论如何,这是一种可能性。"

"我倒觉得不太可能,"我说,"出发前他肯定安排好了一切。"

"不,我不这么认为。在他确信自己已用不着这一藏身之处之前,不到万不得已是不会轻易出逃的。我还考虑到了一层,乔纳森·斯茂肯定已意识到他的同伙的古怪相貌——不管如何乔装打扮——会招致别人议论,可能会使别人联想到上诺伍德惨案。他肯定警觉地看到了这一层。他们乘夜幕离开巢穴,并想在天明前返回。据史密斯太太说他们是三点后上船的。一两小时后天就会亮,行人就会多起来。所以,我想他们没走多远。他们付了史密斯很多钱以堵住他的嘴,并预订了他的汽船在最后出逃时用,然后带着财宝箱回到了自己的住处。

他们用了一两天看看报纸上的报道,听听风声,再乘黑夜赶到葛雷伍圣德或道斯坐船,无疑他们已在那里订好了去美国或殖民地的船。"

"可是他们不可能把汽船也带回家去呀。"

"当然不能。我想尽管还没能找到汽船,但它不会离开太远。然后,我又把自己置于斯茂的位置上,以他的能力设想此事。他可能会想,如果确有警察在追踪他,那么把汽船送回去或将它停靠在某个码头都会轻易被警察发现。那么怎样才能把船藏起来,在需要时又随手可及呢?如果我处在他的位置我会怎么办呢?我只能想出一个办法。我会把船送到某个船坞或修理站,小做修理。这样既可以把船隐藏起来,又可以在提前几小时通知的情况下很快得到汽船。"

"这似乎很简单。"

"正因为很简单才极容易被忽视。于是我决定按照这种想法行事。我马上穿好了这身安全的水手服到下游询问所有的船坞。头十五家一无所获,问到第十六家,即杰克伯森船坞,羽得知两天前一个木腿人把'曙光'号送到他们那儿修理船舵叫工头说:'那条带红线的汽船就在那儿,船舵没啥毛病。'说话间,失踪的船主莫迪凯·史密斯过来了。他喝得醉醺醺的,他当然不认识他,是他喊出了自己的姓名和他的汽船的名字。他说:'今晚八点我要船,准八点,记住了,我有两位朋友等着要用。'他们自然付给了他丰厚的报酬,因为他的袋子里胀鼓鼓的,他朝那里的工人拍着口袋里的先令。我跟踪他走了一会,可他进了一家啤酒店;于是我回到船坞,路上正好碰见我派出去的一个孩子。我叫他盯住汽船,一见他们的船出船坞,就站在水边向我们挥动手帕。我们在船里等着,抓不到他们,拿不回财宝才怪呢。"

琼斯说:"不管他们是否是真凶,你安排得很周密;但如果这事落在我手里,就会派几个警察守候在杰克伯森船坞,候其出现,一网打尽。"

"不敢苟同。斯茂是个非常狡猾的家伙。他肯定会派一个人在前面探路,一有风吹草动,就再躲上一个星期。"

"但你应该盯住莫迪凯·史密斯,这样就能找到他们的窝点。"

"那样我会白白浪费一整天,我想史密斯肯定不知道他们在哪儿。他只要有了酒和钱,别的事情就不会过问,只听他们的指使。各方面的可能我都考虑过了,这是最佳方案。"

谈话间,我们已穿过泰晤士河上的几座桥。出伦敦市区的时候,落日的余晖在圣保罗教堂的十字架上闪动着金光。还未到达伦敦塔,夜幕已悄然降临。

"那就是杰克伯森船坞,"福尔摩斯指着萨利区河岸船桅立的地方说,"让我们的船在这些往来穿梭的驳船的掩护下慢慢地来回游弋。"他从口袋里拿出一副夜视望远镜向河岸观察了一会儿后说:"我看到了守候汽船的人,但他还没有挥动手帕。"

"我们还是往下游走一段,在那儿等他们吧。"琼斯急切地说。

此时,我们的心情急切起来,就连对将要发生的事情知之甚少的警察和船工也跃跃欲试。

"我们不能想当然,"福尔摩斯回答说,"他们十之八九是往下游走,但不能绝对肯定。从此处可以瞭望船坞的入口,但他们几乎看不到我们。今晚无雾,月光朗照。我们必须守在该守的地方。你看那边煤气灯下挤满了人。"

"都是从船坞下班的工人。"

"他们看上去肮脏粗俗,但每个人的内心里都隐藏着一丝永不泯灭的生气。单从外表是看不到这一点的。人真是不可思议!"

"有人说,人为动物灵长。"我说。

"温伍德·瑞德对此有精辟的见解,"福尔摩斯说,"他说,虽然每个人是一个难解之谜,但在总体中他就成了数学上的必然。例如,你不可预知某个人将干什么,但能准确地说出平均数的总和。单项是可变的,但统计所得的可能性是不变的。统计学家也这么说。可是,我看到手帕了吗?没错!那边有白色的东西在挥动。"

"对,是你指派的男孩,"我喊道,"我看得清清楚楚。"

"'曙光'号如魔鬼出动了!"福尔摩斯喊道,"全速前进,轮机员!赶上那条亮黄灯的汽船。老天在上,如果追不上它,我决不原谅自己!"

汽船开出船坞,穿过两三条小船后消失了。再看到它时,它已全速行驶。它朝下游急驶,快到河岸了,疾驶如飞。琼斯望着那条船急得直摇头。

"它跑得太快了,我们恐怕赶不上。"他说。

"必须追上!"福尔摩斯咬着牙说,"船工,加煤!竭尽全力赶上去!即便把船烧了,也要抓住他们!"

我们紧随其后。锅炉火势凶猛,强劲的引擎呼哧呼哧,铿锵作响,如同一个巨大的金属心脏。船头如利剑划破平静的河水,在我们的左右两侧激起滚滚浪花。随着引擎的每一次悸动,我们如同一个生命体一齐跃进、震颤。船舷上那盏黄色的大灯向前方投下长长的、闪烁的光束。前方远处的那个黑点就是"曙光"号,船后那一道白色的浪花道出了它前进的速度。驳船、汽船、商船,一条接着一条被我们抛在身后。一会儿冲入众船之中,一会儿又冲了出去;一会儿赶上了一条船,一会儿又绕过了另一条船冲到了前面。隆隆的机声划破黑暗为我们

四签名

欢呼,但"曙光"号亦发出雷鸣般的巨响。我们已紧紧地盯在它后面。

"加煤,伙计,加煤!"福尔摩斯对着机舱喊道,"最大限度地烧出蒸汽。"锅炉里熊熊的烈火照着他那一张焦急的鹰一般的脸孔。

"我想我们已赶上一些了。"琼斯盯着"曙光"号说。

"当然,"我说,"再过几分钟就赶上了。"

正在此时,不幸的事来了,一条拖着三条驳船的拖船横在我们前面。我们急转船舵,才没与它相撞,"曙光"号已足足驶出了二百码,但还看得见。朦胧的暮色已在星光闪耀的夜空中隐去。我们的锅炉烧至了最大火力,驱船前进的动力异常强大,以致脆弱的船壳嘎吱作响。我们穿过深潭、西印度船厂,往下穿过德普特弗德河段,又往上绕过了多格斯岛。前方的黑点正是"曙光"号,它已清晰地出现在我们的面前了。琼斯用探照灯照着它,我们看清了船上的人影。船尾坐着一个人,膝下跨着一个黑乎乎的东西,他的身子俯在那黑东西上。旁边蹲伏的黑影像是一条纽芬兰狗。一个男孩在掌舵,在炉火的红光中我看到了史密斯,光着上身在拼命加煤。起初他们也许还不肯定我们是否在追赶他们,可现在我们紧随其后绕过一道道弯,他们不再怀疑了。到达格林尼治,我们离他们大约只有三百步远了。到达布莱克沃尔时,两船相距最多不过二百五十步远。我一生中在许多国家追逐过猎物,但都没有今晚在泰晤士河上追人这样惊险刺激。我们的船尾随其后,步步紧逼。在这寂静的夜晚,我们能听到前面汽船上突突突突的机器轰鸣声。坐在船尾的人仍蹲伏在那儿,双手似乎忙个不停,不时抬头估量与我们之间的距离。两船的距离愈来愈近,琼斯喝令他们停船。两船不过四船之隔了,仍在疾速行驶。已临近河口了,一边是巴肯开阔地,一边是阴沉沉的普拉姆斯第德沼泽地。经我们一喊,坐在船尾的人暴跳起来,向我们挥动双拳,高声大骂。他身材高大,体格健壮,叉着双腿立于船尾,我们看到他右边的大腿下支着一根木柱。听到他尖厉刺耳的怒骂声,蜷曲在他身边的黑影动了动,站了起来,原来是个矮种人——我见过的最矮小的人——长着一个畸形的大脑袋,满头乱蓬蓬的毛发。一看到这个野蛮怪异的原始人,福尔摩斯早已掏出了手枪,我也跟着掏出手枪。他裹着一件黑色的像是外套又像是毯子的东西,只露出半张脸,我从未见过如此狰狞的模样。他那两只小眼睛闪动着凶光,厚厚的嘴唇从牙根翻出,半人半兽似的朝我们龇牙咧嘴,狂呼乱叫。

"他一招手就开枪。"福尔摩斯轻声说道。

此时,我们仅有一船之隔了,对面的船几乎伸手可触。我看见那两个人站在那里,白人不停地谩骂。满脸邪恶的矮人在灯光下咬牙切齿,露出一口大黄牙。

幸好我们看他们看得非常清楚。只见那矮人从毯子里掏出一根像木尺的短而圆的木棒,搁在唇边。我们同时开枪。他打了个趔趄,高举双臂,啊地一声跌入河中,那一双狠毒的眼睛旋即消失在白色的漩涡中。这时,木腿人冲向船舵,猛力扳动舵柄,汽船径直冲向南岸,我们躲过船尾,两船相距仅有几英尺。我们立刻绕过弯来追赶它,贼船已接近河岸。岸上是荒凉的旷野,月亮照着空旷的沼泽地,地上是一片片死水和一堆堆腐败的植物。噗的一声,汽船在泥滩上搁浅了,船头耸向天空,船尾没于河水。凶手跳出汽船,但木腿立即整个儿陷入泥沼中。他拼命挣扎但寸步难移,进退不能。他狂喊乱叫地在泥中猛蹬左脚,但这只能使他的木腿在泥泞的河岸上越陷越深。我们将船开到岸边时,他已被死死地钉在那里,我们扔过绳套套住他的双肩，像拖鱼似的把他从泥沼中拖过来。史密斯父子绷着脸坐在船里，听到我们的命令才老老实实地上了我们的船。我们将"曙光"号拖过来，靠在船尾上。汽船甲板上放着一只印度制造的结实的铁箱。无疑，那就是给舒尔托带来厄运的财宝箱。箱子很沉，没有钥匙，我们小心地将它搬进我们的船舱。我们慢慢地往上游驶去，探照灯四下里探照，再不见那原始人的踪影。那个奇异的矮人已葬身于泰晤士河底的淤泥中。

"看这，"福尔摩斯指着舱口说，"我们差点开晚了枪。"就在我们先前站立的地方插着一根毒刺，肯定是在我们开枪的刹那间朝我们射过来的。福尔摩斯轻轻地耸肩一笑，但一想到那差点要了我们命的夜晚，我仍然心有余悸。

大宗阿格拉财宝

我们的犯人坐在船舱里，面对着他为之历尽千辛万苦等待已久才得到的铁箱子。他的皮肤被烈日烤得黝黑，眼睛里露出凶狠蛮横的光芒，脸上的皱纹密密麻麻，如同一张破网，这一切表明他饱尝了野外生活的艰难困苦。他那胡子拉碴的下巴向外高高突起，表明他是那种不达目的决不罢休的人。他约莫五十来岁，因为他那黑色的鬈发已近灰白。尽管我刚才见他发怒时浓黑的眉毛和凶狠的下巴狰狞可怕，但在他平静的时候那张脸并不让人生厌。他坐在那儿，被铐住的双手搁在膝上，头低到胸前，一双锐利的眼睛仍盯着那口使他犯罪的铁箱。在我看来，他那板滞的表情里悲痛多于愤恨。他抬头望我一眼，眼睛里带着一丝苦笑。

"乔纳森·斯茂，"福尔摩斯说道，点燃一支雪茄，"看到这样的结局我并不高兴。"

"我同样感到悲哀啊，先生，"他坦率地回答说，"我是逃不脱干系了，但我发誓，我没有动手杀死舒尔托先生。是托格那个小崽子朝他射了一根毒刺，与我毫不相干，先生。我伤心透了，好像射死了我的亲人。我用散绳头痛打了小魔鬼一顿，但事情已经发生，无法挽回了。"

"抽支烟吧，"福尔摩斯说，"全身都湿透了，喝口我的酒暖和暖和吧。你在爬绳子时，怎么知道那样一个矮小无力的人能敌得过舒尔托先生呢？"

"先生，你知道这么多，好像你就在现场似的。事实是我希望房子里没人。我对那里的生活习惯了如指掌，那个时候通常是舒尔托先生下楼吃晚饭的时候。我老实交代吧，我能做的最好的辩护就是说出真相。如果当时是老少校在，我会毫无怜惜地掐死他。我会觉得杀死他与抽这支雪茄没什么两样。没想到我却因小舒尔托被押往监狱，我和他无冤无仇啊。"

"你现在在苏格兰场阿瑟尼·琼斯的拘押之下。他会把你带到我家中，由我询问本案的真相，你必须坦白交代实情，如果表现好，我会帮你的。我可以证明毒刺的毒性发作得很快，在你入室之前，舒尔托已经中毒死亡。"

"他真的已经死了，先生。我爬进窗户看到他歪着头冲着我狞笑时，被吓了一大跳。确实吓了我一跳，先生。如果托格没跑掉，我会把他打个半死。他告诉我，他因此丢下了那根木棒和那袋毒刺。我敢说是这些东西帮助你们找到了我们的踪迹，但我不明白你们是怎样把这些东西与本案联系起来的。此事确实玄乎得很。"他苦苦一笑，接着说，"有权得到五十万英镑的我前半生竟在安达曼群岛修筑防潮堤，后半生可能还要

·四签名·

去达特沼泽地开挖排水沟。自从见到商人阿奇麦特,与阿格拉财宝结下不解之缘的那一天起,我就倒上了霉。拥有这份财宝的人除了遭人唾骂外,一无所获。他因此丢了性命,舒尔托少校因此而恐惧并感到罪孽深重,而我因此将终身服役。"

这时,阿瑟尼·琼斯将他那张宽大的脸和粗壮的双肩伸进了船舱。

"真像是家庭晚会,"他说,"福尔摩斯,我也来一杯酒。我们应该互致祝贺。可惜没抓到另一个活物,但那是没办法的办法。福尔摩斯,亏得你下手快,否则我们都要遭他的毒手。"

"总算皆大欢喜,"福尔摩斯说,"但我真没料到'曙光'号的速度有那么快。"

"史密斯说它是河面上最快的汽船之一,如果他还多一个帮手驾船,恐怕我们追不上它。他发誓他压根儿就不知道什么上诺伍德惨案。"

"他的确一无所知,"犯人大声喊道,"我看中了这条汽船是因数我所说它有快艇之称。我对他只字未提,只是付给了他一大笔钱,我们到达停在葛雷伍圣德的开往巴西的'翡翠'号轮船时,还会给他一大笔钱。"

"好了,如果他没干坏事就不会有罪的。如果说我们追捕犯人的速度很快,但定罪的速度不会有这么快的。"琼斯抓获罪犯后那种傲慢的神态可笑至极,从福尔摩斯脸上的微笑可知,他已听到了琼斯的这番话。

"马上就到沃克斯豪尔大桥了,"他说,"华生医生,你带了财宝箱下船吧。要知道我这样做极不合常规,要负重大责任的。不过,当然喽,我得守信用。我有责任派一名警察与你同行,因为财宝很贵重。你肯定坐车去吗?"

"是的,坐车去。"

"可惜没有钥匙,否则我们可先清点一下。你只得把箱子砸开了。伙计,钥匙在哪儿?"

"在河底下。"斯茂简短地回答说。

"哼!你实在不应该给我们添这种不必要的麻烦。我们费了九牛二虎之力才找到你,回来时把财宝箱带回贝克街。我们在那里等你,然后再去警署。"

我带着沉重的铁箱在沃克斯豪尔桥下了船,由一个温和坦诚的警官陪着。一刻钟后我们便到达了赛西尔·弗里斯特夫人家。仆人对深夜来客很是吃惊,她说,赛西尔·弗里斯特夫人整晚一直没在家,可能很晚才回来。但摩斯坦小姐在客厅里,所以我拿着铁箱进了客厅,善解人意的警官留守在马车里。

她坐在打开的窗前,身穿一件白色透明的衣服,颈间和腰际轻束红丝带。她倚靠在藤椅上,柔和的灯光透过网罩照在她身上,照着她那甜美端庄的脸,给她蓬松的秀发染上一层亮丽的色泽。一只洁白的胳膊搭在扶手上,她的仪容和姿态显现出深沉的忧郁。然而,听到我的脚步声她就站了起来,苍白的双颊因惊喜泛起红晕。

她说:"我听到了车声,以为是弗里斯特太太提早回来了,做梦也没想到是你。你给我带来了什么消息?"

"我带来了比消息更好的东西。"我把箱子放在桌子上兴奋地说,尽管内心很沉重,"我给你带来了比世界上任何消息都更有价值的东西。我带给你的是财富。"

她瞥了一眼铁箱子,冷冷地问道:"那就是财宝吗?"

"是的,这就是大宗阿格拉财宝。一半属于你,另一半属于塞笛厄斯·舒尔托。你们各得二十五万英镑。你想一想,每年的利息就是一万英镑啊!在英国比你更富的女人不多啊!这难道还不令人高兴吗?"

我想我的高兴劲表现得过于充分了,她察觉出了我的祝贺中诚意不足,因为她略抬眉眼,好奇地打量了我一眼。

"如果我获得了财宝,那全是你的功劳啊。"她说。

"不,不不,"我答道,"不是我的功劳,应该是我的朋友歇洛克·福尔摩斯的功劳。他竭尽了所有的分析才能才找到线索,要是我怎么也找不到线索。即便如此,到最后关头,我仍差点前功尽弃。"

"华生医生,请坐下来告诉我发生的一切吧。"她说。

我简要地介绍了我和她上次见面后所发生的事情:福尔摩斯的搜索又出新招;"曙光"号被发现;阿瑟尼·琼斯再度涉足本案;夜间探险;泰晤士河上惊心动魄的追踪。她张着嘴巴,瞪着大眼听我讲述了我们的经历。当我讲到毒刺差点要了我们的命时,她脸色惨白,几乎晕倒。

我急忙给她倒了一杯水,她说:"不要紧,我已好了。我竟让我的朋友遭遇这种可怕的危险,心中万分不安。"

"一切都过去了,"我说,"算不了什么。不给你讲这些令人沮丧的事情了,我们谈点高兴的事吧。财宝在这儿,还有比这更令人高兴的吗?我获准特意给你带来,让你先睹为快。"

"我再乐意不过了。"她说,然而话语间并无急不可待的心情。她无疑很受感动,如果她对这件来之不易的财宝显得漠不关心,未免太不领情了。

"多漂亮的箱子,"她俯身看着箱子说,"我想是印度制造的吧?"

"对,是本拉瑞斯金属制品。"

"好沉啊!"她抬抬箱子说,"这箱子本身就很值钱。钥匙在哪儿?"

"被斯茂丢到泰晤士河里了。我得借用一下弗里斯特夫人家的火钳。"

箱子前面有个粗大的搭扣,搭扣上刻着一尊佛像。我把火钳插入搭扣的下方,用力一转,搭扣砰地一声打开了。我用颤抖的手指抬起盖子,我们俩站在那儿惊呆了。箱子是空的!

难怪箱子这么重,四周的铁皮足有三分之二英寸厚,非常结实,也非常精致,像个专用于装财宝的箱子,可里面什么也没有,完全是空的。

"财宝不见了。"摩斯坦小姐平静地说。

我听出了她话中的含意,一个巨大的阴影从我心中消失了。我说不出阿格拉财宝压在我心上有多沉,现在终于挪开了。不错,这是自私的、不诚实的、也是错误的,但除了感到我俩之间金钱的障碍消除了之外,其他的一概不知。

"感谢上帝!"我情不自禁地喊道。

她飞快地看我一眼,疑惑地一笑。

"此话怎讲?"她问道。

"因为你不再可望而不可即了。"我拉住她的手说。她并没有缩回去。"玛丽,我爱你,就像任何一个男人爱一个女人那样真诚。是财宝、财富让我难以启齿。现在财宝不见了,我可以告诉你我有多爱你了。所以我才说:'感谢上帝。'"

我把她揽在身边,她轻声说道:"我也应该说'感谢上帝'。"

不管谁丢失了财宝,那天晚上我得到了一个宝物。

乔纳森·斯茂传奇

那位警官是非常有耐性的人,因为过了很久我才回到车上。我把空箱子拿给他看时,他的脸色阴沉下来。

"奖金全完了!"他郁闷地说,"财宝不见了,报酬也落了空。要是财宝还在,山姆·布朗和我今晚每人可得到十英镑呢!"

"塞笛厄斯·舒尔托是个有钱人,"我说,"无论财宝在不在,他都会酬谢你们的。"

但警官泄气地直摇头。

"糟糕透了!"他重复道,"阿瑟尼·琼斯也会这么想的。"

他言中了,当我回到贝克街,把空箱子送到他面前时,那位侦探显出一副茫然若失的样子。福尔摩斯、犯人和琼斯刚刚到家,因为他们在路上改变了原来的计划,先去警察局报告了案情。我朋友和往常一样懒洋洋地躺在扶椅里,而斯茂呆呆地坐在他对面,木腿搭在那条好腿上。当我把空箱子拿给大家看时,他靠在椅子上哈哈大笑。

"这都是你干的好事,斯茂!"阿瑟尼·琼斯气急败坏地说。

"不错,我把财宝藏在了你们谁也摸不到的地方了。财宝是我的,如果我得不到,任何人也别想摸一摸。告诉你们,除了安达曼囚犯营里的那三个人和我外,谁也无权得到财宝。我知道我现在用不着这些财宝了,他们也用不着,所以我把它处理掉,为了他们,也为了我自己。我们每次都是四人签名。他们会同意我这样做的,宁可将财宝沉到泰晤士河底,也不愿让舒尔托或是摩斯坦的亲属得到财宝。我们干掉阿奇麦特并不是让这些人发财。财宝和钥匙都和托格葬在一起了。看到你们的船就要追上我时,我就把财宝藏到了安全的地方。你们这一回是一个卢比也别想得到了。"

"你在骗人,斯茂!"阿瑟尼·琼斯厉声道,"如果你想把财宝扔进泰晤士河,连箱子一块扔不是更省事吗?"

"我是扔得省事,那你们找起来也省事多了,"他狡黠地斜睨着双眼,"有本事追到我的人肯定也有本事从河底找到一个铁箱子。我把财宝撒到了五英里长的河道里,找起来就不那么容易了。我这是不得已而为之。当你们就要追上我时,我急得快发疯了。然而,悲伤于事无补。我这一生起起落落,但我明白了一个道理:不吃后悔药。"

"这是一个严重的事件,斯茂,"侦探说道,"如果你有助于正义,而不是这样阻挠它,审判时会获得从轻发落的。"

"正义!"犯人咆哮道,"多么美好的正义!财宝不是我的又是谁的?财宝不是他们赚来的,却要让给他们,这难道是正义吗?看看我是如何得到财宝的吧!我在热病肆虐的沼泽中熬过了漫长的二十年,整天在红树丛中服苦役,夜里上镣戴铐被关在臭气熏天的囚牢里,受蚊虫叮咬,被疟疾折磨,那些喜欢拿白人开心的该死的黑人警察一个个欺负我们。我就是这样得到阿格拉财宝的,就因为我不愿把耗费如此惨重的代价才获得的财宝让给别人去挥霍,你就来和我大谈正义吗?我宁肯被绞死,被托格的毒刺毒死,也不愿活在监牢里眼睁睁地看着别人拿着属于我的钱去逍遥享乐。"

斯茂拉下了淡泊的面具,激烈的言辞奔涌而出,他双眼放亮,手铐随着激动的双手锵锵作响。看到他如此愤怒和激动,我明白了为什么舒尔托少校一听说他亏待过的犯人在追踪他时,就吓得魂飞魄散,这是有根据也很自然的事。

"你忘了,我们对这一切一无所知,"福尔摩斯轻声说道,"你没给我们讲过你的身世,我们也就不知道那份本应属于你的公道。"

"啊,先生,你对我说的话还算公道,虽然我得感谢你给我戴上这副手铐,但我不会对此怀恨在心的。这是公正的,光明正大的。你如果想听听我的身世,我就不隐瞒了。老天在上，我说的一字一句都是实话。劳驾你把杯子放在我身边，好让我在口干时把嘴唇凑过去。

"我是鄂斯特尔郡人，出生在珀肖尔附近。住在那里的斯茂族人很多，你去看看便知道。我常想回去看看，但我是个不肖之子，他们不会欢迎我的。他们都是些老老实实的教徒，受四乡邻里敬重的小农，而我一直是个流浪汉。然而，到了十八岁就没再给他们添麻烦了，我爱上了一个姑娘而不能自拔。为脱身计，我当兵吃了女王的粮饷，加入了正开往印度的第三步兵团。

"然而，命中注定我在军营里待不长久。我刚学会走正步和使用步枪，就傻乎乎地跳到恒河里去游泳。幸好连队军士约翰·侯德也在水中，他是部队里最好的游泳能手之一。我游到半路时，一条鳄鱼拖住了我，齐膝盖咬掉了我的右腿，像做外科手术一样干净。由于惊吓和失血，我晕了过去，要不是侯德抓住了我把我拖上岸，我早被淹死了。我在医院里住了五个月，最后装上这条木腿跛着脚出了院，我因伤残奉命退伍，再也没找到合适的工作。

"你想象得到，我当时的运气有多坏了，还不到二十岁就成了一个无用的瘸子。但不久我就时来运转了。一个叫阿伯尔·怀特的人到那里种植槐蓝，他想雇个监工监管苦力们干活。他碰巧是我们团长的朋友，因那次事故后，团长对我特别关照。简单地说吧，团长极力推荐了我。干这活主要是骑在马上，我的瘸腿不太碍事，因为我的左腿还能控制住马鞍。我的工作就是骑马在庄园里巡视，监督苦力们干活，谁偷懒就报告主人。工钱不错，住得也舒适，总之，我愿意在槐蓝种植园里度过余生。阿伯尔·怀特先生是个善良的人，他常来我的小屋里和我一起抽烟聊天，那儿的白人彼此都很友好，而在这儿却不一样。

"唉,哪知好景不长啊。突然间,预先没有任何警告就发生了大暴乱。头一个月,像萨里和肯特一样,全印度表面上和平宁静;下一个月二十万黑鬼子失去了约束,印度成了地地道道的地狱。当然,先生们,你们都比我知道得多,因为看书读报的事与我不相干,我只知道我亲眼目睹的一切。我们的庄园在一个叫穆塔的地方,邻近西北几个省的边界。一连好几个晚上,天空被燃烧的房屋的冲天火光照得通亮;一连好几天,一小股一小股的欧洲士兵带着妻儿老小经过我们的庄园,前往近处的军营阿格拉避难。阿伯尔·怀特是个固执的人,他那个脑袋总认为事情被夸大了,来得迅猛,平息得也快。他依旧坐在凉台上喝酒抽烟,而他周围的乡村早已狼烟四起。当然,我和管账理财的道森夫妇没有背弃他。可是,好好的一天变故来了。我到远处一个庄园去了一趟,黄昏时优哉游哉骑马回家,突然看见陡峭的峡谷深处有什么东西蜷伏在那里。我骑马下去想看个究竟,顿时毛骨悚然,原来是道森的妻子被撕成了碎块,已被豺狼和野狗吃去了一半。道森本人趴在不远的地方,已经死去,手里还握着空枪,前面躺着压在一起的四个印度兵。我勒住缰绳茫然不知所往,就在这时,我看见阿伯尔·怀特家的房屋浓烟滚滚,火苗已蹿到屋顶。我自知救不了主人了,介入此事只会白白丢掉自己的一条命。从我站立的地方我看见几百名黑鬼子披着红色的斗篷正围着燃烧的房屋乱跳乱叫。他们中有几个人已瞄准了我,子弹从我的耳边呼啸而过。于是我穿过稻田落荒而逃,深夜才安全抵达阿格拉城。

"然而,阿格拉也不是很安全的地方。整个国家就像捅烂的马蜂窝。能聚集一些英国人的地方,也只不过保住了枪炮射程之内的那块土地,其他地方的英国人都是无依无靠的逃难者。这是一场几百万人对几百人的战争,令人痛心疾首的是,无论是步兵、骑兵还是炮兵,都是我们自己教育训练过的精兵,他们用的是我们的武器,军号的调子也和我们的一样。阿格拉城内驻有孟加拉第三火枪团、一些锡克兵、两支马队,还有一个炮兵连。另外还成立了一个由职员和商人组成的志愿团,我就带着这条木腿参加了志愿团。七月初我们开赴沙岗吉迎击叛军,我们曾打退了他们一会,但终因弹药不够,只得退回城内。

"四面八方传来的都是最糟糕的消息——这并不奇怪——因为你只需看看地图就知道,我们正处在叛乱的中心地区。拉克劳处于东边一百英里处,康坡处在南边一百英里处,到处都是痛苦、残杀和暴行。

"阿格拉城地方大,聚集着各种各样的盲流和残忍的魔鬼信徒。我们英国人居少数,散落在狭窄弯曲的街道旁,于是我们的头儿调兵渡河把阵地设在阿格拉古堡里。不知你们中是否有人读到过或听说过那个古堡。那是个非常奇特的地方,我到过许多奇特的地方,但那个地方是我到过的最奇特的地方。首先,那地方大得惊人,我估计肯定占地数英亩。较好的地方容纳下所有的驻军、女人、孩子和辎重还绰绰有余。但较好的这块地方的面积远不及那块古老的荒地,那儿从没人去过,留给了蝎子和蜈蚣。那里到处都是废弃的大厅、盘曲的过道和长廊,所以进去的人很容易迷路。因此很少有人进去,但偶尔也有人打着火把去探险。

"一条河流经古堡前,是天然的护城河,但古堡的两翼和后方有许多门,都需要守卫,当然那块荒地和我们驻军的地方更需要守卫。我们人手不够,没有足够的人把守古堡的每个角落和使用枪支。所以不可能在数不清的堡门处都有重兵把守。

我们只能在古堡的中央建起一个中央守备所，让一个白人带着两三个当地人看守各个堡门。我被指派在夜间的某一时间把守西南面一扇孤立的小门，两个锡克兵听我指挥，如有意外，我可以开枪，立即可得到中央守备所的增援。然而，守备所离我们有两百步远，而且隔着许多迷宫似的甬道和回廊，因此我怀疑遇到突然袭击时，援兵是否能及时赶到。

"我是个新兵，还跛着腿，当了个小头目，感到很得意。头两天晚上我和两个旁遮普邦人看守堡门。一个叫默哈米特·辛格，一个叫阿巴杜拉·克汉，他们高大凶狠，久经沙场，在齐连瓦拉战争中是我们的对手。他们的英语说得很好，但我能听到的却很少。他们总喜欢站在一起用叽里咕噜的锡兰语交谈，我总是独自一人站在堡门外，瞭望宽阔弯曲的河流和大城市里闪烁的灯火。咚咚的鼓声，当当的锣声，以及吸了鸦片和麻醉品的叛军的狂呼乱叫声，整夜都在提醒我们河对岸的邻人是危险的。每隔两小时，巡夜的军官到各个哨卡巡视，以确保平安无事。

"当班的第三天晚上，天空阴霾密布，下着小雨。在这种天气里站上几小时真让人难受。我几次试图和那两个锡克人搭话，但两个家伙不搭理我，于是我放下枪，拿出烟斗，划燃了火柴。两个锡克兵突然冲上来，一个抢过枪对准我的脑袋，一个拿起刀子搁在我的喉管上，咬牙切齿地说，我一动就刺穿我的喉咙。

"我头一个念头是，这两个家伙和叛军是一伙的，这是突袭的开始。如果堡门落入他们手中，整座城堡就全完了，妇女和孩子会受到康坡城同样的遭遇。先生们，你们也许会认为我在为自己辩解，但我敢发誓，一想到此事，就感到刀尖刺在喉咙上，我张嘴想喊，哪怕是最后一声，也可向中央守备所报警。抓住我的人似乎看出了我的心思,因为我刚想喊时他低声说道:'别出声,城堡很安全,河这边没有叛军。'他并没有撒谎,我知道我一出声必死无疑。从他那双棕色的眼睛里可看出这一点。于是我静静地等着,看他们究竟要我干什么。

"那个凶狠高大,叫阿巴杜拉·克汉的人说:'先生,听我说,你要么和我们合作,要么永远发不出声来,事关重大,我们不能犹豫。要么向上帝起誓真心诚意和我们合作到底,要么我们今晚就把你的尸体扔进沟里,然后加入叛军兄弟中,别无他路可走。是生还是死,你自己决定吧!给你三分钟考虑,时间紧迫,在下轮巡查前必须了结。'

"我说:'你们没说叫我干什么,我怎么能决定呢?但我告诉你们,如果是不利于城堡安全的事,我决不合作,你们杀了我好了。'

"他说:'与城堡毫不相干,我们叫你做的事就是你们英国佬来这里想做的事。我们叫你发财。如果你今晚成为我们中的一个,我们对这把出鞘的刀起誓——锡克教徒从没违背过这种誓言,你会公平地获得一份财宝。财宝的四分之一归你,没有比这更公平的了。'

"我问:'那到底是什么财宝?如果告诉我怎么做,我愿和你们一道发财。'

"他说:'你能以你父亲的身体、你母亲的名誉和你的信仰起誓无论现在还是将来永远不背叛我们吗?'

"我说:'我起誓,除非城堡受到威胁。'

"'我的同伴和我一同起誓分给你四分之一的财宝,我们四人平分。'

"我说:'我们只有三人。'

"'但是,多斯特·阿克巴必须得一份。等他们的这段时间我可以把这件事告诉你。默哈米特·辛格,你在门口望风,他们来了通知我们。先生,事情是这样的,我知道欧洲人是守信用的,所以我信任你并把事情告诉你。如果你是个说谎的印度人,哪怕你对庙里所有的神都起过誓,我们也会白刀子见血,把你的尸首扔进河里。但锡克人了解英国人,英国人也了解锡克人,那好,听我说吧。'

"'北方省有个王公,他的领地虽然不多,但很富有。他从父亲那儿继承了大笔财产,但更多的是他自己搜刮来的,他嗜财如命又悭吝非常。暴乱伊始,他既是狮子的朋友又是老虎的朋友——既与印度兵媾和又与盟友修睦。然而,不久他便察觉到白人的末日到了,因为到处传来他们惨遭屠杀溃不成军的消息。他是个谨慎的人,于是做出了这样的安排:无论发生什么事情,他至少能保住财宝的一半。他将金银财产藏于王宫的地下室,而把贵重的宝石和上乘的珠宝放在一个铁箱子里,派一个亲信化装成商人将它带到阿格拉城堡藏起来,直到叛乱平息。这样,如果叛军获胜,他可保住自己的金银财产,如果白人获胜,他又能保住自己的珠宝。这样分好了财宝后他便投向了印度兵,因为他们在边境地区的实力很强。先生,你掂掇掂掇,这种两面三刀的人的财产,是不是应归属始终效忠于一方的人的手里呢?'

"'这个乔装成商人,化名为阿奇麦特的人此时正在阿格拉城内,准备潜入城堡。他的旅伴是我的堂兄多斯特·阿巴,他知道这个秘密。阿克巴答应今晚带他从边门进入城堡,他选定了我们把守的这个地方。等一会儿他就会到,知道默哈米特·辛格和我在此等候。这地方很偏僻,没人知道他会来。再没人知道阿奇麦特这个商人了,而王公的巨额财宝就归我们平分了,你看如何?'

·四 签 名·

"在鄂斯特尔郡,人的生命是伟大而神圣的,然而当你置身于血与火之中,情况就大不一样了,随时都有死神降临。商人阿奇麦特的生死在我看来如同空气一样轻薄,然而一谈到财宝,我就动心了,设想回到老家后如何花钱,乡亲们看到我这个从不干好事的浪荡子回来时袋子里是胀鼓鼓的金子,眼睛会圆瞪瞪地看着我。于是我横下了一条心。然而,阿巴杜拉·克汉以为我还在犹疑未定,又紧逼了一句。"

"他说:'先生,试想想,倘若这个人被指挥官抓获,他肯定会被绞死或枪毙,财产充公,谁也别想捞到一个子儿。既然现在他落到了我们的手里,干吗不干掉他呢?珠宝落入白人官员的手中还不如归我们,这些珠宝足以使我们每个人变成巨富。没人会知道的,我们这地方离别人很远。还有比这更美妙的事情吗?先生,挑明了吧,和我们合作,还是叫我们把你当作敌人?'

"我说:'我的心和灵魂都和你们在一起。'

"'太好啦,'他说着把枪还给了我,'你知道我们是信任你的,你和我们一样,决不会食言。现在就等我兄弟和商人来啦!'

"'你兄弟知道你要干什么吗?'我问。

"'这是他的主意,全是他一手策划的。我们到门边去和默哈米特·辛格一起守门吧。'

"雨依旧下得紧,雨季才开始呢。天空中乌云密布,投石之遥不见一物。堡门前是一条深壕,某些地段几乎没有积水,很容易走过来。我心中纳闷,我怎么会与两个粗野的旁遮普邦人站在一起,等待一个商人前来送死呢?

"突然,我看到深壕对面出现了被蒙住的提灯放出的微光,灯光消失在壕墙那边,接着又出现了,并慢慢朝我们靠近。

"'他们来啦!'我喊道。

"'先生,你像往常一样盘问他,'阿巴杜拉低声说,'别吓唬他。让我们带他进门,你守候在此,我们去干掉他。准备好灯,以免弄错人。'

"灯光闪闪烁烁,向前移动,时停时进,我看清了壕对岸的两个人影,等他们下了斜坡,穿过淤泥,爬上半路时我才低声问道:'谁?'

"'是朋友。'来人答话。我开灯照了照他们,走在前面的是个高大的锡克人,浓黑的长须几乎齐腰带了。我只在舞台上见过如此高大的人。另一个则是个矮个子,胖得圆滚滚的,系着很长的黄头巾,手里拿着一个用围巾包好的包裹。他被吓得全身发抖,双手不住地颤抖,像是患了疟疾,两只小眼睛闪闪发亮,贼溜溜左顾右盼,像是钻出洞的老鼠。一想到要干掉他我心惊肉跳,但一想到财宝就铁了心。他看到我是白人便高兴地朝我跑过来。

"他喘息道:'先生,求你保护,保护我这可怜的商人阿奇麦特。我从拉吉普塔诺来,来阿格拉城堡避难。他们抢劫、鞭打、侮辱我,就因为我是白人军队的朋友。今晚我又安全了,我和我的东西都安全了,谢天谢地!'

"'包裹里是什么?'我问。

"'是个铁箱子,'他答道,'里面有一两件祖传的小玩意儿,别人拿着不值钱,但我舍不得丢掉。我不是穷叫花子,年轻的先生,我会报答你和你的长官的,只要他同意我避难。'

"我不敢再和他说下去。越看着他那张受惊的胖脸,越不忍心加害他,不如放他过去。

"'把他带到总部去。'我说。两个锡克人一左一右,高个子跟在后头,带着他进了黑洞洞的门道。从没有人像他这样被死神包围着。我提着灯留在门口。

· 四 签 名 ·

"我听到咔嚓咔嚓的脚步声响过死一般寂静的长廊。突然,脚步声停住了,接着传来拳脚交加的扭打声。不一会,一个上气不接下气的人朝我跑来,我心中一惊。我低举提灯朝又长又直的甬道照去,原来是那个胖子,满脸鲜血疯也似的奔跑,黑胡子大汉紧随其后,手里拿着明晃晃的刀,像头老虎。我从没见过跑得像小商人那么快的人。眼看锡克人追他不上了,我想他只要越过我逃到门外,就能保住一条命。我对他动了恻隐之心,但一想到他的财宝,我又铁了心肠。就在他要越过我时,我用枪插在他的双腿间,他像只被击中的野兔,连跌两跤。没等他爬起来,锡克人扑上去,在他的肋旁连刺两刀。他躺在倒下的地方不再吭声,不再动弹。我想他跌倒时可能已经死了。先生们,我是说到做到的。不管是否对我有利,全都照实说了。"

他停了下来,伸出戴铐的手去拿福尔摩斯为他倒好的威士忌和水。这个人的所作所为令我毛骨悚然,这不仅因为他是这桩血腥事件的参与者,更因为他说起这桩事如数家珍,满不在乎。无论什么样的惩罚在等着他,他都别想从我这儿得到丝毫的怜悯。歇洛克·福尔摩斯和琼斯坐在那儿,双手搁在膝上,对他的故事颇感兴趣,但脸上显露出同样厌恶的表情。他或许觉察到了,因为他接着说时声音和神态都带几分挑衅性。

"毫无疑问,一切糟糕透顶,"他说,"我倒想知道有多少人到了我这种地步,宁肯在别人为非作歹时被割断喉咙而不愿得到一份财宝!再说,一旦他进了城堡,不是我死就是他死。如果他活着出了城外,整个事情就会败露,我肯定会受到军纪处罚挨枪子,那种时候别人不会宽大我的。"

"继续讲你的事。"福尔摩斯简短地说。

"阿巴杜拉、阿克巴和我把他抬进来。他虽然矮小,却重得很。默哈米特·辛格留在那儿看门,我们把他抬到锡克人已经准备好的地方,离这儿较远,一条弯曲的甬道通向空荡荡的大厅,大厅的砖墙早已破损。地上有一处凹坑,是个天然的墓穴,我们就把阿奇麦特埋在那里,用些碎砖将他盖好。弄完后我们就去看财宝了。

"财宝仍在他被击倒的地方。那箱子就是现在摆放在桌上的这只开着的箱子,钥匙用丝带系在盖子上雕花的提柄处。我们打开箱子,灯光照着珠宝,那和我小时候在珀肖尔时从书中读到的和想象的一模一样,令人眼花缭乱。大饱眼福后,我们拿出了所有的珠宝并开了张清单。共有一百四十三颗上等钻石,其中一颗叫'莫卧儿大帝'的据说是现存第二大宝石。还有九十七块非常美丽的绿宝石,一百七十块红宝石(有些并不太大),四十块红玉,二百一十块青玉,六十一块玛瑙,还有许多绿玉、缟玛瑙、猫眼石、土耳其玉,和一些我当时叫不出名的宝石,但后来我就认得了。此外,还有三百颗上等珍珠,其中十二颗镶在一个金项圈上。顺便说一句,我找回箱子后清点了一次,除那个项圈外,其他的都在。

"清点完毕,我们把财宝放回箱内,拿到堡门处给默哈米特·辛格看。接着我们庄严地重新起誓:同生同死永守秘密。我们约定把箱子藏在安全的地方,战争结束后再平分财宝。当时分是不行的,因为如果发现我们有如此贵重的宝石,自然有人会怀疑,城堡内没有私人住处,也就没有藏宝的地方。于是,我们带着箱子来到掩埋商人尸体的大厅,在保存尚好的墙上挖了个洞,将财宝藏在砖下。我们谨慎地记住了藏宝处。第二天我画了四张图,每人一张,并签下了四个人的名字,因为我们发誓每个人都代表四个人行事,谁也不得占便宜。我手按胸口起誓,我从未违背过誓言。

·四 签 名·

"好啦,先生们,用不着我告诉你们印度兵变的结果了。威尔逊占领了德里,柯林爵士收复拉克劳后,叛乱就瓦解了。新兵纷纷开到,纳纳先生本人从边境溜走了。葛雷斯德上校带着一支快速突击部队来到阿格拉,赶走了叛军。国内似乎又恢复了和平,我们四人则盼着平分赃物,远走高飞。但不久,我们的希望破灭了,因谋杀阿奇麦特四人同时被捕。

"事情是这样发生的。王公把财宝交给阿奇麦特是因为他认为此人可靠。但东方人生性多疑,于是他又派了一个更可靠的心腹暗察阿奇麦特的行踪,并命令他紧紧盯住阿奇麦特,于是他像影子一样跟着他。那天夜里他跟在阿奇麦特身后,看着他进了城堡。当然,他认为阿奇麦特在城里安顿好了,所以第二天就请求进入城堡,但再也找不到阿奇麦特的行踪。他觉得此事蹊跷,就和守卫班长说了,班长通报指挥官,结果对全堡做了一次彻底搜查,发现了尸体。就在我们自以为很安全的时候,我们四人被捕了,以谋杀罪受到指控,因为我们三人当晚把守那个堡门,另一个被认为是和被害者同来的。审判时谁也没说出财宝,因为王公被罢免并被驱逐出印度,所以没人和财宝有直接关系了。但谋杀已成定局,我们四人都牵涉进去了。三个锡克人被判终身监禁,我被判处死刑,但后来减了刑,和他们一样。

"我们当时的处境很奇特。四个人的腿被捆在一起,几乎没有出狱的机会,但我们共守一个秘密:只要能得到财宝,就有享不尽的荣华富贵。忍受狱卒的拳打脚踢,吃糙米、喝生水,而巨额的财宝在狱外等着我们去取,想到这真令人撕心裂肺。我都快急疯了,但我生性倔强,忍受一切以待时机。

"后来,好像时机已到。我从阿格拉被转押到马德拉斯,又从那里转至安达曼群岛的布莱尔岛。那里的白人囚犯很少,我一开始就表现良好，不久就成了享受优待的人。我在侯波镇哈里特山坡上有了自己的小茅屋，过得挺自在。那是个可怕的热病流行区，我们周围住着野蛮的吃人部落，一有机会他们就朝我们射毒刺。我们整天挖沟修渠，种山药，还有其他杂役，整天忙个不停，但晚上有点时间自由安排。另外，我学会了为外科医生配药，捡了点一知半解的外科医术。我时时刻刻都在寻找出逃的机会；但此地离陆地足有数百英里，而且这一带的海面几乎没有风：逃跑相当困难。

"萨莫顿医生是个年轻放浪的家伙，其他年轻官员常去他屋里整夜玩牌。我配药的外科手术室就在他起居室的隔壁，两房仅隔着一个小窗户。我孤独时，就吹熄手术室的灯，站在窗下听他们聊天，看他们玩牌。我自己也喜欢玩牌，看他们玩也不错。在场的有舒尔托少校、摩斯坦上尉、布朗尼·布朗，他们是当地驻军的头目，还有医生本人和两三个狱吏。这些人是精明的老手，狡猾稳重，凑在一起玩得倒也开心。

"但不久，有一件事情引起了我的注意：当兵的总是输，当官的总是赢。我并不是说这不公平，但事实就是这样。狱吏们来到安达曼群岛后，除了玩牌，无所事事，他们清楚各自的牌技；而其他人玩牌只是为了消磨时光，拿了牌乱甩一气。一夜又一夜，当兵的越输越多，越输越上瘾。舒尔托少校输得最惨。起初他用钞票和金币，可不久就开始用期票而且赌注下得更大。有时他也赢几局，这样胆子又大了，接着又是输，越输越多。他整天没精打采，借酒消愁。

"有天晚上他输得比往常更惨。他和摩斯坦上尉跌跌撞撞回家时，我正坐在我的小茅屋里。他们两人是心腹之交，形影不离。这时少校正抱怨他输得太多。

"'摩斯坦，我全完了，'路过茅屋时他说，'我得辞职，

完蛋了。'

"'别瞎说,老兄!'上尉拍着他的肩膀说,'更糟的事情我也见过,但是……'我就听到这些,但足以引起我的思考。

"几天后舒尔托少校在沙滩上散步;我趁机和他攀谈起来。

"'少校,我有事向你请教。'我说。

"'什么事,斯茂?'他拿掉嘴上的雪茄问道。

"我说:'先生,请问埋藏的财宝交给哪一位合适呢?我知道一宗价值五十万英镑的财宝埋藏在哪里,我自己用不着它,我想最好还是交给合适的长官,这样他们也许会给我减刑呢。'

"'斯茂,五十万英镑?'他急促地问,死死盯着我,看我是否在说真话。

"'是的,先生,是珠宝,藏在一个任何人随手可及的地方。奇怪的是物主已被驱逐出国,不可能得到财宝,那么财宝应属于捷足先登的人。'

"'斯茂,应交给政府,交给政府。'他吞吞吐吐地说。我心里明白,他上了我的圈套。

"'先生,你认为我应该把此事报告给总督吗?'我轻声问道。

"'嗯——你先别忙,否则你会后悔的。斯茂,讲来听听,要说实话。'

"我把全部经过都告诉了他,只做了小小的改变,以让他找不到藏宝之地。我说完了,他呆呆地站在那儿沉思。从他颤抖的嘴唇可以看出,他内心里正经历着激烈的思想斗争。

"他终于开口了:'斯茂,事关重大,千万别对任何人说,不久我会来找你。'

"两天后,他和他的朋友摩斯坦深夜提着灯造访我的茅屋。'他说:'斯茂,我想请你亲口对摩斯坦上尉说说你的

故事。'

"我照以前的话又说了一遍。

"'听起来像真的,对吗?值得一干吗?'他说。

"摩斯坦上尉点了点头。

"少校说:'斯茂,我和我这位朋友研究过。我们认为,你的这个秘密与政府无关,纯属你个人的私事,当然你有权做任何处理。现在的问题是,你要求什么样的代价?如果能达成协议,我们愿意办理此事,至少可以调查一下。'他说话时极力保持冷静,一副满不在乎的样子,可他的眼神里表露出兴奋与贪婪。

"'先生,说到代价,'我也极力冷静地答道,但内心里和他一样兴奋,'我这种处境的人只能提出一个条件,我想你们帮助我和我的三个同伴获得自由。然后让你们入伙,分给你们俩五分之一由你们平分。'

"'哼!五分之一,不值得一干!'他说。

"'每人可得五万啊!'我说。

"'可我们怎样才能让你们获得自由呢?你清楚得很,这种要求是不可能达到的。'

"我答道:'这不成问题,我已有周全的考虑。我们逃跑的唯一困难是没有船和干粮。加尔卡塔或马德拉斯有许多小快艇和双桅快艇,我们只需一艘,请弄个过来,我们设法在夜间上船,把我们送到印度沿海的任何一个地方,你们就算尽到义务了。'

"他说:'如果只答应你一个人呢?'

"我答道:'要么一个也不走,要么都走。我们发过誓,四个人必须捆在一起。'

"他说:'摩斯坦,你看,斯茂是个守信用的人。他不肯

背弃朋友,我想我们可以信任他。'

"上尉说:'这是一桩肮脏的交易,不过,正如你所说,这笔钱可以体面地保住我们的军衔。'

"少校说:'斯茂,我想我们只好答应你了。当然,我们先得证实你的话是否真实,告诉我们箱子藏在哪儿,我将请假乘每月一趟的轮船回印度调查此事。'

"他越着急我就越冷静,我说:'别着急,我必须先征得另外三个朋友的同意。我说过我们四人患难与共。'

"他插嘴道:'岂有此理,那三个黑鬼与我们的协议有什么关系?'

"我说:'黑也好,蓝也好,他们和我发过誓,必须一起行动。'

"第二次见面时,默哈米特·辛格、阿巴杜拉·克汉、多斯特·阿克巴都在场,我们才了结这桩事。再三商量,终于达成协议:我们给两名官员提供阿格拉城堡的藏宝图,在藏宝的那面墙上做了标记。舒尔托少校去印度调查财宝之事,如果找到箱子,不能拿走,必须给我们派出一只小快艇,快艇停在罗特兰岛接我们出逃,最后他回营上班。然后摩斯坦上尉告假到阿格拉和我们接头,在那里均分财宝,他拿回少校和他自己所得的那份。对这些协议我们都庄严地起过誓,用尽了所能说出的誓言。我连夜画出图纸,第二天早上画好了两张,并签下了我们四人的名字:阿巴杜拉、阿克巴、默哈米特和我自己。

"先生们,我的故事让你们厌烦了吧。我知道,琼斯先生肯定不耐烦了,他想早点把我送进监狱。我简单地说吧,舒尔托那条恶棍到了印度后一去不复返了。不久,摩斯坦上尉给我看了一张一艘邮船的旅客名单,上面有舒尔托的名字。他叔叔死了,留给他一笔钱,于是他退了伍,他不仅欺骗了我们四人，还欺骗了第五个人。不久，摩斯坦到阿格拉，如我们所料，他发现财宝确实不见了。那恶棍没履行我们出卖财宝秘密时的任何条件就将财宝全部盗走了。从此以后，我活着就是为了报仇。我日日夜夜想着此事。我不顾一切，也无视法律，无视绞架。要逃跑，要抓到舒尔托，亲手掐死他——这就是我唯一的想法。与杀掉舒尔托的事相比，阿格拉财宝在我的心目中已算不了什么了。

"我这一生中立下过许多志愿，没有一件没有办成。然而，历尽艰难困苦之后，机会才姗姗而来。我告诉过你们，我学过一点医药知识。有一天，萨莫顿医生因高烧卧床不起。安达曼群岛上一个小原始人快病死了，他找个僻静的地方等死，却被一个囚犯从林子里捡回来。我亲手护理他，尽管他像小蛇一样凶狠。两个月后我治好了他的病，他能走路了，就这样他对我感恩戴德，不肯回林子里去，总是守在我的茅屋周围。我从他那儿学了几句土话，这使他更喜欢我了。

"他叫托格，是一名优秀的船工，有一条很大的独木舟。当我发现他忠于我并愿为我做任何事后，我找到了出逃的机会。我和他谈了自己的想法，他同意在某个晚上把独木舟带过来，停在一个无人看守的旧码头，接我上船。我叫他准备了几葫芦水和一些山药、椰子和甘薯。

"小托格忠诚可靠，再没有比他更忠诚的人了。在约定的晚上，他把独木舟划到了码头边。事也凑巧，一个看管囚犯的人走过来了，那人正是一有机会就侮辱我伤害我的可恶的帕坦人。我曾发誓要报复他，现在机会来了。似乎是命运把他摆在了我的面前，让我在离开群岛之前还有机会报仇雪恨。他背朝我站在岸边，肩上扛着枪。我想找块石头砸碎他的脑袋，但一块也没找到。

"接着我的脑海里闪现出一个奇怪的念头：我可以使用一件武器。我在暗处坐下来，解开木腿，猛跳三下，来到他跟前。他的枪扛在肩上，我狠命朝他一击，打破了他的脑门。你们看，这木腿上还有裂痕，就是打他时留下的。由于失去平衡，我们两人同时倒地，可站起来时我发现他躺在那儿不能动弹了。我朝独木舟走去，不到一个钟头我们就出海了。托格带上了他所有的家产，还有武器和神像。他带来了一根竹子做的长矛和一块安达曼椰树叶编成的席子，我用这些东西做了一面船帆。我们听天由命，在海上漂了十天。到了第十一天，一艘载着马来亚朝圣者的商船正从新加坡开往吉达，他们救我们上了船。船上的人都很古怪，不久，托格和我与他们混熟了。他们有一个良好品质：让我们独自待着，也不问任何问题。

"如果我把我和托格所有的冒险经历都告诉你们，你们会不愿听的，因为你们得待在这儿直到明天太阳出来。我们在世界各地流浪，就是怎么也回不了伦敦。但复仇的事始终铭刻在心。到了夜里，我总是梦见舒尔托，我在梦中杀了他一百次。三四年前，我们终于回到了英国。我轻而易举地找到了舒尔托的住处。我设法弄明白他是否窃取了财宝，或者财宝是否仍在他手里。我和那个肯帮助我的人交上了朋友——我不想说出任何人的名字，因为我不想让其他人牵连进来——不久我就发现珠宝还在他那儿。然后我想方设法报复他，但他很狡猾，除他的两个儿子和一个印度仆人外，总有两个拳击手保护他。

"然而，有一天我听说他行将就死。我急匆匆赶到他的花园，可他竟溜出了我的手心，把我气炸了。透过窗户朝里看时，只见他躺在床上，两个儿子一左一右守候在床边。我恨不得冲进去和他们父子三人拼了。可就在这时，他的下颏耷拉下来，已经咽气了。我连夜潜入他的房间，翻看了所有的文件，想找到藏宝的线索，但一无所获。我愤然而去，临走前想起如果能再见到我的锡克朋友，他们知道我已留下表达我们仇恨的标记，会很高兴的。于是我潦草地写下我们四人的名字——和图纸上的一样——将纸别在他胸前。被他抢劫和欺骗过的人不在他进入坟墓前给他留下点标记太便宜了他。

"那时，我们靠在集市和其他地方把可怜的托格当作吃人的原始黑人展览给公众看来维持生计。他吃生肉，跳土人的战舞，这样一天下来可得到满满一帽子铜板。我还听到了来自樱塘别墅的所有消息。几年来，除了听说他们仍在寻找财宝外，什么消息也没有。终于，传来了我们等待已久的消息。财宝找到了。财宝就藏在巴索洛谬·舒尔托的化学实验室的屋顶上。我立刻前往查看，但由于木腿所碍，我想不出爬上顶屋的办法。可我听说屋顶上有暗门，并打听到了舒尔托先生吃晚饭的时间。我想，有托格在，办成此事轻而易举。我把他带在身边，在他腰间系了一根长绳。他像猫一样爬上去，不一会就到了屋顶。但不幸的是巴索洛谬·舒尔托还在屋里，所以遇害了。托格以为杀掉舒尔托是他的聪明之举，因为我沿着绳子爬上去后发现他像只骄傲的孔雀在踱来踱去。直到我拿起绳子的末端抽打他，骂他是吸血鬼时，他才大吃一惊。我拿到了财宝箱，把箱子递下去，接着自己也溜下去了，在桌上留下了四签名的纸条，以示财宝终于物归原主了。接着托格收回绳子，关好窗户，从来的地方逃走了。

"我不知道还有什么没讲的。听一个船工说起过史密斯的'曙光'号有快艇之称，于是我想这条汽船将是我们出逃的有利工具。我与老史密斯取得了联系，并答应只要他能送我们安全抵达大船，将给他一大笔钱。无疑，他知道此事有些不正常，但他并不知道其中的秘密。我所说的都是实话，先生们，我说

·四签名·

这些并不是想取悦你们,你们也帮不了我什么,仅仅因为我相信我所能做的最好的辩护就是实话实说,让所有的人都知道舒尔托少校是怎样背信弃义的,对他儿子的死,我是无辜的。"

"极精彩的陈述,"福尔摩斯说,"这极有趣的案子有了恰当的结局。除了不知道绳子是你自己带上来的外,你所陈述的后半部分不出我所料。顺便问一句,我原以为托格的毒刺全丢了,但他在船上还设法朝我们射了毒刺呢。"

"先生,是全丢了,但吹管里还剩有一根。"

"噢,当然,"福尔摩斯说,"真没想到。"

"还有什么要问的吗?"囚犯殷勤地问道。

"没有了,谢谢!"我的伙伴答道。

阿瑟尼·琼斯说:"嘿,福尔摩斯,你的脾气真好,我们都知道你是鉴定罪行的行家;但职责就是职责,今天我对你和你的朋友够通融的了,把这位故事家安全地锁进监狱后我才会安心。马车还等在那儿,楼下有两位检查官。非常感激二位鼎力相助。当然,开庭时还请二位出庭作证。晚安。"

"二位先生晚安。"乔纳森·斯茂说。

"走前面,斯茂!"出门时谨慎的琼斯说道,"我得当心你像在安达曼群岛对付那位先生那样,用你的木腿打我。"

"唉,我们这场小剧该结束啦,"我们抽着烟静坐了一会儿后我说,"恐怕这是最后一次机会学习你破案的方法了。摩斯坦小姐已经接受了我盼望已久的求婚。"

"我料到了,恕我不能向你道喜。"他凄凉地哼道。

他的话使我感到不快。我问道:"我的选择你不满意吗?"

"不不。我想她是我见过的最迷人的女子,而且对我们从事这种工作十分有用。这方面她很有天才,你瞧,她从她父亲的所有文件中挑选了阿格拉图纸保存起来。但爱情属于情感之类的东西，情感妨碍真实冷静的推理，而我把推理置于其他一切东西之上。我本人决不结婚，以免影响我的判断力。"

我笑道："我相信，我的判断力能经得起这次考验。你有些累了。"

"是的，我已经感觉到了，这一周我会毫无生气的。"

"奇怪，"我说，"你这个样子，换了别人我会认为是懒懒散散的人，怎么你又表现出极为充沛的精力呢？"

"是的，"他答道，"我生来就是个懒散的人，但同时又是个精力充沛的人，我常想到歌德的一句话：'上帝只造了你的躯壳，金玉其外，败絮其中。'顺便说一句，在上诺伍德案中，我曾怀疑他们有内线，此人不是别人，正是仆人拉尔·拉奥。琼斯撒了一网，确也网获了一条大鱼，这确实是他的功劳。"

"分配似乎极不公平，"我说，"你办理了全案。我从中得到了妻子，琼斯得到了荣誉，留给你自己的是什么呢？"

"我吗？"歇洛克·福尔摩斯说，"留给我的是那只可卡因瓶子。"说着伸出白皙修长的手去拿瓶子。

冒 险 史

武铁民 雷春英 译

波希米亚①丑闻

一

歇洛克·福尔摩斯一直把她称作那位女士。当他提到她时,我几乎未曾听见他用过别的称呼。在他的心目中,她才貌超群,出类拔萃,其他女性无不相形见绌,黯然失色。这并不是说他对艾琳·艾德勒产生了近似爱情那样的情感。一切情感,特别是爱情,对于他那冷静、严谨、沉稳、令人钦佩的头脑来说,都是格格不入的。我以为,他简直就是一台世界上无与伦比、尽善尽美的用来推理和观察的机器;可是作为情人,他却会把自己置于违心的境地。他从不温情脉脉,情话绵绵,他说话时常常带着讥讽奚落的口吻。对观察家来说,温柔甜蜜的情话是再好不过的东西了——因为它能揭示人们的动机和行为。然而,像他这样训练有素的推理专家,他若容许这种情感侵扰其敏锐而精细的性格,就会分散精力,甚至使其所有的推断都受到怀疑。即使精密仪器中落入一颗砂粒,或者他的高倍放大镜镜头产生了裂纹,所引起的干扰都比不上在他那样的性格中浸入一种强烈的情感。然而,只有一位女士仍然模模糊糊地留在他的记忆中。这位女士就是已故的艾琳·艾德勒。

最近我很少和福尔摩斯见面。我婚后和他来往少了。我婚姻的幸福美满,以及头一遭感到自己成了家庭的主人而产生的

---

① 捷克和斯洛伐克西部一地区,与奥地利、德国、波兰接壤。

恋家之情，占去了我全部的注意力。而福尔摩斯骨子里就豪放不羁，厌恶一切陈规旧习和繁文缛节，依旧住在我们那所位于贝克街的房子里，埋头于旧书堆中。一周又一周，他要么服用可卡因，要么干劲十足，交替地处于因用药而引起的昏昏欲睡的状态和他的深沉的性格所释放出来的旺盛精力之中。像往常一样，他仍醉心于对犯罪的研究，用他那卓拔的才能和非凡的观察力把那些线索弄个水落石出，解开那些官方警察束手无策而放弃的疑案。我不时隐隐约约地听到有关他活动的情况，诸如他应召去奥德萨办理特雷波夫谋杀案，他侦破居住在村可马里的阿特金森兄弟的罕见的大惨案；最后还有关于他极其周密、非常出色地为荷兰皇家完成了一项使命的传闻。有关他活动的这些情况，我和所有其他读者一样，都仅仅是从报纸上读到的。除此之外，有关我这位老朋友、老伙伴的其他情况，我几乎一无所知。

一八八八年三月二十日的晚上，我在出诊归来的途中，恰好路过贝克街（顺便提一下，我当时已经退役，重新开始了行医生涯）。对那所房子的门面，我记得一清二楚。在我的脑海里，我总是将其与我的追求，亦与"血字分析"一案中的神秘事件，联系在一起。当我路过那所房子时，心里突然涌出一股强烈的愿望，极想见一见福尔摩斯，了解一下他那非凡的智力正倾注于什么问题。他的几个房间灯火通明。就在我抬头仰望时，我看到他那瘦高条身影在窗帘上掠过两次。他低垂着头，反剪两手，在房间里快步、急切地走动着。我对他的情绪和习惯了如指掌，所以对他的姿态和举止也就一望而知。显而易见，他又在工作了。他肯定是服过药，刚刚从睡梦中醒来，正醉心于某一新问题。我按响了门铃，然后被领到一间房间；这房间以前是部分属于我的。

·波希米亚丑闻·

他的态度不那么热情——这种情形是少见的；尽管如此，我认为他还是高兴见到我。他目光亲切友好，但是没有对我说什么，只是朝我挥了挥手，示意我坐在一张扶手椅上。然后他把雪茄盒扔了过来，又指了指放在角落里的酒精瓶和小型煤气炉。接着，他站在壁炉前，用他那独特的内省神态上下打量着我。

"婚姻对你很合适，"他说，"华生，我看自从我上次见到你，你的体重增加了七磅半。"

"七磅。"我回答说。

"一点不错。华生，我认为七磅多一点，就多那么一点点。看得出来，你又开业行医了。你没告诉过我你打算重操旧业。"

"那么，你是怎么知道的呢？"

"我觉察到了，推断出来的。不然我怎么知道你最近常常被雨淋成落汤鸡，而且还有一位特别笨手笨脚、粗心大意的女佣的呢？"

他站在壁炉前。

"我亲爱的福尔摩斯，"我说，"这真是太不可思议了。假如你生活在几世纪以前,肯定会被人用火刑烧死的。确实,星期四我步行去过一次乡间,回到家时,被雨淋得不成样子。可是我已换过衣服,真不知道你是怎么推断出来的。至于玛丽·简,她是不可救药,我妻子已经把她打发走了。但是在这一点上,我也不明白你是怎么推断出来的。"

他咯咯地笑了起来,搓着他那双细长的使人忐忑不安的手。

"这易如反掌,"他说,"我看到你左脚穿的那只鞋的内侧,也就是炉火刚好照到的地方,皮面上有六道几乎平行的划痕。显然,这些划痕是有人为了去掉沾在鞋跟上的泥疙瘩,极其粗心大意地顺着鞋跟刮泥而造成的。因此,现在你就明白了我得出的这两个推断:其一,你曾经在恶劣的天气外出过;其二,你穿的皮靴上面的特别难看的划痕是伦敦的女佣所为。至于你开业行医,这么说吧,如果一位先生走进我的房间,身上带有碘的气味,右手食指上有硝酸银腐蚀的黑斑,高顶黑色大礼帽的右侧鼓起一块,那里面藏着听诊器,而我不断言他是医务界的一位活跃分子,那我不是太迟钝了吗?"

他解释他推理的过程不费吹灰之力,我不禁大笑起来。"听你推理,"我说,"我感到事情仿佛总是那么简单,简直简单到了滑稽可笑的程度,以至我自己也能进行这种推理,虽然在你解释推理过程之前,我对你接下来的推理总是感到困惑不解。不过,我还是认为我的眼力和你不相上下。"

"的确如此,"他点燃了一支香烟,全身舒展地靠在扶手椅上,回答道,"你是在看,而不是在观察。这两者之间的区别一清二楚。比如说,你经常看到从下面大厅通往这间房间的楼梯。"

"经常看到。"

"多少次了?"

"这个嘛,有几百次了吧。"

"那么,共有多少级?"

"共有多少级?这我可不知道。"

"这就对啦!虽然你看到了,可是你没有观察过。这就是问题之所在。喏,我知道共有十七级,因为我不但看到了,而且观察了。顺便说一下,你对这些小问题颇感兴趣,也善于把我的一两个微不足道的经历记述下来,那么你也许会对这个感兴趣的。"他把桌子上放着的一张厚厚的粉红色的便条纸扔了过来。"这是随上一批邮件送来的,"他说,"你大声念念。"

这张便条没写日期,也没有签名和地址:

> 某君今晚七时三刻登门造访,拟就至关重要之事宜请教于阁下。阁下最近为欧洲一王室效力表明,委托阁下承办大事,足以信赖。此种传名,风行四方,我等稔知。届时望阁下勿外出。来客若戴面具,请勿怪罪是幸。

"这确确实实是个谜,"我说,"你想这意味着什么?"

"我尚无任何可以做出推断的根据。在得到根据之前就妄加推测,是大错而特错的事。有的人在不知不觉中歪曲事实以适应得出的推测,而不是以推测来适应事实。而我们现在手头上只有一纸便条。看你能从中推断出什么来?"

我仔仔细细地检查了笔迹和这张写着字的纸。

"写这张便条的人大概相当富有,"我说道,尽力仿效我这位伙伴的推理方式,"这种纸半克郎还买不到一叠,特别结实和挺括。"

"特别——就是这个词儿,"福尔摩斯说,"这纸压根儿不是英国造的。你把它朝亮处举起来照照。"

我把便条朝亮处举起来,发现纸的纹理中有一个大"E"

和一个小"g"、一个"P"以及一个大"G"和一个小"t"交织在一起。

"对此你怎样解释?"福尔摩斯问道。

"毫无疑问,这是制造商的名字,确切地说,是他的名字的交织字母。"

"一点都不沾边。大'G'和小't'代表'Gtsellschaft',也就是德语中'公司'这个词,就像我们的'Co.'这样一个惯用缩写词一样。显然,'P'代表'Paper'(纸)。现在我们看看'Eg'。我们来翻一下《大陆地名词典》吧。"他从书架上拿下来一卷厚厚的棕色封面的书。"Eglow, Eglonitz——有了,Egria。该地位于讲德语的国家——也就是在波希米亚,离卡尔斯巴德不远。'以瓦伦斯坦卒于此地而闻名于世,亦因玻璃制造厂和造纸厂林立而著称。'哈哈,我的老兄,对此你怎样解释?"他的眼里闪动着光芒,得意洋洋地向空中喷出一大口蓝色的烟雾。

"这种纸是在波希米亚制造的。"我说。

"对极了。写这张便条的是一位德国人。不知你注意到没有,'此种传名,风行四方,我等稔知'这种句子的特殊结构?法国人或俄国人不会这样写的。只有德国人才会如此乱用动词。因此,现在有待查明的只不过是这位用波希米亚纸写这张便条、宁肯戴上面具而不愿露出真面目的德国人到底想干什么。喏,要是我没弄错的话,他来了,我们的一切疑团都将烟消云散。"

他正说着话的时候,外面响起一阵清脆的马蹄声和马车轮子与路缘相摩擦而发出的轧轧声,接着有人猛拉门铃。福尔摩斯吹了一下口哨。

"听声响,是两匹马。"他说。"是的,"他接着说,朝窗外看了一眼,"一辆漂亮的小型布鲁厄姆马车和两匹骏马,每匹值一百五十几尼。华生,这个案子即使没有什么别的,钱总是有的。"

"福尔摩斯,我想我该告辞了。"

"医生,千万别走,就留在这儿。如果没有我自己的包斯威尔,我会不知所措的。这个案子可能很有趣;若是错过了,那就真是太遗憾了。"

"可是,你的委托人……"

"别去管他。我有可能需要你的协助,他也许需要你的帮助。他来了。医生,你坐在那张扶手椅上,全神贯注地瞧着我们吧。"

在楼梯上,接着在过道里,响起一阵沉缓的脚步声,到门口时戛然而止。接着响起叩门声,响亮而又神气。

"进来!"福尔摩斯说。

一位先生走了进来。他身高不下于六英尺六英寸,熊腰虎背,四肢粗壮。他衣着华丽,在英国似乎显得有些俗气。他的双排纽扣上衣的袖子和前胸处都镶着宽宽的俄国羔皮镶边,肩上披着的深蓝色的大氅用火红色的丝绸作衬里,领口别着饰针,饰针上镶嵌着一颗明亮的绿宝石。脚上穿着一双靴筒高到

一位先生走进来。

小腿肚的皮靴,靴口上镶着深棕色的毛皮,这使得人们对他粗野而奢侈的整个外表的印象更加深刻。他手里拿着一顶宽边帽,而脸的上半部却戴着盖过颧骨的黑色面具。很显然,他刚

刚整理过面具，因为他进来时，手仍然停留在面具上。从他脸的下半部看，他厚厚的下嘴唇垂着，下巴又长又直，显得果断而近乎顽固，像是一位性格坚强的人。

"你收到我的便函了吗？"他问道，声音深沉而沙哑，带着浓重的德语腔。"我告诉过你，我会登门拜访。"他看了看我，又看了看福尔摩斯，好像拿不准该对谁说话。

"请坐。"福尔摩斯说，"这位是我的朋友和同事，华生大夫。他常常是我办案的得力助手。请问，阁下怎么称呼？"

"你可以称呼我冯·克拉姆伯爵。我是一位来自波希米亚的贵族。我想这位先生，你的这位朋友，是一位正直和谨慎的人，我可以把极其重要的事托付于他。否则的话，我宁可与你单独谈谈。"

我站起身来要走，可是福尔摩斯一把抓住我的手腕，把我推回到扶手椅上。"你要谈就和我们两个一块谈，不然就别谈，"他说，"凡是你能对我说的，在这位先生面前，你都可以谈。"

伯爵耸了耸他那宽宽的肩膀，然后说道："那么我首先必须和你们二位约定，两年之内要绝对保密；两年以后，此事就无关紧要了。在目前，说此事重要到也许能影响欧洲的历史进程，都不算为过。"

"我保证守约。"福尔摩斯答道。

"我也如此。"

"这张面具请你们海涵，"我们这位陌生的来客继续说道，"派遣我来的贵人不希望你们知道他的代理人是何许人也，因此，我眼下就可以坦白地说，我刚才所用的称号并非我自己真正的称号。"

"这我知道。"福尔摩斯冷冰冰地说。

"此事十分微妙，因此必须采取一切预防措施加以平息，以防成为一个大丑闻,从而危及到欧洲的一个王族。坦率地说,此事牵涉到伟大的奥姆斯坦家族,也就是波希米亚世袭国王。"

"这我也知道。"福尔摩斯喃喃地说,随即在扶手椅里坐下,合上双眼。

我们的这位来客用一种显而易见的惊讶目光看了一眼福尔摩斯这副没精打采、懒洋洋的样子,因为在他的心目中,福尔摩斯毫无疑问已被刻画成欧洲分析问题最透彻的推理专家和精力最充沛的侦探。福尔摩斯慢条斯理地重又睁开眼睛,不耐烦地看着他的这位身材魁梧的委托人。

"若陛下肯屈尊阐明案情,"他说,"我就能更好地为陛下效力。"

我们的客人猛地从椅子上站起身来,在房间里不停地走来走去,激动得难以自制。接着,他以一种绝望的姿态把面具从脸上扯下来摔到地上。"你说的没错,"他喊到,"我就是国王。我为什么竭力隐瞒呢?"

他绝望地把面具从脸上扯下来摔到地上。

"呃,真的吗?"福尔摩斯喃喃地说,"陛下尚未言明前,我就知道与我交谈的是卡斯尔—费尔斯坦大公、波希米亚的世袭国王、威廉·戈特赖希·西吉斯蒙德·冯·奥姆斯坦。"

"但是你可以理解,"我们这位异国的来客重又坐下,用手抚摸着他那又高又白的前额说道,"你可以理解,我不惯于亲自处理这等事情。然而此事过于微妙,以至于我把它委托给一位侦探,我就不得不使自己任其摆布。我隐匿身份从布拉格来此,为的就是向你请教。"

"那就请吧。"福尔摩斯说着又把眼睛合上了。

"长话短说,事情是这样的:大约五年前,我在华沙进行长期访问期间,我结识了大名鼎鼎的女冒险家艾琳·艾德勒。对这个名字你一定很熟悉。"

"医生,请在我的资料索引中查一查这个人。"福尔摩斯喃喃地说,眼睛睁都没睁一下。多年以来,他采取了一种把有关的人和事的材料分门别类贴上标签备查的方法,因此,说出一个他不能马上提供有关情况的人或事,可不是件容易的事。关于此案,我找到了有关她个人经历的材料。这份材料夹在一位犹太拉比和一位写过一篇深海鱼类专题论文的参谋长这两个人的材料中间。

"让我看看!"福尔摩斯说,"哼!一八五八年生于新泽西。女低音歌手——哼!意大利歌剧院,哼!华沙帝国歌剧院首席女歌手——没错!退出了歌剧舞台——哈哈!住在伦敦——确实如此!根据我的理解,陛下和这位年轻人曾有瓜葛,给她写过几封使自己受连累的信,而现在急着想把这些信弄回来。"

"千真万确。可是,怎么才能……"

"你们曾秘密结过婚吗?"

"绝对没有。"

"没有法律文件或证明吗?"

"绝对没有。"

"陛下，那我可就弄不懂了。如果这位年轻人想以这些信件达到讹诈或其他目的的话，她怎么才能证明这些信件是真的呢？"

"有我的笔迹。"

"呸！呸！伪造的。"

"我私人的信笺。"

"偷的。"

"我自己的印章。"

"仿造的。"

"我的照片。"

"买的。"

"我们二人都在这张照片中。"

"哎呀，天哪！那可就糟透了！陛下确实太不慎重了。"

"我当时真是疯了——愚蠢透顶。"

"你已经对自己造成了严重的损害。"

"当时我只不过是王储，还很年轻。现在我也不过是三十岁而已。"

"这张照片必须收回。"

"我们试过了，可都失败了。"

"陛下必须出钱，把照片买下来。"

"她不会卖的。"

"那么就偷回来。"

"已经试过五次了。两次我出钱雇小偷搜遍了她的房子。一次在她旅行时我们偷走了她的行李。还有两次对她进行了拦路抢劫。均一无所获。"

"那张照片的踪迹一点都没有吗？"

"绝对没有。"

福尔摩斯笑了起来，他说："此乃微不足道之事。"

"可是对我却是个十分严重的问题。"国王用责备的口吻回敬了他一句。

"十分严重,的确如此。那么她打算用这张照片干什么呢?"

"毁了我。"

"怎么毁?"

"我即将成婚。"

"我听说了。"

"我将与斯堪的纳维亚国王的二公主克洛蒂尔德·洛特曼·冯·札克斯麦宁根成婚。你可能知道她家的严格家规。她自己就敏感得不得了。对我的行为只要有一丝一毫的怀疑,这桩婚事就会告吹。"

"那么艾琳·艾德勒呢?"

"她威胁要把照片送给他们。她会那样做的。我知道她会那样做的。你不了解她,她是一个钢铁般坚毅的人。她美丽无比,却铁石心肠。要是我与另一个女人成婚,她会孤注一掷,什么事都会做得出来。"

"你能肯定她尚未把照片送走吗?"

"我敢肯定。"

"为什么?"

"因为她说过,她将在公布订婚的那一天把照片送过去。那就是下星期一。"

"啊,这么说我们还有三天时间。"福尔摩斯一边说着一边打着呵欠,"这真是太走运,因为眼下我只有一两桩要事得调查。当然,陛下得暂时住在伦敦了?"

"当然喽。你在兰厄姆旅馆可以找到我,我用的名字是冯·克拉姆伯爵。"

"我将写封短信禀报我们的进展情况。"

"一定写呀。我会焦急万分的。"

"那么,关于钱的事?"

"由你全权处理。"

"全权处理?"

"我告诉你,为了得到那张照片,我情愿用我王国的一个省来交换。"

"可是眼下的费用呢?"

国王从大氅下面取出一只沉沉的羚羊皮袋,把它放在桌子上。

"这里面有三百镑金币和七百镑钞票。"他说。

福尔摩斯在他的笔记本的一张纸上潦潦草草地写了一张收条,然后递给了他。

"那位小姐的地址呢?"他问道。

"圣约翰伍德,赛彭泰恩大街,布里翁尼宅第。"

福尔摩斯把这记了下来。"还有一个问题,"他说,"那张照片是六英寸的吗?"

"是的。"

"那么陛下,祝你晚安。我相信我们不久就会给你带来好消息。华生,晚安。"他接着对我说,这时那辆皇家四轮马车正沿街而去,"如果你明天下午三时能赏光前来,我想和你聊聊这件小事。"

二

三时整,我来到了贝克街,但是福尔摩斯尚未归来。女房东告诉我说,早晨八时一过他就出去了。尽管如此,我还是在壁炉旁坐了下来,打算不管等多久都要等到他回来。对他的调查我已着了迷,虽然此案毫无我记录过的那些犯罪案件所具有的残忍和不可思议的特征,但此案的性质和委托人的高贵身份,又使其独具特色。的确,除了我的朋友正在进行调查的案子的性质之外,他的那种令人拍案叫绝的掌握情况的本领和敏锐、透彻的分析推理的功力,使我感到研究他的工作方法和领会他那种快刀斩乱麻却又十分精细的解开世上最难解之谜的方法是件快事。他百战百胜,对此我已是司空见惯。我甚至脑海里都从未出现过他有可能会失败的念头。

快到四点时,屋门开了,一个醉醺醺的马夫走了进来。他一副不修边幅的样子,留着络腮胡子,满脸通红,衣衫褴褛。虽然我对我朋友惊人的化装技巧已习以为常,我还是得左看右看才敢肯定真的是他。他朝我点了点头就进了卧室。仅仅过了五分钟时间,他就出来了,身着花呢衣服,优雅体面,像以往一样。他把手插进口袋里,在壁炉前伸开双腿,尽情地笑了好一阵子。

一个醉醺醺的马夫走了进来。

"啊,真是如此!"他大声地说,突然呛了一下,接着又笑了起来,直笑得四肢软弱无力,瘫坐在椅子上。

"怎么回事?"

"滑稽无比。我敢说你怎么都猜不出我上午做了什么,你也猜不出我有什么收获。"

"我想象不出来。我猜你可能一直在注视着艾琳·艾德勒小姐的生活习惯,也许还观察了她的房子。"

"确实如此；但结局却相当不平常。不过我还是愿意告诉你。今天早晨八点刚过，我就扮成一位失业的马夫离开了住所。在马夫中间存在着一种令人向往的同情和默契。如果成为他们中的一员，你就可以知道想要知道的一切。我很快就找到了布里翁尼宅第。那是一幢小巧别致的两层楼的别墅，面街而建，有个后花园。门上挂着丘伯保险锁。右边是装饰得富丽堂皇的宽敞的客厅，高大的窗户几乎延伸到了地面，可是那些令人啼笑皆非的英国窗闩连小孩子都能打开。除了从马车房的房顶可以够得着的过道的窗户以外，后面再就没有什么值得注意的了。我绕着别墅转了一圈，从各个角度仔细察看，但是未再发现任何感兴趣的地方。

"接着，我沿街闲荡；果然不出所料，我发现靠花园一侧的小巷子里，有一排马房。我帮助这些马夫梳洗马匹，他们给了我两个便士、一杯混合酒和装得满满的两烟斗烟丝作为酬劳，而且提供了我渴望知道的有关艾琳·艾德勒小姐的情况，以及住在附近的六七个其他人的情况，对后面这些人我没有丝毫的兴趣，可又不得不耐着性子听下去。"

"艾琳·艾德勒的情况怎么样？"我问道。

"噢，那一带的男人对她崇拜得神魂颠倒。她是地球上最俏丽的佳人。在赛彭泰恩大街的马房里，人们对此是众口一词。她过着平静的生活，在音乐会上演唱，每天五时乘车出去，七时整回来吃晚饭。除了演唱外，其他时间她一向深居简出。只与一位男士有来往，而且过从甚密。这位男士肤色黝黑，英俊健美，朝气勃勃，每天至少来一次，常常是两次。他是内殿律师学院的戈德弗雷·诺顿先生。你知道作为心腹车夫的好处吗？他们从赛彭泰恩大街的马房赶车送他回家十多次，对有关他的情况了如指掌。听完了他们要谈的一切之后，我再一次在布里翁尼宅第附近徘徊,开始思考我的行动方案。

"很显然,这位戈德弗雷·诺顿是这件事的关键人物。他是一位律师。这听起来不吉利。他们之间是什么关系呢?他屡次三番来看她,有何目的?她是他的委托人、朋友,还是情人?如果是前者的话,她很可能把照片交给他保存。如果是后者的话,这种可能性就没那么大。只有解决了这个问题,我才能决定是应当继续对布里翁尼宅第进行调查呢,还是应当把我的注意力转移到那位先生在内殿律师学院的住处呢。这是问题的症结所在,需要格外小心,因而也就扩大了我的调查范围。恐怕这些琐碎的细节让你感到厌烦了吧,可是,如果你想了解情况的话,我必须让你知道我所面临的这些小小的困难。"

"我正在仔细地听着呢。"我回答道。

"正当我反复斟酌如何是好的时候,一辆双轮双座马车赶到了布里翁尼宅第,从车上跳下一位绅士。他十分英俊,黑黑的皮肤,鹰钩鼻子,蓄着小胡子——显然是我听说的那个人。他仿佛十万火急,朝车夫喊叫着要车等着他,然后从为他开门的女仆旁边擦身而过,显出一副无拘无束的样子。

"他在屋子里逗留了大约半个小时。透过客厅的窗户,我可以瞥见他踱来踱去,挥舞着手臂,兴奋地谈论着什么。至于她,我一点也没看见。不一会儿,他走了出来,好像比刚才更加仓促。他在上马车时,从衣袋里掏出一块金表,急切地看了看,然后喊道:'赶快,先到摄政街格罗斯·汉基旅馆,然后到埃德格威尔路圣莫尼卡教堂。要是你二十分钟之内赶到,赏你半个几尼。'

"他们飞驰而去。正当我犹豫着是不是该尾随其后的当儿,一辆小巧的活顶四轮马车从小巷子里驶了出来。马车夫上衣的扣子只扣了一半,领带歪到耳旁,而马具上的金属箍都从带扣中突出来。马车还未停稳,她就从大门飞奔而出冲进车厢。就在那一瞬间,我仅仅瞥见她一眼,但已看出她是位绝色的女人,其貌倾国倾城,令男人如醉如狂。

"'约翰,去圣莫尼卡教堂,'她喊道,'要是你二十分钟之内赶到的话,赏你半镑金币。'

"华生,这可是千载难逢的良机呀。正当我权衡着是该赶上去呢,还是该攀在车后的时候,一辆出租马车恰巧经过这条街。车夫对如此菲薄的车费看了又看,我没有等他拒载就跳上了车。'圣莫尼卡教堂,'我说,'要是你二十分钟之内赶到的话,赏你半镑金币。'当时是十一点三十五分,即将发生什么事情,当然是一清二楚的。

"我的车夫赶得飞快。我觉得我从未赶得如此之快,可是那两辆马车还是先于我们到了那儿。我赶到的时候,那辆出租马车和那辆活顶四轮马车早已停在门前,马匹浑身冒着热气。我把车费给了车夫就急急忙忙奔进教堂。教堂里除了我所跟踪的那两位和一个身着白色法衣、好像正在规劝他们什么似的牧师之外,别无他人。他们三人围站在圣坛前。我沿着旁边的通道信步走了过去,就像偶尔来到教堂的其他游手好闲的人一样。使我感到惊奇的是,围在圣坛前的这三个人忽然把脸转向了我,戈德弗雷·诺顿朝我拼命跑来。

"'谢天谢地!'他喊叫着说,'你来就行了。来!来!'

"'来干什么?'我问道。

"'来呀,老兄,来吧,只要三分钟,不然就不合法了。'

"我被半拖半拽地拉上了圣坛。我尚未弄清身在何处,却发觉自己正喃喃地对我耳边的低语作答,为我一无所知的事情作证。概括地说,是为把未婚女子艾琳·艾德勒和单身汉戈德弗雷·诺顿紧密地结合在一起当帮手。这一切眨眼间就完成

发觉自己正喃喃地对我耳边的低语作答。

了。紧接着男方在我这边,女方在我那边,向我频频致谢,而牧师则在我对面向我微笑着。这是我有生以来从未碰到过的荒谬绝伦的场面。刚才就是想到了这件事才使我捧腹大笑的。看来他们的结婚证明有些不够正规,牧师在没有任何证人在场的情况下,断然拒绝为他们证婚。幸好有我在场,免去了新郎不得不跑到大街上去找一位傧相之苦。新娘赏给我一镑金币,我打算把它系在表链上戴着,以纪念这次奇遇。"

"事态的发展真是出人意料,"我说道,"那么后来呢?"

"咳,我觉得我的计划严重受挫。看起来这一对可能马上离开此地,因此我必须采取迅猛有力的措施。然而,在教堂门口他们分手了,他乘车回内殿律师学院,她则回到自己的住处。'我像往常一样,还是五点钟坐车到公园去。'她动身时对他说。我所听到的就是这些。他们乘车向不同的方向驶去,我也离开了那里去为自己做些安排。"

"安排什么呢?"

"几块卤牛肉和一杯啤酒,"他按了一下铃答道,"我一直忙得不可开交,无暇顾及饮食,今晚我可能更忙。顺便说一句,大夫,我需要你的合作。"

"我很乐意。"

"你不在乎犯法吗?"

"一点都不。"

"也不在乎万一被捕吗?"

"目标高尚,不在乎。"

"噢,这目标高尚无比。"

"那么,我就听你调遣了。"

"我原来就确信我是可以仰仗你的。"

"可是你打算怎么行动呢?"

"特纳太太把盘子一端来,我就跟你挑明。现在,"他显出一副饥饿难忍的样子,一边转向女房东端上来的简单食品,一边说,"时间不多了,我不得不边吃边探讨这件事。现在快五点了。两小时内我们必须到达行动地点。艾琳小姐,确切地说是夫人,将在七时乘车归来。我们必须在布里翁尼宅第和她相逢。"

"然后呢?"

"这以后的事一定得交给我来办。对将要发生的事我已经做了安排。有一点我必须坚持——不论发生什么,你一定不要插手。懂了吗?"

"让我袖手旁观吗?"

"什么事都万万别插手。也许会发生一些令人不快的鸡零狗碎之事,千万别介入。我被送进屋子后,这些事就会收场的。过四五分钟,客厅的窗户会打开。你就守在打开的窗户附近。"

"好。"

"你得盯着我,我会让你瞧得见的。"

"好的。"

"当我举起手的当儿——就像这样——你就把我让你扔的东西扔进屋里,同时,扯着嗓子喊'救火呀'。你全听懂了吗?"

"全听懂了。"

"这不是什么大不了的事。"他边说边从口袋里掏出一只长长的雪茄模样的卷筒。这是一只管道工用的普普通通的喷烟器,两头都有盖子,可以自燃。你的任务就是这样。当你扯着嗓子喊救火的时候,会有很多人赶来救火的。这时你就可以走到街的那一头,十分钟后我和你在那会合。我希望你已经明白我的意思了,是吗?"

"我得保持不介入的状态,靠近窗户,盯着你,一见到信号就把这个扔进去,接着扯着嗓子喊'救火呀',然后到街的拐角处等你。"

"丝毫不差。"

"那你就看我的吧。"

"这再好不过了。我看,我现在也许该为我扮演的新角色着手准备了。"

他隐入卧室,没过几分钟又出来了,一副和蔼可亲而又天真无邪的新教牧师的模样。他那顶黑色的宽檐帽、那条松松垮垮的裤子、那条洁白的领带、那一脸富于同情心的微笑、那副隐约可见的善意的好奇神态,只有约翰·海尔①先生堪与比配。福尔摩斯不仅仅是换了装束,他的表情、他的举止,甚至他的灵魂,好像都随着他所装扮的每一个新角色而起了变化。

---

① 英国著名喜剧演员。

福尔摩斯成了一位研究犯罪的专家后,科学界就失去了一位敏锐的逻辑家,同样舞台上也失去了一位出色的演员。

我们离开贝克街的时候是六点一刻。我们到达赛彭泰恩大街时已是黄昏,差十分钟七点。我们在布里翁尼宅第前面漫步,等待房主归来;就在这时,街灯亮了。这幢房子与我根据歇洛克·福尔摩斯简明扼要的描述所想象的一模一样,但是地点不像我预料的那么幽静,与之相反,附近地区都很安静,而这条小街却热闹非凡。街头拐角处,一群穿着破衣烂衫的人正嘻嘻哈哈,抽着烟。那里还有一个带着脚踏磨轮的磨剪子的人,两个正在同保姆调情的警卫,以及几个衣着入时、嘴里叼着雪茄烟、正在闲逛的年轻人。

"你看,"我们正在房子前面踱步的时候,福尔摩斯说道,"正因为他们这桩婚姻,我们的事情就好办多了。这张照片现在变成了双刃剑。十有八九她不愿戈德弗雷·诺顿看见它,就像我们的委托人不愿它出现在公主眼前。眼下的问题是,我们在哪里才能找到那张照片呢?"

"是呀,到哪儿去找啊?"

"她随身携带着的可能性最小。那张照片太大了,有六英寸,无法轻易地藏在女装里。她也知道国王会对她进行拦劫和搜查。这一类的尝试已发生过两次。我们可以断定她不会随身携带这张照片。"

"那么,会在哪儿呢?"

"在她的银行家或律师那里。这两种可能性都存在。可是我倒认为哪一种可能性都不大。女性天生就讳莫如深,她们总是喜欢自己动手隐藏东西。她为什么要把照片交给别人呢?她可以信赖自己的守护能力,但是她不知道这样做会给一个职业人士带来什么间接或政治的影响。再说,别忘了她还决意要在几天内利用这张照片。这张照片一定在她可以随手拿到的地方，一定在她自己的房子里。"

"可是房子已经两次被盗了。"

"哼！他们不知道怎么去找。"

"那你怎么去找？"

"我不去找。"

"那干什么？"

"我要叫她拿出来给我看。"

"可她会拒绝的。"

"她无法拒绝。我听见车轮声了。是她坐的马车。现在要不折不扣地按我说的去做。"

他正说着，马车两侧车灯的灯光在街道转弯处闪烁可见。这是一辆小巧的活顶四轮马车，咯哒咯哒地驶到布里翁尼宅第的门前。马车还未停稳，一个流浪汉就从街拐角飞奔过来去开车门，希望赚个铜板，却被另一个抱着同样想法而冲过来的流浪汉一胳膊挤开。于是他们激烈地争吵起来，两个警卫站在这个流浪汉一边，而那个磨剪刀的则站在另一个流浪汉一边，都起劲地吵着，越吵越厉害。突然有人出手开打，这位刚刚下车的夫人一下子就被卷进这群面红耳赤扭打在一起的人的中间。这些人拳脚交加，挥舞着棍棒，相互野蛮地殴打着。福尔摩斯猛然冲入人群去护卫夫人。但是，就在他刚刚到她身边的一刹那，他喊了一声就倒在了地上，脸上鲜血直流。见他倒地，两个警卫朝一个方向拔腿就溜，那些流浪汉则朝另一个方向逃之夭夭。这时，有几位衣着整洁些、没有参加殴斗而只是看热闹的人挤了进来，向夫人伸出相助之手，并且照料这位受伤的先生。艾琳·艾德勒——我仍然愿意这样称呼她——急急忙忙跑上台阶；但是她却在最高一级台阶上站住了，大厅里的灯光映照出她那优美绝伦的身影,她回过头望着街道。

"那位可怜的先生伤着了吗?"她问道。

"他已经死了。"几个人一齐喊道。

"没死,没死,他还活着呢!"另一个人喊道,"可是不等你们把他送进医院,他就会死的。"

"他是位勇士,"一位妇人说道,"要不是他的话,夫人的钱包和表早就被那些人抢走了。他们是一伙的,而且还是一伙粗暴的家伙。啊,他现在能呼吸了。"

"不能让他这样躺在大街上。我们可以把他抬进屋里去吗,夫人?"

他喊了一声就倒在了地上。

"当然可以。把他抬到客厅里去,那儿有一张舒服的沙发。请这边走。"

人们表情严肃慢手慢脚地把福尔摩斯抬进布里翁尼宅第,放在正房里。我这时一直站在窗口附近注视着事态的发展。灯都亮了起来,但是窗帘未拉上,所以我可以看到福尔摩斯正躺在长沙发上。我不知道当时他是否因他所扮演的角色而感到深深的内疚,可是我知道,当我看到我所密谋反对的佳人和目睹她仁厚与体贴地服侍受伤的福尔摩斯时,我有生以来从未感到如此的羞愧。然而,如果我对福尔摩斯托付我扮演的角色现在就撒手不干,那将是对他最卑鄙的背叛。我狠了狠心,从我的长外套里取出喷烟器。毕竟,我想,我们不是要伤害她,我们只不过是制止她伤害另一个人而已。

福尔摩斯靠在长沙发上,我看到他的动作像是需要空气的样子。一个女仆跑过来猛地把窗户推开。就在那一瞬间,我看到他举起手来;一见这个信号,我就把喷烟器扔进了屋子里,同时高声喊道:"救火呀!"我的喊声刚落,所有看热闹的人——穿着考究的和穿着破烂的人,有绅士、马夫和女仆——都一起尖叫起来:"救火呀!"屋子里浓烟滚滚,从打开的窗户往外直冒。我瞥见匆匆跑动的人影,稍过片刻,又传出福尔摩斯安慰大家不要着急那是一场虚惊的声音。我悄悄地穿过喊叫的人群,朝街拐角走去。过了还不到十分钟时间,我欣喜若狂地发现,福尔摩斯和我正手挽着手逃离喧嚣的现场。他步履匆匆,一声不吭,直到几分钟后我们转到一条通往埃德格威尔路的安静的街道时,他才说道:

"大夫,你干得真漂亮。再漂亮不过了。一帆风顺。"

"你弄到那张照片了吗?"

"我知道在哪儿了。"

"你怎么发现的?"

"她拿出来给我看的,正像我跟你说过的那样。"

"我还是不明白。"

"我不想把这弄得很神秘,"他说着笑了起来,"此事非常简单。你当然看得出来街上的每一个人都是我们的同谋。他们今天晚上统统都是雇来的。"

"这我猜到了。"

"当他们争吵起来的时候,我手掌里有一小块湿湿的红颜料。我冲上前去,摔倒在地,用手捂住脸,就成了一副令人哀怜的样子。这是老把戏了。"

"这我也揣摩出来了。"

"然后他们把我抬进屋子里。她不得不让我进去。不然她还能怎么着呢?把我抬进了客厅,这正是我怀疑的房间。那张照片就藏在客厅和卧室之间,我决意要看个究竟。他们把我放在长沙发上,我做出需要空气的样子,他们只好打开窗户,这样你就有了下手的机会。"

"那对你有什么帮助呢?"

"这至关重要。当一个女人发觉自己的房子着火了,她本能的反应就是立即去抢救她最珍视的东西。这是一种完全无法抗拒的冲动,我已不止一次地利用过。在达林顿顶替丑闻一案中,我曾利用过,在阿恩斯沃思城堡案中也利用过。已婚女子赶紧抱起她的婴儿;未婚女子急忙拿起珠宝盒。当时我心里一清二楚,对于我们眼下的这位夫人来说,房子里的东西没有什么比我们正寻找的那样东西更为珍贵。她定会冲上去抢救。火警弄得妙极了。滚滚的浓烟和人们的呼喊声足以动摇钢铁般的神经。她的反应棒极了。那张照片藏在右边门铃拉索正上方的壁龛里,前面还有能挪动的嵌板。她立刻就到了那里。当她把那张照片抽出一半的时候,我一眼就看到了。听我高喊那是一场虚惊时,她又把它放了回去。她看了一眼喷烟器,就冲出了房间,此后我再没见到她。我站起身,找了个借口,就从那所房子里溜了出来。我当时拿不定主意,是否该想办法马上把照片弄到手,可是车夫已经进来了,他死死地盯着我,看来等一等更安全。一丁点轻举妄动都会使全盘砸锅。"

"那么现在怎么办?"

·冒 险 史·

"晚安，福尔摩斯先生。"

"我们的调查实际上已经完成。明天我将和国王一起过去登门拜访；如果你愿意和我们一道去的话，你也去。我们会被引进客厅等候夫人，可是她出来时，恐怕她既找不到我们，也找不到那张照片了。陛下能够亲手收回那张照片应该心满意足了。"

"那你们何时造访？"

"上午八时。她尚未起床，因而我们就无所顾忌。此外，我们行动必须迅速，因为婚后她的生活和习惯可能完全改观。我必须马上给国王拍个电报。"

我们这时已经到了贝克街，在门口停了下来。正当他从口袋里掏钥匙的时候，有个过路的人对他说：

"晚安，福尔摩斯先生。"

在人行道上这会儿有好几个人，但是这句问候好像出自一位身着长外套的瘦高年轻人之口。

"那声音我以前听见过，"福尔摩斯说，"可是我不知道那究竟是谁。"

三

那天晚上，我是在贝克街过的夜。次日早晨我们正吃着面包、喝着咖啡的时候，波希米亚国王突然冲进房间。

"你真的找回了那张照片呀！"他高声喊道，两手紧紧地抓住歇洛克·福尔摩斯的双肩，热切地盯着他的脸。

"还没有。"

"那么你觉得有希望吗？"

"有希望。"

"那么，走吧。我已急不可待。"

"我们得租辆出租马车。"

"不必了，我的布鲁厄姆马车在候着呢。"

"那就省事了。"我们下了楼，再次动身去布里翁尼宅第。

"艾琳·艾德勒已经结婚了。"福尔摩斯说道。

"结婚了！什么时候？"

"昨天。"

"那跟谁结婚？"

"一位叫诺顿的英国律师。"

"可是她不可能爱上他。"

"我希望她爱上他。"

"为什么？"

"因为这样陛下就不必为将来会发生头疼的事而担惊受怕了。如果这位女士爱她的丈夫，她就不会爱陛下。如果她不爱陛下，她就毫无理由干预陛下的计划。"

"确实如此。可是——哎！她和我的身份一样就好了！她会成为一位多么了不起的王后啊！"接着他陷入忧郁之中，一言不发，一直到我们停在赛彭泰恩大街时都是如此。

布里翁尼宅第的大门敞开着。一位上了年纪的妇人站在台阶上。我们下了马车，那位妇人用一种挖苦的眼神盯着我们。

"我想这是歇洛克·福尔摩斯先生吧？"

"我是福尔摩斯。"我的伙伴答道，用一种诧异又有些惊愕的目光注视着她。

"真是！我的女主人告诉我你可能会来访。今天早晨她和先生一起乘五点一刻的火车从查灵克罗斯去欧洲大陆了。"

"什么！"歇洛克·福尔摩斯向后打了个趔趄，又懊恼又惊异，脸色发白，"你是说她已经离开英国了吗？"

"再也不回来了。"

"可那照片呢？"国王声音嘶哑地说，"全完了！"

"我们得看看。"福尔摩斯推开女仆，一头冲进客厅，国王和我紧随其后。屋里到处可见摆得凌乱不堪的家具，架子拆了下来，抽屉敞开着，好像女主人在出奔前急急忙忙地进行了一场翻箱倒柜的大搜查。福尔摩斯奔向门铃拉索处，猛地拉开一扇小拉门，把手伸进去，掏出一张照片和一封信。照片上是穿着夜礼服的艾琳·艾德勒本人，信封上写着："致歇洛克·福尔摩斯先生，交本人亲启。"我的朋友把信拆开，我们三个一起读了起来。写信的日期是昨天午夜。信是这样写的：

亲爱的歇洛克·福尔摩斯先生：

你确实出手不凡。我完全上了你的当。直到火警出现前，我没有产生丝毫的怀疑。可是后来，当我发觉我的秘密全暴露了的时候，我就开始思索了。数月前，就有人警告我要提防你。有人说要是国王雇一位侦探的话，那一定是你。他们还把你的地址给了我。然而，尽管如此，你还是让我暴露了你想要知道的秘密。甚至在引起我怀疑之后，我还是觉得难以相信这么一位上了年纪、和蔼可亲的牧师会有什么歹意。可是，你知道，我本人就是一位训练有素的演员。我熟悉男性服装；为了行动方便，我经常女扮男装。我派约翰，就是那个马车夫，去监视你，然后跑上楼，穿上我的散步服（这是我的叫法），走下楼来，而这时你正好离开。

随后，我尾随你到你家门口，这样，我就肯定我真的成了大名鼎鼎的歇洛克·福尔摩斯先生感兴趣的对象了。接着，我冒冒失失地祝你晚安，然后动身到内殿律师学院去看我的丈夫。

我们俩都认为被这么一位令人心惊胆战的对手盯上了，三十六计走为上；因此你明天来访时，将发现这个窝空空如也。至于那张照片，你的委托人可以高枕无忧了。我爱上了一位比他强的人，这个人也爱我。国王可以毫无顾虑，随心所欲，不会受到他曾严重伤害过的人的妨碍。那张照片我保留着，只是为了保护自己，把它作为永远保护我的一种武器，以免他将来可能采取什么手段伤害我。我留给他一张他也许愿意收藏的照片。谨此向你，亲爱的歇洛克·福尔摩斯先生致意。

你的诚挚的
艾琳·艾德勒·诺顿

"多么了不起的女人啊——噢，多么了不起的女人啊！"我们三人看完这封书信时，波希米亚国王喊道，"我不是告诉过你们她有多么机灵和果断吗？我不是说过她可以成为令人钦佩的王后吗？她和我的地位不一样难道不是一大憾事吗？"

"就我在这位女士身上所见，她似乎与陛下确实大不一样。"福尔摩斯冷冷地说，"我很遗憾未能把陛下的事情办得更为成功。"

"恰恰相反，亲爱的先生，"国王大声说道，"成功之至。我知道她言而有信。那张照片现在没事了，如同已被烧了一样。"

"我很高兴听到陛下这么说。"

"我对你感激不尽。请告诉我怎样酬谢你才好。这只戒指……"他从手指上取下一只蛇形的绿宝石戒指，托在掌上递了过去。

"陛下有一件我认为更价值连城的东西。"福尔摩斯说道。

"说出来就是你的了。"

"这张照片！"

国王惊愕地注视着他。

"艾琳的照片！"他喊道，"如果你想要，当然可以。"

"谢谢陛下。那么这件事就办完了。我谨向你辞别。"他鞠了个躬，转身而去，对国王朝他伸过来的手连看都不看一眼。我陪着他返回他的住处。

这些就是一桩大丑闻怎样危及波希米亚王国，和福尔摩斯出色的计划怎样被一位女士的聪明才智所挫败的经过。他过去对女人的聪明才智常常加以嘲笑，可是最近以来我没再听到过他这类嘲笑。并且当他谈到艾琳·艾德勒或提到她那张照片时，总是用那位女士这一尊敬的称呼。

（武铁民　译）

红 发 会

去年秋季的一天，我拜访了我的朋友歇洛克·福尔摩斯先生。当时他正与一位老先生深谈。这位老先生又矮又胖，脸色红润，长着一头红发。我为自己的打扰致歉，正要抽身退出时，福尔摩斯一把扯住了我，把我拉进房间，随手关上了门。

"我亲爱的华生，你来得正是时候。"他亲切地说。

"我担心你正忙着。"

"我是忙着哪，而且很忙。"

"那么，我在隔壁房间等你好了。"

"不用不用。威尔逊先生，这位先生既是我的伙伴，也是我的助手，他协助我卓有成效地办理过许多案件。毫无疑问，在处理你的案件时，他将同样给予我最大的帮助。"

那位身材矮胖的先生从椅子上欠了欠身，朝我点头致意，而他那肥嘟嘟的小眼睛里却闪过一丝将信将疑的目光。

"你坐在长靠椅上吧，"福尔摩斯说道，说完他又坐回到他那把扶手椅，两手指尖合拢——这是他思考案件时的习惯，"我亲爱的华生，我知道，我们对稀奇古怪的东西有着共同的爱好，而对日常生活中的那些流俗和单调无聊的老一套毫无兴趣。你满腔热情地记录我经手的案件，这表明了你的兴趣所在。如果你不在意的话，我得说你这样做给我自己许许多多的微不足道的冒险经历增添了光彩。"

"你经手的案件的确使我很感兴趣。"我回答说。

"前几天我们讨论了玛丽·萨瑟兰小姐提出的那个非常简

单的问题,你一定记得在那之前我说的一番话:为了获得新奇的效果和非凡的配合,我们必须深入到生活之中去,生活本身总是更富有冒险性,即使绞尽脑汁的想象都无法与之相比。"

"恕我冒昧,我对这种说法表示怀疑。"

"大夫,你可以怀疑,但是,你无论如何得同意我的看法。否则,我不会善罢甘休的,我将继续列举事实,一个接着一个,直到你认输,并且承认我是正确的。好啦。这位杰贝兹·威尔逊先生真客气,他今天上午来看望我,并且开始讲述一个故事,

杰贝兹·威尔逊先生。

这个故事可能是我好些时候以来所听过的最稀奇古怪的故事之一。我跟你说过,最离奇、最独特的事往往不是与较严重的犯罪而是与较轻微的犯罪有联系,有时的确让人感到困惑不解,是不是真的有人犯了罪。就我所听到的而言,我尚不能断定眼下的这个案件是否是一个犯罪的案例,但是事情的经过无疑属于我所听到过的最离奇古怪的那一类。威尔逊先生,可能的话,请你费心把这个故事从头再讲一遍好吗?我请你从头再讲一遍,不仅因为我的朋友华生大夫没有听到开头部分,而且还因为这个故事情节太奇特了,所以我很想从你口中获得每一个可能的细节。一般来说,只要我稍微听过一点儿事情的来龙去脉,我就会想起成百上千个类似的案例,并且能够用这些案例来指导

自己。这次我不得不承认，这些事实对我来说是十分独特的。"

这位胖墩墩的委托人趾高气扬地挺了挺胸脯，有点洋洋自得，接着从长大衣里的口袋中拿出一张又脏又皱的报纸。他把报纸平放在膝盖上，伸着脑袋浏览上面的广告栏。这时我开始仔细打量这个人，力图模仿我伙伴的方法，从他的服饰或外表上看出点名堂来。

然而，我一番审视所获不大。我们的这位来客整个儿是一副普普通通的英国商人模样。他肥胖，自负，动作迟钝。他穿着一条松松垮垮的灰色花格呢裤，一件不太干净的黑色男礼服大衣，大衣前面的扣子没有扣上，他还穿了一件黄褐色的马甲，马甲上面系着一条又粗又重的怀表铜表链。他带着一小块晃晃荡荡的金属作为装饰品，这块金属中间有个四方孔。在他旁边的椅子上，放着一顶高顶黑色大礼帽，礼帽已经磨损，还放着一件褪了色的棕色大衣，大衣的丝绒领子皱巴巴的。总之，就我所见，这个人除了他一头火红的头发和恼羞成怒、愤愤不平的样子之外，再没有什么特别的地方了。

歇洛克·福尔摩斯目光敏锐，一眼就看出了我在干什么。他注意到我疑惑的目光后，微笑着摇了摇头。"他干过一段时间的体力活，吸鼻烟，是共济会成员，曾到过中国，最近还写过不少东西。除了这些显而易见的情况之外，我推断不出更多的情况了。"

听到这些，杰贝兹·威尔逊先生突然从椅子里一跃而起，双眼盯着我的伙伴，食指却仍然按着报纸。

"我的天哪！福尔摩斯先生，你是怎么知道我的这些情况的？"他问道，"比如说，你怎么知道我干过体力活？这像福音一样千真万确，我当初确实在船上当过木匠。"

"我亲爱的先生，是你这双手告诉我的。你看，你右手比左手大多了,你用右手干活,所以肌肉比左手发达。"

"哦,那吸鼻烟和共济会成员你是怎么知道的呢?"

"我不会告诉你我是怎么看出来的,因为我不想亵渎你的智力,更何况你不顾贵会的严格规定,还戴着一只弓形指南针的别针呢。"

"啊,当然了,我忘了这个。可是写作呢?"

"你右手袖子上有一块五英寸那么长的地方闪闪发亮,而左袖子靠近肘部还打了一块整洁的补丁,那正是接触桌面的地方。这些还能说明别的问题吗?"

"噢,那么中国呢?"

"你右手腕上刺的那条鱼只能是在中国所为。我对文刺花纹做过一点研究,甚至还写过这方面的文章。用淡淡的粉红色给鱼鳞着色的这种技巧,是中国一绝。除此之外,我还看到一枚中国钱币挂在你的表链上,这不就更加显而易见了吗?"

杰贝兹·威尔逊先生不禁捧腹大笑。"哎呀,这个我可万万没想到啊!"他说道,"起初我还以为你是神机妙算,但是我看说穿了也就那么回事。"

"华生,我现在认为,"福尔摩斯说道,"我这样摊开来说是个失误。要'大智若愚'。你晓得,我的那点名声就那么回事,如果我尽说大实话,我就会名声扫地。威尔逊先生,你能找到那个广告吗?"

"能,就在我这儿。"他回答道,用又粗又红的指头指着广告栏的中间,"给你。这就是整个事情的起因。先生,你们就自己看看吧。"

红发会:

  由于原住美国宾夕法尼亚州已故黎巴嫩人伊齐基亚·

霍普金森之遗赠，现另有一空缺，凡红发会成员均有申请资格。每周四英镑薪资，纯系挂名之职。凡红发男性，年满二十一岁，身体健康，智力健全者，均属合格人选。应聘者请于星期一上午十一时亲至舰队街教皇院7号红发会办公楼邓肯·罗斯处提出申请为荷。

"这究竟是怎么一回事？"我把这个极为不寻常的广告读了两遍后情不自禁地喊道。

"这究竟是怎么一回事？"

福尔摩斯坐在椅子上咯咯地笑了起来,身体不停地扭动着。他心境特别好的时候总是这样。他说:"这个广告有点太离谱了,是不是?好啦,威尔逊先生,你现在就开始从头讲起吧,把一切与你有关的事,与你同住的人的情况,以及这个广告给你带来了多少好运,统统告诉我们吧。大夫,请你先把报纸的名称和日期记下来。"

"这是一张一八九〇年四月二十七日的《纪事晨报》,正好是两个月以前的。"

"很好。那么,威尔逊先生,请吧。"

"那好。歇洛克·福尔摩斯先生,其实我刚才已经跟你说过了,"杰贝兹·威尔逊一边用手抹去额头上的汗水一边说,"我在市区附近的科伯格广场开了个小当铺,买卖虽然不大,可是近年来我只能靠它勉强度日。我过去能够雇两个伙计,可是,我现在无能为力了,只雇了一个伙计。这个伙计为了学会这个行当情愿只拿一半的薪水。不然的话,为了支付他的工钱我还得去打工。"

"这位助人为乐的小伙子叫什么名字?"歇洛克·福尔摩斯问道。

"他叫文森特·斯鲍尔丁。他年纪其实也不算小了,可是我说不出他到底有多大岁数。福尔摩斯先生,我这个伙计精明强干。我心里很清楚,他本来可以过上更好的日子,赚比现在多一倍的工钱。但是,既然他感到心满意足,我又何必让他想入非非呢?"

"是呀,何必呢?你好像很走运,以低于市价的工钱雇到了一个伙计。这在当代的雇主之中,可不是件平常事啊。我不知道你的伙计是不是和你的广告一样的异乎寻常。"

"噢,他当然也有毛病,"威尔逊先生说道,"对摄影他比谁都更着迷。拿着照相机东奔西跑地到处拍照，就是没有上进心。一照完他就一溜烟跑到地下室去冲洗照片，就像兔子钻洞那么快。这就是他最大的毛病，可是总的说来，他是个好伙计。他心眼还不错。"

"我推测，他现在仍然和你在一起呢。"

"是的，先生。除了他，还有一个十四岁的小女孩。这个女孩子做做饭，搞搞卫生。因为我是个光棍儿，从未成过家，所以家里只有这几个人。先生，我们三个人在一起过着清静悠闲的日子。平日里，我们住在一起，欠了债一起还。

"使我们心烦意乱的头一件事就是这个广告。正好在八个星期以前的今天，斯鲍尔丁走进办公室，手里拿着这张报纸。他说：

"'威尔逊先生，我向上帝祈祷，我多么希望我是一个红头发的人啊！'

"'那为什么呢？'我问道。

"'为什么？'他说，'红发会又有了一个空缺。谁要是得到了这个职位，谁就发了一笔大财。据我所知，空缺比谋职的人还多。受托人面对那笔资金，不知该如何处置，他们已经束手无策。假如我的头发能变颜色该多好啊！这个挺棒的小安乐窝就是我的了。'

"我问他：'那么，这到底是怎么一回事？'福尔摩斯先生，你知道，我是个足不出户的人，原因是我的生意总是送上门来的，用不着到处奔走。我一连几个星期脚不跨出门槛半步，这都是常有的事。所以呢，我对外面的事孤陋寡闻，总是乐意听到一点新闻。

"'你从来没有听说过红发会吗？'斯鲍尔丁两眼睁得大大地问道。

· 冒 险 史 ·

"'从来没有。'

"'噢？这怎么会呢？就连你自己都有资格申请那个空缺呀。'

"'那个空缺怎么那么值得申请啊？'我问道。

"'喔，虽然年薪只有两百英镑，可是工作轻松自在，而且对自己另外的职业也不碍事。'

"喏，你们不难想见，我这些年来的生意一直不怎么样，而这额外的两百英镑唾手可得，我简直听愣了。

"'你把事情的来龙去脉都告诉我。'我说。

"'好。'他一边把广告拿给我看一边说，'你可以自己瞧瞧，红发会有个空缺，这还有办理申请手续的地址。据我所知，红发会是一个名叫伊齐基亚·霍普金森的美国百万富翁创建的。他是一个特别古怪的人。他本人就长着一头红发，并且对所有红头发的人都怀有深厚的感情。

红发会有一个空缺。

他财产很多。他去世后人们才知道，他已经把他的财产交给了财产受托人管理，并在遗嘱中吩咐用他遗产的利息为红头发的男性提供舒适的差事。就我耳闻，薪水很高，工作轻松。'

"'可是，'我说，'会有数百万的红头发男人去申请。'

"'没有你所想象的那么多,'他回答说,'你看,这实际上仅限于伦敦人,而且还得是成年男子。这个美国人年轻时生活在伦敦,在那里发了迹,所以他想为这座古城做件好事。而且我还听说,申请人的头发必须是鲜亮地道的火红色;如果是浅红色或深红色,那申请也是白搭。好了,威尔逊先生,你愿意申请的话,你去一趟就是了。可是,仅仅为了几百英镑而不辞辛劳,也许是不那么值得的。'

"喏,先生们,你们亲眼看看,我的头发就是那种鲜亮地道的火红色。这完全是事实吧。因此,在我看来,如果申请这份工作会遇到什么竞争的话,那么在参与竞争的人中间,我是最有希望的。文森特·斯鲍尔丁似乎对这件事特别了解,所以我想他或许能助我一臂之力。于是,我叫他停止营业,随我立即动身。他非常乐意得到这么一个假日。就这样,我们停了业,向广告上登出的那个地址出发了。

"福尔摩斯先生,我这辈子再也不想见到那种场面了。那些头发有一点儿红色的男人们,从天南地北、四面八方潮水般拥进城里,去应征那份广告。舰队街挤满了红头发的人群,教皇院看上去就像推车叫卖水果的小贩摆满柑橘的手推车。我怎么都想不到,区区一个广告竟然从全国招来了那么多的人。这些人头发的颜色五花八门——稻草色的、柠檬色的、橙黄色的、砖红色的、爱尔兰谍犬那种红棕色的、猪肝色的、土褐色的。但是,正像斯鲍尔丁所说的那样,长着鲜亮地道火红色头发的人并不多。看到有那么多的人在等着,我感到茫然无望,真想放弃算了。可是,斯鲍尔丁就是听不进去。他连推带搡,不顾一切地带着我从人群中挤过去,一直挤到红发会办公室的台阶上。我怎么都想不到他会这样。楼梯上有两股人流:有的满怀希望上楼,有的垂头丧气下楼。我们拼命挤进人群。不大

·冒险史·

一会儿，我们就进了办公室。"

这位委托人稍停了一下，福尔摩斯使劲吸了一下鼻烟以利记忆，然后说道："你的这段经历真是妙趣横生。请你继续讲你的这段传奇吧。"

"办公室里空空荡荡，只有几把木椅和一张松木桌子。一位头发比我的头发还要红的小个子男人坐在办公桌前。每一个申请求职的人走到他跟前时，他都说几句，接着他总是想方设法在他们身上挑毛病，这样他们就不合格了。看起来，得到一个空缺职位可不是一件轻而易举的事。可是，轮到我们的时候，这个小个子男人一反常态，对我特别客气。为了我们能单独谈谈，我们进去后，他就把门关上了。

"我的伙计把我介绍给他：'这位是杰贝兹·威尔逊先生，他愿意在红发会补缺。'

"那个小个子男人回答说：'他非常适合担任这个职位。他满足了我们要求的所有条件。我回想不出有哪个人的头发比他的更漂亮。'他退后一步，把头一歪，盯着我的头发看了又看，看得我很不好意思。突然，他一个箭步窜过来拉住我的手，热烈祝贺我申请成功。

"'如果再迟疑不决就太不像话了，'他说道，'不过，我这样慎而又慎，我想你是不会介意的。'他紧紧地揪住我的头发，痛得我大叫大喊，他才松开手。接着他对我说：'你眼泪都出来了。我觉得一切都称心如意。我们不得不小心谨慎啊。我们上过当，两次被戴假发的糊弄了，一次被染发的给骗了。我想给你们讲一讲有关鞋蜡的故事，你们听了这个故事会感到恶心的。'说完他走到窗口声嘶力竭地喊道——已经有人补缺了。窗下传来一阵大失所望的叹息声，人们成群结队地向四面八方散去。他们走了以后，只剩下我自己和那位总管是长着红头发的人了。刚才那些红头发男人已经无影无踪。

"那个小个子男人说:'我是邓肯·罗斯先生。我们这位高贵的施主设立了巨额基金,领取养老金的人很多,我本人就是其中的一个。威尔逊先生,你是否已经成婚了?你有家吗?'

"我回答说我还没有。

"他的脸马上沉了下来。

"'哎呀呀,'他严肃地说,'这可非同小可!你的回答让我好不遗憾。设立这笔基金是用来维护和繁衍越来越多的红发人,这是天经地义的事。你竟然还是个光棍儿,真是可悲可叹。'

"福尔摩斯先生,听了这话,我的脸立刻就挂不住了。当时我想这个职位算是泡汤了。他在那里掂量了一会儿,然后又说那没有什么关系。

"'换了别人的话,'他说,'有这么个污点可能就完蛋了。可是,你的头发长得这么出众,我们就对你通融一下而不苛求了。你什么时候能够到职?'

"'哎,这可有点叫我犯难,因为我开了个铺子。'我说道。

"文森特·斯鲍尔丁说:'威尔逊先生,这个你不用操心,我可以替你照管生意。'

"'上班时间是几点到几点?'我问道。

"'上午十点到下午两点。'

"福尔摩斯先生,当铺的生意大多在晚上,特别是在星期四和星期五的晚上,因为过了这两天就是发薪水的日子了。看来我上午多挣几英镑一点不影响生意。我心里也清楚我的伙计是个挺不错的人,要是有什么事的话,他都会照料好的。

"'啊,这一点不碍事,'我说道,'薪水是多少?'

"'每周四英镑。'

"'做什么哪?'

"'纯粹挂个名而已。'

"'纯粹挂个名?这是什么意思?'

"'唔,在上班时间,你必须从始至终呆在办公室里,至少也得呆在楼里。如果你擅离职守,那你就永远失去了这个职位。对于这一点遗嘱上说得一清二楚。在上班这段时间里,只要你离开一下办公室,就是违约。'

"'每天上班总共才四个小时,'我说,'我不会离开的。'

"'不得以任何理由为借口,'邓肯·罗斯先生说,'即使是生病、有事或者什么其他的理由,都不行。你必须老老实实地守在那儿,不然的话,你的饭碗就丢了。'

"'干什么呢?'

"'抄写《大英百科全书》。办公室里有这个版本的第一卷。你必须自备墨水、笔和吸墨纸,我们只提供这张桌子和这把椅子。你明天能来上班吗?'

"'当然可以。'我回答说。

"'杰贝兹·威尔逊先生,我再一次祝贺你荣获这一要职。再见。'他向我鞠躬致意,随即我离开了办公室,和我的伙计一块回家了。我真是太走运了,我简直都乐颠了。

"咳,我一整天都在思量着这件事。到了晚上,我的情绪又低落下来,我总觉得这件事不对头,是个彻头彻尾的大骗局、大阴谋,可是我猜想不出他们要达到什么目的。真是不可思议呀!有谁会立下这么一份遗嘱?抄写《大英百科全书》是一件很容易的事;他们怎么会支付那么多的钱让人做这类简简单单的事?文森特·斯鲍尔丁千方百计地来宽慰我,不过,就寝时,我自己已经想通了。无论如何,我决心要看个究竟,于是,我花掉了一个便士,买了一瓶墨水、一根羽毛笔和七张大裁纸。第二天早晨,一切准备停当之后,我就到教皇院去了。

"哎呀,叫我又惊又喜的是,一切都很顺利。桌子已经为我摆好了,邓肯·罗斯先生在那儿照料着我,以便我顺利开始工作。他让我从字母 A 开始抄写,然后就走了,可是他不时地进来看看我工作进行得怎么样。下午两点钟他和我道别,并且对我大加称赞,说我抄写得又快又好。我离开办公室后,他就把门锁上了。

"福尔摩斯先生,我每天上午十点到办公室上班,下午两点离开,就这样日复一日地工作着。到了星期六那天,这位总管走了进来,摆下四个英镑的金币作为我一周工作的报酬。接下来的一个星期是如此,再接下来的一个星期仍然如此。后来,邓肯·罗斯先生到办公室来的次数就越来越少了,他每天上午只来一次;又过一段时间之后,他压根儿就不来了。当然啦,我不能肯定他什么时候会来,所以我还是不敢离开办公室,一会儿都不敢离开。我不愿冒这个险而失去它。这个职位是个美差,对我再合适不过了。

"八个星期就这样过去了。由于我非常勤奋,我已经抄完了'男修道院院长''射箭运动''盔甲''建筑学'和'雅典人'等词条,并且希望很快就能开始抄写字母 B 开头的词条。我抄写的东西差不多堆满了一书架,买这些纸花去了我不少的钱。可是,这一切突然间就结束了。"

"结束了?"

"是的,先生。就是今天上午结束的。今天上午十点我像往常一样去上班,可是我发现房门紧闭,而且还上了锁。在门板上,我发现了一张用图钉钉着的方形小卡片。这张卡片就在这儿,你们自己看看吧。"

他举起那张卡片。卡片是白色的,有便条纸那么大。上面这样写着:

· 冒 险 史 ·

> 红发会业已解散。
>
> 1890 年 10 月 9 日

我和歇洛克·福尔摩斯看了看这张简短的通告，又看了看满面愁容的威尔逊。这件事可真是滑稽可笑，逗得我们两个人什么都顾不上了，情不自禁地放声大笑起来。

我们的这位委托人满脸涨得通红，气急败坏地嚷道："我不觉得这有什么可笑的。如果你们只会取笑我的话，我可以另请高明。"

威尔逊说完就想从椅子上站起来，福尔摩斯一把将他按住，并且大声地对他说："别急，别急。我说什么都不会放过你的案子。这个案子实在是太不同寻常了，使我们感到耳目一新。请你别见怪，这件

红发会业已解散。

事确实有点太滑稽了。请问，你发现了门上钉着的卡片以后，你采取了什么措施？"

"先生，我当时惊呆了，已经不知所措。后来我向住在办公楼附近的人们打听，可是他们似乎对这件事一无所知。最后，我去找房东。他住在一楼，是个会计。我问他能不能告诉我红发会到底出了什么事，可是他说他从来就没有听说过有这么一个团体。接着，我问他邓肯·罗斯先生是什么人。他回答说他从来没有听说过这个名字。

"我说：'哦，就是住在 4 号的那位先生。'

"'谁，就是那个红头发的男的？'

"'是的。'

"那位房东说:'噢,他叫威廉·莫里斯,是个律师。他的新居还没有搞好,所以暂住我的房子。他昨天就搬走了。'

"'我在哪儿才能找到他呢?'

"'啊,在他办公的新地方。他确实把他的地址告诉过我。对,爱得华国王街17号,就在圣保罗大教堂附近。'

"福尔摩斯先生,于是,我立即动身去那里。我到了那里之后才发现,那儿原来是个护膝制造厂。我一打听,厂里谁都没有听说过名叫威廉·莫里斯的人,也没有听说过名叫邓肯·罗斯的人。"

"那你怎么办呢?"福尔摩斯问道。

"我回家了。我家在萨克斯—科伯格广场附近。回到家后,我就征求我的伙计的意见,可是他根本就帮不上忙;他只是说,如果我耐心等待的话,也许会收到来信,从中得到一点儿消息。福尔摩斯先生,他这话可不中听,我不想把这么好一个职位给白丢了。我听人们说你足智多谋,而且愿意为那些不知如何是好的穷人出谋划策,于是,我马上就到你这儿来了。"

福尔摩斯先生说:"你做得对。这个案件非同小可,我很乐意接手。根据你刚才对我所说的情况来看,这件事可能很严重,比乍看起来严重得多。"

"真够严重的啦!"杰贝兹·威尔逊先生说道,"你看,我每个星期少了四英镑啊!"

福尔摩斯接着说:"就你本人来说,我认为你不应该对这个非同寻常的红发会有什么怨言。在我看来,情况恰恰相反,你白白赚了三十多英镑,且不说在抄写以字母A开头的那些词条的过程中,你还增长了不少知识。所以说,你并没有吃什么亏。"

·冒 险 史·

"我是没吃亏。可是,先生,我想找到这伙人,弄清他们是些什么人,他们这样开玩笑的目的是什么——如果是对我——开了个玩笑的话。这个玩笑开得太大了,他们花去了三十二英镑啊。"

"我们会竭尽全力替你弄清这些疑点的。可是,威尔逊先生,我得先问你一两个问题。你的那个伙计最先叫你注意到了那个广告,他在你那儿干多久了?"

"当时他在我那儿差不多一个月了。"

"他是怎么来的?"

"看了我登的一个广告他就来了。"

"只有他一个人来谋职吗?"

"不,有十多个人呢。"

"你为什么偏偏选中了他?"

"因为他挺灵巧的,工钱要的也不多。"

"实际上,他只领一半工资。"

"是的。"

"这个文森特·斯鲍尔丁长什么模样?"

"小小的个头,敦敦实实,动作非常麻利。他年龄三十开外,可是脸上没长一根胡子。前额上有一块白白的被硫酸烧伤的伤疤。"

福尔摩斯听了之后,感到非常兴奋,在椅子上挺了挺身子,然后他说,"这些我都想到了。不知你注意到没有,他耳朵上还扎了两个戴耳环的耳朵眼儿?"

"是的,先生。他告诉我那是一个吉卜赛人给他扎的,他当时还是个小伙子。"

"哼!"福尔摩斯说着就陷入了沉思,然后他问道,"他还在你那儿吗?"

"噢，是的，先生。我刚刚从他那儿来的。"

"还有，你不在的时候，你的生意一直由他照管吗？"

"先生，我对这个可毫无怨言，上午本来就没什么生意。"

"好了，威尔逊先生，关于这件事的处理意见，我将非常愉快地在一两天之内告诉你。今天是星期六，我希望到下星期一我们就能做出结论了。"

我们的这位来客走了之后，福尔摩斯对我说道："哎，华生，依你看，这到底是怎么一回事啊？"

我坦率地回答说："这事儿太不可思议了，我胸中无数。"

福尔摩斯接着说："一般而言，事情越是稀奇古怪，真相大白以后，就越不那么高深莫测。一张普普通通的脸最难以辨认，同样，侦破普普通通、平淡无奇的犯罪也是件挺让人头痛的事。但是，我现在必须立即采取行动来处理这件事。"

"那你打算怎么办呢？"我问道。

他回答道："抽烟。解决这个问题得抽足三袋烟。同时，请你在五十分钟之内不要跟我说话。"他在椅子上蜷缩起身子，他瘦削的双膝几乎都碰着了他那鹰钩鼻子。他双眼紧闭，静静地坐在那里，嘴里还叼着一只黑陶烟斗，看上去就像某种珍禽异鸟长长的尖嘴。我当时认定，他已经睡着了，我自己也打起瞌睡来。就在这时，他忽然从椅子上一跃而起，一副成竹在胸的神态，随即把烟斗放在壁炉架上。

"萨拉沙特今天下午在圣詹姆斯礼堂演出，"他说道，"华生，你看如何？你能离开你的患者几个小时吗？"

"我今天没什么事儿可做。我的工作从来就不需要我时时刻刻守在那里的。"

"那么，你就戴上帽子跟我走一趟吧。我打算先到市区，顺路我们可以吃顿午饭。我注意到节目单上德国音乐很多。德国

·冒 险 史·

音乐更合我的胃口,意大利音乐和法国音乐没有德国音乐那么动听。德国音乐听了发人深省,我正想内省一番呢。走吧!"

我们乘地铁到奥尔德斯盖特,接着步行一小段路就来到了科伯格广场。今天上午我们听到的那个奇特故事就发生在这儿。这里是一片破破烂烂的穷街陋巷。虽然狭小破败,但是门面还算讲究。四排灰暗的两层砖房前面是一个不大的院子,院子四周围着铁栏杆。院子里有一块杂草丛生的草坪和几簇月桂树丛,月桂树的花已经谢了。尽管小院里烟雾弥漫,一片狼藉,这些植物却顽强地生长着。在街拐角处,一所房子上挂了三个镀金的圆球和一块棕色木牌,牌子上写着"杰贝兹·威尔逊"几个白字。这个招牌表明,我们那位红头发的委托人就在这儿营业。歇洛克·福尔摩斯在房前停下脚步,眯起双眼,目光炯炯有神,歪着头把房子仔仔细细察看了一遍。他随即漫步来到街上,然后又返回那个街拐角,目不转睛地看着那些房子。后来他回到那家当

门立即就开了。

铺坐落的地方，用手杖使劲朝人行道敲打了两三下，接着他走到当铺门口敲门。门立即就开了。开门的是一个聪明伶俐的小伙子，胡子刮得光光的，他请福尔摩斯进去。

"不啦，谢谢。"福尔摩斯说道，"我只想劳驾你告诉我从这里到特兰德怎么走。"

"到第三个路口往右拐，第四个路口再往左拐。"这个伙计马上答道，随即关上了门。

我们离开当铺的时候，福尔摩斯带着评价的口吻说："真是个精明的小伙子。依我看，他在伦敦算得上是第四个最精明的人。在胆量方面，我不能肯定他是不是数第三。我以前对他就有所了解。"

我说："很显然，在这个玄妙的红发会事件中，威尔逊先生的这个伙计起了很大的作用。我敢肯定，你去问路无非是为了看他一眼。"

"不是看他。"

"那又为了什么呢？"

"看看他裤子膝盖那个地方。"

"那你看到什么了？"

"看到了我想看的东西。"

"你为什么要敲打人行道呢？"

"我亲爱的大夫，这会儿是留心观察的时候，可不是聊天的时候。我们正在进行秘密侦查。我们对萨克斯-科伯格广场的情况有所了解。现在咱们到广场后边的那些地方去察看一下。"

我们离开了偏僻的萨克斯-科伯格广场。一转过街拐角，呈现在我们眼前的道路是一番截然不同的景象，那种反差犹如一幅画的正面和背面那么大。这里是一条交通干线，从市区通往西北。街道上车水马龙，人潮似海，一片繁忙景象。人们行色匆匆，熙来攘往，把人行道踩得乌黑乌黑的。这时街道已经被洪流般的人群堵塞，这里竟与我们刚刚离开的广场相毗连，广场那边是一片灰暗，死气沉沉。

福尔摩斯站在街角处，一边望着街两侧的屋宇，一边说道："让我看一看。我很想记住这些房子的顺序。对伦敦的了解要准确无误，这是我的一种癖好。这里是莫蒂摩尔烟草店，挨着一家小报亭，过去一点儿是隶属城乡银行的科伯格分行，再过去是素菜餐馆和麦克法兰马车铺，接下去就是下一个街区了。好啦，大夫，我们的工作已经完成，该去消遣一下了。先来一份三明治和一杯咖啡，然后去小提琴演奏厅，那里处处都那么悦耳、优雅、和谐，绝没有红头发委托人出难题来烦我们。"

我的朋友是一位热情奔放的音乐家。他不但是一位技艺精湛的演奏家，而且还是一位才华超群的作曲家。整个下午他都坐在观众席里，欣喜若狂，他那又瘦又长的手指随着音乐的节拍轻轻地舞动着；他面带笑容，两眼蒙眬呆滞。这时的福尔摩斯与往日的福尔摩斯判若两人；那个所向披靡的大侦探，那个铁面无私、足智多谋、果敢善断的刑事案件侦探，现在连个影子都不见了。他那独特的性格具有双重性，这种特征交替地表现出来。我经常想到，他精细而敏锐，偶尔却显露出一副富有诗意的沉思神态，这两者之间形成了鲜明的对照。他性格的双重性使他从一个极端走到另一个极端，他时而憔悴不堪，时而精力充沛。我很清楚，他最令人畏惧的时候，就是当他接连几天坐在扶手椅上冥思苦想、准备出击的时候。接着他心里产生一股强烈的欲望——他要去追捕罪犯；他的推理能力这个时候就会高超到成为一种直觉。有些人不了解他的工作方法，对他侧目而视，总以为他是一个无所不知的超人。那天下午，在圣詹姆斯礼堂里，他完全沉浸在音乐之中。目睹了这一切之后，我觉得他决意要追捕的人该倒霉了。

我们从礼堂里走出来的时候,他说:"大夫,你一定想回家了吧。"

"是的,该回家了。"

"可是我还有点事儿要办,这件事可能需要几个小时。发生在科伯格广场的事是一桩重大案件。"

"为什么是重大案件呢?"

"有人正在密谋策划一桩重大的犯罪案件。我现在有充分理由相信,我们可以及时加以制止。但是,今天是星期六,事情会变得相当复杂,所以,今晚我需要你帮个忙。"

"什么时候?"

"今晚十点钟。"

"我十点钟赶到贝克街。"

"那太好了。不过,大夫,我得告诉你,我们可能会遇到一点儿危险,所以请你把在军队里用过的那支手枪带上,放在口袋里。"他朝我挥手告别,然后转过身去,一下子就消失在人群中。

与我的左邻右舍比起来,我这个人并不算愚钝,对这一点我深信不疑;可是,在我和歇洛克·福尔摩斯的交往中,我总感到自己太笨了,这使我心情沉重。就拿这件事来说吧,我们耳闻同样的叙述,目睹同样的场面,但是,听了他刚才的谈话,我明显地感到,他不但对已经发生的事了如指掌,而且对将要发生的事心中有数;可是,对我来说,这件事仍然是一团乱麻,仍然荒唐透顶。我乘车回到家中,我家在肯辛顿那一带。一路上,我把那件事从头到尾反反复复地想了又想,从抄写《大英百科全书》的红头发威尔逊的异乎寻常的遭遇,想到走访萨克斯—科伯格广场和我们分手时他所说的不祥的预示。这次夜间出征到底是怎么回事？为什么要我带着武器去？我们准备去哪里？去干什么？我从福尔摩斯那里得到一种暗示，当铺老板的那个脸庞光洁的伙计，是个难对付的家伙，他可能会耍花招。我冥思苦想，试图把这件事理出个头绪来，结果却感到大失所望，只好作罢。反正到了晚上就会水落石出，所以我不再去想它了。

九点一刻的时候，我从家里动身。我先穿过公园，再经由牛津街就到了贝克街。福尔摩斯的房前停着两辆双轮双座马车。我走进过道，听到楼上传来说话的声音。我走进福尔摩斯的房间，发现他正和两个人谈得热火朝天。我认出其中一个是彼得·琼斯，他是官方警探。另一个高个子男人，长得面黄肌瘦，头戴一顶光泽闪闪的帽子，身着一件厚厚的非常讲究的礼服大衣。

福尔摩斯说："哈哈！我们的人都到齐了。"他一边说着一边扣上粗呢上衣的扣子，接着把他那根笨重的猎鞭从架子上拿下来。然后他说："华生，我想你认识伦敦警方的琼斯先生吧？我来介绍你认识一下梅里韦瑟先生，他即将成为我们今晚冒险行动的搭档。"

琼斯以他那特有的傲慢口吻说道："你看，大夫，我们又一起进行追捕了。我们的这位朋友是个追捕能手，他只需要一条老狗帮助他捕获猎物。"

梅里韦瑟先生却愁容满面地说："我希望我们这次追捕不是竹篮打水一场空。"

那位警探趾高气扬地接着说道："先生，你应该充分信任福尔摩斯先生才对，他有他自己的一套。恕我直言，他的这一套就是有点过于理论化，有点太异想天开，但是，他具有一名侦探的素质。有那么一两次，比如在处理肖尔托凶杀案和阿格拉珠宝盗窃案的过程中，他比官方侦探推断得准确多了。我这样说一点都没有夸大其词。"

那位我不熟识的人听了之后顺从地说："噢，琼斯先生，你当然可以这么说。不过，坦白地说，我桥牌的一盘胜局打不成了。二十七年来，星期六晚上不打桥牌，这还是第一次。"

歇洛克·福尔摩斯对他说："我想你会发现，今天晚上你进行的是大输赢的赌博，你下的赌注比你以往下过的都要大，而且那情景更加激动人心。梅里韦瑟先生，对你来说，赌注大约是三万英镑。琼斯先生，而对你呢，赌注就是你想要逮捕的那个人。"

"约翰·克莱犯有凶杀罪、盗窃罪、窝藏罪和伪造罪。梅里韦瑟先生，他虽然还年纪轻轻的，但是已经是这个犯罪团伙的头目。在伦敦的罪犯中，他最引人注意，所以当务之急就是逮捕他。这个年纪轻轻的约翰·克莱的祖父是王室公爵，他本人先后在伊顿公学和牛津大学读过书。他心灵手巧。我们到处都能碰到他的踪迹，可是我们始终不清楚他到底在哪里。他这个星期在苏格兰溜门撬锁，而下个星期却在康沃尔筹款兴建孤儿院。我已经跟踪他多年了，可就是没有见着他。"

"我希望今天晚上我能有幸介绍你们认识一下。我和约翰·克莱先生也交过一两次手，所以我同意你刚才的说法，他是这个犯罪团伙的头目。好啦，现在已经十点多了，我们应该出发了。你们二位坐第一辆马车的话，我和华生就坐第二辆马车跟上你们。"

我们乘坐的马车辚辚地行驶在漫漫长路上。煤气灯在路的两侧闪烁着，一眼望去，这条马路犹如一个大迷宫。一路上，歇洛克·福尔摩斯沉默寡言。他仰在马车的座位上，口里哼着当天下午听过的乐曲。我们的马车驶入法林顿街时，我的朋友对我说：

"现在我们离那里不远了。这位梅里韦瑟是个银行董事长，同时他本人对这个案子也很感兴趣。把琼斯也叫上和我们一块儿来，我认为这对我们有好处。他搞本行纯粹是个大笨蛋，可是他这个人不错。他有一个值得肯定的优点，一见到要逮捕的罪犯，他就勇敢得像一条猛犬，顽强得像一只龙虾。我们到了，他们正等我们呢。"

我们下车的地方正是我们上午去过的那条拥挤不堪的交通干道。我们把马车打发走了以后，由梅里韦瑟先生在前面带路，我们跟着他穿过一条狭窄的通道，接着他打开了一个侧门，经由侧门，我们来到了一条小走廊，走廊尽头是一扇巨大的铁门。梅里韦瑟先生把这扇铁门打开，门后是旋式石台阶，通往另一扇令人望而生畏的大门。梅里韦瑟先生停了下来，点燃提灯，然后领着我们沿着一条漆黑的通道往下走，通道里有一股泥土气息。接着他打开第三道门，进门之后我们便来到一个庞大的拱顶地下室。地下室里堆满了板条箱和又高又宽的箱子。

福尔摩斯举起提灯四下察看，然后他说："要从上面突破你们这个地下室可不那么容易。"

梅里韦瑟先生边用手杖敲打着铺地的石板边说道："从地下突破也不那么容易。"他话音刚落，就惊讶地抬起头来说："哎哟，我的天哪！听声音底下是空的呀！"

福尔摩斯口气严厉地说："我实在必须要求你们安静点！你已经对我们这次行动大获全胜造成了损害。我请求你随便坐在哪个箱子上，不要干扰，好不好？"

这位梅里韦瑟先生板着面孔坐在一只板条箱上，脸上流露出受了很大委屈的表情。这时，福尔摩斯一手拿着提灯，一手拿着放大镜，跪在石板地上开始仔细检查石板之间的缝隙。他只用了片刻时间就检查完毕，接着身子往上一耸就站了起来，然后把放大镜放回口袋。

他说道："我们起码得等一个小时。只有等到那位好心肠的当铺老板睡安稳了以后，他们才能采取行动。他们一旦采取行动，就会争分夺秒，因为他们动作越快，留给逃跑的时间就越多。大夫，我们现在是在伦敦一家大银行的市内分行的地下室里，毫无疑问，这一点你已经猜到了。现在伦敦城的那些无法无天的罪犯对这个地下室非常感兴趣。梅里韦瑟先生是这家银行的董事长，他会向你解释这到底是为什么。"

这位董事长对我低声说："是因为我们的法国黄金。我们已经接到几次警告了，说可能有人企图打它的主意。"

"是因为你们的法国黄金？"

"是的。几个月以前，我们需要增加资金来源，为此我们向法兰西银行借了三万法国金币，可是我们一直没工夫开箱取出这些金币，所以仍然放在地下室里。这个情况不少人都知道。我现在坐着的这个板条箱里面就有两千法国金币，这些金币每一层都用锡箔包扎起来。我们现在的黄金储备远远超过了一家分行平时的储备，董事们对这种情况一直忧心忡忡。"

福尔摩斯听了之后说道："他们的担心很有道理；不过，现在我们得做点安排了。根据我的预料，事情一小时之内就会真相大白。梅里韦瑟先生，在这段时间里，我们必须把这只提灯的灯罩罩上。"

"在黑暗中坐等啊？"

"恐怕是得这样。我随身带了一副牌，就在我的口袋里。我们正好四个人，我本来打算不误了你打桥牌，可是我觉得我们的对手已经准备蠢蠢欲动了，所以我们不能冒这个险而让他们发现灯光。首先，我们必须选好位置。这些家伙都胆大妄为，虽然我们可以给他们来个措手不及，但是我们还是要小心谨慎，以免他们伤害我们。我就站在这个板条箱的后面，你们都藏在那些箱子的后面。然后看我的信号，我的灯光一照到他们，你们就迅速扑过去，把他们团团围住。华生，他们要是开枪，你就毫不留情地开枪把他们撂倒。"

我拿出手枪，扳起扳机，然后把它放在木箱上，我就蹲在木箱后面。这时福尔摩斯飞快地把提灯的滑板拉向提灯的前面，使我们陷入一片漆黑之中——我以前从来没有在这样一团漆黑的地方呆过。提灯的金属滑板被烤热，散发出一种气味，这使我们确信提灯还亮着，一有动静就可以闪出光亮来。在这突然来临的黑暗中，在这潮湿寒冷的地下室里，令人隐约感到压抑和沮丧。我神经紧张，焦急地等待着。

福尔摩斯低声说道："他们只有一条退路，就是先退回那座房子，再从那里退到萨克斯-科伯格广场。琼斯，我相信你已经照我的要求办好了吧？"

"我已派了一个巡警和两个警官守在前门。"

"这样我们就把所有的漏洞都堵死了。现在我们必须保持安静，耐心等待。"

时间过得可真慢啊！事后我们对了一下表，我们只不过等了一小时十五分钟，可是感觉犹如通宵达旦，我仿佛觉得夜晚已经过去，黎明就要来临。我不敢变换姿势，累得四肢酸痛。我神经紧张到了极点，听觉却十分敏锐，不但能听见同伴们轻轻的呼吸声，而且能分辨出琼斯这个大块头又深又粗的吸气声和那位银行董事长细弱的叹息声。从我面前的箱子上望过去，我可以看到石板地那个方位。我忽然看见一丝隐约闪现的光亮。

起先，那暗黄色的光亮只是星星点点洒在石板地上，接着那些星星点点的光亮逐渐变大，连成一束黄色的光带。这时，地板上无声无息地出现了一条裂缝，一只手从裂缝中伸了出来，这只手长得又白又嫩，活像是一只女人的手。在有光亮的那一小块地方的中央处，这只手不停地摸索着。大约过了一分钟左右，这只手伸出了地面，手指还不断地蠕动着。接着，这只手顷刻间又缩了回去，突然得就像它伸出来时一样。周围又陷入一片漆黑，只剩下石板缝中透出的那一点点暗黄色的光亮。

不过，那只手只隐没了一小会儿。忽然间，随着一阵刺耳的迸裂声响，地板中间的一块又宽又大的白石板翻了过来，那里立时出现了一个四方形的缺口，随即从缺口中射出一缕提灯的亮光。在缺口的边缘上露出一张清秀稚气的脸庞，这个人敏捷地环顾四周，接着两只手扒着缺口的两边往上攀，先是露出肩膀，然后露出腰部，再后他用一条腿的膝盖跪在缺口的边缘。一眨眼的工夫，他已经从缺口中出来，正站在那里往上拉他的同伙。他的同伙和他一样是个动作轻巧自如的小个子，他的面色苍白，长着一头蓬乱的红红的头发。

"一切都很顺当，"他压低声音说，"你把凿子和袋子都带来了吗？天哪，不好了！阿尔奇，跳，快跳！别的我来对付！"

歇洛克·福尔摩斯一跃而起，一把揪住这个盗贼的领子。另一个见状猛然跳入洞内；当时琼斯手里紧抓着他衣服的下摆，他跳下去的时候，我听见了衣服撕破的声音。一只左轮手枪的枪管在光亮中闪现了一下，但是福尔摩斯的猎鞭骤然打在那人的手腕上，手枪当啷一声掉在石板地上。

福尔摩斯泰然自若地说："约翰·克莱，那是徒劳的。你难逃这一关了。"

对方异常冷静地答道："我看是这样。刚才我看见你们揪住了我伙伴的衣角，可是我想他会平安无事的。"

福尔摩斯说："三个人正在那边门口等着他呢。"

·冒险史·

"哦,真的!你们这事儿办得好像挺周到。我应该向你们致敬。"

福尔摩斯答道:"见笑,见笑,我也应该向你致敬。你的那个红头发点子真是既新颖又奏效。"

琼斯接着说:"过会儿你就能见到你的伙伴。他钻洞的速度比我快。伸出手来,我给你戴上。"

"约翰·克莱,那是徒劳的。"

手铐咔嗒一声扣在这个犯人的手腕上,这时他却说:"我请求你们别用你们的脏手碰我。你们也许不知道,我是王族后裔。还要请你们跟我说话时,一定要用'先生'和'请'。"

琼斯两眼直视着他,心里暗暗发笑,回答说:"好吧。唔,先生,请你上台阶。上去以后,我们会雇一辆马车把阁下送到警察局,你看好吗?"

约翰·克莱平静地说:"这样就好一些。"他朝我们三个人深深地鞠了一躬,然后在警探的监护下默默无言地走了出去。

我们跟在他们的后面从地下室里走出来,梅里韦瑟先生这时说:"真的,福尔摩斯先生,我真不知道我们银行该怎么感谢和酬劳你。毫无疑问,你一举侦破和挫败了一起精心策划的银行盗窃案，我还从来没有经历过这样的案件。"

福尔摩斯对他说："我自己与约翰·克莱先生就有一两笔账要算一算。在这个案子上我花了点钱，我想银行会付给我这笔钱的。除此之外，我还得到了另外的优厚报酬，那就是这次破案的经历和听到红发会那极不寻常的故事，而这次经历在许多方面都是独一无二的。"

清晨，我和福尔摩斯在贝克街饮威士忌酒，酒里加了苏打水。他边啜边对我解释说："你看，华生，这件事从一开始就很明显，红发会那个荒唐透顶的广告和抄写《大英百科全书》这等勾当，唯一可能的目的无非是让这个糊里糊涂的当铺老板每天离开店铺几个小时，以免碍事。这种做法虽然离奇古怪，但是想出一个更加巧妙的办法的确很难。毫无疑问，克莱是借用他同谋头发的颜色，才别出心裁地想出这么个办法。每星期四英镑是个诱饵，那个当铺老板肯定上钩。他们打算把成千上万的英镑弄到手，拿出这点儿钱又算得了什么呢？于是他们登了广告，然后一个恶棍租了一间临时办公室，另一个恶棍则怂恿那个当铺老板去申请那个职位。这样他们的合谋就得手了，可以确保他每天上午离开他的当铺。那个伙计来当铺干活只拿一半薪水，我一听就明显地察觉到，他到当铺是别有用心，另有所图。"

"可你是怎么猜出他的动机的呢？"

"假如店铺里有女人的话，我也许会怀疑他无非是搞些偷鸡摸狗的勾当。但是，根本不是那么一回事。这个当铺老板做的是小本生意，店铺里没有哪样东西值得他们这番精心策划，值得他们花那么多的钱。那么，他们的目标肯定不在这家当铺。他们可能搞什么名堂呢？这时我想到了这个伙计喜欢摄影以及他出没于地下室这个诡计。对，地下室！这就找到了这起盘根错节的案件的线索。接着我对这个神出鬼没的伙计的情况进行了调查。通过调查，我发现我的这个对手是伦敦头脑最冷静、最胆大妄为的罪犯之一。他在地下室里搞名堂，每天干很长时间，需要连续几个月的工夫才能完成。那么他们可能搞什么名堂呢？我再一次问自己。他正在挖一条通向其他楼房的地道，除此之外，我想不到其他的可能了。

"我们去察看了作案地点之后，我心里就有数了。我用手杖敲打人行道，这使你感到很惊讶，我那是在确定地道从地下室向哪个方向挖的，是向房前还是向房后？我敲打了几下就弄清了，地道不是向房前挖的。接着我按响门铃，真是如愿以偿，正是那个伙计开的门。我和他曾经有过几次较量，但是在此之前，彼此从未见过面。我要看的是他裤子膝部那块地方，所以就顾不上看他的脸。你自己也一定注意到了，他裤子膝部有多么破旧、多么肮脏、多么皱褶。那是他长时间挖地道才弄成那个样子的。这样一来，唯一要解决的问题就是他们挖地道想干什么。于是，我在街拐角到处转转，结果我发现城乡银行与我们的那位朋友的房子紧挨着。我觉得我已经解开了这个谜。我们听完音乐，你就坐车回家了；我去走访了伦敦警察厅和这家银行的董事长。事情的结局如何，你已经亲眼目睹。"

我接着问他："你怎么能断定他们会在今天晚上作案呢？"

"哦，他们的红发会办公室关门停业是个信号，这说明杰贝兹·威尔逊先生在不在当铺里，对他们已经无关紧要。或者换句话说，他们的地道已经挖通了。由于地道有可能被发现，那批黄金也有可能被搬走，所以他们务必尽早利用这条地道，这对他们来说最为重要。星期六比哪一天都更适合他们，他们可以获得两天时间以便逃窜。根据以上种种原因，我预料他们今天晚上下手。"

"你的推理真是棒极了!"我毫不掩饰地赞叹道,心里钦佩不已,"你这一连串的推理过程这么长,可是每个环节都丝丝入扣。"

他打了个哈欠,然后回答说:"这样做免得我感到无聊。唉!我已经觉得我的生活无聊透了。为了使自己的一生不在庸庸碌碌中虚度过去,我始终不遗余力。这些小小的案件对我很有益处。"

我接着说:"你是我们人类的福星啊。"

他耸了耸肩,然后说:"噢,总而言之,这也许还有些益处。正如居斯塔夫·福楼拜致乔治桑的信中所说的:'人是渺小的——创作就是一切。'"

(武铁民 译)

身 份 案

在歇洛克·福尔摩斯的贝克街寓所里,我们对坐在壁炉前闲聊,他对我说:"我亲爱的老兄,生活是何等的奇妙啊,生活的奇妙让人们的想象望洋兴叹。生活中平平常常的事,我们可能连想都不敢想。假如我们能手拉手地飞出那扇窗子,翱翔在这个大都市的上空,轻轻揭去每所房子的屋顶,窥视里面发生的千奇百怪的事情——奇异的巧合、缜密的策划、激烈的争执以及那些令人拍案叫绝的事儿,这些事一波未平一波又起,代代相承,演变出荒谬绝伦的结局;面对我们的这种经历,那些毫无创意和程式化的小说就会变得索然无味而失去销路。"

我回答说:"可是,我认为你的说法不可信。一般说来,报纸上报道的那些案件都单调乏味,俗不可耐。我们必须坦率地承认,在警察的报告里,实用主义达到了极点,案子的结局既无趣味,更乏艺术。"

福尔摩斯接着说道:"要产生一种逼真的效果,必须进行某种选择,并且采取慎重的态度,而警察的报告里恰恰缺少这种做法。这些报告重点突出的是地方长官的陈词滥调,而不是观察家们看重的整个事件必不可少的那些实质性的细节。请你相信,司空见惯的事物最不可思议。"

我笑着摇了摇头,然后对他说:"我十分理解你的这种想法。三大洲深陷困境的人都请你指点迷津和给予帮助,你处于这样一种地位,当然有机会接触到各种各样奇异怪诞的人和事。可是在这儿,"我说着把那份晨报从地上捡起来,"我们来做一次实验吧。这儿是我看到的第一个标题:《丈夫虐待妻子》。这条新闻的篇幅占了半个栏目,但是我用不着看就知道其中的内容。当然啦,这篇新闻的内容一定会有另外一个女人、狂欢滥饮、推推搡搡、拳打脚踢、鼻青脸肿,还得有富有同情心的姐妹或者房东太太。这些粗制滥造的内容就连最拙劣的作者都能拼凑出来。"

福尔摩斯拿过报纸,粗略地扫视了一下,然后说:"就你的观点而言,你刚才所举的这个例子其实很不恰当。这是邓达斯夫妇分居案,碰巧我整理过与该案有关的某些细节。丈夫是个绝对戒酒主义者,也没有牵涉到另外一个女人。他被控的行为是:他养成了一种习惯,每餐结束时,他总是取下假牙,朝他妻子扔过去。你会认为,普通的小说作者不大可能构思出这样的事来。大夫,来点儿鼻烟吧。从你所举的这个例子来看,你得承认,是我赢了。"

他把他的金制鼻烟盒递了过来。这只鼻烟盒已经用旧了,盒盖的中央处镶嵌着一颗硕大的宝石,宝石呈紫蓝色,光彩夺目,与他朴实的作风和简朴的生活形成了极其鲜明的对照,我禁不住开口评论一番。

"啊,"他对我说道,"我们已经几个星期没见面了,我把这个给忘了。这是波希米亚国王赠送的小小纪念品,酬谢我在艾琳·艾德勒照片一案中对他的帮助。"

"那只戒指呢?"他手指上戴着一只光耀夺目的戒指,我看了看问道。

"这是荷兰王室送给我的。你一直友善地记录我侦破的一两个微不足道的案件,可是我为荷兰王室侦破的那个案件真是太微妙啦,即便是对你这样一位朋友,我也不便透露给你。"

"那么,你现在手头上有没有什么案件呢?"我兴冲冲地问他。

"有十一二件，可是特别有趣的一件也没有。通常不那么重要的案件反倒值得观察，值得麻利地分析出其中的因果关系，这样的调查也就很有吸引力。罪行越大，案情往往越简单。这是因为罪行越大，动机就越明显，一般都是如此。我早已发现了这个特征。现在我手头上的这些案件，只有一件案情相当复杂，这个案子是从马赛送过来的，其余的案子特别有趣的一件也没有。不过，也许再过一会儿，我就会得到更加有趣的案子。如果我没有弄错的话，我的一个委托人来了。"

于是，他从椅子上站起来，走到窗前，窗帘已经拉开。他透过窗子看着伦敦那条灰暗萧条的街道。我从他的肩上望过去，看见街对面的人行道上站着一个身材高大的女人。她脖子上围着一条厚厚的毛皮长围巾，歪戴着一顶宽边帽，帽子上插着一根又长又卷的红色羽毛，显露出德文郡公爵夫人卖弄风情的姿态。她身着盛装站在那里，身体前后晃动着，手指烦躁不安地拨弄着手套上的纽扣，神情紧张、迟疑不决地窥视着我们的窗口。突然，她就像游泳的人从岸上一跃入水那样，几步就穿过了马路。我们立时听到一阵刺耳的门铃声。

福尔摩斯把烟头扔进壁炉之后对我说："我以前见过这种征兆。站在人行道上晃来晃去通常意味着发生了色情事件。她想征求一下别人的意见，却又拿不定主意，不知道这样微妙的事情该不该告诉别人。但是，我们对此要区别对待。一个受到男人严重伤害的女人，就不会站在那里晃动了，她会急切地拉响你的门铃，急得把门铃线都可能拉断了；通常都是这个样子。我们可以把眼下这个案子当作一桩恋爱案，不过这个女子并不怎么气愤，而只是感到迷惘，或者说感到忧伤。好在她现在亲自登门，我们的疑团可以迎刃而解了。"

福尔摩斯正说着话，我们听到有人敲门，随即侍童进来通

·身份案·

报,说是玛丽·萨瑟兰小姐来访。话音未落,萨瑟兰小姐已经站在了男仆的身后。男仆身着黑制服,身材矮小。他们站在那里,犹如一艘扬帆而来的商船正随着一只领港小船进港。歇洛克·福尔摩斯对她的来访表示欢迎,他态度落落大方,彬彬有礼,然后关上门,他向她鞠躬致意,

福尔摩斯对她的来访表示欢迎。

并请她坐在扶手椅上。片刻之间,福尔摩斯就以他那种特有的心不在焉的方式把她打量了一番。

福尔摩斯对她说:"你眼睛近视,还要打那么多字,不觉得有点费劲吗?"

她回答说:"开始的时候我确实感到有点费劲,但是现在可以盲打了。"突然,她意识到了他话里的全部含义,感到非常震惊,接着她抬起头来,她那宽大而和善的脸上露出恐惧和惊奇之色。她高声说道:"福尔摩斯先生,你一定听说过我吧,不然你怎么会知道我的这些情况呢?"

福尔摩斯对她说道:"请别担心,我的工作就是要了解各种情况。也许我已经把自己锻炼出来了,能够发现别人所忽略

295

的情况。不然的话,你怎么会来找我咨询呢?"

"先生,埃思里奇太太跟我提起过你。不论是警察,还是其他的人都认为她丈夫死了而不再去寻找,但你却不费吹灰之力就把她丈夫找到了。我听了以后,就到你这儿来请你指教。哦,福尔摩斯先生,我盼望你也能这样帮助我。我虽然并不富裕,但是除了打字挣来的那一点儿钱以外,我每年还有一百英镑的收入,这笔钱是我继承遗产所得。只要能知道霍斯默·安吉尔先生的消息,我情愿把这些钱全部给你。"

歇洛克·福尔摩斯两手指尖合拢,眼睛望着天花板,问她说:"你为什么这么匆匆忙忙离开家来找我咨询呢?"

玛丽·萨瑟兰小姐有些愣神儿,听到这个问题后,她的脸上又一次露出惊讶的神色。她回答说:"你说得对,我的确是突然从家里跑出来的。看到温迪班克——就是我父亲——对这事儿漠不关心,我感到非常气愤。他既不肯去报告警察,也不肯到你这儿来,他什么忙都不帮,嘴里还一个劲儿地说,'没事,没事'。后来,我被他气得火冒三丈,穿上外衣,马上就跑到你这儿来了。"

福尔摩斯听了以后说:"你的父亲,你们的姓不同,一定是你的继父。"

"是的,是我的继父。我叫他父亲,这听起来滑稽可笑,他比我只大五岁零两个月。"

"你母亲还健在吗?"

"是的,我母亲还健在,身体挺硬朗。福尔摩斯先生,我父亲去世不久,她就再婚了,而且嫁给了一个比她年轻差不多十五岁的人,她这样做使我很生气。我父亲在特纳姆法院街做管子生意,遗留下一个相当大的企业。我父亲死后,我母亲和哈迪先生继续经营这个企业,哈迪先生原先是个工头。可是,温迪班克先生一来就迫使我母亲出售这个企业。他是个旅行推销员，推销酒类，地位很优越。他们出售了企业的营业权和产权，一共得到四千七百英镑。假如我父亲还活着，他卖的价钱会比这个多得多。"

她的叙述杂乱无章，没头没脑。我本以为福尔摩斯听了这样的叙述会很不耐烦，可是恰恰相反，他聚精会神地听得有滋有味。

福尔摩斯问她说："你自己的那点儿收入是不是从这个企业挣来的？"

"啊，先生，不是的。我的那笔收入完全与这个企业无关，是我的伯父奈德遗留给我的，他生前住在奥克兰。他留给我的是新西兰股票，一共二千五百英镑，利率是四分五厘，但是我只能动用利息。"

福尔摩斯说道："我对你所说的深感兴趣。你既然每年提取一百英镑这么一笔巨款，加上你打字所挣的钱，你完全可以去旅行，生活也可以过得很舒适。我看一位独身女士，有大约六十英镑的收入，就可以生活得很不错。"

"福尔摩斯先生，就是比这个数目少得多，我也可以生活得很不错。不过，你清楚，只要我住在家里，我就不想成为他们的负担。正因为这样，我和他们一起生活，他们就用我的钱。当然啦，这只是暂时的。温迪班克先生每季度把我的利息提出来交给我母亲，我觉得我光用我打字挣的钱就可以过得挺好的。我打一张纸挣两便士，一天我往往能打十五张到二十张。"

福尔摩斯对她说："你已经把你的情况向我说得很清楚了。这位是我的朋友，华生大夫。你在他面前说话不必拘束，就像跟我说话一个样。现在请你把你和霍斯默·安吉尔先生的关系都说给我们听听。"

·冒险史·

萨瑟兰小姐的脸上泛出红晕，两手紧张不安地抚弄着她短上衣上的流苏。她开口说："我第一次遇见他是在煤气装修工的一次舞会上。我父亲在世的时候，他们总是送给他舞票。父亲去世后，他们还记得我们，他们就把舞票送给我母亲。温迪班克先生对我们去舞会跳舞不太乐意。我们去哪儿他都不乐意，就连我想去教堂做礼拜，他也会怒火万丈。可是这一次我特别想去，我就是要去，他有什么权力不让我去跳舞。他说我父亲生前的好友都会在舞会上露面，我们认识那些人不太合适。他还说我没有合适的衣服，可是我有一条紫色毛线裤，那条裤子就放在衣柜里，我还从来没有拿出来穿过。最后，他迫不得已，出差到法国给公司办事去了，而我和我母亲两个人去舞会跳舞了，和我们一起去的是原先的那个工头哈迪先生。就是在这次舞会上我遇见了霍斯默·安吉尔先生。"

福尔摩斯说："我想，温迪班克先生从法国回来后，他对你去过舞会的事会很恼火吧。"

"噢，不过，他对这件事的态度倒是很好。我还记得，他笑了起来，耸了耸肩，接着还说女人要是想干什么，拦也拦不住，她们总是想怎么样就怎么样。"

"这下我明白了。按照我的理解，你在煤气装修工的一次舞会上遇见了一位叫霍斯默·安吉尔的先生。"

"是的，先生。我那天晚上遇见了他。第二天他来看我，他问我们回家是不是一路平安。打那以后，福尔摩斯先生，我们碰见过他——我是说，我和他散过两次步。可是后来我父亲出差回来了，霍斯默·安吉尔先生就不能再到我家来了。"

"不能吗？"

"是啊，你知道的，我父亲对那样的事一点儿都不喜欢。他总是想方设法不让任何人来做客。他还总是说，女人家应当高高兴兴和自己家里的人呆在一起。我却经常对我母亲说，女人首先需要有她自己的小圈子，可是我自己还没有呢。"

"那么霍斯默·安吉尔先生呢？他难道没有设法来看你吗？"

"喔，我父亲一个星期以后又要去法国，霍斯默来信对我说，我父亲动身之前，我们最好不要见面，这样就不会遇到麻烦。他还说，我们在这段时间里可以通信。他每天都写信给我，我就每天早晨把他写的信取回来。这样就没必要让我父亲知道。"

"你那时和这位先生订婚了吗？"

"啊，是的，福尔摩斯先生。我们第一次散步后就订了婚。霍斯默·安吉尔先生——是个出纳员，在莱登霍尔街一家事务所工作，而且……"

"什么办公室？"

"福尔摩斯先生，最糟糕的就是这个，我不知道啊。"

"那他住在哪儿？"

"他就睡在办公的地方。"

"你竟然连他的地址都不知道吗？"

"不知道——我只知道在莱登霍尔街。"

"那么，你写给他的信往哪里寄呢？"

"寄到莱登霍尔街的邮局，留待他本人领取。他跟我说，如果我写给他的信寄到他的办公室的话，他办公室的其他办事员就会笑话他和女人通信。我跟他说，既然是这样，我就用打字机把信打出来好了，他的信都是用打字机打的，可是他又不肯。他说读我亲笔写的信，就像是我在跟他说话，而读我用打字机打出来的信，他总是觉得我们俩中间有一台机器隔着似的。福尔摩斯先生，这恰恰表明他是多么喜欢我啊，就连这些小事情他都想得那么周到。"

福尔摩斯对她说:"这最说明问题了。小事情至关重要,这是我长期遵行的一条原则。霍斯默·安吉尔先生别的小事情,你还记得吗?"

"福尔摩斯先生,他这个人非常腼腆。他和我散步,宁肯在晚上,也不在白天,他说他很不愿意惹人注意。他举止文雅,彬彬有礼,甚至说话的声音都细声细语。他告诉过我,他小的时候患过扁桃腺炎和颈腺肿大,这些病留下了后遗症,他嗓子因此一直不大好,说起话来含含糊糊、细声细气。他衣着总是十分考究,非常整洁和素雅。但是他和我一样,视力不好,所以他戴浅色眼镜,以免强光刺眼。"

"哦,你的继父温迪班克先生又去了法国,他动身之后情况怎么样呢?"

"霍斯默·安吉尔先生又到我家来过,他还提议我们在我父亲回来以前就结婚。他特别认真,并且要我把手放在圣经上发誓:不管什么事情发生,我对他都要永远忠贞不渝。我母亲说,他要我发誓是很对的,这体现了他的感情。我母亲从一开始就对他很有好感,甚至比我还喜欢他。就这样,他们谈到要在一周内举行婚礼,我说要征求一下我父亲的意见,可是他们两个人都说,一点儿都不必在意我父亲的意见,事后告诉他一声就可以了。我母亲还说,她会让我父亲对此感到满意的。福尔摩斯先生,我对这种做法很有意见。说起来未免可笑,仅仅因为他比我大几岁,我就该得到他的许可。其实呢,是我做什么事都不想偷偷摸摸的,所以我给我父亲写了一封信,寄往他们公司驻法国办事处的所在地波尔多,但是,就在我们举行婚礼的那天早晨,这封信被退回来了。"

"这么说,他没有收到这封信啦?"

"是的,先生。这封信寄到时,他已经动身回英国了。"

"哈哈!这可真是太不巧了;而你的婚礼当时安排在星期五。你的婚礼准备在教堂举行的吗?"

车厢里连个人影都没有。

"是的,先生,但是准备悄悄地举行。我们安排在圣救世主教堂举行婚礼,这座教堂位于皇家十字路口附近。婚礼后我们准备到圣潘克拉斯饭店进早餐。霍斯默坐一辆双轮双座马车来接我们,但是我们有两个人,他就叫我们俩坐这辆马车。这时恰巧来了一辆四轮马车,那会儿街上再没有别的出租马车了,他就一个人坐上了那辆马车。我们先到教堂,那辆四轮马车随后也到了。我们等他下车,可是他一直没有从车厢里出来。马车夫从车上下来,看了看才发现,车厢里连个人影儿都没有!那个车夫说,他亲眼看见霍斯默坐进车厢,他怎么都弄不明白人到哪儿去了。福尔摩斯先生,那是上星期五的事,从那以后,我再没有见到他,也再没有听到一点儿他的消息,不知道他到底怎么了。"

福尔摩斯对她说:"我觉得这样对待你,是对你的极大侮辱。"

"噢,先生,不是的!他对我非常好,也非常体贴,他说什么都不会这样就离开我的。喏,他整个上午一个劲儿地对我说,不管什么事情发生,我对他都要忠贞不渝;即使有个三长两短把我们分开,我也要永远铭记我对他的誓约。他还说他迟早有一天会要求我践约的。在即将举行婚礼的那天上午,这番话听起来似乎有点儿不可思议,可是从以后发生的情况来看,这话含义很深。"

"这话当然含义很深。那么,你自己也认为他遇到了横祸吗?"

"是的,先生。我认为他预见到了某种危险,不然的话,他就不会说那番话。后来,我揣摩他遇到了他所预见的危险。"

"可是,你一点儿都没想过会是什么危险吗?"

"没有。"

"还有一个问题,你母亲对这件事是怎么看的呢?"

"她很气愤,并且对我说,以后永远都不要再提这件事。"

"那你父亲呢?你把这件事告诉他了吗?"

"我告诉过他。他的想法好像跟我的想法一样,他也认为是出了事,但是我还会得到霍斯默的消息。我父亲还说,不论是哪个人,把我带到教堂门口,然后就离我而去,他会得到什么好处呢?好,他如果借了我的钱,或者他和我结婚而我把我的财产转让给了他,那他这样做也许还有些理由;可是霍斯默在钱上完全不靠任何人,更何况他对我的那点儿钱从来就不屑一顾呢。那么,到底出了什么事呢?为什么他连封信也不写呢?唉,我心里一直放不下这件事,都快把我逼疯了,我通宵不能合眼。"说着她从手笼里抽出一块小手帕,捂着脸痛哭起来。

福尔摩斯站起身来,接着对她说:"我马上为你调查这个案子。我深信我们一定会得到确切的结果。现在我来承担这件事的压力,你就不用再操心了。首要的一点是,要让霍斯默·安吉尔先生,像他从你的生活中消失了那样,从你的记忆中消失。"

"那么,你认为我再也见不到他了吗?"

"恐怕再也见不到他了。"

"那么,他出了什么事呢?"

"你就把这个问题交给我吧。我想请你把他准确地描述一下,还想看看他写给你的信。"

她回答说:"我在上周六的《纪事报》上登了一个寻找他的启事。喏,这就是那个启事,我这儿还有他的四封来信。"

"谢谢你。你的地址呢?"

"坎伯韦尔区,里昂街31号。"

"我清楚,你从来不知道霍斯默·安吉尔先生的地址,那么,你父亲的工作地点在哪里呢?"

"他是旅行推销员,他在干红葡萄酒大进口商韦斯特豪斯·马班克商行工作,那家商行在芬茄奇大街。"

"谢谢你。你已经把情况说得很清楚了。请你把这些文件留下来,并且不要忘记我对你说过的意见。你就让这件事不了了之吧,别让它影响你的生活。"

"福尔摩斯先生,你对我真是太好了,但是你刚才说的我可做不到啊,对霍斯默我要忠贞不渝。他一回来我就和他结婚。"

她把带来的一小捆文件放在桌上。

尽管我们的这位客人戴着一顶滑稽可笑的帽子,脸上流露出茫然若失的神态,但是她那纯朴的忠贞不渝的情怀带有一种高尚的情操,我们对此不得不肃然起敬。她答应需要她来的时候,她会再来,然后她把她带来的一小捆文件放在桌子上就离开了。

歇洛克·福尔摩斯一言不发地坐在那里,两手指尖合拢,两腿向前舒展着,眼睛盯着天花板。过了一会儿,他从搁架上拿起他那只陶烟斗。这只烟斗他已经用了很多年,看上去油腻腻的。这只油腻腻的陶烟斗在他看来仿佛是一个顾问。他点燃烟丝后就靠在椅子上,那浓浓的蓝色烟雾在他身边缭绕,显出一副无精打采的样子。

"那个姑娘本人就是一个很有趣的研究对象,"福尔摩斯说道,"我觉得她本人比她小小的问题更有趣。顺便说一下,她的那个问题其实很平常,你会在我的案例中找到同样的案例。如果你查阅一下一八七七年安多弗那个索引,就能找到同样的案子,并且去年在海牙也发生过类似的事。这都是老一套了,不过我发现有一两个情节很新颖,但是这位姑娘本人倒是最发人深省。"

我说道:"你好像从她身上觉察到了很多我无法觉察到的东西。"

"华生,不是你无法觉察到,而是你没有注意观察。你不知道该观察什么,所以你忽视了所有重要的细节。我永远无法让你意识到袖子的重要性、大拇指指甲的提示以及从鞋带上也能发现大问题。好啦,你从这位女士的外表观察到了什么?你描述一下。"

"哦,她戴着一顶深蓝灰色的宽边草帽,帽子上插着一根砖红色的羽毛。她的短上衣是青色的,上面缝缀着黑色的珠子,上衣的边缘镶嵌着黑色的小小的煤玉饰物。她的连衣裙是褐色的,比咖啡色还深,领子和袖子上镶着紫色的窄条长毛绒。她的手套是浅灰色的,右手手套食指那个地方已经破了。我没有注意观察她穿的是什么样的鞋。她戴着不太大的圆形金耳环，一派相当富裕的气派，举止平平常常却令人感到舒服，脾气很随和。"

福尔摩斯轻轻地拍着手，咯咯地笑了起来。

"华生，说实在话，你进步太大了。你的这番描述确实不错。的确，你忽视了所有重要的细节，但是你已经掌握了观察的方法。你观察颜色的眼力很好。我的老兄，你决不能依靠一般印象，而是要把注意力集中在细节上。我总是首先观察女人的袖子。观察一个男人，也许首先观察他裤子的膝部更好些。你也看到了，这位女士的袖子上镶着长毛绒，这是暴露痕迹的最有用的材料。她袖子腕部往上一点的两条纹路是打字员压着桌子的地方，压痕十分明显。那种手摇式缝纫机也留下了类似的痕迹，只不过是在她的左袖子上，在左袖口的外侧，而不是袖子的外侧。然后我看了一眼她的脸部，发现她鼻梁两侧都有夹鼻眼镜留下的凹痕，我就大胆说出她近视和从事打字工作，这似乎让她感到惊讶。"

"这让我也感到惊讶。"

"肯定啰。可是，这太明显了。我接着往下观察，我发现她穿的那两只靴子尽管相像，可是实际上不是一双：其中一只的靴尖上有带花纹的皮包头，而另一只却没有。这叫我既感到惊奇也感到有趣。她那两只靴子上各有五个纽扣，其中一只靴子只扣上了下面的两个，而另一只也只扣上了第一、第三和第五个纽扣。好，你看见一个年轻女子时，她穿戴整洁，出门却穿着不配对的靴子，靴子上的纽扣也只扣上一半，这表明她是匆匆忙忙离开家的，这完全算不上什么了不起的推论。"

我朋友这番敏锐透彻的推理引起我强烈的兴趣，我对他的推理一直很感兴趣。我接着问道："还有哪？"

"顺便跟你说说，我注意到她在离开家之前，写过一张便条，但是她是在穿戴好了以后写的。你已经观察到她右手手套食指那个地方已经破了，不过你显然没有注意到她的手套和右手食指都沾上了紫墨水。她写得很匆忙，所以她在蘸墨水时笔插得太深。这一定是今天上午的事，不然的话，她手指上的墨迹不会那么清晰。所有这些虽然都非常简单，但却很有趣。不过，华生，我得回到正事上来。请你给我念念寻找霍斯默·安吉尔先生的那个启事上对他的描述好吗？"

我把那一小张印刷的纸条凑到灯前：

> 十四日上午，一位名叫霍斯默·安吉尔的先生失踪。此人身高约五英尺七英寸，体格健壮，肤色灰黄，黑发，头顶略秃，留络腮胡和八字胡，胡子浓密漆黑，戴浅色墨镜，说话细声细语。失踪前身穿丝绸镶边黑色礼服大衣，褐色马甲，哈里斯花呢灰裤，褐色绑腿，弹力靴帮皮靴。马甲上挂一条艾伯特式金链。此人曾在莱登霍尔街一家事务所供职。若有人……

"行了，"福尔摩斯说，"至于那些信件，"他看了一眼那些信，继续说道，"写得很一般。除了其中一次引用过巴尔扎克的话以外，这些信件再也没有任何有关安吉尔先生的线索了。不过，有一点很值得注意，这一定会使你大吃一惊。"

我说道："这些信件是用打字机打的。"

"不仅如此，就连签名也是用打字机打的。你看看信末工工整整的这几个小字：'霍斯默·安吉尔'。你看，有日期，但是地址只有莱登霍尔街，这相当含糊。签名这一点很能说明问题——事实上，我们可以说这一点是决定性的。"

"在哪方面呢？"

"我亲爱的老兄,难道你还没有明白这一点与本案息息相关吗?"

"我不敢说我明白了;莫非他认为一旦有人对他的毁约行为起诉,他可以否认那是自己的签名。"

"不是,那不是问题之所在。不过,我打算写两封信,这样问题就解决了。一封写给伦敦的一家商行,另一封写给那位年轻女士的继父温迪班克先生,询问他明天晚上六点钟能否在此和我们面谈一次。我们不妨也和她的男亲属打打交道。好啦,大夫,我们在收到这两封信的回音之前,无事可做了,所以我们可以把我们这个小小的案子暂时束之高阁了。"

我有非常充分的理由相信,我的朋友在侦破中推理精细而且精力过人,所以他对他侦破这桩奇特的疑案胸有成竹、从容不迫,我觉得这必定是很有根据的。我知道他仅仅失算过一次,就是在侦破波希米亚国王和艾琳·艾德勒照片一案中那一次;可是当我回忆起"四签名"那种神秘的案子以及与"血字分析"相关的那些非同寻常的情况,我觉得假如这个案子连他都无法解决的话,那必定是个稀奇古怪的疑案。

然后,我离开了他的寓所。我离开时,他仍然抽着他那只黑色的陶烟斗。我深信我明晚再来时就会发现,他已经掌握了所有线索,最终可以确证玛丽·萨瑟兰小姐的失踪新郎到底是何许人也。

当时,我正忙于诊治一个病情严重的患者,第二天我在患者的病床前又忙碌一整天,将近六点时我才忙完,于是我跳上一辆双轮双座马车就去了贝克街,一路上我心里忐忑不安,担心可能去得太晚了而赶不上为这桩奇案的了结助一臂之力。可是,我见到歇洛克·福尔摩斯时,他屋子里只有他一个人。他那瘦长的身子蜷缩在深陷下去的扶手椅里,睡眼蒙眬。一排排令人望而生畏的烧瓶和试管散发出刺鼻的浓重盐酸气味,这说明他一整天都埋头于他酷爱的化学实验。

"喂,你解决了没有?"我刚一走进他的房间就问他。

"解决了,是硫酸氢钡。"

"不,不,我说的是那个疑案!"我叫了起来。

"哦,你说的是那个!我还以为是我一直在做实验的那种盐呢。我昨天说过,这个案子毫无神秘之处,但是其中的一些细节还是饶有趣味的。了结这个案子的唯一缺憾,恐怕是没有哪一条法律可以惩处那个恶棍。"

"那么,那个恶棍是谁呢?他抛弃玛丽·萨瑟兰小姐的目的何在呢?"

我的问题刚一出口,福尔摩斯还没来得及开口回答,楼道里就响起了一阵沉重的脚步声,接着有人敲门。

福尔摩斯说道:"那位姑娘的继父詹姆斯·温迪班克先生来了。他写信告诉我说,他将于六点钟到达。请进!"

这时一个男子走了进来,他身体强壮,中等身材,三十来岁,胡子刮得干干净净,肤色灰黄,一副和蔼可亲而曲意奉承的样子,长着一双机智锐利的灰眼睛。他以询问的目光看了看我,又看了看福尔摩斯,然后把他那顶有光泽的高顶黑色大礼帽放在餐具柜上,侧身走到就近的椅子并坐了下来。

"晚安,詹姆斯·温迪班克先生,"福尔摩斯对他说,"我想这封用打字机打的信一定出自你的手吧,你在信中约定六点钟和我见面,是吗?"

"是的,先生。恐怕我来晚了一点儿,不过我是身不由己呀。萨瑟兰小姐拿这种微不足道的事情给你添麻烦了,我对此很抱歉,可是我想最好还是家丑不要外扬。她到你这儿来,这完全违背我的意愿。但是,你可能已经注意到了,她是个脾气急躁、容易冲动的姑娘，她一旦决定要干什么，谁都拿她没办法。当然啦，我并不太在乎你知道这件事，你与官方警察不相干；不过，这样的家庭不幸要是张扬到社会上去，也决不是令人愉快的事。而且，这样做也是徒劳无益的，你怎么可能找到霍斯默·安吉尔这个人呢？"

福尔摩斯心平气和地说："恰恰相反，我有充分的理由相信我会找到霍斯默·安吉尔先生。"

温迪班克先生听了这话猛然打了个寒战，手套也掉在了地上，他说："听你这么说，我真是太高兴了。"

"奇怪的是，"福尔摩斯说道，"打字机也像人的书法那样表现出一个人的个性。除非打字机是崭新的，否则两台打字机打出来的字决不会一模一样。打字机上有的字母比其他的字母磨损得更厉害一些，而有的字母只磨损了一边。好，温迪班克先生，你会在你打的这张短笺中注意到，字母'e'总是有点儿模糊不清，而字母'r'的尾巴总是有点儿缺损。除了这些，还有十四个其他特征，而且这些特征更加明显。"

"我们事务所的所有信函都是用这台打字机打的，当然它有点儿磨损了。"我们的这位客人回答说，同时他那两只明亮的小眼睛敏锐地瞥了一下福尔摩斯。

福尔摩斯继续说："温迪班克先生，现在我来给你看看什么才是真正有趣的研究。我打算这几天再写一篇短小的专题论文，专门阐述打字机以及打字机与犯罪的关系。这是我一直颇为注意的一个论题。现在我手头上有四封信，这些信件都是那个失踪的男子寄出的，并且全部是用打字机打的。这些信件不仅每封中字母'e'都模糊不清、字母'r'都缺尾巴，而且，你如果愿意用我的放大镜看一看的话，那么你会注意到，我刚才提到的那十四个其他特征也是历历在目。"

·冒险史·

温迪班克先生听到这里一下子从椅子上跳了起来,他拿起帽子,然后说道:"福尔摩斯先生,我不能浪费时间听这类无稽之谈。你要是能抓到那个人,就抓住他好了;抓到他时,请告诉我一声。"

福尔摩斯一步跨了过去,伸手把门锁住,接着他说:"那好,我现在就告诉你,我已经抓到他了!"

"什么!在哪里呢?"温迪班克先生大声喊叫着,他吓得嘴唇发白,不住地环顾左右,活像一只掉进了捕鼠笼子的老鼠。

福尔摩斯温和地对他说:"噢,你嚷嚷也没有用,一点儿用都没有。温迪班克先生,这是决不可能赖得掉的。这事儿太显而易见了。你刚才竟

他不住地环顾左右。

然说我解决不了如此简单的问题,你对我的恭维实在是太拙劣了。确实是简简单单!请坐,我们还是谈谈为好。"

我们的这名客人整个儿瘫在了椅子上,脸色苍白,额头汗水涔涔,他结结巴巴地说:"这……这还不够提起诉讼。"

"恐怕的确不够提起诉讼。但是,温迪班克先生,你我还是私下说说。这种鬼把戏真是残酷、自私、丧心病狂到了登峰造极的地步,这我还是头一回碰到。好了,我来把事情的经过从头到尾叙说一遍,我说得不对,你可以反驳。"

这名温迪班克先生坐在椅子上,缩成了一团,脑袋耷拉着,一副彻底被制服了的样子。福尔摩斯把双脚放在壁炉台的壁角上,双手插在口袋里,身子向后仰着,像是自言自语似的开始说了起来:

"那个男人和一个年龄比他大很多的女人结了婚,为的是贪图她的钱财。只要他们的那位女儿跟他们一起生活,他就可以享用她的钱。就他们那样的境况来说,这笔钱的数额相当可观。失去了这笔钱,他们的境况就会大不一样,所以他们千方百计,无所不用其极,为的就是保住这笔钱。他们的这位女儿心地善良,和蔼可亲,并且个性温柔多情。显而易见,她有这样出众的品貌,再加上她可观的收入,她不会空守闺房太久的。她出嫁的话,这当然意味着他们每年失去一百英镑的收入,那么她的继父如何才能防患未然呢?很显然,他想方设法把她关在家中,禁止她和同龄人来往。但是,没过多久,他发现这种做法不是长久之计。她变犟了,坚持自己的权利,后来她竟然流露出一定要去某个舞会跳舞的迹象。这样一来,她的那名诡计多端的继父该怎么应付呢?他想出了一个巧妙的毒计。他在他妻子的纵容和协助下,他把自己乔装改扮:戴上墨镜遮起这双锐利的眼睛,戴上毛蓬蓬的假络腮胡和八字胡以改变面相,压低自己清脆的嗓音以变成柔声媚气的低声细语,再加上他女儿近视,他的乔装改扮可以说是上了双保险,万无一失。这样他就以霍斯默·安吉尔先生的名义出现,向自己的女儿求爱,以免她心系他人。"

我们的这名客人哼哼唧唧地说:"我当初只不过跟她开开玩笑而已,我们压根儿没有想到她会这样痴情。"

"不太可能仅仅是开个玩笑。不论那是不是开玩笑,那个姑娘确实已经到了痴迷的地步,一直以为她的继父在法国,从来未怀疑她自己上了大当。那名先生对她百般殷勤,她感到心花怒放,而她母亲对他又大加赞赏,这更加使她欣喜若狂。显而易见,事情要继续下去,这个毒计才能奏效。于是安吉尔先生开始登门来访。他们会过几次面,接着又订了婚,这就最终保证了这个姑娘情有独钟。但是这场骗局不可能旷日持久,同时屡次假装去法国出差也颇为麻烦,所以下一步显然就是把这事干脆来个戏剧性的结局,以便在这位姑娘的心上留下一个永不磨灭的印象,同时也可以防止她有朝一日对其他的求婚者动心。于是,就上演了手按圣经信誓旦旦那一幕,于是就在举行婚礼那天的早晨耍了个花招,暗示可能发生某种不测。詹姆斯·温迪班克希望萨瑟兰小姐对霍斯默·安吉尔先生忠贞不渝,而对他的生死却难以肯定,这样,在以后的十年她对其他男人的话就会置之不理。他陪她到了教堂门口,但是他必须就此打住,于是他耍起了老把戏:从四轮马车的这扇门钻进去,再从那扇门钻出来,优哉游哉地溜之大吉了。温迪班克先生,我看这就是整个事情的经过!"

我们的这名客人在福尔摩斯讲述时恢复了一点儿自信,他从椅子上站起身,苍白的脸上露出冷漠讥讽的神态。

"福尔摩斯先生,这也许是真,也许是假,"他说道,"可是,你若真是精明过人,你应该再精明一点儿,以便弄清现在犯法的是你,而不是我。我始终没有做任何足以提起诉讼的事情,但是只要你这样锁上门,我就可以对你提起诉讼,起诉你侵犯人身和非法拘留。"

·身份案·

他三步并作两步去拿那条猎鞭。

"就算像你所说的那样,法律奈何不得你,"福尔摩斯一边说着一边打开锁,并且把门推开,"然而,你是世界上最该受到惩罚的人。如果这位姑娘有个兄弟或朋友的话,他就会用鞭子猛抽你的脊梁。该打!"福尔摩斯看到温迪班克脸上露出刻薄的讥笑,气得满脸通红,他接着说道:"我虽然对我的委托人没有承担这种责任,但是我这儿刚好有一条猎鞭,我想我还是痛痛快快地……"他三步并作两步去拿那条猎鞭,可是他猎鞭还没拿到手,楼梯上便没命地响起砰砰的脚步声,大厅又厚又重的门嘭地响了一声,我们从窗子望去,看见詹姆斯·温迪班克先生拼命地在马路上飞奔。

"真是个没有心肝的恶棍!"福尔摩斯边笑边说,重又一屁股坐进扶手椅里,"那家伙作恶多端,迟早会因罪大恶极而被送上绞刑架。从几方面来看,这个案子并非索然无味。"

"我现在对你的推理步骤还不十分明了。"我说道。

"唔,当然啦,这个霍斯默·安吉尔先生离奇古怪的行为必定有所图谋,这从一开始就很明了。同样很清楚的是,真正从这件事中受益的人只有这个继父,这一点我们已经看到了。还有一个事实很有启发性,那就是这两个人从来没有在一起过,而总是一个不在的时候另一个才出现。同样很有启发性的还有那副墨镜、他那奇特的嗓音和毛蓬蓬的络腮胡子,这些都暗示着这是一种乔装改扮。他用打字机签名这种罕见的做法使我的猜疑完全得到了证实;从他的这种做法可以轻易地推断出,这位姑娘是多么熟悉他的笔迹,哪怕看到一点儿她都会辨认出来。你看得出来,所有这些孤立的事实以及其中的许多细节都有一个共同的倾向。"

"你是怎么证实这些的呢?"

"一旦发现了我要追寻的罪犯,要确证就不是一件难事了。我知道这个家伙工作的那家商行。我一拿到那份在报上刊印的寻人启事,就画掉了其中一切可能是乔装改扮所需的东西——络腮胡子啦,墨镜啦,还有嗓音什么的,然后我把这份寻人启事寄给那家商行,请求他们告诉我在他们那些旅行推销员中间,有没有谁的相貌与之相符。我已经注意到了那台打字机的特征,于是我给他本人写了一封信,把信寄到他的办公地址,问他可否到这儿来一趟。不出我之所料,他的回信是用打字机打的,从这封回信中不难看出打字机种种细微但是很有特征的同样毛病。同一所邮局给我送来了一封位于芬茄奇大街的韦斯特豪斯·马班克商行的来信,信中说,寻人启事上描述的相貌特征与他们的雇员詹姆斯·温迪班克在各个方面都十分吻合。全部情况,就是如此而已!"

"那么,萨瑟兰小姐呢?"

"我如果对她和盘托出的话,她是不会相信的。你也许还记得那句波斯古谚:'打消女人心中的痴心妄想,险似虎爪下夺其仔。'哈菲兹①和贺拉斯②一样地理直气壮,哈菲兹和贺拉斯也一样地通情达理。"

(武铁民 译)

---

① 哈菲兹(1326—1390),波斯抒情诗人。
② 贺拉斯(前65—前8),古罗马诗人。

伯斯克姆彼溪谷秘案

一天早上，我和我妻子正在进早餐，这时我们的女佣送来了一封电报。电报是歇洛克·福尔摩斯打来的，电文如下：

> 抽暇几日可否？顷获英格兰西部为伯斯克姆彼溪谷惨案事宜来电。如君驾随行，不胜欣幸。该地空气并景致极佳。万望十一时十五分从帕丁顿启程。

我妻子坐在桌子的对面望着我说："亲爱的，你看怎么办呢？你去吗？"

'我真不知道怎么办才好。我眼下有一大堆的事情要做。"

"噢，安斯特鲁瑟可以替你做这些事情。你近来脸色有些苍白，我想去换换环境对你有好处，更何况你一直醉心于歇洛克·福尔摩斯先生的案件呢。"

我回答说："和他一起办案，我每次都获益匪浅。我这次不去的话，那就太对不住他了。可是我要是去的话，我就得立即收拾行李，现在离出发的时间只有半个小时了。"

我在阿富汗有过军营生活经历，这至少使我养成了雷厉风行、随时可以动身的习惯。我随身携带的生活必需品就是简简单单的那么几件，所以还不到半小时，我就带着旅行包坐进了出租马车，车声辚辚朝帕丁顿车站疾驰。我到达时，歇洛克·福尔摩斯正在站台上踱来踱去。他身着一件长长的灰色旅行斗篷，头戴一顶便帽，帽子紧紧地箍在头上，这使他的身躯显得更加枯瘦细长。

"华生，你能来真是太好了，"他对我说，"有你这么一个完全靠得住的人和我一起办案，情形就大不一样了。当地给予的协助要么毫无价值，要么带有偏见，一贯都是如此。我去买票，你去占着角落那儿的两个座位。"

车厢里只有我们两个乘客。福尔摩斯随身带了一大堆凌乱不堪的报纸，他一边东翻西找一边阅读，时而做点笔记，时而陷入沉思。我们过了里丁后，他不再翻阅报纸，而是突然把这些报纸卷成一大捆，然后扔到行李架上去。

他问我："这个案子的情况你有耳闻吗？"

"一点儿都没有。我好几天没看报了。"

"伦敦报界对此案的报道都不太详细。我刚才一直在翻阅所有近期的报纸，想掌握有关的详细情况。从我搜集到的情况来看，这个案子貌似简单，但是侦破难度极大。"

"你这话听起来有点自相矛盾哪。"

"但我这话一点儿不错。案情的奇特性本身往往是一条线索。案情越是平淡无奇、普普通通，侦破难度就越大。可是，他们已经认定这是一起儿子谋杀父亲的严重犯罪案件。"

"这么说，这是一起谋杀案啦？"

"唔，他们猜测是谋杀案。我还没有亲自调查，所以我不能想当然地认为就是谋杀案。现在我就把我所了解到的案情简要地给你介绍一下。

"伯斯克姆彼溪谷位于赫里福德郡，是个离罗斯不太远的农村地区。约翰·特纳先生是那个地区最大的农场主。他在澳大利亚发了财以后，于几年前返回故里。他把他的一个农场，就是哈瑟利农场，租给了查尔斯·麦卡锡先生。麦卡锡先生也曾经在澳大利亚待过。他们俩在殖民地时期的澳大利亚就相互认识，所以他们在英国定居时，彼此很自然地成了近邻。显然特纳比麦卡锡富有，所以麦卡锡成了他的佃户，但是他们还像和过去常在一起时那样，仍然保持着完全平等的关系。麦卡锡有个十八岁的儿子，而特纳有个十八岁的独生女。他们两个人的妻子都已过世。他们似乎总是避免与附近的英格兰人家交往，过着隐居生活。麦卡锡父子喜欢体育运动，倒还经常在附近的赛马场上露面。麦卡锡有两个仆人——男女各一个。特纳一家人口较多，大约有五六口人。这两个家庭的情况我只了解这些。现在我再介绍一下这个案子的案情。

"六月三日，也就是上星期一，麦卡锡于下午三点左右从哈瑟利离开他的家，步行到伯斯克姆彼池塘。这个池塘是个小湖，由流经伯斯克姆彼溪谷的溪流汇集而成。当天上午他和他的男仆一道去过罗斯，并且对他的男仆说过，他下午三点有一个重要约会，所以他必须抓紧时间。他赴约之后，就一去不返了。

"哈瑟利农场离伯斯克姆彼池塘大约有四分之一英里的路程。他走过这段路程时，有两个人见过他。一个是位老妇人，报纸的报道上没有提到她的名字；另一个是威廉·克劳德，他是特纳先生雇佣的猎场看守人。这两个目击者都宣誓证实，麦卡锡先生当时是单独一个人。那个猎场看守人还证实说，他看见麦卡锡先生走过去几分钟之后，还看见麦卡锡先生的儿子，詹姆斯·麦卡锡先生，腋下夹着一支长枪，也在同一条路上走过去。他确信儿子在跟踪父亲，并且父亲当时确实在儿子的视野之内。他是晚上才听说发生了那起惨案，在那之前，他没有再想过这件事。

"麦卡锡父子离开那个猎场看守人——威廉·克劳德的视野之后，还有别的人见到过他们。茂密的树林环绕着伯斯克姆彼池塘，池塘的四周长满了杂草和芦苇。当时，有一个名叫佩兴斯·莫仑的十四岁女孩正在池塘周围的一个树林里摘花,她是伯斯克姆彼溪谷庄园看门人的女儿。她说她在树林里的时候,看见麦卡锡先生和他的儿子站在靠近池塘的树林边,他们当时好像在激烈地争吵着什么。她还听见老麦卡锡先生在大骂他的儿子,接着她看见小麦卡锡先生举起了手,好像要打他的父亲。他们父子间的狂暴行为把她给吓坏了,她拔腿就跑。跑到家后,她告诉她母亲,说她离开树林时,麦卡锡父子俩正在伯斯克姆彼池塘附近吵架,恐怕他们会打起来。她话音刚落,小麦卡锡就气喘吁吁地跑进他们的小屋,他说他发现他父亲已经在树林里死了,请求看门人给予帮助。他当时激动不安,既没带着枪也没戴帽子,他的右手和右衣袖上血迹斑斑。他们跟着他去了树林,发现尸首躺在池塘边的草地上。死者的头部因遭受某种又重又钝的器械的连续猛击而凹了进去。伤痕

他们发现了尸首。

看上去很像是他儿子用枪托打的,那支枪就扔在草地上,离尸体只有几步远。在这种情况下,这个年轻人立即遭到逮捕。调查死因的陪审团于星期二裁定,案犯犯有'蓄意谋杀罪'。星期三他被提交罗斯地方法官审判,而罗斯地方法官现已把这个案件提交下期巡回审判庭审理。这些就是验尸官和治安法庭处理这个案子时的概要情况。"

"我简直难以想象,世界上还有比这更心狠手辣的案件,"我说道,"如果用现场证据指证罪犯的话,这个案子恰好就是一个例证。"

听了我这番话,福尔摩斯若有所思地回答说:"对待现场证据我们要非常慎重。这种证据似乎可以直截了当地指证某一种情况,但是你稍稍改变一下你的看法的话,那么你可能就会发现,它同样可以确定无疑地指证迥然不同的另一种情况。当然,必须承认的是,这个案子的案情显得对这个年轻人极其不利,而且他很可能就是罪犯。可是,他的邻里中有几个人认为他是无罪的,这些人中有农场主的女儿特纳小姐。这些人委托雷斯垂德承办此案,为小麦卡锡辩护。你可能还记得雷斯垂德曾参与处理'血字分析'一案。雷斯垂德感到这个案子十分棘手,就把这个案子交给我了。正因为这样,两个中年绅士才以每小时五十英里的速度向西部飞奔,而不是在家中安然地享用早餐。"

"恐怕,"我说道,"这个案子的案情太明显了,你从中可能一无所获。"

"没有什么比明显的案情更容易使人上当的了,"他笑着回答说,"况且我们也许会碰巧偶然发现一些其他明显的案情,而对这些案情雷斯垂德可能视而不见。我们将采用某种方法来证实或者推翻雷斯垂德的说法,而这种方法是他感到无能为力甚至无法理解的。你对我很了解，我这样说你不会以为我是在吹牛吧。先随便举个例子，我一清二楚地看到你卧室的窗户在右边，但是雷斯垂德先生是否能注意到这么一个显而易见的事实呢，我都表示怀疑。"

"怎么会……"

"我亲爱的伙伴，我对你很了解。我知道你保持着军人特有的整洁习惯，这是你的一个特征。你每天早上刮胡子。在这个季节里，你借着阳光刮。你刮左脸时，越往下你就越刮不干净，这样刮到下巴底下时，就刮得很潦草了。显而易见，左边的光线没有右边的好。我不可能认为像你这样爱整洁的人，会在两边光线一样的情况下把脸刮成这副模样，而且还感到心满意足。我把这件事说出来，作为一个微不足道的例证，只是想说明什么是观察和推理。这就是我的专长，而且我的这个专长很可能在我们即将开始的调查中派上用场。对死因进行调查性讯问时，提出的问题之中，有一两个不那么重要的问题值得加以考虑。"

"哪些问题？"

"看来他们并没有在现场当即逮捕小麦卡锡，而是在他回到哈瑟利农场之后，他们才逮捕他的。当警察机构派来的巡官宣布他被捕了的时候，他说他对此并不感到吃惊，这是他的报应。他的这种言论很自然地消除了验尸陪审团可能产生的所有疑问。"

"那是不打自招。"我叫喊着脱口而出。

"不是的，接着就有人提出异议，断言他是无罪的。"

"这些人明明知道发生了一连串这么可恶的事，还提出异议，真是居心叵测。"

福尔摩斯却说："恰恰相反，这是我目前在云雾般的疑团中所能看到的最明亮的云罅。无论他多么天真无邪,他决不可能那么愚蠢,连当时的情况对他极为不利这一点都觉察不到。假如他被捕时显得惊慌或作愤愤不平状,我反而会认为那十分可疑。这是因为在那种情况下,显得惊慌或作愤愤不平状是很不自然的,但是,对于一个诡计多端的人来说,这似乎是上策。他坦白地承认当时的情况,这表明他要么是无罪的,要么是个自制力很强、非常沉得住气的人。至于他说到那是他的报应,你如果再多考虑一下,也会觉得同样是合情合理的。你得考虑到他当时就站在他父亲的尸体旁边,而且毫无疑问,恰恰就是在这一天,他忘记了当儿子的孝道,竟然和他父亲争吵起来,更有甚之,正如那个提供了极其重要的证据的小女孩所说的那样,他还举起了手,好像要打他的父亲。他的话里流露出内疚和悔恨,我觉得,那表明他是一个心智健全的人,而不是一个罪犯。"

我摇了摇头说:"有很多人被绞死,而导致他们被绞死的证据比这个案子的证据还要少得多。"

"确实如此,可是他们中的许多人死得冤枉啊。"

"那个小伙子自己对这个案子是怎么交代的呢?"

"恐怕他自己的交代,对认为他无罪的人来说,没有多大的鼓舞,但是其中倒是有一两点给人以启示。你可以在这儿找到的,你自己看好了。"

他从那捆报纸中抽出一份赫里福德郡的当地报纸,接着把其中的一张折起来,指出一个段落,在这个段落中那个不幸的小伙子对所发生的情况做了自己的交代。我拿着这张报纸坐在车厢的一个角落里开始专心致志地阅读起来。其内容如下:

死者的独生子詹姆斯·麦卡锡先生当时出庭作证如

下:"我曾经有三天离家外出,我去了布里斯托尔,于上星期一(三日)上午返回。我到家时,我父亲不在家中。我们的女佣告诉我说,他和马车夫约翰·考伯驱车到罗斯去了。我到家不久就听见他的双轮轻便马车驶进院子,于是我从窗口望出去,看见他下车之后快步从院子往外走,但是当时我不知道他要到哪里去。然后,我拿着枪朝伯斯克姆彼池塘方向慢慢走去,打算到池塘对面的养兔场看看。正像猎场看守人威廉·克劳德在他的证词中所说的那样,我在路上遇见过他;但是他却以为我是在跟踪我父亲,那是他弄错了。我一点儿不知道我父亲就走在我前方。在我走到离池塘大约还有一百码的时候,我听见'库伊!库伊!'的喊叫声。这是我们父子间平常使用的信号。于是,我急急忙忙往前走去,发现我父亲站在池塘边。他见到我时好像感到很惊讶,并且问我到那儿干什么去了,当时他态度相当粗暴。接着我们聊了一会儿,因为我父亲脾气非常暴躁,所以我们就怒气冲冲地争吵起来,而且差一点儿就动手打起来。我发现他火气越来越大,已经控制不住了,我便离开了他,动身返回哈瑟利农场。可是我走了还不到一百五十码,就听到背后传来一声可怕的喊叫声,于是我又跑了回去。我发现我父亲头负重伤,躺在地上,已经奄奄一息。我扔下枪就把他抱了起来,可是几乎就在这时他断了气。我在他身旁跪了几分钟,然后我就去找特纳先生的看门人求援,因为他的房子最近。我回到原地时,没见任何人在我父亲附近,我也根本不知道他怎么会伤成那个样子。他待人冷淡,举止有点儿令人望而生畏,所以他不太讨人喜欢;但是,就我所知,现在并没有要跟他算账的仇敌。我对这件事的情况只知道这些。"

验尸官：你父亲临终前对你说过什么没有？

证人：他含混不清地说了几句，但是我只听到他好像提到阿瑞特。

验尸官：你认为这话是什么意思？

证人：这话我一点儿都不懂。我想他当时已经神志昏迷。

验尸官：你和你父亲最后一次争吵的原因是什么？

证人：我不想回答这个问题。

验尸官：恐怕我必须坚持要你回答。

证人：我真的不可能告诉你。我可以向你保证，那和随后发生的惨案毫不相干。

验尸官：这得由法庭来裁决。我无须向你指出你也应该明白，你拒绝回答问题，在将来可能提起诉讼时，对你的案子将相当不利。

证人：我仍然坚持拒绝回答问题。

验尸官：据我了解，"库伊"的喊叫声是你们父子间平常使用的信号，是这样吗？

证人：是的。

验尸官：那么，他还没有见到你，甚至还不知道你已经从布里斯托尔回来了，他就喊这个信号，这是怎么一回事？

证人：（显得相当慌乱）我……我不知道啊。

一陪审员：你听到喊叫声就返回了原地，并且发现你父亲伤得很重，这期间你没有发现什么引起你怀疑的东西吗？

证人：确切地说，一点儿也没有。

验尸官：你这话是什么意思？

证人：我飞快地朝那块空地跑去的时候，思想很乱，紧张不安，脑子里想的只有我父亲。不过，我有一个模模糊糊的印象，就是我往前跑着的时候，在我左侧的地上有个东西。这个东西好像是灰色的，似乎是大衣之类的东西，也许是一件彩格呢披风。我从我父亲身边站起来后，就在四周寻找这个东西，但是它已经无影无踪了。

"你的意思是说，在你去求援之前，这个东西就已经不见了，是吗？"

"是的，已经不见了。"

"你不能肯定那是什么东西吗？"

"不能，我只是感觉那里有个东西。"

"离尸体有多远？"

"大约十二三码。"

"离树林边缘有多远？"

"差不多同样的距离。"

"那么，要是有人把它拿走了，就是在你离开它只有十二码远的那个时候。"

"是的，但那是在我背对着它的时候。"

对证人的审讯到此结束。

我一边看着这个专栏一边说："我认为，从验尸官在审讯结束时说的那几句话来看，他对小麦卡锡相当严格。他有理由提醒证人注意到供词中自相矛盾的地方，也就是他父亲还没有见到他就给他发信号那一点。他同样有理由提醒证人注意到，证人拒绝交代与其父亲谈话的细节，以及对其父亲临终前所说的话的奇特陈述，所有这一切，正如他所说的那样，对小麦卡锡非常不利。"

福尔摩斯听了以后暗暗发笑，他在软垫靠椅上舒展一下身体，然后说："你和验尸官都煞费苦心地去选择最有说服力的要点,而这些恰恰对这个年轻人有利。你一会儿认为他想象力过于丰富,一会儿又认为他太缺乏想象力,难道你还没有发觉这一点吗?他未能编造出一个他和他父亲争吵的原因,来博得陪审团的同情,这说明他太缺乏想象力了;他从自己心灵的感知引申出种种稀奇古怪的说法,诸如死者临终前提到阿瑞特,以及那件衣服忽然就不见了这个插曲,这说明他想象力过于丰富。先生,不能这样,我处理这个案子是从这样一个角度出发,就是认为这个年轻人所说的都是实情,然后再看看这一假设会使我们得出什么样的结论。我这儿有一本彼特拉克诗集的袖珍本,你拿去看看吧。关于这个案子,在我们到达作案现场之前,我一点儿都不想再提它了。我们在斯温顿吃午饭。我看我们二十分钟之内就能到那儿。"

我们驶过了风景秀丽的斯特劳德溪谷和河面宽宽、波光粼粼的塞文河之后,于下午四时左右,终于到达了罗斯这个风景宜人的小乡镇。一个貌似侦探的男人正在站台上等候我们。他瘦骨嶙峋、鬼鬼祟祟、举止诡诈。他遵照当地农村的习俗,身穿浅棕色的风衣,而且还打上了皮绑腿。尽管这样,我还是一眼就认出了他,他就是伦敦警方的雷斯垂德。下车后,我们和他一起乘车到赫里福德阿姆斯旅馆,他们在这个旅馆为我们预订了房间。

我们坐在一起喝茶的时候,雷斯垂德对福尔摩斯说:"我已经叫了一辆马车。我知道你精力旺盛,恨不得马上就到作案现场。"

福尔摩斯回答说:"谢谢,你实在是太客气了。不过,去不去全取决于晴雨表的度数。"

雷斯垂德听了这话感到愕然,他说:"我完全不懂你说的是什么意思。"

"现在晴雨表上是多少度？二十九度，我明白了。无风，晴空万里。我这儿有整整一盒香烟要抽哪，而且这里的沙发比普通乡村旅馆的那种令人讨厌的沙发要强得多。我觉得我今天晚上大概用不着马车了。"

雷斯垂德放声大笑起来，接着他说："你无疑已经根据报纸上的报道得出了结论。这个案子的案情就像和尚脑袋上的虱子一样，越深入调查，案情就越是显而易见。当然啦，我们也确实不好拒绝一位女士的请求，更何况是一位名副其实的女士呢。她久闻你的大名，尽管我一再对她说，凡是你力所能及的，我都已经竭尽全力了，可是她还非要听听你的高见不可。唉，我的天哪！她的马车已经到了门前。"

他的话音刚落，一位我平生所见最可爱的年轻女子急匆匆走进我们的房间。她的两只蓝眼睛晶莹明亮，双唇微张，两颊桃红。她当时情绪紧张，忧心忡忡，生就的矜持被抛到了九霄云外。

她看了看我，又看了看福尔摩斯，终于凭着女性敏锐的直觉，两眼盯着我的伙伴，接着高声说道："噢，歇洛克·福尔摩斯先生！你来了，我真是太高兴了。我乘车一路风尘仆仆赶来，就是打算向你说明情况的。我知道詹姆斯不是凶手。我知道这一点，并且我希望你开始侦破时也知道这一点。你千万不要对此产生疑虑。我和詹姆斯是从小一起长大的，他的缺点我最清楚；但是他这个人心肠很软，连一只苍蝇都不肯伤害。凡是真正了解他的人，都会认为对他的那种指控太荒谬了。"

福尔摩斯对她说："特纳小姐，我希望我们可以证明他是无罪的。我会尽力而为，请你相信好了。"

"可是你已经看过了证词，你是否已经得出某种结论了？你没有发现其中的漏洞和毛病吗？难道你自己不认为他是无罪的吗?"

"我认为他很可能是无罪的。"

她把头向后一甩,两眼轻蔑地看着雷斯垂德,大声地对他说:"这下好啦!你听着!他给了我希望。"

雷斯垂德耸了耸肩说:"恐怕我同事下这样的结论,未免有点轻率了吧。"

"可他是对的。噢!我知道他是对

雷斯垂德耸了耸肩

的。詹姆斯决没有干这种事。至于他和他父亲争吵的原因,他之所以对验尸官只字不提,我敢肯定,那是因为牵涉到我。"

福尔摩斯问道:"怎么会呢?"

"现在时间紧迫,我不能再有任何隐瞒了。詹姆斯和他父亲因为我的缘故产生了很大分歧。麦卡锡先生非常希望我和詹姆斯结婚。我和他从小就像兄妹一样相爱;可是,他还年轻,缺乏生活经验,而且……而且……哦,他自然不希望现在马上就结婚成家。因此,他们总是争吵,我敢肯定,这次也是因为这个原因才吵起来的。"

福尔摩斯问她说:"那你的父亲什么态度呢?他同意这门亲事吗?"

"不同意,他也反对我们结婚。只有麦卡锡先生一个人赞成这门亲事。"

福尔摩斯用表示怀疑的犀利目光向她扫视了一下，顿时，她年轻而充满活力的脸上掠过一丝愧色。

福尔摩斯对她说："谢谢你提供这个情况。如果我明天登门拜访，我可以见一见你父亲吗？"

"恐怕医生不会同意的。"

"医生？"

"对，你没有听说吗？我可怜的父亲健康不佳已经多年了，而这件事把他的身体彻底搞垮了。他已经卧病在床，威洛医生说，他的身体受到了严重损害，他的神经系统也受到了损害。我父亲过去在维多利亚，在那里唯一认识我父亲的人就是麦卡锡先生。"

"哈哈！在维多利亚！这很重要。"

"对，在矿场。"

"正是这样，是在金矿。据我了解，特纳先生在那里发了财。"

"是的，确实如此。"

"谢谢你，特纳小姐。你给我提供的帮助具有重要意义。"

"你明天有什么消息的话，请一定告诉我。毫无疑问，你会去监狱探望詹姆斯。噢，你要是去了，福尔摩斯先生，请你务必告诉他，说我知道他是无罪的。"

"特纳小姐，我一定照办。"

"我爸爸病得很厉害，而且我不在他身边时，他总是很惦念我，所以我现在必须回家了。再见，上帝保佑你们万事顺利。"随即她急急忙忙地离开了我们的房间，那冲动劲儿跟她进来时一样。接着她乘坐的马车在街上奔跑起来，我们听到了车轮发出的辘辘滚动声。

雷斯垂德沉默了几分钟之后，态度严肃地说："福尔摩斯，我真替你感到羞愧。你这是为什么？叫人家对毫无可能的事抱希望。我心肠并不软，可是我还是认为你的这种做法太残忍了。"

福尔摩斯说："我认为我有办法为詹姆斯·麦卡锡昭雪。你有没有得到准许探监的指令？"

"得到了，但是只有你和我可以去。"

"这样的话，我就得重新考虑是否还要出去。我们今天晚上还有时间乘火车到赫里福德去探望他吗？"

"有的是。"

"那么，我们就这么着吧。华生，我担心你会觉得事情进展得太慢了，不过我这次去只需要一两个小时。"

我和他们一块儿步行到火车站，然后在这个小镇的街上兜了一圈，最后回到了旅馆，躺在旅馆的沙发上，开始看一本黄皮廉价小说，希望从中得到一些乐趣。但是这本小说的情节实在是太微不足道了，与我们正在侦破的深奥莫测的案情比起来，真是太肤浅了。因此，我的注意力不断地从小说虚构的情节转移到那个案子的案情上来，最后，我把那本小说扔到了对面的墙角，开始全神贯注地思考当天所发生的种种事情。假设这个不幸的小伙子所陈述的情节完全属实，那么，从他离开他父亲，到他听到他父亲的叫喊而急忙返回那片林间空地的这刹那间，究竟发生了什么可怕的事情呢？究竟发生了什么样完全出人意料又那么奇异怪诞的灾难呢？这个致人于死地的案件真是骇人听闻。这会是什么样的案件呢？难道我不能凭医生的直觉从死者的伤势上看出点什么吗？我拉响了铃，叫人把他们本郡出版的最近一期的周报送来。这期周报上登载了那次审讯的详细记录。法医的验尸报告上写道：死者脑后第三左顶骨和枕骨左半部受钝器重击粉碎性骨折。我在自己的头上比画着被击位置，很显然，这一击来自死者背后。有人看见他们父子是面对面地在争吵，所以这个情况在某种程度上对被告有利。不过，这一点也未必能说明多大问题，也许是他父亲转过身去之后而遭到这致命的一击。不论是什么情况，提醒福尔摩斯注意到这一点，或许是必要的。还有，死者临终前奇怪地提到阿瑞特。这可能意味着什么呢？这不可能是神志昏迷时说的呓语。突然遭到重击而奄奄一息的人，一般不可能说呓语。不会的。这似乎更像是死者想说明他遇害的原因。可是，这到底能说明什么呢？我绞尽脑汁，试图找到某种站得住脚的解释。此外，还有小麦卡锡看见一件灰色衣服这个插曲。这个情况属实的话，那么一定是凶手在慌忙逃离现场时，身上掉下来一件衣服，大概是一件大衣；而凶手呢，在小麦卡锡跪在他父亲身边而背对着他的一瞬间，居然胆敢跑回来并且在距他们不过十几步远的地方把那件衣服取走了。这个案子的案情是多么奥妙神秘、多么不可思议啊！我对雷斯垂德的看法并不感到奇怪，然而，我更相信福尔摩斯的洞察力。他认为小麦卡锡是无罪的，只要不断地有新发现的案情使他坚定他的这一信念，那么我就应当信心百倍。

福尔摩斯回来时，天已经很晚了。他是一个人回来的，雷斯垂德在镇上住下了。

他坐下后说道："晴雨表上的度数仍然很高。希望老天在我们勘查现场之前不要下雨；这可事关重大。另一方面，做这种精细的工作，我们必须精神饱满、反应敏捷才行。我们经过长途跋涉已经疲惫不堪，我不希望这个时候去做这项工作。告诉你说，我见到小麦卡锡了。"

"你从他那儿了解到什么情况了吗？"

"什么都没有。"

"难道他不能提供一点儿线索吗？"

"一点儿也不能。我一度也曾有过这样的想法，认为他知道谁是凶手,而且他在包庇这个凶手;可是我现在确信,他和别的人一样,对这件事同样感到困惑不解。这个青年人眉清目秀,可并不聪慧机敏,不过,我倒是觉得他挺诚实的。"

我接着说道:"特纳小姐是一位多么富有魅力的年轻女士啊!可是他居然不情愿与她结下百年之好。确有其事的话,我实在觉得他太没眼力了。"

"啊,这可是一个令人肝肠寸断的故事。这个小伙子爱她爱得如醉如痴。但是,大约两年前,那时他还只是一个少年;当时呢,特纳小姐在寄宿学校读书,离家已经有五年了,所以他对特纳小姐还不是太了解。这个傻瓜在布里斯托尔的时候,竟然被一个酒吧女郎给缠住了,而且还在婚姻登记所和她登记结婚了,你看他有多浑?这件事虽然无人知晓,可是他应该不惜一切代价去做的事,他却没有做,而他的所作所为恰恰背道而驰,他做了连他自己都明知是万万不该的浑事,要是人们听说了,一定会对他严厉谴责、嗤之以鼻。他当时一定是悔恨交加、如坐针毡。这种情形你是可以想象得到的。他们父子最后一次相见时,他父亲催促他向特纳小姐求婚。因为他干了那件浑事而乱了方寸,所以他在狂乱中挥舞着手臂。从另一个方面来说呢,他还没有自立,而他父亲又是个十足的吝啬鬼。要是他父亲知道了实情,就会彻底遗弃他。前三天他在布里斯托尔正是和他的那个当酒吧女郎的妻子一起度过的,可他父亲对他当时身在何处一无所知。请你注意到这一点,这很重要。然而,坏事变成了好事。那个酒吧女郎从报上得知他身陷囹圄,并且由于案情严重,他可能被处绞刑,她于是干脆把他给甩了。她给小麦卡锡写了一封信,说她已是有夫之妇,她丈夫在百慕大码头工作,所以他们之间并不存在真正的夫妻关系。我认为这个消息对备受磨难的小麦卡锡来说,无疑是一种安慰。"

"可是如果他是无罪的，那又是谁干的呢？"

"啊！谁？我想提醒你特别注意这么两点。第一，死者和某个人曾约定在池塘边见面。他儿子外出不在家，而且他也不知道他儿子什么时候回来，所以这个人不可能是他儿子。第二，死者在不知道他儿子已经回来的情况下，大声地喊'库伊！'而且有人听到了他的喊叫声。这两点是本案的关键所在。现在，你乐意的话，我们来聊聊乔治·梅瑞秋斯吧。那些无关紧要的问题我们明天再谈好啦。"

那天的天气，正像福尔摩斯所预断的那样，没有下雨，一大清早就阳光灿烂，晴空万里。上午九点，雷斯垂德坐着马车来接我们，我们随即动身去哈瑟利农场和伯斯克姆彼池塘。

"今天早上有重大新闻，"雷斯垂德说道，"据说住在庄园里的特纳先生病势严重，已经垂危。"

福尔摩斯说："我猜他大概是个老头儿吧？"

"他大概六十岁，可是他的身体早在他侨居国外的时候就已经弄垮了。多年来，他的健康一天不如一天，而他的病情受到眼下这个案子的影响已急剧恶化。他是麦卡锡的老朋友了嘛，同时还是麦卡锡的大恩人哪。这里我还得补充一句，据我了解，他把哈瑟利农场租给麦卡锡，从来没要过租金。"

福尔摩斯说道："真的！这可就很有意思了。"

"哦，是的！他千方百计地帮助麦卡锡，他对麦卡锡的仁慈友爱在这一带的人们中是有口皆碑的。"

"原来是这样的呀！这位麦卡锡似乎原本一无所有，而且一直领受特纳的恩惠，可是他竟然还口口声声要他儿子娶特纳小姐为妻。可想而知，特纳小姐是全部产业的继承人。更有甚之，麦卡锡催促他儿子和特纳小姐成婚时，态度是那样的骄横，好像他只不过是提出一项计划而已，所有的人都得奉行。

难道你们对这些不感到有点奇怪吗?我们都知道特纳本人对这门亲事持异议,这不更是怪事一桩吗?这些情况都是特纳的女儿亲口告诉我们的。你们没有从这些情况中推断出什么吗?"

雷斯垂德朝我使了一个眼色,然后他说:"我们已经得出了结论。福尔摩斯,我觉得调查核实这个案子的案情,就够艰难的了,何必还要高谈阔论、想入非非呢。"

"你说得对,"福尔摩斯假装正经地说,"你确实觉得调查核实这个案子的案情够艰难的了。"

雷斯垂德带着有点激动的情绪回答说:"不论你怎么说,我已经掌握了一个你似乎难以掌握的案情。"

"那就是?"

"那就是老麦卡锡死于小麦卡锡之手,而与此相反的一切说法都只是空谈而已。"

福尔摩斯笑着说:"噢,空谈还是比困惑不解希望大一些。喂,我没弄错的话,左边就是哈瑟利农场了。"

"是的,那就是。"这是一栋占地面积很大的两层楼房,外观令人赏心悦目,石板瓦顶,灰色的墙上长着大片大片的黄色苔藓。然而,房间的窗帘低垂,也看不到缕缕炊烟,这给人一种凄凉的感触,仿佛哈瑟利农场仍然重重笼罩在这次惨案的恐怖氛围之中。我们在门口叫开门。应福尔摩斯的要求,女佣把她的主人死时穿的那双靴子拿出来给我们察看,她把主人儿子的一双靴子也拿出来给我们察看,这双靴子不是他当时穿着的那一双。福尔摩斯把这两双靴子上七八个不同的地方仔仔细细地量了量,接着他要女佣领我们到院子里去,然后我们从院子里又沿着一条弯弯曲曲的小路,步行到伯斯克姆彼池塘。

歇洛克·福尔摩斯每每热衷于探索这类的线索时,都与平常的福尔摩斯判若两人。人们若只熟悉贝克街上的那位沉默寡

女佣把靴子拿出来给我们察看

言的思考者和推理专家,此时可就辨认不出他是何许人也。他的脸一会儿涨得通红,一会儿又阴沉得发青。他双眉紧蹙,浓密粗壮的黑眉毛看上去就像两段绳索,眉下的那双眼睛闪烁着冷冰冰的光芒。他低着头,微弓着背,双唇紧闭,肌肉发达的长脖子上青筋暴跳,犹如一条条的鞭绳。他鼻孔大张,完完全全一副动物渴望捕得猎物的模样。他全神贯注于眼前的侦查工作,别人向他提问或者对他说什么,他都充耳不闻,充其量急促而不耐烦地怒吼一声,算是回答了。他沿着这条横贯草地的小路,脚步轻快地向前走着,穿过了那片树林,就到了伯斯克姆彼池塘。这块儿和附近整个地区的地面都像沼泽般的松软潮湿,小路上和小草如茵的小路旁都有许多脚印。福尔摩斯时而脚步匆匆,时而停下来站在那儿一动也不动,这期间他还在草地里兜了一圈。我和雷斯垂德走在他的后面,这名官方侦探一脸的冷漠和轻蔑，而我却兴致勃勃地注视着我朋友的一举一动，坚信他的每个举动都是有的放矢的。

伯斯克姆彼池塘的四周芦苇丛生，水域方圆约五十码，恰好位于哈瑟利农场和大富豪特纳先生的私人花园之间的边界上。池塘的彼岸是一片树林，从树梢上露出红色的尖房顶，这是大地主住宅的标志。池塘挨着哈瑟利农场那一边的树林郁郁葱葱，在这片树林的边缘与池塘边的芦苇之间，有一块二十步宽的狭长地带，上面的青草湿漉漉的。雷斯垂德把发现尸首的确切地点指给我们看，那个地方十分潮湿，因而死者倒在那里留下的痕迹仍然清晰可见。这时我看到福尔摩斯的脸上露出热切的表情，两眼仔细地察看着，他将在这片被众人践踏过的草地上发现许许多多其他的线索。他像一只嗅出气味的猎犬那样围着这个地点不停地跑着，然后他转向我的同伴并问道：

"你到池塘里干什么去了？"

"我用耙子在周围打捞了一番。我本以为池塘里也许会有某种武器或者其他线索。可是，我的天哪，你猜……"

"噢，啧啧！我可没空儿！这里到处都是你左脚向里拐的脚印。一只鼹鼠都能跟踪你的脚印，你的脚印在芦苇丛这儿就消失了。唉，要是我早来一步，在他们还没有像一群水牛那样在这里到处乱打滚之前，我就到这儿来了，那么整个侦破工作该是多么简单啊。随着看门人一道来的那些人就是从这里走过来的，在尸体四周六英尺到八英尺的地方到处都留下了他们的脚印。但是，这儿还有三对同一个人的脚印，这些脚印与其他脚印不同。"他拿出放大镜，然后趴在他带来的那块防水油布上，以便看得更清楚，他一边察看一边说着，与其说他在同我们说话，还不如说他在喃喃自语。"这些个脚印是小麦卡锡的。他来回走了两次，其中一次他跑得很快，所以脚板踏出的印痕很深,而脚跟踩出的印痕几乎看不见。这足以证明他说的是实话。他看见他父亲倒在地上就急忙跑了过来。那么这里呢,是他父亲来来回回踱步的脚印。可这又是什么呢?这是小麦卡锡站在那里听他父亲说话时,他的枪托留下的痕迹。那这个呢?哈,哈!这到底是什么呢?脚尖印!脚尖印!而且还是方头的,绝非普通的靴子!这些脚印表明穿方头靴子的这个人走过来一次,再走过去,又一次走过来——当然他又一次走过来是为了取回那件大衣。可是这些脚印是从什么地方走过来的呢?"他来来回回地查找着,时而脚印不见了,时而脚印又出现了,我们跟着他一直查找到树林边,来到一棵山毛榉树下,这棵树是附近最大的一棵树。福尔摩斯继续往前搜索着,一直搜索到这棵树的对面,然后他再次趴在地上,同时心满意足地轻轻喊了一声。他在那里趴了很久,用手不停地翻动着树叶和枯枝,还把我觉得像是泥土样的东西装进信封里,接着他又拿出放大镜,不但仔细察看了地面,而且还仔仔细细地察看了他身旁的树皮。在一片片的苔藓之中,有一块锯齿状的石头。他细心地检查了这块石头,然后把它收藏起来。接着他沿着一条小道穿过树林,一直走到公路旁,所有的脚印在那里都消失了。

这时他恢复了常态,他说道:"这个案子有趣得很。我猜右边这所灰色的房子一定是门房。我打算进去和莫仑说几句话,也许还要写个便条。然后我们就可以坐车回去吃午饭了。你们可以先行到马车那儿,我去去就来。"

我们走了大约十分钟就来到了马车停车处。不久,我们便乘车返回罗斯。福尔摩斯仍然随身带着他在树林里捡来的那块石头。

他手里举着这块石头对雷斯垂德说:"雷斯垂德,你也许会对这个感兴趣。这就是杀人犯使用的凶器。"

"我可看不出这上面有什么痕迹。"

"什么痕迹都没有。"

"那么你是怎么知道的呢?"

"这块石头底下的青草还活着。它被放在那个地方只不过几天时间而已,并且没有任何迹象表明这块石头是从什么地方弄来的。它的外形与死者的伤痕完全吻合。除此之外再也没有发现任何其他的器械。"

"那么凶手是谁呢?"

"凶手是一位高个子男子,左撇子,右腿瘸,脚穿一双厚底狩猎皮靴,身着一件灰色大衣,抽印度雪茄,而且使用雪茄烟嘴,衣袋里还带着一把很钝的袖珍折刀。其他的迹象还有一些,但也许这些足以帮助我们破案了。"

雷斯垂德哈哈大笑起来,然后他说:"恐怕我仍然持怀疑态度。这样说说固然头头是道,但是我们面对的英国陪审团可是很较真的。"

福尔摩斯心平气和地对他说:"等着瞧吧。你有你的一套,我有我自己的一套。今天下午我会很忙的,我很可能晚上乘火车返回伦敦。"

"让这个案子悬在那儿吗?"

"不,案子已经办完了。"

"可案子的真相呢?"

"真相已经大白。"

"那么罪犯是谁呢?"

"罪犯就是我刚才所描述的那名先生。"

"可他是谁呢?"

"想必查出这个人并非什么难事,好在住在这一带的居民并不算多。"

雷斯垂德耸了耸肩说道:"我可是个讲求实际的人哪。为了寻找这个瘸腿的左撇子男人而在这一带的乡村跑来跑去,我说什么都不能答应。这样去找的话,我就会成为伦敦警方的笑柄。"

福尔摩斯温文尔雅地说:"好说,我这是给你一个机会。你的住处到了。再见。我离开之前会给你留个便条的。"

雷斯垂德在他的住处下车后,我们便驱车回我们下榻的旅馆。我们到达时,午饭已经摆在了餐桌上。福尔摩斯坐在餐桌前一语不发,深深陷入沉思之中,脸上露出痛苦的表情;一个人只有在茫然不知所措时才流露出这种表情。

餐桌收拾完毕后,福尔摩斯对我说:"喂,华生,你就坐在这把椅子上,听我啰唆几句。下一步该怎么办才好,我心里没底,不知你有何见教。你点一根雪茄吧,我先谈谈我的看法。"

"你请。"

"哦,好的。我们在斟酌这个案子时,小麦卡锡所述的情况中有两点立即引起了我们俩的注意。对这两点,我的看法对他有利,而你的看法对他不利。第一点,按照他的说法,他父亲在见到他之前,就高喊'库伊!'第二点,死者临终时奇怪地提到'阿瑞特'。你是知道的,死者弥留之际含混不清地说了几句话,但是他儿子听清的只有这个词。我们开始研究案情,必须从这两点出发,而且我们不妨假定这个小伙子的陈述绝对是实情。"

"那么这个'库伊'会是什么含义呢?"

"噢,很显然,这个词不大可能是喊给他儿子听的。他当时只知道他儿子还在布里斯托尔。他儿子听到他高喊'库伊'这个词,这纯属偶然。他这样喊叫无非是想引起他约见的那个什么人的注意。'库伊'是一种典型的澳大利亚人的叫法,而且只在澳大利亚人之间使用。因此我们可以很有把握地断定,麦卡锡要在伯斯克姆彼池塘会晤的那个人曾经到过澳大利亚。"

"那么'阿瑞特'又是什么含义呢?"

歇洛克·福尔摩斯从衣袋里取出一张折叠的纸,接着在桌上把它展开,然后他对我说:"这是一张维多利亚殖民地的地图,是我昨晚打电报到布里斯托尔才要来的。"他把一只手放在地图上的一个地方,然后问我说:"你念念这是什么?"

我念道:"阿瑞特。"

他把手抬起来以后说:"现在你再念念这是什么?"

"巴拉瑞特。"

"一点儿不错。这就是他当时说的那个词,而他儿子只听清了这个词的最后两个音节。他当时竭尽全力想把谋杀他的凶手的名字说出来——巴拉瑞特的某某人。"

"妙哉!"我惊叹道。

"其实这是显而易见的。喏,你看,我已经把范围大大地缩小了。我们姑且承认他儿子对本案的陈述是真实的,那么这个人有一件灰色大衣这一事实,就是确定无疑的第三点了。一个澳大利亚人,来自巴拉瑞特,有一件灰色大衣,我们对这一点,原先只有一种模模糊糊的想法,现在可就十分明确了。"

"是啊。"

"这个人对本地了如指掌。要到这个池塘来,要么经由这家农场,要么经由这座庄园,别无他路;因此,陌生人是不大可能进来的。"

"确实如此。"

"要不然我们今天怎么会长途跋涉来到此地呢。我仔细察看了现场,掌握了本案的一些细节,并且据此把罪犯的特征告诉了雷斯垂德这个笨蛋。"

"可你是怎样掌握这些细节的呢?"

他就站在那棵大树后。

"你知道我的方法呀,只不过就是从细微处入手,通过仔细观察而掌握案情的细节。"

"我知道你可能从他的步幅而粗略地估计出他的身高,又从他的脚印而推测出他穿的皮靴。"

"是的,这双皮靴很特别。"

"可是,他腿瘸这一点你是怎么推测出来的呢?"

"他的右脚印总不像左脚印那么清楚。由此可见,他右脚用力比左脚小。为什么会这样呢?因为他走路一瘸一拐——他是个瘸子。"

"那你是怎么知道他是个左撇子的呢?"

"法医在审讯中对死者的伤势做了记载,你自己也注意到了这一点。那致命的一击是紧贴着死者的背后打的,而且是打在左侧。好,如果不是一个左撇子所为,那又怎么会打在左侧呢?他们父子俩说话的时候,他就站在那棵大树后,他甚至还在那儿抽烟哪。我在那儿发现了雪茄烟灰;由于我对烟灰有特殊的研究,所以我能断定他抽的是印度雪茄。对烟灰我曾经倾注过不少精力,并且写过一部专著,论述了一百四十余种形形色色的烟灰,包括烟斗丝、雪茄和香烟等的烟灰,这你是晓得的。我发现了烟灰以后,接着在四周搜寻,结果在苔藓里找到了他扔在那里的烟头。那是一种印度雪茄,与鹿特丹卷制的雪茄相同。"

"那么,雪茄烟嘴呢?"

"我一眼就能看出,那个烟头没在他嘴里叼过,可见他使用烟嘴。从这只烟蒂可以看出,烟的末端是用刀切开的,而不是用嘴撕开的,但是切口不太整齐,所以我推断出他有一把很钝的袖珍折刀。"

"福尔摩斯,"我说道,"你已经给这个人布下了天罗地网,他是插翅难飞啦。你同时还拯救了一个清白无辜者的性命,这犹如你把套在他脖子上的那条绞索给斩断了。我发现所有这一切都朝着这个方向发展,可是那个罪犯是……"

"约翰·特纳先生驾到。"旅馆的服务员一边打开我们客厅的门以便把来客引进来,一边大声喊道。

走进来的这个男人相貌不凡,威风凛凛。他步履艰难,一瘸一拐,弯腰曲背,一副老态龙钟的样子,然而,他那布满条条皱纹的脸孔看上去冷酷无情,并且他的四肢异常粗壮,这无疑显示出他具有超人的体力和非同寻常的个性。他的胡须鬈曲,头发银灰,长长的眉毛向下垂着,他的这些特征赋予他尊贵而有权有势的风度,但是他的脸色灰白,嘴唇和鼻端呈深蓝色。我一望便知,他患有慢性病,而且是不治之症。

福尔摩斯彬彬有礼地对他说:"请你坐在沙发上。你收到我的便条了吗?"

"收到了,是看门人交给我的。你在便条上说,你希望在此和我见面,以免引起流言蜚语。"

"我想假如我到府上造访，人们就会说三道四。"

"你为什么想和我见上一面呢？"他上下打量着我的伙伴，疲倦不堪的眼睛里流露出绝望的神色，仿佛他的问题已经得到了回答似的。

福尔摩斯说："是的。"这显然是回答他的表情而不是回答他的问题。"确实如此。麦卡锡的方方面面我都了解。"

听了这番话，这位老者把头低低垂下，双手掩面。他喊叫道："上帝保佑我吧！无论如何我都不想让这个小伙子受到伤害。我发誓，如果巡回审判庭判他有罪，我一定挺身而出坦然相告。"

福尔摩斯神态严肃地说："我很高兴听你这样说。"

"要不是为了我的宝贝女儿着想，我早就说出来了。这会伤透她的心……她听说我被捕了，那会伤透她的心的。"

福尔摩斯说："也许还不至于非逮捕不可吧。"

"什么！"

"我根本不是官方侦探。是你女儿要求我到这儿来的，我心里很清楚，我眼下正在为她办事呢。不管怎样，小麦卡锡必须无罪释放。"

老特纳说："我活不了几天了。我患糖尿病已有多年。我的医生说，我能不能再活一个月还成问题哪。虽然如此，我宁愿死在自己的家中也不愿死在监狱里呀。"

福尔摩斯站起身，随即走到桌旁坐下，然后拿起一支笔，把一沓纸放在面前。他说道："请你把事情的真相告诉我们，我好把案情摘录下来，然后你在上面签个字。这位华生先生可以作为见证人。这样一来，为了解救小麦卡锡，在万不得已时我就可以出示你的这份供状。我向你保证，除非绝对必要，否则我是不会使用的。"

这位老者开口说:"这没什么。我能不能活到巡回审判庭开庭都成问题,所以这对我没多大关系,可是我希望不要让艾丽斯为此而感到震惊。现在我就向你和盘托出。这件事已经筹划很长时间了,可是我说出来倒用不了多少时间。

"你是不了解麦卡锡这个死鬼。他是一个魔鬼的化身。我这是实话实说。愿上帝保佑你千万不要落入这种人的魔爪。这二十年来,他的魔爪紧紧地抓住我不肯放开,我这一辈子都叫他给毁了。我得先告诉你我是怎样落到他手里的。

"早在六十年代初,还是在矿场的时候,我当时是个小伙子,血气方刚,活泼好动,对什么都跃跃欲试。我当时和坏人混在一起,沉溺于杯中物,由于开矿失利,所以落草为寇,一句话,就是成了你这一带所说的拦路抢劫犯。我们有六个人,过着无拘无束、无法无天的生活,时不时地抢劫车站,而且拦截到矿场去的马车。我当时的化名是巴拉瑞特的黑杰克,我们这一伙人被当地人称作巴拉瑞特帮,那里的人们至今还记得我们。

"有一天,一支黄金护送车队从巴拉瑞特驶往墨尔本,我们埋伏在路旁进行了袭击。车队有六个护送的骑兵,我们也是六个人,可以说是旗鼓相当,不过我们群枪齐射,一下子就有四个骑兵从马上栽了下来。我们弄到了那批黄金,可是我们有三个小伙子被打死了。我用手枪顶着那个马车夫的脑袋,那个马车夫就是麦卡锡这个家伙。主啊,我要是当时一枪把他崩了就好了。我发现他那两只不怀好意的小眼睛死死地盯着我,好像要把我脸上的每个特征都牢牢记住似的,可是我却饶了他一条性命。我们带着这批黄金溜之大吉,摇身一变竟成了大富豪,然后来到英国却未受任何怀疑。到英国后,我和我的老伙计们各奔东西,我下定决心过一种安分守己、稳定正当的生活。我现在的这份产业当时恰好有人要出售,我就买下了。我当时决心用我的那笔钱做些善事，以便弥补我发这笔横财时的所作所为。我还结了婚，虽然我妻子年纪轻轻的就去世了，但是她给我留下了我的小宝贝艾丽斯。艾丽斯甚至还在襁褓中的时候，她那娇嫩的小手似乎就指引着我走正路，而在那之前没有任何东西能产生这样的效力。总而言之，我悔过自新，竭尽全力弥补我的过去。一切本来都顺顺当当的，可是麦卡锡的魔爪突然把我紧紧地抓住了。

"我当时进城办理一件投资的事，没想到在摄政街遇见了他。他当时衣不蔽体，甚至还光着脚呢。

"他拉着我的胳膊对我说：'杰克，我们来了。我们和你会亲如一家人。就我们父子俩，你收留下我们吧。如果你不……这里可是英国，是一个优雅守法的国家，只要喊一嗓子总是能叫到警察的。'

"唉，他们就这样来到了西部乡村，后来我就怎么也甩不掉他们了。打那以后，他们就租用了我那块最肥沃的土地生活，土地租金全免。我从此不得安生，家无宁日，抢劫黄金的那一幕总是历历在目；无论我身在何处，他那狡诈狰狞的面孔总是在我身边龇牙咧嘴地笑着。艾丽斯长大以后，情况就更糟了——麦卡锡很快就发觉，我生怕艾丽斯知道我的过去；即使是警察知道了，我都不会这么惧怕。不论他想要得到的是什么，从来就是不弄到手誓不罢休；而不论他想要得到的是什么，我从来就是有求必应，眼睛眨都不眨一下，土地、金钱、房子，样样都给过他，可是他最后向我开口要一样东西，那是我说什么都不甘心给他的。他想要我的艾丽斯。

"你看，他儿子已经长大成人，我女儿也长大成人了。人们都知道我身体不好，他的小子要是轻而易举地得到了我的全部财产，这对他来说可是一着好棋。但是，这是我坚决不能答应的。让他那该死的血统和我的血统混杂在一起，我决不甘心。倒不是我不喜欢那个小伙子，而是他身上流淌着他老子的臭血，这可叫我受不了。我坚决不答应他，麦卡锡就威胁我。即使他狗急跳墙，我也决不在乎。我们约定在两家房子之间的那个池塘会面，把这件事好好商量商量。

"我走到池塘时，发现他正和他儿子说话，所以我只好抽支雪茄，在一棵大树后面等着，等他儿子走了再跟他谈。可是我听了他所说的话，气就不打一处来，恨得咬牙切齿，真是忍无可忍啊。他正在极力怂恿他儿子娶我女儿，压根儿不考虑她可能有什么意见，就好像她是大街上的妓女似的。一想到自己和自己心爱的命根子，竟然遭受这样一个恶棍的随意摆布，我简直气得发疯。我难道不能斩断他的魔爪吗？我已经病入膏肓，活不了几天了，也就无所顾忌了。尽管我的头脑还清醒，四肢还强壮，但是我知道我自己这一生已经彻底完蛋了。唉，可叹我记忆中的心酸往事啊！可叹我心爱的女儿啊！只要我能使他闭上他那张臭嘴，那我记忆中的心酸往事和我心爱的女儿就都得救了。福尔摩斯先生，于是，我就付诸实施了。我真想再来一次，才解我心头之恨。我罪孽深重，为了赎罪，我这一辈子受尽了磨难。但是，要是我女儿也落入那张逼我就范，从而使我一直任其摆布的罗网，我可怎么都受不了。我一下子就把他打翻在地，感到我打的是一头穷凶极恶的野兽，心里没有一丝一毫的内疚。他儿子听到他的呼喊声就跑了回来，但是我那时已经在树林里躲藏起来了，不过后来我不得不再跑回去，把我慌慌张张逃跑时掉在地上的大衣捡回来。先生，这就是整件事的真相。"

这位老者在写就的那份供状上签字的时候，福尔摩斯对他说："好啦，对你进行审判不是我的事。祈祷上苍保佑我们从此不再受到这种诱惑。"

"但愿如此。先生,你打算怎么办呢?"

"考虑到你身体的状况,我不打算采取任何行动。你自己也清楚,你不久就要为你的行为而受审,而且是在高于巡回审判庭的法院受审。我一定把你的供状保存好,不过,如果麦卡锡被定罪,我就只好出示它了。如果麦卡锡被无罪释放,那谁都休想再见到它。不论你在不在人世,我们对你的秘密都会守口如瓶。"

"那么,再见!"

这位老者庄重地说:"那么,再见!将来你自己在弥留之际,想起你曾经让我安宁地离开人间,你会感到更加安然的。"这位身躯庞大的老人颤巍巍地站起身来,然后跌跌撞撞、踉踉跄跄地走出了房间。

福尔摩斯沉默了很久,然后他说:"愿上帝保佑我们!为什么命运女神总是跟贫穷可怜的芸芸众生过不去呢?每每听到这类案件的时候,我就想起巴克斯特的话,并且总是对自己说:'没有上帝的保佑,就没有我歇洛克·福尔摩斯。'"

詹姆斯·麦卡锡在巡回审判庭被宣告无罪释放,这得力于福尔摩斯起草并提供给辩护律师的几份申诉书。老特纳和我们面谈之后,又活了七个月,但他现在已经谢世了。十分可能出现的前景是这样的——麦卡锡的儿子和特纳的女儿最终结为夫妻,在一起过着幸福的生活。在他们过去的岁月中,他们的上空曾经笼罩着阴霾,但他们对此却一无所知。

(武铁民 译)

五颗橘核

有一天，我匆匆浏览了我的笔记和有关的记录。这里边记载了一八八二年至一八九〇年期间，歇洛克·福尔摩斯侦破的各种案件。我惊奇地发现，稀奇古怪、妙趣横生的材料竟然那么多，真是数不胜数啊，以至于我都不知如何取舍是好。其中有些案件大小报纸已经做过报道，因此家喻户晓，耳熟能详；可是另外一些案件，完全缺乏我朋友出类拔萃的才能淋漓发挥的天地，而他卓越超群的才能恰恰是大小报纸争先恐后报道的主题。还有些案件，他长于分析的本领没有用武之地，就像有的故事那样，结果是有头无尾。再有一些案件，他只弄清了案情的一部分，并且对案情的剖析仅仅出于推测和臆断，而不是以他推崇备至的纯粹逻辑论证为依据。然而，上述最后一类案件中，有一个案件案情离奇，结局惊险。虽然与该案有关的一些疑点尚未弄清，并且也许永远都不会完全弄清，但我还是忍不住要稍做叙述。

一八八七年，我们经手的案件很多，有的颇为有趣，有的不那么有趣。这些案件的记录我仍然保存着。我在全年十二个月的记录标题里，发现有如下案件的记载：裴罗多尔大厦案；业余乞丐帮案，这个丐帮在一个家具店库房的地下室里拥有一个穷奢极欲的俱乐部；英国帆船"索菲·安德鲁号"失事真相案；戈赖思·佩得森斯"乌弗岛"奇案；最后还有坎伯韦尔投毒案。我还记得，歇洛克·福尔摩斯在坎伯韦尔投毒一案中曾大显身手。他通过给死者的表上发条这种手段，证实了这

· 冒险史 ·

只表两小时前已经上过发条,从而证实了死者在那段时间业已上床就寝。这一推断对澄清案情至关重要。有朝一日我也许会将这些案件简略地加以叙述,但是其中没有哪个案件能比得上我现在挥笔描述的案件。我要讲述的这个案件情节扑朔迷离,一波三折,怪诞不经。

时值九月下旬,秋风呼号,猛烈异常。有一天,从清晨到深夜,狂风大作,暴雨扑窗,甚至我们这些生活在人类用双手建造起来的宏伟壮观的伦敦城内的人,此时此刻也对日常工作毫无兴致,深切地意识到了大自然的神威。它犹如铁笼中未驯服的猛兽一般,透过人类文明的栅栏向人类怒吼着。随着夜幕降临,狂风暴雨愈加猛烈。风儿颇似从烟囱里传出来的婴儿哭闹声,时而大声呼啸,时而低声呜咽。这时,歇洛克·福尔摩斯心情忧郁地坐在壁炉的一端,正在给各种犯罪记录编制互见索引,而我则坐在壁炉的另一端,正陶醉于描写航海生活的精彩故事之中;这本小说是克拉克·拉塞尔写的。正在这时,屋外狂风怒号,大雨倾盆,雨水像汹涌澎湃的海浪般撞击着窗子,仿佛与小说的背景遥相呼应,浑然一体。我妻子当时正在她姨妈家省亲,所以我又回到贝克街的故居小住几日。

"嗨,"我抬头望了望我的伙伴,然后对他说,"你没听见门铃响吗?今晚有谁还会来呢?也许是你的哪位朋友吧?"

"除了你,我再没有别的朋友。"他回答说,"我一向喜欢清静。"

"那也许是位委托人吧?"

"如果是委托人的话,那案情肯定很严重。不然的话,这种天气,这么晚了,有谁还肯出来?不过,我觉得这个人是房东太太的老朋友。这种可能性更大一些。"

但是,歇洛克·福尔摩斯这次可猜错了。过道里响起了脚步声,接着有人敲门。他伸出长长的手臂,把那盏灯从对着自己的角度转向一把空椅子;这位来客一定会在这把空椅子上就座的。他然后说:"进来吧!"

一个年轻男子走了进来,从相貌上看,大约二十二岁左右。他穿着考究,服饰整洁,举止文雅,彬彬有礼。他手中湿淋淋的雨伞还在滴水,身上的长雨衣在灯光的照射下闪闪发亮,这些都表明他一路上冒着狂风暴雨而来。进来后,他焦虑地环顾左右。在闪烁的灯光下,我发现他脸色苍白,两眼呆滞无神;一个人被某种巨大忧虑压得喘不过气来的时候,神情往往如此。

"我向你致歉,"他边说边将他那副金丝夹鼻眼镜往上推了推,"我希望我的唐突没有惊扰你。我带进来的泥水什么的把你整洁的房间给弄脏了,对此我感到十分不安。"

福尔摩斯对他说:"把你的雨衣和雨伞都交给我。可以把这些雨具挂在钩子上,过会儿就干了。我看,你是从西南方向来的吧?"

"是的,从豪舍姆来的。"

"我发现你鞋尖上黏着黏土和白垩的混合物,这很打眼。"

"我是来向你请教的。"

"那好说。"

"而且还要请你大力相助。"

"那可就很难说了。"

"福尔摩斯先生,你的大名如雷贯耳。普伦德格斯特少校向我说起过你,他讲述了你是如何把他从檀克维尔俱乐部丑闻一案中拯救出来的。"

"啊,没错。有人诬告他牌场做手脚。"

"他说过,没有什么事儿能难倒你。"

"他言过其实了。"

"他还说过,你百战百胜,无往不利。"

"我曾经四次失利——三次败给了男人,一次败给了女人。"

"可是,这同你不计其数的成功相比,不就是九牛一毛吗?"

"你说得不错,一般而言,我还是成功的。"

"那好,你对我的事儿很可能也会成功。"

"请你把椅子挪到壁炉这边来,把你这个案子的有关细节跟我讲一讲。"

"这个案子非同寻常。"

"交到我手上的案子无不如此。我这里成了最高上诉法院。"

"可是,先生,我想冒昧地问你一下,在你所有的经历中,你是否听说过比发生在我们家族的那一连串事件,更加神秘莫测、更加令人费解的事儿呢?"

"你的话让我兴致盎然,"福尔摩斯说道,"请你把有关的主要事实从头至尾告诉我们,然后,我会就我认为至关重要的细节向你提出一些问题。"

这个小伙子把椅子向前挪了挪,把两只穿着湿鞋子的脚伸向炉火旁边。

"我名叫约翰·欧彭萧,"他说道,"就我自己的想法,我本人与这个骇人听闻的事件没有多大关系。那是个上一代遗留下来的问题,因此,对这件事我必须从头讲起,以便你了解有关的事实。

"你必须了解的是,我祖父有两个儿子——我伯父伊莱亚斯和我父亲约瑟夫。我父亲在康文特瑞开了一家小工厂,在自行车问世以后,他扩大了工厂的规模。他享有欧彭萧耐用轮胎的专利权,生意非常兴隆,因而,他把工厂出让之后,仍然能够依靠一笔巨款过着富足的退休生活。

五颗橘核

"我伯父伊莱亚斯年轻时侨居美国,在佛罗里达州成了一个大农场主,人们说他经营有方,十分成功。南北战争期间,他在杰克逊麾下英勇作战,后来隶属胡德部下,升任上校。南方军统帅罗伯特·李投降以后,他解甲归田,重返自己的农场。之后,他在农场住了三四年。大约在一八六九年,或者一八七〇年,他回到欧洲,并且在苏塞克斯郡豪舍姆附近购置了一小块地产。他在美国发过大财,他之所以离开美国是因为他厌恶黑人,而且痛恨共和党给予黑人选举权的政策。他这个人很古怪,既凶狠又急躁,脾气一来就满口粗言秽语,而且性情极为孤僻。自从他住在豪舍姆以来,这么多年中,他深居简出,我甚至怀疑他是否上过街。他拥有一座花园,还有房子周围的两三块田地。这些地方是他锻炼身体的去处,可是他却往往一连几个星期都足不出户。他对白兰地情有独钟,日日豪饮,并且嗜烟如命,但是他不和任何人交往,不要任何朋友,甚至与自己的亲弟弟也是老死不相往来。

"他并不关心我,但实际上他还是喜欢我的。他头一次见到我时,我还是一个十二岁左右的孩子。那可能是一八七八年的事,他回到英国已经有八九年了。他央求我父亲,让我和他住在一起。他以自己独特的方式疼爱我。他酒醒后,喜欢和我一起玩巴加门和国际跳棋,还让我作为他的代表,跟他的佣人以及形形色色的生意人打交道。因此,我十六岁的时候,已俨然成了一家之主。我掌管所有的钥匙,可以随心所欲地想去哪儿就去哪儿,想干什么就干什么,只要不打扰他的隐居生活就行。可是,也有一个我百思不得其解的例外。房子顶楼那一层有不少房间,唯独其中有一间,长年铁将军把门。那是一个堆放废旧杂物的房间,无论是谁,我也好,其他人也好,他一律严禁入内。我怀着一颗男孩儿的好奇心,曾经从钥匙孔向里面窥视过，可是我看到的仅仅是一大堆旧木箱和大大小小的包袱，再没有发现其他的东西，而在这样的房间里堆放这些东西是预料中的事。

"一八八三年三月份的一天，餐桌上摆放着一封贴着外国邮票的信件，这封信就放在上校的盘子前面。他的账单全用现款支付，而且他一个朋友也没有，所以对他来说，收到信件确实是一件非同寻常的事。'是从印度来的！'他边拿起这封信边说道，'庞地切瑞的邮戳！这是怎么一回事呢？'他急急忙忙拆开信封，忽然间有五颗又干又瘪的橘核，从信封里蹦了出来，噼里啪啦地掉在盘子上。看到这些，我刚刚笑出声来，可是一抬头看他的脸色，我的笑声顿时戛然而止。只见他咧着个嘴，鼓着两只眼睛，面如死灰，拿着信封的手颤抖不止，两眼直瞪瞪地盯着那个信封。'K. K. K.，'他尖叫起来，接着喊道，'天哪，我的天哪，罪孽难逃哇。'

"我大声对他说：'伯伯，到底是怎么回事啊？'

"'死亡。'他说完后，从餐桌旁站起身来，然后回到他自己的房间。我听了这话吓得心惊肉跳。我拿起那个信封，发现在信封盖的内侧，也就是在封口涂着胶水的那个地方的上端，有三个用红墨水潦潦草草地写上的 K 字。除了那五颗干瘪的橘核之外，信封内别无他物。他被吓得魂飞魄散，会是什么原因呢？我离开餐桌上楼时，恰巧碰见他下楼，他一手拿着一把锈迹斑斑的钥匙，这把钥匙一定是顶楼那个堆放废旧杂物的房间专用的，另一只手里拿着一个不太大的黄铜匣，那个匣子看上去好像是一个钱箱。

"'他们可以随心所欲，但是我仍然要把他们打得落花流水，'他发誓似的说道，'吩咐玛丽今天给我房间的壁炉生火，再派人到豪舍姆把福特姆律师请来。'

"我原原本本地执行了他的吩咐。那位律师到达后,我被召唤到他的房间里。房间里炉火熊熊,壁炉的炉栅上有一大堆蓬松的黑灰,好像是纸灰。那个黄铜匣子敞着盖放在一边,里面空空如也。我朝那个匣子瞥了一眼,发现匣盖上也印着三个K字,与我早晨在信封上所见到的一模一样,吓得我大惊失色。

"我伯父对我说:'约翰,我希望你作为我的遗嘱见证人。我把我的产业,连同它带来的好处和弊端,一道留给我弟弟,也就是你父亲。毫无疑问,这份产业将来会传给你的。如果你能平平安安地享有它,那就再好不过啦!可是,如果你发觉情况不对头,孩子,我劝你把它留给你的死敌。给你留下这样一种具有双重性的东西,吉凶未卜,我不无遗憾,但是我现在说不准事情会朝着哪个方向发展。请你按照福特姆先生的指点在遗嘱上签字。'

"我按照律师的指点在遗嘱上签了字,然后律师就把这份遗嘱带走了。你可以想到,这件离奇的事给我留下了不可磨灭的印象。我苦苦地思索,在心里把这件事颠来倒去地考虑再三,却怎么也弄不明白其中的奥秘。这件事留给我的模模糊糊的恐惧之感,随着时光的流逝而渐渐减缓,而且也没再发生过干扰我们日常生活的事,然而,这种恐惧却始终与我形影不离,我对此感到束手无策。虽然生活一如既往,我仍发现我伯父好像变了个人似的。他酗酒日甚一日,而且对社交活动更加避而远之。他大部分时间都呆在房间里,并且把门反锁起来,但他有时就像要酒疯似的,从房子里破门而出,手里握着一支左轮手枪,一边在花园里狂奔乱跑一边呐喊着,反反复复地嚷嚷他谁都不怕,不管是人是鬼,谁都休想把他像绵羊似的禁锢起来。他狂暴地发作一阵之后,就吵吵闹闹地急忙跑回房间,并且随手把门锁上,还插上门闩,好像是一个内心深处充满了恐惧的人,再也无颜硬挺下去了。我发现他的脸上在这种时刻总是大汗淋漓,汗珠晶莹发亮,像是刚刚在脸盆里浸泡过似的,即使在寒冬腊月,他也是如此。

"唉,福尔摩斯先生,现在我来说一说这件事的结局吧,不能让你等得不耐烦了。有一天晚上,他又撒了一回酒疯,可是跑出去之后,就再也没有回来了。我们出去寻找他时,发现他脸朝下跌倒在一个盖满绿色浮藻

他脸朝下跌倒在一个污水坑里。

的污水坑里。这个污水坑不太大,位于花园的一角。我们没有发现他受到暴力袭击的任何迹象,而且水坑里面的水不过两英尺深而已。基于这些情况,又鉴于他平时行为古怪,陪审团裁决为自杀。可是,我素来了解他是一个谈死色变的人,所以我很难相信他会一反常态,跑出去自寻短见。尽管这样,这件事就这么不了了之地过去了。我父亲继承了他的地产和他存放在银行里的存款,那笔存款大约有一万四千英镑。"

"请等一等,"福尔摩斯插话说,"你刚才谈的这个案子,正如我之所料,是我所听过的最离奇的一个案件。请告诉我你伯父是哪一天收到那封信的,以及他是哪一天如人们信以为真的那样自杀的。"

"那封信是一八八三年三月十日收到的。他是七个星期后

的五月二日晚死的。"

"谢谢。请你往下说。"

"我父亲接收豪舍姆房产时，在我的请求下，他仔仔细细地检查了那间长年累月锁着的阁楼。我们发现那只黄铜匣子还在那里，但是匣内的东西已经毁坏了。匣盖的内侧有一张纸签，上面写着 K. K. K. 三个大写字母，字母下方还写着'信件、备忘录、收据和花名册'等字样。我们推测，这些说明了欧彭萧上校所销毁的文件的性质。阁楼里有许多散乱的文件和笔记本，这些文件和笔记本反映下我伯父在美国的生活情况，除了这些以外，阁楼里其余的东西都无关紧要。在这些文件和笔记本中，有一些反映了他南北战争时期的情况，表明他恪尽职守，并荣获战斗勇士的称号；另一些反映了他在南方各州战后重建时期的情况，大多与政治息息相关，很显然，他曾积极参加过反对北方派来的投机政客的斗争。

"唉，我父亲搬到豪舍姆居住时，正值一八八四年初，在一八八五年元月之前，一切都一帆风顺，称心如意。可是元旦过后的第四天，我们一家人围着餐桌吃早饭的时候，我父亲忽然间一声惊叫。他坐在餐桌旁，呆若木鸡，一手拿着一个刚刚拆开的信封，另一只手五指伸开，手掌上放着五颗干瘪的橘核。他平日里总是嘲笑我所讲述的我伯父的遭遇，认为那是无稽之谈、荒诞之说，可是一旦同样的事落到他自己的头上，他却吓得大惊失色，神色恍惚。

"'唉，约翰，这究竟是怎么一回事啊？'他结结巴巴地问我说。

"我的心情无比沉重。我告诉他说：'这是 K. K. K.。'

"他看了看信封的内侧，然后喊叫起来：'是的，是的，就是这几个字母。可是这几个字母的上方写的又是什么呢？'

"'把文件放在日晷仪上。'我从他肩上看着那个信封念道。

"'什么文件？什么日晷仪？'他问道。

"'就是花园里的日晷仪，别处没有哇，'我对他说，'文件肯定是被我伯父销毁的那些文件。'

"'呸！'他壮着胆子说，'我们这里是文明国度，决不允许这种蠢事发生！这东西是哪儿来的？'

"'是从敦笛来的。'我看了看邮戳回答说。

"'真是一个荒谬绝伦的恶作剧，'他说道，'我与日晷仪和文件这类东西有何相干？对这种荒唐无聊的事我不屑一顾。'

"'要是我的话，我一定报告警察。'我对他说。

"'然后他们就会嘲笑我痛苦不堪，这可不行。'

"'那我去报告好了。'

"'不行，我也不许你去。我不愿意为这等荒唐无聊的事而小题大做。'

"和他争辩是徒劳无益的，他这个人顽固透顶。因此，我只好走开，心里惴惴不安，总感到大祸即将临头。

"收到那封来信的第三天，我父亲离开家去拜访他的一位老朋友，弗里伯迪少校，他在朴尔兹当山的一处堡垒任指挥官。他出去走访朋友，我倒很高兴；在我看来，他不在家似乎还可以避开危险。可是，在这一点上，我的想法是大错而特错了。他出门的第二天，我就收到了少校打来的一封电报，恳求我立即动身赶赴他那里。我父亲跌入一个很深的白垩矿坑里；在附近那一带有很多这种白垩矿坑。他躺在坑里，头颅已经摔碎，早已不省人事。我风风火火地跑到他跟前，可是他再也没有醒过来，从此与世长辞了。情况似乎是这样：那天黄昏时，他正走在从费尔哈姆回家的路上，由于对那一带的乡村不熟悉，而且白垩矿坑又无栏杆围着，他不慎跌入坑内。因此，陪审团毫不迟疑地裁决为'意外死亡'。我把与他死因有关的每一事实都认认真真地做了调查,可是我没能查出任何含有谋杀意图的迹象。现场没有发现他受到暴力袭击的任何迹象,没有发现脚印和发生抢劫的迹象,也没有人目睹路上有陌生人出没。但是,我不说你也知道,我的心情无法平静,而且我几乎可以肯定地说,有人策划了某种卑鄙无耻的阴谋,给他布下了罗网。

"在这种险象环生的情况下,我继承了遗产。你也许会问我,为什么不把它卖掉?我对这个问题的回答是:我们家连连遭难,在某种程度上来说,都是由我伯父生前的某个什么事所引发的,所以不论身在何处,都处于同样的危险境地。我对此深信不疑。

"一八八五年元月,我可怜的老父亲惨遭不幸,到如今已经过去了两年零八个月。在这段时间里,我在豪舍姆生活得还算心满意足,而且我已开始指望这种灾祸不再降临我家,但愿它与上代人已经了结了。可有谁能料到,我的这种自我安慰还为时过早。昨天早上,灾祸又一次降临,情景与我父亲当年所经历的一模一样。"

这个年轻人从马甲的口袋里掏出一个揉得皱巴巴的信封,转身走到桌旁,然后抖落在桌子上五颗又干又瘪的橘核。

"这就是那个信封,"他继续说道,"邮戳盖的是伦敦东区。信封的内侧写的还是那几个字母——'K. K. K.',和我父亲去世前收到的那封信里写的字母一样。接着写的是'把文件放在日晷仪上'。"

"你采取了什么措施没有?"福尔摩斯问道。

"没有。"

"没有吗?"

"说实话,"他低垂着头,用他那干瘦苍白的双手捂着脸,"我觉得毫无对策。我感到自己就像一只可怜的兔子,而一条毒蛇正朝着它爬过来。我好像落入了魔爪之中,而这个恶魔是那样的不可抗拒和残暴无情,任何先见之明、任何预防措施,都无济于事,我是防不胜防啊。"

他抖落出五颗又干又瘪的橘核。

"啧啧!啧啧!"福尔摩斯大声对他说,"你一定要采取行动啊,小伙子;否则的话,你可就完蛋了。你只有振作起精神来,你才能得救。现在可不是唉声叹气的时候。"

"我找过警察了。"

"啊?"

"可是他们听完我的诉说,只是付之一笑而已。我确信那位巡官大人已经对这些信件有了成见,认为那纯属恶作剧,而我的两位亲人之死,正如陪审团所裁决的那样,完全是意外死亡,所以不必与那些前兆联系起来。"

福尔摩斯一边挥舞着紧握的双拳一边喊着:"真是愚蠢透顶!愚蠢得让人难以置信!"

"不过,他们答应给我派一名警察来,让他和我一起呆在那所房子里。"

"他今天晚上是不是同你一起出来了?"

"没有。他奉命只呆在房子里。"

福尔摩斯又一次挥舞着双拳喊叫起来。

"你为什么还来找我呢?"他说道,"最重要的是,你为什么不一开始就来找我呢?"

"我哪里知道啊。我还是今天跟普伦德格斯特少校谈起我的遭遇时,他才劝我来找你的。"

"从你收到那封信到现在已经过去了两天时间。我们本应当在此之前就采取行动。我想,你除了已经向我们提供的这些情况外,再没有更多的证据——我是说,再没有对我们有用的带有启发性的细节了吧?"

"还有一件。"约翰·欧彭萧说道。他在上衣口袋里好一阵翻找之后,掏出一张已经褪色的蓝纸,并把它展开放在桌子上。"我还模模糊糊地记得,"他说,"我伯父焚烧文件的那一天,我在纸灰中发现,那些没有烧着的文件纸边的小碎片就是这种特别的颜色。这是我在他房间的地板上发现的,是唯一未被烧毁的一张纸,而且我倾向于这样的看法:它之所以未被烧毁,很可能是由于它从一叠文件中掉出来了。纸上除了提到橘核之外,恐怕对我们没多大帮助。我个人觉得,这张纸也许是他哪本私人日记中的一页,上面的字迹毫无疑问是我伯父的。"

福尔摩斯把灯移动了一下,我们两人伏下身来查看这张纸,发现纸边参差不齐,确实是从一个本子上撕下来的。纸的上方写着"一八六九年三月",下面是一些莫名其妙的记载:

四日:哈德森前来。仍然抱着旧政见不放。

七日：将橘核交给圣奥古斯丁的麦考利、帕拉米诺和约翰·斯万。

九日：麦考利已被清除。

十日：约翰·斯万已被清除。

十一日：造访帕拉米诺。一切顺利。

"谢谢你！"福尔摩斯说着把那张纸折叠起来还给了我们的这位来客，"现在你一分钟也不能再耽搁了。我们就连讨论你所提供的案情的时间都没有。你必须马上动身回家，开始行动。"

"我该做些什么呢？"

"只有一件事要做，而且刻不容缓。你必须把刚才给我们看过的这张纸，放在你说过的那只黄铜匣子里。你还必须在黄铜匣子里放一张便条，说明所有其他文件都被你伯父焚毁了，这是仅存的一张。你使用的措辞必须使他们对此感到深信无疑。做完这些之后，你一定要按照信封上的吩咐，马上把那只匣子放到花园里的日晷仪上。你都明白了吗？"

"都明白了。"

"眼下你不要考虑报仇之类的事。我觉得我们可以通过法律手段来达到这个目的。不过，他们既然已经布下了罗网，我们要将计就计，以其人之道还治其人之身。当务之急是让你摆脱迫在眉睫的危险，这种险情一直对你构成严重的威胁。然后，再揭穿案子的真相，惩处犯罪团伙。"

"谢谢你，"这个小伙子说着站起身来，穿上雨衣，"是你赋予我新生和希望。我一定遵照你的指教去做。"

"请你分秒必争，千万不要耽搁。最为要紧的是，你在这段时间里要倍加小心，以防不测。我感到有一种实实在在的危险正在向你逼近，这无可置疑。你怎么回去呢？"

"从滑铁卢乘火车回去。"

"现在还不到九点。街上人还很多,所以我相信你会平安无事的。不过,你决不能掉以轻心,要特别留神才是。"

"我带着武器呢。"

"那就好。我明天就开始全力以赴处理你的案子。"

"那么,我就在豪舍姆恭候大驾啦?"

"不必了,你这个案子的症结在伦敦,所以我将在伦敦寻找线索。"

"那好,我过一两天再来拜访你,告诉你有关那只铜匣子和文件的消息。我一定不折不扣地按你的指教去做。"他与我们一一握手告别,然后就离开了。屋外依然狂风大作,大雨瓢泼,噼噼啪啪地敲打着窗子。这个离奇荒诞的案子似乎是随着狂风暴雨袭卷而来——仿佛是一片在狂风中飘舞的枯叶跌落到我们面前——现在重又一下子卷入暴风雨中悠悠荡荡地飘走了。

福尔摩斯探着头,注视着壁炉里红彤彤的火焰,默默无语地坐了好一阵子。随后他点燃了烟斗,在椅子上仰起身,望着蓝蓝的烟圈一个紧随一个地袅袅升向天花板。

"华生,我觉得,"他终于开口说道,"我们接手的所有案子中,没有哪一件比这个案子更为离奇怪诞。"

"也许'四签名'一案是个例外。"

"哦,是的。也许那是个例外。但在我看来,这位约翰·欧彭萧似乎面临着甚至比肖尔特斯更加凶险的处境。"

"那么,会是什么样的危险呢?你对此是否有了明确的想法呢?"我问道。

"其性质是确定无疑的。"他回答说。

"那到底是什么危险呢?这个 K. K. K. 是谁呢?他为什么对这个不幸的家族纠缠不休呢?"

· 冒 险 史 ·

歇洛克·福尔摩斯合上双眼，两肘放在扶手椅的扶手上，两只手的指尖合拢着。"对于一位无与伦比的推理专家来说，"他说道，"一旦有人就某个事实给他提供了各方面的情况，他就会从这个事实出发，不仅能够推导出引发这个事实的一系列因素，而且还能够推断出由此可能产生的一切后果。居维叶经过深思熟虑，仅仅根据一块动物的骨头，就能够准确地描绘出这头动物的全貌。那么，对于一位观察家来说，他彻底了解了一连串事件中的某个环节以后，就能够正确地说明前前后后所有其他的环节。我们尚未取得唯有通过理性才能达到的成果。通过深入的研究，各种难题都可以迎刃而解；有些人之所以困惑不解，就在于他们仅仅凭借直觉，而不是通过深入的研究，来寻求解决问题的办法。但是，要使这种本领达到登峰造极的地步，推理专家就必须善于利用他已掌握的全部事实，而这本身就意味着他必须博大精深，对此你是理解的。要达到这个目的，即使在出现了免费教育和百科全书的今天，也决非易事。不过，一个人要掌握其工作可能需要的全部知识，倒也未必完全不可能，我本身就一直为此不遗余力地努力着。如果我没记错的话，在我们结交之初，有一回你曾十分准确地指出了我知识的局限性。"

听了这话，我忍俊不禁，回答道："对。那是一份很别致的资料，我至今还记忆犹新：哲学、天文学和政治学，零分；植物学，很难说；地质学，就伦敦五十英里以内所有地区的泥坑而言，造诣较深；化学，表现奇特；解剖学，知识缺乏系统性；惊险文学和犯罪档案方面，无与伦比；小提琴演奏家、拳击手、剑手和律师；吸食可卡因及烟草毒害自己。我想这些都是我当时进行分析的要点。"

福尔摩斯听了最后一项，咧着嘴笑了起来。"哼，"他说道,"我过去说过,现在还要说,一个人的头脑就像一个小小的阁楼,应当在里面备好他可能需要的一切,其余的东西完全可以放在他的藏书室里,需要时可以随意取用。好,为了处理今晚提交给我们的这个案件,我们肯定需要把我们所有的资料都搜集起来。劳驾,请你把美国百科全书 k 卷本递给我,就在你身旁的书架上。谢谢!现在我们来仔细分析一下案情,看看从中可能得出什么结论。首先,我们可以从一个有充分根据的推测开始:欧彭萧上校是万不得已才离开美国的。人到了他那样的年龄,不会一下子改变所有的习惯,也不会心甘情愿地放弃佛罗里达宜人的气候,而返回英国乡下小镇来过孤寂的生活。他在英国极乐意过隐居生活,这不能不使我们联想到,他心里惧怕某个人或者某个什么事,正是这种恐惧才迫使他离开了美国。至于他到底惧怕的是什么,我们只能凭他本人和他的继承人所收到的那几封令人心惊肉跳的信件来推测。你注意到那几封信件的邮戳没有?"

"第一封从庞地切瑞寄出,第二封从敦笛寄出,第三封从伦敦寄出。"

"从伦敦东区寄出的。你据此能得出什么结论呢?"

"这些地方都是海港,写信的人就在船上。"

"好极了。我们已经有了一条线索了。毫无疑问,很可能——极可能——写信的人当时就在船上。现在我们来考虑第二点。就庞地切瑞而言,从收到恐吓信到惨案发生,前后经过了七周时间;至于敦笛,仅仅经过了大约三四天的时间。这意味着什么呢?"

"前者比后者路程远。"

"可是信件投递也得经过更远的路程啊。"

"那我可就搞不懂了。"

"至少可以得出这样的推断：那个人或那伙人乘坐的船是一条帆船。从表面上看，好像他们总是先寄出他们那种稀奇古怪的警告或者说标志，然后才启程完成他们的使命。你看，他们从敦笛发出警告之后，紧接着就动手了，你说有多快。假如他们从庞地切瑞乘坐汽船而来，那他们就会和那封信几乎同时到达。可是，实际上过了七周才发生那桩惨案。我觉得，运送那封信的邮船与写信人乘坐的帆船之间存在着时差，那七周时间就表明了这一点。"

"有可能。"

"岂止可能，而是很可能。现在你看到了吧，我们刚接手的这个案子非常非常紧迫，所以我力劝小欧彭萧要特别小心。灾祸总是在发信人旅程结束之后降临的。这一回，信可是从伦敦寄出的，所以我们不要指望他们会延误动手的时间。"

"天哪！"我大声叫了起来，"这意味着什么呢？这种冷酷无情的迫害！"

"很显然，欧彭萧带走的那些文件，对帆船上的那个人或者那些人来说，极其重要。我觉得他们一定不止一个人，这是相当明显的。单独一人不可能接连使两个人死于非命，而且使用的手段竟然能蒙骗验尸陪审团。这必定是数人所为，而且这些人必定智勇双全。他们所要的文件无论在谁的手里，他们都非要弄到手不可。你看，这样一来，K. K. K. 已不再是一个人的名字缩写，而是一个团体的标志。"

"可那是什么团体的标志呢？"

"难道你从来没有……"福尔摩斯说着压低了声音并俯过身来，"难道你从来没有听说过三K党吗？"

"我从来没有听说过。"

福尔摩斯一页页地翻阅着放在他膝盖上的百科全书。"在这儿，"随后他念道：

> 三K党。该名源于人们想象中酷似扣动步枪扳机之声音。该团体为秘密组织，其行径骇人听闻，南北战争后由南方各州若干前邦联士兵组建而成，并迅速在全国各地建立分支机构，其中在田纳西州、路易斯安那州、卡罗来纳州、佐治亚州和佛罗里达州尤为引人注目。该团体将其力量用于实现其政治目的，主要包括恐吓黑人选民，对反对其政治观点者或谋杀或驱逐出境。该团体实施暴行前，通常寄给被仇视者某种稀奇古怪但尚可辨认之物，如一小根带叶的橡树枝，几粒西瓜籽，或几颗橘核，以示警告。收到这种警告后，被仇视者或公开宣布放弃原有观点，或背井离乡逃往国外。若置之不理，必将惨遭杀害，且被害之方式甚为奇特与出乎意料。该团体组织严密，计划周详，以至记录在案的案件中，与其抗衡者几乎无一人幸免于难，亦无一行凶者被缉拿归案。美国政府及南方上层社会竭力遏制，该团体几年间仍呈蔓延之势。一八六九年，该团体终于突然崩溃，但此后类似暴行仍偶有发生。

福尔摩斯放下手中的百科全书，然后对我说："你肯定会注意到，欧彭萧正是在那个团体突然崩溃时带着那些文件逃离了美国。这两者之间很可能存在着因果关系。难怪欧彭萧和他的家人总是被一些死对头穷追不舍。这个花名册和他的日记可能牵涉到美国南方的某些头面人物，也可能有不少人，不找回这些东西就感到寝食不安，这是不难理解的。"

"那我们看过的那一页纸……"

"不出我们所料。如果我没记错的话，那上面写着'送橘核给 A、B 和 C'，也就是说，把该团体的警告寄给他们。接着又写道，A 和 B 已被清除，或已离境，最后还记载着对 C 的造访，恐怕 C 凶多吉少。喂，大夫，我想我们可以让这个地区重见光明；我相信，在这段时间里，小欧彭萧唯一得救的机会就是照我跟他说的去做。今天晚上，我们再没有什么要讨论的了，也再没有什么可做的了，因此，请你把我的小提琴递给我，我们这会儿尽量别去理会这糟糕的天气和处境更加糟糕的那位同胞了。"

次日清晨，天已放晴。这座雄伟城市的上空白云朵朵，太阳闪耀着柔和的光芒。我从楼上下来时，福尔摩斯正在进早餐。

"我没有等你，请海涵，"他对我说，"我估计，调查小欧彭萧的案子够我忙一整天的了。"

"你打算采取什么措施？"

"这在很大程度上取决于我初步调查的结果。不过，我也许不得不去一趟豪舍姆。"

"你不先去那里吗？"

"不，我得先从城里下手。你只要按一下铃，女佣就会把咖啡给你端来。"

我在等咖啡的时候，从桌子上拿起一份还没有打开的报纸，匆匆浏览了一下。我的目光停留在一个标题上，心里不禁打了个冷战。

"福尔摩斯，"我扯着嗓子叫了起来，"你太晚了！"

"啊！"他说着放下手里拿着的杯子，"我担心的就是这个。这是怎么搞的嘛？"他说这话时显得很平静，但我已看出他的内心深处感慨万千。

我一眼就注意到了欧彭萧的名字和"滑铁卢桥畔之悲剧"

"福尔摩斯,你太晚了!"

这个标题。这个报道是这样写的:

> 昨晚九时至十时之间,八分队警士库克在滑铁卢大桥附近值勤,忽闻有人呼救和随后的落水之声。是夜一片漆黑,伸手不见五指,又值狂风暴雨肆虐,故虽有过路者数人救援,然仍无法营救。警报随即发出,后经水上警察大力协助,终将尸体打捞出水。验尸证明乃一青年绅士,其衣袋有信封一个,上书其名"约翰·欧彭萧",生前家住豪舍姆一带。据推测,他可能急于赶路以便搭乘从滑铁卢车站驶出之末班火车,匆忙间在黑夜中迷途,误踏一轮渡小码头之边缘而失足落水。尸体未见些许暴力之迹象,无

疑死者乃因意外不幸而遇难。此事故足以唤起市政当局悉心注意河滨码头之现状。

我们默默地坐了几分钟；福尔摩斯显得垂头丧气，心烦意乱，我还从未见过他这般神色。

"华生，这件事太伤我的自尊心了，"他终于开口说道，"我这样说虽然有点儿小肚鸡肠，可是，这件事真的伤了我的自尊心。现在这件事成了我个人的事了。如果上帝保佑我健壮如牛，我非要亲手铲除这帮歹徒不可。他跑来向我求救，而我竟然把他打发走了去送死……"说着他从椅子上一跃而起，在房间里走来走去，情绪激动不安，难以自制。他深陷的双颊浮现出赧颜，两只瘦长的手烦躁不安地紧紧握在一起，过会儿又放开了。

"他们这帮魔鬼真是狡猾透顶，"他终于大声说道，"他们怎么可能把他诱骗到那个地方去的呢？从堤岸那儿走不能直达火车站呀。他们要下手，即使在这样漆黑的夜晚，在那座大桥上动手，无疑仍嫌路人太多了。好，华生，我们会看到谁是最后的赢家。我现在得出去一下！"

"找警察去吗？"

"不，我自己来当一回警察。我布好罗网后，他们就会像苍蝇一样被捕获；不过，要等到布好罗网以后。"

那一天，我忙于我自己的医务工作，忙了整整一天，回到贝克街时已是暮色苍茫。这时候，歇洛克·福尔摩斯还没有回来。快到十点钟的时候，他才脸色苍白，精疲力竭地走了进来。进屋后，他直奔餐具柜，一下子撕下一大块面包，狼吞虎咽地吃了起来，接着他喝了一大口水，就着水把面包吞了下去。

"你饿了？"我问他说。

"快饿死了。我一直没想起来吃东西,早餐后我就水米没打牙。"

"真的?"

"是的。我根本没工夫想到吃东西。"

"你进展如何?"

"还好。"

"有线索了吗?"

"他们已在我的掌握之中了。我们不日就可以为小欧彭萧报仇雪恨了。哎,华生,咱们给他们来个以其人之道,还治其人之身。这可是经过深思熟虑的呀!"

"此话怎讲?"

只见他从食品柜里拿出一只橘子来,随即将其掰成几瓣儿,把橘核挤出来,放在桌子上,从中拿起五颗,塞入一个信封里面。接着他在信封盖的内侧写上"S. H. 代表J. O."("歇洛克·福尔摩斯代表小欧彭萧")。然后他封好信封,写上地址。地址为"美国佐治亚州萨瓦纳'孤星号'三桅帆船詹姆斯·卡尔亨船长收"。

福尔摩斯一边咯咯地笑着一边对我说:"他进港时,这封信正在那儿等着他呢。他看到这封信就会寝食不安,整夜难眠。他还会确信无疑地感到他的死期已经不远了,正如欧彭萧生前的遭遇一样。"

"这个詹姆斯·卡尔亨船长是何许人也?"

"他是这帮歹徒的头目。我要把他们这帮歹徒一网打尽,不过,拿他先开刀。"

"可是,你到底用了何等妙计才追查出来的呢?"

他从衣袋里拿出一大张纸来,上面写满了日期和姓名。

"我花了整整一天的工夫,"他说道,"在劳埃德船舶登记处查阅船籍证书和有关旧文件的卷宗，追查一八八三年元月和二月期间，在庞地切瑞港口停泊过的所有船只离港后的航程。据登记处的记载，在这两个月期间，有三十六艘吨位较大的船只在此地停泊过，其中一艘名为'孤星号'的船立即引起了我的注意。登记处的记载表明，这艘船已在伦敦结关，可是却用了美国某个州的州名来命名。"

"我猜，是得克萨斯州。"

"到底是哪个州，我当时没有把握，现在也说不准；但是我清楚，这艘船原先一定是一艘美国船。"

"那么后来呢？"

"我查阅了敦笛的有关记录。我发现这艘'孤星号'三桅帆船于一八八五年元月在那里停泊过，这时候，我心中的猜疑就变成了确定无疑的事实了。接着，我对现在停泊在伦敦港内的所有船只进行了调查。"

"结果呢？"

"那艘'孤星号'上星期抵达那里。于是，我赶到艾伯特船坞，查明这艘船已于今天清晨趁着早潮顺流而下，返回萨瓦纳了。我打电报给格雷沃森德，得知这艘船已于不久前驶过该港。现在刮的是东风，我敢肯定，这艘船现在已驶过古德温斯，距怀特岛已经不远了。"

"那你打算怎么办呢？"

"哈，我要逮住他。据我了解，那艘船上只有他和他的两个帮凶是美国人，其余的是芬兰人和德国人。我还了解到他们三人昨晚曾一起离船上岸，这是给那艘船装货的码头工人告诉我的。他们这艘帆船到达萨瓦纳时，邮船就已经把这封信送到了，同时，萨瓦纳的警察也已经从我打的海底电报得知，这三名先生被控犯有谋杀罪，这里正急于将他们缉拿归案。"

然而，智者千虑，必有一失。那几颗橘核完全可以向杀害约翰·欧彭萧的凶手显示，这个世界上还有一个人与他们同样狡猾和坚定不移，而他正在追捕他们这伙歹徒，可是他们却竟然永远也收不到那几颗橘核了。那年的秋风刮得猛烈异常，没完没了。我们等啊等，等了很长一段时间，盼望从萨瓦纳传来"孤星号"的消息，可是一直杳无音信。后来我们听说，远在海浪汹涌的大西洋某处，有人看见一块支离破碎的艉柱在波谷中飘荡着，上面刻着"L．S."两个字母（"孤星号"的英语缩写）。至于"孤星号"的命运，我们所能提供的情况仅此而已。

（武铁民　译）

歪嘴汉子

以塞亚·惠特尼是圣乔治大学神学院已故院长伊莱亚斯·惠特尼的兄弟。他整日沉溺于鸦片，而且烟瘾特别大。据我所知，他在大学读书时，由于读了英国作家德·昆西的作品中对梦幻和激情的描写，于是就突发奇想，跃跃欲试，把烟草在鸦片酊里浸泡后再吸食，以期产生同样的效果。正是这种愚蠢的怪念头才使他染上了这一恶习。他和许许多多的人一样，后来才意识到这样做真是上瘾容易戒除难哪。因此，他在随后的多年中，一直深陷其中，难以自拔。他的亲朋好友对他既深恶痛绝，又不无怜惜。他的那副模样至今仍然历历在目——脸色苍黄憔悴，眼皮耷拉着，两眼暗淡无神，身体在一把椅子上蜷缩成一团，活活一副落魄王孙的倒霉相。

一八八九年六月的一个夜晚，正值一般人感到睡意袭来，开始打呵欠，抬头看钟点的时候，有人按响了我的门铃。我随即从椅子上坐起身来，而我妻子则把她的针线活往膝盖上一放，脸上露出不太乐意的表情。

"有患者！"她说道，"你又得出诊了。"

我不禁叹了一口气。我刚刚出诊回来，忙了一整天，浑身上下疲惫不堪。

我们听到开门声和急促的说话声，接着传来一阵快步走过地毯的声响。忽然，我们的房门被打开，走进来一位女士。她身着深色毛料服装，头蒙黑纱。

"请你一定原谅，这么晚了我还来打搅你。"她开口说道，随即她突然失去自制,向前跑了几步,搂着我妻子的脖子,伏在她的肩头抽泣起来。"噢!我有多倒霉呀!"她哭着说,"要是有人能帮帮我该多好啊。"

"哎呀,"我妻子说着掀开她的面纱,"这不是凯特·惠特尼吗?凯特,你可把我给吓坏了!你进来的时候,我怎么也想不到是你呀。"

"我真不知道该如何是好,所以就直接跑来找你。"这样的事在我们家已司空见惯。人们有了什么犯愁的事,就如同黑夜里的鸟儿扑向灯塔那样,跑来找我妻子,以期获得慰藉。

"你光临寒舍,真叫人高兴。现在,你得喝点儿稀释了的酒,在这儿舒舒服服坐一会儿,过会儿再跟我们说一说到底是怎么一回事。要不然我先打发詹姆斯去就寝,你看好吗?"

"哦,不用,不用。我还需要得到大夫的指教和帮助呢。是关于以塞亚的事儿。他已经两天没回家了。我为他都快被吓死了!"

我作为一名医生,我妻子作为她的老朋友和老同学,听她跟我们诉说她丈夫给她带来的种种苦恼,这决不是第一次了。每一次,我们都搜肠刮肚,尽量找些话来安慰她,诸如,她知道她丈夫在哪里吗?我们有可能替她把他找回来吗?

这一次看起来好像有可能。她得到了确切的消息:近来,她丈夫烟瘾一发作,就跑到伦敦城最东边的一个鸦片烟馆去过瘾。他虽然常常在外面放荡,可是直到目前为止,还从来没有超出过一天。到了晚上,他就抽搐着身子,骨头像散了架似的回到家中。但是,这次已经四十八小时了,仍不见他的踪影,不知他是着了什么魔。这会儿,他准是和那些码头上的社会渣滓一块儿,正躺在那个烟馆里,吞云吐雾般地抽鸦片呢,或者正在那里酣睡,以便从鸦片所产生的作用中缓过神来。在那里一定能找到他,她对此确信无疑。那地方就是厄朴天鹅巷里的"黄金酒吧"。可是,她该怎么办呢?她这样一位年轻羞怯的女子,怎么好走进那种地方,再把自己的丈夫从一群恶棍中拽走呢?

情况就是如此,而且要把他弄回来,也不可能还有其他的办法。难道我不能陪她去吗?可是,我转念一想,她又何必非去不可呢?我是以塞亚·惠特尼的医药顾问,因此我对他有同样的影响力。倘若我独自前往,或许还能处理得更好一些。我答应她,如果他真是在她告诉我的那个地方,我就会在两个小时之内,雇辆出租马车把他送回家。于是,我十分钟以后就离开了我那把扶手椅和舒适惬意的客厅,乘坐一辆双轮双座马车向东疾驰。一路上,我心里觉得这趟差事可够荒唐的,然而,后来才真正显示出那是何等的荒唐。

确实,探查之初,我并没有遇到多大困难。厄朴天鹅巷是一条污秽的小巷,隐没于高大的码头建筑物后面。这些建筑物位于伦敦桥东,沿河北岸而建。在一家廉价成衣销售店和一家杜松子酒店之间,有一条陡峭的阶梯,直通一个类似洞穴口般黑乎乎的豁口。在那里,我发现了我搜寻的那家烟馆。我吩咐马车停在那里等我,然后就顺着阶梯而下。阶梯石级的中部,已被川流不息的醉汉们踩踏得凹陷不平。烟馆的门上悬挂着一盏油灯,灯光闪烁不定。借着灯光,我摸到门闩打开了门,然后走进一个又深又矮的房间。房间里烟雾弥漫,浓重得呈棕褐色;靠墙处摆放着一排排的木榻,看上去就好像是运送移民船只前甲板下的水手舱。

透过微弱的灯光,可以隐约瞥见木榻上东倒西歪地躺着一些人,样子奇形怪状:缩着肩膀,蜷曲着腿,向后仰着头颅,朝天翘着下颌。他们黯然失神的目光从四下里望着新来的顾客。在黑影中闪现着红色光点,而且一会儿大一会儿小,忽明忽暗。这是金属烟斗中燃烧着的鸦片被断断续续地吸食的情景。多数人安安静静地躺着,也有些人嘟嘟哝哝地自言自语,还有些人在一起交头接耳,他们低沉而单调的说话声听起来古里古怪;这些人有时滔滔不绝,有时又戛然而止,各自嘀嘀咕咕地谈论着自己的心事,而对旁人跟他说的话充耳不闻。在房间的尽头,有一个小炭火盆,炭火熊熊。盆旁有一只三条腿的木凳,上边坐着一个又瘦又高的老头儿,只见他双拳托腮,两肘支在膝盖上,眼睛凝视着炭火。

我走进屋时,一个面无血色的伙计兴冲冲地跑上前来,这个伙计是个马来人。他一边递给我一杆烟枪和一份鸦片,一边招呼我到一张空木榻上去。

"谢谢你。我不会待多久,"我对他说,"我有一位朋友在这里,就是以塞亚·惠特尼先生,我想找他说句话。"

我听到右边有响动和呼喊声。透过暗淡的灯光,我瞧见惠特尼正睁大两只眼睛盯着我。他蓬头垢面,脸色苍白,憔悴不堪。

"我的天哪!原来是华生!"他对我说。他的反应显得可怜巴巴的,每根神经都十分紧张。"嘿,华生,几点了?"

"快十一点了。"

"哪天的十一点?"

"星期五,六月十九日。"

"我的天!我原以为是星期三。不对,今天是星期三,你干什么要吓唬人?"他垂下头,把脸埋在双臂之间,号啕大哭起来。

"伙计,我跟你说,今天的确是星期五。你太太这两天一直在等着你回家呢。你应当为自己感到羞愧!"

"我的确感到羞愧。可是,华生,你怎么糊涂了呀?我来这儿才呆了几个小时,只抽了三锅,四锅——我记不得抽了多

·冒 险 史·

少锅了。不过,我要跟你一块儿回家。我不该让凯特为我担惊受怕,我可怜的小凯特啊!扶我一下!你雇马车来了吗?"

"雇了,正等着呢。"

"那好,我就坐这辆马车走。不过,我一定欠了账。华生,替我看看欠了多少。我现在一点儿精神也没有,根本照顾不了自己。"

我穿过两排木榻之间的狭窄过道,屏息敛气,以免闻到鸦片燃烧时发出的那种令人作呕和头晕目眩的臭气,并四下寻找掌柜。我走过坐在炭火盆旁的那个高个子男人时,觉得有人猛然拉了一下我上衣的下摆,还听到有人低声说:"从我这儿走过去,再回头看我。"这话我听得清清楚楚,真真切切。于是,我低头看了看。这话只能出自我身旁那个老头之口,可是,他此时和刚才一样,仍然聚精会神地坐在那儿。他瘦骨嶙峋,满面皱纹,弯腰驼背,老态龙钟,双膝间耷拉着一杆烟枪,好像是因为他疲乏无力而从他手里滑落下去似的。我朝前走了两步,回头看了一眼,不觉大吃一惊,我极力克制才没有失声喊叫出来。他已经转过身来,面对着我,因此,除了我,谁也看不到他的脸。他的身躯已经伸展开了,脸上的皱纹也已消失,昏花无神的两眼复又炯炯有神。他坐在炭火盆旁,望着目瞪口呆的我咯咯地笑个不停。此人不是别人,竟是歇洛克·福尔摩斯。他朝我挥了挥手,示意我到他身边去。随即,他又转过身去,侧面对着众人,再次现出一副老态龙钟的模样:弯腰驼背,哆哆嗦嗦,嘀嘀咕咕。

"福尔摩斯!"我压低声音对他说,"你到这个烟馆来究竟想干什么?"

"尽量小点声,"他回答我说,"我耳朵一点儿也不背。请你行行好,把你那个瘾君子朋友打发走,我很高兴在这儿和你

· 歪嘴汉子 ·

聊几句。"

"我雇的马车还在外边呢。"

"那就请你让他坐这辆马车回家吧。你对他大可放心,他看上去已经精疲力竭,不会再去惹是生非了。我建议你再写个便条,托马车夫捎给你太太,说你又要和我同甘共苦了。请你在外面等着,我过五分钟就出来找你。"

"福尔摩斯!"我压低声音对他说。

拒绝歇洛克·福尔摩斯的任何恳求都不是一件轻而易举的事。他的恳求总是极其明确,而且提出的方式又总是那么巧妙。我倒也觉得,惠特尼只要一上马车,我实际上就可以交差了。至于余下来的时间,有机会与我的朋友携手经历一次惊心动魄的探奇涉险,那是再好不过的事了,而这对他来说,已是家常便饭。我很快就写好了便条,替惠特尼付了账之后,就领着他出来坐车,看着他乘车消失在夜色之中。随后,只见一个老翁从烟馆里走了出来,于是,我就和歇洛克·福尔摩斯肩并肩地行走在大街上了。他驼着背,深一脚浅一脚地蹒跚而行。走过了两条街道后,他迅速地朝四周看了看,然后挺直了身躯,发出一阵尽情的欢笑。

"华生,我看,"他对我说,"你会以为我除了注射可卡因和其他一些无伤大雅的毛病以外,又添了一个抽鸦片的癖好吧。你从医学角度对我的那些小毛病并不反对吧。"

"看到你去那种地方,我当然是大吃一惊。"

"不过,在那种地方看到你,我更是大吃一惊。"

"我是去找一位朋友。"

"我可是去找一个敌人的!"

"敌人?"

"是的,是我的一个不共戴天的仇敌,或者说,是我的一个当然的捕获物。简单地说,我眼下正在进行一场非同寻常的探查,希望从这些烟鬼的胡言乱语中发现一点儿线索。这种做法我以前也用过。倘若我在那个烟馆里被人认出来,那我的性命可就危在旦夕了。为了侦探工作的需要,我以前曾经去过那家烟馆,惹恼了开烟馆的拉斯卡那个无赖,扬言非找我报仇不可。那所房子位于保罗码头附近的拐角处,房后有一个活板门,它能讲出一些离奇的故事,这些故事经年累月地发生在那里,而且发生在月黑风高的夜晚。"

"什么!你莫非说的是些死尸?"

"唉,是死尸。华生,假如在那家烟馆里被搞死的倒霉蛋每人给我们一千英镑的话,我们可就发大财了。在沿河这一带,那是个杀人不眨眼的谋财害命之所,因此,我很担心内维尔·圣克莱尔,恐怕他是进得去,出不来。不过,我们的圈套应当就设在此处!"他说完后将两个食指放在上下牙齿之间,吹出尖声的口哨。作为信号,远处也响起同样的哨声,接着就听到一阵辘辘的车轮声和得得的马蹄声。这时一辆高轩双轮轻便马车穿过昏暗的夜幕奔驰而来,两侧车灯射出两道金灿灿的灯光。这时,福尔摩斯对我说:"哎,华生,你和我一块儿去，好不好？"

"我不知道能不能帮得上忙。"

"噢，一个志同道合又值得信赖的人，总是能帮上大忙的。把案子记录在案的人就更没说的了。我在雪松园的房间有两张床铺。"

"雪松园？"

"是啊，那是圣克莱尔先生的房子。我进行侦查时就住在那里。"

"那在何处呢？"

"在肯特郡，离李镇不远。我们得坐车跑七英里的路。"

"我可是一无所知呀。"

"当然是喽，不久你就会了解所有的情况。上车吧！好了，约翰，就不麻烦你了。这是半克朗，拿着吧。明天十一点左右来找我。放开马缰绳吧，再见了。"

他挥鞭轻轻抽了马一下，马车就飞驰起来。我们穿过一条条昏暗的街道，街上空寂无人。路面渐渐地宽

他挥鞭轻轻抽了马一下。

阔起来，最后我们飞也似的驶过一座两侧装有栏杆的大桥。桥下黑乎乎的河水缓缓地流淌着。远处，沉睡着一片旷野，到处堆放着砖和砂浆。万籁俱寂，只有巡逻警沉重而单调的脚步声，或者偶有一些流连忘返的狂欢作乐者，一边在夜色中赶路一边引吭高歌，狂喊乱叫，才打破死一般的寂静。一团阴云缓缓飘过天空，云缝中不时有一两颗星星闪烁着微弱的光芒。福尔摩斯在沉寂中驱车疾驰。他低垂着头，仿佛陷入了沉思。我坐在他的身旁，受好奇心的驱使，渴望知道他新接手的这个案子到底是怎么一回事儿，竟然使他殚精竭虑；可又不敢打断他的思路。我们驱车行驶了几英里，接近郊外别墅区的时候，他晃了晃身子，又耸了耸肩膀，接着点燃了烟斗，显出一副洋洋得意、自命不凡的神态。

"华生，你具有了不起的保持缄默的天赋，"他对我说，"这使你成为一个非常难得的伙伴。说实在话，和别人交谈，对我很重要；这是因为我自己的想法未必总是那么称心如意。当那位娇小可爱的女士今晚到门口来迎接我时，我真不知道该对她说些什么。"

"你怎么忘了，这个案子我一无所知。"

"我们到达李镇之前，我恰好有时间把本案的案情跟你说一说。这个案子看起来简单得出奇，但是，我却有点儿丈二和尚摸不着头脑。毫无疑问，线索的确不少，但是我就是理不出个头绪来。华生，我现在就把这个案子简明扼要地讲给你听，也许你能在我困惑不解的时候，迸发出灵感的火花。"

"那么，我就洗耳恭听了。"

"几年前——确切地说，是一八八四年五月——有位腰缠万贯的绅士来到李镇，名叫内维尔·圣克莱尔。他购置了一座大别墅，把庭院布置得非常美观，过着挥金如土的富豪生活。

他渐渐地在邻里中结交了不少朋友,并于一八八七年娶了当地一个酿酒商的女儿为妻,生有两个孩子。他没有职业,但在几家公司有投资。通常,他早晨进城,下午五点十四分从坎农大街返回。圣克莱尔先生现年三十七岁,没有不良嗜好,堪称良夫慈父,而且深得人心。我还可以补充一句,据我们所查明的情况,目前他的全部债务高达八十八英镑十先令,而他在城乡银行的存款有二百二十英镑。因此,没有理由认为他会为经济而大伤脑筋。

"上周一,圣克莱尔先生动身进城的时间比平时要早得多。他在出发前说过,有两件要事需要办理,并且还说他会给小儿子买回一盒积木。喏,说来也巧,那天他出门后不久,他太太收到一封电报,电文大意是,她一直盼望的那只贵重小包裹已经寄到,请她到阿伯丁船舶运输公司办事处去取。熟悉伦敦街道的人都知道,这家公司的办事处位于弗瑞斯诺大街。这条大街有一条岔道通往厄朴天鹅巷,就是今晚你见到我的那个地方。圣克莱尔太太吃过午饭就动身进城了。进城后,她先在商店买了些东西,然后就去了那家公司的办事处,取出包裹,接着她返回车站,路过厄朴天鹅巷的时候,恰好是下午四点三十五分。你听明白了吗?"

"一清二楚。"

"你可能还记得,星期一那天特别的热,圣克莱尔太太边步履缓慢地走着,边四下张望,希望雇到一辆出租马车,因为她不太喜欢周围的那些街道。正当她朝着厄朴天鹅巷走去的时候,忽然听到一声喊叫,或者是哭号,同时发现她丈夫正从三楼的窗口朝下望着她,好像在召唤她,她顿时像触了电似的吓得浑身出冷汗。那扇窗子当时敞开着,她清清楚楚地看到了他的脸,据她陈述,他看上去狂躁不安,样子非常吓人。他发狂

· 冒 险 史 ·

般地向她挥着手，可是刹那间他就从窗口不见了，她觉得好像有一股不可抗拒的力量，从他身后将他一把猛然拉了回去。女性所具有的敏锐目光使她一下子就发现了一个异常之处，他虽然穿的还是进城时的那件黑上衣，可是硬领和领带全不见了。

"她确信她丈夫准是出了什么事，于是顺着台阶飞奔下去。那所房子不是别的地方，恰恰就是今天晚上你发现我去过的那家烟馆。她跑过前屋，正准备上通往二楼的楼梯时，她在楼梯口遇到了我说过的那个无赖拉斯卡。这个无赖一把将她推了回来，随即又来了一个帮凶，是个丹麦人，把她从屋里推到街上。她心里充满了无尽的疑虑和恐惧，使她感到难以忍受，于是慌慌张张地沿着小巷奔跑着。万万想不到的是，她

她在楼梯口遇到了那个无赖拉斯卡。

在弗瑞斯诺大街极为幸运地遇见了一位巡官和几名巡捕，他们正准备去值勤。那位巡官和两名巡捕随着她回到烟馆；尽管烟馆老板再三阻挠，他们还是进入了刚才看到圣克莱尔先生的那

个房间，可是没有发现任何他在那里呆过的迹象。事实上，在那整层楼上，只看见一个似乎住在那里的面目可憎的瘸子，再没见到任何其他人。这个家伙和拉斯卡那个无赖指天誓日地声称，那天下午没有任何人到过那间前屋。他们矢口否认，弄得巡官无所适从，差点儿认为是圣克莱尔太太看错了人。正在这时，她突然一声大叫，猛地扑在桌子上放着的一只小松木盒子上，接着一下子把盒盖掀开，哗啦一声，倒出来一大堆儿童玩的积木。这是他答应过要带回家去的玩具。

"这一发现，加之那个瘸子显得特别惊慌失措，使得巡官意识到事态严重。于是，他们对所有的房间都进行了仔细的检查，结果表明发生了一起令人诅咒的犯罪案件。那间前屋作为客厅，陈设简朴，通向一间小卧室。这间卧室正对着一处码头的后面。码头和卧室窗户之间是一条狭长地段，退潮时干干的，涨潮时则为河水所淹没，水深至少达四英尺半。卧室窗户很宽敞，由下边打开。在检查这个房间时，他们发现窗框上血迹斑斑，而且地板上也有几滴。在检查前屋时，他们猛然拉开一面帷幕，结果发现圣克莱尔先生的全套衣服都在帷幕的后面，只缺他的那件上衣。他的靴子、袜子、帽子和手表，都在那里呢。在所有这些衣物上没有发现任何暴行的痕迹，也再没有见到圣克莱尔先生呆在那里的任何其他迹象。很明显，他一定是从窗户出去的，因为没有查出还有别的出口。从窗框上那些不祥的血迹来看，他游泳逃生的可能性微乎其微。这幕悲剧发生时，潮水已经涨到了顶点。

"现在我再说说那几个歹徒，他们看来与这个案子直接有牵连。拉斯卡是个出了名的坏蛋，劣迹昭彰，不过，根据圣克莱尔太太的陈述，她丈夫出现在窗口后仅仅过了几秒钟，他就站在楼梯口了。因此,他顶多是这桩犯罪案件的一个同谋。他竭力为自己辩白,说他对所发生的事情一无所知,并且一再表示,他对楼上的房客休·布恩的所作所为根本不了解,也无法解释为什么那位下落不明的先生的衣物会出现在前屋。

"烟馆老板拉斯卡的情况就是这些。再说一说那个阴险歹毒的瘸子。他住在烟馆的三楼,最后看到圣克莱尔先生的人肯定就是他。他叫休·布恩,相貌丑陋不堪,到伦敦老城常来常往的人对此无不知晓。他以行乞为生,为了躲避警察的管制,佯装卖蜡杆火柴的小贩。你也许已经注意到了,一走进针线街,靠左边有个小墙角,他每天就盘着腿坐在那里,膝上放着几盒火柴。他把一顶油腻腻的皮帽子放在他跟前的人行道上,人们见他长着一副令人哀怜的模样,纷纷解囊布施,小钱就像雨点般落到那顶帽子里。在我打算了解他的行当之前,我就曾不止一次地观察过这个家伙,他眨眼之间就弄到了不少钱,我不无惊讶。你看,他的长相非常引人注目,打他面前路过的人,没有哪个人不瞧他一眼。一头红发乱蓬蓬的;苍白的面孔被一块令人生畏的伤疤弄得丑陋不堪,而且这块伤疤一收缩,

他以行乞为生。

他的上嘴唇就卷起来；下巴长得像个哈巴狗似的；两只黑眼睛目光犀利，他的眼睛与头发的颜色形成了鲜明的对照。这一切都使他有别于普通的乞丐，同时，他的智力超群，不论过路的人把什么破烂东西扔给他，他都能应付自如。我们现在已经了解到，他就是烟馆里的那个房客，而且也是最后一个目睹我们正在寻找的那位先生的人。"

"不过是一个瘸子吗！"我说道，"光是他自己能把一个年轻力壮的男子汉怎么着？"

"他走起路来一瘸一拐，是个残废人不假，但是，在其他方面，他看上去却是不可等闲视之、深悉世事之辈。华生，从你的医学经验出发，你无疑会发现，一个肢体有缺陷，其他的肢体往往格外健壮，从而使之得到补偿。"

"请你继续说下去。"

"圣克莱尔太太一见到窗框上的血迹，就晕了过去。由于她即使留在现场也无助于他们的侦查工作，所以她随后由一位巡捕用马车护送回家。巴顿巡官负责本案，他将房屋上上下下仔细察看了一番，但没有发现破案的任何线索。他当时有个失误，就是没有立即逮捕休·布恩，从而使他获得了几分钟的时间，可能与他的狐朋狗党拉斯卡串供。不过，这个失误很快就得到了纠正：他被逮捕并受到搜查；但是没有发现任何可能将他定罪的证据。他衬衫的右袖子上的确有一些血迹，可是他边指着左手的无名指靠近指甲处的伤口，边解释说，血是从伤口流出来的。他还补充说，刚才他曾到窗口去过，那里发现的血迹毫无疑问也是从他伤口滴落的。他一口咬定，说他不曾见过圣克莱尔先生，并且信誓旦旦地表白，衣物出现在他的房间，他同警方一样感到大惑不解。至于圣克莱尔太太声称她亲眼看到她丈夫出现在窗口，他断言她要么是疯了，要么是白日做梦。后来,尽管他扯着嗓门喊冤枉,还是被带到了警察局。同时,那位巡官留在了那所房子里,希望退潮后可能查找到某些新线索。

"真的还查找到了!但是,在那片泥滩上,他们并没找到他们生怕找到的东西。他们找到的是圣克莱尔的上衣,而不是他本人。退潮后,那件上衣很显眼地出现在泥滩上。你猜猜,他们在他上衣的口袋里发现了什么?"

"我猜不出来。"

"对,我一想你就猜不出来。他的每个衣袋里都塞满了一便士和半便士的硬币——四百二十一个一便士的硬币,还有二百七十个半便士的硬币。难怪这件上衣没有被潮水卷走。不过,人的尸体就另当别论了。退潮时,那所房子和码头之间的水势汹涌澎湃。看来情况很可能是这样,这件沉甸甸的上衣没被潮水卷走,而那具一丝不挂的尸体却被卷进河里去了。"

"可是,你刚才说过,他其余的衣服都是在那个房间里发现的,难道他只穿着一件上衣不成?"

"不是的,先生。不过,这些事也许可以自圆其说哪。假定布恩这个家伙把内维尔·圣克莱尔推出窗外,但是没有任何人亲眼目睹这个过程。然后他会干什么呢?很自然,他马上就会想到,必须把那些衣服处理掉,以免暴露真相。他一把抓起那件上衣,正朝窗外扔的当儿,他可能会意识到,这件上衣不会下沉,而是会随着潮水漂浮。这时,他已听到那位太太要强行上楼,楼下传出扭打吵闹声;也许他的同谋拉斯卡已经告诉他,一批警察正风风火火从街上赶来。在这种形势下,他几乎没多少时间了,需要分秒必争。于是,他一下子冲到藏钱的秘密之处,这些钱是他行乞多年日积月累攒起来的。他大把大把地把硬币尽量往衣袋里塞,为的是确保上衣能沉到水里去。他把上衣扔了出去,要不是听到楼下传来急促的脚步声,他还会把其他几件衣服一起扔下去。等到警察出现的时候,他刚刚来得及把窗子关上。"

"你这番话听起来不无道理。"

"既然目前没有更好的解释,我们暂且就从这个假设出发吧。我刚才已经说过,警察逮捕了布恩,并把他带到了警察局,但没有任何证据可以证明,他有过前科。多年来,人们都知道他以行乞为生,但他好像也安分守己,从不惹是生非。目前的情况就是这样,而我们要解决的问题是:内维尔·圣克莱尔呆在烟馆里干什么呢?他在那里的时候遇到了什么不测?他现在又身在何处?休·布恩与他的失踪有何干系?坦率地说,在我办过的案子中,还没有一起像本案这样,乍一看可真是简单,而实际上却困难重重。"

就在歇洛克·福尔摩斯详细地讲着这一连串稀奇古怪的事情的时候,我们的马车旋风般飞驰在这座大城市的郊区,不久郊区边缘几座零零落落的房子就遥在身后了。接着马车辚辚地行驶在一条两旁有篱笆遮拦的乡村土路上,经过两个稀稀落落的村庄时,福尔摩斯刚好讲完。我们发现还有几家窗户透出微弱的灯光。

我的伙伴对我说:"我们现在已经到了李镇的郊区。我们短短的行程竟路过了英格兰的三个郡县,从米德尔赛克斯出发,路过萨里郡的一隅,最后来到了肯特郡。看到树丛中的灯光了吗?那就是雪松园。我可以肯定,那盏灯旁坐着的那位女士,忧心如焚,着急地竖起了耳朵,早已听到了马蹄的得得声。"

我问他:"可是你为什么不在贝克街办这个案子呢?"

"因为有许多调查必须在这里进行。圣克莱尔太太非常客气,已经安排了两个房间供我使用。你可以放一百个心,对我的朋友兼同事，她一定会热忱欢迎的。华生，我现在真怕见到她呀，因为我没有带来任何有关她丈夫下落的消息。我们到了。吁！吁！"

马车停在了一座大别墅前，别墅的四周环绕着庭院。一个小马倌跑了过来，拉住缰绳。跳下车后，我跟着福尔摩斯走过一条弯弯曲曲的碎石小道，来到屋前。我们走近的时候，房门砰的一声开了，门口站着一位金发碧眼的女士。她身材娇小，穿着一身浅色细纱布的衣服，衣领和袖口处镶着少许粉红色蓬松透明的薄纱边。她在明亮的灯光辉映下，亭亭玉立，一手扶着门，一手半悬在空中，神色急切。她探着身子，仰着头，双唇微张，两眼带着询问的目光急切地望着我们。她的站姿犹如一个大大的问号。

她大声喊道："怎么样？怎么样？"看到我们是两个人，她先是充满希望地喊了一声，可是看到我的伙伴摇了摇头、耸了耸肩，旋即便痛苦地呻吟一声。

"没有好消息吗？"

"一点儿都没有。"

"坏消息也没有吗？"

"没有。"

"谢天谢地！请进来吧。你们足足忙了一整天，肯定累了吧？"

"这位是我的朋友，华生医生。他在我接手的好几起案子中，可帮了我的大忙。这回碰巧我又可以请他来和我一起进行调查。"

她热情地握着我的手说："我很高兴见到你。如果你们考虑到这个打击对我们是多么突然，那么我相信我们招待不周的地方，你们一定能包涵。"

我说："亲爱的太太，我当兵多年，身经百战，已经习惯于随遇而安；即便不是这样，你也不必这样客气。如果我能为你或者我的朋友助一臂之力，那我会感到十分高兴。"

随后，我们走进一间灯火通明的餐厅，餐桌上摆着冷餐。那位太太说："歇洛克·福尔摩斯先生，我很想直截了当地问你一两个问题，恳请你能坦率地回答我。"

"当然可以，夫人。"

"对我的情绪你不必多虑。我不是一个歇斯底里的人，也不会动不动就晕过去。我只是希望能听听你的肺腑之言。"

"在哪一方面？"

"请你说真心话，你认为内维尔还活着吗？"

这个问题好像让歇洛克·福尔摩斯很是为难。"请你实话实说！"她又说道。这时，福尔摩斯正仰坐在一把柳条椅里，而她则站在地毯上，目光热切地望着他。

"请你实话实说！"她说道。

"那么,夫人,坦率地说,我认为不是这样。"
"你认为他已经死了?"
"是的。"
"被人害死了?"
"这不好说,但可能是这样。"
"他是哪一天遇害的?"
"星期一。"
"那么,福尔摩斯先生,也许你可以解释一下,我怎么会在今天收到他的来信呢?"

听了这话,歇洛克·福尔摩斯像触了电一样,从椅子上一跃而起。

"你说什么?"他大声嚷道。
"没错,今天。"她微笑着站在那里,手里举着一张小纸条。
"可以给我看一看吗?"
"当然可以。"

他急切地一把将纸条从她手里夺了过来,麻利地在餐桌上摊开,然后把灯挪过来,聚精会神地查看着。我已经离开座位站在他的身后,越过他的肩膀盯着那张纸条看。信封纸质特别粗糙,上面盖着格雷夫森德的邮戳和当天的日期,或者更确切地说,是前一天的日期,因为这时早已过了午夜。

福尔摩斯喃喃地说:"笔迹可真潦草!夫人,这肯定不是你丈夫的笔迹。"

"对,可里面的信是他写的。"
"我还觉得,不管信封是谁写的,这个人一定得去问地址。"
"那你是怎么知道的?"
"你看,这名字是用黑墨水写的,自己干了。信封上其他的字呈灰黑色,这表明写过后用吸墨纸吸过。如果是一气写成，然后再用吸墨纸吸过，那么有些字就不会出现深黑色。这个人一定是先写上名字，过了一会儿再写地址，这只能说明他不熟悉这个地址。这当然是件不值一提的小事，但正是小事才至关重要。现在我们就来看看这封信吧！哈哈！信里还夹了一样东西呢！"

"是的，里面有一只戒指，是他的图章戒指。"

"你能肯定这是你丈夫的笔迹吗？"

"是他的一种笔迹。"

"一种？"

"是他急急忙忙写东西时的笔迹。这和他平常的笔迹不同，但我完全认得出来。"

> 亲爱的：不要为我而担惊受怕。一切都会平安无事的。大错已铸成，纠正也许需要一些时日。请耐心等待。——内维尔

"这封信用铅笔写就，写在一张八开本图书的扉页上，纸上没有水纹。今天由格雷夫森德寄出，寄信人的大拇指很脏。哈哈！信封盖是用胶水粘住的，要是我没有弄错的话，用胶水封这封信的那个人，还一直嚼着烟草。太太，你敢肯定这是你丈夫的亲笔吗？"

"十分肯定。这封信是内维尔写的。"

"而且还是今天从格雷夫森德寄出的。好了，圣克莱尔太太，现在已经云开雾散，但是我不愿贸然地说危险已经烟消云散。"

"可是他一定还在人世，福尔摩斯先生。"

"除非这封信不是一种误导我们的巧妙伪造。那只戒指毕竟证实不了什么，也可能是从他手上摘下来的。"

·冒 险 史·

"不是的,不是的;这是……这是……这就是他的亲笔呀!"
"那太好了。不过,也许是星期一写的,而今天才寄出。"
"有可能。"
"如果是这样的话,那么在这期间可能发生许许多多的事件。"
"噢,福尔摩斯先生,你可不要给我泼冷水啊。我心里清楚他平安无事。我们夫妻之间存在一种非常敏锐的感应力,万一他遭受不测,我会感应到的。我最后见到他的那一天,他在卧室里割破了手。我当时正在餐厅里,但心里确定无疑地感到,准是出了什么事,于是立即跑上楼去。你想啊,对这样一件鸡毛蒜皮般的小事,我都能有所反应,要是他遇害了,我怎么可能毫无感应呢?"
"我经历的事太多了,不会不晓得一位女性所获得的印象,可能比一位分析推理专家所推断出的结论更有价值。的确,你从这封信里得到了一个强有力的证据,可以证实你的想法。可是,倘若你丈夫尚在,而且还能够写信的话,那他为什么呆在外边而不回家呢?"
"我猜不出这是为什么。真是不可思议。"
"他星期一离开你时,没有对你说什么吗?"
"没有。"
"你发现他在厄朴天鹅巷,是否感到大吃一惊呢?"
"非常吃惊。"
"那扇窗子是开着的吗?"
"是的。"
"那么,他可能还招呼过你?"
"可能。"
"我猜想,他是不是仅仅发出了含含糊糊的喊叫声?"
"是的。"

"你认为他在呼救吗?"

"是的,他还挥动着双手呢。"

"可是,那也许是一声惊叫。他在那里意外地见到你,也许惊愕得猛地举起了双手。"

"有可能。"

"你认为他是被人硬拉回去的吗?"

"他一下子就无影无踪了。"

"他也许是突然跳了回去。你见没见到房间里还有别的人?"

"没有,可是那个长相丑陋的家伙承认他曾去过那里,还有那个拉斯卡当时就站在楼梯口。"

"的确如此。你看见你丈夫时,他还是穿着平日那身衣服吗?"

"是的,但没看见他的硬领和领带。我清清楚楚看到他裸露着脖子。"

"他以前是否提到过厄朴天鹅巷?"

"从来没有。"

"你发觉他有抽鸦片的迹象没有?"

"从来没有。"

"圣克莱尔太太,谢谢你。我想弄得一清二楚的要点就是这些。现在我们得吃点儿晚饭,然后去就寝,明天我们可能要忙碌一整天哪。"

用完晚餐,我们来到一间宽敞舒适的房间,里面安放着两张床铺,供我们使用。那天晚上一路奔波劳顿,我感到疲惫困乏,所以马上就上床休息了。但是,歇洛克·福尔摩斯与我却大相径庭,要是他头脑里萦绕着一个尚未解决的问题,他就会连续几天甚至一个星期废寝忘食,反反复复地考虑思索,重新梳理已经掌握的各种案情,从各个不同的角度进行审视,直至水落石出，真相大白，或者深信自己搜集的有关材料尚不充分，才肯罢休。我很快就发现，这次他又要通宵达旦了。他脱掉上衣和马甲，然后穿上一件宽大的蓝色睡衣。接着，他在房间里忙活起来，将他床上的枕头，还有沙发及扶手椅上的靠垫收集到一起，铺成了一个东方式的沙发。随后，他盘着腿坐在上面，面前摆放着一盏司劲儿很大的烟丝和一盒火柴。在幽暗的灯光中，只见他嘴里叼着一只欧石南根雕旧烟斗，两眼茫然地凝望着天花板的一角，嘴里吐出的蓝蓝的烟雾袅袅升腾，他泥塑木雕般一动不动地默默坐在那里，灯光恰好照射在他那山鹰般坚定不移的面孔上。他一直坐在那里，而我不久就进入了香甜的梦乡。他就那样坐了一个通宵，我大叫一声从梦中惊醒，睁开双眼才发现，夏日和煦的阳光已经照进我们的房间。他仍然叼着那只烟斗，烟雾缭绕，冉冉升腾，以至整个房间里到处都弥漫着浓重的烟雾，而我那天晚上看到的那一大堆烟丝早已荡然无存了。

"华生，你醒了？"他问道。

"醒了。"

"早上我们赶着车去兜风怎么样？"

"好的。"

"那就穿衣服吧。这会儿还没人起床，但我知道那个小马倌睡觉的地方，我们很快就会把那辆轻便马车弄出来。"他一边说着一边咯咯地笑了起来，眼里闪烁着光芒，与昨晚那位冥思苦想的福尔摩斯判若两人。

我穿衣时，看了一眼手表。难怪还没人起床，才四点二十五分。我刚刚穿好衣服，福尔摩斯就跑回来告诉我说，那个小马倌正在套车。

"我想要检验一下我的一个微不足道的推测，"他说着穿上了靴子,"华生,我觉得,这会儿站在你面前的这个人,是整个欧洲再愚蠢不过的一个白痴。我真该被人们一脚踢开,从这儿踢到查陵克罗斯去。不过,我感到我现在已经找到了侦破这个案子的关键所在。"

"在哪儿呢?"我微笑着问他。

"在盥洗室,"他回答说,"哎,是真的,我没开玩笑。"他看到我将信将疑的样子,就接着说道:"我刚刚去过那里。我已经把它带出来了,并且放在了手提旅行包里面。伙计,来吧,咱们看看它是否奏效。"

我们蹑手蹑脚地从楼上走出来,沐浴在明媚的晨曦中。马车已经套好,就停在路边,那个小马倌衣服尚未穿好,手牵缰绳站在那里正等着我们呢。我们俩跳上马车,就沿着通往伦敦的大道飞奔而去。路上有几辆满载蔬菜的农村大车,慢悠悠地朝城里走着,而路两旁一排排的别墅却犹如睡梦中的城市那般,仍然静悄悄的,没有一点儿声息,死气沉沉。

"这个案子在有些案情上显得挺离奇,"福尔摩斯说着抽了一鞭,马车迅疾飞奔起来,"我坦率地承认,我一度活像一只鼹鼠,什么都没看到,不过,学聪明虽然晚了些,但总还是胜过一点儿不学。"

进入了城区,我们行驶在萨瑞一带的街道上的时候,城里起床最早的人们,才刚刚睡眼惺忪地站在窗前望着外边的街景。我们驶过滑铁卢大桥路,越过那条河流,接着飞驰在威灵顿大街,然后向右来了个急转,就来到了彩虹街。那里的警察熟识歇洛克·福尔摩斯,当时在门口值勤的两个巡捕毕恭毕敬地向他行礼致意,接着其中一位拉住缰绳,另一位领着我们进去。

"谁值班?"福尔摩斯问道。

"先生,布拉兹特里特巡官值班。"

"啊,布拉兹特里特,你好啊。"这时一位身材高大魁梧的警官从石板铺的通道走了下来,只见他头戴一顶鸭舌帽,身着一件盘花纽扣夹克衫。"我希望和你单独谈一谈,布拉兹特里特。"

"好的,福尔摩斯先生。请到我的房间来谈吧。"

这个房间不太大,看上去像个办公室,桌子上放着一大本分类登记簿,一部电话突出地安装在墙上。巡官在桌前落座。

"福尔摩斯先生,我能为你做点儿什么?"

"我是为调查布恩才前来拜访的。这个乞丐被控与李镇的内维尔·圣克莱尔先生的失踪有关。"

"对。他已经被押送到这里候审。"

"这个我听说过。他现在还关押在你这里吗?"

"关在单人牢房里。"

"他没闹事吧?"

"哦,他很守规矩。不过,这个无赖可脏透了。"

"脏透了?"

"是的,我们力所能及的就是逼他洗洗手,而他的脸黑得简直就像个补锅匠一样。哼,一旦他的案子定下来了,他就得遵守监狱的规定,定期洗澡。我想,你要是见了他,你一定会同意我的这个说法。"

"我很想见他一面。"

"是吗?这很容易。跟我来。你可以把手提包放在这儿。"

"不了,我想我还是随身带着它吧。"

"好吧,请跟我来。"他带着我们沿一条通道往下走,然后打开一道上了闩的门,从一段螺旋式楼梯下去,我们就来到了一个走廊,四周的墙用石灰刷得雪白,两侧各有一排牢房。

"他就在右边第三个牢房,"巡官说道,"到了!"说着他悄悄地打开牢门上方的小拉门，朝里瞧了一眼。

"他还没醒呢，"他说道，"你可以看得清清楚楚。"

我们两人从铁栅往里看去，只见这个囚犯正脸朝我们躺在那里，还在酣睡，呼吸缓慢而深沉。他中等身材，穿着与他的行当相称的破衣烂衫，一件染色衬衣从他那件烂上衣的破洞中很扎眼地露了出来。他的确像巡官所说的那样，肮脏到了无以复加的地步，但是他脸上的污垢却怎么也掩盖不了他丑陋可憎的相貌。一道宽宽的伤疤从眼角一直延伸到下巴，这块伤疤一收缩，他的上嘴唇就卷起来，三颗牙齿也就露了出来，那副样子活像一只龇牙咧嘴狂吠的恶狗。一头鲜亮的红头发乱蓬蓬的，遮住了两眼和前额。

"他是个美男子，是不是呀？"巡官说道。

"他的确需要洗个澡，"福尔摩斯说，"我有个主意，也许会使他同意洗个澡，而且我还自作主张，把洗澡用的家伙也带来了。"他一边说着，一边打开那只手提旅行包，拿出一块很大的洗澡用的海绵，这着实让我吃了一惊。

"嘻嘻！嘻嘻！你可真够逗的。"巡官咯咯地笑个不停。

"喏，如果你肯行个方便的话，请把牢门轻轻地打开，我们很快就会让他像模像样的。"

"可以，这有什么不行的呢？"巡官说，"他这副尊容不会给彩虹街看守所增光，对不对？"他把钥匙插入门锁的锁孔，牢门打开后，我们蹑手蹑脚地走进牢房。那家伙翻了一下身，接着重又进入梦乡。福尔摩斯俯下身，在水罐里把海绵蘸湿，然后在这个囚犯的脸上，上下左右使劲地擦了两遍。

"我来给你介绍一下，"他喊叫着说，"这位是肯特郡李镇的内维尔·圣克莱尔先生。"

我活到现在也不曾见识过这样的场面。这个家伙的脸就好像剥树皮一样被海绵活活地剥下来一层。那个粗糙的褐色面孔已经无影无踪了!他横贯面部的那块令人生畏的伤疤和使他脸上露出一副可憎的冷笑的歪嘴也无影无踪了!他那一头乱蓬蓬的红发猛然一揪也掉下来了。此时此刻,坐在床上的竟是一个脸色苍白、愁眉苦脸、仪表优雅的男子,他头发乌黑,皮肤光滑。这时,他揉了揉双眼,睡眼惺忪地凝神打量着周围,露出一副困惑不解的神情。忽然间,他一下子意识到事已败露,突然尖叫一声扑倒在床上,把脸埋在枕头里。

他尖叫一声扑倒在床上。

"天哪!"巡官喊叫道,"他就是,没错,他就是失踪的那个人。我根据他的相片认出来的。"

听了这话,这个囚犯转过身来,摆出一副听天由命、满不在乎的架势。"就算是这样,"他开口说,"请问,能指控我犯了什么罪?"

"指控你犯有谋杀内维尔·圣……哦,得啦,如果他们不把这个案子裁决为自杀未遂案,他们就不会指控你犯有这种罪,"巡官咧着大嘴笑着说,"哈哈,我当了二十七年的警察,这回可真该露脸了。"

"如果我是内维尔·圣克莱尔先生,那么,很显然,我就没有犯罪,因此,我现在显然是受到非法拘留。"

"没有犯罪,却犯了一个大错,"福尔摩斯说道,"你要是信得过你妻子的话,就会干得更漂亮些。"

"倒不是我妻子,而是我的儿女啊,"这个囚犯呻吟着说,"上帝保佑,我可不愿意他们耻笑我这个做父亲的。天哪!这件事说出去该多丢人哪!我可得怎么办呢?"

歇洛克·福尔摩斯坐在他身边的床上,和蔼地拍了拍他的肩膀。

"如果你把你的案子交给法庭来裁决,"福尔摩斯对他说,"不被张扬出去,当然就不大可能了。反过来说,如果你可以使警方确信,这个案件不足以对你提出指控,那么又怎么会非将案子的详情公诸报端不可呢?我很有把握地说,布拉兹特里特巡官一定会把你向我们所做的陈述记录下来,并且提交给有关当局。这样一来,案子就根本不会交由法庭来处理了。"

"上帝保佑你!"这个囚犯充满激情地高声叫喊着说,"我宁可去坐大牢,唉,甚至宁可被处决,也不愿让我那苦不堪言的秘密成为家庭的污点,而留给我的孩子们。

"我不曾向谁诉说过我的身世,这回跟你们说还是头一次。我父亲是切斯特菲尔德的小学校长,我在那里受过一流的教育。我在青年时期,酷爱旅行,喜好登台演戏,后来在伦敦一家晚报当了记者。有一天,总编打算通过一组报道系统地反映大城市的乞丐生活,我就自告奋勇来提供这批稿件。这就是我一生历险的真正开端。我只有乔装打扮,沿街乞讨才能收集

·冒 险 史·

到辑写这些报道的材料。我当过演员,当然学会了各种化装秘诀;由于我的化装技巧出类拔萃,在演员中我曾名噪一时。这时我的造诣恰好可以派上用场。于是,我把脸涂上化妆品,为了尽可能地把自己弄成一副可怜相,我用一小条肉色的橡皮膏,做成一块惟妙惟肖的大伤疤,再把上唇弄得卷起来,然后配上一头红发,穿上破衣烂衫,就在城里的商业区找了个地方,表面上是卖火柴,实际上是行乞。我就这样干了七个钟头,晚上回到家,我惊奇地发现,我竟然弄到了二十六先令零四便士。

"我写完了那些报道,就把这件事搁到脑后去了。直到后来有一天,我为一个朋友背书①了一张票据,可是我竟接到一张法院送达的令状,要求我赔偿二十五英镑。到哪里去弄这么多的钱呢?急得我走投无路,可是,忽然间,我计上心来。我央求债主再宽限半个月,又请求老板给我几天假,随后我就乔装打扮,用这段时间在城里行乞。只用了十天时间,我就凑齐了这笔钱,还清了这笔债。

"噢,你们不难想到,把脸涂上一点儿化妆品,帽子往地上一放,安安静静地在那儿一坐,我一天就能挣两英镑;我了解了这些以后,再要安下心来辛辛苦苦地去做那份一星期才挣两英镑的工作,真是难上加难哪。金钱诱惑着我,自尊心也在作祟,我的思想斗争了很久,但是最后还是金钱占了上风。于是我放弃了记者生涯,日复一日地坐在我已经选好的那个街拐角。凭借着我那一副令人毛骨悚然的尊容,引起人们的恻隐之心,我口袋里的铜板塞得满满的。只有一个人知道我的隐秘,就是我在厄朴天鹅巷寄宿的那个下等烟馆的老板。在那儿,我

---

① 背书,金融财会上的术语,指在支票等票据的背面签字担保。

可以早上以一个肮脏的乞丐面目出现，而到了晚上摇身一变，又俨然成了一位衣冠楚楚的浪荡公子。我给拉斯卡这个家伙支付高价房租，所以我心里清楚，他对我的隐秘会守口如瓶的。

"喏，没过多久，我就发觉我已经攒了一大笔钱。我的意思并不是说，伦敦街头的任何乞丐都能一年挣七百英镑——这个数还够不上我的平均收入哪——我是说，由于我有一手巧于化装的独到的本领，以及能言善辩、巧妙应酬的才能，而且是越练越精，我的这些有利条件，使我成为伦敦城里一个备受赏识的人物。每天从早到晚，面值不同的各色银币，像流水般哗啦哗啦地流进我的囊中。要是哪天弄不到两英镑，那就算是倒运的了。

"我越发财，就越贪婪。我在郊区买了一所房子，后来结婚有了家。没有谁怀疑过我真正从事的职业。我的爱妻只知道我在城里做生意，却不晓得我究竟干的是哪一行。

"上个星期一，我刚刚结束了一天的营生，正在那家烟馆楼上的房间里换衣服，不料往窗外一看，忽见我妻子站在街心，大睁着两只眼睛正瞧着我。突如其来的这一切使我惊恐万状，我不觉惊叫了一声，连忙用手臂遮住脸孔，随即跑去找我的那个哥儿们，就是拉斯卡，恳求他阻拦任何人上楼来找我。我听到她在楼下的声音，但是心里清楚，不会让她上楼的。我飞快地脱下身上的衣服，穿上乞讨用的那身装束，接着就涂上化妆品，再戴上假发。这样一来，甚至一位妻子的眼睛也无法识破这么地道的伪装。不过，我马上就意识到，也许要对这个房间进行搜查，而我的那些衣服可能会暴露我的身份。于是，我一把推开窗户，由于用力过猛，我那天清晨在卧室里割破的伤口又被碰破了。接着我抓起那件上衣，扔出窗外。通常，我把讨来的钱装在那个皮袋子里，当时我刚好把皮袋子里的铜板掏出来，塞进上衣的口袋里，所以那件上衣肯定沉甸甸的，掉进泰晤士河里就不见了。其余的衣服本来也要扔下去的，可就在这个当口儿，几个警察朝楼上跑来。不过，我得承认，使我感到欣慰的是，没过多大一会儿，我发现我竟然没有被认出是内维尔·圣克莱尔先生，而是被当作谋杀他的嫌疑犯给抓了起来。

"不知是否还有什么别的需要我解释的地方。我当时已下定决心，要尽量保持住我化了装的模样，所以宁肯脸上肮脏不堪。我知道我妻子一定忧心如焚，急得像热锅上的蚂蚁，于是取下戒指，乘警察没留神的当儿，连同匆匆写下的几行字一道托付给了拉斯卡，告诉我妻子大可不必担惊受怕。"

"她昨天才收到那封信哪。"福尔摩斯对他说。

"我的老天爷！这一个星期她是怎么熬过来的呀！"

"拉斯卡这个家伙处在警察的严密监视之下，"布拉兹特里特巡官说，"我很清楚，他要把那封信偷偷摸摸地寄出去，可不是件容易的事。或许他把信交给了某个当海员的顾客，而那家伙却一连几天给忘得精光。"

"就是这么一回事吗，"福尔摩斯边说边点头表示赞同，"我相信确实如此。可是你从来没有因为行乞而被起诉过吗？"

"有过多次，但是一点儿罚款对我来说，又算得了什么呢？"

"可是，一切都必须到此打住，"布拉兹特里特说，"如果要警方不把这事张扬出去，休·布恩这个人就决不能继续存在了。"

"我已经郑重其事地发过誓了。"

"要是这样的话，我想大概就不会再深究下去了。但是，你如果下次又被带到这里来，那我们可就要和盘托出了。福尔摩斯先生，我一定得跟你说，是你帮助我们澄清了这个案件，我们对你实在感激不尽。我渴望知道你是如何破案的。"

"我破这个案子，"我的朋友说，"全凭坐在五个垫子上，抽完一盆司劲儿很大的烟丝。我看,华生,我们现在坐车回贝克街,刚好可以赶上吃早饭。"

(武铁民 译)

侦破蓝宝石案

圣诞节后的第二天上午,我前去探望我的朋友歇洛克·福尔摩斯,向他祝贺佳节。他穿了件紫红色睡衣,懒洋洋地斜靠在长沙发上,右边放了个烟斗,前面堆了一堆刚刚翻过的揉皱了的晨报。沙发边放了条木椅,椅子背挂着顶肮脏破烂的硬毡帽,帽子破烂不堪,好几处都裂了缝。椅子上放着放大镜和镊子,这说明帽子这样挂着是为了检查。

"你正忙,也许我打搅你了。"我说道。

"没关系,很高兴有一位朋友来和我一起讨论我研究的结果,这完全是一件毫无价值的东西。"说着,他竖起大拇指指了一下那顶帽子,"不过,同这东西相关的几个问题并不是索然无味的,甚至还能给我们一些教益。"

严寒已经降临,窗户的玻璃上结了晶莹的冰凌。木材火噼噼啪啪烧着,我坐在他那张扶手椅上,暖了暖双手,"我想,"我说道,"这顶帽子尽管很不雅观,但它却和性命攸关的事情相连,就是说这条线索能使你解开某个疑团,帮助你去惩罚某种犯罪行为。"

"不,不,这并不是犯罪,"福尔摩斯笑着说,"这只不过是许多稀奇古怪的小事之一罢了。在一块几平方英里的弹丸之地,四百万人口拥挤不堪地住在一起,这类小事是少不了的。在这样众多的人们尔虞我诈的争斗之中,任何事情都可能发生,有些问题看起来十分惊人,十分古怪,但并非是犯罪,对于这类事情,我们早有经验。"

"是的,这种情况甚至到了这样的程度,"我说,"那就是我记录的最近发生的六个案子中,有三个完全与法律上的犯罪行为无关。"

"确切地说,你指的是我想找回艾德勒相片这件事,玛丽·萨瑟兰小姐奇案和歪嘴汉子这几桩案件吧。我不怀疑这件小事也属于法律上无罪的范畴。你认识看门人彼得森吗?"

"认识。"

"这就是他得来的战利品。"

"这是他的帽子吗?"

"不是,是他捡来的。现在还不知道这是谁的帽子。但不要因为这不过是一顶帽子而小看它,而应当把它看成需要动脑筋才能解决的问题。首先说说这帽子的来历吧。它和一个大肥鹅一起在圣诞节早上被送到这里。我想,有人正在彼得森的炉前烧烤那只鹅。事情是这样的:圣诞节清早大约四点钟的时候,彼得森,你是知道的,为人淳朴诚实,他参加了一个小小的欢宴后正取道托特纳姆法院路回家。在煤气灯下,他看见一个高个子男人背着一只白鹅,步履蹒跚地在他前面走着。当彼得森路过古治街拐角处时,这个陌生人忽然与几个流氓发生了争斗。一个流氓把他的帽子打落在地,

彼得森一出现那几个无赖就跑了。

·冒险史·

于是他拿起棍子进行自卫,棍子四处挥舞,忽然身后的商店的橱窗玻璃被棍子砸得粉碎。彼得森想挺身而出,帮助这陌生人对付这帮无赖,但那人因打破玻璃而惊慌失措,这时又看见身穿警服的人向他冲来,于是他扔下鹅就跑,很快就消失在托特拉姆法院路后面的那弯弯曲曲的小巷里。这样,现场只剩下两件战利品:一顶破毡帽和一只上等的圣诞大肥鹅。"

"显然,他是准备把这些东西归还原主吧?"

"我亲爱的朋友,难就难在这里。的确,这只鹅的左腿上系着一张小卡片,上面写着:'献给贝克夫人',帽子的里面也写着姓名的缩写'H. B.'。但是,在这个城市里,姓贝克的人成百上千,而名叫贝克的人又有数百,要在这么多的人中间找到失主,把东西还给他,决非易事。"

"那么,彼得森怎么办呢?"

"他在圣诞节早上把鹅和帽子一起拿到我这里来了,因为他知道我对最微不足道的小问题也很感兴趣。这鹅我们一直留到今天上午。尽管天气冷,但是最好的办法还是把鹅吃掉,没有必要再留下。因此彼得森把鹅拿走了,结束了鹅的最后命运,而我则仍留着那位没能享受圣诞节美味并未曾露面的先生的帽子。"

"他没在报纸上登载失物启事吗?"

"没有。"

"那么,这个人的身份你有线索吗?"

"只有凭我们去推测了。"

"根据这顶帽子吗?"

"是的。"

"你真会开玩笑,根据这顶破旧的帽子能推出什么来呢?"

"这是我的放大镜,你知道我的方法。那个戴帽子的人的个性,你能推出什么来吗?"

我把手上的这顶帽子翻过来覆过去看了又看,毫无办法。这是一顶普普通通的圆形黑色毡帽,硬邦邦的,破破烂烂的,不能再戴了。里面的红色丝绸衬里已经褪色,上面没有制帽商的商标,但是像福尔摩斯所说的那样,却有潦草的姓名缩写H. B.。为了不被风吹走,帽檐穿了个小孔,但是松紧带已经不见了。似乎为了掩盖帽子上的几块褪色的补丁,主人用墨水把补丁涂黑了。帽子到处开裂,布满了尘土,而且污迹斑斑。

"我看不出什么。"我把帽子还给我的朋友。

"不,你一定能看出来,华生。只是你还没有从你所看到的得出推论。你太缺乏信心了。"

"那么,请告诉我你从这顶帽子上推出了什么来呢?"

他拿起帽子,盯着它看,他那独特的思考方式反映了他的性格。"这顶帽子使人联想的东西也许少了一点,"他说道,"不过,有几点还是明显可以推出来的,而其他几点可能性也很大。从帽子的外观看来,这个人明显是个有学问的人,而且在过去的三年中,生活比较富裕,而目前已处于困境。这人过去很有见识,但是现在已今非昔比,家道衰落,他的精神也日益颓废。似乎他受到了某种有害的影响,也许沾染上了酗酒的恶习。这点或许清楚地表明他失去了妻子的爱。"

"行了,亲爱的福尔摩斯!"

"可是,无论如何,他依然保持着一定的自尊,"他没有理睬我的反对意见,继续说道,"这人是个中年人,一向深居简出,从来不锻炼身体,他的头发灰白,而且刚刚理过发,头发上涂了柠檬油,这是从帽子上能推理得出的比较明显的事实。顺便提一下,他家里决不可能装有煤气灯。"

"你一定是在开玩笑,福尔摩斯。"

"决不是开玩笑。难道在我把观察结果告诉你之后,你仍不知道这是怎么得来的吗?"

"我很迟钝,对这点我毫不怀疑;但是我不得不承认我明白你的话。譬如,你是怎么知道这个人很有学问的?"

福尔摩斯啪的一下把帽子戴到头上——这就是他的回答。帽子正好罩着他的整个前额,压在鼻梁上。"这是个脑容量的问题,"他说,"这么个大脑瓜,脑壳里肯定有些东西吧?"

"他家道衰落又是怎么得出来的呢?"

"这顶帽子他买了三年,当时这种平檐、帽边向上翘的帽子很时髦。这是顶一流的帽子,瞧瞧这丝带和华贵的衬里。如果说这人在三年前能买得起这么价格昂贵的帽子,而以后再没有买过别的帽子的话,那么毫无疑问是在走下坡路了。"

"噢,这点清楚了,但是你说这个人'有见识',又说他'精神颓废',这又如何解释呢?"

福尔摩斯笑了笑:"这说明他有见识。"说着,他把手扣在钉松紧带用的小圆盘和搭环上。"卖帽子的从来不带这东西,这个人定做了这么一顶帽子,说明他有眼光,因为他用这种方法来防止帽子被风吹走。可是我们又看到松紧带坏了后,他又不愿重新钉一条,这点说明他已今不如昔,这也表明他意志日益消沉。同时,他用墨水涂抹帽子,掩饰其破旧,说明他还没有完全失去自尊心。"

"你的推理似乎合乎情理。"

"另外还有几点:这人是个中年人,头发灰白,刚刚理过发,头上涂过柠檬油。这些都是通过对帽子衬里仔细检查了解到的。用放大镜看到许多被理发师剪刀剪下的整齐的头发渣。这些发渣粘在一起,而且有一种柠檬油的气味。你还会看到,这帽子上的尘土,不是街道上那夹着沙粒的灰尘,而是房间里那种棕色的绒毛状的尘土。这就说明帽子在大部分时间里是挂在房间里的,而另一方面,衬里的湿迹表明这人经常大量出汗,所以说他不可能是身体锻炼得很好的人。"

"但是你刚才说到他的妻子,你说他失去了妻子的爱。"

"这顶帽子已经好几周没有刷过了。如果看到你的帽子上积满了个把星期的尘土,而你的妻子对此不以为意,让你这样戴帽出去,我担心你也很不幸失去了你妻子的爱了。"

"或许他还是个单身汉呢?"

"不可能的事,因为那天晚上他正准备把那只鹅作为礼物带回家送给妻子,表示友善,别忘了那系在鹅腿上的卡片。"

"你解答了每个问题,但是你是怎么知道他家里没有安煤气灯的呢?"

"一滴蜡烛油,或者是两滴蜡烛油,都可能是偶然滴上的;但是我看到至少有五滴,毫无疑问每滴蜡烛油都是由于经常和点燃的蜡烛接触才滴上的。无论如何,他决不可能从煤气灯上粘上蜡烛油。现在你该相信了吧?"

"说得好,你真是头脑灵活,"我笑了起来,"但是正如你刚才所说,既然这里没有犯罪行为,那么一切都是白费力气了。"

福尔摩斯刚要回答我的话,突然房门被推开,看门人彼得森冲了进来,他的脸涨得通红,看起来十分惊讶,茫然不知所措。

"鹅,福尔摩斯先生,那只鹅,先生!"他上气不接下气地说。

"怎么了?是不是鹅又活了,拍着翅膀从厨房的窗户飞走了?"福尔摩斯转过身来,便看清了那张激动的脸。

"先生,你看我太太从鹅肚子中发现了什么东西!"他伸出手,手上放着一颗闪闪发光的蓝宝石。宝石比黄豆小一点,但是十分洁净,亮晶晶,光闪闪,像电光一样在他黝黑的手中

·冒 险 史·

"你看我太太从鹅肚子中发现了什么东西!"

闪烁。

　　福尔摩斯非常高兴,马上坐了起来。"天呀,彼得森!"他说道,"这的确是件秘藏的珍宝哇!你一定知道你得到了什么吧?"

　　"是宝石,先生,是不是?一颗宝石,用它来切玻璃就好像切油泥一样。"

　　"这不是普通的宝石,而是那颗名贵的宝石。"

　　"是不是莫卡伯爵夫人的那颗蓝宝石?"我叫了起来。

　　"正是那颗!我近来天天看《泰晤士报》有关宝石的启事,当然知道宝石的大小和形状。这颗肯定是举世无双的珍宝。它的价值只能大概估计,但是悬赏的一千英镑肯定还没有这颗宝石市价的二十分之一。"

　　"一千英镑,我的天哪!"看门人一下跌倒在椅子上,眼睛瞪得大大的,望着我和福尔摩斯。

　　"那不过是些赏钱而已,我的确知道伯爵夫人由于某种隐秘的感情考虑，只要她能找回这颗宝石，就是将家产的一半送人也是心甘情愿的。"

"我没记错的话，那颗宝石一定是在'世界宾馆'丢失的。"我说道。

"确实这样，是在十二月十二日，也就是五天之前。一个叫约翰·霍纳的管道工，被指控从伯爵夫人的首饰盒里偷走了这颗宝石。因为他的犯罪事实确凿，此案已提交法庭。我想这里还有这事的记载。"他在那堆报纸里翻着，扫视着报纸的日期，最后把其中一张报纸摊得平平的，对折过来，念着：

> "世界宾馆"宝石失窃案。约翰·霍纳，二十六岁，管道工，因本月二十二日从莫卡伯爵夫人首饰盒中偷窃一颗贵重蓝宝石而被送法院起诉。宾馆领班的证词如下：偷窃发生的当天，他曾带约翰·霍纳到楼上莫卡伯爵夫人的化妆室内，焊接已经松动的炉栅。他呆了一会儿后就被人叫走。当他重新回到该房间时，发现霍纳已经离开，而这时梳妆台已被撬开，有一摩洛哥首饰盒空空的弃于台上。后来才知道伯爵夫人习惯将宝石存放该盒内。赖德马上报了案，霍纳当晚被捕。但霍纳身上及其家中并未发现宝石。伯爵夫人的女仆凯瑟琳证明曾听到赖德发现宝石失窃的惊呼声，并且证明她曾跑进房间目睹现场，情况与上述证人所述一致。B区布雷兹特里特巡警长证明霍纳被捕时曾拒捕，并且强烈申辩自己清白无辜。但是因为以前有人证明霍纳曾有过偷盗，地方法官拒绝草率行事，已将此案移交巡回法庭处理。霍纳在审理中表现非常激动，宣判时昏厥后被抬出法庭。

·冒 险 史·

"行！警察局与法庭提供的东西也就这么多了，"福尔摩斯若有所思地说着，把报纸扔到一边去，"目前我们要解决的问题是，按顺序理清楚这一连串的事件，把从首饰盒的被盗到托特纳姆法院路捡到的那只鹅的肚子的过程理清楚。你知道吗？我们的小小推论已使犯罪的可能性大大增加，而无罪的可能性大大减少。这就是那颗宝石，那颗从那只鹅肚子里得到的宝石，而那只鹅则来自亨利先生。至于那位先生的破帽子及对帽子的分析我已说过了。现在我们应该找到这位先生，搞清楚他在这小小的神秘事件中扮演了一个什么样的角色。最简单的做法就是在所有的晚报上刊登一则启事。如果这种方法不奏效，那么我们不得不使用其他的方法。"

"启事上登些什么呢？"

"给我拿支笔和一张纸来。好，下面就是启事的内容：

　　于古治街拐角处拾到鹅一只，黑色毡帽一顶。请亨利·贝克先生于今晚六点到贝克街221号认领。

这样写简单明了。"

"好，这样很清楚？可是他会看到这则启事吗？"

"当然能看到，他肯定会留意报纸的，因为对一个穷人来说，这损失够大的了。很显然，由于他砸了玻璃闯了祸，并且因彼得森向他靠近而惊慌失措，当时他只顾逃跑，顾不上别的事。可是，事后他一定会后悔的，后悔丢了只鹅。此外，因为报纸上登了他的名字，这一定会促使他看报，因为所有认识他的人都会告诉他去看报。彼得森，给你，快点把这启事送到广告公司去，一定要登在今天的晚报上。"

"哪家晚报，先生？"

"唔,《环球》《星报》《倍尔梅尔》《詹姆斯》《新闻晚报》《回声》,随便哪家晚报都行。"

"是,先生。那宝石怎么办呢?"

"哦,宝石先放我这儿,谢谢你。另外,彼得森,你回家时买只鹅送到我这儿来,因为我得给这位先生一只鹅来代替你们一家吃的那只。"

看门人走后,福尔摩斯拿起宝石对着光仔细地看。"真是一颗举世无双的宝石,"他说,"瞧瞧宝石是多么晶亮亮的呀!当然,又充满罪恶,每颗珍贵的宝石都是这样,这些宝石是魔鬼的诱饵。在更大更古老的宝石上,每一面都标志着一桩血腥的罪恶。这颗宝石问世还不到二十年,它是在华南厦门河边发现的。这宝石很奇妙,它是天蓝色而不是鲜红色,但是它有红宝石的一切特征,尽管它传世不久,不过已经有了一段不幸的历史了。这颗宝石重四十克,已经因它发生了两起谋杀案,一起用硝酸毁容案,一起自杀案,另外还有几起抢劫案。谁能料到这小小的漂亮装饰物竟是向绞架和监狱输送罪犯的供应商呢?我要把宝石锁在保险柜里,写封信给伯爵夫人,告诉她宝石已经找到了。"

"你是否认为霍纳这个人是无罪的?"

"现在不清楚。"

"好,那么你是否认为那个叫亨利的人和这事有牵连了?"

"我想他很可能是清白的。他不会想到他手里的这只鹅价值大大超过一只金子造的鹅。无论结果如何,如果我的启事得到答复的话,就能通过简单的检验证明这一点。"

"那么,在这以前,你没有什么要做的事吗?"

"是这样。"

"既然这样,我将继续我的日常工作,不过我会今晚在刚才你告诉我的时间回来,我很想知道这样复杂的事情的处理过程。"

"很高兴能再次见到你,七点吃晚饭,我会吃一只山鹬。顺便说说,鉴于目前的情况,也许我应该请赫德森夫人检查一下那只山鹬的嗉囊。"

有一个患者耽误了我一点时间,当我去到贝克街的时候,已经过了六点半了。我走近寓所时,看见一个身材高大的男人,身穿一件带苏格兰帽的上衣,纽扣扣得严严实实的。他正站在屋外一个从扇形窗里照射出来的半圆形的灯光下。我到的时候,门正好打开,我们一起被领进了福尔摩斯的房间。

"我想你就是亨利·贝克先生。"他一边说着一边从扶手椅上站起身来,摆出一副平易近人、和蔼可亲的样子欢迎客人,"请坐在靠壁炉的那张椅子上,贝克先生。今晚好冷呀,你的血管里的血液循环在夏天一定要比冬天强。喂,华生,你来得正是时候。这是你的帽子吗,贝克先生?"

"是的,先生,这当然是我的帽子。"

贝克高大魁梧,膀圆腰粗,大大的脑门,宽宽的、聪明的脸,灰白色的胡须,胡须下部呈尖形。他的鼻子和脸颊略显红,伸手时微微发抖,所有这些使人想起了福尔摩斯对他的特征的推测、他那褪色的黑色礼服大衣扣得严严的,领子竖着,大衣袖口里露出细细的手腕,上面并没有袖口或衬衣的痕迹。他说起话来有些吞吞吐吐,谈吐十分小心,给人留下的印象是一个运气不佳的文人。

"这些东西我们留了好几天了,"福尔摩斯说,"我们当时很希望从失物启事上找到你的地址。我不明白为什么你不登寻物启事呢?"

客人难为情地笑了笑说:"我已经不像过去那么有钱了,我当时想既然那帮无赖抢走了我的鹅和帽子,想找回来是不可能的事，所以不想再花钱了。"

"你的话有道理，顺便说说，那只鹅，我们不得不把鹅吃掉了。"

"吃掉了？"客人十分激动，差点要站起来。

"是这样，当时如果我们不把鹅吃掉的话，那么那只鹅谁也吃不上。我想现在摆在餐柜上的那只鹅重量和你的那只相当，而且十分鲜嫩，一定会使你满意。"

"哦，当然，当然是这样。"贝克先生松了一口气。

"当然，我们还留着你的那只鹅的毛、腿和肚子，等等。所以，如果你希望……"

贝克突然笑了起来。"这些东西作为那次经历的纪念也许有点用，"他说，"此外，我看不出这些东西对我有何用处。不，先生，如果你允许的话，我想我关心的将只是餐柜上的那只美味的鹅。"

福尔摩斯很快地朝我看了看，耸了耸肩膀。

"那么，这是你的帽子；还有你的鹅，"他说道，"顺便问问，你能否告诉我们你那只鹅是从哪里买来的？我对饲养家禽有兴趣，如此肥硕健壮的很少见到。"

"当然可以，先生，"他站了起来，把刚刚得到的鹅夹在腋下，"我们周围的一些人经常到博物馆附近的阿尔法小酒店喝酒，因为我们白天呆在博物馆里。你知不知道我们的店主？他叫温迪盖特，今年他办了个俱乐部。因为我们每个人每周都向俱乐部交几便士，这样每个人都在圣诞节时收到了俱乐部送的一只鹅。我总是按时付钱。后来发生的事情你都知道了。先生，戴这样一顶苏格兰帽子与我的年龄不符，也不符合我的身份，而你使我受益匪浅，在此深表感谢。"他向我俩严肃地鞠了一躬，显得十分滑稽而自负，然后大步离开了房间。

"贝克的事情现在完了,"福尔摩斯说着把门关上了,"很清楚,他对这事一无所知。你饿了吗,华生?"

"不很饿。"

"那么我建议推迟吃晚饭,我们应该抓紧时间,趁热打铁。"

"好,就这样。"

晚上寒风凛冽,我们都穿了长大衣,围了围巾。户外,星星在无云的夜空闪闪发光,过往的行人吐出的气变成冷雾,就好像许多手枪正在射击。我们的脚步声清脆而响亮。大步穿过医师住区、威姆波尔街、哈利街后,又经过威格摩街到了牛津街,一刻钟后,我们来到了博物馆附近的阿尔法酒店。店子很小,位于霍尔伯恩的一条街的拐弯处。福尔摩斯推开这家私人酒店的门,从满脸红光,腰系白围裙的老板那里要了两杯啤酒。

"如果你的啤酒也和你的鹅一样出色,那肯定是最好的啤酒了。"他说道。

"我的鹅?"店主似乎很惊讶。

"是的,半个钟头以前我刚和你们俱乐部的会员贝克先生聊过。"

"哦,是这么回事:可是,先生,那些鹅不是我们的。"

"真的?那么鹅是谁的呢?"

"哦,我从考文特园的一个推销员那里买来的,共二十四只。"

"真的?他们当中的几个人我认识,是哪位?"

"他叫布莱肯利奇。"

"哦,这位不认识。好了,老板,祝你健康,生意兴旺。再见。"

"现在就去找布莱肯利奇。"我们离开酒店后,马上就遇到了一股冷气。福尔摩斯一边扣着外衣一边说:"华生,请记住,在锁链的这一头,我们只找到了鹅这种普通的东西,但是在另一头,一定能找到肯定会被判七年刑的人,除非我们能找到他是无罪的证明。无论如何,已经有了一条被警察忽视了的线索,这条线索碰巧落入我们的手里。我们一定要顺藤摸瓜,直到水落石出。咱们快朝南走吧!"

穿过霍尔伯恩街后,我们又拐入恩德尔街,经过道路弯曲的贫民区后,来到了考文特园市场。一个大货摊的牌子上写着布莱肯利奇的名字。店主的脸长长瘦瘦的,留着整整齐齐的络腮胡子,他正跟一个小伙计一起在收摊。

"晚上好,夜晚多冷啊!"福尔摩斯说。

店主点了点头,带着怀疑的神态看了看我的同伴。

"看样子鹅都卖完了。"福尔摩斯指了指空空的大理石柜台说。

"明天早上来,可以卖给你五百只。"

"那太晚了。"

"好吧,亮着煤气灯的那个货摊上还有几只。"

"哦,是人家介绍我到你这儿来的。"

"那是谁?"

"阿尔法酒店的老板。"

"哦,是的;我曾给他送去了二十四只。"

"那些鹅很不错。你是怎么搞来的?"

这个问题竟然使得店主十分愤怒,这点使我感到惊讶。

"那么,好,先生,"他昂起头,叉着腰说,"你这话是什么意思?请你把话说明白点。"

"我已经十分直截了当,我非常想知道卖给阿尔法酒店的那些鹅是从哪里来的。"

"哦,原来是这么一回事,我不想告诉你,就这样!"

·冒险史·

"哦,这是一件小事,但是我不懂你为什么为件小事而发火?"

"发火!如果你也被人纠缠不休的话,你也一定要发火的。我花钱买好货,这就不行了吗?可是你老是要问:'鹅哪来的?''鹅卖给谁了?''你们用这些鹅换些什么?'听了这些唠唠叨叨的问题后,也许会使人认为这些鹅是世界上独一无二的东西了。"

"哦,我与说这些话的人毫无关系,"福尔摩斯毫不在意地说,"如果你不愿意告诉我们的话,我打的赌就输了。我要说的就是这样,我会坚持我对这个问题的看法,我打了五英镑的赌,我敢肯定说我吃的那只鹅是在农村喂大的。"

"嘿嘿,你的五英镑肯定输了,鹅是在城里喂大的。"店主说。

"不会的。"

"是这样。"

"我不信。"

"我从当小伙计的时候就开始和家禽打交道,你以为你会比我还内行吗?告诉你吧,那些送到阿尔法酒店去的鹅全是城里喂大的。"

"你不可能使我相信这一点。"

"你愿意打赌吗?"

"这你肯定输钱了,因为我想我是对的。不过我还是愿意出一个金镑的钱来和你赌,教训教训你,让你不要固执己见。"

店主哼哼笑了起来。"拿账本给我,比尔。"他叫道。

那伙计拿来了一本薄薄的小账本和一本封面满是油迹的大账本,把两本都放在吊灯下。

"喂,过分自信的先生,"店主说,"刚才我以为鹅都卖完了,可是,在关门之前,店里还剩一只鹅,看见小账本了吗?"

"怎么啦？"

"那里就是卖鹅给我的人的名单，清楚了吗？瞧，这一页的名字是乡下人，名字后的数字是总账的页码，他们的账户就在那一页。看！看见了红墨水写的那一页吗？这张是城里人的名单。这里，看看那三人的名字，念给我听。"

"念给我听。"

"奥克肖特太太，住布里克斯顿路117号——第249页。"福尔摩斯念道。

"正是这样，现在看看总账吧。"

福尔摩斯翻到了那一页。正是这里，奥克肖特太太，布里克斯顿路117号，鸡蛋和家禽供应商。

"最后一笔账是在什么时间？"

"12月22，二十四只鹅，收购价七先令六便士。"

"对，是的，那么下面这一行呢？"

"卖给阿尔法酒店温迪盖特，售价十二先令。"

"你现在还有什么要说的吗?"

福尔摩斯显得十分气恼的样子。他从口袋里拿出一个金镑的硬币扔在大理石柜台上,带着一股难以言状、十分不悦的神情走开了。离开几步后,他站在路灯柱子下,会心地笑了。

"当你遇到留着络腮胡子的人,而他又不愿告诉你秘密时,你总是能用打赌的方法使他吐露真实情况,"他说,"我敢说,如果我刚才给那人一百镑,他也不可能像打赌那样向我提供那么多的情况。哦,华生,真想不到调查就快结束了。现在的问题是,今天晚上我们就应该到奥克肖特太太那里去,还是等明天再去?从那家伙粗鲁的言谈中,可以很清楚地知道,除了我们两人以外,另外还有人想急于了解此事,因此,我应该……"

突然一阵喧闹声打断了他的话,叫声是从刚才的那个货摊上传来的。回头一看,一个鬼头鬼脑的矮个子正站在发出黄色光晕的吊灯下。那个店主堵在货摊门口,向那畏畏缩缩的人气势汹汹地挥着拳头。

"你和你的鹅真讨厌!"他大叫,"一起见鬼去吧!如果你再胡扯来烦我的话,我就让狗来咬你。你去叫奥克肖特太太来,我会告诉她。这和你有什么关系?鹅是我买来的呀?"

"不,话虽如此,里面有一只鹅是我的呀?"矮个子沮丧地说。

"行了,你去找奥克肖特太太吧。"

"她要我来找你要。"

"噢,你去问普鲁士国王要吧,我可管不了。好了,我已经听够了,滚蛋吧!"他气势汹汹地冲上前去,那人立即消失在黑夜之中。

"哈哈,这样省得我们去布里克斯顿路了,"福尔摩斯轻轻对我说,"跟我来,看看能从这家伙身上得到些什么。"我们穿过挤在灯火通明的店铺周围三三两两闲逛的人群，福尔摩斯抢先追上那矮个子，拍了拍他的肩膀。那人很快转过身来，在灯光下看到那人面容惨白，毫无生气。

"谁？你想干什么？"他带着颤抖的声音说。

"对不起，"福尔摩斯温和地说，"刚才无意中听到你对那店主所说的话，也许我能帮帮你。"

"你能？你是谁？你如何知道这件事？"

"我叫福尔摩斯，知道别人不清楚的事是我的事。"

"但是这事你知道些什么？"

"对不起，这事我全知道。你使劲找那几只鹅，是布里克斯顿路的奥克肖特太太卖给那叫布莱肯利奇的店主的，他又卖到阿尔法酒店温迪盖特先生，温迪盖特先生又转给他的俱乐部会员亨利·贝克先生。"

"呀，先生你就是我要找的人，"矮个子哆哆嗦嗦地伸出手叫道，"我说不清我对这事是多么有兴趣啊！"

福尔摩斯叫了一辆正路过的四轮马车，"是这样的话，我们不必在寒冷的街市上谈话，最好到一间舒服的房子里去细细地谈谈。"他说，"但是，离开之前，请问我乐意效劳的先生的大名。"

矮个子犹豫了一阵，瞟了一眼说："我叫约翰·鲁宾逊。"

"不，不是的，我问的是你的真名，"福尔摩斯和气地说，"办事用化名很不方便。"

那陌生人的脸刷地涨得通红。"行，真名叫詹姆斯·赖德。"

"完全正确，'世界宾馆'的领班，请上马车吧！我马上就会把你想知道的一切告诉你的。"矮个子愣在那里，来回打量着我们，眼神半是疑惑，半是希望。这正是一个处于吉凶未卜的境地，对自己的前途忐忑不安的人的表情。跟着他上了马车，在车上我们都默不作声，一言不发。我们的新伙伴呼吸微弱，两手时而紧握，时而放松，透露出内心的极度紧张。半小时以后，我们回到了贝克街的起居室。

"我们到家了！"我们走进屋子时，福尔摩斯愉快地说道，"在寒冷的天气里熊熊炉火是很令人惬意的。你好像很冷，赖德先生。

"你就是我要找的人。"

请坐在这把藤椅上吧。在解决你这件小事之前，让我先换上拖鞋。噢，好了，你想知道那些鹅的情况吧？"

"是的，先生。"

"我想，或者更确切地说，你想知道那只鹅的情况吧。我想你最感兴趣的是一只尾巴上有一道黑斑的白鹅。"

赖德激动得抖了一下。"啊，先生！"他喊道，"你能告诉我这只鹅的下落吗？"

"它来过我这里。"

"这里？"

"是的，这的确是只最奇妙的鹅。你为什么对这只鹅有这么大的兴趣，这一点我一点也不感到奇怪。这鹅死后下了一枚蛋，世界上最美最亮的、罕见的、小小的蓝色的蛋。我已经把它珍藏在我的博物馆了。"

客人战战兢兢地站起来，右手扶着壁炉架。福尔摩斯打开保险箱，举起那蓝宝石，宝石闪闪发光，像一颗耀眼而寒冷的星星。赖德拉长了脸，愣愣地望着，不知所措。

"这场戏该收场了，赖德，"福尔摩斯平静地说道，"站稳，赖德，小心掉进壁炉里。扶他坐下，华生，他还不敢若无其事地去犯罪，给他喝点白兰地。行了，现在他似乎有点醉了。真的，他多么瘦小啊！"

矮个子摇摇晃晃地站了起来，但差点又跌倒。喝了点白兰地后，他的面颊有了点血色。他又坐了下来，恐惧地盯着福尔摩斯。

"我现在几乎了解了这案子的全过程，并且掌握了可能需要的所有证据。没有什么需要你告诉我的了。但为了圆满地结案，我们还是把这件小事搞清楚吧。赖德，以前你听说过莫卡伯爵夫人的蓝宝石吗？"

"是凯瑟琳·丘萨克告诉我的。"他支支吾吾地说。

"哦，伯爵夫人的女佣。当然，这样一大笔横财对你同样很有诱惑力，就像它曾经引诱过比你更有本事的人一样；但是，你的伎俩并不十分高明。赖德，我想你天生就是一个十分狡猾的恶棍。你清楚管道工霍纳这个人以前曾有偷窃行为，所以人们很容易怀疑到他。那么你做了些什么呢？你和你的同谋丘萨克在伯爵夫人的房里安排了个小小的骗局。你们想法把霍纳叫到房里来，他一离开，你就撬开了首饰盒，接着你大叫发现了房间被盗，使这个不幸的人被捕。然后你……"

赖德一下子跪在地毯上，抓住我朋友的双膝哀求说："请看在上帝的分上，可怜可怜我吧，我的父亲！我的母亲！这会使他们十分伤心。以前我从来没做过坏事！以后我再也不敢

·冒险史·

了,我可以发誓。哎呀,千万别把这件事弄上法庭!看在基督的分上,千万别这样做!"

"回到椅子上去!"福尔摩斯厉声说,"现在你倒知道求饶了,可是你有没有想过那可怜的霍纳因为莫须有的罪名而被送上了被告席。"

"我要逃走,福尔摩斯先生。我要离开这个国家,先生。这样,对霍纳的指控也会随之撤销。"

"可怜可怜我吧!"

"哼,会谈这个问题的。先看看这戏的第二场吧。老实交代,这颗宝石是怎样进了鹅肚里,那鹅又是怎样流到市场上去的呢?告诉我们事实的真相,这是能使你平安的唯一的方法。"

赖德舔了舔他那干裂的嘴唇。"我一定告诉你实情,先生,"他说,"霍纳被捕后,我想最好的办法似乎就是带着宝石逃走,但我担心警察会在什么时候搜查我和我的房间。但是,宾馆里没有安全的地方。我装成出去办公事离开宾馆,到我姐姐家去走了一趟。她与奥克肖特结了婚,住在布里克斯顿路。她以养鹅为业。一路上我碰到的每个人好像都是警察或侦探。那天天气很冷，但到达那里之前，我已是满脸大汗了。姐姐问我为什么这样脸色发白，我说是因为宾馆里发生的一桩珍宝失窃案搅得我心神不安。然后，我抽着烟斗走进后院，盘算着怎样做，以防万一。

"我以前有一个朋友，叫莫兹利，做过坏事，在培恩顿威尔刚刑满释放。一天我碰到他，他就和我谈起怎样盗窃，如何将赃物出手的方法。他有一两件事的把柄在我手里，我有把握他不会出卖我，于是我就打定主意上基尔伯恩去找他，把我的秘密告诉他，让他教我如何把宝石变成金钱。但是，怎样才能安全到达他那里呢？我想起到姐姐家来的路上惶惶不安的心情。恐怕随时我都会被逮捕，被搜查，而宝石就放在我背心的口袋里。我靠在墙上，看着一群鹅在身边一摇一摆地走来走去，突然我计上心来，我相信这一定能瞒过最厉害的侦探。

"几周前，姐姐曾经告诉我，让我从她喂的鹅中挑选一只，作为送我的圣诞礼物。我知道，姐姐说话算数，还不如马上把鹅带走，这样就可以把宝石藏在鹅肚里，带到基尔伯恩去。姐姐院子里有个小棚屋，于是我从屋后赶出一只大白鹅，鹅尾巴后有道黑斑。我抓住鹅，撬开它的嘴，把宝石塞进它的咽喉，一直往下塞。鹅一口把宝石吞了下去，我摸了摸宝石，它已经顺着食道进入嗉囊。那鹅尽力拍打翅膀奋力挣扎着。这时，姐姐闻声从屋里走出来，问我发生了什么事情。正当我们谈话之间，那只鹅猛地挣脱，拍着翅膀跑回鹅群去了。

"'你抓那鹅做什么，杰姆？'她问我。

"'哦，'我说，'你不是答应过我，要送我一只鹅作为圣诞礼物吗？我试试哪只鹅最肥大。'

"'哦，'她说，'准备给你的鹅早就留起来了，取名叫杰姆，就是那边的那只大白鹅。我总共喂了二十六只，其中一只

给你，另一只我们自己吃，还有二十四只拿去卖。'

"'谢谢你，麦琪，'我说，'如果这些鹅对你来说都是一样的话，我想要刚才我抓到的那只。'

"'我们给你留的那只比刚才那只要重三磅，'她说，'那是我们特意为你喂肥的。'

"'没关系，我要刚抓到的那只，我现在就打算把鹅带走。'我说。

"'好，随你的便，'她有些生气地说，'那么你要哪只呢?'

"'那只尾巴上有道黑斑的白鹅，就在鹅群里。'

"'哦，宰了它，你就带走吧。'

"就这样，我按姐姐所说去做了，福尔摩斯先生。于是，带着这只鹅，我来到了基尔伯恩。我把一切都告诉了伙伴，因为他是一个可以推心置腹的人。他乐不可支。我们用刀把鹅开了膛后，我的心里立即凉了半截，因为肚子里根本没有蓝宝石。我明白一定是出了差错，于是扔下鹅，急急忙忙赶到姐姐家，赶紧奔向后院，竟发现一只鹅也没有了。

"我叫道：'麦琪，那些鹅都在哪儿?'

"'已经上市了，杰姆。'

"'送给哪家店子啦?'

"'考文特园的布莱肯利奇店。'

"'当中有没有尾巴上有道黑斑的鹅，和我挑的那只一样?'

"'有，杰姆，有两只这样的鹅，我也分不清。'

"这样，我马上明白发生了什么事，立即赶到布莱肯利奇店，但是店主早把所有的鹅都卖完了。鹅卖往哪里去了，他一点也不肯说。今晚我们的谈话你都听到了，他老是那样地答复我。连姐姐都以为我发疯了，有时我自己也觉得我疯了。现在我被打上了盗贼的印记，虽然还没有出卖我的人格。求上帝宽

他双手捂着脸抽泣着。

恕我吧,求求上帝饶恕我吧!"他双手捂着脸抽泣着。很长的时间,房子里寂静无声,只能听见矮个子沉重的哭泣声和福尔摩斯的手指有节奏地叩击桌子边的响声。

"给我滚!"福尔摩斯叫道。

"你说什么,先生?哦,上帝保佑你!"

"废话少说,滚蛋吧!"

什么也不必说了,楼梯上传来一阵脚步声,然后是关门声,后来又从街上传来一阵清晰的脚步声。

"到现在为止,华生,"福尔摩斯边说边去拿他的那只陶土烟斗,"警察还没有请我去告诉他们并不了解的案情,如果霍纳遇上危险,那就另当别论了;但是这家伙不可能出面去指控他了,这案子就会不了了之。这人不会再干坏事了,因为他已吓得魂不附体了。如果送他去坐牢的话,他会一辈子成为罪犯。此外,目前正是大赦时期,我们为何不如此而为呢?偶然遇上这个奇特的问题,解决了也就是对它的报酬。假如你愿意按按门铃的话,医生,我们可以开始调查另一案子,仍旧与家禽有关。"

(雷春英 译)

查访斑带

八年中,我认真研究了我的朋友福尔摩斯的破案方法,记下了七十几个案例。我翻了翻这些案子,发现不少案子是不幸的,当然也有一些是喜剧性的,当中不少稀奇古怪,但是却没有平平淡淡的。可以说,他干这行与其说是为了获取报酬,还不如说是他热爱这工作中的技艺。除了案情独特或者荒唐离奇外,他不参加任何普普通通的案子的侦破。在所有这些千变万化的案子中,我还想不起哪起案子比萨利郡斯托克莫兰的有名的罗伊洛特家族的案子更有特色的了。这事发生在我刚认识福尔摩斯后不久。当时,我俩都是单身汉,同住在贝克街的一所寓所里。本来我早可记下这件事,但是我做过严守秘密的保证,所以一直等到上个月我曾做过保证的那位女士不幸去世,我才有机会解除这一承诺。现在是使世人明白真相的时候了,因为外界对格利姆斯比·罗伊洛特医生的死因有着种种传闻,这些沸沸扬扬的传闻使得事情更加耸人听闻。

事情发生在一八八三年四月。一天早晨,我醒来时,发现平常爱睡懒觉的福尔摩斯这时却穿戴整齐地站在我床边。壁炉架上方的钟才显示七点一刻,我吃惊地向他眯了眯眼睛,心里有些不悦,因为我的生活是有规律的。

"对不起,打扰你了,华生,"他说,"今早我们真不走运,先是赫德森太太被敲醒,后来她好像要报复似的又把我吵醒,现在我来叫醒你。"

"那么,出了什么事,失火了吗?"

"不是的,来了个顾客。好像是一个年轻女士,她非常激动,非要见我不可。现在她在起居室等候。你看,如果有位女士一大早就在大都市转来转去,甚至把人从床上叫起,那么她肯定会有急事,因为她必须找人商量。如果这是件有趣的案子的话,我希望你一开始就了解情况。我想应该叫醒你,给你了解情况的机会。"

"老兄,我不会放弃这机会的。"

我最感兴趣的是观察福尔摩斯进行专业调查,欣赏他迅速的推论。他的推论很快,就像只靠直觉就做出来的一般,总是以逻辑为基础,凭这些方法解决了顾客提出的难题。我很快穿好衣服,几分钟就做好了准备,和我的朋友一块来到了楼下的起居室。一位女士坐在窗前,穿着黑色衣服,脸上蒙着厚厚的面纱。看见我们走进房她马上站了起来。

"早上好,小姐,"福尔摩斯高兴地说,"我叫歇洛克·福尔摩斯,这是我的密友与伙伴华生大夫。他在这里,你不必担心,你可以像和我一样谈话。好,赫德森太太想得很周到,很高兴她已生了炉火。请靠拢火坐,我叫人给你端杯热咖啡,你在发抖。"

"并不是因为冷发抖。"那女人低声说,她应邀换了个座位。

"那是为什么呢?"

"是因为害怕和恐惧。"说着,她撩起了面纱。可以看出,她的确是十分焦虑,使人同情。她的脸色发白,神情不安,双眼恐惧,活像一头被追逐的动物。看起来她三十来岁,但是头发中夹着几缕白发,面容憔悴,一副未老先衰的模样。福尔摩斯上下打量了她一番。

"你不要害怕,"他向前挪了挪身子,轻轻地拍了一下她的手臂安慰她,"不要担心,我们很快就会把事情办好,我知

·冒险史·

她撩起了面纱

道,你是乘火车来的。"

"那么,你认识我?"

"不,你左手的手套里还有一截回程票。你一定动身很早,而且在到达车站之前还坐过双轮单马车在凹凸不平的泥地走了很长一段路。"

那女士大吃一惊,迷惑不解地望着我的同伴。

"这里没有什么特别的地方,亲爱的小姐,"他笑着说,"你外套的左臂上,至少有七处有泥,这些都是新溅上的,除了双轮单马车外,其他的车不会这样甩泥,并且只有你位于车夫的左侧才会这样。"

"不论如何,你说得很对,"她说,"我六点离家,六点二十到了莱瑟赫德,随后坐开往滑铁卢的第一趟火车来的。这么下去我再也受不了了,先生,我会发疯的。没人帮我,只有一个可怜的人关心我,可他也帮不了。我听人说起过你,福尔摩斯先生，这是法林托歇太太说的，她在最困难的时候你救过她。我现在处于黑暗的深渊，请给我指出一线光明之路吧。虽然我现在还无力付酬，但再过一个月或一个半月，我就会结婚，那时我就可以支配我的收入。你会发现我不是那种忘恩负义的人。"

福尔摩斯走到办公桌前，打开抽屉的锁，拿出一本小小的案子记录本，翻了翻。

"法林托歇，"他说，"对，我想起来了，是一件猫眼宝石冠的案子。华生，那还是你来以前的事。小姐，我要说的是，我愿为你效劳，就像我曾经为你的朋友效过劳那样。说到报酬，我的职业就是报酬；但是，你可以在适当的时候，多少支付我在此案中可能支出的费用。现在，请把一切有可能帮助我们破案的事情告诉我们吧。"

"哎，"客人回答说，"我的处境十分糟糕，因为使我担惊受怕的东西我也模模糊糊，而这种担心完全是一些小事引起。在别人看起来，这些事不足挂齿。所有的人，包括最应该帮助我的人，都把我所告诉他的这一切看成是一个神经不正常的女人的想入非非。虽然他没有这样说，但我从他的安慰性的回答和回避问题的神态中就可以看出来。福尔摩斯先生，听说你能看出人们心中隐藏的邪恶，请告诉我，在这危难当头的时刻，我该怎么做。"

"我在仔细地听着，小姐。"

"我叫海伦·斯托纳，和继父住在一块，他是萨利郡西部斯托克莫兰的罗伊洛特家族的。也就是英国最古老的撒克逊家族之一中的唯一后裔。"

福尔摩斯点了点头说："这个家族名字很熟悉。"

"这个家族曾经是英国最富有的家族之一，地产宽广，超出了本郡，北起伯克郡，西至汉普郡。但到了上世纪，连续四

·冒险史·

代子孙都荒淫浪荡，至摄政时期①终于因为一个赌棍而倾家荡产。现在，除几亩土地和一座有两百年历史的古宅外，一无所有，就连那所房子也抵押得所剩无几。这个家族的最后一位地主在那里过着穷困潦倒的生活。他的独生子，也就是我的继父，认识到他必须努力自强，从亲戚那里借钱学医，获得了医学学位，后出国到加尔各答行医。在那靠他的医术和坚强的个性，业务十分兴旺。但是由于家中数次被盗，一怒之下，将当地管家打死，于是坐牢多年。后来他回到英国，成了脾气暴躁，失意潦倒的人。

"罗伊洛特医生在印度娶了我母亲，那时母亲是孟加拉炮兵司令斯托纳少将的年轻的遗孀。我和朱丽娅是孪生姐妹，母亲再婚时，我俩才两岁。她有一笔可观的财产，每年收入上千英镑。我们和罗伊洛特医生同住时，她立下遗嘱把财产全部给他，但是有个条件，这就是在我们婚后，每年付些钱给我们。我们回国不久后，母亲过世，她是在克鲁附近的一次火车事故中遇难的。此后，罗伊洛特医生放弃了在伦敦开业的打算，带我们姐妹俩到斯托克莫兰祖先留下的古老住宅生活。母亲留下的钱足够生活之用，我们看样子会生活幸福。

"但是，这时继父发生了可怕的变化。开始，邻居都很高兴罗伊洛特后裔返回这古老的宅邸，可是他一反常态，不再和邻居来往，闭门不出，深居简出，总是和人们大吵大闹。这种疯狂的脾气，在这个家族里有遗传。我想是因为继父久居热带地域，使得坏脾气越来越糟。屡次争吵，丢尽脸面。其中两次，一直闹上法庭。结果他成了村子里人人望而生畏，避而远

---

① 英国历史上的一段时期（1811—1820），因国王乔治三世智能不全，不能亲政，权力移交其子威尔士亲王乔治，作为摄政王。

之的人。因为他力气大，他发起火来，没人拦得住。

"上周他把村子里的铁匠从栏杆上摔进了小河，我花光了所能得到的钱后才避免了出丑。他除了四处流浪的吉卜赛人外，没有其他朋友。他让流浪者在家族地位的象征地——几亩荆棘地上扎营。他常去他们的帐篷中接受他们作为回报的款待，有时他和吉卜赛人一块流浪数周。他非常迷恋一位记者送给他的印度动物——一头印度猎豹和一只狒狒，这两只动物在他的土地上随意乱跑，村里人就像害怕这些动物的主人一样害怕它们。

"依上所述，你们知道我和可怜的朱丽娅几乎缺乏生活的乐趣。别人都不愿跟我们生活，我俩长期操持所有的家务。姐姐死的时候才三十岁。可是她早已头发斑白了，甚至和我现在的头发一样白。"

"那么，你姐姐已经死了？"

"她是两年前死的，我想对你说的正是有关她去世的事。你知道，由于我们过着我刚才说的那种生活，因此几乎见不到任何和我年龄相仿和地位相同的人。不过，我们有一个姨妈，是母亲的妹妹，叫霍洛拉·韦斯法尔小姐，是个老处女，住在哈罗附近，继父偶然也允许我俩到她家去做做客。两年前的圣诞节，朱丽娅在她那里认识了一位领半薪的海军陆战队少校，和他有了婚约。我姐姐回家后，继父知道这事后，也未表示异议。但是，离举行婚礼不到两周的时候，发生了可怕的事情，使我失去了唯一的伴侣。"

福尔摩斯躺在椅子上，闭着眼睛，头枕在椅垫上。这时，他半睁着眼睛，瞧了瞧客人。

"请仔细说说经过。"他说。

"这不难，那可怕的时间里发生的每件事，都深深地印在我脑海里。刚才说过,庄园的邸宅非常古老,只有侧房还住着人,卧室在一楼,起居室位于房子的中间位置。这些卧室中第一间是罗伊洛特医生的,第二间是我姐姐的,第三间是我自己的。这些房间互相不通,但是房门都朝同条过道开着。我说清楚了没有?"

"十分清楚。"

"这三间房子的窗户都朝着草坪。出事的那天晚上,罗伊洛特医生一早就回到自己的房间,但他并未入睡,姐姐被他的印度雪茄烟味呛得受不了,而他抽这种烟已成瘾。这时,她离开她的房,来我的房里坐了些时候。十一点时,她起身回去,但是走到门口处,她停下回过头来。

"'海伦,'她说,'在深夜的时候,你听见过有人吹口哨吗?'

"'从未听到过。'我说。

"'你睡时,不可能吹口哨吧?'

"'不会的,你为什么要问这个?'

"'因为这几晚,早上三点左右,我总是清楚地听见口哨声。我晚上很容易被吵醒,所以很快就醒了。说不准声音从哪来,可能是隔壁,也可能来自草坪。我想问问你是否也听见了。'

"'没有,从未听见,肯定是园子里的那些讨厌的吉卜赛人。'

"'很可能。但如果从草坪那里来,那为什么你没听见呢?'

"'我比你睡得沉些。'

"'好了,这没什么关系。'她回过头冲我笑了笑,然后关上门。过了一会,就听见她开门锁的声音。"

"怎么啦?"福尔摩斯说,"你们是不是习惯把自己锁在屋里?"

"是的。"

"为什么?"

"我刚说过,医生喂了一头印度猎豹和一只狒狒。如果不锁门,就觉得不安全。"

"哦,是这样。请继续说下去。"

"那晚,我睡不着。模模糊糊地感到大难临头。你知道,我俩是孪生姐妹,这种微妙的血缘纽带使我们心心相通。那是个狂风暴雨降临之夜,雨点打在窗户玻璃上。突然,风雨声中传来了女人的恐惧的尖叫,我听出这是姐姐的声音。我一下子从床上跳下,围上一条披巾,就冲到了过道上。在我开房门的时候,似乎听见声口哨声,就像姐姐所说的那样,过了一会儿,又听到一声哐啷声,就像金属落在地上。我跑了过去,看见姐姐的门锁已开,房门正慢慢地在动。我吓坏了,盯着看,不知什么会从房里出来。借助过道的灯光,我看到姐姐出现在门口,她的脸惊恐而苍白,两手摸索着求救,身子像喝醉了一样摇摇摆摆。我冲上去抱着她。这时她全身乏力,跌倒在地,像一个正在经受剧烈痛苦的人一样翻滚挣扎,四肢在可怕地抽动。开始我以为她不知

她的脸惊恐而苍白。

道是我,但是当我弯下身抱她时,她突然发出悲惨的尖叫,这声音我一辈子也忘不了。她喊着:'海伦,是那条带子,那条带

斑点的带子!'她好像还想说些什么,把手举起来,指着医生的房间,但是又抽泣了起来,说不出话来。我赶快跑出去,大声叫喊继父,看见他正在穿衣服。他急忙从他房间跑来。他给她喝了白兰地,并请来了村里的医生,但毫无用处,因为她快死了,后来再也没有醒来。这就是我亲爱的姐姐的悲惨结局。"

"等一下,"福尔摩斯说,"你能肯定那口哨声和金属的响声吗?你能肯定吗?"

"郡验尸官也是这样问我。我听到了,忘不了。但是在风雨声中和老房子的吱吱声中,也可能听错。"

"你姐姐还穿着白天穿的衣服吗?"

"不,她穿着睡衣。右手中还有一根烧焦了的火柴棍,左手拿着个火柴盒。"

"这表明出事时,她划过火柴,看过四周。这点很要紧。验尸官说什么?"

"他仔细地做了调查,因为罗伊洛特医生在郡里名声很臭,但找不出令人信服的死因。我可以证明,房门总是从里面锁住,窗子也有带宽铁条的老式百叶窗挡着,每晚都关得严严实实,墙壁都仔细检查过,都很坚固,地板也检查得很彻底。烟囱很宽,有四个大锁条闩上了。可以肯定的是,出事时只有姐姐一个人在房里。此外,她身上没有被强暴过的痕迹。"

"会不会是下了毒?"

"医生们做了检查,查不出来。"

"那么,你认为这不幸的女士是什么原因致死的呢?"

"尽管很难想象是什么造成她的恐惧,但我相信她死于恐惧和震惊。"

"那时,园子里有吉卜赛人吗?"

"有,那里几乎总有他们。"

"噢,从她说到的带子——带斑点的带子,你推想出什么来了吗?"

"有时候我想,那不过是些神志不清楚时的胡话,有时又以为这指的是一帮人,或许就是那些吉卜赛人。他们有许多人戴带点子的头巾,我不清楚是否可以说明她指的是那个斑点。"

福尔摩斯摇了摇头,似乎这些说法完全不能使他满意。

"这里很复杂。"他说,"请继续往下说。"

"从那以后,过了两年,一直到现在,我比以前更加孤独。然而,一个月前,很幸运有位认识多年的朋友向我求婚,他叫波西·阿米塔奇,是阿米塔奇先生的二儿子,住在里丁附近克兰活特的阿米塔奇先生的二儿子。我继父对这件婚事没有表示反对,我们计划在春天结婚。两天前,这所房子西侧的房子开始进行维修,我卧室的墙壁打了些洞,所以我只好搬到我姐姐去世前住的那间房里去住,睡在她睡过的那张床上。昨夜,我睁大眼睛躺在床上,回忆起她那可怕的遭遇,在夜深人静的时候,我听到了预示姐姐死亡的口哨声,我当时被吓坏了!我赶紧起来,点着灯,但是在房里什么也没见着。但是我实在是吓得魂飞魄散,不敢重新上床入睡。我穿好了衣服,一大早,我悄悄地走出来,在邸宅对面的克朗旅店雇了一辆马车,坐车到莱瑟赫德,又从那里乘车来到你这儿,来这儿的目的是来拜访你,请你指教。"

"你这样做很对,"我的朋友说,"但是你是不是全说了?"

"对,全说了。"

"没有,罗伊洛特小姐,你在袒护继父。"

"呀,你是什么意思?"

这时,福尔摩斯挽起那只黑色花边袖口的褶边,她的手放在膝上,是为了不让我们看到。那白皙的手腕上有五块青紫的伤痕，五个指印。

这女人满脸通红，遮住手腕说："他身强力壮，可能不清楚他自己的力气。"

大家长时间地沉默不语，而福尔摩斯则手托下巴，望着燃烧着的炉火。

后来他说："这案子非常复杂，在采取行动以前，要了解许许多多细节。不过，现在再也不能耽搁。如果我们明天去斯托克莫兰，能不能去看看房子而不让你继父知道这事？"

"刚巧他说今天要进城办件要紧的事，很可能全天都不在家，这样就不会碍事了。我家有个管家，她上了年纪而且很笨，很容易打发走。"

"非常好，华生，去一趟你不反对吧？"

"完全同意。"

"那么我们俩都去。你还有什么事要办吗？"

"现在进了城，还要办一两件事。我会坐十二点钟的火车回家，好在那里等你们。"

"你可以在正午后等我们。我有点业务上的小事需要处理，你留一会儿吃早饭吗？"

"不，我该走了。向你们吐露心事后，觉得轻松多了。期望下午见到你们。"说完她拉下那厚厚的黑面纱，轻轻地走出房间。

"华生，你是怎么看的？"福尔摩斯躺在椅子上说。

"我想，是个狠毒阴险的阴谋。"

"十分狠毒。"

"但是，如果像这女士所说的地板和墙壁完好无损，而门窗和烟囱进不去的话，那她姐姐死因不明的话，那么肯定是一个人在房里。"

"可是，那哨声怎么解释？那女人临终之言又意味着什么呢？"

"我不明白。"

"深夜的哨声；出现一帮吉卜赛人，这些人和医生关系密切；我们有理由相信医生想阻止继女结婚；临终前所说的关于带子的话；还有斯托纳小姐听见的金属声（可能是一根扣百叶窗的铁条放回原处造成的）；当你把这些事情联系起来的时候，我想，顺着这些线索就可以解开这个谜了。"

"而那些吉卜赛人做了些什么呢？"

"我说不出。"

"任何推理我看都有许多不足之处。"

"是这样。正是因为这样，所以我们今天要到斯托克莫兰去。我想知道这些缺陷是无法补救，还是可以说得通。活见鬼，这究竟是怎么啦？"

伙伴突然大叫是因为门突然被撞开。一个身材高大的汉子出现在门口，他衣着奇怪，像个学者，也像个农夫。他戴着顶黑色礼帽，穿着件长长的礼服，脚上穿着高统靴，手里舞着一根猎鞭。他身材高大，帽子擦着房门的横楣。他个子大，几乎堵住了整个门。他的脸上满是皱纹，被日光晒得黄黄的，露出邪恶的神情，瞧瞧我，再望望福尔摩斯。他那一双凶狠深陷的眼睛和那高高的鹰钩鼻，使他看起来很像一头凶残的老猛禽。

"你们俩谁是福尔摩斯？"

"先生，我就是。对不起，你是谁？"

"我是斯托克莫兰的格里姆斯比·罗伊洛特医生。"

"哦，医生，"福尔摩斯温和地说，"请坐。"

"别来这一套，我清楚我的继女来过这儿，因为我跟在她后面。她对你说了些什么？"

·冒险史·

"你们俩谁是福尔摩斯?"

"现在天气还这么冷。"福尔摩斯说。

"她跟你说了些什么?"老头大喊大叫起来。

"听说番红花会很美。"我的伙伴谈笑风生地接着说。

"哼!你想敷衍我,对不对?"这位客人往前迈进一步,舞动着手中的猎鞭说,"我认识你,你这个混蛋!我早就听人谈到你。福尔摩斯,你是个爱管闲事的人。"

我的朋友笑了一笑。

"福尔摩斯,管闲事的家伙!"

他更加满脸笑容。

"福尔摩斯,你这个苏格兰的自高自大的小芝麻官!"

福尔摩斯咯咯地笑了起来。"你说话真有趣,"他说,"请你出去的时候把门关紧,因为有一股冷风。"

"我说完就走。你竟敢来干涉我。我清楚斯托纳小姐来过这里,我跟在她后面。我可是个不好惹的人!你瞧瞧这个。"他很快往前走了几步,拿起火钳,伸出那双褐色的大手把它扭弯。

"当心点,别让我逮住你。"他吼道,然后把弯火钳扔进壁炉里，大步走出房间。

"他的确像个非常和气的人，"福尔摩斯大笑道，"我个头没他大，但如果他多呆会，就会知道我的手劲比他的差不了多少。"说完，他捡起那条钢火钳，用劲一扳，就把它给弄直了。

"十分可笑，他毫不讲理，把我和警探混为一谈。然而，这小小的插曲给调查增加了乐趣，但愿我们那位粗心的朋友不要给这家伙跟上而吃苦头。行了，华生，我们叫他们吃早饭吧，饭后我要到医师协会去，希望在那儿能弄到些有关这案子的材料。"

福尔摩斯快一点才回来。他手里拿着一张蓝纸，纸上面潦潦草草地写着一些文字和数字。

"我找到了他那已去世妻子的遗嘱，"他说，"为了了解遗嘱所留下的确切的收入数额，我必须算出遗嘱中所开列的那些投资有多少进项。其全部收入当那女人去世时近一千一百英镑，现在，由于农产品跌价，最多不到七百五十英镑。可是每个女儿一结婚就有权每年拿二百五十英镑。十分明显，如果两个小姐都结了婚，这位可爱的继父就只剩下微不足道的钱，这样即使一个女儿结婚也会弄得他很难堪。我上午的工作没白费劲，因为它证明了医生有着非常强烈的动机以阻止女儿结婚。现在那家伙已经了解我们对此案很感兴趣，如果再不抓紧时间的话就非常危险，如果你准备好了的话，我们就去雇马车，到滑铁卢车站去。你可以把你的左轮手枪放在口袋里，我会十分感谢。对付能把钢火钳扭弯的先生，埃利二号手枪是最能解决问题的工具了。我想带上这玩意和牙刷就够了。"

在滑铁卢车站，我们正好赶上一班开往莱瑟赫德的火车。到站下车后，我们在车站旅馆雇了一辆双轮轻便马车，沿着可爱的萨里路走了五六英里。天气很好，阳光明媚，天空中轻轻

·冒险史·

地飘着白云。路边的树木和树篱刚刚发出嫩枝,空气中飘着湿润的泥土气息,使人心旷神怡。我觉得这春意盎然的景色和对这件案子的调查形成了鲜明的对照。我的伙伴坐在马车的前部,两臂交叉放着,帽子耷拉着,遮住了眼睛,头低垂至胸前,他在沉思着。忽然他抬起头来,拍拍我的肩,指着对面的草地。

"看,在那边。"他说。

一片树木葱葱的园地,向着不很陡的斜坡上延伸,最高处构成了密密的一片丛林。树丛之中耸立着一座古老的邸宅。

"这是不是斯托克莫兰?"他问道。

"正是,先生,那是罗伊洛特医生的房子。"马车夫说。

"那里正在大搞建筑,"福尔摩斯说,"我们就是要到那里去。"

"那里就是村子,"马车夫指着左面的一些屋顶说,"但是,如果你们想到那幢房子那里去的话,往这边走更近些:通过篱笆边的台阶,再顺着小路走,往那儿去,往那小姐走的路上去。"

"我相信那就是斯托纳小姐,"福尔摩斯用手挡住阳光,仔细看了看说,"好,我们走这边。"

我们下了车,付了车钱,马车叽叽咯咯地往回走了。

当我们登上台阶时,福尔摩斯说:"我想最好还是让车夫把我们看成建筑师,或者是来这办事的人,免得他传些闲言蜚语的。你好哇,小姐。看,我们说话算数。"

这小姐我们上午见过面,马上上前迎接我们,显得十分高兴。"我一直在焦急地等你们,"她和我们热情地握手,"一切顺利。罗伊洛特医生上城里去了,看样子他傍晚前回不来。"

"我们认识了医生,很高兴。"福尔摩斯说。然后他谈了一下事情的经过。听了后,小姐的脸和嘴都变得苍白。

"上帝呀，"她嚷道，"这么说他在一直跟踪我？"

"似乎是这样。"

"他十分狡猾，我总是感到受着他的监视。回家后他会说什么呢？"

"他必须防范，因为他知道有比他还要狡猾的人在追踪他。今晚你一定要把门锁好不让他进来。如果他发狂，我们送你到姨妈家去。现在请马上带我们到房间里去，检查检查。"

这座邸宅是用灰色石块砌成的，墙壁上长满了青苔，房子中部高耸，两边是弧形的耳房，像螃蟹的一对钳子。一侧的耳房玻璃已破，上面钉着木板，部分屋顶已经塌陷，一副破败衰落的样子。房子中间部分也年久失修，而右边的房子比较新，挂着窗帘，烟囱冒着烟，看起来有人居住。山墙边放着一些脚手架，墙已经打通，但没有看见工人。福尔摩斯在草地上慢慢地走着，仔细地看着房子的外部。

"我想，这边是你从前的卧室，中间是你姐姐的，靠主楼的那间是医生的。"

"正是这样，但现在我睡中间这间。"

"我想是因为房子正在维修，但好像那堵墙根本没有急于维修的必要。"

"根本没必要，只不过是把我赶出来的一个借口。"

"好，这就说明了问题。这小小的边房的边上有条过道，能通向三间房。里面有窗户吗？"

"有，窗户很小，太窄，人进不去。"

"既然你俩都锁上自己的门，从那里进去并不是不可能的。现在请你进屋去，闩上百叶窗。"

斯托纳小姐照办了。福尔摩斯十分仔细地观察着窗子，想法打开窗户，但是没法打开，连一把刀子也插不进去。然后，他用放大镜仔细检查了合叶。合叶是用铁造的,牢固地嵌在石壁里。"噢,推理有些说不通的地方,关上百叶窗是没人能进去的。好了,让我们看看里面有没有线索帮我们解开疑团。"

小小的侧门通向洁白的过道,三间房门都朝向这过道。福尔摩斯没想看第三间,径直来到第二间,现在斯托纳小姐睡的那间,也就是她姐姐不幸遇难的那间房。房子小而简朴,里面是乡间旧式邸宅式样,矮矮的天花板,有个开口式的壁炉。一个角落里竖着只带抽屉的褐色橱柜,另一角放着罩着白色床罩的窄窄的床,窗子左边是梳妆台。此外还有两张椅子,中间铺了一块地毯,这些就是全部的摆设。房间四周是木板,褐色板子到处是蛀孔,陈旧不堪,褪了色。很可能是当年造房子时铺的板子。福尔摩斯搬了条椅子放在墙角,坐在那里,默不作声,四处观望着,注意着每个细节。

最后,他指着窗边粗粗的拉铃绳问道:"这铃通哪里?"那绳的一端实际上就搭在枕头上。

"通往管家的房里。"

"看样子很新。"

"是的,才装一两年。"

"是姐姐要这样做的吗?"

"不,从没听她说过。要什么我们自己去拿。"

"对,安那么好的一根铃绳似乎没有多少必要。等等,让我看看这地板。"他趴在地上,手握放大镜,前前后后迅速地移动着,认真地检查木板间的裂缝,然后检查了房间里的嵌板。最后,他走到床前,认真仔细地看了好一会,又顺着墙上下来回扫视。而后他拿着铃绳猛地使劲拉了一下。

"哦!这玩意只是做做样子而已。"他说。

"不响吗?"

"不响,上面连线也没接。真有意思,你看,绳子恰好系在通气小孔上面的钩子上。"

"真荒唐!我以前从未见过。"

"真奇怪,"福尔摩斯拉着铃绳喃喃地说,"这房子有一两个地方很特别。造房子的人很笨,本来可以花同样的工夫把通气孔通向户外的,竟会把它通向隔壁房间。"

"这事也是刚做的。"小姐说。

"是与铃绳同时安的吗?"福尔摩斯问。

"是的,安铃绳时还改了几个小地方。"

"这些实在有趣——装样子的铃绳,不通风的气孔。如果你允许的话,斯托纳小姐,让我们到里面那间去看看。"

格里姆斯比·罗伊洛特医生的房间比他继女的宽敞些,但是房间里的摆设也同样简朴。一张行军床,一个小小的木书架,上面摆满了书,多数是科技图书,床边放着把扶手椅,靠墙是一把普通的木椅、一张圆桌和一个大的铁制保险柜,主要的家具就这些。福尔摩斯在屋里慢慢地兜了一圈,细心地检查了一遍。

他敲了敲保险柜问:"这里面放了些什么?"

"继父业务上的文件。"

"噢,这么说你看见过里面的东西了?"

"只有一次,那是几年前了。我记得里面塞满了文件。"

"里面会不会藏有一只猫?"

"不会的,想到哪里去了!"

"过来,看看这个!"福尔摩斯从保险柜上拿起一个盛奶的浅碟子。

"不,我家没喂猫。但是养了一头印度猎豹和一只狒狒。"

"哦,印度猎豹和一只大猫差不多。但是,可以说要喂头

"过来，看看这个！"

豹子，一碟奶怕不怎么够吧。还有一点，我要搞清楚。"他蹲在木椅前，认认真真地将椅子面检查了一番。

"谢谢，这差不多了。"说完他站了起来把放大镜放在衣袋里，"喂，这儿有样东西很有趣！"

他说的是挂在床头上的一根打狗用的小鞭子。鞭子卷着打成结，鞭绳盘成一个圈。

"你是怎么看的，华生？"

"只不过是一根普通的鞭子。但为什么要打成结？"

"不是很普通的鞭子吧，真是个无奇不有的世界，聪明人如果把脑子用在胡作非为上，那就糟透了。我想现在看够了，斯托纳小姐，如果你允许的话，咱们到外面草坪上去走走吧。"

他离开调查现场时，板着脸，表情阴沉，我从来没见过他这个样子。我们在草坪上来回地走着，斯托纳小姐和我，都不想打断他的思路。

"斯托纳小姐，"他说，"切记你一切都必须绝对要按我所说的去做。"

"我肯定会的。"

"形势很严峻，容不得丝毫犹豫。你要保命就看你是不是听我的话。"

"我保证，一切听从你的安排。"

"第一，我的朋友和我必须在你的房里过夜。"

斯托纳小姐和我都十分惊讶地望着他。

"是的，必须这么做，我来解释一下。那是不是村里的旅店？"

"是的，那是克朗旅店。"

"很好。从那儿能看到你的窗子吗？"

"当然可以。"

"你继父回来时，一定要假装头疼，关在屋里不出来。然后，晚上当你听到他上床后，你就打开你那扇窗户的百叶窗，解开窗户的搭扣，把灯摆在窗前作为给我们的信号，然后带上你可能要用的东西，悄悄地回到你以前住的房里去。毫无疑问，尽管那间房在搞修理，在那里你还能住一晚。"

"是的，没问题。"

"其余的事情就让我们来办好了。"

"但是，你们准备怎么做呢？"

"我们要在你的卧室里过夜，弄清楚打扰你的这种声音是怎么回事。"

"我相信，福尔摩斯先生，你肯定会知道。"斯托纳小姐拉着我同伴的袖子说。

"也许如此。"

"那么，求求你了，请告诉我，我姐姐的死因是什么？"

"我想掌握了更确切的证据以后再告诉你。"

"你至少可以告诉我她是不是突然受惊而死的。"

"不，我想不是的。可能有更直接的原因。好啦，斯托纳小姐，我们得离开你了。要是罗伊洛特医生回来看见了我们，我们这次就算白来了。再见，勇敢些，只要你按照我的话去做，你尽可以放心，很快就会没事的。"

过了没多久，福尔摩斯和我在克朗旅店订了一个套房。房间在二楼，透过窗户可以俯瞰斯托克莫兰庄园林荫道旁的大门和住着人的耳房。傍晚时，我们看到罗伊洛特医生驱车经过，他那硕大的躯体与给他赶车的瘦小的少年相比，形成了鲜明的对照。仆人在打开沉重的大铁门时，稍稍耽搁了一会，医生就嘶哑着声音咆哮着，并且对那男仆愤怒地挥舞着拳头。马车离开了。过了一会，我们看到树丛里突然亮出一道光，原来是有一间居室点了灯。

"你知道吗，华生？"福尔摩斯说。这时，夜幕渐渐落下。我们坐在一块交谈，"今晚你和我一起来，我的确有些担心，因为确实有些危险。"

"我能帮一把吗？"

"你在场可能会有用。"

"那么，我肯定应该来。"

"真谢谢你！"

"你说有危险。你在这些房子里看到的东西比我看到的肯定要多得多。"

"不会的，但是我想我能稍微多做点推理。我们看到的东西一样多。"

"除了那铃绳以外，好像没看到引人注目的东西。至于那铃绳有什么用，我承认我想不出来。"

"你也注意了那通气孔了吧？"

"是的，但是我想在两间房之间开个孔，并没什么奇怪的，那孔很小，连个老鼠都难钻过去。"

"在我们没来这之前，我就知道，会找到一个通气孔。"

"呀，亲爱的福尔摩斯！"

"是这样，我清楚这点。你记得那小姐提到她姐姐能闻到罗伊洛特医生的雪茄烟味。那么，这就是说在两个房间当中必定有一个洞相通。可是，它肯定很小，不然在验尸官的问话中，就会被提到。因此，我敢肯定是一个通气孔。"

"但是，这有什么害处呢？"

"嗯，至少在时间上很凑巧，开了一个通气孔，挂了一条绳，睡在床上的一位小姐丢了命。这难道还不够引起你的注意吗？"

"我仍然看不出这些有什么联系。"

"你注意到那张床有什么很奇怪的地方吗？"

"没有。"

"它是用螺钉固定在地板上的。你从前看见过那样固定搬不动的床吗？"

"好像没见过。"

"那位小姐搬不动她的床。那张床就必然放在原来的位置上，朝着通气孔，对着所谓的铃绳——也许我们可以这样称呼这根绳，这绳从来也没有被当作铃绳用过。"

"福尔摩斯，"我叫了起来，"我好像有些明白了你的话。我们还来得及阻止可怕的罪恶阴谋。"

"真阴险可怕。如果医生走邪道，他就会成为罪魁祸首。他有胆量又有知识。帕尔默和普理查德在医生中很出名，但这个人更狡猾。华生，我认为我们会比他更高明。天亮之前，令人担心的事情还很多；看在上帝的面上，让我安安静静地抽斗烟，休息休息。现在，想点高兴的事吧。"

大约晚上九点钟的时候，树丛中透过来的灯光熄了，庄园邸宅那边黑乎乎的。慢慢又过了两个钟头，大钟刚刚敲过十一点的时候，我们对面出现了一盏灯，亮着明亮的灯火。

"那是给我们的信号，"福尔摩斯一下跳了起来，"是从中间那房子照出来的。"

我们离开旅店朝外走的时候,和旅店老板谈了几句话,福尔摩斯向他解释说我们晚上要去看位老朋友,可能在那里过夜。一路漆黑,寒风刮在脸上,冷飕飕的。夜色朦胧,昏黄的灯火在前面闪烁,引导我们去执行悲壮的任务。

由于年久失修,到处是残垣断墙,我们进入庭院毫不费力。穿过树丛,越过草坪,我们正准备通过窗子进屋时,一丛月桂树中忽然蹿出了一个像丑陋的畸形儿的怪物,扭动着四肢跃到草坪上,然后很快穿过草坪,消失在黑暗中。

"天哪!"我轻轻地叫了一声,"你看到了吗?"

这时,福尔摩斯和我一样,也吃了一惊。他十分激动,用像老虎钳似的手抓住我的手腕。然后,他轻轻地笑了起来,把嘴唇贴到我的耳根上。

"一家子相处真不错!"他轻轻地说,"这就是那只狒狒。"

我已经忘了医生还有宠爱的很特别的动物。还有一头印度猎豹呢!它随时都有可能趴在我们的肩上。我跟着福尔摩斯,脱了鞋子钻进卧室。我承认,进了房时,我才感到放心一些。我的伙伴无声无息地关了百叶窗,把灯移到桌上,环视了一下屋子四周。室内的一切,与我们白天见到的一样,他踮着脚地走到我跟前,把手围成喇叭形,对着我的耳朵低声说:"别弄出一点点声音,否则我们的计划就完了。"声音很小,我刚刚听见。

我点点头,表示同意。

"我们要摸黑坐着,不然他会从通气孔发现亮光的。"

我又点点头。

"千万别睡着,否则会送命。把枪准备好,以防万一。我坐在床边,你坐在那把椅子上。"

我拿出手枪,放在桌子角上。

福尔摩斯把带的一根细长的藤鞭放在床上。床边放了一盒火柴和一个蜡烛头。然后,他熄了灯,我们就呆在黑暗中。

这是一个可怕的夜晚,很难忘记。听不到一点响声,就连喘气的声音也听不见。但我知道,我的伙伴坐在那里,眼睛睁得大大的,和我很近,并且一样神经绷得紧紧的。百叶窗遮得严严实实,透不进一丝光亮。我们等待着,四周漆黑一团,伸手不见五指。户外偶尔传来一两声猫头鹰的叫声,窗前传来一声长长的猫叫似的哀鸣,这就是说那头印度猎豹确实在到处乱跑。我们还听到了远处教堂的钟声,每隔一刻钟就沉重地敲一次。这间隔好像是无限的漫长!十二点、一点、两点、三点。我们一直默默地坐着,等着可能出现的任何情况。

忽然,从通气孔边闪出一道亮光,马上就消失了,然后是一股烧煤油和金属的浓烈气味。隔壁房里有人点亮了一盏遮光灯。我听到了轻轻移动的声音。然后,一切又都安静下来。可是那气味却越来越强烈。我竖起耳朵又坐了半个小时,突然,我听到另一种响声,一种非常轻柔的声音,像开水壶那样嘶嘶地喷着气。刚刚一响,福尔摩斯就从床上一骨碌地跳起来,点了一根火柴,用那根藤鞭猛烈地抽打铃绳。

"看见了吗,华生?"他大声地叫着,"看见了没有?"

我什么也没有看见。在福尔摩斯点火柴的时候,我听到一声低低、清晰的口哨。我的眼睛很疲倦,突然耀眼的亮光,使我看不清他正在拼命打什么。但是,我看到,他的脸死人一般苍白,充满了恐怖和憎恶的表情。

他停止了抽打,朝上望着通气孔,在静静的黑夜中,突然传来了一声令人心惊胆战的尖声哀号,这是我一生从未听到过的最可怕的尖叫。叫声越来越大,充满着痛苦、恐惧和愤怒。据说这叫声把远在村里,甚至远在教区的人们都从睡梦中惊

·冒险史·

用那根藤鞭猛烈地抽打铃绳。

醒。这一哀叫,使我们毛骨悚然。我和福尔摩斯面面相觑,直到喊叫声渐渐消失,恢复了原来的寂静时为止。

"现在怎么了?"我依然感到忐忑不安。

"事情了结了,"福尔摩斯回答道,"而且看来可能是最好的结局。拿着枪,我们到罗伊洛特医生的房间去。"

他点着灯,领着我穿过过道,表情十分严肃。敲了两次门,没人回答。于是他转了转门把手,走进房间。我紧随其后,举着打开了保险的手枪。

我们眼前的场景很奇特。桌上有一盏遮光灯,遮光板半开着,亮光照在铁制保险柜上,柜门半开着。罗伊洛特医生靠在桌边的那把木椅上,身上穿着一件很长的灰色睡衣,赤裸的脚踝露在睡衣外,脚穿着红色的土耳其无跟拖鞋,膝上横放着我们白天看到的那把短柄长鞭。医生的下颌往上翘,两眼充满恐怖、一动不动地盯着天花板的一角。他的额头上绕着一条样子特别的、带有褐色斑点的黄带子,那条带子似乎紧紧地绕在他的头上,我们进去的时候,他一声不吭,一动不动。

"带子!带斑点的带子!"福尔摩斯低声说。

我向前走了一步。只见那条很特别的头饰开始蠕动起来,医

·查访斑带·

生头发中突然钻出一条又粗又短的毒蛇,毒蛇的头呈钻石形,脖子胀鼓鼓的,起来十分恶心。

"这是条沼泽地蝰蛇!"福尔摩斯大声说,"印度最毒的蛇。医生被咬后十秒钟就死了。作恶遭恶报,害人未成

他一声不吭,一动不动。

反倒害了自己。把这蛇弄回到它的巢里去,然后就可以把斯托纳小姐移到一个安全的地方,再告诉警方所发生的事情。"

说着,他从死者膝盖上拿过打狗鞭子,甩过去,用活结套住那条蛇的脖子,把蛇从它的可怕的栖息地拉起来,用手提着蛇扔进铁柜子里,然后将柜门关上。

这就是斯托克莫兰的格里姆斯比·罗伊洛特医生死亡的真实过程。这件事已经够长了。后来我们把这痛心的事告诉那小姐,她吓坏了;我们乘早班车送她到哈罗,交给她善良的姨妈照顾;警方调查最后做出结论,认定医生是在不明智地玩弄危险宠物时丧生的,等等,所有这些过程,这里不必一一赘述。有关这件案子我还不太清楚的地方,福尔摩斯在第二天回城的路上告诉了我。

"亲爱的华生,"他说,"我曾做了一个错误的结论,这说明根据不充分的材料进行推论是多么的危险,对那些吉卜赛人,可怜的小姐使用了'band'这词,这肯定是她在火柴光下匆匆所见到的,这可以使我追踪一个错误的线索。当我了解

那威胁到室内人的危险不可能来自窗子,也不可能来自房门时,我马上重新考虑我的看法,只有这一点可以说是我的成绩。正像我以前所说,我的注意力马上移到了那个通气孔、那挂在床头的铃绳。后来发现那根绳子只不过是个伪装,而那张床又用螺钉固定在地板上的时候,马上引起了我的怀疑,我想那根绳子可能起个桥梁作用,是为了把什么东西通过洞孔送到床上来,这样立刻想到了蛇,因为我知道医生喂养了一群来自印度的动物。我把这两件事联系起来看,觉得我的思路很可能是对的。用任何化学实验都查不出这种毒,这个主意是他这个受过东方式教育的聪明而冷酷的人才能想到的。他想,这种毒能迅速发挥作用也是一个长处。的确,如果验尸官能够查出那毒牙咬过的两个小黑洞,那么他肯定是个眼光敏锐的人。后来,我想起了那口哨声。当然,天一亮他就必须把蛇唤回去,以免被要加害的人看见。他训练那蛇能一听到呼唤就能回到他那里,很可能用的就是我们看到的牛奶。他会在他认为最适当的时候把蛇通过通气孔送过来,使它会顺着绳子爬到床上。蛇可能咬人,也可能不咬床上的人,对方有可能一周内每晚都幸免于难,但她迟早逃不了厄运。

"在走进医生的房间之前我就已推出了这个结论。检查了他的椅子后,发现他常常站在椅子上,为了够得着通气孔椅子是必要的。看到保险柜,那碟牛奶和绳的活结就肯定无疑了。斯托纳小姐听到的金属哐啷声很显然是由于她继父匆匆忙忙把他那条可怕的毒蛇关进保险柜时发出的声音。做出了推理后,你知道我做了些什么来验证。听到那东西嘶嘶作响时,我毫不怀疑你一定也听到了,我马上点了灯并抽打它。"

"结果把蛇从通气孔赶了回去。"

"结果还使蛇在另一头转过去对付它的主人。我用藤鞭子打那几下打得它难受,唤起了毒蛇的本性,因而它见了第一个人就狠狠地咬了一口。这样说,我无疑对格里姆斯比·罗伊洛特医生的死负有间接的责任。老实说,我是不大会为这种事感到内疚的。"

(雷春英 译)

工程师大拇指

在我俩密切交往的那些日子里，我朋友歇洛克·福尔摩斯解决的所有案件中，只有两件是我介绍给他而引起他注意的：一件是哈瑟利先生的大拇指案，另一件是沃伯顿上校发疯的案子。这两件案子中，对有独到见解的机灵的读者来说，后一案也许更有意义。但是，前一件案子中虽然很少用上使我朋友获得令人瞩目的成就所运用的演绎推理，但是因为这一案一开始就非常离奇，细节非常富有戏剧性，所以这件案子也许更值得记载。我想这事的经过在报纸上已经登载过不止一次了。但是，就像所有的报纸那样，只能用半版笼统地登载，远未引起人们足够的注意。这样，还不如让事情经过逐渐展开，让案情之谜逐步让人了解，逐渐得到解答，这样更加引人注目。当时的情景，给我留下了深刻的印象，尽管已经过去两年了，可我仍旧记忆犹新。

这里我扼要说说事情的经过。这事发生在一八八九年的夏天，那时我刚刚结婚不久，已经重新开业行医，让福尔摩斯一个人留在贝克街的寓所里。我经常去看望他，有时还劝他放弃他那豪放不羁的习性上我家做客。我的业务十分兴旺，我的住处恰好离帕丁顿车站不远，有几位铁路职工就近到我这里来看病。我为其中的一位解除了病痛，他逢人就宣扬我的医术，使他认识的病人都来到我这儿治病。

一天早晨，快七点钟的时候，我被女佣人的敲门声叫醒。她告诉我，从帕丁顿来了两个人，正在诊室里等我。我赶紧穿好衣服,匆忙下楼。根据以往的经验,铁路部门来的人,病情大多相当严重。下楼后,我的那位当铁路警察的老伙伴从诊室里出来,把门紧紧地关上。

"我把他领到这儿来了,"他用大拇指往背后指了指,悄悄地说,"他现在不会有大问题了。"

"发生了什么事?"我问道,看起来好像他把一头怪物关在我的诊室里了。

"是个新病号,"他轻轻地说,"我想我最好还是亲自送他来,这样他就跑不掉了。现在我得走了,大夫,和你一样,我还得值班去,他现在在里边我就放心了。"我还没来得及向这位忠实的介绍人致谢,他就转身走了。

我走进诊室,看见有一位先生坐在桌旁。他衣着朴素,穿着花呢衣服,把一顶软帽放在我的几本书上。他的一只手裹着手帕,上面斑斑点点尽是血。他年轻,看起来最多不过二十五岁,长得英俊,但面色苍白。看起来他正极力忍耐某种剧烈震动而带来的痛苦。

"非常对不起,一大早就把你吵醒了,大夫,"他说,"昨天晚上我遇上了一起非常严重的事故。今早我乘火车到这里,在帕丁顿车站打听找医生时,一位好心人非常热心地送我到这儿来了。我给了女佣人一张名片,她把名片放到那张桌上了。"

我拿起名片看了看,上面印着这位客人的姓名、身份和住址:维克托·哈瑟利先生,水利工程师,住多利亚街16号甲(四楼)。"十分抱歉,让你久等了,"说着我就坐在靠椅上,"看得出你刚刚坐了一晚的车,夜间乘车本来很无聊。"

"噢,这一夜可不无聊。"他说着大笑起来,笑声很大,声音很尖。他身子靠在椅子上,大笑不已。作为医生,我对此很反感。

·冒险史·

"行了!"我叫道,"安静一下吧!"我从玻璃水瓶里倒了一杯水递给他。

然而,毫无用处,他的笑声歇斯底里,是意志坚强的人在经过巨大磨难之后的一种歇斯底里的反映。过了一会,他恢复了清醒,但是已精疲力竭,面色苍白。

"我出尽了洋相。"他大口大口地喘着气。

"没这回事,喝了吧。"我往水里掺了些白兰地,他那面无血色的双颊开始有些发红了。

"现在好多了!"他说,"大夫,请你费心,给我看看大拇指吧,瞧瞧,这是我大拇指原来的部位。"

他解开手帕,把手露了出来。就是铁石心肠的人,也难以目睹!四根突出的手指和一片鲜红的海绵状体,看起来非常可怕。这断面本来应是大拇指的部位,而拇

他解开手帕,把手露了出来。

指已被剁掉或硬拽了下来。

"天哪!"我叫道,"真可怕,一定流了不少血。"

"是流了不少血。受伤后我昏了过去,我想我有相当长时间不省人事。等我醒过来时,我看见手还在流血,于是我用手帕的一端紧紧地捆住手腕,用一根小树枝绷紧。"

"包扎得很好!你本应该成为一名外科医生!"

"瞧瞧，这是水利学问题，属于我自己的专业问题。"

"是用一件很沉重而锋利的东西剁的。"我检查着伤口说道。

"像是用屠夫的切肉刀剁的。"他说。

"这是意外事故，是不是？"

"不可能是意外。"

"你说什么？是有人故意行凶吗？"

"对，十分残忍。"

"真可怕。"

我用海绵洗净了伤口，揩干净后敷裹好，然后用脱脂棉和消毒绷带绑起来。他躺在那里一动不动，尽管他痛得不时地咬紧牙。

包好伤口后，我问他："现在你觉得如何？"

"好多了，你用白兰地和绷带，使我感觉变了样，开始我很虚弱。但是我还有很多事要做。"

"我看你最好别谈这事了。这对你是种折磨。"

"噢，不会的。我还要把这件事报告警察；可是，不瞒你说，如果我不是有这个伤口为证的话，他们才不会相信我的话呢，因为这是件非同寻常的事，而我又拿不出什么证据证明我的话是真的。而且，就算他们相信我的话，我能提供的线索也很模糊，他们是否会为我主持公道还很难说。"

"有了！"我叫道，"如果你想解决问题的话，可以找我的朋友福尔摩斯先生。报警前，可以先去找他。"

"噢，我听人说起过这个人，"客人回答说，"如果他受理这个案子，我会十分高兴，同时也要报警。你能为我做介绍吗？"

"不光为你介绍，我还要亲自陪你去走一趟。"

"那就太谢谢你了！"

"我们雇辆马车一块儿走，还来得及赶上同他进早餐。你说这样做身体能行吗?"

"行,不说说我的遭遇,我心里就觉得不踏实。"

"那么,叫我的佣人去租辆马车。我去去就来。"我赶紧上楼,匆匆对妻子说了几句。五分钟后,我和这位新认识的人坐上一辆双轮小马车朝贝克街赶去。

如我所料的那样,福尔摩斯正穿着晨衣在他的起居室里踱步,一边读着《泰晤士报》上刊载的寻人、离婚启事专栏,嘴上叼着早餐前抽的烟斗。这个烟斗装的是些前一天抽剩下来的烟丝和烟叶。通常他小心地烘干了这些东西后就堆积在壁炉架的角落里。他十分友善地接待了我们,叫人拿来咸肉片和鸡蛋跟我们一起饱饱地吃了一顿。饭后,他把新客人安顿在沙发上,在他的脑后放了个枕头,在沙发边放了一杯掺水白兰地。

"可以看出你的遭遇很不一般,哈瑟利先生。"他说,"请你在这里随便躺躺,不要拘束。把经过告诉我们,累了就休息一下,喝口酒提提神。"

"谢谢你,"我的病人说,"医生给我包扎后,我就感觉大不一样,我想你这顿早餐把病都治好了。为了节省你的宝贵时间,我现在就开始谈谈我那奇怪的经历吧!"

福尔摩斯坐在大扶手椅上,脸上一副疲倦困乏的样子,没有露出他那热切的心情和敏锐的目光。我坐在对面,静静地倾听着客人细细地讲述那桩离奇的故事。

"告诉二位,"他说,"我是个孤儿,又是个单身汉,独自一个人住在伦敦。我的职业是水利工程师,曾在格林尼治著名的文纳和马西森公司当了七年学徒,有水利这一行相当丰富的经验。两年前,我学徒期满。在可怜的父亲去世之后,我继承了一大笔钱。于是我打定主意自己开业,在维多利亚大街租了几间办公室。

"我相信,大家都会发现,首次独自开业真是枯燥无味。对我来说,更加如此。两年中,我只接受过三次咨询和一件小活,这就是我的全部工作。我的收入总共二十七英镑十先令。从上午九点到下午四点,我每天都在办公室里等待着,直到最后心灰意冷。我终于知道永远不会再有任何一个主顾登门光顾了。

"可是,昨天正当我准备离开办公室的时候,办事员进来告诉我,有位先生想见见我,谈谈业务,名片上写着莱桑德·斯塔克上校的名字,然后上校本人进来了。上校个子较高,非常瘦削,是我见到过的最瘦削的人,整个面部瘦得只留下鼻子和下颌,皮肤紧紧绷在两颊的凸起的颧骨上。看来他生下来就这番憔悴模样,而不是因为患病所致。他两眼炯炯有神,步履轻快,举止灵活。他衣着简朴整齐。看起来大约将近四十岁。

"'你是哈瑟利先生吧?'他说起话来带点德国口音,'先生,听说你不但业务精通,而且办事谨慎,能守口如瓶。'

"我弯腰鞠了一躬,像个青年人一样听到这类恭维语就洋洋得意。'你是否可以告诉我,谁告诉你这些的呢?'

"'唔,现在还是不告诉你为好。我还听人说你是个孤儿,是个单身汉,独自住在伦敦。'

"'非常正确,'我回答说,'请你原谅,我不懂这些与我的业务有什么关系,我想你来是同我洽谈业务的。'

"'是这样的。但是我并没说半句废话。我们想委托你办件事,但是最重要的一点是要绝对保守秘密,绝对保密,你清楚吗?所以,我们可以认为独居者比带家眷生活的人更能做到这一点。'

"'你完全可以相信,'我说,'如果我向你发誓保守秘密的话,那我肯定做得到。'

"他用充满了猜忌多疑的目光一直紧紧地盯着我,这是有生以来的第一次。

"后来,他说:'现在你做保证啦?'

"'好,我保证做到。'

"'在事情前后及整个过程中,你要完全彻底保密,绝对不提这事,无论口头上还是书面上都要这样,这点能做得到吗?'

"'我保证做到。'

"'很好。'他突然一跃而起,大步向前,猛地推开了门,看见外面过道上一个人影也没有。

"'很好!'他走回来说,'我想办事员有时对主人的事是十分好奇的。现在我们可以放心说话了。'他把椅子拉到贴近我,再次以充满怀疑和考察的眼光盯着我。

"看到这瘦个子的古怪举止,我内心充满了一种反感和近乎恐惧的感觉,显得有些不耐烦,这种感觉超出了对失去顾客的担心。

"'请你谈谈你所说的事吧,先生,'我说,'我的时间十分宝贵。'我不禁脱口而出。

"'干一晚五十个畿尼可以吗?'他问。

"'还不少。'

"'我说是只需一个晚上,实际上可能只要一个钟头,只不过是想请教你一下关于一台水力冲压机齿轮脱开的事。只要你指出毛病出在哪里,我们自己就能很快修好的。这样一件活,你觉得怎么样?'

"'工作看来很轻松,报酬却很不错。'

"'是这样,想请你今晚乘坐末班车去。'

"'上哪儿?'

"'到伯克郡的艾津去。靠牛津郡的一个小地方,离雷丁不到七英里。乘帕丁顿的班车可以在十一点十五分左右到那里。'

"'行。'

"'我乘马车来接你。'

"'这么说还得坐段马车了?'

"'是这样,我们那小地方在乡下,离艾津车站有七英里。'

"'那么午夜前我们是赶不到那里了。我想赶不上回来的火车,这样我只得在那里过夜了。'

"'是的,我们会给你安排住宿。'

"'这很不方便,难道不能在更方便的时候去吗?'

"'你最好晚上来。为了补偿你的不便,我们才给你这个默默无闻的年轻人开那么高的价,这钱用来请教你这一行中最高明的专家也足够了。当然,如果你想不干这事,现在还来得及。'

"我想到了五十个畿尼,这笔钱对我将是多么有用。'我不是这个意思,'我说,'我会十分愉快地接受你的安排。不过我想更清楚地弄明白你要我干的是什么事。'

"'对,我们要你保证严守秘密,很自然会引起你的好奇心,我们并不想叫你办事而又不让你了解底细。我想,不会有人偷听吧?'

"'绝对不会。'

"'事情是这样的,你也许知道,漂白土是种昂贵的矿产,而在英国,只有一两处有这种矿。'

"'听说过。'

"'不久前,我买了块很小的地,非常小,离雷丁不到十英里。很走运,发现地里有漂白土矿。探明之后,发现这个矿床较小,但它却连接了左右两个大得多的矿床。可是这两处全在邻居的地下。这些人很善良,对地下埋着和金矿同样贵重的矿一无所知。当然,在邻居发现土地的真正价值之前把他们的地买下来是很合算的。但是不幸的是,我资金不足。这样找了几个朋友秘密协商。他们提议我们应该悄悄地、秘密地开采我们自己那一小块矿床,这样来筹集资金购买邻居的土地。我们已经这么干了一段时间了。为了便于操作,安装了一台水压机。正像我开始告诉你的那样,机器出了毛病,希望能得到你的指点。我们小心地保守着秘密,可是,如果有人知道我们请过水利工程师到我们的小房子来,马上就会引起人们的好奇。如果泄露出去,购买土地开矿的计划就会落空。这就是我要你保证不对任何人透露你今晚要去艾津的原因。我想我已经把一切都告诉你了。'

"'我知道了,'我说,'不过有一点不太明白的是,你挖漂白土用水压机有什么用?我想漂白土是像从矿坑里掏沙那样挖出来的。'

"哦,'他漫不经心地说,'我们有自己的办法,把土压成砖坯,这样在搬运的时候不会让人知道是什么东西。不过那是些细节。现在,我把所有秘密都告诉你了,哈瑟利先生,这表示我是多么信任你了。'说着他站了起来,'好了,十一点十五分在艾津见。'

"'我一定去。'

"'千万不要对别人说。'说完,他不放心地看了我很久。随后,用他那又湿又冷的手和我握了握手,就匆匆走出了屋子。

"后来,当我静下来考虑这事时,接受了这项突如其来的业务,我自己也非常惊讶。当然,我很高兴,他答应的酬金至少是我自己的要价的十倍,而且这项业务很可能带来其他的一些业务。但是,客人的那副样子和举止使我十分不快,我觉得他对漂白土的解释不足以使我相信有必要深夜前往,也不足以说明他为什么如此担心,唯恐我会对别人提及这件事。无论如何,我把恐惧置于脑后,吃饱了晚饭后,乘车前往帕丁顿,然后上路,没对任何人提及此事。

"到了雷丁后,我换了车,而且换了车站,刚好赶上了驶往艾津的最后一班火车。十一点钟后,到达了那灯光昏暗的小站。乘客中只有我一位在那里下车,站台上除了一个提着灯笼看起来很疲乏的搬运工人以外,没有其他人。当我走出检票口时,我发现我上午认识的那人在没有灯光的暗处等着我。他一句话没说,就抓住了我的胳膊,拉我赶紧登上一辆敞着车门的马车。他拉上两边的车窗,敲了敲板子,马就很快跑起来。"

"是不是只有一匹马?"福尔摩斯突然问道。

"是的,只有一匹马。"

"你注意到马的颜色了吗?"

"是的,当我进去时,在灯下我看了一下,是匹栗色的马。"

"看上去很疲乏还是很有生气?"

"很有生气,毛色很亮。"

"对不起,打断了你的话,这事很有趣,请你往下讲。"

"这样我们上了路,马车走了至少一个钟头。斯塔克上校说只有七英里,但从我们的速度和花费的时间来看,肯定有将近十二英里。路上,他一直坐在我身边默默无语,有几次我朝他那边看,发现他一直神情紧张地盯着我。那条乡间道路好像不太好,车子颠簸得厉害,使我们左右摇晃。我往窗外看,想看看我们到了哪里,可是车窗是毛玻璃的,除偶尔路过有灯的地方时看到一片模糊的灯光外,什么也看不见。我不时说几句话来消除路上的沉闷,可是上校只给简短的回答。于是,也就无话可谈了。后来,马车从崎岖不平的路上驶到了平稳的砾石路上,不久就停了下来,莱桑德上校下了车,我跟在他后面,他突然一下把我拉进了前面敞开着的大门。好像是一出马车便进了大厅,这样我来不及大概看看房子正面。刚一进门,门就在身后砰的一声关上了。我隐约地听到了马车离开时吱吱呀呀的车轮声。

"屋里一片漆黑,上校摸着找火柴,轻轻地咕哝着什么。走廊的一端有扇门突然打开。出现了一道长长的金色亮光,向我们这边射来。亮光越来越强,接着走出来一个女人,手里提着盏灯,举在头上,朝前看着我们。看得很清楚,她很漂亮,从她穿的黑衣服上反射着的灯光的光泽来看,就知道那是很华贵的衣料。她说了几句外语,好像是在问话。当我的同伴三言两语简单地回答时,她显得十分惊讶,手里的灯差一点掉下来。斯塔克上校赶忙走到她身边,贴着她的耳朵悄悄地说了几句,然后把她推回那房间。接着他提着灯朝我走来。

"'可能得请你在这里稍等一会。'说着推开了另一间房门。这间房很小,安静,摆设简单。屋中间有张圆桌,零乱地放着几本德文书。斯塔克上校把灯放在门边的一架小风琴的顶上。'不会让你久等的。'说完他消失在黑暗中。

"我看了看桌子上的书,虽然我不懂德文,还是看出其中有两本是科学论文集,其余的是诗集。我走到窗口,想看看乡间的景色,但是栎木百叶窗把窗户遮得严严实实。房间里静悄悄的,一座旧钟在走廊里的什么地方嘀答嘀答地响着。除了钟以外,四周鸦雀无声。我模模糊糊地感到一阵不安。那些德国人是干什么的?他们住在这偏僻的乡间做些什么?这里又是哪儿?我只知道这里离艾津约十英里,但是方位分不清。

"从这里的位置看,雷丁可能还有一些大镇子的位置都是在这个范围内,所以这里可能并不偏僻。然而,当时那么安静,可以肯定我们是在乡下。我在房里走来走去,轻轻地哼着小调来壮胆,想到我完全是为了挣那五十畿尼的酬金来这里的。

"在这一片寂静中,我房里的门突然慢慢地打开了。那女人站在门缝里,后面是黑洞洞的大厅,透过屋里的那盏灯的昏黄的灯光,看到她那漂亮的脸蛋显得十分认真。她的神色惶恐不安,这情景使我更感到不寒而栗。她战战栗栗地举起一个手指要我别作声,很快地对我说了句不太像样的英语。她的眼神就像一匹受惊的马驹那样,急忙回顾身后的暗处。

"'如果我是你,我就跑了,'她说起话来努力使自己说得平静一些,'我是你的话,决不会留在这儿。这对你没好处。'

"'但是,夫人,'我说,'我还没开始干活呢,我来这儿就是干活的。我看过机器后,才能离开。'

"'不值得,'她继续说,'你可以从这扇门跑出去,没人会挡住你。'她见我微笑着摇着头,突然不顾一切向前走了一步,双手紧握。'看在上帝的分上!'她轻轻地说,'现在还来得及,快点跑!'

"可是我这人生来就比较固执,遇到困难时,会更加坚定不移。那五十畿尼的酬金,那趟疲惫的旅行,还有看来十分不愉快的晚上,是不是要这一切都毫无所得地白费力气呢?为什么不完成交给我的任务,也不得到我应得的报酬就溜之大吉呢?也许她是个固执己见的女人。尽管她的神态使我非常震惊,大大超过了我愿意承认的程度,但我不改变主意,还是摇摇头,表明我要留在那里。她正要再三恳请,这时传来了很响的关门声,然后听到楼梯上的脚步声。她听了后,举起双手做了个无可奈何的样子,便悄然消失了。

"莱桑德·斯塔克上校和一位身材矮胖、双下巴的皱褶上留着胡须的人走了进来。上校对我介绍说他是弗格森先生。

"'这是我的秘书兼经理,'上校说,'顺便说一句,我记得刚才这扇门是关着的。我怕风会吹着你。'

"'不会的',我说,'是我把门打开的,我感到这屋子有些闷。'

·冒险史·

地轻轻地说:"现在还来得及,快点跑!"

"他怀疑地看了看我。'那么,咱们最好还是开始干活吧,'他说,'我和弗格森先生准备带你到上面去检查一下机器。'

"'我认为,最好还是戴顶帽子吧。'

"'噢,那没必要,就在这房子里。'

"'怎么,你们在屋里挖漂白土?'

"'不是的。在这里压制砖坯。这点无关要紧。要你做的只是看看机器,告诉我们出了什么毛病。'

"我们一块上了楼,上校提灯领路,胖经理和我跟在他后面。这是一栋老房子,像迷宫似的,有很多条走廊、过道、狭窄的盘旋式楼梯。门又小又矮的,几代人的踩磨已使门槛凹了下去。底层的地板上没铺地毯,也没有放过家具的迹象,墙上的灰泥已经脱落,污渍斑斑,呈绿色,冒着水气。我装出一副漫不经心的样子,但我忘不了那女人的告诫,虽然我还是不太十分在意,我仍然注意观察我的两位同伴。弗格森看来沉默寡言,从他说的简短的话语中至少可以知道他是一位同胞。

"后来莱桑德·斯塔克上校停在一扇矮门前,开了锁,里面是个小小的正方形的房间,不能三个人同时进去。于是弗格森等在外面,上校带我进了屋。

"'现在,'他说,'我们实际上是在水压机里,如果有人开机的话,那会是件很不愉快的事情。这小房间的天花板,实际上是下降活塞的底部,它落在金属地板上时有几吨的压力。外面一些小小的横向水柱,受压后会按照你了解的方式传导和增加承受的压力。机器运转很容易,只是有点不灵活,浪费了一部分压力。请费心看看,告诉我们怎么才能修好。'

"我接过他手里的灯,彻底地检查了机器。这机器确实很庞大,能产生很大的压力。然而,当我走到外面,拉下操纵杆时,听见飕飕声,我立刻明白机器里有很小的裂缝,使得水能经一个侧面活塞倒流。检查后发现传动杆头上有一个橡皮垫圈已磨损了,塞不住在其中来回移动的杆套。很显然,这就是浪费压力的原因,我向同伴指出了破损点。他认真地听着我的话,询问了怎样修好这台机器的几个实际问题。交代清楚后,我回到主机房。我十分好奇,仔细地检查了这个小房间。一目了然,关于漂白土的事,纯粹是瞎编的。如果说这个大功率的机器竟是为挖漂白土而设计的,那才真荒唐。屋子的墙壁是木头造的,但是地板却是一个大铁槽。当我开始察看时,看到上面积满了一层金属屑。我弯下腰用手指去挖,想看个究竟,突然听到一声德语的低低的惊叫,看到上校那张苍白的脸正往下望着我。

"'你在那干啥?'他问道。

"因为他对我撒了谎,我十分生气。'我在欣赏你的漂白土呢,'我说,'如果我知道了这台机器的真正用途,不是能更好地向你提些有用的建议吗?'

"刚一说完,我马上就因鲁莽的语词而后悔不已。上校的脸色变得十分难看,灰色的眼睛里露出恶狠狠的目光。

"'好的,'他说,'你会了解机器的一切!'他退了一步,砰的一声猛地关上了小门,锁孔里的钥匙转了一圈。我冲过去拉门,用劲地拉把手。可是门关得严严实实,我又推又拉,门一动不动。

"'上校!!'我大喊大叫,'喂,开门让我出去!'

"四周悄然无声。突然,我听到了一种声音,使我的心都快跳了出来。是拉杠杆的声音和水管放水的哗哗声。他开动了水压机。灯还留在地板上,是我检查铁槽时放在地上的。灯光使我看到黑乎乎的屋顶正慢慢地、摇摇晃晃地向我压下来。十分清楚,机器压力足以在一分钟内把我碾压成肉泥。我大声呼救,用身子撞门,用手指抠门锁。我大叫哀求上校放我出去,可是无情的杠杆的转动声盖过了我的呼号。房顶离我的头只剩一两英尺了,举手就能摸着

我冲过去拉门。

那硬邦邦、粗粗的表面。我突然一闪念，想到一个人死亡时所受的痛苦很大程度上是取决于临死前的姿势。如果我趴下，重量就会压在脊骨上。但想到那压断骨头时可怕的噼啪声，我不禁浑身战栗。也许仰着会好些；但我会不会有胆量躺在那里眼睁睁地望着那一团黑乎乎的东西摇摇摆摆地把我压碎呢？我站不直了，突然我的目光一亮，闪烁出希望的火花。

"我刚才说过，尽管房顶与地板是铁制的，墙壁却是木头的。我向四周望了最后一眼，忽然看到两块墙板间透过来一丝微微的亮光。一块小嵌板往后推，光线也越来越亮，一下子难以相信这里会是逃生之门。我马上从那里冲了出去，魂飞魄散地躺在墙的另一边。嵌板一下子又合拢了，随后传来了那盏灯的碎裂声和两块铁板的合拢撞击声，真是千钧一发，死里逃生。

"有人发狂似的扯着我的手腕，我才苏醒过来。我躺在一条狭窄走廊的石头地面上，一个女人右手端着一根蜡烛弯着腰，用左手使劲地拽着我。她就是那位好心的朋友！想当初，我把她的话当成耳边风，这是多么愚蠢啊！

"'快！快！'她上气不接下气地嚷着，'他们马上要来了，他们会发现你没在那里。哎呀，再不能耽搁宝贵的时间啦，快！'

"这次，我听了她的话。我摇摇晃晃地站起来，沿着走廊跑。然后跑下一条盘旋式楼梯。梯子下又是宽宽的过道。我们刚刚跑到过道，就听到奔跑的脚步声和两个人的叫嚷声。一个人在我们刚才跑过的那一层，另一个在他的下一层，两人大声呼应。给我带路的女人停了下来，好像一个走投无路的人，拼命地四下寻找生路。她立刻打开通向一间卧室的房门，皎洁的月光从窗户照了进来。

"这是你最后的机会了，'她说，'很高，也许能跳下去。'

"她说话时，过道的尽头亮了灯，一闪一闪的。出现了斯塔克上校快步奔跑过来的瘦削的身影，他一手提着灯，另一只手拿着一把像屠夫的切肉刀那种东西。我拼命穿过卧室，猛然推开窗户向外看。月光下的花园静谧而芳香，充满着生气，花园离窗户最多不过三十英尺。我爬上窗台，但是我的救命恩人和追赶我的恶棍之间会发生什么呢，我犹豫了，没有立即往下跳。如果她受欺凌，不论会有什么危险我都会回头帮助她。说时迟，那时快，上校一下子就到了门口，想推开她冲进来，但是她抱住了他，使劲把他往后拽。

"'弗里茨！弗里茨！'她用英语嚷着，'你上次答应过我。再也不干了。他不会说的！天呀，他不会说！'

"'你疯啦，伊利斯！'他吼道，努力摆脱她，'你会害死我。他知道得太多了，走开，让我过去！'他把她摔倒在地，直奔窗口，用那刀向我砍来。这时我已经离开窗口，当他砍下来时，我的两手还抓着窗台。我感觉到一阵痛，放开了手，掉在下面的花园里。

"我受了惊，但没有跌伤，我赶紧爬起来，拼命冲进矮树丛中，我知道我还没脱离危险。我跑着跑着，突然感到一阵晕眩和恶心。看看那只疼得阵阵抽动的手，这时我才发现我的大拇指被砍掉了，血不断地涌出来。我竭尽全力用手帕把伤口包了起来，突然一阵耳鸣，然后就昏了过去，倒在蔷薇的花丛中。

"我不清楚昏迷了多久。一定很长，当我苏醒过来时，正是曙光初露之时。衣服被露水弄得透湿，袖子被伤口的血染红了。疼痛难忍，使我回想起夜里的危险遭遇，想到我也许还没有甩掉追赶我的人，一骨碌爬起来。使我大吃一惊的是，四周看不到房子，也没有花园。原来我一直躺在挨着公路的树篱的角落里，前面不远是一栋长长的楼房。走近一看，原来就是我昨晚下车的那个车站。如果没有手上这可怕的伤口的话，好像这段可怕的时间里的一切，都可能是一场噩梦而已。

"我脑子昏昏沉沉地走进车站，问了问早班火车的时间，知道一小时内会有一趟火车开往雷丁。值班的还是我来时就在那里的那位搬运工。我问他是否听说过莱桑德·斯塔克上校，看来他并不知道这个人；问他是不是注意了昨晚等我的马车，他说没有；问他附近有没有警察局，他说三英里外有一个。

"我受了伤，又

他用那刀向我砍来。

很疲劳，去警察局对我来说实在太远了。于是我决定先回城里以后再报警。回城时才六点多一点，于是我先去包扎伤口。谢谢这位医生送我来这里，我要把这个案子托给你，完全按你的意见去办。"

听完这段异乎寻常的经历后，我俩默默无语坐了一会。随后，福尔摩斯从架上拿下一本贴剪报的沉重的大本子。

"这里有条广告会使你们感兴趣，"他说，"大概一年前所有的报纸都登过。听我念：

"'寻人启事。杰里迈亚·海林先生,二十六岁,水利工程师,于本月九日晚十时离开住所后下落不明。身穿……'

"噢!我想,这是上一次上校需要机器大检修。"

"天哪!"我的病人嚷道,"难怪那女人要那样说。"

"事情很清楚,上校是一个残酷的恶棍,他不会允许别人妨碍他,像个地地道道的海盗,绝不会在抢劫的船上留下个活口。行啦,现在每分钟都很要紧,如果你还能撑得住,我们必须马上赶到苏格兰场去报案,这是去艾津的第一步。"

大约过了三个钟头,我们一块上了火车,从雷丁前往伯克郡的小村子。随行的有福尔摩斯、那个水利工程师、苏格兰场的布拉兹特里特警官、一位便衣侦探和我。警官在座位上铺了张本郡的军用地图,用圆规以艾津为中心画了一道圈。

"就在这儿,"他说,"这个圆圈是绕车站十英里为半径画的。要找的那个地方大概是在靠这条边线的地方。先生,我记得你说的是十英里。"

"马车至少走了一个钟头。"

"你认为他们是在你昏迷后把你送回来的吗?"

"也许如此,模模糊糊地记得似乎是被抬起来运到什么地方去过。"

"我不懂,"我说,"为什么他们会在花园找到你后饶了你?也许那家伙因为那女人求情让步了?"

"我想那不大可能。这是我一生中见到的最冷酷的面孔。"

"哦,不久这个谜就会解开的。"布拉兹特里特警官说,"看,我已经画好了这个圈,我真想知道在哪里能找到那个家伙。"

"我想我能说出来。"福尔摩斯不动声色地说。

"真的?现在吗?"警官嚷了起来,"你就判断出来了!好,看看谁与你看法一致。我说是南面,那一带乡间很荒凉。"

"我说靠东。"我的病人说。

"我说靠西,"那便衣侦探说,"那一块有好几个很僻静的小村子。"

"我说在北边,"我说,"北面一带没有山,我们的朋友说他注意到马车没上过坡。"

"咳!"警官笑着说,"意见分歧真不小。现在你说说,你究竟站在谁一边?"

"你们都不对。"

"不可能都错呀!"

"是这样的,你们全不对。听我说说,"他指着圆圈的中心说,"这就是我们要找的地方。"

"那十二英里的路呢?"哈瑟利喘着气。

"去六英里,往回六英里。没有更简单的了。你说过当你上马车的时候,那匹马精神饱满,毛色光润。如果它跑了十二英里那么难走的路,会是什么样子呢?"

"的确,很可能是这个诡计,"警官思考了一会儿说,"显然,这帮家伙是干什么的也就一清二楚了。"

"那当然。"福尔摩斯说,"他们是大量制造假币的罪犯,他们使用那台机器铸造合金来代替白银。"

"我们发现有帮机灵的坏蛋在干这勾当有一段时间了。"警官说,"他们在大批地铸造半克郎的硬币。我们一直跟踪他们至雷丁,再远些就找不到线索了,他们用了掩蔽踪迹的方法。这表明他们是狡猾的惯犯。幸而有这次,他们跑不掉了。"

但是警官错了,那些罪犯早已逃之夭夭。当我们抵达艾津车站时,一股巨大的浓烟,从附近的一个小树丛后面冲天而起,像一大片的鸵鸟毛悬挂在美丽的田园上空。

"是失火了吗?"当火车吐着气离开车站时,布拉兹特里特问道。

"是起火了,先生。"站长回答说。

"什么时候起火的?"

"听说是昨夜,先生。但是火势越来越猛,已成了一片火海了。"

"是比彻医生的房子。"

"请问,"工程师插话问道,"比彻医生是个德国人,瘦瘦的,鼻子又长又尖的,对不对?"

站长听了哈哈大笑:"不是的,先生,比彻医生是个英国人,在我们这个教区里他是穿得最讲究的人。据我所知,有位先生和他住在一起,那位先生是个外国人,是个病人,如果你请他饱吃一顿上等牛排,他一点也不会觉得油腻的。"

站长话音未落,我们就急忙朝失火的方向冲去。这条路一直通往一座矮矮的小山顶。我们面前是一座高大的白灰粉刷的楼房,窗户的每道缝都还在向外吐着火苗,一辆救火车停在花园里,尽力想把火扑灭,但一切都无济于事。

"正是这里!"哈瑟利非常激动地叫着,"看看这沙石路!那里就是我躺过的蔷薇花丛。我就是从第二个窗子往外跳的!"

"这样,"福尔摩斯说,"起码你已经报了仇了。肯定无疑,是你的油灯被那台机器压碎的时候烧了木板墙。他们在追你时非常激动,没有觉察到。你现在仔细看看,人群里有没有你昨晚的那几个朋友?恐怕现在他们已经离开起码有一百英里了。"

福尔摩斯说得对。从那时到现在,那位漂亮的女郎,那个阴险的德国人,或者那怪僻的英国人,没有人知道他们的下落。当天一大早,有位农民见过一辆马车,上面坐了几个人,放着几只沉重的大箱子,朝着雷丁的方向飞奔。但这以后这帮人逃到哪里去了无人知道,连足智多谋的福尔摩斯,也无法找到一点点有关他们去向的线索。

消防队员们发现，房子里面的布局十分奇怪，令人感到很头痛。更使他们吃惊的是在三楼的一个窗台上发现了一截刚被砍下来的大拇指。大约在傍晚时分，他们总算扑灭了这场大火。但是房顶已烧塌，整幢楼成了一片废墟，除了一些弯曲的汽缸和铁管外，我们那不幸的朋友为之付出代价的那台机器，竟没有留下任何痕迹。但是我们找到了贮藏在一间外屋里的许多镍锭和锡锭，却没有找到硬币。这也许说明了为什么车上会有上面提到的那些沉甸甸的大箱子。

那块松软的泥土上留下了清晰可辨的足迹，这位水利工程师是如何从花园里被送到他苏醒过来的那个地方，也许永远是个谜。十分清楚的是他是被两个人抬过去的。一双脚特别小，而另一双脚却非常大。很可能是由于那个沉默的英国人不像他同伙那么无法无天，或者说不像他同伙那样残忍，是他帮助那位女人把昏迷的人抬离险境的。

当我们坐上往回开的火车返回伦敦时，这位工程师沮丧地说："唉，对我来说真是件糟糕透顶的事，我丢去了大拇指，也丢了五十畿尼的酬金，而我获得了什么呢？"

"获得了经验！"福尔摩斯笑着说，"你要知道，这也许会很有价值；只要这事张扬出去，将来你的事务所就会赢得很好的声誉。"

（雷春英　译）

单身贵族

圣西蒙勋爵的婚事以及非同寻常的结局,早已不再是他这位不幸的新郎及上流社会人士感兴趣的话题了。新出的丑闻已经使这事默默无闻,其中那些耐人寻味的有趣的细节,已使四年前发生的这一富有戏剧性的事件本身被人逐渐遗忘。但是,由于这件案子的全部真相从未向公众披露,而我的朋友歇洛克·福尔摩斯又曾为这事做出过重要贡献,所以,我想如果不简要地叙述一下这一不同寻常的事情的话,那么对他的业绩的记载会是不完整的。

那事发生在我和福尔摩斯一块住在贝克街的时候。在我婚前几周的一天,福尔摩斯刚刚吃完午饭后散步归来,看见桌上有他的一封信。那天,天突然变得阴雨绵绵,秋风呼呼地吹。由于我的胳臂里还留着当年参加阿富汗战役留下的纪念品——一颗阿富汗步枪子弹,又隐隐作痛,这样我只好整天呆在家里,躺在一张安乐椅里,双腿靠在另一张椅子上,翻阅摆满身边的报纸。后来,满脑子装满了当日的新闻,才丢开报纸躺在那里,一副无精打采的样子,望着桌上那封信封上的图章和交织字母,懒洋洋地猜测是哪位贵族给我的朋友写了这封信。

他刚进屋,我就告诉他说:"这儿有一封漂亮时髦的信。假如我没有弄错的话,那些信是位卖鱼的商人和一个海关关员写来的。"

"不错,这些信肯定丰富多彩,有引人注目的地方,"他笑着说,"常常是普通的人写的信更有趣。可是这封信好像是

他拆开信,看了一遍信的内容。

社交中不受欢迎的法院传票式的信,使人看了厌烦,或者教人撒谎。"

他拆开信,看了一遍信的内容。

"噢,你看,很可能是件有趣的事呢!"

"是不是社交信件?"

"不是,是业务性的。"

"是位贵族写来的吗?"

"英国地位最高的贵族之一。"

"祝贺你,老兄。"

"说实话,华生,可以肯定地说,在我看来,这位顾客的社会地位并不十分重要,我更有兴趣的是案子本身。可是,调查这件案子,他的社会地位的情况也许是不可缺少的。你最近一直在认真地读报,是不是?"

"好像是这样。"我指着堆在角落里的一大堆报纸闷闷不乐地说,"我无事可做。"

"真好,也许你能给我提供一些最新的情况。除了有关犯罪的报道和寻人启事外,别的新闻我一概不看。寻人启事总是耐人寻味。既然你那么关心近来发生的事,一定看到过关于圣西蒙勋爵与他的婚礼的消息吧?"

"唔,是的,对此我很感兴趣。"

"那好，我拿的这封信就是圣西蒙勋爵写来的。我念给你听听，请你一定要把这些报纸再翻一遍，告诉我些这方面的事。他的信是这么写的：

亲爱的歇洛克·福尔摩斯先生：

　　据巴克沃特勋爵所言，我可以完全信任你的分析力与判断力。现决定登门拜访，就我的婚礼中发生的令人痛心的意外事件向你求教。苏格兰场的雷斯垂德先生已受理此案。但是他声明，认为完全应该与你合作，甚至认为你的合作可能会有助于此案的结案。下午四点，我将叩门请教，届时如你另有约会，望稍后仍能惠予接见，因此事至关重要。

　　　　　　　　　　　　你忠实的圣西蒙

"信发自格罗夫纳大厦，是用鹅毛笔写的。尊贵的勋爵右手小指的外侧不小心沾上了一滴墨水。"福尔摩斯一边折着信一边说。

"他约好四点钟到。现在是三点，他在一小时内会到达这儿。"

"有了你的帮助，我还能够弄明白这件事。翻翻这些报纸，请按时间顺序摘记。现在来看一看这位顾客的身世。"他从壁炉架旁的参考书中拿出一本红皮书。"找到了，"他说完就坐了下来，把书平摆在膝盖上，"罗伯特·活尔辛厄姆·德维尔·圣西蒙勋爵，巴尔莫拉尔公爵的次子。哟！勋章！天蓝的底色，黑色中带上有三个铁蒺藜。勋爵生于一八四六年，现年四十一岁，这是成熟的结婚年龄，曾在上届政府中任殖民地事务副大臣。他的父亲是位公爵，当过一段外交大臣。他们有着安茹王朝①的血统，是王朝的直系后裔。母系血统为都铎王朝②。嘿！这些并没有什么实际意义。华生，请你告诉我一些更实在的情况。"

"我没花多大劲就找到了想了解的情况，"我说，"事情发生在不久前，我的印象很深。过去没敢打扰你，因为我知道你正在办另一件案子，不喜欢被其他事打扰。"

"哦，你说的是格罗夫纳广场家具运货车的那件小事吧。现在完全弄清楚了，实际上一开始就很清楚。请你告诉我翻阅报纸的结果吧。"

"我找到的首条消息，刊在《晨邮报》的启事栏里。瞧，时间是几周前：

（传闻）巴尔莫拉尔公爵之次子罗伯特·圣西蒙勋爵，与美国加利福尼亚州旧金山阿洛伊修斯·多兰先生之独生女哈蒂·多兰小姐的婚事，已准备就绪，如传闻属实，近期将举行婚礼。

就上面这些。"

"十分简短明确。"福尔摩斯说。他把他那瘦长的腿放在火炉旁。

"同一星期的一张社交界的报纸对这事记载更为详细。噢，在这里：

婚姻市场上不久后会出现寻求保护政策的呼声，看来

---

① 中世纪英国的一个王朝，又称金雀花王朝（1154—1399）。——编者注
② 1485年—1603年统治英格兰的王朝。

·冒险史·

目前这样的自由贸易式的婚姻政策，于我大英同胞十分不利。不列颠名门贵族家权位移，接二连三落入大西洋彼岸的女眷之手。妩媚娇柔的入侵者夺走的战利品单目中，上周增添了一位要人。圣西蒙勋爵二十几年从未堕入情网，现确认将与加利福尼亚百万富翁的令人倾心的独生女哈蒂·多兰小姐成婚。多兰小姐体态优雅，笑貌惊人，在斯特伯里宫的典宴上，使众人刮目。据传，小姐嫁妆将大大超过六位数字，预计将另有其他增益。巴尔莫拉尔公爵近年被迫售卖藏画，早已成为公开秘密，而圣西蒙勋爵除伯奇穆尔之菲薄荒地地产外，一无所有，这位加利福尼亚的女继承人通过联姻使她由女共和党人一举成为不列颠贵妇，显然不仅是一方得利。"

"还有别的吗？"福尔摩斯打着呵欠问道。

"有，挺多的。《晨邮报》上另有一条短讯：婚礼将十分简朴；在汉诺佛广场的圣乔治教堂举行；仅邀几位至亲好友出席；婚礼后，新婚夫妇与亲友将返回多兰先生在兰开斯特盖特所租寓所。两天后，即上周三，一则简短公告宣布婚礼已经举行，新婚夫妻将于彼得斯菲尔德附近的巴克霍特勋爵别墅欢度蜜月。新娘失踪前的报道就这些了。"

"在发生什么以前？"福尔摩斯十分吃惊。

"在新娘失踪之前。"

"她是什么时候失踪的？"

"婚礼后进早餐的时候。"

"的确比原来想象的有趣得多，颇具戏剧性色彩。"

"是这样，不同寻常，引起了我的注意。"

"新娘常在婚礼前失踪，也有少数在度蜜月时失踪的。但我想这次是最干脆的,请把细节全念给我听听。"

"有言在先,这些材料很不完整。"

"我们可以把这些合起来。"

"好,昨天《晨报》中有一文说得比较具体,读给你听听。标题是:《上流社会婚礼中的怪事》。

罗伯特·圣西蒙勋爵婚礼中发生的不幸怪事,使全家惊恐。如昨天报纸上要闻所报道,婚礼于前天上午举行;时至今日,方能证实各种奇怪传闻。虽亲友设法遮掩,此事已引起公众关注,对此事故作不予理睬姿态,毫无益处。

婚礼在汉诺佛广场的圣乔治教堂举行,仪式简朴,尽量不予张扬。除新娘父亲阿洛伊修斯·多兰先生、巴尔莫拉尔公爵夫人、巴克活特勋爵、尤斯塔斯勋爵与克拉拉·圣西蒙小姐(新郎弟妹)及艾丽西亚·惠延顿夫人外,无他人出席。婚礼后,众人随即前往兰开斯特盖特的多兰先生寓所。早餐已经准备妥当。这时有一女人引起了小麻烦,目前姓名未知。她尾随新娘及亲友之后,企图强行闯入寓所,声称她有权向圣西蒙勋爵提出要求。经过长时间费力纠缠,管家和仆役才将其撵走。幸亏新娘在这件不愉快纠纷之前已经进屋,与亲友一块共进早餐,席间她声称突感不适,回房休息,离席久久不归引起了众人议论,她父亲随即寻找。据女仆告知,她只在卧室逗留片刻,即取了一件长外套与一顶无边软帽,急忙下楼经走廊而去。一位男仆证实目睹这种打扮的女士离开寓所,但是不知那是女主人,以为她仍和众人一起。多兰先生确证女儿失踪之后,立即与新郎一起和警方联系。现正在大力调查。这件奇事可能不久会水落石出。直至昨晚深夜,失踪的小姐仍

·冒险史·

然下落不明。谣言四起,认为新娘可能遇害。据传警方拘留了那位开始引起纠纷的女人,认为她出于妒忌或其他动机,与新娘奇怪失踪似有牵连。"

"就这些吗?"

"在另一《晨报》上有条简讯,很有启发性。"

"大意是……"

"弗洛拉·米勒小姐,那肇事女人,已被逮捕。她以前似乎在阿利格罗当过芭蕾舞演员。她与新郎相识多年。就这些,就报纸已发表的消息来说,全部案情你都知道了。"

管家和仆役将她撵走。

"这案子看来十分有趣。不能放弃。华生,听,门铃响了,四点钟刚过,肯定是位贵人登门求助。别走,华生,我很希望有一证人,即使检验一下我的记忆力也行。"

"罗伯特·圣西蒙勋爵来了。"小男仆推开房门报告。来了一位绅士。相貌不错,显得很有教养。鼻子高高的,面色发白,嘴角显得有些阴郁;他表情镇静,眼睛大大的,似乎生来就是发号施令的那种人。他行动敏捷,整个外表似乎与年龄很不相称,走路时略弯腰驼背,有点屈膝。当脱去那顶高檐卷帽时,头部四周一圈白发,顶上头发稀疏。穿着考究,近于浮华:高硬领,黑色大礼服,白背心,黄色手套,漆黑皮鞋和浅色绑腿。他慢慢步入房内,眼睛左顾右盼,右手晃动着金丝眼镜链。

"你好,圣西蒙勋爵,"福尔摩斯站起来,鞠了一躬,"请坐在这把柳条椅上。这是我的朋友和同事华生医生。靠火炉近些,来谈谈这件事吧。"

"你不难知道这是一件令人十分痛苦的事,福尔摩斯先生。真叫人伤心。我知道,先生,你曾处理过几件微妙的案子,尽管这些案子委托人的社会地位和此案的不等。"

"是的,委托人的社会地位下降了。"

"对不起,请再说一遍。"

"上一案的委托人是一位国王。"

"哦,真的?没想到,是哪位国王?"

"斯堪的纳维亚国王。"

"什么!妻子也失踪了吗?"

"你清楚,"福尔摩斯和气地说,"对其他委托人的事保密,就像答应对你的事情保密一样。"

"当然,对!是这样。务请原谅。至于我的案子,我想告诉你一切有助于你侦探的情况。"

"谢谢,我已经见到了报纸登载的全部报道,也就这么些东西。是否可以认为报道属实,例如这篇有关新娘失踪的报道?"

圣西蒙勋爵看了看说:"是的,报道的情况完全属实。"

"但无论是谁在表明看法之前,都须大量补充资料。是否可以通过向你提问而直接得到我要了解的事实?"

"请问吧。"

"什么时候你第一次见到哈蒂·多兰小姐?"

"一年前,在旧金山。"

"当时你是不是正在美国旅行?"

"是这样。"

"那时你们订婚了吗?"

"还没有。"

"是不是友好地来往?"

"能和她交往我很高兴,她知道我很高兴。"

"她父亲是不是很有钱?"

"据说是太平洋彼岸最有钱的人。"

"是怎样发财的呢?"

"开矿。几年前,他还不名一文。有一天,他挖到了金矿,于是投资开发,后来成了暴发户。"

"谈谈你对这位小姐,你的妻子的性格的印象好吗?"

这位贵族盯着壁炉,他的眼镜链子晃动得更快了。"你知道,福尔摩斯先生,"他说,"我妻子在她父亲发财之前,已二十岁。她在矿镇上过着无拘无束的生活,在山上或树林里游玩,所以她所受的教育,并非都是教师传授的,应该说是大自然所赋予的。按英国人的说法,她是一个顽皮女郎。她性格泼辣粗放,十分任性,放荡不羁,性情急躁,可以说近于暴躁。她做事任性,不顾后果。如果不是因为考虑她毕竟是位高贵的女人的话,"他清了清嗓子说,"我是不会让她享有我的高贵头衔的。我相信,她具有勇敢的牺牲精神,任何败坏名誉的事情她都十分痛恨。"

"你有她的照片吗?"

"我带来了。"他打开表链上的小金盒,我们看到非常漂亮的女人的面容。那不是照片,而是个象牙袖珍像。乌黑的头发、黑黑的大眼睛和漂亮的小嘴,经过艺术家的充分刻画,很有感染力。福尔摩斯认真仔细地观察那画像,合上小盒,递还圣西蒙勋爵。

"这么说,是这位小姐到伦敦后,你们重温旧情?"

"是的,她父亲带她来参加伦敦岁末社交。我与她数次相会,订了婚,然后她结了婚。"

"听说她嫁妆相当可观,是不是?"

"嫁妆相当多,我们家族通常都这样。"

"既然事实上已举行过婚礼,这份嫁妆当然属于你了?"

"我的确没有过问此事。"

"这很自然。婚礼前一天见过多兰小姐吗?"

"看见过。"

"她高兴吗?"

"她非常非常高兴,一直谈着我们将来的计划。"

"真的!十分有趣。在结婚那天上午怎样呢?"

"她非常兴奋,高兴极了,至少到婚礼结束时还如此。"

"那以后你注意到她有什么变化吗?"

"哦,说实话,当时我看到了以前没见过的情况。她的脾气有些急。不过是为了件小事,不值一提,不可能与这个案件有什么联系。"

"虽然这样,还是请你说说。"

"唉,完全是孩子气。当我们去教堂的法衣室时,她手里的花掉了。当时她正经过前排座,花就落在座位前。过了一会,座位上的先生把花拾起来递给她。这花依然完好。但当我和她谈起这事时她回答很生硬。坐马车回家时,她好像仍为这小事而烦恼，实在可笑。"

"哦，你说前排坐着一位先生，那么当时在场就座的也有老百姓了？"

"哦，是的，教堂门开着，不可能把他们挡在外面。"

"这位先生会不会是你妻子的朋友呢？"

"不，不会的，我称他先生是出于礼貌，看上去是个很平常的人。我几乎没有注意到他的长相。真的，我想离题太远了。"

座位上的先生将花拾起来递给她。

"圣西蒙夫人在婚礼结束回家时完全没有她去时那么高兴。那么，当她重新回到她父亲住所时，她干了些什么？"

"我看到她在和女佣人说话。"

"她的那位女佣人是谁？"

"她叫艾丽丝，是个美国人，和她一块从加利福尼亚来的。也许这么说有点过分，似乎她的女主人同她很随便。当然美国人对这些事看法不一样。"

"她们谈话有多久？"

"哦，就几分钟。当时我正在想别的事。"

"你听她们说了些什么？"

"圣西蒙夫人说'强占别人土地'，她惯于说这类俚语。我不懂她指的什么。"

"美国俚语有些很形象。你妻子与女佣人谈话后做了些什么？"

"她进屋吃早餐。"

"你挽着她进去的吗？"

"不，她单独进去的。她一向不讲究这类小节。我们就座约十分钟后，她急急忙忙地站起来，小声说了几句道歉的话后，就离开了房间。她就这样再没回来。"

"但据我所知，女佣人艾丽丝说，女主人走进自己的房间，穿了件长外套罩在新娘礼服上，戴了一顶软帽，就出去了。"

"是这样。后来有人见她和弗洛拉·米勒一块进海德公园。弗洛拉·米勒就是那被拘留的女人。当天早上，她曾在多兰住所里惹起一场风波。"

"是的。关于这位女士，我想知道她的一些具体情况，与你和她之间的关系。"

圣西蒙勋爵耸了耸肩，扬了扬眉："我们交往多年了，可以说很友好。过去她常在阿利格罗。我待她并不薄，她对我也没什么可埋怨的。但是，福尔摩斯先生，你知道女人，弗洛拉可爱，但性子急，而且热恋着我。当她听说我要结婚时，给我写过几封恐吓信。说实话，我之所以悄悄举行婚礼，就是怕在教堂里丢丑。我们回来时她到了多兰先生门前，想闯进去，当众用十分难听的话辱骂我妻子，甚至还威胁她。但是人们很快就把她赶出去了，当她清楚吵架没什么好处时，就不作声了。"

"你妻子听到这些了吗？"

"没有,谢天谢地,她没有听见。"

"后来,有人看见她和这女人走在一块了吗?"

"是的,这也就是苏格兰场的雷斯垂德先生为什么把这事看得很严重的原因。我想,弗洛拉骗我妻子出去,设下了某种可怕的圈套。"

"噢,这是一种可能的推测。"

"你是这样想吗?"

"我没说很可能,但是你自己也并不认为这是可能的?"

"我想弗洛拉是不会伤人的。"

"但妒忌能改变人的性格。请告诉我,对这事,你自己是怎么看的?"

"哦,这……我来这是请教的,不是来发表意见的。我把全部经过告诉你了。你问我,我也许说,可能是由于这事刺激了她,加上她想到社会地位一下提高了那么多,这造成我妻子精神有点失常。"

"这么说,她突然精神失常了?"

"哦,是的,想到她抛弃了——我不愿说我,而那么多女人想得却得不到,所以我不会有其他的解释。"

"哦,当然这也是一种可能的假设。"福尔摩斯笑笑说,

"圣西蒙勋爵,我想现在已有了几乎所有的材料。再问一下,你们是不是坐在早餐桌旁可以看到窗外?"

"能够看到马路的对面和公园。"

"好,我想没必要再耽搁你的时间了,以后会再跟你联系。"

"但愿你走运,能解决这问题。"委托人说着起身。

"问题已经得到解决。"

"是这样吗?何以见得?"

"我说这案已了结。"

"那么,我的妻子在哪?"

"那是个细节问题,很快就会知道。"

圣西蒙勋爵摇了摇头:"恐怕需要个比你我更聪明的脑瓜。"他严肃地鞠了一躬就走了。

"圣西蒙勋爵将我与他脑瓜相提并论,真可谓莫大的荣幸。"歇洛克·福尔摩斯笑了起来,"花了很长时间盘问,得来一杯苏打威士忌和一支雪茄了。其实,在委托人进门前,我就已对此案下了结论。"

"老兄,真有眼光!"

"我这里有好几个类似案例,像我说过的,没有一例像这例那么干脆。我的调查结果有助于证实我的推测。旁证有时非常令人信服。像梭洛①所说,就像在牛奶里找到了鳟鱼一样。"

"但是,我也听到了你所听到的。"

"不过还缺少以前案例的知识。几年前在阿伯丁②有个类似的案例。普法战争后一年,在慕尼黑又发生了一件极为类似的案子。这件就是这类案例中的一件。喂,雷斯垂德来了!你好,雷斯垂德!餐柜上有只大酒杯,盒里有雪茄。"这位官方侦探身着水手的粗呢上衣,戴着条老式领带,一副水手打扮。他手里提着一只黑色的帆布提包,寒暄了几句就坐下,接过一根递给他的雪茄抽起来。

"出什么事了?"福尔摩斯眨了眨眼睛问道,"你看起来不顺心。"

"确实很不顺心。圣西蒙勋爵婚事这糟糕的案子,一点头绪也没有。"

---

① 梭洛(1817—1862),美国自然主义作家。
② 苏格兰北海沿岸一自治市。

"是这样吗?真叫人吃惊。"

"一团乱糟糟的事,每条线索似乎都从指头中溜掉了。我整天都在忙这事。"

"瞧你浑身湿透了。"福尔摩斯把一只手搭在他那穿着粗呢衣的胳膊上。

"是这样,我在塞彭廷湖①里打捞。"

"天哪,捞什么?"

"找圣西蒙夫人的尸体。"

福尔摩斯仰身躺在椅子上,大笑起来。

"你不会在特拉德尔加广场的喷水池里捞吧?"他问道。

"你在说什么?"

"在那里找和在别处的机会一样多。"

雷斯垂德气得直瞪眼,"你似乎都知道。"他吼着说。

"刚才听说了事情经过,不过我早做了判断。"

"哦,真的吗!你认为不在塞彭廷湖了?"

"我看根本不可能。"

"好,请你解释一下,我们为什么在那找到了这些东西?"他说着拉开他的包,把一件波纹绸婚礼服、一双白缎子鞋和一顶新娘戴的花冠与面纱,一骨碌倒在了地板上。这些东西都湿透了,并且褪了色。"还有,"说着把一只崭新的结婚戒指放在上面,"这可要请教你了,福尔摩斯先生。"

"哦,是这样吗?"我的朋友说着,向空中吐出一串蓝蓝的烟圈,"这些是你从塞彭廷湖中捞上来的吗?"

"不是的,是一个园丁发现这些在湖边漂着的。已查明这些是她的东西,既然衣服在那,尸体也不会太远。"

---

① 伦敦海德公园中的一个人形湖。

"同样可以断言,每个人的尸体,都该在他的衣橱边。请问你想这些东西能得出什么结论?"

"现已找到弗洛拉·米勒与夫人失踪有牵连的证据。"

"恐怕难以做到。"

"你真这样想吗?"雷斯垂德生气地嚷了起来,"福尔摩斯先生,我担心你的演绎与推理不很实用。两分钟内就已出了两个大错,这些衣服的确和米勒小姐有关系。"

"为什么?"

"衣服上有个袋子,袋里有个名片盒,盒里有张便条。这就是。"他把便条一下子摔在前面的桌子上,"你听听上面写着些什么:

一切准备好后,就会看到我的。到时请马上来。
　　　　　　　　　　　　　F. H. M."

"我一直相信圣西蒙夫人是被弗洛拉·米勒骗出去的。她和同谋无疑要对夫人的失踪负责。这就是用她名字的首字母署名的便条。肯定是在门口塞给这位夫人的,使她落入圈套。"

"很好,雷斯垂德,"福尔摩斯说着笑起来,"你真不错,让我看看。"他随便拿起那张便条,立刻又被吸引住,高兴地叫起来:"这确实很重要。"

"好,你也发现是怎么回事了?"

"太重要了。祝贺你。"

雷斯垂德得意地站了起来,低头一看。"怎么了?"他禁不住地叫了起来,"你看反了!"

"是的,这才是正面。"

"这面?你疯了!这面才是铅笔写的便条。"

·冒险史·

"哦,看来是一张旅馆的账单,我很感兴趣。"
"上面没什么,我也看过。"雷斯垂德说,

> "十月四日,房间八先令,早餐二先令六便士,鸡尾酒一先令,中饭二先令六便士,葡萄酒八便士。

我看说明不了什么问题。"
"你可能没看出,但这很重要。便条也很有用。或者说,至少这首字母签名很有用,祝贺你。"
"我时间花得够多了,"雷斯垂德起身站起来,"我相信努力实干,不相信在壁炉边夸夸其谈。再见,福尔摩斯先生,看看谁先把事情弄明白。"他拣起衣服塞进提包,朝门口走去。
"提示你一下,雷斯垂德,"在对手出门之前,福尔摩斯懒洋洋地说,"我可以告诉你这事的真正答案。圣西蒙夫人是位传奇式的人物。这人现在没有,过去也没有过。"
雷斯垂德瞥了他一眼,回过头来望望我,在额上轻轻拍了三下,严肃地摇了摇头,急匆匆地走了。
他刚关上门,福尔摩斯就起身站起来,穿上外套。"这家伙说的户外调查有点道理,"他说,"华生,我得离开你一会儿。你看报吧。"
福尔摩斯离开时是五点多钟,但是我根本没感到寂寞。还不到一个钟头,来了个点心铺的伙计,送来个大平底饭盒。一块来的小伙计帮他打开饭盒,我马上看到丰盛的冷食晚餐摆在我们寒酸的寓所的餐桌上,这使我十分惊讶。两对山鹬,一只野鸡,一大块鹅肝饼和几瓶老酒。这些美酒佳肴摆上桌后,那两位伙计,说了声这些东西已经付过钱了,是按照吩咐送到这里来的,然后转身就走了,就像天方夜谭里的精灵一样消失了。

快九点钟的时候,福尔摩斯步履轻盈地走进来。他显得十分严肃,但目光炯炯,看起来他所做的结论是对的。

"那么,他们已经把晚饭备好了。"他搓了搓手说。

"好像有客人要来。他们摆了五份。"

"是的,我想会有客人来访的,"他说,"为什么圣西蒙勋爵还未到?好,我肯定听到了他上楼的脚步声。"

的确是上午来过的客人。他急匆匆走进来,使劲晃动着他的眼镜,那贵族气派的脸上,显得十分不安。

"我的信差上你那里去过了?"福尔摩斯问道。

"是的,我承认这信使我非常地震惊。你有充分的证据吗?"

"很充分。"

圣西蒙勋爵一下坐在椅上,一只手按着前额。

"如果公爵听说他的家族中有人受到这般羞辱,他会怎么说呢?"他小声嘀咕着。

"纯粹是场误会,我相信这不是羞辱。"

"是吗?你是从另一个角度看问题的。"

"我看不出谁的错,难以想象这小姐除此以外还有别的什么办法,虽然她这件事有点突然。这点无疑令人遗憾。在这关键时刻,没有母亲在面前,没有别人给她想办法。"

"这是蔑视,先生,公然的蔑视。"圣西蒙勋爵用手指敲了敲桌子说。

"你一定要原谅这位可怜的小姐,她的处境谁也没有经历过。"

"我绝不原谅她,我被耍了,的确很生气。"

"我好像听见门铃响,"福尔摩斯说,"听,楼梯口有脚步声。如果我不能说服你原谅此事的话,圣西蒙勋爵,我请来了另一位,这人也许能做到。"他开了门,进来了一位女士和一位先生。"圣西蒙勋爵,"他说,"请允许我向你介绍,这是弗朗西斯·海·莫尔顿先生和夫人。这位女士,我想你已经见过。"

一只手插在大礼服的前胸。

那人一进门,勋爵就从椅子上跳起来,站在那里一动不动,眼睛朝下,一只手插在大礼服的前胸,看来他的自尊心受到了伤害。那女士向前走近了几步,伸出手,但他还是不肯抬起头望她,这样也许是表示他的决心,因为她恳请原谅的神色是很难拒绝的。

"你生气了,罗伯特,"她说,"是的,你完全有理由生气的。"

"你不必向我道歉。"圣西蒙勋爵妒忌地说。

"哦,是的,我知道很对不起你。出走前应当告诉你,但当时我不知所措。在这里又见到弗兰克时,几乎不知道我说了些什么,干了些什么。当时竟没在圣坛前跌倒昏迷,真有些怪。"

"莫尔顿太太,你在说明原因时,想要我和我的朋友离开一下吧?"

"我想说,"那陌生的先生说,"这事我们保密做得有些太过分了。就我而言，愿意全欧洲和美洲的人都来听听真相。"这先生瘦瘦的但很结实，皮肤黝黑黝黑的，脸刮得干干净净，面部轮廓突出，举止看起来十分机灵。

"好，我来谈谈事情的经过吧。"那女士说道，"我和这位弗兰克是一八八四年在洛杉矶附近的麦圭尔营地认识的。父亲当时正在经营一个矿场。我与弗兰克订了婚。后来我父亲突然挖到了一个富矿，从此发了财。可是这位可怜的弗兰克土地上的矿脉却日益枯竭，最后完全消失了。父亲越来越富，而弗兰克却越来越穷。这样父亲坚决不同意我们的婚约。他带我搬到旧金山。但弗兰克不愿就此罢休，后来他也搬到了那里，瞒着我父亲和我见面。我担心父亲知道后会生气，于是我们俩就做了安排。弗兰克说，他也要去发财，直到他像我父亲那样富有，才回来和我结婚。当时我答应一辈子等着他，许愿说只要他活着，就不嫁给别人。'那么，为什么我们不现在就结婚呢？'他说，'这样我就放心了，不必在我回来后要别人承认我是你的丈夫。'就这样，我们就商量结婚，他把一切安排得好好的，请了一位牧师，随即举行了婚礼。随后，弗兰克离开了我去干事业，而我则回到了父亲身边。

"我后来听到弗兰克的消息是他到了蒙大拿，然后在亚利桑那探矿。以后我又听说他在新墨西哥。以后报上报道了一个矿工营地如何遭到亚利桑那印第安人的袭击，死亡者的名单中有我丈夫弗兰克。看了后我昏过去。接着我卧床不起数月之久，病得十分厉害。父亲以为我得了肺病，带我去旧金山看病，遍访了那里大约过半的医生。一年多，弗兰克杳无音信，因此我再不怀疑他真的死了。以后，圣西蒙勋爵来到旧金山，随后我们到了伦敦。定下婚事后，父亲十分高兴。只是我总觉得我的心已经属于可怜的弗兰克，世界上再没有第二个男人能取代他。

"尽管这样说，如果我嫁给圣西蒙勋爵，我会尽我的义务。爱情不能勉强，但事情可以勉强。我和他走向圣坛时，我是怀着做好妻子的意愿的。但是你们可以理解我当时的感觉，这就是当我走到圣坛栏杆前时，我回头突然看见弗兰克站在座位的第一排看着我。开始我还以为是他的鬼魂。但当我再看时，他仍在那里，眼睛里带着几分疑惑，似乎在问我见到了他高不高兴。也不知道我怎么没有昏过去。我感到一阵阵眩晕，牧师说的话，嗡嗡地在我的耳朵里响。我真不知道怎么办才好。如果我打断仪式，那就不是会在教堂里闹出一场戏来吗？我又望了他一眼，似乎他明白我在想什么，他把手指贴在嘴上，要我别作声。我看到他在一张纸上匆匆地写了几笔，我想他在写张便条给我。出来的路上经过那排座位时，我把花束掉在他的座位前，当他拾起花给我时，悄悄把纸条塞给我。纸上只有一行字，要我在他发信号时，就跟他走。当然，我毫不怀疑首先是要向他尽责，打定主意按照他的要求去做。

"回到住所，我告诉了女佣人。她在加利福尼亚时就认识弗兰克，一直和他很友好。我叮嘱她什么也不要告诉别人，收拾一些东西，准备好我的长外套。我知道我该向圣西蒙勋爵说明情况，但是在他母亲和那些大人物面前难以启齿，只好打定主意不辞而别，以后再说明原因。到餐桌就座不到十分钟，就从窗子看见弗兰克站在对面马路边。他向我挥了挥手，就走进公园。我穿好衣服溜了出来，赶上他。这时有位女人过来和我说了些圣西蒙勋爵的闲话，她简短的话语中透露，好像勋爵婚前也有点秘密，不久我想法摆脱了她，赶上了弗兰克。我们一起坐上了出租马车，到了他在戈登广场租下的寓所。等了很久后，这才算结了婚。弗兰克在亚利桑那被印第安人囚禁，后来越狱逃跑。到了旧金山,他发现我以为他死了,去了英国。他赶到这里,终于在我举行第二次婚礼时找到了我。"

"我是从报纸上知道的,"这位美国人补充说,"报纸上有教堂的名字,但没有提到新娘的住处。"

"见面后我们商量该怎么办,弗兰克主张公开。但我感到十分羞愧,我愿从此销声匿迹,永远不再见到他们,给父亲留张条,表明我仍活着就是了。想起那些爵士、夫人围坐在早餐桌旁等我回去,就愧疚不安。弗兰克为了让别人找不到我,把我的婚礼服与其他东西收拾起来捆起来,扔到了人们找不到的地方。如果不是这位好心的福尔摩斯先生今晚找到我们的话,本来我们明天就可能去巴黎了。我不知道他怎样找到我们的住所的,他好意开导我们,说我错了而弗兰克是对的,而如果藏起来,要犯大错。后来,他提出要我们跟圣西蒙勋爵单独谈话,于是我们就来了。好了,罗伯特,你一切都明白了吧。如果我使你痛苦,就太抱歉了。但愿别把我想得太坏。"

圣西蒙勋爵仍旧站得挺挺的,皱着眉,闭着嘴,听着她长长的叙述。

"对不起,"他说,"公开地讨论我个人的私事,我十分不习惯。"

"这么说,你不原谅我了?我走之前和我握一下手行吗?"

"哦,当然可以,如果这会使你高兴的话。"他冷淡地握了握她伸出来的手。

"我原来希望,"福尔摩斯说,"你能和我们一起友好地共进晚餐。"

"我想你的要求太高了点,"勋爵回答说,"我也许被迫认可最近的事态,但也别希望我会因此高兴。如果你们许可的话,现在祝各位晚安。"他向大家鞠了个躬,便大步走出了房间。

·冒 险 史·

"祝各位晚安。"

"那么,我相信,至少你们会给我点面子吧,"歇洛克·福尔摩斯说,"结识个美国人,总是很高兴的,莫尔顿先生,包括我在内很多人相信,多年前的君王的愚蠢和大臣的错误,不会影响我们的子孙在将来某天成为同一世界大国的公民,在这个国家飘扬着的国旗将把米字旗和星条旗交织在一起。"

"这是件很有意思的案子。"客人走后福尔摩斯说,"它清楚地表明,在开始时看起来几乎无法理解的事,弄明白后才知是多么的简单。这位女士的事可以说是再自然不过的了。有些人,例如苏格兰场的雷斯垂德先生,却认为这事的结局是再奇怪不过的了。"

"那你一直就一点都不错吗?"

"一开始,有两件事情我很清楚。一件是那位女士原来很愿意举行婚礼;另一件是她回家几分钟后就后悔了。很明显,肯定是上午出了点事，使得她改变了看法。这事可能是什么呢？出门后，她不可能同别人说话，新郎一直陪着她。她来到这个国家时间不长，不可能会有人给她这样深刻的影响，以至看了一眼，就会使她改变计划。这样，经过分析，就得出这样的结论，就是她可能见到了那个美国人。这人又是谁呢？为什么对她会有那么大的影响呢？可能是个情人或者是她的丈夫。我知道，她年轻时是在艰难的情况下度过的。在我听到圣西蒙勋爵的话之前，只了解这么一些。他告诉我们这些情况：在前排座位上有位男人，新娘的态度有变化，显然是为了拿纸条而从手里落下了花。她叫贴身女佣提到的侵占土地，在开矿者的行话中就是占有别人的探矿权，这是很有意义的暗示。这样，全部情况就十分清楚了。她跟一个男人走了，那么如果这个人不是她的情人，就一定是她以前的丈夫，是丈夫的可能性大一些。"

"你是怎么找到他们的呢？"

"本来是很难找到的，可是雷斯垂德先生已掌握了些情况，但他自己还不清楚其价值。那几个姓名首字母是很重要的，但是更有价值的是，知道了那先生在一周内曾在伦敦一所很高级的旅馆结过账这情况。"

"你如何推断出来是很高级的旅馆呢？"

"是根据昂贵的价格推算出来的：一个床位八先令，一杯葡萄酒八便士，由此可以看出那是一家很豪华的旅馆。伦敦收费这么高的旅馆并不多。在诺森伯兰大街我查询的第二家旅馆里，在查阅登记簿时，我发现有位美国人叫弗朗西斯·H. 莫尔顿，刚刚在前一天离开。查他名下的账目时，又恰巧发现在复写的收据上已见过的那些账。这美国先生留下话请将他的信件转到戈登广场226号。这样，我就赶到那里，幸运地发现这对情侣正好在家。我冒昧地以长者身份向他们提出了一点建议。我要他们最好向公众，特别是向圣西蒙勋爵更清楚地说明他们的处境。我请他们来这里和他见面，正如你所见到的，勋爵也守了约。"

"但是，结局不太满意，"我说道，"他的举止肯定不够谦让。"

"哈，华生，"福尔摩斯笑着说，"如果你经过求婚、结婚等，遇到一系列的麻烦事后，最后却发现夫人与家财一下子飞了，恐怕你也不会很谦让的。我们看待圣西蒙勋爵可以宽容一些，但愿不要让我们有一天也落到那种地步。请你把椅子往前靠一靠，把那把小提琴递给我。现在我们剩下的唯一问题是，怎样度过这凄凉的秋夜时光。"

（雷春英　译）

绿玉皇冠

一天清晨,我站在窗前俯视街景。我说:"福尔摩斯,你看,那边来了个疯子。他家人居然让他单独出来,真是可悲。"

我的朋友慢慢地离开扶手椅,站了起来,他把双手插在衣袋里,从我的背后往窗外望。二月的早晨晴朗而清澈。地上还盖着前一天下的一层厚厚的雪,在冬天的阳光下发出耀眼的光。贝克街马路中心的雪被来往车辆碾压,形成了一条灰褐色带状,而两旁人行道堆得高高的积雪却洁白如初。人行道的积雪已经清扫,不过还是滑溜溜的。路上的行人比往常少多了。实际上,从都市车站那边朝这边走来的,除了一位先生外,就再也没有别人了。这位先生举止古怪,引起了我的注意。

这人约五十岁,身材魁梧,脸庞厚实,仪表堂堂,相貌出众。他穿着深色衣服,衣饰奢华时髦,外穿一件黑色礼服,头戴一顶有光亮的帽子,脚套一双十分雅致的棕色高统靴,外裹绑腿,裤子做工考究,呈珠灰色。然而,他的举止与他端庄的衣着和仪表相比,显得十分荒唐可笑。他使劲地跑着,有时还蹦一蹦,蹦起来好像是为了减轻双腿的负担。他跑起路来,双手颤抖,上下摆动,摇头晃脑的,脸部抽动得十分难看。

"他这是怎么了?"我禁不住问道,"他在看这些房子的门牌号码。"

"我相信他是来找我们的。"福尔摩斯搓搓手说。

"来我们这儿吗?"

"是这样,我想他是来登门请教,可以看得出。哦,刚才不是对你说过吗?"这时,那人已经急匆匆地跑到门口,把门铃拉得响遍了整幢房子。

两眼充满忧愁。

过了一会,他进屋了,仍然上气不接下气的,做着手势,两眼充满忧愁。见到他那个样子,我们脸上的笑容骤然消失,感到惊讶和同情。这时他还喘不过气来,全身发颤,抓着自己的头发,活像个失去理智的人。他突然跳起来用头用力去撞墙,吓得我们两人一齐赶紧把他拖住,拉到房子的中间来。歇洛克·福尔摩斯扶他坐在安乐椅上,并坐在一旁陪着他,轻轻地拍拍他的手,用令人宽慰的调子和他轻松地聊了起来。

"你来我这里是为了告诉我一些事情,是不是?"他说,"你急急忙忙跑累了,好好休息一下,缓口气,我会乐意回答你可能提出的任何小问题的。"

那人坐了一两分钟,胸部剧烈地一起一伏,情绪渐渐安定下来。他用手帕擦擦前额,闭着嘴,转身看着我们。

他说:"你们一定认为我疯了吧?"

"你一定是遇到了非常麻烦的事情。"福尔摩斯说。

"天知道我遇到了什么样的麻烦!……这事非常突然,非常可怕,我简直要发疯了。我可能要蒙受耻辱,虽然我向来是个品行端正的人。每个人都有自己的苦恼,这是命里注定的,但是两件灾难一起降临到我的头上,简直弄得我六神无主。况且,事情不光和我个人相关,如果不想法解决这可怕的事情,连国家贵人都可能受到连累。"

"先生,请放心,"福尔摩斯说,"请告诉我们你是谁,究竟出了什么事。"

"也许你们很熟悉我的名字,"客人回答说,"针线街霍尔德-史蒂文森银行的亚历山大·霍尔德。"

这名字我们的确十分熟悉,他是伦敦第二大私人银行的主要合伙人。什么事会使伦敦的一流公民落到这样可悲的境地?我们十分好奇地等他打起精神来讲述他本人的遭遇。

"时间很宝贵,"他说,"当警官建议我与你们合作时,我就赶紧到这里来了。我是乘地铁后急忙步行来到贝克街的,因为马车在雪地上走不动。我刚才喘不过气来,因为我平时缺乏锻炼。现在我感觉好点了,我尽量简明扼要地把事情经过告诉你们。

"当然,你们清楚,一家有成就的银行必须善于为资金找到有利的投资,同时也靠增加业务联系和储户。投放资金最能获利的一个方法是在绝对可靠的担保之下,以贷款的方式将钱贷出去。这几年来我们做了许多笔这种交易,许多名门贵族以他们珍藏的名画、图书或金银餐具作为抵押向我们借贷了大笔款项。

"昨天上午,我在银行办公,职员递给我一张名片。我一看上面的名字吓了一跳，这是英国最崇高尊贵的名字，在全世界家喻户晓。他一进门，我深感受宠若惊，正想恭维他的光临，他却开门见山地谈起正事，像是要赶紧完成一桩难办的事情似的。

"'霍尔德先生，'他说，'听说你们办理贷款业务。'

"'如果抵押品值钱，可以办理这种业务的。'我回答说。

"'我想，'他说，'马上得到五万英镑。当然，我能够从朋友那里借到这笔小额款项的十倍，但我宁愿通过银行，而且由我亲自出面。处在我的地位，你清楚，随便接受别人的恩惠是不明智的。'

"'是否可以问问，这笔款你需要多长时间？'我问。

"'下周一就可以收回一大笔到期款项，那时完全肯定可以归还这笔借款，'利息不论多少，只要你认为合理就行。对我来说最紧要的是马上把这笔钱拿到手。'

"'我本应很高兴把我私人的钱借给你而不必进一步的洽谈，'我说，'如果不是因为这样有点使我负担过重的话。如果我以银行的名义做这笔交易，那么为了公平对待合伙人，即使对你我也必须坚持应当要有全部业务上的担保。'

"'我倒宁愿这样。'他说着把放在座椅旁的一只黑色四方摩洛哥皮盒端了起来，'你肯定听说过绿玉皇冠吧？'

"'这是帝国一件最贵重的财产。'我说。

"'说得很对！'他打开盒子，肉色天鹅绒衬底上露出他所说的那件华丽珍贵、耀眼的珍宝。他说：'面里有三十九块大绿宝石，就上面的镂金雕花，价值难以估计。这顶皇冠最低的估价也值借款的两倍。我打算把它放在你这里作为抵押。'

"我接过这贵重的盒子，有些茫然不知所措，望着这位高贵的委托人。

我接过这贵重的盒子。

"'是不是怀疑它的价值?'他问。

"'完全不是。我只是……'

"'把它留在这里是否妥当,你尽管放心好了。如果我没有绝对的把握在四天以内赎回的话,我决不会这样做的。这只是一种形式而已,这抵押品够吗?'

"'足够了。'

"'霍尔德先生,你清楚,根据我对你的了解,这样做充分证明了我对你的信任。但愿你小心谨慎,而且要避免由此产生的任何流言蜚语,还要对保藏这顶皇冠采取可能的防范措施,如果它受到损坏,肯定会造成一起众所周知的大丑闻。任何损坏也几乎与丢失情况一样严重,因为这些绿宝石是独一无二的,要想找到替换品是不可能的。我现在非常信赖地把这东西留在你这里,星期一上午我会亲自来取。'

"见我的委托人急于离去,我便不再说什么,马上叫来出纳员,叫他付给委托人五十张一千英镑的钞票。当我回到办公室里时,望着摆在我桌子上的这只贵重的盒子,对需要承担这样重要的责任我感到有些不安。这是一件国宝,如果发生任何意外,肯定会引起可怕的公愤。我开始后悔当时为什么竟会同意负责保管这东西。然而,后悔也来不及了,我只好将它锁在我私人的保险箱里,然后继续工作。

"到了傍晚,我觉得把这么贵重的东西放在办公室太不谨慎。以前,银行的保险箱被撬过,怎么知道我的保险箱就不会被撬?万一出了这种事,该是多么可怕啊!这样我决定在后几天里,要随身携带着这只盒子,寸步不离。这样,我就坐一辆出租马车带着这件珍宝回到在斯特里特哈姆的家里。我把它放在楼上,锁在我起居室的大柜橱里。这才放下心来。

"现在谈谈我家的情况,福尔摩斯先生,希望你对全部情况有充分的了解。我的马夫和男佣人睡在房子外面,这两个人可以完全不谈。我有三个女佣人,她们跟随我多年,绝对可靠。不过,另外有一个叫露茜·帕尔的当帮手的侍女,在我家里服务只有几个月,但她品行优良,我十分满意,然而她很漂亮,许多爱她的人围着她身边转,这是她唯一的不足之处,但是无论如何,我们都相信她是个很好的女孩子。

"仆人的情况就这些。我家很简单,不用太多时间来谈。我是个鳏夫,只有一个独生子,叫阿瑟,使我很失望,福尔摩斯先生,叫人伤心。肯定是我自己的过错。大家都说是我宠坏了他,很可能是这样。爱妻去世后,我觉得只有他是我应该疼爱的,看见他有些不高兴都受不了。他要什么就给什么。如果以前我对他严一点,可能他会对我好些,但我所做的一切都是为他好。

"当然,我希望他将来继承我的事业,可是他不是没那种才能,而是他放荡而任性。说实话,我对他不放心,不让他经手大笔款项。他还年轻,是一家贵族俱乐部的会员,在那里举止风流潇洒,有一帮挥霍的富家子弟做朋友。他开始大赌牌、赌马,时常求我借钱给他还赌债。我要他不要跟他的那帮害人的朋友来往。但一次次都被那朋友乔治·伯恩韦尔爵士拉了回去。

"而且,我儿子常带伯恩韦尔爵士到家来。这人风度翩翻，对他很有影响，这点我一点也不奇怪，我觉得连我自己都难免不被他的风度所迷住。他比阿瑟年纪大，是个地道的玩世不恭的人，见多识广，能说会道，品貌出众。然而，除了仪容，冷静地看看他的为人，那冷嘲热讽的言语，他的眼神，我觉得他是个完全靠不住的人。我是这样看的，小玛丽也这么认为，她有一种女性的观察力。

"现在只剩下玛丽的情况需要说一说了。她是我的侄女；五年前我兄弟去世后，将她留在这世上孤零零的。我收养了她，把她当作亲生女儿。她是我家中的阳光，温柔美丽，十分可爱，很会持家，有女性的那种文雅恬静、温顺的品质。她是我的帮手，我离不开她。有一件事她没顺从我，我儿子因为真心爱她，两次向她求婚，都被拒绝了。我真想有人能把我儿子引回正路上来，我想他婚后会变样。但现在，哎，无法挽回了，没办法了。

"福尔摩斯先生，现在你知道我家里所有的人了，现在我把这桩不幸的事继续说给你听。

"那晚我吃过晚饭在客厅里喝咖啡时，把这事告诉了阿瑟和玛丽，并告诉他们那件宝物就在屋子里，但没提起委托人的姓名。帕尔在端来咖啡后就离开了，她出去时是不是关了门，我就不敢肯定了。玛丽和阿瑟听了很感兴趣，想看看这顶闻名的皇冠，但是我没答应。

"'把它放在哪儿了？'阿瑟问。

"'在我的柜子里。'

"'唔，但愿晚上不被偷走才好。'他说。

"'柜子锁上了。'我回答说。

"'哦，那柜子旧钥匙都能开的。我小时候用厨房食品橱的钥匙开过它。'

"他常常说话随便，因此我没在意。然而，那晚他跟着我来到房间里，脸色很难看。

"'爸爸，'他垂着眼皮说，'你能不能给我两百英镑？'

"哦，那柜子旧钥匙都能开的。"

"'不行，那不行！'我厉声回答说，'用钱方面我对你太慷慨了！'

"'你向来很仁慈，'他说，'但是我一定要有这笔钱，否则，我就一辈子无脸再去俱乐部了！'

"'那样太好了！'我嚷着。

"'是的。但是你不会让我丢了面子离开吧，'他说，'那样我可受不了。我得想法弄到这笔钱。如果你不肯给我，那我就得想别的办法。'

"我非常生气，这个月里是他第三次问我要钱了。'我不会给你一分钱。'我大声叫着。于是他鞠了一躬，一声不响就走了。

"他走后，我打开大柜橱，看看我的宝物又把柜子锁上。然后我到房子四处转了转，看看是不是一切安全，没问题。平时，我总是让玛丽做这事，我想当晚最好亲自巡视。我下楼时，看见玛丽一个人在大厅的窗边。我走近她时，她关上窗户插好了插销。

"'父亲，'她说，显得有些慌张，'是不是你允许女佣露茜今晚出去的？'

"'肯定没有。'

"她刚从后门进来。我想她一定是去见谁,这样做很不安全,要她别这样。'

"'明早你对她说,如果你想要我讲的话,那让我说好了。你肯定四处都关好了吗?'

"'当然,父亲。'

"'那么,晚安!'我吻了她一下便上楼到了卧室,不久就睡着了。

"我尽量告诉你一切,福尔摩斯先生,这事跟案子也许有些关系。没说清的地方,请你提出来。"

"你说得十分清楚。"

"现在谈谈我要特别提到的那一段的情况。我睡得不很沉,有了心事,使我比平时还易醒。大约凌晨二时的时候,我被屋里的响声惊醒。我还没完全醒过来时,这声音便消失了,隐隐地听见关窗户的声音。我侧身倾听着。使我惊恐的是,忽然隔壁清晰地传来了轻轻挪动的脚步声。我十分恐惧,悄悄地下床,从门角望去。

"阿瑟!'我尖声叫喊,'你这坏蛋,小偷!胆敢去碰那皇冠!'

"煤气灯半明半暗,像我放在那里时那个样,那孩子愁眉苦脸,只穿着衬衫和裤子,手里拿那皇冠站在灯旁。他好像用尽力气在扳着它,拗着它。听到我的叫声,他手一松,皇冠便掉在了地上,脸苍白如纸。我一把夺过皇冠,一看发现金质的边角处有三块绿玉不见了。

"'你这恶棍!'我气得发狂,'把它弄坏了!你让我丢一辈子脸!你偷的那几块宝石放在哪儿了?'

"'说出来,你这贼!'我大吼,摇着他的肩膀。

"'没丢什么,不可能丢什么。'他说。

"'有三块绿玉不见了。你一定知道放在哪里啦。说你是贼还要当骗子吗?我明明看见你想把那块绿玉扳下来,不是吗?'

"'你骂够了吧,'他说,'我再也受不了。你辱骂我,我就不愿再说。今天上午我就走,自己去谋生。'

"'你肯定要被警察逮住!'我气愤狂叫着,'这事我要追到底!'

"'我不会告诉你任何情况。'他竟一反常态地大嚷道,'如果你想叫警察,那么就叫警察去搜吧!'

"我气愤地叫喊,把全家都惊醒了。玛丽最先跑进我的房,一看见那顶皇冠和阿瑟的神色,她就察觉到出了什么事,她尖叫一声就昏倒在地。我马上派女佣人叫来警察,请他们马上开始调查。当一位警官带着一位警察进来时,阿瑟叉着两臂绷着脸站着,问我是不是要控告他偷窃。我说这顶损坏的皇冠是国家的财产,这并非私事,一切都得照法律行事。

"'那么,'他说,'至少你不会马上让人抓我吧。我要是能离开这屋子五分钟对咱俩都好。'

"'那样,你就会逃跑,也许会把偷来的东西藏起来。'我说。这时我认识到我处境不妙,我请阿瑟别忘记,我的名誉,还有一位地位更高的贵人的名誉都岌岌可危,可能导致一起震惊全国的丑闻。但是一切都会安然无事,只要他告诉我这三块绿宝玉放在哪里了。

"'你该明白,'我说,'你是当场被逮住的,拒不承认会加重罪行,如果你想补救的话,而这点你也是能够做到的,就是把藏宝玉的地方告诉我们,那么一切都可宽恕,不记旧过。'

"'你去宽恕那些向你恳求宽恕的人吧。'他冷冷一笑,转过身去。看他顽固不化,于是只好叫警官进来把他看管起来,立刻开始彻底搜查。他的身上、他住的房间以及屋里可能藏匿宝石的地方都搜遍了,还是没有找到任何线索。尽管我们软硬兼施,用尽了各种办法,这倒霉的孩子还是一句话也不肯说。今天上午他被送进了牢房。办完了警方要求办的手续后,我便赶到这儿来了,请你施展才能破案。警察已承认目前一无所获。你可以开销所需的费用,我已经悬赏了一千英镑。天哪,我该怎么办呢?一夜之间我就失去了信誉、宝石,还有儿子。哎!我怎么办呀?"

他两手抱着脑袋,摇头晃脑地喃喃自语,像是个有痛说不出的孩子。

福尔摩斯静静地坐了几分钟,皱着眉,凝视着炉火。

"你平时要接待很多客人吗?"他问。

"不外乎合伙人及其家属,有时还有阿瑟的朋友,乔治·伯恩韦尔最近曾来过几次。我想再没别人了。"

"你常去参加社交活动吗?"

"阿瑟常去。玛丽和我呆在家里。我俩都不想去。"

"一个年轻姑娘这样做,是很不寻常的啊!"

"她生性文静。此外,她年龄不小了,二十四岁了。"

"据你所说,这事好像也使她十分震惊。"

"非常震惊!她也许比我更感震惊。"

"你俩都肯定认为你儿子有罪吗?"

"这点无可怀疑,我亲眼看见他手里拿着皇冠。"

"很难说这是确凿的证据。皇冠的其余部分损坏了没有?"

"嗯,被弄歪了。"

"那么你想过没有,他是不是想把它弄直?"

"天呀!你是在为我们尽力,但这事太难了。他究竟在那做什么?如果他是清白的,那他为什么不说话呢?"

"正是这么说。如果他有罪,为什么不编造个谎言呢?据我看来，他保持沉默有两种可能。案子有几点奇怪的地方。有人发出声音，把你从睡梦中吵醒，对这点警察是怎么看的？"

"他们想这可能是阿瑟关他卧室房门的声音。"

"这可能吗？一个存心作案的人好像要大声关门来吵醒全家？好吧，对这些宝石的失踪他们又有什么看法呢？"

"现在他们还在敲打地板、搜查家具，想找到它们。"

"他们有没有想到去房子外面看看？"

"看过了，他们劲头很大，整个花园已经仔细看过了。"

"好了，亲爱的先生，"福尔摩斯说，"这点不是清楚地表明这事确实比你和警察开始所想的要复杂得多吗？你们认为这只是一件简单的案子；但我看这案似乎特别复杂。考虑一下你们的分析方法。你猜想儿子跳下床，冒了很大的风险，走到你的起居室，打开柜子，取出那顶皇冠，费劲从上面扳下一小块，再到别的地方去，从三十九块绿宝石中扳下三块，巧妙地藏起来，然后拿了其余的三十六块回到房间里来，冒着有可能被人发现的极大危险。我问问你，这种分析能说得通吗？"

"还能怎么说呢？"这位银行家嚷道，显得十分失望，"如果他是无辜的，那他为什么一言不发呢？"

"这就是我们要做的事，要弄清楚。"福尔摩斯回答说，"如果你愿意的话，霍尔德先生，我们一块到斯特里特哈姆，上你家去，花一个小时更仔细地看看。"

我的朋友坚持要我陪着一块调查，而我也非常希望一同前往，因为刚刚听说的事情使我十分好奇而且同情。我承认，对是不是银行家的儿子作的案这点，我和这位不幸的父亲看法一致，认为这是十分明显的；但我仍然对福尔摩斯的判断力充满信心，觉得既然他对大家公认的答案不满的话，那表明这事还有一线希望。去南郊的一路上，福尔摩斯默默无语地坐着，下巴贴在胸口上,帽子拉下来挡住了眼睛,陷于深思之中。我们的委托人,因为现在抱有一线希望,显得有些新的勇气和信心,甚至毫无条理地和我扯起银行业务上的一些事来。坐了一段火车,再走了短短的一段路,就到了这位大银行家并不十分豪华的称作费尔班的寓所。

费尔班是一幢用白石头砌成的相当大的房子,离马路还有段距离。两扇紧闭着的大铁门前面,有块堆着积雪的草坪,一条双行车道一直通到门口。右侧有一小丛灌木,连接一条狭窄的小径,两旁是小树篱,从马路一直通到厨房门口,成为小贩的入口。左侧有条小道在庭院之外,通往马厩,是条没有多少行人来往的公用马路。福尔摩斯要我们站在门口,他慢慢地绕房走了一圈,经过屋前那小贩走的小路,绕到花园后面再走上通往马厩的小道。他花了很长时间观察,霍尔德先生和我干脆走进餐室,坐在壁炉边等他。我们默默无语地坐着,突然房门被推开,进来了一位年轻的女士,她中等个子,身材苗条,苍白的皮肤使得头发和眼睛被衬托得格外地黑。我想这是我所见到的脸色最苍白的女人。她的嘴唇也毫无血色,眼睛因哭泣而红肿。她悄悄地走进来,看起来她承受的痛苦甚至超过银行家今早的感受,因为她显然是位个性强、很有自制力的女人,这种痛苦就显得更加引人注目。她不顾我在座,径直走到她叔父跟前,带着女人的温情抚摸着他的头。

"你已叫人把阿瑟释放了,是不是,爸爸?"她问道。

"没有,还没有,我的孩子,这事得弄个水落石出。"

"但我的确相信他是清白的。你了解女人们的本能。我知道他没错,对他这样严厉,你会后悔的。"

"那么,如果不是他的错,他为什么沉默不语?"

"那谁知道?也许是因为你怀疑他而感到气愤。"

·冒险史·

"我怎么会不怀疑他呢?我的确看见当时他手里拿着那顶皇冠。"

"哦,他不过是拿它看看。噢,你一定要相信我!他是清白的。这事就算了吧,别再提了。亲爱的阿瑟被投进了监狱,这是多么可怕啊!"

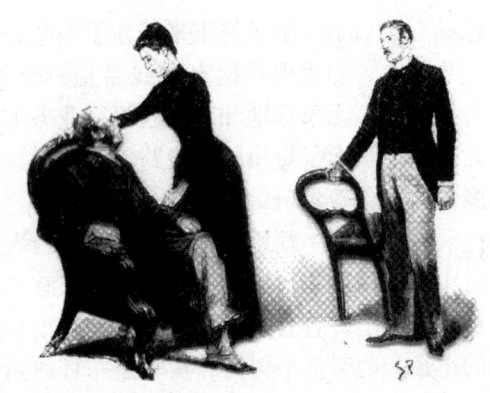

她径直走到她叔父跟前。

"找不到宝石我决不罢休,决不放手。玛丽,你对阿瑟有感情,使你看不到给我造成的严重后果。我决不能就此了事,我从伦敦请了一位先生来,深入调查此事。"

"这位先生吗?"她转身看着我。

"不是这位,是他的朋友。他要单独走走。现在他正在马厩那条小道那边。"

"在马厩那条小道?"她的黑眉扬了扬,"在那里他能找到什么?哦,我想就是这位吧。先生,我相信你一定能证明我的话是实情,我的堂兄阿瑟是清白的。"

"我完全同意你的看法,我相信,和你一起,我们能证明这一点。"福尔摩斯一边说着,一边在鞋垫上把粘在鞋底下的雪蹭掉,"我想很荣幸能和玛丽·霍尔德小姐谈话,我能不能向你提一两个问题?"

"请吧,先生,如果有助于澄清这件可怕的事的话。"

"昨天晚上你没听见什么吗?"

"没有,叔叔大声嚷嚷,我听见后才下来。"

"你昨晚把门窗都关了,有没有把所有的窗户都闩上呢?"

"都闩了。"

"今天早上这些窗户是不是都还闩着?"

"都还闩着。"

"你们有个女佣人,她有个情人吧?我知道,你昨晚告诉过你叔叔说她出去见她的情人去了?"

"是的,就是那个在客厅里侍候的女佣人,她也许听见叔叔说到关于皇冠的事。"

"我清楚,你的意思是说她也许出去把这事告诉了她的情人,而他们俩可能合谋盗窃这顶皇冠。"

"但是这些空洞的猜测毫无用处。"银行家不耐烦地叫了起来,"我不是告诉过你我亲眼看见那顶皇冠在阿瑟手里吗?"

"别急,霍尔德先生。我们必须查问一下这事。霍尔德小姐,我想你看见了这个女仆是从厨房门附近回来的,是不是?"

"是的,当我去看那扇门闩好了没有时,我看见她偷偷地溜了进来,也看见那个男人在暗处。"

"你认识他吗?"

"噢,认识!他是给我们送蔬菜的菜贩。他叫弗朗西斯·普罗斯珀。"

"也就是说,"福尔摩斯说,"他站在门的左边,在不通这门的那条路上,对不对?"

"是的,正是这样。"

"他还是一个装有木头假腿的人?"

这位小姐富于表情的黑眼珠突然显得有点害怕。"怎么回事?你像个魔术师啊,"她说,"你是怎么知道的?"她微微一笑。但是福尔摩斯瘦瘦的脸上,显得有些急切,但没有笑容。

"我很想现在就上楼去看看。"福尔摩斯说,"可能我还得在房子外面走走,上楼之前最好再看看楼下的窗户。"

他挨着一扇扇窗户走过,在那扇可以从大厅望到通马厩小道的大窗户前停了一会。他打开这扇窗户,用随身携带的高倍放大镜仔细地查看了窗台和窗框。然后他说:"现在我们可以上楼了。"

这位银行家的起居室是一间摆设简朴的小房间,地上铺着一块灰色地毯,屋里放着一个大柜橱和一面长镜子。福尔摩斯走到大柜橱跟前,盯着上面的锁。

"是用哪把钥匙开这锁的?"他问道。

"就是我儿子所说的,那把开厨房食品橱的钥匙。"

"钥匙在你这里吗?"

"就是那把放在梳妆台上的钥匙。"

福尔摩斯拿过钥匙打开了大柜橱。

"这是一把开起来无声的锁,"他说,"难怪没吵醒你。我想这只盒子就是放那皇冠的。得看一看。"他打开盒子,把皇冠拿出来放在桌上。这珠宝工艺品很华丽,这三十六块绿宝石是我见过的最精美的宝石。皇冠的一边有道裂口,一个角上有三块绿宝石被扳掉了。

"霍尔德先生,"福尔摩斯说,"这个边角和那丢失绿宝石的边角是对称的。请你试试看能否将它掰开。"

银行家慌忙往后退。他说:"我做梦也不敢想去掰它。"

"那么我来试试,"福尔摩斯猛然用劲去掰,但是纹丝不动。"我觉得它有点松动,"他说,"虽然我的指头很有劲,要掰开它也很费事。一般的人是不可能掰开的。好,霍尔德先生,即使我真的掰开了,会是怎么样呢?那就会发出像枪响那样的声音。你能说,这是发生在仅离你的床数步的地方,而你却一点声音也没听见吗？"

"我不知道，也不清楚。"

"但是事情也许会越来越清楚。你是怎么想的，霍尔德小姐？"

"我承认我和叔叔一样不清楚。"

"你看见儿子时，他没有穿鞋或拖鞋，是不是？"

"除了裤子和衬衫外，他什么都没穿。"

"谢谢。这次调查的确受益匪浅，太幸运了。如果我们还不能把这事弄明白的话，那过错就全在我们自己了。霍尔德先生，请允许我再到外面去看看。"

他要求让他独自去，因为他说，人去多了会留下一些不必要的脚印，可能给工作造成更多的麻烦。他察看了大约一个小时，回来时脚上满是积雪，而脸上看上去仍然那样神秘。

"我想要看的我都看过了，霍尔德先生，"他说，"我想我对你最好的效劳就是让我回家去。"

"但是那些绿宝石呢，福尔摩斯先生，宝石在哪里？"

"无可奉告。"

"那我永远再找不到宝石了！"这位银行家搓着双手大声地说，"还有我的儿子呢？你不是给了我希望吗？"

"我的意见毫无改变。"

"那么，我的天哪，昨晚在我屋子里搞的是什么名堂？"

"如果明天上午九至十点钟你能到贝克街来找我，我会很高兴地尽量说得更清楚些。我想，你授予我全权替你办这事，只要我能找回那绿宝石，你不会限制我可能支取的款额吧。"

"我愿拿出我的全部财产把宝石找回来。"

"很好，我将在明天上午以前这段时间内调查此事。再见，很可能我傍晚前还得来这里一趟。"

很清楚，我的伙伴现在对此案已经胸有成竹，至于他究竟有了些什么样的结论，我一无所知。回家的途中，我好几次想从他那里探听出来，但他总把话题转到别的事情上，我只好作罢。下午三时前，我们就回到了家。他急忙走进他的房间，几分钟后便打扮成流浪汉下楼来。他的衣领往上翻，旧外套磨得发亮，他系着红色领带，脚穿一双旧皮靴，成了一个地道的流浪汉。

"这样打扮还像吧，"他边说边对着壁炉上的镜子照了照，"我真希望你能和我一块去，华生，但是这恐怕不行。我可能找到这案子的线索，有时也可能白费劲，但是不久就会真相大白。我几个钟头内就会回来。"他从餐柜里的大块牛肉上割下一块，夹在两片面包里，把干粮放进口袋，就出发探险去了。

我刚喝完茶，就看见他手里拿着只边上有松紧带的旧靴子高兴地回来了。他把那只旧靴子扔屋角里，便去倒茶喝。

"我只是顺道进来看看，"他说，"马上就要走。"

"上哪去？"

"哦，到西区那边去。也许得过段时间才能回来。如果回来得太晚，就别等我了。"

"事情进展如何？"

"噢，还可以。没有白费劲。我又去了斯特里特哈姆，只是没进屋。那个小疑点怪有趣的，不能轻易放过它。我不能光坐在这里闲聊，现在得把这套下等人的衣服脱下来，穿上我自己那套上流的服装。"

从他的举止可以看出，他完全有理由感到高兴。他的眼睛里放着光，菜色的双颊上甚至泛出了红晕。他匆匆地上了楼，几分钟后，大厅的门砰的一声关上了。我知道他又出发去追踪线索去了，这是他十分喜爱的事。

我一直等到半夜,还不见他回来,于是我就回房休息。他连续几天几夜外出跟踪紧追一条线索是常有的事,他今天迟迟不归也并不奇怪。我不知道他是什么时候回来的,但当早晨我下楼吃早餐时,他已经坐在餐桌旁,一手端着杯咖啡,一手拿着份报纸,看起来精神饱满,干净整洁。

"对不起,华生,没等你便先吃起来了。"他说,"别忘了委托人今天上午和我们的约会。"

"怎么,现在九点已过,"我回答说,"我想一定是他在叫门。我听到了门铃响。"

的确,来人正是我们这位金融家朋友。他的变化,使我感到十分震惊,他那宽宽的、结实的脸庞,消瘦凹下去,头发好像也比以前更加灰白。他带着萎靡疲倦的面容走了进来,看起来比前一天早晨那种狂暴的样子更加痛苦,他沉重地跌坐在我搬给他的扶手椅上。

"我不明白干了什么坏事要遭受如此折磨,"他说,"两天前我还是个幸福富足的人,生活无忧无虑。现在我落到晚年孤独失落的地步?真是祸不单行啊。侄女玛丽遗弃了我。"

"遗弃了你?"

"是的。今早发现她的床上没人,她的房间空空的,她给我留了一张便条放在大厅的桌上。我昨晚曾经伤心而不是生气地对她说,要是她和我儿子结了婚,可能一切都会很好的。也许我这样说太欠考虑了。她留的便条里也谈到了这点:

我最亲爱的叔叔:
我感到我已经给你带来了烦恼,如果我采取了另外的步子,这可怕的不幸事件可能永远不会发生。我心里存有这种想法,再也不能愉快地住在你的檐下了。我觉得必须永远离开你。请别为我的前程担心,因为我自有栖身之地;最要紧的是,不要找我,因为这毫无用处,只会给我帮倒忙。无论是生是死,我永远是

     你亲爱的玛丽"

  "她写的这张便条是什么意思,福尔摩斯先生?你认为她想要自杀吗?"

  "不,不会的,根本不会。这也许是最好的解决办法。霍尔德先生,我相信你的这些苦恼快要结束了。"

  "好哇!你能肯定吗?你听到了什么?福尔摩斯先生,你听到了什么消息?那些绿宝石在哪?"

  "你不会认为一千英镑一块绿宝石的价钱太贵吧?"

  "我愿付出一万英镑。"

  "没此必要。三千英镑就够了。我想,还有一笔小小的酬金。你带了支票簿没有?给你这支笔,开张四千英镑的支票好了。"

  这位银行家神色迷茫,如数开了张支票。福尔摩斯走到桌前,拿出一个小小的三角形的金纸包,里面包着三块绿宝石。他把小包扔在桌上。

  委托人发出一声喜悦的尖叫,一把将包抓在手中。

  "你搞到手了!"他气喘喘地说,"我得救了!我得救了!"

  这种兴奋与他以前的悲愁一样激烈。他将这几块重新得到的绿宝石紧紧地攥在胸前。

  "你另外还欠了笔债,霍尔德先生。"福尔摩斯十分严肃地说。

  "欠了债!"他拿起笔,"欠了多少,我这就偿还,"

  "不,这笔债不是欠我的。你该对那个高尚的小伙子,也就是你的儿子好好赔礼道歉,他把责任揽在自己身上了,我要

是能看到我的儿子这样做，我也会感到自豪，如果我有这样的孩子的话。"

"那么不是阿瑟拿走的？"

"我昨天就告诉过你，我想再说一遍，不是他。"

"你肯定说不是他了！我们马上去他那里，告诉他事情搞清了。"

"他已经知道了。我搞清事实后去找他谈过，但他不愿意告诉我实情。我干脆对他说了，他听后只好承认我说得对，并且还补充了我还不十分清楚的几个细节。你今天早上带来的消息，必定能使他开口。"

"天呀！那么，快快告诉我这离奇的谜底吧！"

"我会的，而且我要对你说明我为了搞清事实而采取的步骤。让我从头说起。首先，这话我很难说出口，你也很难相信：这就是乔治·伯恩韦尔爵士和你的侄女玛丽有默契。他俩现在一块逃走了。"

"我的玛丽？不可能的！"

"不幸的是，不仅仅可能，而且是肯定的事实。当你们将此人接到你们家时，无论你还是你的儿子，都不太了解他的真实人品。他是英国最危险分子之一，是个穷困潦倒的赌徒，一个凶狠透顶的无赖，一个没心肝没良心的人，你的侄女对这种男人一无所知。当他像以前曾向上百个女人所做的那样，对她山盟海誓之时，她十分得意，认为只有她一人打动了他的心。这个恶魔懂得如何用花言巧语使她上钩，几乎每晚都和他幽会。"

"不可能，我也决不会相信有这种事！"银行家嚷道，脸色灰白。

"好，我来告诉你前天夜里你家里所发生的事情。你的侄女，当她认为你已经回房间去后，悄悄地溜下来在那扇朝向马厩小道的窗口和她的情人谈话。他站在那里很久,脚印深深地印在雪地上。她和他说到那顶皇冠,这样激起了他对金钱的邪恶贪欲,于是他就强迫她服从。我不怀疑她爱你。但是常有这种女人,她们对情人的爱会盖过对其他人的爱,而我认为她也必定是这样一个女人。他指使她的话还没有说完,见你下楼来,她连忙把窗户关上,并向你诉说那女仆和她那装木头假腿的情人的越轨行为,那倒是确有其事。

"你儿子阿瑟和你谈话后,便上床睡觉,不过他因为欠俱乐部的债而忧心忡忡难以入睡。半夜时分,他听见轻轻的脚步声经过他门口,他就起床往外看,惊奇地看到堂妹蹑手蹑脚沿过道走去,悄悄进了你的房间。这孩子看后十分惊讶,目瞪口呆。他连忙披件衣服站在暗处看个究竟。只见那女人又从房里走了出来,你儿子在过道灯光的亮光下,看见她拿着那顶珍贵的皇冠下了楼,他感到事情不妙,跑过去藏在靠你门口的帘子后,这样可以看到下面大厅里所发生的事。见她偷偷地将窗户打开,把皇冠从窗户里递出去交给等在暗处的人,然后把窗户重新关上,从靠近他站的藏身的帘子前经过,匆匆地回她房里去了。

"只要她还在场,他就不可能做什么,以免暴露那心爱的女人的可耻行径,这样做十分可怕。但是她刚刚一离开,他马上就意识到这事将使你遭受多大的不幸,感到把皇冠追回来有多么重要。他急忙跑出去,仍然是披着衣服,光着脚,打开那扇窗,跳到外面雪地里,沿着小道追去,在月光里他看见了个黑影。乔治·伯恩韦尔爵士正准备逃跑,但是被阿瑟逮住了,两个人在那里争夺皇冠,你的孩子抓着皇冠的一端,而对手抓着另一端。争斗之间,你的儿子揍了乔治爵士一拳,打伤了他的眼部。这时猛然间有什么东西被拉断了,当时你的儿子发现

他被阿瑟逮住了。

他抢着了皇冠，便急步跑回来，关上窗户，上楼到了你房里，正在察看那扭坏了的皇冠并用劲把它弄正时，你就出现了。"

"这事可能吗？"那银行家气喘吁吁地说。

"正当他认为应得到你最深的感谢时，你对他的辱骂激起了气愤，他如果说明实情，就肯定会出卖他认为应手下留情的人。他认为应有骑士风度，于是把这女人的秘密藏了起来。"

"原来这就是为什么她一见到那顶皇冠便尖叫着昏了过去。"霍尔德先生大声嚷道，"哎！我的天哪！我真是瞎了眼的笨蛋！是的，他请求过我让他出去五分钟！这亲爱的孩子是想到外面去找回那皇冠的几块宝石。我冤枉了他，这是多么残酷啊！"

"我一去到你的住所，"福尔摩斯接着说，"我马上到房子四周仔细地看了看，看看雪地里有什么痕迹有助于我调查。从前天晚上到那时没有再下过雪，而且恰好有层霜保护着印迹。经过商贩所走的那一条小路，脚印被踩得无法辨别了。而正好

·冒险史·

在离厨房门不远的地方，发现有个女人站在那里同一个男人谈话时留下的脚印，其中有一个是圆的，说明此人有一条木制的假腿。还可以断定有人惊动了他们，因为有那女人赶紧跑回门口的痕迹，从雪上前脚印深后脚印浅的形状可以看出来。那有假腿的人看来在那里待了一会儿才走开。我猜这可能是那女仆和她情人。他们的事你已经告诉过我。后来我调查证实的确如此。我去花园里转了一圈，除了杂乱的脚印外，没看到别的什么，我想这是警察留下的；但是到了通往马厩的小道时，印在雪地上的脚印，使我看到了一段很复杂的情景。

"那里有两条靴子的脚印，另外还有两条赤脚的脚印，这点令人高兴。我根据你说的话证明后面两条脚印是你儿子留下的。前两条脚印是来回走的，而另两条则是快跑的脚印，有的脚印盖在那靴子印上，显然他是从后面赶去的。这些脚印一直通向大厅的窗户，那穿皮靴的人在窗外等时把四周的雪都踩得融化了。我到了另一边，从那小道走下去大约一百码。可以看出那穿皮靴的人曾转过身，地上的雪被踩得纵横交错，十分狼藉，似乎在那里发生过一场搏斗，后来我还发现那里有几滴血，这点说明我没搞错。那穿皮靴人的又顺着小道跑了，那里又有一小摊血说明他受了伤。跟到大路上另一头时，我看见人行道边已经清扫过，线索就此中断。

"进屋时，你记得，我用放大镜检查了大厅的窗台和窗框，立即发现有人从这里进出过。脚的轮廓看得出来，因为有一只湿脚跨进来时在那里踩过。这样我对这事就形成了初步的看法，这就是说，曾有个人在窗外等着，另一人将绿宝石皇冠拿到那里，这事被你的儿子看见了。他去追那贼，并和他搏斗；他俩一起抓住那皇冠，使劲争夺，才造成并非一个人所能造成的那种损坏。他夺回来了皇冠，却留下一小部分在对手的手里。我当时能弄清的情况就这些。现在的问题是,那人是谁?又是谁把皇冠拿给他的?

"记得有句古训说,除了不可能,不太可能的必为真。我知道,不可能是你把皇冠拿下来的,剩下的只有你的侄女和女仆们。但如果是女仆们所为,那你儿子为何甘愿代为受过呢?这里没有能说得通的理由。而他爱堂妹,所以他要为她隐藏秘密,这样说就很通了。此外,这事十分不光彩,他就更要这样做。你说过曾看到她在窗户那里,后来她见到皇冠时便昏了过去,我的推测便肯定无疑了。

"可是,谁可能是她的同谋呢?显然是个情人,因为还有谁在她心中可以超出她对你的爱和感激之情呢?我清楚你深居简出,结交的朋友不多,乔治·伯恩韦尔爵士是其中之一。以前曾听说他在女人中臭名昭著。穿着那双皮靴并握有那失去的绿宝石的人肯定是他,尽管他清楚阿瑟已经发现了他,他仍然认为安然无事,因为只要这小伙子吐露真相,就肯定会危及自己的家庭。

"好啦,凭你良好的辨别力就能想到我采取的第二步是什么。我扮成流浪汉到乔治爵士处,结识了他的贴身仆人,了解到他主人前晚划破了头。后来我花了六先令买了一双肯定是他主人扔掉的旧鞋。我带着那双鞋来到斯特里特哈姆,核实鞋和那脚印相符,丝毫不差。"

"昨晚,我在那条小路上见到过一个衣衫褴褛的流浪汉。"霍尔德先生说。

"那正是我。当我已经查明了事实,就回家换了衣服。我演的角色很微妙,我必须避免起诉才不致出丑闻,而且我清楚这狡猾的恶棍一定会知道在这事上我们受到了约束。我登门去找他。起初,他当然矢口否认。但当我向他指出了每一具体细

·冒险史·

节后,他从墙上拿下一根粗鞭子要打我。我知道对手是什么人,他刚一举鞭,我就掏出手枪对准他的脑袋。这时他才开始有点醒悟。我告诉他我们愿出钱买:他手里的绿宝石,一千镑一块,听了这话他看起来十分后悔。'哎,倒霉透顶!'他说已经把那三块绿宝石以六百镑的价格卖给别人了。我答应不告发他后,就从他那里很快了解了收赃人的

我掏出手枪对准他的脑袋。

地址。我找到了那人,多次讨价还价后,以一千镑一块的价格把绿宝石赎了回来。然后我去看你的儿子,告诉他一切已办妥。可以说是真正地劳累一天以后,两点钟左右才上床睡觉。"

"这天可以说是把英国从公众前的大丑闻中救了出来,"银行家说着站起来,"先生,我不知道应该说什么来感谢你,但是我不会辜负你所做的一切。你的本领实属前所未闻。现在我必须赶紧去找我亲爱的儿子,我冤枉了他,要向他赔礼道歉。你说到的那可怜的玛丽的事,真使我伤心透顶。你本领再

大，恐怕还说不出她现在在哪吧!"

"我想可以肯定，"福尔摩斯回答说，"乔治·伯恩韦尔爵士在哪她就在哪。还可以同样肯定地说，无论她犯了什么罪，不久他们就会受到严厉的惩罚。"

(雷春英　译)

铜山毛榉之谜

"为艺术而爱艺术的人，"歇洛克·福尔摩斯将《每日电讯报》的广告页往旁边一扔说，"常常从最不显眼、普普通通的形象中得到最大的快乐，华生，从你诚恳地对案件所做的记录中，我高兴地看到你已经明白了这个真理。而且我肯定地说，有时你还加工润色。你强调的并不是那些我曾参与过的著名案件的侦破和轰动一时的审讯，而是那些案件本身的情节。有些案子可能是琐碎的，而这些案子有发挥推论和逻辑综合才能的余地，这些已列入我的特殊的研究范畴之内。"

"然而，"我笑了笑说，"在记录中采用耸人听闻的手法，我不能完全开脱责任。"

"也许你的确有错误，"说着他边用火钳夹起通红的炉渣点燃了他那长把樱桃木烟斗，在争论问题而不是在思考问题的时候，他常常用这个烟斗而不用陶制的烟斗。"也许你的错就在于总是想把每件事都写得生动活泼，而不局限于记述对事物因果关系的严谨的推理上，这种关系实际上是事物唯一值得注意的特点。"

"在这个问题上我看对你还是非常公正的。"我淡淡地说，因为我不止一次地看到我朋友的独特性格中有很强的自私的成分，对此我颇为反感。

"不，这并非自私或自大。"他回答说，和平常一样，他不是对我的话而是对我的思想而言，"如果我要求公正地对待我的技艺，那是因为这不是属于个人的东西……是种并非属于我本人的东西。犯罪是常见的,逻辑则是难得的东西。所以你该细细记载的是逻辑而不是犯罪。但你已把应该是讲授的课程贬低为讲一连串的故事。"

这是一个寒冷的初春的上午。吃过早餐后,我俩在贝克街老房子里,面对面围着熊熊的炉火坐着。浓雾滚滚而至,弥漫于一排排的暗褐色的房子之间。在团团深黄色的浓雾中对面的窗户,隐约成为暗暗的、模模糊糊的、形状大小不一的东西。我们点燃了汽灯,灯光照在白色台布上,照在微微发亮的瓷器和金属器皿上,因为餐桌还没有收拾。福尔摩斯整个上午一直默默地不停地翻阅着报纸的广告栏,后来,他显然没再翻阅下去,对我文笔上的缺点似乎有些不满。

"同时,"他稍稍停了一会,一边抽着长烟斗,一边盯着炉火说,"不会有人指责你危言耸听,因为这些你感兴趣的案件中,许多并非法律意义上的犯罪。我帮助波希米亚国王的那件小事,玛丽·萨瑟兰小姐的奇遇,那歪嘴男人的难题,那单身贵族事件,都是属于法律以外的事情。你力避耸人听闻,但我担心你的记述也许过于繁琐。"

"可能是这样,"我回答说,"但我的方法既新颖又饶有趣味。"

"呸,我的好朋友,对广大公众,对不善于观察的公众来说,他们要从一个人的牙齿看出他是纺织工,或从一个人的左拇指看出他是排字工是根本不可能的,他们才不会去注意分析和推理的细小差别哩!但是,如果你真要是写得太繁琐,我也不能怪你,因为作大案的时代已经过去了。一名罪犯,或至少是刑事犯,已经不再有从前的那种冒险和创新精神了,我本人的小行业,好像也退化到一家代办处的地步,只为人找找丢失的铅笔,替寄宿学校的姑娘们出出点子。我想,无论如何,我的事业一落千丈，无法挽回了。早上我收到一张条子，看来是我事业降至谷底的标志。你念念这个吧！"他把一封信揉成一团扔给我。

信是昨天晚上从蒙塔格普莱斯寄出的，内容如下：

亲爱的福尔摩斯先生：

渴望找你商量是否我应该受聘当家庭女教师的问题。如果方便，我明日十点三十分前来拜访。

你的忠实的　维奥莱特·亨特

"你认识这小姐吗？"

"不认识。"

"已经是十点半了。"

"听，我敢肯定这是她在拉门铃。"

"这事也许比你所想的要有趣得多，你还记得蓝宝石案开始好像只不过是一时间的心血来潮，后来成为严肃的办案，这事或许也会这样。"

"噢，但愿如此。事情很快就会水落石出，如果我没弄错的话，当事人来了。"

话音未落，只见一位小姐走进房来。她衣着朴素整齐，一副生气勃勃、聪明伶俐的样子，长着雀斑，举动敏捷，像个很有主见的女人。

"肯定你会原谅我来打扰你吧。"当福尔摩斯站起来迎接她时，她说，"我遇到一件非常奇怪的事，因为我没有父母或亲属可以请教，或许你会好心告诉我该怎么做。"

"请坐，亨特小姐，我高兴为你效劳。"

看得出福尔摩斯对这位委托人的举止与谈吐印象良好，他上下打量了她一番，然后垂着眼皮，双手指尖对指尖，默默地听她讲述事情的经过。

"我在史宾斯·芒罗上校的家里当了五年的家庭教师，"她说，"两个月前，上校奉命到美洲的新斯科舍的哈利法克斯工作；他带着几个孩子一起走了，我便失了业。我登报找工作，按报纸上的招聘广告去应聘，都没有成功，最后我积下的一点存款快要用完了，我到了毫无办法、不知道如何办的地步。

"西区有一家'韦斯塔韦家庭女教师介绍所'，很出名，我每周都去那看看是否有适合我的工作。韦斯塔韦是这家介绍所创办人的名字，但是经理实际上是一位叫斯托珀的小姐。她坐在小办公室里，求职的妇女依次等在接待室，然后逐个进屋，她翻阅登记簿，看看是否有适合她们的工作。

"唔，上周照常被带进那间小办公室时，我看见和斯托珀小姐在一起的，还有一个特别粗壮的男人，他笑容可掬坐在她肘旁，大大厚厚的下颌一层层往喉部摞，鼻梁上戴着一副眼镜，仔细地观察进门的妇女。我进屋时，他在椅子上抖动了一下，很快转向斯托珀小姐。

"'这个就行，'他说，'太合我的意了。好极了！好极了！'他似乎十分热情，搓着双手，显得特别特别亲切的样子。他和和气气的，使人看了很愉快。

"'你是来求职的吧，小姐？'他问。

"'是的，先生。'

"'做家教？'

"'是的，先生。'

"'你要多少薪水？'

"'我以前在史宾斯·芒罗上校家是每月四英镑。'

"'哟，哎哟！刻薄呀……够刻薄的，'他嚷道，好像感情

奔放的人那样，挥舞着一双肥胖的手，'怎么会有人付这么一点点钱给这么一位又迷人又有学问的女士呢？'

"你要多少薪水？"

"'先生，我的学问可能不如你所想象的那么深，'我说，'懂一点法文，一点德文、音乐与绘画……'

"'行，行！'他嚷道，'这些并非主要问题，关键是你举止与风度是否显得有教养。说起来就是一句话，若没有，就不适宜于教育将来也许会对国家的发展起很大作用的孩子；有的话，那么，为何竟有位先生好意思要你屈尊接受少于三位数的薪水呢？小姐，你到我家工作，薪水开始每年一百镑。'

"你想，福尔摩斯先生，这种待遇，对我这穷困潦倒的人看来几乎难以置信！可是这位先生，可能看见了我脸上疑惑的表情，打开钱包，拿出一张钞票。

"'我习惯这样做，'他说，笑得甜甜蜜蜜的，两眼在那布满皱纹的白白的脸上只留下两条亮亮的细缝，'给我的小姐预付一半酬金，好让她们开支旅费，添购些衣服！'

"我好像第一次遇到这么动人、这么体贴人的人。我那时还欠着小贩的债，预付薪金给我当然是再好不过了。然而，这整个会面过程当中，我总觉得有些不大自然，想多了解些情况后再表态。

"'我能不能问你住在什么地方，先生？'我说。

"'汉普郡，可爱的乡间。铜山毛榉，离温切斯特只五英里。真是最可爱的乡村，我亲爱的小姐，那里还有一幢可爱无比的古老的乡间住宅。'

"'那么我的工作呢，先生？我很想知道干什么工作。'

"一个小孩，刚六岁，可爱的小淘气。哟，你如果能看见他用拖鞋打蟑螂，啪！啪！啪！你还来不及眨眼睛，就打掉了三个了！'他背靠椅子，眼睛笑得眯成了一条缝。

"孩子这样玩乐我有点吃惊，但是从他父亲的笑声看也许只是开开玩笑而已。

"'那么说，我只有一件工作，'我说，'照管一个孩子？'

"'不，不是的，不只这一件，我亲爱的小姐，'他大声说道，'我肯定你聪明的脑袋会认识到，你的工作应该是听候我妻子的吩咐，如果这些吩咐是位小姐理应听从的话。你看一点都不困难，是不是？'

"'很乐意成为对你们有用的人。'

"那很好，比如说服装，我们喜欢时尚，你知道，有时是奇装，但是无恶意。如果给你件衣服要你穿的话，你不会反对这小小的怪念头，是不是？'

"'是的。'我说，对他的话感到有些吃惊。

"'要你坐这儿，或者坐那儿，不会使你不高兴吧？'

"'啊！当然不会。'

"'或者说你去我们那里之前，叫你把头发剪短呢？'

"简直难以置信。我的头发,福尔摩斯先生,你看,长得这么密,有着栗子般的色泽,相当有艺术性,我做梦也没想要这样随便地把它剪掉。

"'恐怕这很难办到。'我说。他那小眼睛一直紧紧地盯着我,当我说这话时,我看到一丝阴影从他的脸上掠过。

"'恐怕这一点非常必要',他说,'这是我太太的癖好,太太们的癖好,你知道,小姐,太太们的爱好是要考虑的因素,那么,你是不是不想剪发了?'

"'是的,先生,我实在不能够。'我坚决地回答说。

"'哦,很好,那么这样就算了。很可惜,其他方面你都很合适,既然这样,斯托珀小姐,我最好再多看几位年轻姑娘。'

"那女经理坐在那里忙着读文件,一句话也没和我们两人说过。可是现在她显得非常不耐烦地望着我,使我怀疑她是不是因为我拒绝剪发而失去一笔可观的佣金。

"'你想不想把你的名字仍然留在登记簿上?'她问我。

"'如果你乐意的话,斯托珀小姐。'

"'唉!你这样拒绝了人家提供的最优厚的机会,登记好像也没有多大用处,'她尖刻地说,'很难指望我们能再为你另找一个这样的机会,再见,亨特小姐。'她打了一下铃,一个仆人进来把我带了出去。

"福尔摩斯先生,我回到住所,打开食橱,里面已经没有东西可吃了,桌子上又放着两三张催账单,这时我问问自己是不是做了件很愚蠢的事。毕竟,如果这些人有癖好而又希望别人顺从这种非同寻常的要求,那么他们至少是准备付出代价的。在英国,家庭女教师能拿到一百镑的年薪的是很少的,再说,我的头发对我又有什么用?许多人把头发剪短以后都显得更精神了,也许我也该把头发剪短些。第二天,我想也许我错了,再过一天我肯定自己错了。我正准备克服傲气,再去介绍所询问那工作是不是仍空着的时候,我接到那位先生写来的亲笔信。我把信带来了,这就念给你听。

亲爱的亨特小姐:

蒙斯托珀小姐好意将你的地址相告,我在此写信给你,请告是否已重新考虑过你的决定。我太太非常期望你的来临,因为她听罢我对你的描述后,她觉得很有吸引力。我们愿每季度付你三十镑,即年薪一百二十镑,用以补偿癖好可能给你带来的小小不便。这些要求对你毕竟并非苛刻。我太太偏爱很深的铁蓝色,希望你早晨在室内穿着这颜色的衣服,当然并不需要你自己花钱购置,因为我们有一件我们亲爱的女儿艾丽丝(现在美国费城)留下的衣服,我看这衣服对你十分合身。此外,至于坐在这里或坐在那里,或按指定的行为消遣,也不会使你觉得有什么不方便。关于你的头发,无疑令人惋惜,特别是与你短暂相会时它就令人大加赞美。但是恐怕必须坚持这一点,但愿增加的薪水可以补偿你的损失。照管孩子方面的职责将会十分轻松。望你务必前来,我将乘马车到温切斯特接你。请告知乘坐的火车班次。

你的忠实的 杰夫洛·鲁卡斯尔
于温切斯特附近,铜山毛榉

"这是我刚刚接到的信,福尔摩斯先生,我已经决定接受这份工作,然而,我认为在走最后一步之前最好把事情的全部经过告诉你,请你考虑。"

"哦,亨特小姐,既然你已经打定了主意,就这么办吧。"福尔摩斯微笑着说。

"但你不会劝我拒绝?"

"我承认不愿看到我的亲生姐妹去谋这个职。"

"这是什么意思,福尔摩斯先生?"

"嗳,我没有根据就不说,可能你已有自己的想法。"

"哦,好像只有一种可能的解释。鲁卡斯尔好像是个很和蔼、脾气很好的人,他太太会不会是个疯子?他想对此保密,以免她被送进精神病院。这样是不是他要想出各种办法来满足她的癖好以防她的精神病发作?"

"这种说法有道理,实际上事情可能就是这样,这十分合情合理。但是无论如何,对于一位年轻的小姐来说,并不是一户好人家。"

"可是,钱不少!福尔摩斯先生,钱给得不少啊!"

"嗯,是的,薪水当然很高……太高了。这就是我担心的原因。为什么要给你一百二十镑一年?他们完全可以出四十英镑选一个,这里必定有些非常特殊的原因。"

"我想先把情况告诉你,如果日后请你帮忙的话,你就会明白是怎么回事。而且,我觉得如果有你撑腰,我就会胆大些。"

"好,你会得到必要的帮助,我向你保证,你的小难题有可能成为我以后几个月最为关注的事情。这里有一些情况,显然十分奇怪,如果你感到疑惑或者遇上了危险……"

"危险?你预计有什么危险?"

福尔摩斯严肃地摇摇头,"如果我们能够确定的话,就不会有危险了。"他说,"但是无论什么时候,白天还是黑夜,发个电报我就马上来帮你。"

"这就行了,"她从座椅上站起来,显得十分活泼,面部的忧容一下无影无踪,"我现在就可以放心到汉普郡去了,我会马上回信给鲁卡斯尔先生的,今晚就把我可怜的头发剪掉,明早就动身到温切斯特去。"她对福尔摩斯说了几句感谢的话后,向我俩道了声晚安就匆忙离去。

福尔摩斯严肃地摇摇头。

"看起来,"听到她敏捷、坚定的步子走下楼梯时我说,"她好像是位很会照顾自己的年轻姑娘。"

"她需要这样,"福尔摩斯认真地说,"假如我们很多天后还得不到她的消息的话,那就是我的大错了。"

不久,果然应验了我朋友的预言。两周过去了,在这两周我时常发现我一直为她担心,担心这个孤单的女孩子误入人间歧途。不寻常的薪水、奇怪的条件、轻松的工作,这些都有点超乎寻常,尽管我无法认定这是个人的癖好还是阴谋,这人是慈善家还是个恶棍。我常见福尔摩斯一坐就是半个小时,眉头

·冒险史·

紧锁,在那里沉思,可每当我一提到此事,他就挥挥手表示算了。"材料!材料!材料呢!"他会不耐烦地嚷着,"没有土,我是做不出砖头来的!"但是最后他又常嘀咕说,他决不会让自己的亲姐妹做这样的工作。

一天深夜终于有封电报送到我们手里。这时我正准备上床睡觉,而福尔摩斯正准备继续进行化学实验。他对实验着了迷,经常通宵达旦工作。我晚上离开他时,他总弯着腰在试管或曲颈瓶上搞化验,次日凌晨我下楼吃早饭时看见他还在那里。这时他撕开那黄色信封看了一眼,就把电报扔给我。

"马上看看开往布雷德肖的火车时间。"说完转身又去继续他的化学实验。

电报简短紧急:

明中午到温切斯特黑天鹅旅馆。务必!我已计尽。

亨特

"想跟我一块去吗?"福尔摩斯抬头看了看我问道。

"愿意。"

"请查一下火车时刻表。"

"九点半有班车,"我在表上找到了布雷德肖,"十一点半到达温切斯特。"

"这很好。也许最好还是把丙酮分析推一推,因为明早不论我们的精神和体力都应保持最佳状态。"

次日十一点,我们已在前往英国旧都的途中了,福尔摩斯一路只是埋头翻阅晨报,但我们过了汉普郡边界后,他扔下报纸,开始欣赏起风景来。这是春景优美的日子,蔚蓝的天空飘着朵朵白云,从西向东悠悠而去。阳光明媚,早春天气凉丝丝的，空气清新，使人心旷神怡，精神抖擞。远至奥尔德肖德四周的叠叠山峦，一片乡村景色，浅绿树丛中隐约出现红色和灰色的农舍小屋顶。

"景色是多么清新美丽啊！"相比之下我们住的贝克街可说是烟雾弥漫，这时觉得赏心悦目，赞叹不已。

但福尔摩斯严肃地摇摇头。

"你知道吗，华生，"他说，"糟糕的是，我观察每件事都要和自己探讨的特殊问题相联系，你看着这点缀于树丛间的房屋，秀丽景色使你着迷。而我看到这些屋子时，唯一想到的是这些房子互相隔离，会使可能发生的罪恶得不到应有的惩罚。"

"天啊！"我嚷了起来，"有谁会想到把犯罪和这可爱的古老乡村住宅联系在一块呢？"

"这些地方常常使我充满某种恐怖感，我相信，华生，根据我的经验，在这快乐美丽的乡村里发生犯罪，比伦敦最下贱、最糟糕的小巷发生的更可怕。"

"太耸人听闻了！"

"道理显而易见，在城市里，公众舆论的压力可以做出法律所不能做到的事。在任何一条小巷，被挨打的孩童的哀叫，或一个醉汉的打人声，都会引起邻居们的同情与愤怒。而且，司法机关近在咫尺，只要有人提出控诉它就可以采取行动，犯罪与被告席紧密相连。但是瞧瞧这些孤零零的房子，每座都建在自己的地里，居住的大多是愚昧的乡民，不懂什么法律。想想看，那些残暴的行为，暗藏的罪恶可能在这里年复一年不断发生而不被人发现。向我们求援的这位小姐如果住在温切斯特，就绝不需为她担忧，但是危险就在于她住在五英里之外的乡村。不过，很清楚，她的个人安全并未受到威胁。"

"是的。如果她能到温切斯特来和我们见面的话，表明她

·冒险史·

可以脱得开身。"

"完全如此,她是有自由的。"

"那究竟是什么事呢?你说呢?"

"我曾有过七种不同的解释,适用于到目前我们所了解的事情。但到底哪一种正确,无疑只有在我们得到新的情况后才能确定。好了,那就是教堂的塔尖,我们马上就能听到亨特小姐要告诉的一切了。"

"黑天鹅"是这条大街上一家有名的小旅馆,离火车站不远。那位小姐正在那里等着我们,她已订了一个房间,我们的午餐也已在桌上摆好。

"你们来了我真高兴!"她热情地说,"十分感谢你们二位,但是我实在不知道如何办好。你们的指教,对我来说十分宝贵。"

"请告诉我们你遇上了什么事。"

"我要说的,还得快点说,因为我答应过鲁卡斯尔先生在三点前回去,今早我向他请了假进城来,不过他不知道我为什么事出来的。"

"你们来了我真高兴!"

"请你把所有的事照顺序一件件地说。"福尔摩斯把他的瘦长的腿伸到火炉边,静下来准备倾听。

"总的来说，可以说实际上我不曾受到鲁卡斯尔夫妇的虐待，我这样说是公正的。但我无法理解他们，对他们很不放心。"

"哪点你无法理解他们？"

"他们为其所作所为辩解的理由。但是你们可以从发生的事情中了解一切。刚来这里时，鲁卡斯尔先生在这里接我，用他的马车把我接到铜山毛榉，如他所说，这里环境优美。但房子并不美，是一幢四方形的刷成白色的大房子，被潮湿和坏天气侵蚀得斑斑点点。周围有场地，三面是树林，另一面是块坡地，从这房子门前大约一百码处拐弯，就到南安普敦公路。房前的这块场地属于这所房子，而周围所有的树林，则是萨瑟顿领主的部分防护林。一丛铜山毛榉长在这房子大门的对面。因此这地方以铜山毛榉命名。

"我的雇主驱车接我，像以往一样和蔼可亲，当晚他把我介绍给他妻子和孩子。福尔摩斯先生，在贝克街房子里猜测的情况并不符合事实。鲁卡斯尔太太没有疯，看来是一位文静的女人，脸色苍白，比她丈夫小得多，估计还不到三十岁；而先生不会小于四十五岁。从他们谈话中了解到他们结婚大约七年了。他原来是个鳏夫。他的前妻留下唯一的孩子就是那位已到美国费城去的女儿。鲁卡斯尔私下对我说，他女儿离开是因为对继母不讲道理很反感。他女儿的年龄不小于二十岁，完全可以想象她和她父亲的年轻妻子住在一起，处境肯定是很为难的。

"在我看来，鲁卡斯尔太太无论是心灵还是外貌，都十分平常，没有给我留下什么好感，也没有坏印象，她是无足轻重的人。显而易见，她是爱丈夫和小儿子的。她那淡灰色的眼睛不时地左顾右盼，尽量想法使丈夫和儿子满足。他对她也很好，只是有些粗野。总的说来，他们看起来是幸福的一对。但这女人私下里仍有忧愁,常常会冥思苦想,愁云满面。我不止一次碰见她在流泪,我有时想这一定是孩子的坏脾气使她这样忧愁。的确,我从未见过这样一个娇生惯养,脾气暴躁的小东西。他个头比同龄人小,脑袋大,和身子很不相称。好像整天不是烈性发作,就是绷着脸闷闷不乐。他唯一的娱乐好像就是虐待一些比他弱小的动物,在捕捉老鼠、小鸟和昆虫方面,他显示了出色的才智。我还是不谈这个小东西,福尔摩斯先生,他与我说的事实际上没什么关系。"

"你谈的所有细节我都愿洗耳恭听。"我的朋友说,"无论你认为这些是否有关系。"

"我尽量不漏掉任何重要的东西。这屋里使我马上感到非常不愉快的就是佣人的样子和行为。这家只有两个佣人,一男一女,是夫妇。男的叫托勒,很粗笨,头发和腮胡灰白,老是酒气熏天。有两次和他们在一起的时候,他醉醺醺的,而鲁卡斯尔先生似乎视而不见,置若罔闻。托勒老婆个子高,身体强壮,与鲁卡斯尔太太一样沉默寡言,但远不及她和气。这两口子是最令人不愉快的一对。但幸好我大部分时间是在儿童间和自己的房里。这两间房挨在一起,在这幢房子的一角。

"我到铜山毛榉后,起初两天生活很安静。第三天,鲁卡斯尔太太早饭后下楼下,和她丈夫嘀咕了些什么。

"'啊,是的,'他转向我,'十分感谢你,亨特小姐,你迁就了我们的癖好把头发剪掉。保证这对他的容貌丝毫无损。现在过来看看你穿铁蓝色服装是不是合适。衣服摆在你房间的床上,如果你肯穿的话,我俩都会十分感谢。'

"摆在那里给我穿的那件衣服是特殊的暗蓝色,是极好的哔叽料子做的,一眼就能看出是穿过的衣服。这衣服对我十分合身,好像是按我的身材做的。鲁卡斯尔夫妇看见我这般穿着都非常高兴，好像高兴得有些过头。他们在客厅等我。这间客厅十分宽敞，占了房子的整个前半部，有三扇落地窗。靠中间那扇窗放着一张椅子，椅背朝向窗户。他们要我坐在这张椅子上。然后，鲁卡斯尔先生在房间的一头来回走着，给我讲了一连串我从未听过的最滑稽的故事。你很难想象他是多么可笑，我笑累了。但是很显然，鲁卡斯尔夫人并没有什么幽默感，连笑也不笑，只把双手放在膝盖上端坐在那，脸上显得忧郁而又焦急的样子。约过了一个小时左右，鲁卡斯尔先生突然宣布已到开始工作的时间，我可以换衣服去幼儿间找小爱德华。

"两天后情况完全相同，戏又照演一遍。我又一次换上衣服，坐在那窗户旁，听东家讲他那说不完的滑稽故事。他讲故事的才能非常杰出，我又禁不住尽情大笑。后来，他递给我一本黄色封面的小说，又把我的椅子向旁边挪了挪，以免我的影子遮住了书。他请求我大声念给他听。我从其中一章的中间开始念了大约十分钟，当我念到一个句子的中间时，他就叫我停下，要我去换衣服。

"可以想象，福尔摩斯先生，我多么难以理解这种非同寻常的表演究竟是什么意思。我觉得他总是小心地让我背着那扇窗户，这样我非常想看看我背后究竟有些什么。开始，这好像是不可能的。但我很快想出了一个主意。我刚好有一面手镜打破了，我趁机偷偷地把一片碎镜藏在手掌里。在下一次的表演中，当我正在发笑的时候，我把手帕放到我眼睛处，这样能看见后面的情况。我承认开始时我非常失望，因为我没见到什么。

"至少我第一眼的印象是这样。可是我第二次再看时，发觉有个长着小胡子、穿着灰色衣服的男人正站在南安普敦路对面，好像在朝这边探望。这是一条重要的公路，平时总有行人来往。但是这人斜靠在围场的栏杆上，专注地朝我这边张望。

我放下手帕，看了鲁卡斯尔夫人一眼，发现她正以锐利的目光紧盯着我。她没说什么，但是我相信她已经猜出我手里拿着一面镜子，也已看到我身后的情形，她立刻站起身来。

"杰夫洛，"她说，"路对面有个鲁莽的家伙正盯着亨特小姐看。"

"'不是你的朋友吧，亨特小姐？'他问。

"'不是，这里我一个熟人都没有。'

"'哎呀，多么不礼貌！请你回过头去，叫他走开。'

"'当然还是别理他吧。'

"'不，不行，那他会常常在这里转来转去的。请你转过去，这样挥手叫他走开。'

"我照做了，同时，鲁卡斯尔夫人放下了窗帘。这是一周前的事，从那时起我不再坐在窗户旁，不再穿那身蓝衣服，也没有再看到那个男人在路上了。"

"请继续说，"福尔摩斯说，"你的叙述很可能十分有趣。"

"恐怕你会认为有些互不相干，这可能表明我所讲的不同事件之间没有什么关联。我刚到铜山毛榉的第一天，鲁卡斯尔先生带我去厨房附近的一间小外屋。走近那里时，我听见锁链啷啷作响，还有一头大动物走动的声音。

"'瞧瞧这里，'鲁卡斯尔先生叫我从两块板缝中往里看，'它不是很美吗？'

"我从缝中望去，发现有两只发亮的眼睛和一个模糊的身影蜷伏在黑暗里。

"'别害怕，'东家说，看见我惊奇的样子他笑了起来，'那是我的看门犬卡罗。我说它是我的，但实际上只有我的饲养员老托勒才能对付它。我们每天喂它一次，不喂得太多，这使它总像芥末那样有热辣劲。托勒每晚放它出来，如果有哪个

私闯住宅的人碰上它的利牙，只得求助上帝了。看在老天爷的分上，你千万别找任何借口在夜间跨过那门槛，那样做就等于白送命。'

"这警告并非吓唬人。过了两晚，我碰巧在凌晨大约两点的时候从卧室窗口往外看。那晚月色迷人，房前的草坪洒满银光，亮如白昼。我正站着沉浸在宁静的美景之中，突然间发现有什么东西在铜山毛榉树下移动。在月光底下，我看见了这家伙。这是一只大狗，像只牛犊那样大，棕黄色，下巴往下垂，一张黑嘴巴和硕大突出的骨骼。它慢慢地穿过草坪，消失在另一头的影子中。这个可怕的看守犬使我不寒而栗，我想没有一个窃贼会把我吓成这样。

"现在，我要告诉你一件很奇怪的事。你知道我是在伦敦将我的头发剪短的。我把剪下的那一大绺头发收放在我的箱底。有天晚上，我把孩子安顿上床后，就想翻检一下房里的家具，整理整理我自己的小东西，以此来消磨时间。房间里有个旧衣柜，上方的两只抽屉没上锁，里面空空的，下方的那只锁上了。我把我的衣物装满了上面两只抽屉，但是还有一些东西没地方放，而我又不能使用下面那只抽屉，这当然使我感到烦恼。我突然想到也许是无意中随便锁上的，于是我拿了一大串钥匙试着把锁打开。恰好第一把钥匙就能开这锁，于是我把抽屉拉开了。里面只有一样东西，肯定你们永远也猜不着，就是我的那绺头发！

"我拿起头发来细细看。那特有的色泽、密度，和我的一模一样。明明不可能的事就摆在我面前。我的头发怎么会锁在这个抽屉里呢？我颤抖着双手将我的箱子打开，把里面的东西全部倒出来，从箱底拿出我自己的头发。我把两绺放在一起看，我敢保证，头发完全一样。这不是太奇怪了吗？我感到迷惑不解，我想不出这是为什么。我把那奇怪的头发放回原处，这事也没对鲁卡斯尔夫妇提起，因为我觉得把他们锁上的抽屉打开这件事做得不对。

"你也许注意到，喜欢留心观察事物是我的天性，福尔摩斯先生。不久我对整个房子就有了清楚的了解。有一侧厢房看来根

我拿起头发来细细看。

本就没人住。托勒一家住处的过道对面的一扇门可以通向这套厢房，但这门总是锁着的。然而，有一天我上楼时，遇见鲁卡斯尔先生从这门里出来，手里拿着钥匙。那时他的脸和我平时常看到的胖胖的、快活的样子判若两人。他气得两颊涨得通红，眉头紧锁，太阳穴两边青筋直暴。他锁好那扇门匆忙从我身边走过，一言不发，也没瞧我一眼。

"这使我感到十分奇怪，当我带孩子到围场散步的时候，我兜了个圈子溜到房子那一边，这样我就可以看到房子这部分的窗户。那一排共有四扇窗，其中三个肮脏不堪，还有一个关了百叶窗。很明显，所有这些窗户都长期弃置不用了。当我在前面徘徊，时而瞥视一下这些窗子的时候，鲁卡斯尔先生走近我，显得和往常一样快活和高兴。

"'好啊!'他说,'如果我一声不吭从你身边走过,你别以为我粗鲁无礼。我亲爱的小姐,我刚才忙着一些事务。'

"我要他放心,我认为他并没使我生气。'顺便问问,'我说,'好像上面有一套空房子,有一间房的窗子是关着的。'

"他显得有些吃惊,而且我好像觉得他听了我的话有点儿感到意外的样子。

"'摄影是我的一种爱好,'他说,'我把那几间做了暗室。哎呀!我们遇到了一位多么细心的小姐啊!谁会相信呢?谁会相信这点呢?'他用开玩笑的口气说。但是他并没用开玩笑的眼光看着我。他的眼里只有怀疑和烦恼,他决不是在开玩笑。

"哦,福尔摩斯先生,我知道这套房里有些东西是不能让我知道的后,我更加渴望要了解个究竟。与其说是我的好奇心驱使着我,因为我和别人一样好奇,还不如说是种责任感驱使着我,这种感觉就是认为了解了这里的内幕说不定可以做些好事。人们谈论着人的本能,可能是人的本能使我有这种感觉。无论怎么说,确实有这种感觉。我十分留意有什么机会可以冲过这道禁止入内的门。

"昨天有了机会。我可以告诉你,除了鲁卡斯尔先生外,还有托勒夫妇都在这房里干些什么。有一次我看见托勒搂了个大黑布袋从那房里出来。最近,他时常酗酒。昨晚他喝得醉醺醺的。我上楼时,发现钥匙还留在门上,我毫不怀疑是他放在那里的。鲁卡斯尔夫妇当时都在楼下,那孩子也和他们在一块,这机会真是难得。我轻轻地把钥匙一转,推开了那扇门,然后轻轻地溜了进去。

"进门就是个过道,这条过道没有粉刷过,也没有铺地毯。过道尽头拐弯处是个直角。转过这道弯并排有三道门,第一和第二扇门敞开着。每扇门里都是一间又脏又暗的空屋子,一间房有两扇窗，另一间只有一扇窗，窗户上积满尘土，傍晚的光线照在那里显得十分昏暗。当中一扇门关着，外面横着一条铁床上的粗铁棒，一头锁在墙上的一个环上，另一头是用一根粗绳系在墙上。这门也上了锁，但钥匙不在那里。这扇紧锁的门显然是和外面所看到那扇关着的窗户是同一间房。从门下面透出的微弱光线看，那房子里并不很黑。房里肯定有天窗，光线可以从上面透进屋内。我站在过道里，盯着那堵凶险的门，不知道里面藏着什么秘密。这时，我突然听到房里有脚步声，从门底下小缝透出来的微弱光线中我觉得有个人影在来回摇动。这情景使我心里突然产生一阵剧烈的说不出的恐惧。福尔摩斯先生，我非常紧张，神经突然失去了控制。我转身就跑，似乎有只可怕的手就在我背后，拖着我的裙子。我沿着过道奔跑，穿过那扇门，一直冲到等在外面的鲁卡斯尔先生的怀里。

"'哦，'他微笑着说，'的确是你，我看见门开着，就想一定是你。'

"'啊，可把我吓坏了！'我气喘吁吁地说。

"'我亲爱的小姐！我亲爱的小姐！'你想不到他的态度有多么亲热，多么体贴，'什么东西把你吓成这个样子，我亲爱的小姐？'

"他说话声音就像在哄孩子。太过分了，我留心提防着他。

"'我太傻了，走到那边的空房子去了，'我回答说，'光线昏暗，凄凉可怕！我吓坏了，赶快跑出来了。啊，那里面死沉沉的，真吓人！'

"'就这些？'他直瞪着我说。

"'怎么啦？你在想什么？'我问他。

"'我把这道门锁上你认为是为什么？'

"'不知道。'

"啊，可把我吓坏了！"

"'就是不让闲人进去，你清楚吗？'他仍然那样非常亲切地微笑着。

"'如果我早知道，我一定……'

"'好啦，那你现在知道啦！如果你再跨过那门槛的话……'说到这儿，他的微笑立刻变成恶狠狠的狞笑，他瞪着我，脸像魔鬼似的，'我就把你扔给那条看门犬。'

"我当时吓坏了，不知道干了些什么。我想我一定是飞快地从他的身边一直跑进了我的房间。我什么也记不起来了，后来发觉自己躺在床上，浑身不住地颤抖。这时我想到了你，福尔摩斯先生。如果没有人给我出出主意，我就不能再呆在那里了。那幢房子、那个男人、那个女人、那些仆人，甚至连那个孩子，都使我感到胆战心惊。要是我能够带你们到那里去，那就好了。当然，我可以从那所房子里逃走，不过除了非常担惊受怕以外，我也特别想了解个究竟。我很快就打定了主意。我要拍电报给你。我戴上帽子，穿上外衣,走到约半英里外的电报局;回去时,心里也觉得踏实多了。我走近大门时又感到惊慌不安,害怕那只狗被放出来了。但是想起托勒那晚喝得烂醉如泥,而且我还知道家里只有他能对付这只野蛮的畜生,所以不会有别人敢冒险把它放出来。我悄悄溜了进去,安然无事。晚上,我想到第二天就要见到你们,高兴得躺在床上半夜没合眼。今早我没遇到困难,请了假到温切斯特来。但是三点钟前我得赶回去,因为鲁卡斯尔夫妇准备出门做客,今晚不在家。我得照看孩子。现在,我已把我的全部经过都告诉你了,福尔摩斯先生。如果你能告诉我这些意味着什么,我会非常高兴。最要紧的是,我该怎么办?"

福尔摩斯和我听完这奇特的故事像着了迷一样。他站了起来在房间里走来走去,两只手放在口袋里,脸色显得非常严肃。

"托勒是不是还酒醉未醒?"他问道。

"是的,我听见他老婆告诉鲁卡斯尔太太,说对他毫无办法。"

"那好,鲁卡斯尔夫妇是不是今晚要出门?"

"是的。"

"那里有没有间地下室和一把结实的锁?"

"有,那间放酒的地窖就是。"

"亨特小姐,从整个经过来看,可以说你是一位十分勇敢机智的姑娘。你能不能再做一件大事?如果我不认为你是一位十分出色的女性的话,我是不会这样要求你的。"

"我一定试试。你要我做什么?"

"我的朋友和我将在七点钟到达铜山毛榉。那时鲁卡斯尔夫妇应该已经出门。而托勒,希望到时候他仍然不省人事。剩下的就只有托勒太太,她可能报警。如果你能叫她到地窖里去拿东西,然后把她锁在里面,那就大大有利于事情的进展。"

"我就这么做！"

"好极了！那么我们彻底查一查这件事。当然，只有一种可能，你是被请到那里去冒充某人，而那人实际上被关在那间屋里，这点十分明显。这个被关着的人是谁？我敢肯定就是那人的女儿艾丽丝·鲁卡斯尔小姐。如果我没记错的话，据称她已经到美国去了。毫无疑问，你被选中是因为你的高度、身材以及头发色泽和她的一样。一头秀发被剪掉很可能是因为她曾经患过什么疾病，这样，自然你也得牺牲你的头发。你看见那绺头发完全是碰巧。那个在公路上等的男人肯定是她的什么朋友，很可能是她的未婚夫。毫无疑问，正因为你穿着那姑娘的衣服，而且长得像她，所以每当他看见你的时候，从你的笑容中，后来又从你的姿势中，他相信鲁卡斯尔小姐确实很快乐，并认为她不再需要他的关心。晚上放出来那只狗是为了防止他设法和她取得联系。所有这些都十分清楚，这桩案子最让人担心的一点就是那孩子的性情。"

"这事和孩子有什么关系？"我突然叫了起来。

"亲爱的华生，作为一个医生你要渐渐地了解一个孩子的癖性，就要首先从了解他的父母开始，你想过反过来也是同样的道理吗？我经常从研究孩子着手来洞察父母的真正性格。这孩子的性格十分残忍，而且这种残忍是无缘无故。不管这种性格是像我所猜想的那样源于其笑眯眯的父亲还是源于他的母亲，这对在他们手中的那个可怜姑娘肯定是不妙的。"

"我确信你是对的，福尔摩斯先生，"委托人大声说，"无数的事想起来使我确信你的推断十分有理，我们一刻也不能耽搁，快去营救那可怜的人吧！"

"我们必须小心，因为对手是个很狡猾的人。我们在七点钟前办不了什么事，到七点钟我们就会和你会合，不久就能解开这个谜了。"

我们说到做到,刚七点就到了铜山毛榉,把双轮马车停放在路边的一家小客栈里。那一丛树上的黑叶,像抛光擦亮了的金属,在夕阳的余晖下闪闪发光。我们很快就认出了那幢房子,亨特小姐站在门口台阶上朝我们微笑。

"都安排好了吗?"福尔摩斯问。

这时从楼下的某个地方传来了响亮的撞门声。"那是托勒太太在窖里,"她说,"她丈夫酣睡在厨房的地毯上,打着鼾。这是他的一串钥匙,和鲁卡斯尔先生的那串钥匙完全一样。"

"你干得太漂亮了!"福尔摩斯先生由衷地称赞道,"现在你领路,我们就要看到这桩鬼把戏的结局了。"

我们走上楼,打开那房门的锁,顺着过道往里走,一直走到亨特小姐所说的屏障前。福尔摩斯割断绳子,挪开那根横着的粗铁杠,然后他用那串钥匙逐一地试开那门锁,但都打不开。房里静悄悄的。这时,福尔摩斯的脸沉了下来。

"我相信我们来得并不晚,"他说,"亨特小姐,最好你还是不要跟我们进去。华生,用肩膀顶住它,看看我们能不能进去。"

这是一扇摇摇晃晃的朽门,我俩合起来一用劲,门马上倒了下来。我们冲进去一看,是一间空荡的房,除了一张简陋的小床、一张小桌子及一筐衣服,没有其他家具,顶上的天窗开着,被关在屋里的人已去向无踪。

"这里他耍了花招,"福尔摩斯说,"这家伙大概已经猜到亨特小姐的想法,先走一步把被关押的人弄走了。"

"怎么搞出去的?"

"从天窗。我们马上就会清楚他是怎么弄出去的。"他爬到屋顶,"哎呀,是这样,"他嚷道,"这里有一架长扶梯,一头靠在屋檐上，他就是这样做的。"

"但这不可能，"亨特小姐说，"鲁卡斯尔夫妇出去时，那里并没有扶梯。"

"他又跑回来搬的，我说过他是个狡猾而危险的人。听，现在有脚步声上楼来。这肯定是他。我想，华生，你还是准备好你的手枪。"

话音未落，就见一人已站在房门口，胖胖的，粗壮结实的人，手拿着根粗棍子。亨特小姐一看见他，立刻尖叫起来，缩着身子靠在墙上。但是歇洛克·福尔摩斯一跳冲向前，站在他对面。

"你这恶棍！"他说，"你的女儿在哪里？"

胖子用眼睛向四周望了望，又看看上面打开的天窗。

"这话该我来问，"他尖声大叫，"你们这帮贼！盗贼，奸细！我可逮住你们了，是不是？你们跑不了，我要给你们好看的！"他转身就往楼下跑，咯噔咯噔地冲下楼去了。

"他去放那只狗了！"亨特小姐大声说。

"我有枪！"我说。

"最好关上前门。"福尔摩斯说，于是我们一起向楼下冲去。我们还没到大厅，就听见猎犬的狂吠声，然后传来一阵凄厉的尖叫和猎犬撕咬人的可怕的声音，让人听了毛骨悚然。一个红红的脸蛋、上了年纪的人挥着胳膊跌跌撞撞地从边门栽了进来。

"我的天，"他大声叫着，"谁把狗放出来了！已经两天没喂过它了，快，快，要不然就来不及了！"

福尔摩斯和我急忙跑出去，转过房角，托勒紧跟在后。只见那边饿慌了的大畜生，一张黑嘴死死咬着鲁卡斯尔先生的喉咙，而他正在地上翻滚，悲惨地号叫，我冲上去就是一枪，把狗脑袋打开了花。它倒在地上,锋利的白牙仍然咬着鲁卡斯尔那肥大的满是褶皱的颈部。我们费了好大劲才把人和狗拉开,然后将他抬进屋里。人虽然还活着,但已是血肉模糊,非常

我冲上去就是一枪

可怕。我们把他放在客厅的沙发上,派吓醒了的托勒送信去通知他太太。我尽力减轻他的痛苦,我们都围着他聚在一块,这时,房门打开了,一位瘦瘦的高个子女人走了过来。

"托勒太太!"亨特小姐喊道。

"是的,小姐,鲁卡斯尔先生回来后把我放了出来,然后才上楼去找你们。啊,小姐,可惜你不曾告诉我你的计划。因为我本来可以把一切告诉你,省得你费那么大的劲。"

"哈!"福尔摩斯敏锐地望着她说,"显然,托勒太太对这事的情况知道得比任何人都多。"

"是的,先生,我的确知道。我现在要把我所知道的全告诉你们。"

"那么,请坐下来,讲给我们听听。我承认,这里头还有几点我仍然不太明白。"

"我这就告诉你们,"她说,"我早可以这样做,如果我能早点从地窖里出来的话。如果这事要闹到违警罪法庭上去,请记住我是和你们站在一边的朋友。我也是艾丽丝小姐的朋友。

"小姐在家里一直就不愉快,自从她父亲再婚后,艾丽丝

小姐便开始闷闷不乐,她在家里受到轻视,根本没有发言权。但她在朋友家里碰到福勒先生之前,情况还不算太坏。据我所知,根据遗嘱,艾丽丝小姐有自己的权利,但是她生性文静忍让,从不曾说过要权利的话,而将一切交给鲁卡斯尔先生处理。他知道和她在一块完全可以放心,但是当一个丈夫要挤进来的时候,那他一定会要求在法律范围内他应得的一切。于是父亲认为要制止这事发生。他要女儿签署一个字据,声明不管她结婚与否,他都可以用她的钱。她不签,他就闹得她得了脑炎,有六个星期她挣扎在死亡线上。当她逐渐康复时,已骨瘦如柴,把美丽的头发也剪掉了;但是这些并没有使她的年轻的男朋友变心!他对她仍然十分忠诚。"

"啊,"福尔摩斯说,"你好意地告诉了我们这些情况,使我相信这事已一清二楚,我就可以推断出这点:我敢肯定,鲁卡斯尔先生因而就采取了监禁的办法。"

"是这样,先生。"

"把亨特小姐从伦敦专门请来,为的是摆脱福勒的不愉快的纠缠?"

"正是这样,先生。"

"但是福勒先生坚持不懈,就像一名好水兵那样,他天天守在这所房子周围。后来遇见了你,他用金钱或其他方式说服了你,使你相信你和他的利益是一致的。"

托勒太太安详地说:"福勒先生是位说话和气、十分慷慨的先生。"

"通过这个办法,他让你的男人不缺酒喝,让你在主人一出门就准备好一架扶梯。"

"没错,先生,是这么回事。"

"我们应当向你道歉,托勒太太,"福尔摩斯说,"因为你把一切让我们伤脑筋的事都解决了。村里的外科医生和鲁卡斯尔夫人就要来了，我认为，华生，我们最好是送亨特小姐回温切斯特去，我觉得我们在这里的合法性有问题。"

这样，门前有铜山毛榉的那幢不祥之屋里的谜解开了。鲁卡斯尔先生总算幸免一死，然而已经精神崩溃，由于他忠实的妻子的护理，他才能保全老命。老佣人还和他们住在一起。可能是因为他们对鲁卡斯尔这家人过去知道得太多了的缘故，这样鲁卡斯尔先生很难辞退他们。福勒先生和鲁卡斯尔小姐出走后，第二天在南安普敦拿到证书结了婚。福勒先生现在毛里求斯岛政府任职。关于维奥莱特·亨特小姐的下落，我的朋友福尔摩斯使我有点失望。因为她不再是他要解决的问题中的主要人物，他不再对她有兴趣了。她目前是华尔索尔地区的一家私立学校的校长。我相信她在教育事业上是很有成就的。

(雷春英　译)

巴斯克维尔的猎犬

刘超先　戴　茵　译

献　辞

亲爱的鲁宾逊先生：

你对一个西部乡村传奇的记叙引发了我写这个故事的念头。对此，我谨表示衷心的感谢。

你忠实的
阿·柯南道尔

歇洛克·福尔摩斯先生

歇洛克·福尔摩斯先生除了常常通宵熬夜以外,早上一般是起得很晚的。此刻,他正坐在桌旁吃早点。我站在壁炉前的地毯上,捡起来访者前一天晚上忘下的手杖。那是一根精致而厚实的手杖,顶端有个疙瘩,是用一种槟榔屿悬钩藤做成的。紧靠顶端的地方有一圈宽宽的银环,差不多有一英寸宽。手杖上刻着"送给皇家外科医师协会会员杰姆士·摩迪默,C·C·H的朋友们赠",此外还刻有日期"1884"。那只不过是私人医生所常用的旧式手杖,这种手杖庄重、结实而又管用。

"喂,华生,你看出了些什么名堂吗?"

福尔摩斯正背对着我坐在那里,我根本没有提示他我在干什么。

"你怎么知道我在干什么?我想你后脑勺上一定长了只眼睛。"

"至少我眼前有个光亮的镀银咖啡壶。"他说道,"不过,你得回答我,你对我们这位来访者的手杖怎么看呢?既然我们没能有幸当面碰上他,对他此行的目的也一无所知,这件意外的纪念品就尤其重要。你仔细查看了手杖,那么把这个人描述一下吧。"

"我想,"我尽量学着我这位朋友的方法推理说,"从别人送给他的这件表示敬意的礼物看,摩迪默先生是位功成名就、受人尊敬的年长医生。"

"好!"福尔摩斯说,"好极了!"

"我想，他很可能是位乡村医生，常常步行外出行医。"

"何以见得呢？"

"因为这根手杖原来很漂亮，但现在却已磕碰得样子难看了，很难想象一位城里行医的医生还会用这样的手杖。下端厚厚的铁包头已经磨光了，显然它已伴随主人走了很多地方。"

"一点不错！"福尔摩斯说道。

"还有，手杖上刻着'C·C·H的朋友们'，我猜想这可能是个猎人会，他大概给当地的这个猎人会的会员们疗过伤，他们便因此而送了他这件小礼物表示感谢。"

"华生，你真是不比从前了，"福尔摩斯一面说着，一面把椅子往后推了推，点燃了一支烟，"我不得不说，在你热心地记叙我小小的成就时，你已习惯于低估自己的能力了。也许你本身发不出光，但你是光的传导者。有些人本身没有天才，但却有着很能激发天才的能耐。我得承认，老朋友，我真是多亏了你。"

他从前从未说过这么多话，坦率地说，他的话给了我极大的快乐。过去我钦佩他，并想将他的推理方法公之于众，但他常漠然视之，这使我的自尊心受到伤害。而现在我居然也掌握了他的方法，并能活学活用，得到了他本人的赞赏，一想到这一点我就感到骄傲。他从我手中拿过了手杖，仔仔细细看了一会儿，然后又兴致勃勃地放下香烟，把手杖拿到窗前，在放大镜下细心察看起来。

"虽然简单，但很有意思，"他说着又走到他最喜爱的长椅的一端坐了下来，"手杖上还有一两处线索，可以给我们的推理提供依据。"

"还有什么东西我没注意到吗？"我有些自负地问道，"我自信没有忽略掉什么重要线索。"

"我亲爱的华生,恐怕你的推论多半是错误的呢!坦率地说,我说你激发了我,意思是说,当我觉察到你的错误之处时,这同时也把我一步步引向真理。当然你并非完全错了。那人肯定是名乡村医生,并且常常徒步外出。"

"那么,我就没错了。"

"但也就仅此而已。"

"可那就是全部事实。"

"不,不,亲爱的华生,不是全部——决不是全部。比如,那件礼物更可能来自一家医院,因为 H 如果是指 Hospital(医院),那么 C·C·自然就是指 Charing Cross。"

"也许你是对的。"

"很可能是这样。如果这一假设成立,那么我们就又有了一个新的依据,由此来判断这位来访者是个什么样的人。"

"那么好吧,就假设'C·C·H·'是指查林十字医院,我们能推断出什么新的结论呢?"

"难道就没有任何线索了吗?既然你掌握了我的方法,那么就应用应用吧!"

"我只能想到明显的一点,那就是他下乡行医之前,在城里行过医。"

"我想我们可以大胆地进一步推论。照此思路推下去,这种赠礼最可能发生在什么样的场合呢?在什么时候他的朋友才会合起来向他赠礼致意呢?显然是在摩迪默脱离医院而独自开业的时候。我们知道有过这样一次赠礼,那就可以断定有人脱离了城里医院去乡下行医。那么我们说这次赠礼发生在这种变更的当儿,这不算离谱吧。"

"当然有这种可能。"

"现在,你应该看得出来,他不可能是医院的主要医生,因为只有一个在伦敦行医已有相当声誉的人才会有这种地位，而这样一个人是不会转而去乡下行医的。那么，他到底是干什么的呢？如果他在医院里工作而又算在主要医生之列，那么他就只可能是个住院外科医生或住院内科医生——地位仅稍高于高年级医科学生。他是五年前离开的——日期刻在手杖上了。这么一来，你想象中的那位庄重的中年医生便消失了，化作一位随和的、胸无大志、马马虎虎的不到三十岁的年轻人，他还有一只心爱的狗，大约比梗犬大而比獒犬小。"

我不以为然地笑了起来。福尔摩斯靠在长椅上，朝天花板上吐出一串飘摇的烟圈。

"至于后一部分，我没法检验，"我说，"不过要找出几点有关他年龄和履历的情况，倒是不难的。"我从我那小小的医学书架上拿下一本医学手册来，翻到人名栏。那里面有好几个姓摩迪默的，但只有一个可能是我们的来访者。我大声读出有关他的记载：

> "杰姆士·摩迪默，一八八二年毕业于皇家外科医学院，德文郡达特莫尔格林坪人。一八八二至一八八四年任查林十字医院住院外科医生。因论文《疾病是否隔代遗传》而获得比较病理学奖金。瑞典病理学会通讯会员。著有《几种隔代遗传的畸形症》（《柳叶刀》，1882）、《我们进步了吗?》（《心理学报》，1883．3）。曾任格林坪、索斯利和垓跛罗的医务官。

"一个字也没提当地猎人会呀，华生！"福尔摩斯带着捉弄人的微笑说道，"正如你所觉察到的一样，只不过是个乡村医生。我觉得我的推论还是很准确的。至于那些形容词，如果我没记错的话，我说了'随和、胸无大志和马马虎虎'。根据我的经验，这个世界上只有随和的人才会收到别人的礼物，只有甘于淡泊的人才会离开伦敦而跑到乡下去，只有粗枝大叶的人才会在你屋里等了一个小时以后不留下自己的名片，却留下了手杖。"

"那狗呢？"

"经常叼着这根手杖跟在主人后面。由于这根手杖很重，狗不得不用力叼着中央，因此，留下很深的牙痕。从这些牙印间的空隙看来，我以为这只狗的下巴要比梗犬下巴宽，而比獒犬下巴窄。它可能……对了，一定是只卷毛的长耳猎犬。"

他站了起来，一面说一面在屋里来回踱步。他在凸出到楼墙外的窗台前站住了。他说话的语气里充满了自信，我抬起头来惊奇地望着他。

"老朋友，对这一点，你凭什么能这样肯定呢？"

"原因很简单，我现在已经看到那只狗正在我们大门口的台阶上，而且也听到了主人按铃的声音。请你不要动，华生。他是你的同行兄弟，你在场也许对我会有帮助。华生，最富有戏剧性的时刻到了，你听到上楼梯的脚步声了吧，他正走进你的生活，可你还不知道是祸是福。这位杰姆士·摩迪默医生要向犯罪问题专家歇洛克·福尔摩斯请教些什么呢？请进！"

这位客人的外表让我吃了一惊，因为我先前预料的是一位典型的乡村医生，而眼前的他却又高又瘦，长长的鼻子如同鸟嘴，突出在一双敏锐的灰眼睛之间，两眼距离很近，在眼镜后闪烁。他穿的是医生常穿的衣服，可是他的外衣已经脏了，裤子也已磨损，显得潦倒不堪。虽然还年轻，可长长的后背已有点驼，走路时头向前探着，颇有绅士的慈祥风度。他一进来，目光就落到了福尔摩斯拿着的手杖上，他高兴地叫了一声就向他跑了过去。"我太高兴了!"他说道,"我记不清楚是把它忘在这里了呢,还是忘在轮船公司了?我宁可不要整个世界,也不愿失去这根手杖。"

"我想它是别人送的吧。"福尔摩斯说。

"是的,先生。"

"查林十字医院的朋友送的吗?"

"是那里的两个朋友送给我的结婚礼物。"

他的目光落到福尔摩斯拿着的手杖上。

"哎呀!天哪,真糟糕!"

"为什么?"摩迪默医生惊异地眨了眨眼。

"因为你打乱了我们几个小小的推论。你说是在结婚的时候,对吗?"

"是的,先生,我一结婚就离开了医院,也彻底放弃了成为顾问医生的希望。可是,为了建立起自己的家庭,我必须这样做。"

"哈!我们总算还没有全弄错。"福尔摩斯说道,"嗯,杰姆士·摩迪默博士……"

"你称我先生好了,我是个小小的皇家外科医学院学生。"

"而且，显然还是个思想精密的人。"

"一个略知科学常识的人，福尔摩斯先生；一个在广阔的未知海洋的岸边捡贝壳的人。我想我是在跟歇洛克·福尔摩斯先生讲话，而不……"

"不，这是我的朋友华生医生。"

"很高兴见到你，先生。我曾听到有人把你和你朋友的名字相提并论。你使我很感兴趣，福尔摩斯先生。我真想不到会看见这样长长的头颅或是这样深陷的眼窝。你不介意我用手指沿着你的头顶骨缝摸一摸吧，先生？在得到你这具头骨的实物前，如果按照你的头骨做个模型，在任何人类学博物馆都会是一件出色的标本。我并不想讨人嫌，可是我真是太羡慕你的头骨了。"

歇洛克·福尔摩斯以手示意我们的客人在椅子上坐下。"先生，看得出来，你和我一样，很热心于思考职业问题。"他说道，"从你的食指看，你是抽自己卷的烟；别犹豫了，点上一支吧。"

那人拿出烟纸和烟丝，极为熟练地卷好了一支。他那长长的手指颤动着，仿佛昆虫的触须一般。

福尔摩斯异常平静，可他那转来转去的眼珠告诉我，他已对我们这位怪异的客人产生了兴趣。

"我想，先生，"他终于说话了，"你昨晚光临，今天又驾到，恐怕不光是为了研究我的颅骨吧？"

"不，先生，虽然我对你的颅骨感兴趣，但这并不是目的。我所以来找你，福尔摩斯先生，是因为我忽然遇到了一个极严重而特殊的问题，我自己缺乏实际经验，而你却是欧洲第二位最高明的专家……"

"啊，先生！请问，荣幸地排在第一的是谁呢？"福尔摩斯有些刻薄地问道。

"就头脑严密的科学性来说,贝蒂荣先生办案的手法总是很有吸引力的。"

"那你去请教他不是更好吗?"

"先生,我是说,就头脑的科学严密性而言。可是,就实际经验来说,众所周知,你是独一无二的了。我相信,先生,我无意中并没有……"

"只是稍微有一点罢了,"福尔摩斯说道,"我想,摩迪默医生,你最好把要我效劳的地方明白地告诉我吧。"

巴斯克维尔的灾祸

"我口袋里有篇手稿。"摩迪默医生说道。

"你进屋时我就看出来了。"福尔摩斯说。

"是一份旧手稿。"

"是十八世纪初期的,要不然就是假造的了。"

"你是怎么知道的呢,先生?"

"你说话的时候,我看到那手稿露出一两英寸。如果一个专家把一份文件的年份估计得相差了近十年的话,那他就是一个差劲的专家了。也许你读过我那篇关于这问题的文章了吧。据我判断,这篇手稿完成于一七三〇年。"

"确切的年代是一七四二年。"摩迪默医生从胸前的口袋里把它掏了出来,"这份祖传的家书,是查尔兹·巴斯克维尔爵士托付给我的,三个月前他忽然惨死,在德文郡引起了很大惊恐。可以说,我是他的朋友,同时,又是他的私人医生。他意志坚强，思想敏锐，经验丰富，并和我一样讲求实际。他把这份文件看得很重，他也早已有接受这样的结局的心理准备了；而结果竟成了现实。"

福尔摩斯接过手稿，将它平铺在膝头上。

"华生，你注意看，长 S 和短 S 的换用，这就是我凭以确定其年代的几个特征之一。"

我凑在他肩后看着那张发了黄的纸和褪了色的字迹。顶头上写着"巴斯克维尔庄园"，下面就是潦草的数字"1742"。

"看来好像是个什么记载。"

"对了，是关于一个流传在巴斯克维尔家族的传说。"

"不过我想你来找我恐怕是为了眼下最要紧的事情吧？"

"是迫在眉睫的事，这是件最现实最急迫的事了，必须在二十四小时内做出决定。手稿很短，又与这件事密切相关。如果你允许的话，我就将它读给你听听。"

福尔摩斯靠在椅背上，两手的指尖对指尖，闭上眼睛，摆出一副无所谓的样子。摩迪默将手稿拿到亮处，以高亢而嘶哑的声音朗读着下面这个奇特而古老的故事：

> 关于巴斯克维尔的猎犬一事真是众说纷纭。我是修果·巴斯克维尔的直系后代，这件事是我从父亲那里听来的，而我父亲又是直接听我祖父说的，所以我相信确曾发生过这样的事，因此便把它写了下来。孩子们，希望你们相信，公正的神明能惩罚罪恶，也能宽恕罪恶，只要你祈祷悔过。你们知道了这件事后，不必为先人们所得的恶报而恐惧，只要自己将来谨慎些，以免我们家族过去遭受的苦果重又落到我们这些败落的后代身上。
>
> 据说在大叛乱时期（我真心地向你们推荐，应该读

读博学的克拉朗敦男爵所写的历史),这栋巴斯克维尔大厦本为修果·巴斯克维尔所占用,毋庸置疑,他是个卑劣粗野、目无上帝的人。事实上,如果仅此而已的话,乡邻本还是可以原谅他的,因为这一带圣教从来就没兴旺过。他天性狂妄残暴,在西部已是无人不晓了。这个修果先生偶然爱上了(如果还能用这样纯洁的字眼来称呼他那卑鄙的情欲的话)一个住在巴斯克维尔庄园附近的少女,家有着几亩地的庄稼人的女儿。可是这位少女一向谨言慎行,名声很好,当然要躲着他了,何况她还惧怕他的恶名。后来在米可摩斯节①那天,这个修果先生得知她的父兄俩都出门了,便领着五六个游手好闲的下流朋友一道偷偷去她家把她抢了回来。他们把她弄进庄园,关进楼上的一间小屋子里,修果就和朋友们像往常夜里一样围坐着狂欢痛饮起来。楼上的那位可怜的姑娘听到楼下的狂歌乱吼和那些不堪入耳的脏话,已是惊恐万分、不知所措了。有人说,修果·巴斯克维尔酒醉时所说的话,不管是谁,哪怕只是复述一遍都会遭天谴。最后,她在极度恐惧中竟干出了一桩就连最勇敢最狡黠的人都会为之咋舌的事来。她从窗口攀缘着至今仍爬满南墙的蔓藤爬了下来,然后穿过沼泽地直往九英里外的家里跑去了。

过了不久,修果撇下客人,带着食物和酒——说不定还有更糟糕的东西呢——去找他抢来的那个姑娘,竟发现笼中之鸟已经逃走了。随后,他就像着了魔似的冲下楼去,跳上了大餐桌,眼前的酒瓶、木盘什么的全都被他踢飞了。他对着那帮朋友大嚷大叫着说:只要当晚能追上那

---

① 基督教徒纪念圣徒麦可(st. Michael)的节日(每年9月29日)。

贱货,他愿把肉体和灵魂全都献给恶魔,任其摆布。正当那些纵酒狂饮的浪子被他的暴怒吓得目瞪口呆时,有一个特别凶恶的家伙——也许是因为他比别人喝得更醉——大叫着说应当放猎狗出去追她。修果听他一说就跑了出去,高呼马夫牵马备鞍并把犬棚里的狗全都放出来,把那姑娘丢下的头巾让它们嗅了嗅就将其一窝蜂似的轰了出去,这些狗在一片狂吠声中往月光下的沼泽地飞跑而去。

这些浪子一个个目瞪口呆地站着,不清楚这样手忙脚乱忙乎了半天究竟是怎么回事。好一会儿他们才弄明白到沼泽地里去干什么,接着又都大喊大叫起来,有的人喊着要带手枪,有的人找自己的马,还有人甚至想再带上一瓶酒。终于,他们那疯狂的头脑清醒了一点,十三个人全骑上马追了下去。他们在月光下彼此紧挨着顺着少女回家的必经之路疾驰而去。

他们跑了一二英里的时候,遇到了沼泽地里的一个牧人,他们大声问他看到了他们所追捕的人没有。据说那牧人当时吓得几乎说不出话来。后来,他终于说他的确看到了那可怜的姑娘,后面还有一群追捕她的猎狗。"我看到的还不止这些呢!"他说道,"修果·巴斯克维尔也骑着黑马过去了,还有一只魔鬼似的大猎狗一声不吭地跟在他身后。上帝啊,可别让那猎狗跟在我后面!"那些醉鬼老爷把牧人臭骂一顿就又骑着马往前追去。可是不久他们就吓得发抖了。因为他们听到沼泽地里传来马蹄声,随后就看到了那黑马嘴里流着白沫跑了过去,马背上无人,缰绳拖在地上。这时浪子们紧紧挤到一起,因为他们感到极端恐惧,可是他们仍在沼泽地里往前跑着。如果他们是单独一个人,没准早就掉转马头跑回去了。他们就这样慢慢地骑着马前进,最后终于赶上了那群猎狗。这些狗虽然都是以凶狠和优种出名,可是这时竟挤在沼泽地的一条深沟的尽头处,竞相哀鸣,有些则已逃之夭夭了,有些则颈毛竖立,两眼直瞪瞪地盯着前面一条窄窄的小沟。

这帮人勒住马,可以想象得到,他们现在已比出发时清醒多了,大多数已不想再往前走了,可是有三个胆大的——也许是醉得最厉害的——继续策马向山沟跑去。前面出现了一片宽阔的平地,中间立着两根大石柱——这石柱至今还看得到——是古时什么人竖起来的。月光把那块空地照得雪亮,那位因惊恐和疲惫而死的姑娘就躺在那块空地的中央。可是使这三个胆大包天的酒鬼魂飞胆丧的既不是姑娘的尸体,也不是她近旁躺着的修果·巴斯克维尔的尸体,而是修果·巴斯克维尔身旁正撕扯着他喉咙的那个可怕的东西,那东西又大又黑,样子像

那位死去的姑娘就躺在空地中央。

猎狗,可是谁也没见过这么大的猎狗。正当他们愣在那看着那东西撕扯着修果·巴斯克维尔的喉咙时,它突然掉转头来把闪亮的眼睛和直流涎水的大嘴直对着他们。三个人

吓得大叫起来，掉转马头就逃命，甚至穿过沼泽地时还在不停地惊叫。据说有一个因为看到那东西当晚就吓死了，另外两个也终生神经错乱。

　　孩子们，那只猎狗的传说就是这样来的，据说从那时起那只猎狗就一直可怕地骚扰着我们的家族。我所以要写下来，还因为我觉得道听途说和臆测的东西比知道得清清楚楚的东西更可怕。不容否认，我们家族的人有许多都是不得好死，死得突然、凄惨而又神秘。但愿慈爱的上帝不致降罚于我等三代以至四代基督的真实信徒们。孩子们，我借上帝之名劝令你们要多加小心，千万不要在黑夜降临、恶势力嚣张的时候穿越沼地。

　　〔这是修果·巴斯克维尔（前文中所提修果·巴斯克维尔的同名后代）留给两个儿子罗杰和约翰的家书，并谆嘱二人千万勿将此事告知姐姐伊莉莎白。〕

　　摩迪默医生读完了这篇怪异的记载，把眼镜架到了前额上，盯着歇洛克·福尔摩斯。福尔摩斯打了个呵欠，把烟头扔进了炉火。

　　"嗯？"他说。

　　"你不觉得很有意思吗？"

　　"对一个搜集神话的人来说，是很有意思的。"

　　摩迪默医生从口袋里掏出一张折起来的报纸。

　　"福尔摩斯先生，现在告诉你一件不久前发生的事。这是一张今年五月十四日的《德文郡纪事报》。上面有一篇有关几天前查尔兹·巴斯克维尔爵士死亡的简短报道。"

　　我的朋友稍稍往前探着身子，神情也变得专注起来。

　　我们的来客重又戴好了眼镜，读了起来：

最近，查尔兹·巴斯克维尔爵士之暴卒致使举郡悲悼。据云，下届选举中，此公可能入选中部德文郡自由党候选人。查尔兹爵士在巴斯克维尔庄园虽居住不久，但其厚道与慷慨已深得周围群众之尊崇。值此暴发户充斥之时，如查尔兹这样的一个名门之后，竟能富贵返乡，重振因厄运而中衰之家威，诚为可喜。家喻户晓的查尔兹爵士曾在南非投机致富。但比那些倒了霉才罢休的人聪明，他带着变卖家产之巨款回到英伦。他回到巴斯克维尔庄园不过两年，人人都在谈论着他那庞大的重建和修葺计划，然计划已因其本人逝世而中断。他无子嗣，故曾公开表示，在他有生之年整个乡区都将得到他的资助。因此，很多人悲悼他的暴卒。至于他对本地及郡慈善机构的慷慨捐赠，本栏已多有报道。

验尸结果未能查清查尔兹爵士之死因，至少尚未能消除由于当地之迷信引起的种种谣传。怀疑此中有任何犯罪成分，或推想死亡不是由于自然原因所造成的是毫无理由的。查尔兹爵士鳏居，据说他某些方面表现出精神失常。他虽有巨产，但爱好却很简单。巴斯克维尔庄园之仆人唯有白瑞摩夫妇二人，丈夫是总管。他们那已被几个朋友证实了的证词说明：查尔兹爵士曾有健康欠佳之迹象，尤其是心脏病症状；表现为面色突变、呼吸困难和神经衰弱严重。并得到死者的朋友和私人医生杰姆士·摩迪默的证明。

案情甚为简单。查尔兹·巴斯克维尔有一个习惯，每晚就寝前，都要沿巴斯克维尔庄园的水松夹道散步。白瑞摩夫妇的证词也说明了确有这一习惯。五月四日，查尔兹爵士曾说他第二天想去伦敦，并叫白瑞摩为他准备行李。

巴斯克维尔的灾祸

当晚他照常出去散步，跟平常一样吸着雪茄，可是他再也没有回来。十二点钟的时候，白瑞摩发现大厅的门还敞开着，他吃了一惊，于是点上灯笼，出去寻找主人。当时地面很潮湿，所以很容易看到爵士的脚印，小路的中间有个通向沼泽地的栅门，种种迹象都表明了查尔兹爵士曾站在门前，然后沿着夹道走了下去，他的尸体就是在夹道尽头发现的。但还有一点没法解释的是，白瑞摩说，他主人的脚印过了栅门后就变了样，好像是从那以后就踮着脚尖走路了。有个叫作摩菲的吉卜赛马贩子，当时正在沼泽地，离出事地点不远处，但他说自己当时醉得很厉害。他说他曾听到呼喊声，但弄不清是来自哪个方向。查尔兹爵士身上没发现暴力痕迹，可是医生的证明中曾指出面容变形到几乎难以令人置信的程度，正躺在他面前的的确是他的朋友和病人的尸体——据说，这是一种因呼吸困难和心力衰竭而死的常有的现象。尸体解剖证实了这一说法，说明官能上存在着由来已久的毛病。法院验尸官也提交了一份与医生证明一致的判断书。如此结局比较理想，因查尔兹爵士的后代仍将在庄园居住，并将继续不幸中断的善举，因此，显然此点极为重要，若验尸官的发现不能最后扑灭邻里流传的有关此事的荒诞故事，那么要想为巴斯克维尔庄园找个住户就很困难了。据了解，爵士最近的亲属就是他弟弟的儿子亨利·巴斯克维尔先生。据说这位年轻人在美洲。现正在调查中，以便通知他来继承这笔巨额遗产。

摩迪默把报纸折好，塞回口袋里。

"福尔摩斯先生，这些都是家喻户晓的有关查尔兹·巴斯克维尔爵士死亡的情况。"

"非常感谢你，"歇洛克·福尔摩斯说，"你引起我对这件饶有兴趣的案件的注意。我看过一些报道，但那时我一心扑在梵蒂冈宝石那件小案子上，在教皇急迫的嘱托之下竟忽略了在英伦发生的一些案件。你说这段新闻已包括了全部公开的事实，是吗？"

"是的。"

"那就再告诉我一些内幕吧！"他靠在椅背上，十指对十指，显出极为冷静的法官似的表情。

"这样的话，"摩迪默医生说着就激动起来，"就会把我没对任何人讲过的事情都说出来了，我连验尸官都瞒了。因为一个科学工作者，最怕在公众面前表现出他好像是相信了一种流传的迷信。我还想，正如报纸所说，如果有任何事情再进一步使巴斯克维尔庄园那已经相当可怕的名声更坏，那就真的再也没有人敢住在那里了。为此，我想还是不把我知道的全部事情都说出来为好，因为那样做不会有什么好处，可是对你，我没有理由不打开天窗说亮话，和盘托出。

"沼泽地上的居民们彼此相距很远，而相距较近的住户就产生了密切的关系。因此我和查尔兹爵士也就常能见面。除了赖福特庄园的弗兰克兰先生和生物学家斯台普吞先生以外，方圆数十里内再没有别的受过教育的人。查尔兹爵士喜欢幽居独处，可是他的病把我俩拉到了一起，对科学的共同兴趣则更使我们彼此亲近起来。他从南非带回许多科学资料，我们还共同度过许多美好的傍晚，一起研讨对布斯人和豪廷脱人的比较解剖学。

"最后几个月里我看得越来越清楚，查尔兹爵士的神经已经紧张到了极点。他深信我刚刚读给你听的那个传说——虽然他经常在自己的宅邸内散步，但一到晚上就怎么也不肯到沼泽地里去了。福尔摩斯先生,在你看来是那样荒唐,可是,他却深信他一家已经大难临头了。当然,他从上辈那里听到的传说确实使人不快,心里老想着可怕的事就要出现。他不止一次地问我在夜间出诊途中是否看到过什么奇怪的东西,或是听见过一只猎狗的嗥叫。后面这个问题他曾反复问过我好多次,而且问的时候总是带着紧张颤抖的声调。

他用恐怖的眼神死死地盯着我的背后。

"我清楚地记得,有一天傍晚我驾车去他家,那是在此事发生以前约三个星期的时候。他正巧站在正厅门前。我从小马车上下来站在他的面前,我忽然看到他以充满极其恐怖的眼神,死死地盯着我的背后。我猛地转过身去,刚巧看到一个大牛犊似的黑东西飞快地跑了过去。他那么惊慌恐怖,我不得不走到那东西经过的地方四处找了一番。它已经跑了。但这件事在他心中留下了可怕的阴影,我陪着他呆了一个晚上,就在那时,他将我刚来时读给你听的那篇记载交给我保存,以此解释他的惊恐。我之所以要提及这一小小的插曲,是因为它对以后发生的悲剧可能关系重大,可当时,我确实以为那只是件微不足道的小事，他的惊恐也是没有根由的。

"查尔兹爵士还是在我的忠告之下，决定到伦敦去。我知道，他的心脏受了影响，经常处于焦灼之中，不论那原因如何虚幻，显然已严重损害了他的健康。我想，几个月的都市生活会让他变成另一个人。我们共同的朋友斯台普吞先生也非常关心他的健康，他和我看法相同。可是，这可怕的灾祸竟在临行前的晚上发生了。

"查尔兹爵士暴死的当晚，总管白瑞摩立刻派了马夫波金斯骑马来找我，我睡得很晚，所以出事后一小时内我就赶到了巴斯克维尔庄园。我核实了验尸过程中所有提到过的事实。我顺着水松夹道看了他的脚印以及对着沼泽地的那扇栅门的周围，看来他曾在那里等过什么人，我注意到此处以外的足迹的变化。我还发现，除了白瑞摩留下的那些足迹之外再无其他足迹。最后我又仔细检查了尸体，我来以前还没有人动过。查尔兹爵士趴在地上，两臂伸展，手指插在泥土里，面部肌肉因感情激烈而拉紧，甚至使我无法辨认，不过的确没有任何伤痕。可是验尸时白瑞摩提供了假证明，说尸体周围的地上没有任何痕迹，他什么也没看到。可是，我倒看到了——就在相距不远的地方，痕迹清晰可见。"

"脚印？"

"脚印。"

"男人的还是女人的？"

摩迪默奇怪地看了我们一会儿，回话的声音低得几乎像耳语一般：

"福尔摩斯先生，是一只巨大的猎狗留下的爪印！"

疑　案

　　坦率地说，一听到这些我就浑身打战，医生说话的声音也在发颤，这说明他自己也因说给我们听的那件事而非常激动。福尔摩斯向前探着身子，惊异的两眼流露出感兴趣时所特有的炯炯发光的专注眼神。

　　"你真的看到了吗？"

　　"就如同我现在看见你一样。"

　　"你什么也没说？"

　　"说又有什么用呢！"

　　"为什么别人却没看到呢？"

　　"爪印距尸体有二十码左右，没有人注意。我想要是我不知道有这个传说，恐怕也不会发觉。"

　　"沼泽地里有很多牧羊犬吗？"

　　"当然很多，不过这只并不是牧羊犬。"

　　"你说那狗很大吗？"

　　"大得不得了。"

　　"它没有靠近尸体吗？"

　　"没有。"

　　"那个夜晚天气怎么样？"

　　"又潮又冷。"

　　"没有下雨吧？"

　　"没有。"

　　"夹道是什么样子？"

"有两行水松树篱,十二尺高,很密,人无法穿过去,中间有一条八英尺宽的小路。"

"在树篱和小路之间还有别的东西吗?"

"有,小路两旁有一条六英尺左右宽的草地。"

"我猜那树篱有一处是被栅门切断了的吧?"

"是的,就是对着沼地开的那个栅门。"

"还有其他口子吗?"

"没有了。"

"这么说来,要想到水松夹道里去,只能从宅邸或是由开向沼泽地的栅门进去啰?"

"另一头的凉亭还有一个出口。"

"查尔兹爵士走到那里去没有?"

"没有,他躺着的地方离那里还有五十码左右。"

"请告诉我,摩迪默医生,——这点非常重要——你看到的脚印是在小路上而不是在草地上是不是?"

"草地上没有任何痕迹。"

"是在小路上开有栅门那一面吗?"

"是的,是在栅门那面的路边上。"

"你的话引起了我极大的兴趣。还有,栅门是关着的吗?"

"是关着的,而且还上了锁。"

"门多高?"

"四英尺左右。"

"这么说,任何人都能爬进来了?"

"是的。"

"你在栅门上看到什么痕迹吗?"

"没什么特别的痕迹。"

"怪了!没人检查过吗?"

"检查过,我亲自检查的。"

"什么都没发现?"

"简直让人糊里糊涂;显然查尔兹爵士曾在那里站了五到十分钟光景。"

"你怎么会知道呢?"

"因为他的雪茄曾两次掉下烟灰来。"

"妙极了,华生,简直是同行,思路和我们一样。可脚印呢?"

"那一小片沙砾地上到处都留下他的脚印;我看不出有别人的脚印。"

歇洛克·福尔摩斯不耐烦地敲着膝盖。

"如果当时我在那里该多好!"他喊道,"显然这是一个非常有意思的案件,它为犯罪学专家提供了研究的好机会。我本可在那片沙砾地面上发现不少线索来的;但是,那些痕迹现在已被雨水和看热闹的农民的木屐弄掉了。哎!摩迪默医生,摩迪默医生,当时你怎么不叫我去呢!说真的,你该为此事负责。"

"福尔摩斯先生,我无法在请你去的同时,而又不把这些真相暴露于世,况且我已说明了不愿这样做的原因。同时,同时……"

"你怎么这样支支吾吾呢?"

"有的问题,就连最老练精明的侦探也束手无策。"

"你是说,这件事情与神怪有关吗?"

"我并没有这么说。"

"你的确没有这么说。不过,你显然是这么想的。"

"福尔摩斯先生,自从这个悲剧发生以来,我听到了一些不太符合自然规律的事情。"

"请举个例吧!"

"我知道在这可怕的事情发生之前,曾有些人在沼地里看到过跟这个巴斯克维尔的怪物形状相同的动物,而且决不是科学界已知道的兽类。他们众口一词地说是一只大家伙,身上发着光,狰狞得像魔鬼。我还盘问过那些人,其中一个是精明的庄稼汉,一个是马蹄铁匠,还有一个是沼泽地里的农户,他们都讲述了同样的故事,完全和传说之中的狰狞可怕的猎狗相符。你不必怀疑,全区都被恐惧笼罩了,敢在夜里走过沼泽地的真可算是勇士了。"

"难道你这样一个有科学素养的人也会相信这是神怪之事吗?"

"我也不知道该相信什么。"

福尔摩斯耸了耸肩。

"迄今为止,我的侦探工作的范围还只限于人世,"他说,"我只与罪恶多少做了些斗争,但与万恶之神打交道,就不是我力所能及的了。但是不管怎么说,你总得承认,脚印是实实在在的吧!"

"这只古怪的猎狗的确是实实在在的,它可以撕碎人的喉咙,可它又的确像是妖魔。"

"看得出来,你已经差不多是个超自然论者了。可是,摩迪默医生,请你告诉我,你既然是这么想的,为什么还要来找我呢?你既说对查尔兹爵士的死进行调查毫无用处,同时却又希望我去调查。"

"我可没有说过希望你去调查呀。"

"那么,我怎样帮助你呢?"

"希望你告诉我,对即将抵达滑铁卢车站的亨利·巴斯克维尔爵士应该怎么办。"摩迪默医生看了看表,"要不了一小时零一刻钟他就要到了。"

"他就是继承人吗?"

"对了,查尔兹爵士死后,我们对这位年轻的绅士进行了调查,发现他一直在加拿大务农。据了解,他无论从哪方面说都是个好人。我现在不是作为一个医生说话,而是作为查尔兹爵士遗嘱的受托人和执行人说话的。"

"我想应该没有其他申请继承遗产的人了吧?"

"没有了。他的亲属当中,我们唯一能够找寻到的另一个人就是罗杰·巴斯克维尔了。兄弟三个之中他最年轻,查尔兹爵士最大,英年早逝的二哥就是亨利这孩子的父亲。三弟罗杰是家中的孽种,他和那专横的老巴斯克维尔可真是一脉相承;据说,他长得和老修果一模一样。他闹得在英格兰站不住脚了,逃到了中美洲,一八七六年害黄热病死在那里。亨利已是巴斯克维尔家族中仅存的子嗣。一小时零五分之后,我就要在滑铁卢车站见到他了。我接到电报说他今天早上已到了南安普敦。福尔摩斯先生,现在你打算让我怎么安排他呢?"

"为什么不让他住进祖屋里去呢?"

"看上去理应如此。可是考虑到巴斯克维尔家的每个人,只要住进那里去,就会遭厄运,我想,如果查尔兹爵士在死前还来得及跟我说什么的话,他一定会警告我,不要把这古老家族的最后传人和巨额遗产的继承者带到这要命的地方来。可是,不可否认,整个贫困、荒凉的乡区的繁荣幸福都寄托在他身上了。如果庄园里没有主人,查尔兹爵士做过的一切善行就会烟消云散。由于我个人对这事很关心,担心我个人的看法对此事影响过大,所以才将这案子告诉你并征求你的意见。"

福尔摩斯思考了一会儿。

"简而言之,事情是这样的,"他说,"你的意见是说,有一种魔鬼般的力量,使达特沼泽地变成了不宜巴斯克维尔家人居住的地方——是这样吗?"

"至少可以说,有些迹象表明有可能是这样的。"

"是的,可肯定地说,如果你那神怪的说法成立,那么,这青年人在伦敦也会像在德文郡一样倒霉。一个魔鬼不可能像教区礼拜堂似的,只在本地施展权威。"

"福尔摩斯先生,如果你亲历此事,也许你就不会轻率地下这样的断语了。据我的理解,你认为这位青年在德文郡会和在伦敦同样的安全。他五十分钟内就要到了,你说该怎么办呢?"

"先生,我建议你租上一辆马车,带上你那只正在抓挠我前门的长耳猎犬,到滑铁卢站去接亨利·巴斯克维尔爵士。"

"然后呢?"

"在我打定主意之前,什么也不要告诉他。"

"你要多久才能打定主意呢?"

"二十四小时。如果你能在明天十点来这儿,摩迪默医生,那我就太感谢了;而且如果你能让亨利·巴斯克维尔爵士也一块来的话,那就更有助于我制订计划了。"

他把约会时间用铅笔记在袖口上。

"我一定带他来,福尔摩斯先生。"他把约会时间用铅笔记在袖口上,然后就带着那怪异的目光和心不在焉的样子匆匆走了。他刚走到楼梯口,福尔摩斯又把他叫住了。

"再问你一个问题,摩迪默医生,你说在查尔兹·巴斯克维尔爵士死前曾有几个人在沼泽地里看到过这怪物,是吗?"

"有三个人看到过。"

"后来还有人看见过吗?"

"还没听说。"

"谢谢你,早安。"

福尔摩斯带着满足而平静的神情回到他的座位上,这意味着他已找到了合乎口味的事了。

"要出去吗,华生?"

"是的,不过如果你需要我呆在这儿,我就不出去。"

"不,只有采取行动,我才会求助于你呢。真妙啊,从某个角度来看,这件事真有些特别。路过布莱德雷商店时,请你叫他们送一磅烈板烟来好吗?谢谢。如果方便的话,请你黄昏前不要回来,我很想在这段时间里把早上获得的有关这个有趣案件的种种印象思考比较一下。"

我知道,高度集中精神,剖析点滴证据,做出种种假设,再进行比较,最后确定哪几点重要,哪些不真实,这种时候,我朋友最需要的是整天闭门思索。因此我就把全部时间消磨在俱乐部里了,黄昏前一直没回到贝克街去。将近九点钟时,我才又坐到了休息室里。

我打开门,第一个感觉就是屋里好像着了火,因为满屋都是烟,连台灯的灯光都变得模糊不清了。走进去以后,我才放下了心,因为烈板烟的气味呛得我咳嗽了起来。透过烟雾,我模模糊糊地看见福尔摩斯穿着睡衣蜷卧在安乐椅中的身影,口里衔着那支黑黑的陶制烟斗,周围放着一卷一卷的纸。

"感冒了吗,先生?"他说。

"没有,都是这乌烟瘴气搞的。"

"啊,你说得对,我想烟雾确实太浓了。"

"浓得简直受不了。"

"那么,就打开窗子吧!看得出来,你整天都呆在俱乐部里了吧?"

"我亲爱的福尔摩斯!"

"我说得对吗?"

"当然,可是……"

他讥笑我那莫名其妙的神情。

"华生,看到你心情轻松愉快,使我很想耍耍小把戏拿你开开心。一位绅士在泥泞的雨天出了门,晚上回来时,身上却干干净净,帽子上、鞋上依然闪亮发光,他一定是整天待在某处。他也没有亲近的朋友,那么他会到哪里去过呢?这不是很显然的事吗?"

"对,非常明显。"

"世界上多的是没人看得出来的明显事情。你认为我是呆在什么地方呢?"

"你不是呆在这儿没动吗?"

"正相反,我到德文郡去了。"

"'魂灵'游过去了吧?"

"没错,我的躯体一直坐在这只安乐椅里。可遗憾的是,我竟在'魂灵'出窍远游间喝掉了两大壶咖啡,抽了多得难以相信的烟叶。你走了以后,我派人去斯坦弗警局取来了绘有沼泽地一带的地图,我的'魂灵'就在这张地图上游转了一天。我自信对那一带的道路已了如指掌了。"

"我想一定是一张很详细的地图吧?"

"很详细。"他把地图打开了一部分摊在膝头上,"这里就是与我们关系密切的地区,中间这地方就是巴斯克维尔庄园。"

"周围都是树林子吗?"

"是的,我想那条水松夹道,虽然这里没有标明,但一定是沿着这条路线伸展下去的;而沼地呢,你不难看出来,在它的右侧。这一堆房子就是格林盆村,我们的朋友摩迪默医生的住宅就在这里。在这半径五英里之内,你只看得到几座零星的房子。这儿就是案件中提到过的赖福特庄园。这里有一所标明了的房屋,可能就是那位生物学家的住宅,如果我记得不错,他姓斯台普吞。这里是沼地里的两家农户,高陶和弗麦尔。十四英里以外就是王子镇的大监狱。这些分散的各点和那荒芜凄凉的沼泽地,就是曾经演出悲剧的舞台,在我们的帮助下,也许还会演出几场好戏呢!"

"这一定是片荒野。"

"啊,四周的环境可真太适合了,如果魔鬼真想插足人世间的事情……"

"这么说,你本人也倾向于鬼神作怪的说法了。"

"魔鬼的代表也许就是血肉之躯呢,不是吗?我们面临着两个问题:第一,究竟是不是发生过犯罪?第二,这罪行究竟是什么性质,是怎样进行的?当然啰,如果摩迪默医生的疑虑不错的话,我们就要和超自然的势力打交道了;那样,我们的探查工作也就没有必要进行下去了。但是我们只能在各种假设都被推翻之后,才能重又回到这条路上来探索。如果你不介意的话,我想我们得关上窗户了。很奇怪,我总觉得浓浊的空气能使人的思想集中。虽然我还没有到不钻进箱子就不能思考的地步,可是我相信,如果再继续发展下去,肯定会是那样的结果呢。这案子你思考过了吗?"

"想过了，白天里我已想了很多。"

"你看法如何？"

"太扑朔迷离了。"

"这案件的确有些独特之处。它有几个突出的特点，譬如说吧，那足迹的变化。对这一点你怎么看呢？"

"摩迪默说过，那人在那一段夹道上是用脚尖走路。"

"他只是重复了一个傻瓜在验尸时说的话。一个人有什么必要沿着夹道用脚尖走路呢？"

"那怎么解释呢？"

"他是在跑呢，华生——没命地跑着，他在逃命，一直跑到心脏破裂倒在地上死去为止。"

"他为了逃避什么才跑的呢？"

"问题就在这。种种迹象都表明，他在开始跑之前已经吓疯了。"

"何以见得呢？"

"我想他的恐惧来自沼泽地，如果是这样的话，那么只有一个被吓得魂飞魄散的人才会不是朝房子而是朝相反的方向跑。如果那吉卜赛人的证词可以相信的话，他就是边跑边喊救命，而他奔跑的方向却正是最不可能有人来救助的。还有，那天晚上他在等谁呢？为什么要在水松夹道而不在自己的房子里等呢？"

"你认为他是在等人吗？"

"那人年纪较大身体又虚弱，我们可以理解，他会在傍晚的时候散散步。可是地面潮湿而夜里又很冷。摩迪默医生的智慧确实值得赞赏，他根据雪茄烟灰断定他竟站了五到十分钟，难道可以说这是很自然的事情吗？"

"可是他每天晚上都出去呀！"

"我不认为他每天晚上都站在通向沼地的栅门前等待。相反,有证据表明他总是躲避沼地。然而那天晚上他却在那里等过,而且是在他动身往伦敦的前一个晚上。事情已经有点眉目,变得前后相符了,华生。请把小提琴递给我,这件事等我们明早和摩迪默医生与亨利·巴斯克维尔爵士见了面时再进一步考虑吧!"

亨利·巴斯克维尔爵士

我们的早餐桌早早地收拾干净了,福尔摩斯穿着睡衣在等着约定的来访。我们的委托人很守时,钟刚敲十点,摩迪默医生就来了,后面跟着年轻的准男爵。准男爵短小精悍,生着一双黑眼珠,约莫三十岁年纪,人很结实,眉毛浓重,还有一副坚强而好斗的面孔。他身着浅红色苏格兰式服装,看外表像是个历经风霜,大部分时间都在户外活动的人,可是他那深沉的眼神和宁静自信的态度,显示出绅士风度。

"这就是亨利·巴斯克维尔爵士。"摩迪默医生说。

"噢,不错,"亨利爵士说道,"很奇怪,歇洛克·福尔摩斯先生,就是我这位朋友不建议今晨来找你,我也会来的。我知道你善

亨利·巴斯克维尔爵士。

于观察小问题。今天早晨，我就遇到了一件事，百思不解。"

"请坐，亨利爵士。你是说你到了伦敦后遇到了一些奇特的事吗？"

"没什么要紧的事，福尔摩斯先生，多半是开玩笑。如果你认为这也是信的话，这就是我今天早上收到的一封信。"

他把信放在桌子上，我们都探起身子去看。信纸很平常，呈灰色。收信地址是"诺桑勃兰旅馆"，字迹潦草，邮戳是"查林十字街"，发信时间是前一天傍晚。

"谁知道你会住到诺桑勃兰旅馆去呢？"福尔摩斯用敏锐的目光望着来客问道。

"谁也不可能知道呀。我是在和摩迪默医生见面后才决定的。"

"但是，摩迪默医生肯定已到那里去过了吧？"

"没有，我以前是和一个朋友住在一起，"医生说，"我们并没有说过要到这家旅馆去。"

"嗯，好像有谁对你们的行动关心着呢。"福尔摩斯从信封里拿出一页四折叠的半张13英寸×17英寸的信纸。他把信纸打开铺在桌上，中间有一行铅字拼贴成的句子：

若你看重自己生命的价值或还有理性，那就远离沼地。

只有"沼地"两个字是用墨水写的。

"现在，"亨利·巴斯克维尔爵士说，"福尔摩斯先生，也许你可以告诉我，这是什么意思，到底是谁对我的事这么感兴趣呢？"

"你对这事是怎么看的，摩迪默医生？无论如何，你得承认这信里绝没有什么神怪的成分吧？"

"当然没有，先生。但是寄信人倒有可能相信这是件神怪的事。"

"怎么搞的?"亨利爵士急促地问道，"你们二位对我的事似乎比我自己知道得还要多得多。"

"我保证你离开这间屋子之前也会知道我们所知道的情况，亨利爵士。"福尔摩斯说道，"眼下还是请你允许我们只谈这封昨天傍晚拼凑而成寄出的有趣的信吧。有昨天的《泰晤士报》吗，华生?"

"放在那个墙角里呢。"

"劳驾拿给我好吗? 请翻到专登主要评论的那一版。"他迅速地从上到下扫了一遍，"这篇重要评论谈的是自由贸易，我来给你们读读其中的一段吧。"

也许你还会被花言巧语哄住，以为保护税则会对你的本行买卖或工业具有鼓励作用，但若从理性出发，从长远着想，此种立法定会使国家远离富足，减少进口总价值，并降低此岛国一般生活水平。

"华生，你对这事怎么看呢?"福尔摩斯欣喜已极地叫了起来，满意地搓着手，"这难道不是一种很可钦佩的情感吗?"

摩迪默医生用他那带着职业兴趣的神气望着福尔摩斯，而亨利·巴斯克维尔爵士那双茫然的眼睛则盯住了我。

"我不大懂得税则之类的事，"亨利爵士说道，"可是依我看，就这封短信来说，我们已经有点离题了。"

"刚好相反，我认为我们恰恰是在正题上，亨利爵士。华生比你更熟悉我的探案方法，但恐怕连他也不见得很了解这个长句子的重要性呢。"

"是的,我承认我看不出两者之间的联系。"

"可是,亲爱的华生,两者之间的联系非常紧密,短信中的每个单字都是从这个长句中抽出来的。例如:'你''你的''生''命''理性''价值''远离'等,你现在还看不出这些字是从那里面弄来的吗?"

"天啊!太对了!哎呀,你可聪明绝顶!"亨利爵士喊了起来。

"如果对此还有什么怀疑的话,从'远离'和'价值'这几个字由同一处剪下来这一点,就足以消除怀疑了。"

"嗯,现在……确实!"

"的确,这是我怎么也想不到的,"摩迪默医生惊异地盯着我的朋友说,"无论谁说这些字是由报纸上剪下来的,我都会相信,可是你竟能指出是哪份报纸,还指出是剪自一篇重要的社论,我从没听过这么神的事。你是怎么知道的呢?"

"我想,医生,你肯定能区别黑人和爱斯基摩人的头骨吧!"

"当——然。"

"但是,怎样区别呢?"

"因为那是我的特殊爱好,区别十分明显的。眉骨的隆起状况,面部的斜度,颚骨的线条,还有……"

"这也是我的癖好呀,那差别也是同样的明显,正像黑人和爱斯基摩人在你眼中的区别一样。在我看来,《泰晤士报》里所用的小五号铅字和半个便士一份的晚报所用的拙劣字体之间,也同样有着显著的区别。区分报纸的字体,对犯罪学专家说来,是最基本的常识。不过,坦率地讲,我年轻时也曾把《利兹水银报》和《西方晨报》搞混了。但是《泰晤士报》评论栏所采用的字形是很特殊的,不可能被误认为其他的报纸。因为这封信是昨天剪贴而成的,所以昨天的报纸里可能找到这些文字。"

"我明白了，这么说，福尔摩斯先生，"亨利·巴斯克维尔爵士说道，"剪贴这封短信的那个人是用一把剪刀……"

"是指甲剪，"福尔摩斯说，"你可以看到，那把剪子的刃很短，因为在剪下'远离'这个词时剪了两下。"

"正是这样。那就是说，有个人用一把小剪刀剪下了这封信里的字，然后用糨糊贴了上去……"

"用胶水。"福尔摩斯说。

"用胶水贴在纸上。可是我纳闷，为什么'沼地'两字却是写的呢？"

"因为报纸上找不到这两个字。其他字在任何一份报纸上都能找到，是常用字，可是'沼地'这个词就不怎么常用了。"

"啊，对了，这样就能解释清楚了。你从这封信里还看出了别的什么吗，福尔摩斯先生？"

"还有一两个迹象值得研究。他为了消灭一切线索，确曾煞费心机。这地址，你看得出来，写得很潦草。可是《泰晤士报》这份报纸只有受过很高教育的人才会看。因此，我们可以假定，这封信是受过相当教育的人制作的，可是他装成一个没受过什么教育的人。而从他尽力掩饰自己的笔迹看来，似乎他担心这笔迹可能被你认出或查得出来。还有，你看得出来，那些字没有贴成一条直线，有些贴得比其他字高出很多。例如说'生命'这个词吧，贴得却很不是地方。这可能说明剪贴的人的粗心、激动或是慌张。总而言之，我倾向于后一种想法，因为这件事显然很重要，而这封信的编造者也不像是个粗心大意的人。如果是慌张，这就引出了一个值得注意的新问题：为什么他会慌张呢？因为清早寄出的信件，在他离开旅馆之前都会送到亨利爵士的手里。写信的人是怕被人撞见吗?——可是怕的是谁呢?"

"现在我们简直是在瞎猜了。"摩迪默医生说道。

"嗯,应该说是在比较各种可能性,并将最接近实际的筛选出来;这就是科学地运用想象力,可靠的事实根据永远是我们进行思考的出发点。现在,还有一点,你无疑又会认为是瞎猜,可是我几乎可以肯定,这信上的地址是在一家旅馆写成的。"

"你凭什么这样说呢?"

"仔细检查一下,你就可看出来,笔尖和墨水都曾给写信人添了不少麻烦。在写一个字的过程中,笔尖就两次挂住了纸面,墨水溅了出来。在写这样短短的一个地址过程中,墨水就干了三次,说明瓶中的墨水不多了。你想想看,私人的钢笔和墨水瓶是很少会这样的,而这两种情况竟然会同时出现,当然更是少见的事了,而你知道,旅馆的钢笔和墨水却经常如此。真的,我可以肯定地说,如果我们到查林十字街附近的各旅馆去检查一下字纸篓,只要找到评论被剪破的那份《泰晤士报》,我们就能马上找到发出这封怪信的人了。啊!这是什么?"

他把贴着字的那张信纸拿到离眼睛只有一两寸远仔细检查起来。

"啊?"

"没什么,"他说着扔下了信纸,"这是半张空白信纸,上边连个水印都没有。我想,我们从这封怪信上能得到的东西也就只有这些了。啊,亨利爵士,你到伦敦后,还发生过什么值得注意的事情吗?"

"嗯,没有,福尔摩斯先生。我想还没有。"

"你还没发觉有人注意你的行动或是跟踪你吗?"

"我好像是走进了一本情节离奇的小说里了,"我们的客

拿起信纸。

人说,"见鬼,跟踪我干什么?"

"我们马上就要谈这个问题了。在谈这问题之前,你再没有什么可告诉我们了吗?"

"噢,这就要看什么是你们认为值得讲的了。"

"我认为日常生活里任何反常的东西都是值得讲的。"

亨利爵士微笑起来。

"对英国人的生活,我知道得还不多,因为我几乎全部时间都是在美国和加拿大度过的。我想丢了一只皮鞋应该不会是这里日常生活的一部分吧?"

"你丢了一只皮鞋吗?"

"我亲爱的爵士,"摩迪默医生叫了起来,"那不过是放错了地方罢了,你回旅馆后就会找到的,何必拿这种小事来烦扰福尔摩斯先生呢?"

"唉,是他问我日常生活之外还发生过什么事情呀。"

"对,"福尔摩斯说,"不管这件事看起来是多么可笑。你刚才说你丢了一只皮鞋吗?"

"唉,还不就是放错了地方嘛。昨晚我把两只鞋放在门外,今早起来一看就只剩一只了。我去问过擦这双皮鞋的家伙,也没问出什么名堂来。最倒霉的是,我昨晚刚从湖滨路买回这双高统皮鞋,还没来得及穿呢。"

"你既然还没穿过,为什么要拿到外面去擦呢?"

"那双浅棕色高统皮鞋还没上过油,因此我就把它放在外边了。"

"这么说,昨天你一到伦敦就马上出去买了一双高统皮鞋,是吗?"

"我买了很多东西,摩迪默医生陪着我四处跑。你知道,既然我们是到那里去做乡绅,那么就得穿上当地式样的服装,也许我在美国西部所养成的生活方式使我显得有些放荡不羁了呢。除了别的东西以外,我还花六块钱买了这双棕色高统皮鞋,可是一次都还没穿,就被偷走了一只。"

"被偷去的东西似乎是不成对就没有用处,"福尔摩斯说道,"我赞同摩迪默医生的看法,那只丢了的皮鞋可能不久就会找到的。"

"嗯,先生们,"准男爵语气坚定地说,"我觉得我已把自己所知道的全都说了。现在,你们该实现你们的诺言了,把我们共同关心的事一五一十地告诉我吧。"

"你的要求很合理,"福尔摩斯回答道,"摩迪默医生,我想最好还是请你像昨天那样,把你知道的全部情况再讲一遍吧。"

听了福尔摩斯这番话,我们这位从事科学事业的朋友便从口袋里拿出了手稿,像昨天早晨那样地把全部案情叙述了一遍。亨利·巴斯克维尔爵士全神贯注地听着,不时惊呼出声。

"嗯,看来我是继承了一份包藏着宿怨的遗产,"听完长篇的叙述后亨利说道,"当然,我从小就听到关于这只猎狗的故事,这是我们家最爱讲的故事了,可是我从来就没相信过。看起来,我伯父的去世——啊,这件事使我内心十分不安,而且至今我还糊里糊涂。而且似乎你们也还没弄清这究竟是警察管的案子呢,还是牧师管的事。"

"是啊。"

"现在又多了寄到我旅馆的这封信。我想它应该也和这件事有关系。"

"这说明，沼地上所发生的事，有人知道得比我们还多。"摩迪默医生说。

"还有，"福尔摩斯说道，"那人对你并无恶意，他只是向你提出了危险的警告。"

"也许是为了他们自己的目的，想把我吓跑。"

"啊，当然不排除那种可能，我非常感激你，摩迪默医生，你给我介绍了一个具有多种有趣的可能性的案例。可是，亨利爵士，眼下一个很现实的必须做出决定的问题，就是你究竟是去巴斯克维尔庄园好呢，还是不去好。"

"我为什么要不去呢？"

"似乎那里有危险。"

"你所说的危险，是来自我家族的那个恶魔呢，还是来自于人呢？"

"啊，那正是我们想要弄清楚的事。"

"不管是什么，我的答复是肯定的。地狱里并没有魔鬼，福尔摩斯先生，而且世界上也没有人可以阻挡得了我回到我的家乡去。你可以把这句话当作我的决定。"说话的时候，他那浓眉紧皱，面孔也变得暗红起来。显然，巴斯克维尔家族的暴躁脾气，在他们这位唯一的后裔身上，并没有完全消失。"同时，"他接着说，"对于你们刚才告诉我的全部情况，我还没来得及加以思考。这是件大事，只聚谈一次，谁也不可能全部了解并做出决定来，我想经过独自静思以后再决定。喂，福尔摩斯先生，现在已十一点半了，我要马上回旅馆去。如果你和你朋友华生先生能在两点钟来和我们共进午餐，那时，我想我能更清楚地告诉你们这件事让我震惊的程度有多大。"

"华生，你看这样方便吗？"

"没问题。"

"那你就等着我们吧。我为你叫一辆马车好吗?"

"我遛一遛,这件事实在让我太激动了。"

"很高兴陪你散步。"他的同伴说。

"那么,我们就两点钟见吧。再见,早安!"

我们听到两位客人下楼的脚步声和关上前门的砰的一声。福尔摩斯突然由一个懒散的睡眼惺忪的人变成了个说干就干的人了。

"穿戴好鞋帽,华生,快!抓紧时间!"他冲进屋内,几秒钟以后就已脱下睡衣穿好上衣出来了。我们匆忙走下楼梯来到街上。我们看到摩迪默医生和巴斯克维尔爵士在前面,往牛津街方向约二百码的地方。

"要不要我跑去把他们叫住?"

"上帝呀,千万别这样,我亲爱的华生。你能陪着我,我就非常满足了。我们的朋友确实很聪明,今天早晨真是很好散步。"

我们加快了步伐,使我们之间的距离缩短了一半。然后就跟在他们后面,总是保持着一百码的距离,我们随他们走上了牛津街,又转到了摄政街。有一次他们俩站住了,向商店的橱窗里探望着,福尔摩斯也同样地看着路边的橱窗。过了不久,他高兴得轻轻地叫了一声,顺着他那急切的眼神,我看到停在街对面的一辆双轮马车现在又慢慢前进了,里面坐着一个男人。

"就是那个人,华生,赶快!即使别的什么也干不了,我们至少应该把他看清楚。"

刹那间,我从马车的侧窗看到一张面孔,面孔上有一绺浓密的黑须和一双咄咄逼人的眼睛,这时正向我们转过头来。突然,他打开了车顶的滑动窗,向马车夫喊了几句,马车就沿着摄政街疯狂地飞奔而去。福尔摩斯焦急地四下张望,想找一辆马车,可是没有空车。接着他就冲向前去,在车马的洪流里疯狂地追赶着,可是那马车跑得太快了,已经跑出了我们的视线。

"唉,"福尔摩斯喘着粗气,脸色发白,从车流中钻了出来,恼怒地说道,"我们可曾有过这样的坏运气和干得这么糟的事吗?华生,如果你为人诚实,就应该把这事也记下来,作为我战无不胜的反证吧。"

"那人是谁?"

"不知道。"

"是盯梢的吗?"

"哼,根据所听到的情况判断,显然巴斯克维尔一到伦敦就被人紧紧

"就是那个人,华生,赶快!"

盯上了。要不怎么那样快就有人知道了他住在诺桑勃兰旅馆呢?如果第一天他们就盯上了他,我肯定,第二天也会要盯的。你可能已察觉到了,摩迪默医生讲那个传说时,我曾到窗前去过两次。"

"是的,我还记得。"

"我是在街上找假装闲逛的人,可是一个也没看到,我们的对手很精明啊,老兄。这事很微妙,虽然我还不能肯定对方是善意还是恶意,但我觉得他是个机智能干的人。我们的朋友一出门,我马上就跟上了,为的是想发现他们的暗中追踪者,他狡猾得很,连走路都觉得靠不住,他为自己准备了一辆马车,这样他就能跟在后边闲逛,或者从他们身旁猛冲过去,而不引起注意。他这手法还有个特别的优势呢:他们一坐上马车,他马上就能跟上去。但是,显然也有弊端。"

"这样他就要完全受马车夫的摆布了。"

"一点不错。"

"我们没记下车号,多可惜。"

"我亲爱的华生,虽然我显得有些笨拙,可是你该不会真的以为我连车号都忘了记下来吧?车号是2704。但是,目前它对我们还没有用处。"

"我想不出当时你还能干别的什么。"

"我看到那辆马车时,本应该马上转身往回走,不慌不忙地也雇上一辆马车,保持一定的距离跟在那辆马车后面,或者干脆驱车到诺桑勃兰旅馆去等。当那个来历不明的人跟着巴斯克维尔到家,我们就能以其人之道还治其人之身,看着他到什么地方去。可是当时由于我的粗心急躁,使得我们的对手极狡猾地先采取了行动,我们却暴露了自己,失去目标。"

我们一边谈着话一边顺着摄政街漫步,我们前面的摩迪默医生和他的伙伴早就不见了。

"现在再跟在他们后面已没有什么意义了,"福尔摩斯说道,"盯梢的人走了,就不会再回来。我们得考虑一下,我们手里还剩下哪几张牌,要用就用得果断。你能记得车中人的面貌吗?"

"我只认出他的胡须来。"

"我也能——可是我想那可能是假胡须。对于一个干这种细致工作的聪明人来说,一绺胡子只掩饰了他的相貌,没别的作用。进来吧,华生!"

他走进了本区的一家佣工介绍所,受到了经理的热情欢迎。

"啊,威尔森,看来你还没忘记我曾帮过你忙的那桩小案子!"

"没有,先生,我当然没忘。你挽救了我的名誉,甚至可能还救了我的命呢。"

"老伙计,你夸大其词了。威尔森,我记得你的助手里有个叫卡特莱的孩子,那次调查中他露了两手。"

"是的,先生,他还在我们这里呢。"

"能把他叫出来吗?谢谢!还想请你把这张五镑的钞票换成零钱。"

一个十四岁的,精神抖擞而机灵的孩子,应声出来了。他站在那里,崇敬地注视着这位大侦探。

他要一家一家地到这些旅馆去。

"请把那本首都旅馆指南递给我,"福尔摩斯说道,"谢谢!喂,卡特莱,这里有二十三家旅馆,全都在查林十字街附近。

你看到了吗?"

"看到了,先生。"

"你要一家一家地到这些旅馆去。"

"是,先生。"

"每到一家就给看门人一个先令,这里是二十三个先令。"

"是,先生。"

"你告诉他们,你要看看昨天的废纸,你就说你在找一份送错了的重要电报。明白了吗?"

"明白了,先生。"

"可是真正要你找的是一张被剪子剪了一些小洞的《泰晤士报》。这里有一份《泰晤士报》,就是这一篇,你很容易认出来的。你认得出来吗?"

"认得出来,先生。"

"看大门的每次都会把看客厅门的人叫来问,你也要给他一个先令。再给你二十三个先令。这二十三家中你可能发现大多数店家的废纸昨天都被烧掉或已运走了,其中三四家可能将一堆废报纸指给你看,你就在那废纸堆里找这一张《泰晤士报》,但也可能什么都找不到。再给你十先令应急。傍晚以前你往贝克街我的家里发个电报,报告查找结果。现在,华生,我们剩下要做的事只有打电报查那个马车夫了,车号是2704,然后到证券街的一家美术馆去消磨掉时间,再去旅馆。"

三条断了的线索

福尔摩斯有着很强的排遣烦恼的能力。一直困扰着我们的怪事在这两小时内似乎已全被遗忘了，他全神贯注地欣赏着近代比利时大师们的绘画。从美术馆到诺桑勃兰旅馆的路上，他除了艺术，别的什么也不谈。其实，他对艺术的见解是很粗浅的。

"亨利·巴斯克维尔爵士正在楼上等着你们呢。"账房说道，"他吩咐我你们一来就立即把你们领上去。"

"我想看看你们的旅客登记簿，你不介意吧？"福尔摩斯说。

"当然不。"

从登记簿上可以看到，在巴斯克维尔之后又来了两批客人。一批是来自新堡的肖菲勒斯·约翰森一家，另一批是来自奥吞州亥洛镇的欧摩太太及女佣人。

"这一定是我认识的那个约翰森吧，"福尔摩斯问守门人说，"他是个律师，头发花白，走路有点跛，是吗？"

"不，先生，这位约翰森先生是煤矿主，一位好动的绅士，年纪没你大。"

"你一定把他的职业弄错了吧？"

"不会的，先生！他在我们旅馆已住了多年了，我们都很了解他。"

"啊，这就行了。还有欧摩太太，这名字我似乎也记得，请原谅我的好奇心，可是在探访一个朋友时遇到另一个朋友，这也是常有的事。"

"她是一位病弱不堪的太太，先生。她丈夫曾做过葛罗斯特市的市长。她进城时总是住在我们这里。"

"谢谢你,恐怕不能称她为我的熟人了。"

"刚才我们所问的问题已证明了一个很重要的事实,华生,"我们一起上楼时,他低声说,"我们现在知道了,那些对我们的朋友极感兴趣的人,并没有和他住在同一个旅馆里。这就是说,虽然正如我们所看到的那样,他们非常热衷于盯他的梢,可是,他们同时也非常害怕被他发现。啊,这一事实很能说明问题。"

"说明什么呢?"

"它说明——上帝呀,亲爱的朋友,你这是怎么了?"

我们快走到楼梯顶时,迎面遇上亨利·巴斯克维尔爵士。他气得满脸通红,手里提着一只满是灰尘的旧高统皮鞋。他气得说不出话来,而一当他开口说话时,就比早晨声音高亢得多,西部口音也重得多了。

手里提着一只满是灰尘的旧高统皮鞋。

"这旅馆的人,似乎看我好欺侮似的,"他喊道,"他们得小心点,不然就会发现开玩笑找错了人。真是岂有此理!如果他找不到我丢了的鞋子,那就会有麻烦了。我是最不怕开玩笑的,福尔摩斯先生,可是这回他们未免有点过分了。"

"还在找皮鞋吗?"

"是啊,先生,而且非找到不可。"

"可是你说过,你丢的是一只棕色的新高统皮鞋啊?"

"是啊,先生,可是现在又丢了一只黑色旧皮鞋。"

"什么!恐怕你不是说……"

"我正是说,我一共有三双鞋——棕色的新鞋、黑色的旧鞋和我现在穿着的这双漆皮皮鞋。昨晚他们拿走了我一只棕色皮鞋,今天又偷走了我一只黑色的——喂,你找到了没有?说呀,喂,别站在那光瞪眼!"

一个惊慌不安的德国籍侍者来到了面前。

"没找到,先生。旅馆里我都问遍了,可是什么结果也没有。"

"好吧,太阳下山前把鞋给我找回来,不然我就去找老板,告诉他,我马上就离开这旅馆。"

"会找到的,先生,只要你能稍稍忍耐一下,我保证一定找到。"

"但愿如此,在这贼窝里我可不能再丢东西了。咳,福尔摩斯先生,请原谅我竟因为这种小事烦扰了你……"

"我倒认为这是件很值得费点心思的事呢!"

"啊,你把它看得太严重了吧。"

"你怎么解释这事呢?"

"我压根儿就不想解释。在我身上所发生过的事情中,这件可算是最气人和最奇怪的了。"

"也许是最奇怪的……"福尔摩斯意味深长地说道。

"你对这事怎么看呢?"

"哦,我不敢说我已经有了成熟的想法。你的这件案子很复杂,亨利爵士。把此事与你伯父的死联系起来看,我还真不敢说,在我经手办理过的五百件大案里,是否有一件像这件一样的曲折离奇。可是我们已经掌握了几条线索,其中必有一条可以使我们找到真相。我们也许会在错误的线索上浪费些时间,但我们早晚会找到正确的线索的。"

我们吃了一顿愉快的午餐,饭间很少谈到那烦人的案子。饭后,福尔摩斯在客厅里问巴斯克维尔的去留意向。

"到巴斯克维尔庄园去。"

"什么时候?"

"周末。"

"总的来说,"福尔摩斯说道,"我觉得你的决定是明智的。我有充分的证据,你在伦敦已经被人盯上了,在这样大的城市里,在成千上万的人群里,很难弄清这些人是谁,他们的目的是什么。如果他们怀有恶意,他们就可能给你带来不幸,我们恐怕也无力阻止。摩迪默医生,你不知道今天早上你们从我家出来之后就被人盯上了吗?"

摩迪默医生非常吃惊。

"被盯上了!谁?"

"很不幸,我也不知道。你在达特沼地的邻居和熟人之中,有没有胡子又黑又长的人?"

"没有——嗯,让我想想看——啊,对了,查尔兹爵士的总管白瑞摩留着络腮黑胡子。"

"啊!白瑞摩在什么地方?"

"他总管那座庄园。"

"我们最好证实一下,他是否确实呆在庄园里,说不定他现在就在伦敦呢！"

"你怎么来证实呢？"

"给我一张电报纸。写上'是否为亨利爵士准备好了一切？'这样就行了。发往巴斯克维尔庄园，白瑞摩先生收。离庄园最近的电报局在什么地方？格林盆吗？好极了，我们再发一封电报给格林盆的邮政局长，就写'发给白瑞摩先生的电报务交本人。如不在，请回电通知诺桑勃兰旅馆亨利·巴斯克维尔爵士'。这样一来，晚上前我们就能知道白瑞摩是否在庄园里了。"

"这主意好，"巴斯克维尔说道，"可是，摩迪默医生，这个白瑞摩是个什么样的人呢？"

"他是已故老总管的儿子，他们家已先后四辈人负责照看这座庄园。据我所知，他们夫妇俩在乡间是很受人尊敬的。"

"同时，"巴斯克维尔说道，"事情很清楚，只要我们家没有人住在庄园里，这里就成了他们的美满家园了，而且还什么都不用做。"

"这倒不假。"

"白瑞摩从查尔兹爵士的遗嘱里得到什么好处没有？"福尔摩斯问道。

"他和他妻子各得五百镑。"

"啊！他们事先是否知道将来会拿到这笔钱呢？"

"知道，查尔兹爵士很喜欢谈他那遗嘱的内容。"

"这很有意思。"

"我希望，"摩迪默医生说道，"你不要用怀疑的目光看待每个从查尔兹爵士的遗嘱里得到好处的人，他也留给我一千镑呢！"

"真的吗？还有别的人吗？"

"还有很多给个人和公共慈善事业的大小款项。其余都归亨利爵士。"

"余产有多少呢?"

"七十四万镑。"

福尔摩斯惊奇地扬起了眉毛说:"我没想到竟然有这么大的数目。"

"查尔兹爵士以富有闻名,可是我们在查验他的证券以前,并不知道他究竟有多富。他全部财产的总值将近一百万镑。"

"上帝啊!一个人见了这样大的赌注就是拼命也要赌他一场了。可是还有一个问题,摩迪默医生,假如我这位年轻的朋友遭到不测——请你原谅我这不愉快的假设吧——谁来继承这笔财产呢?"

"因为查尔兹爵士的弟弟罗杰·巴斯克维尔尚未婚娶就死了,所以财产应当传给远房的表兄弟戴斯蒙德家里的人了。杰姆士·戴斯蒙德是威斯摩兰的一位年长牧师。"

"谢谢你。这些细节都是很有用的。你见过杰姆士·戴斯蒙德先生吗?"

"见过,他来拜访过查尔兹爵士。他是个仪态端庄的人,过着圣洁的生活。我还记得,他不愿从查尔兹爵士那里接受任何财产,虽然查尔兹爵士曾执意赠送。"

"这个毫无癖好的人竟要成为查尔兹爵士万贯家财的继承人。"

"他将成为产业的继承人,这是法律规定的。他还将继承钱财,除非现在的所有者另立遗嘱——当然他爱怎么处置就可以怎么处置。"

"亨利爵士,你立过遗嘱吗?"

"没有,福尔摩斯先生,我还没来得及呢,因为昨天我才知道是怎么回事。可是,无论出现什么情况,我总觉得钱财不应该与产业和爵位分离。这是我那可怜的伯父的看法。如果主人没有足够的钱维持产业,他怎么能恢复巴斯克维尔家族的荣光呢?房地产与钱财绝不能分开。"

"非常正确,啊,亨利爵士,关于你应该马上到德文郡去这一点,我们的看法一致。但有一个条件,你决不能单独去。"

"摩迪默医生和我一起回去。"

"可是摩迪默医生有医务在身,而且他家离你家也有好几英里,尽管他对你怀有无比的好意,恐怕也是爱莫能助。不行,亨利爵士,你必须另找一个可靠的人一起去,他必须时刻陪伴在你身边。"

"你本人去有可能吗,福尔摩斯先生?"

"如果情况危急的时候,我一定尽可能亲自出马,但是你可以理解,我得接受广泛的咨询和来自各地的请求,不可能无限期地离开伦敦。眼下就有一位英格兰的极为可敬的人物正在受人威胁和污蔑,而只有我才能制止这一灾难性的丑行。你看得出来,现在让我到达特沼地去是毫无可能的。"

"那么,你准备让谁去呢?"

福尔摩斯的手搭在我的胳膊上。

"如果我的朋友愿意的话,那么处于危急之中的你要想找一个人来陪伴和保护,就再也没有比他更合适的了。"

这个意外的建议使我完全不知所措。我还没来得及回答,亨利·巴斯克维尔就一把抓住了我的手,热情地摇了起来。

"啊,华生医生,你真是太好了。对于我的处境,你知道得和我一样多。如果你能到巴斯克维尔庄园去陪我渡过难关,我将永志不忘。"

冒险对我是永远具有吸引力的,何况我还抵御不了福尔摩

这个意外的建议使我完全不知所措。

斯的恭维和准男爵把我当伙伴看待的真挚之情。

"我去，我很愿意去，"我说道，"这样使用我的时间非常值得。"

"你得详细向我报告，"福尔摩斯说道，"当危险到来的时候——危险总是会来的——我会告诉你如何行动。我想星期六就能准备好动身吧？"

"华生医生方便吗？"

"没问题。"

"那么，除非我另有通知，星期六我们就在车站碰头，坐从帕丁顿开来的十点三十分的那趟车。"

正当我们起身告辞时，巴斯克维尔突然发出了胜利的欢呼，并且冲向墙角，从橱柜底下拖出一只棕色的高统皮鞋。

"正是我丢的那只鞋。"他喊了起来。

"但愿我们所有的困难都像这件事一样消失!"福尔摩斯说道。

"可这真是件怪事,"摩迪默医生说道,"午饭以前,我已在这屋里仔细找过了。"

"我也找过了呀!"巴斯克维尔说,"到处找遍了。"

"这么说来,一定是我们在吃午饭时,侍者放到那里去的。"

那德国籍侍者被叫来,可是他说此事他一点也不知道,无论怎么问他也问不出个名堂。目的不明的神秘事情接二连三地发生,现在又多了一件。除了查尔兹暴死前前后后可怕的事情之外,这两天之内就又意外地发生了一连串无法解释的怪事,其中包括收到用铅字凑成的信,双轮马车里那个蓄着黑胡子的盯梢人,新购棕色皮鞋的遗失和旧黑皮鞋的失踪,还有现在被送还的新的棕色皮鞋。回贝克街的路上福尔摩斯沉默无语地坐在车里,我从他那紧皱的双眉和严峻的面孔可以看出,他的心里正和我一样,忙于进行各种推想来解释这一切奇异而又显然彼此毫无关联的插曲。整个下午直至深夜,他都呆坐在那,沉浸在烟雾和深思之中。

晚饭前送来了两封电报,

第一封是:

> 顷悉,白瑞摩确实在庄园。巴斯克维尔。

第二封是:

> 遵旨在二十三家旅馆搜寻,未发现被剪破之《泰晤士报》。甚歉。卡特莱。

"这两条线索都完了,华生。再没有比事事不顺的案子更恼人。我们得换个思路另找线索。"

"我们还可以找到给那盯梢人赶车的车夫呀。"

"没错。我已发了电报要求执照管理科查清他的姓名和地址——如果现在来的就是我那电报的答复,我也不会感到意外的。"

事实上,门铃声所带来的比我们希望的还要令人满意。因为门一开就进来了一个举止粗鲁的家伙,他就是我们要找的人。

"我接到总局的通知,说这里有一位绅士要找2704号车的车夫!"他说道,"我赶马车已经七年了,从来还没有听到过乘客抱怨过一句;我从车场直接到这里来了,我要当面问清,你对我什么地方不满意。"

"伙计,我对你没有丝毫不满,"福尔摩斯说,"相反,如果你能清楚地回答我的问题,我将给你半个金镑。"

车夫听了咧嘴笑道:

"啊,我今天可真是碰上好日子啦。先生,你要问我什么呢?"

"首先,你的姓名和地址,以便以后需要你时好再去找你。"

"约翰·克雷顿,住在特皮街3号,我的车是从滑铁卢车站附近的希波利车场租来的。"

福尔摩斯将这些记了下来。

"现在,克雷顿,请你告诉我今天早上来监视这幢房子,后来又在摄政街尾随两位绅士的那个乘客的情况吧。"

那人似乎很吃惊,并且有点不知所措。

"嗨,这件事好像用不着我再告诉你了,因为你知道的和我一样多,"他说,"事实是,那位绅士说他是个侦探,并且说关于他的事不许对任何人讲。"

"好伙计,此事关系重大,如果你想对我隐瞒任何东西,你会倒霉的。你说你的乘客对你说他是个侦探吗?"

"是的,他是这么说的。"

"什么时候说的呢?"

"离开我的时候。"

"他还说过别的什么吗?"

"他提到了他的名字。"

福尔摩斯得意地迅速瞟了我一眼。"噢,他提到了他的名字,是吗?那可真有点冒失。他说他叫什么名字来着?"

"他的名字,"车夫说,"是歇洛克·福尔摩斯先生。"

我还从未看到过我的朋友这样吃惊。刹那间他惊愕得坐在那里一声不吭。接着,他又放声大笑起来。

"他的名字,"车夫说,"是福尔摩斯先生。"

"妙啊,华生,妙不可言,"他说,"我觉得他和我一样机智敏捷。上次他可把我搞得真够难受的——他叫歇洛克·福尔摩斯,是吗?"

"是的,先生,这就是那位绅士的姓名。"

"太好了!告诉我他是在哪里上车的和那以后的情况吧。"

615

"他九点半在特莱弗嘎广场叫了我的车,他说他是侦探,又说如果我整天绝对服从他的调遣而不提任何问题的话,他将给我两个金镑。我很高兴地同意了。我们首先来到诺桑勃兰旅馆,在那里一直等到两位绅士出来并坐上马车。我们跟着他们的马车,直到他们在这附近下车。"

"就是这个大门。"福尔摩斯说道。

"啊,这一点我不敢肯定。可是,我敢说我的乘客无所不知。我们停在街上等了一个半小时。后来有两位绅士从我们身边走过去,我们就沿着贝克街跟踪下去,并沿着……"

"后面的我知道了。"福尔摩斯插言道。

"我们在摄政街走到约四分之三的地方时,忽然间,那位绅士打开了车顶滑动窗,高声喊着让我尽可能快地将车赶向滑铁卢车站。我抽着马,不足十分钟就赶到了。他真的给了我两个金镑就进车站了。就在他正准备离开时,他转过身来说道:'你要是知道了你的乘客就是歇洛克·福尔摩斯,你也许会感兴趣。'我就是这样知道他的名字的。"

"原来如此。你后来再也没见到过他吗?"

"他进车站后,我就再没见到过他了。"

"现在你会怎样描绘一下歇洛克·福尔摩斯先生呢?"

马车夫搔了下头皮。

"啊,他可真不那么容易描绘。我看他有四十岁左右,中等身材,比你矮两三英寸,先生。衣着像个绅士,蓄着的黑胡须修剪得很整齐,脸色苍白。我想我说不出更多的东西了。"

"眼珠的颜色呢?"

"不,我说不上来。"

"别的你什么也记不得了吗?"

"对,先生,记不得了。"

"好吧,这是半个金镑。如果以后你能带来更多的消息,还可以再得半个金镑。晚安!"

"晚安,先生,谢谢你。"

约翰·克雷顿咯咯地笑着走了。福尔摩斯耸了耸肩,带着失望的微笑转过头来。

"我们的第三条线索又断了,刚开头就又结束了。"他说道,"这个狡猾的流氓!他知道我们的底细,他知道亨利·巴斯克维尔爵士会来找我,在摄政街发觉了我是谁,想到我可能记下马车号码,肯定会去找车夫,于是送回这个口信来戏弄我。我说,华生,这回我们碰上个厉害对手了。我在伦敦已经受到挫折。但愿你在德文郡的运气好一点,可是我心里还是踏实不下来。"

"对什么不放心呢?"

"对派你去不放心。这事很棘手,华生,棘手而又危险,这事我越看越觉得不对劲。是啊,亲爱的朋友,你也许觉得好笑,可是我要说,如果你能平平安安地回到贝克街来,那我就太高兴了。"

巴斯克维尔庄园

在约定的那一天,亨利·巴斯克维尔爵士和摩迪默医生都做好了准备。我们按计划到德文郡去。歇洛克·福尔摩斯和我一道坐车到车站,并对我做了些临行前的指示和建议。

"我不想用各种说法和怀疑来影响你,华生,"他说,"我只要求你将各种事实尽可能详尽地报告给我,至于归纳推理就留给我好了。"

"哪些事实呢？"我问道。

"与该案可能有关的任何事实，无论是多么的间接，特别是年轻的巴斯克维尔与邻里的关系或与查尔兹爵士暴卒有关的任何新的问题。前些天，我曾亲自做过一些调查，但是这些调查结果恐怕都是无济于事的。只有一件可以肯定，就是下一个继承人杰姆士·戴斯蒙德先生是一位年事稍长的绅士，心地非常善良，因此这些迫害行为不会是他干出来的。我真觉得我们可以排除他来考虑问题，剩下的实际上也就只有沼地那些环绕在亨利·巴斯克维尔周围的人了。"

"首先辞掉白瑞摩夫妇不好吗？"

"千万别，否则你就要大错特错了。如果他们是无辜的，那就太不公正了；如果他们有罪，这样一来，就反而不能对他们治罪了。不，不，不能这样，我们得把他们列入嫌疑名单。假如我没有记错的话，还有一个车夫和两个沼地农民。还有我们的朋友摩迪默医生，我相信他的诚实，但是，他的太太，我就一无所知。生物学家斯台普吞，还有他的妹妹，据说是位动人的年轻女郎。赖福特庄园的弗兰克兰先生，对他的情况还不清楚。还有其他一两个邻居。这些都是你必须加以特别关注的人物。"

"我会尽力而为的。"

"我想你带上武器了吧？"

"带了，我想还是带去的好。"

"当然，你那支左轮手枪应该日夜随身带着，不能有一时一刻的疏忽。"

我们的朋友们已订好了头等车厢的座位，正在站台上等着我们呢。

"有新消息吗?"福尔摩斯问道。

"没有,什么消息都没有,"摩迪默回答说,"可是有一件事,我敢担保,前两天我们并没有被人盯梢。我们出去,没有一次不是留意观察的,谁也逃脱不了我们的眼睛。"

"我想你们时刻在一起的吧?"

"除了昨天下午。我每次进城来,总是要用一整天时间花在消遣上面,因此我将昨天整个下午的时间都消磨在外科医学院的陈列馆里了。"

朋友们正在站台上等着我们呢。

"我到公园看热闹去了,"巴斯克维尔说,"可是我们并没有遇到任何麻烦。"

"不管怎么说,还是太疏忽大意了,"福尔摩斯一面说,一面很严肃地摇着头,"亨利爵士,我请求你不要单独行动,否则就要大祸临头了。你找到了另一只高统皮鞋了吗?"

"没有,先生,再也找不到了。"

"真是有趣。好吧,再见,"当火车徐徐开动的时候,福尔摩斯站在月台上说,"亨利爵士,要记住摩迪默医生给我们讲的那个怪异而古老的传说中的一句话——千万不要在黑夜降临、恶势力嚣张的时候穿越沼地。"

我们已远离月台时,我回头望去,只见福尔摩斯严肃的修长身影依然站在那里一动不动地目送着我们。

这真是一次短暂而又愉快的旅行,这段时间里,我和我的两位同伴比以前更加亲密了,有时我还和摩迪默医生的猎犬嬉戏。行车几小时以后,棕色的大地慢慢变成了红色,砖房变成了石头建筑,枣红色的牛群在树篱圈起来的地里吃着草,葱绿的草地和茂密的菜园表明,这里的气候湿润,好收成轻易可得。年轻的巴斯克维尔热切地向窗外眺望着,一看到德文郡那熟悉的风景,就高兴得叫了起来。

"自从离开这里以后,我到过世界上很多地方,华生医生,"他说道,"可是从来没见过一个地方这么美。"

"我还从没见到过一个不赞美故乡的德文郡人呢。"我说道。

"不光是本郡的地理条件,就是本地的人也都不俗呢。"摩迪默医生说道,"来看我们这位朋友,圆圆的头颅就属于凯尔特型的,里面充满了凯尔特人的强烈感情。可怜的查尔兹爵士的头颅则属于一种罕见的典型,他的特点一半像盖尔人,一半像爱弗人。以前看到巴斯克维尔庄园的时候,你还很小,是不是?"

"我父亲去世时,我还是个十几岁的孩子,那时他住在南面海边的一幢小房子里,所以我从未见过这庄园。我父亲去世后,我就直接到美洲的一个朋友那儿去了。跟你说吧,对于这庄园,我和华生医生一样感到新鲜,我很想看一看沼地。"

"是吗?那样的话,你很快就要如愿以偿了,因为你就要看到沼地了。"摩迪默医生一面说着一面向车窗外边指着。

在那被切割成无数绿色方格的田野和连成一条曲线的林梢尽头，一座灰暗苍郁的小山耸立在那里，山顶上有形状奇特、参差不齐的缺口，远远望去隐约蒙眬，宛如梦幻之景。巴斯克维尔两眼盯住那小山久久坐着。从他那热切的面部表情看得出来，这地方对他关系有多么重大，那怪异的、被同族人掌管了那么久、处处都能引起人们对他们深深回忆的地方，第一次出现在他眼前。他穿着苏格兰呢服装，说话带着美洲口音，坐在一节普普通通的火车车厢的角落里，可是他那黝黑而富有表情的面孔，总让我真切地感觉到他确实是那个高贵、热情的家族的后裔，而且具有一家之主的风范。他那浓浓的眉毛、神经质的鼻孔和栗色的大眼睛显示着自尊、豪迈和力量。假如那恐怖的沼地里果真出现了什么困难和危险，他至少是个切实可靠的、会勇敢地担当起责任来的人。

火车在一个路边小站停了下来，我们下了车。矮矮的白色栏杆外停着一辆两匹短腿小马拉着的四轮马车在那里等着。显然我们的到来是件大事，站长和脚夫都向我们围了上来，帮着我们搬行李。这里本是一个宁静、可爱而又纯朴的地方，但是，在出口处有两个着黑制服、军人模样的人站在那里，却不由得使我感到诧异。他们身挎来复枪，两眼直勾勾地看着我们走过去。车夫是个身材矮小的家伙，相貌冷酷而又粗野，他向亨利·巴斯克维尔行了个礼。几分钟之后，我们便沿着宽阔的灰白色的大道疾驰而去了。起伏不平的牧草地，在大道的两侧向上延伸，透过浓密树阴的缝隙，可以看到一些墙头和屋顶都被修成人字形的古老房屋，阳光下宁静的村子后面出现了绵延不断的被傍晚的天空衬托出来的阴沉沼地，中间还排列着几座参差不齐的、险恶的小山。

这时四轮马车转入了旁边的一条岔路，穿过了被车轮在几世纪里轧成的、深深下陷的小巷似的沟道，曲折上行，道路两侧都是长满着湿漉漉的苔藓和枝叶肥厚的羊齿植物的石壁。古铜色的蕨类和色彩斑驳的黑莓在落日的余晖下闪闪发光。我们一直往上走着，过了一座花岗石的窄桥，就沿着一条奔腾咆哮的急流向前走了。水流湍急，泡沫翻滚，在灰色的乱石之间咆哮而去。峡谷里长着密密麻麻的橡树和枞树，道路沿着曲折迂回的小河蜿蜒溯流而上。在每一个弯道，巴斯克维尔都要高兴得欢呼起来，他一面好奇地环顾四周，一面向我们问这问那。在他眼里，什么都是美丽的，可是我总觉得这一带乡间有一种凄凉的气氛和深秋的意味。小路上铺满了枯黄的树叶，我们经过时，又有些树叶从头顶上翩翩飘落下来。马车在铺满枯叶的路上驶过时，辚辚的轮声消失了——这些东西在我看来都是造物主撒在重返家园的巴斯克维尔家族后裔车前的不祥的礼物。

"啊！"摩迪默医生叫了起来，"那是什么？"

前面出现了布满着石南丛灌木的陡斜的坡地，这是沼地边缘突起的一块地。最高处，有一个士兵骑在马上，清清楚楚的，就像是碑座上的骑士的雕像，黝黑而严峻，马枪搭在伸向前方的左臂上随时准备射击。他在监视着我们走过的这条道路。

"那是怎么回事啊，波金斯？"摩迪默医生问道。

车夫转过身来说道：

"王子镇逃走了一个犯人，先生，他已经逃出来三天了，狱卒们正监视着每一条道路和车站，可是至今没找到他的踪迹。附近的农户们很不安，老爷，这倒不假。"

"啊，知道了，如果谁能提供消息，就能拿到五镑的赏金呢。"

"是啊，老爷，可是冒着被人割断喉管这么大的危险，拿到五镑钱,就显得太可怜了。要知道,这可不是个一般的罪犯啊。他可是个亡命之徒。"

"那么,他到底是谁呀?"

"他叫塞尔丹,就是那个纳亭山杀人的凶手。"

那宗案子我记得很清楚,此人真是罪大恶极,全部暗杀的过程都贯穿着绝顶的暴行,此案曾引起了福尔摩斯的兴趣。后来之所以免于死刑,是由于他的行为出奇地残暴,人们怀疑他的精神是否正常。我们的马车爬上了斜坡的顶端,面前出现了广袤的沼地,上面点缀着很多圆锥形的石冢和凹凸不平的岩岗,色彩斑驳陆离。一阵冷风从沼地上吹来,我们不由得一阵寒战。在那荒无人烟的平原上,这个魔鬼一般的人,没准在哪一条沟壑之中像个野兽似的潜藏起来,对摈弃他的那些人怀着满腔仇恨。光秃秃的荒地、冷飕飕的寒风和阴暗的天空,再加上这个逃犯,使这一切显得越发恐怖了。就连巴斯克维尔也沉默了,他把大衣裹得更紧了。

富饶的乡区已落在我们身后的坡下,我们回头遥望,只见夕阳斜照,把流水照得像金丝一般,初耕的红土地和茂密的森林都在闪烁发光。前面褐绿相间的斜坡上的道路益发变得荒凉萧瑟了,到处散布着巨石。我们时而路过沼地小房,墙和屋顶都是用石料砌成的,墙上也没有蔓藤掩饰它那粗糙的轮廓。我们俯视之中,忽然看到了一处像碗似的凹地,那里一小片一小片苍老而矮小的橡树和枞木被多年的狂风吹弯了腰,树林中伸出了两个又细又高的塔尖。车夫用鞭子指了指说道:

"那就是巴斯克维尔庄园。"

庄园的主人站了起来,双颊泛红,两眼出神地凝望着。几分钟后,我们就来到了庄园门口。大门是用稠密的、曲折交织成奇妙花样的铁条制成的,一边有一根久经风雨侵蚀的柱子,

"那就是巴斯克维尔庄园。"

长了苔藓,显得很脏,柱顶刻有野猪头。门房已成一片废墟,只剩下黑色花岗石和一根根光秃秃的橡木。而它的对面是一座刚刚建成一半的新建筑,是查尔兹爵士动用从南非赚来的黄金兴建的。

一进大门就上了小道。这时,车轮走在落叶上,没有一丝声响,老树的枝丫在我们的头顶上交织成一条阴暗的拱道。长而阴暗的车道末端有一幢房屋幽灵似的发着亮光,巴斯克维尔不由得战栗了一下。

"就是在这里发生的吗?"他低声问道。

"不,不是,水松夹道在另一头。"

这位年轻的继承人脸色阴郁地向四周眺望着。

"住在这种的地方,难怪我伯父总觉得要大难临头了,"他说道,"这里足以让任何人恐惧。我决定在六个月内在厅堂前装上一行一千支烛光的天鹅牌和爱迪生牌的灯泡,那时你恐怕再也认不出这个地方了。"

道路通向一片宽阔的草地，房子已出现在我们的面前。在微弱的光线下，我看见中央是一幢坚实的楼房，楼前有个突出的门廊。房子的前墙爬满了常春藤，只有窗户或装有盾徽的地方被剪去了，就像是黑色面罩上打了补丁似的。中央这座楼上有一对古老的塔楼，开有枪眼和很多瞭望孔。在塔楼的左右两侧，各有一座式样较新的，用黑色花岗岩组成的翼楼。微弱的光线射在了窗棂坚实的窗口上，陡斜的屋顶上那高高的烟囱里吐出了一条黑色的烟柱。

"亨利爵爷，欢迎！欢迎你来到巴斯克维尔庄园！"

走廊的阴影中走出一个高个子男人，打开了四轮马车的车门。在厅堂里淡黄色的灯光下，又映出了一个女人的身影，她走出来帮着那人拿下了我们的行李袋。

"亨利爵士，如果我径直赶回家去，你不会见怪吧？"摩迪默医生说道，"我太太在等着我呢。"

"你还是待会儿吃了晚饭再走吧。"

"不，我得走了，也许家中有什么事在等着我了呢。我本该留下来带你看一看房子，但与白瑞摩比起来，他是个更好的向导。再见吧，只要用得着我，就马上去叫我好了，无论是白天还是晚上。"

亨利爵士和我一进厅堂，就听不到小路上的车轮声了，身后随着发出了沉重的关门声。房子宽大华美，因年代久远而黯淡了的橡木巨梁密密地排列着。高高的铁狗雕像后面那巨大的旧式壁炉里，火在噼里啪啦地熊熊燃烧。亨利爵士和我伸手烤火，长途乘车已使我们浑身麻木了。我们四周环顾了一番，在中央大吊灯柔和的光线里，狭长的嵌着旧式斑纹玻璃的窗户，橡木做的嵌板细工，牡鹿头的标本，以及墙上挂的盾徽，都显得幽暗而沉闷。

"与我所想象的完全一致,"亨利爵士说道,"这不正是一个古老家庭的典型景象吗?这就是我们家族的人居住了五百年的大厅,一想到这我就感到心情沉重。"

他向四周环顾时,我看到,他那黝黑的脸上燃起了孩童般的热情。白瑞摩把行李送进我们的居室后又回来了。他以受过良好训练的仆役所特有的温顺态度站在我们的面前。他仪表堂堂,魁梧英俊,黑胡须剪得方方正正,模样白皙而标致。

"爵爷,你要马上伺候晚餐吗?"

"准备好了吗?"

"几分钟之后就能开餐,爵爷。你们的卧室已经预备了热水。亨利爵士,在你做出新的安排以前,我的妻子和我很愿意服侍你,可是你得知道,在这种新的情况下,这所房子里的确需要多一些佣人。"

"什么新情况?"

"爵爷,我的意思是查尔兹爵爷过的是非常隐居的生活,因此我们还照顾得了他,而你呢,当然希望多一些人和你住在一起,因此你必然会对家里的情况做一些改变。"

"你是说,你和你的妻子想要辞职吗?"

"爵爷,这当然得在你方便的时候才行。"

"可是你们家族已经和我们家族同住了好几代了,对不对?如果我一来这里生活便断绝这种古老的家族联系,那我会感到很难过。"

我似乎在这总管白皙的面孔上看出了一些激动的迹象。

"我也有同感,爵爷,我的妻子也是一样。说实话,爵爷,我们俩都很敬爱查尔兹爵士,他的死使我们很感震惊,这里的景物,处处都使我们感到十分痛苦。我怕在巴斯克维尔庄园里我们的内心再也得不到安宁了。"

"可是你想怎么办呢?"

"爵爷,我确信,如果我们做点小生意,一定会成功的。查尔兹爵爷的慷慨大方,已使我们有法子了。可是现在,爵爷,我最好还是先领你看看房间吧。"

古老的厅堂的上部装有一圈方形回栏游廊,要通过一段双叠的楼梯方能上去。由中央厅堂伸出的两条长长的甬道一直穿过整幢建筑,所有的房间都开向这两条甬道。我和巴斯克维尔的寝室在同一厢,几乎是紧紧相邻,这些房间看来要比在大楼中部房间的样式新得多,颜色鲜亮的糊墙纸和点着的无数蜡烛也有利于消除在刚到时留在我们脑中的阴郁感。

可是开向厅堂的饭厅却是一晦暗阴沉的地方,这是一间长方形的房子,有一段台阶把房子从中间分成高低不同的两部分,高处为家人进餐的地方,低处是留给佣人们使用的。在饭厅一端的上部建有演奏廊。乌黑的梁木横跨在我们的头顶上,再上面就是被熏黑了的天花板了。如果用一排熊熊的火炬把屋子照亮,在

饭厅是一晦暗阴沉的地方。

一个丰富多彩、狂欢不羁的宴乐之中,这沉闷的气氛也许能得到缓和,可现在呢?两位黑衣绅士坐在灯罩下那一小圈光亮中,说话的声音都变低了,精神上也感到压抑。一排隐约现出的祖先画像,穿着各式服装,由伊丽莎白女王时代的骑士起,直至乔治四世王子摄政时代的花花公子止,他们都睁大眼睛注视着我们,默默无声地陪伴着我们,威慑着我们。我们没说什么话,我很高兴这顿饭总算吃完了,我们可以到新式的弹子房去抽上一支烟了。

"说实话,这地方实在让人高兴不起来,"亨利爵士说道,"我原以为可以慢慢习惯的呢,可是现在我总觉得有点不对劲。难怪我伯父住在这样一幢房子里会变得心神不宁呢。啊,如果你不反对的话,我们今晚早些休息,也许早上起来时会感到愉快些。"

我上床前拉开窗帘,向窗外望了望。这窗朝向厅前草地,草地外有两丛树,在愈刮愈大的风中呻吟摇摆。一轮弯月从飞奔的云块的缝隙中露出脸来。在惨淡的月光之下,我看到了树林后面那残缺不齐的山冈边缘和绵延起伏的阴郁的沼地。我拉上了窗帘,觉得此时的印象和先前毫无区别。

可是这还不是最后的印象。我虽感倦乏,却无法入睡,辗转反侧,越想睡越睡不着。古老的房屋被死一般的沉寂笼罩了,远处每过一刻钟就传来一次报时钟声。可是后来,突然间,在死寂的深夜,有一个声音传进了我的耳朵,清晰而响亮。很显然那是个妇女啜泣的声音,像是一个被强压不住的悲痛折磨着的人所发出的强忍着的和哽噎的喘息。我从床上坐了起来,聚精会神地听着。这声音不可能是从远处传来,肯定就是在这幢房子里。我每根神经都紧张起来,等了半小时,可是除了敲钟声和墙外常春藤的窸窣声之外,再也没有听到别的声音。

梅利琵宅邸的主人斯台普吞

第二天早晨看到清新美丽的景色，多少消除了我们初见巴斯克维尔庄园时所产生的恐怖与阴郁的印象。当巴斯克维尔爵士和我坐下来吃早饭的时候，从高高的窗棂散射进来阳光，透过装在窗上的盾徽形窗玻璃折射出一片片淡弱无力的色光，深色的护墙板在金色的阳光下发出像青铜色的光芒。实在难以让人相信这就是昨晚在我们的心灵上投下阴影的那个房间。

"我想这只能怪我们自己，不能怪房子！"准男爵说道，"那时，我们由于旅途劳顿，一路坐车受凉，以致对这地方产生了不快的印象。现在，我们劳顿全消，所以又感到很愉快了。"

"可是，这不仅是感觉的问题，"我回答道，"比如，你听到有人——我想是个妇女——在夜里哭泣吗？"

"真是奇怪，我睡得迷迷糊糊的时候确实听到过哭声。我等了很久，却再也听不到了，于是我就断定了那是做梦。"

"我听得清清楚楚，而且毫无疑问，是女人的哭声。"

"我们得马上将这事弄清楚。"他摇铃召来了白瑞摩，问他夜里的哭声是怎么回事。我看到总管听了主人的问题之后，苍白的面孔变得更加苍白了。

"亨利爵爷，这房子里只有两个女人，"他答道，"一个是女仆，她睡在对面厢房里；另一个就是我妻子，我担保哭声不可能是她发出来的。"

可是他撒了谎，因为早饭后，我碰巧在长廊里碰到白瑞摩太太，阳光正好照在她的脸上，她体格高大，外表冷淡，身体肥胖，嘴角显得很严厉。可是她的双眼是红红的，并用红肿的双眼扫视了我一下。那么，夜间哭的就是她了。如果她确实哭过，她丈夫就一定会知道，可是他却贸然否认事实。他为什么要这样做呢？还有，她为什么哭得那样伤心呢？在这个面孔白皙、漂亮、蓄着黑胡须的人的周围，已经形成了神秘而阴沉的气氛。是他首先发现了查尔兹爵士的尸体，而且我们也只从他那里才得知了有关老人之死的情况。难道我们在摄政街看到的那辆马车里的人就是白瑞摩吗？胡须很可能是一样的。马车夫说是个身材相当矮小的人，可是这样的印象说不定是错误的。我怎样才能弄清这一点呢！显然，首先应该去找格林盆的邮政局长，弄清那封试探性的电报是否真的当面交到了白瑞摩手里。无论答案如何，我至少也有能向福尔摩斯报告的东西。

早餐后亨利爵士有很多文件要看，因此我恰好可以出去遛遛。这是一次令人愉快的散步，我沿着沼地边缘走了四英里，最后走到了一个荒凉的小村庄，村里有两座较其余都高的大房子，后来得知一栋是客栈，另一栋是摩迪默医生的房子。那位邮政局长，兼本村杂货店老板，还清楚地记得那封电报。

"错不了，先生，"他说道，"我是完全按照指示叫人将电报送交白瑞摩先生的。"

"谁送的？"

"我的儿子送去的。詹姆斯，上次是你把那封电报送交白瑞摩先生的，对不对？"

"对，爸爸，是我送的。"

"是他亲手接的电报吗？"我问道。

"啊，当时他在楼上，所以我没能亲自交到他手里，可是，我交到了白瑞摩太太的手里，她答应马上送上去。"

"你看见白瑞摩先生了吗？"

"没有，先生，我不是说过他在楼上吗。"

"如果你没有看到他，你又怎么知道他是在楼上呢？"

"噢，他自己的妻子当然应该知道他在什么地方啊！"邮政局长有些不快地说道，"究竟他收到了那份电报没有？要是出了什么差错，也应该是白瑞摩先生自己来查问啊。"

要想继续这一调查是没希望了，可是有一点非常清楚，虽然福尔摩斯使用了巧计，但我们并未能证明白瑞摩没有去过伦敦。假设事实就是如此——假设他就是最后看到查尔兹爵士活着的人，他就是首先跟踪刚刚回到英伦的新继承人的那个人，那又怎么样呢？他是受人的指使呢，还是怀有个人阴谋呢？谋害巴斯克维尔家的人对他会有什么好处呢？我想起了用《泰晤士报》评论剪贴而成的警告信。是否就是他干的呢，还是可能有谁要挫败他的阴谋而干的呢？唯一能够想象的动机就是亨利爵士所猜测过的，即如果庄园的主人能被吓跑的话，那么白瑞摩夫妇就能得到一个永久而舒适的家了。可是这样一种假设，仍难以解释清楚环绕年轻的准男爵的那无形罗网似的老谋深算的阴谋。福尔摩斯也曾说过，在他那一长串惊人的侦探案里，再也没有比这更复杂的案子了。在我沿着灰白而沉寂的道路回来的途中，心里默默地祷告，希望我的朋友能从他的事务中抽身到这里来，从我的双肩上卸下这份沉重的负担。

忽然一阵跑步声和叫唤声打断了我的思路，我转过身去，心想一定是摩迪默医生，但令我大为吃惊的是，追我的竟是一个陌生人。他矮小瘦削，胡子刮得很干净，面貌端正，长着淡黄的头发和尖瘦下巴，年纪大约三四十岁，穿着一身灰色衣服，头戴草帽，肩上挂着薄薄的植物标本匣，手里拿着一把绿色的捕蝶网。

"相信你一定会原谅我的冒昧无礼，华生医生，"他气喘吁吁地跑到我跟前说道，"在这片沼地里，大家都像一家人似的，彼此相见，都用不着正式的介绍。我想你可能已从我们的朋友摩迪默医生那里听说过我的名字了，我就是住在梅利琵的斯台普吞。"

"你的木匣和捕蝶网就已经很清楚地告诉我了，"我说道，"我早就知道斯台普吞

追我的竟是一个陌生人。

先生是一位生物学家。可是你怎么会认得我呢？"

"我拜访摩迪默医生时，你恰好从他的窗前走过，于是，他就把你指给我看了。因为我们同路，所以就赶上来做个自我介绍。我相信亨利爵士经过这趟旅行之后一切都还好吧？"

"他很好，谢谢你。"

"我们都在担心查尔兹爵士死后这位新来的准男爵也许不愿住在这里呢。使一位有钱人屈尊埋没在这样一个地方，确实太说不过去了。可是，用不着我多说，这对鄙乡说来又确实意义重大。我想，亨利爵士对这件事不会有什么迷信的恐惧心理吧？"

"大概不会吧。"

"你一定听说过关于缠着这一家族的魔鬼似的猎狗的传说了吧？"

632

"听说过。"

"这里的农民真是太轻信了！他们每个人都会发誓说，在这片沼泽地里曾亲眼见到过这样一只畜生。"他说话时脸上带着微笑，可是从他眼里看得出来，他对这件事的态度很认真，"这件事对查尔兹爵士的心理产生了很大的影响。我坚信，就是这件事使他落得个这样悲惨的结局。"

"怎么会呢？"

"他的神经已紧张到一看见狗就会对他那有病的心脏发生致命的影响。我猜测他临死的那天晚上，在水松夹道里，他真的看到了什么类似的东西。过去我总是担心会发生什么灾难，因为我很喜欢那位老人，也知道他心脏很弱。"

"你怎么知道的呢？"

"我的朋友摩迪默医生告诉我的。"

"那么，你认为是有一只狗追赶着查尔兹爵士，结果他就被吓死了，对吗？"

"除此以外你认为还有什么更好的解释吗？"

"我还没有做出任何结论呢。"

"福尔摩斯先生呢？"

这句话使我一下子屏住了呼吸，再一看我那同伴温和平静的面孔和沉着的目光，才又觉得他并不是故意要使我吃惊。

"要想让我们装作不认识你，那是不可能的，华生医生，"他说道，"我们在这里早已看到了你探案的记述了，而且你也无法做到既赞扬了你的朋友，而又不使你自己扬名。当摩迪默跟我谈起你的时候，他也无法否认你的身份。现在你既然到了这里，那么显然是福尔摩斯先生本人也对这件事产生了兴趣，而我呢，当然也就想知道他对这件事到底如何解释了。"

"恐怕我无法回答这个问题。"

"冒昧地问一下,他是否要亲自光临?"

"目前他还离不开城里,他正埋头于别的案子呢。"

"真可惜!他也许能把这个难解之谜理出些眉目来呢。你在调查过程中,如果用得着我,尽管吩咐好了。要是我知道你的疑问或是你准备如何做调查,我也许马上就帮得上忙或提出建议来呢。"

"请相信,我来这里只是拜访我的朋友亨利爵士,不需要任何协助。"

"好啊!"斯台普吞说道,"你这样小心谨慎是对的。我受到训斥完全是罪有应得,因为我只是瞎搅和。我向你保证,以后再也不提这事了。"

我们走过了一条野草丛生的路,迂回曲折地穿过沼地。右侧陡峭的乱石密布的小山,多年前已被开成了花岗岩采石场;我们的对面是暗色的悬崖,隙罅里长着羊齿植物和荆棘;远处的山坡上,浮动着一抹灰色的烟雾。

"慢慢沿着这条沼地小径走一会儿,就能到梅利琵了,"他说道,"也许你能抽出一小时来吧,我很愿意把你介绍给我妹妹。"

我首先想到的是陪伴亨利爵士,可是随即又想起了那一大堆放在他书桌上的文件和证券,而这些事情我又无法帮他的忙,而且福尔摩斯还特地说过,我应当对沼地上的邻人们加以考察,因此我接受了斯台普吞的邀请,一起上了小路。

"这片沼地可真是个奇妙的地方。"他说道,一面环顾四周。起伏不平的丘岗,就像绵延的绿色浪涛;参差不齐的花岗岩山巅,就像是被浪涛激起的奇形怪状的水花。"你永远也不会对这沼地感到厌烦的,沼地里奇妙的奥秘你简直就无法想象。它是那样广大,那样荒凉,那样神秘。"

"这么说,你对沼地一定知道得很多啦?"

"我在这里才住了两年,当地居民仍把我称作新住户呢,我们刚来的时候,查尔兹爵士也是刚在这里住下没多久。我的兴趣促使我仔细观察了这乡间的每个角落,所以我想很少有人能比我更了解这里了。"

"弄清楚很难吗?"

"确实很难。比如说吧,北面的这个大平原,中间突起几座奇形怪状的小山。你看得出什么不寻常的东西吗?"

"这倒是个少有的策马驰骋的好地方。"

"你自然会这样想,可是至今为止,这种想法已不知使多少人丢了性命。你注意到那些密布着嫩绿草地的地方吗?"

"是啊,看来那些地方要比其余部分更肥沃些。"

斯台普吞大笑起来。

"那就是格林盆大泥潭,"他说道,"在那里只要稍不小心,无论人畜都会丧命的。昨天我还看见一匹小马跑了进去,再也没有出来。很长时间之后我还看到它从泥坑里探出头来,最后终于陷了

"那就是格林盆大泥潭。"

下去。就是在干燥的季节，穿过沼地也是很危险的。下过几场秋雨之后，那里就更加可怕了。可是我却能找到去泥潭中心的路，并且还能平安回来。上帝呀！又有一匹倒霉的小马陷进去了。"

这时，只见那绿色的苔草丛中，有个棕色的东西正在上下翻滚，脖子拼命扭着向上伸，随后发出一阵痛苦的长鸣，可怕的鸣声在沼地上空回荡着。吓得我直打寒战，可是他的神经似乎不像我的那么脆弱。

"完蛋了！"他说道，"泥潭已把它吞没了。仅仅两天就葬送了两匹马，以后说不定还会陷进去更多呢。因为它们已习惯于在干燥的天气里跑到那里去，可是它们只有被泥潭陷住后才知道那里晴雨的不同。格林盆大泥潭实在是个糟糕的地方。"

"可是你不是说你能穿得过去吗？"

"是啊，这里有一条小路，只有机灵的人才能走得过去，我已经找到了。"

"可是，你为什么竟想走进这可怕的地方去呢？"

"哦，你看到对面的小山了吗？那实际上是些被泥潭隔绝了的小岛。如果你想出法子到那里去的话，那里稀有植物和蝴蝶多的是呢。"

"哪天我也要去碰碰运气。"

他一脸惊讶地望着我。

"上帝啊，抛弃这个念头吧，"他说道，"那样就等于是我杀了你。我敢说你绝不会活着回来的，我是靠记住某些错综复杂的标记才能到那里去的。"

"天哪！"我喊了起来，"那是什么声音？"

一声又长又低、无比凄惨的呻吟声回荡在整个沼地上空，可又无法说出是从哪里传来的。开始是模糊的哼声，然后变成了深沉的怒吼，再后来又变成了忧伤颤动的哼声。斯台普吞好奇地望着我。

"沼地真是无奇不有！"他说道。

"这究竟是什么声音呢？"

"农民们说这是巴斯克维尔的猎犬在寻找猎物。我以前也听到过一两次，可是声音从没这么大。"

我害怕得直打冷战，一面环顾四周点缀着一片片绿色树丛的起伏不平的原野。广阔的原野上，除了一对大乌鸦在我们背后的岩岗上呀呀大叫之外，没有别的丝毫声音打搅这里的沉寂。

"你是个受教育的人，该不会相信这种无稽之谈吧？"我说道，"你认为这种奇怪的声音是由什么发出来的呢？"

"泥潭有时也会发出奇怪的声音来的，污泥下沉或是地下水往上冒，或是别的什么。"

"不，不，那是个活东西的声音。"

"啊，也许是。你听过鹭鸶叫吗？"

"没有，从没听到过。"

"在英伦这是一种很稀有的鸟类——实际上已经绝种了——可是在沼地里什么奇迹都是可能的。是的，即使刚才我们听到的正是最后一只鹭鸶的叫声，我也不会感到惊讶。"

"这是我一生中听过的最可怕、最奇怪的声音了。"

"是啊，这里真是个神秘可怕的地方。请看那边小山坡，你说那些是什么东西？"

整个陡峭的山坡上全是灰暗的石头围成的圆圈，至少有二十个。

"是什么呢，羊圈吗？"

"不，那是我们可敬的祖先的居处，史前时期沼地里人口稠密，从那以后再没有人在那里住过，所以我们看到的那些石屋的布置仍和先前一模一样。那些是他们没有房顶的小屋。如果你为满足好奇心而到里面去走一趟的话，你还能看到他们的炉灶和床呢。"

"简直够个市镇的规模呢。什么时候有人住过呢？"

"大约在新石器时代——确切的年代已不可考了。"

"他们那时干些什么呢？"

"他们在这些山坡上牧牛，当青铜器开始代替石器的时候，他们就学会了开掘锡矿。你看对面山上的壕沟，那就是他们挖掘的痕迹。是的，华生医生，你会发现沼地的一些特别之处的，噢，对不起，请稍等！一定是赛克罗派茨大飞蛾。"

一只不知是蝇还是蛾的东西翩翩飞过了小路，斯台普吞立即以不同寻常的力量和速度扑了过去。使我惊愕的是，那只小动物竟一直向大泥潭飞了过去，而我的朋友却挥舞着他那绿色的网兜，一刻不停地在树丛中间跳跃前进着。他穿着灰色的衣服，加上跳跃着曲折前行的动作，使他自己看上去就像一只大飞蛾。我站在那里望着他往前追赶着飞蛾，既羡慕他那敏捷异常的动作又担心他会在那险恶的泥潭里失足。这时我听到了脚步声，转过身来，看到在离我不远的路边有一个女子，她是从梅利琵方向来的，那里正飘游着一抹烟雾，由于一直被沼地的低洼处遮着，所以直到她走得很近我才发觉。

我相信这就是我早已听人说起过的斯台普吞小姐，因为沼地里太太小姐很少，而且我还记得曾有人说她是个美人。朝我走过来的这个女人，的确应归于不寻常的一类。兄妹相貌迥异，再也没有比这更显著的了。斯台普吞的肤色适中，淡色的头发和灰色的眼睛，而她的肤色则比我在英伦见过的任何深肤色的女郎更深，身材苗条，仪态优雅。她生就一副高傲而俊秀的面孔，五官极为端正，如果不是配上了善感的双唇和美丽而又热切的黑眸的话,就会显得冷淡了。完美无缺的身段,再加上华贵的衣着,她简直就是这寂静的沼地小路上的一个怪异的精灵。我转过身来的时候,她正看着她的哥哥,随后快步向我走了过来。我摘下了帽子正想解释,她的话已把我的思绪引入了一条新路。

"回去吧!"她说道,"马上回伦敦去,马上就走。"

我吃惊得直愣愣地盯着她。她的眼睛发着火焰似的光芒看着我,一只脚不耐烦地在地上敲打着。

"我为什么应该回去呢?"我问道。

"我不能解释。"她的声音低微而恳切,声音有些奇怪,像是大舌头,"可是看在上帝的分上,按我所说的做吧。回去吧,再也不要踏上这片沼地。"

"可是我才来呀!"

"哎呀,你这个人哪!"她叫了起来,"难道你弄不明白这个警告是为你好吗?回伦敦去!今晚就走!无论如何都要离开这个地方!嘘,我哥哥来了!我说过的话,一个字也别

"回去吧!"她说道。

提。请你帮我摘下杉叶藻那边的那枝兰花好吗？我们这片沼地上兰花很多，不过你来得太迟了，已经看不到这里的美丽景色了。"

斯台普吞已经放弃追捕那只小虫，累得气喘吁吁，满脸通红。

"啊哈，贝莉儿！"他说道。可是我觉得他那打招呼的语气并不热诚。

"啊，杰克，你很热了吧！"

"嗯，我刚才在追一只赛克罗派茨大飞蛾，这是晚秋时节很少见的一种。可惜没捉到！"他漫不经心地说着，可是他那明亮的小眼睛却不停地在我和那女子的脸上扫过来扫过去。

"看得出来，你们已经做过自我介绍了。"

"是啊，我正和亨利爵士说，他来得太晚了，已经看不到沼地里真正美丽的景色了。"

"啊，你以为这是谁呀？"

"我想一定是亨利·巴斯克维尔爵士。"

"不，不对，"我说道，"我是爵士的朋友，一个卑微的普通人，我是华生医生。"

她那表情丰富的脸因懊恼而泛起了红晕。"我们竟然在阴差阳错之中谈天来了。"她说道。

"啊，没关系，你们并没有谈多久呀。"她哥哥说话时仍以怀疑的目光看着我们。

"我没把华生医生当客人看，而是把他当作本地人来和他谈话，"她说道，"对他来说，兰花的早晚是没多大关系的。可是你不想看一看我们在梅利琵的房子吗？"

没走多远就到了，这是沼地上一所荒僻孤独的房子，从前这里繁盛的时候是牧人农舍，现在经过修理，已变成一幢新式住宅了。四周果园环绕,可是那些树正如沼地里常见的那样,全都矮小、发育不良,整个地方显出一种阴郁的气氛。一个衣着陈旧褪色的老男仆把我们让了进去。他模样怪异、干瘦,显得与这所房子很相配。屋子很大,室内布置得整洁而高雅,由此看得出那位女士的品位来。我向窗外望着那绵延无际的、点缀着花岗岩的沼地,一直朝着地平线的方向起伏延伸着,我不禁感到奇怪,是什么原因使得这位受过高深教育的男子和这位美丽非凡的女士来到这种地方生活呢?

"选了这么个地方,很奇怪,是不是?"他像回答我心中的疑问似的说道,"可是我们过得很快活,不是吗,贝莉儿?"

"很快活。"她说道。可是她的语调并不响亮坚定。

"我曾经办过一间学校。"斯台普吞说道,"是在北方,那种工作对我这种脾性的人来说,不免让人感到枯燥乏味,但能和青年们生活在一起,帮助和培养那些青年,并用自己的品行和理想去影响他们,这对我来说都是很可贵的。无奈命运与我们作对,学校里发生了严重的传染病,死了三个男孩。经过这次打击,学校从此一蹶不振,我的资金也大部分赔了进去。可是,要不是因为丧失了与那些可爱的孩子做伴的乐趣,我本可以忘掉这件不幸的事。因为我对动物学和植物学十分着迷,在这里我有做不完的研究,而且我妹妹也和我一样地深深热爱着大自然。所有这一切,华生医生,在你观察着我们窗外的沼地时都已钻进了你的脑子,这从你的表情里看得出来。"

"我的确想过,这里的生活对你妹妹来说,可能会有些枯燥无味,对你也许会好点。"

"不,不,我从不感到单调。"她赶紧说道。

"我们有书,有研究工作,而且我们还有着很有意思的邻居。摩迪默医生在他那一行里是最有学问的人了!可怜的查尔兹爵士也是个很好的伙伴。我们对他非常了解，并且对他有说不出的怀念。你觉得我今天下午是不是该冒昧地去拜访一下亨利爵士呢？"

"我敢肯定，他一定会很高兴你去。"

"那么，最好你顺便提一声，就说我打算前往拜访。也许在他习惯新的环境以前，我们能略尽绵力使他更方便些呢。华生医生，你有兴趣上楼看一看我所收集的鳞翅类昆虫吗？我想那应是在英伦西南部所能收集的最完整的一套了。等你看完，午饭差不多也准备好了。"

可是我急于赶回去看我的委托人。阴森凄惨的沼地，不幸小马的丧命和那与巴斯克维尔猎狗的可怕传说相关联的、令人恐怖的声音，所有这些使我的思绪蒙上了一层忧伤的色彩。浮现在这些多少有点模糊的印象之上的，就是斯台普吞小姐那明确的警告了。她当时说话的态度是那样地恳切，使我坚信这警告的后面必然有着充足而可怕的理由。我婉言谢绝了要我留下来吃午餐的敦请，立即踏上了归途，沿着来的那条野草丛生的小路走了回去。

好像是路熟的人都能找到捷径似的，我还没走上大路就惊讶地看到斯台普吞小姐正坐在小路边的一块石头上。她两手叉着腰，由于经过剧烈运动，脸上泛出了美丽的红晕。

"为了截住你，我连帽子也没来得及戴就一口气跑来了，华生医生。很抱歉我把你当成了亨利爵士。请忘掉我说过的话吧，这些话与你完全无关！等你对我了解得更多一点时，你就会知道，我对自己的言行并不是都能说出个所以然来的。"

"不对，不对，我还记得你那发抖的声调，我还记得你那时的眼神。喔，请你坦率地讲吧，斯台普吞小姐，我一到这里，我就感到四处布满疑团。生活变得像格林盆大泥潭一样了，到处都是小片小片的绿丛，人们会在那里陷入泥淖里，而又没有向导能给他指出一条路脱身。请告诉我，你的话究竟是什么意思？我保证一定把你的警告转达给亨利爵士。"

她的脸上有一瞬间闪现了犹豫不决的表情，可是她回答我的问题的时候，两眼立刻又变得坚决起来了。

"你想得太多了，华生医生，"她说道，"我哥哥和我得知查尔兹爵士的噩耗后，都感到非常震惊。我们和这位老人非常熟，他最喜欢穿过沼地到我们房子这边来散步。笼罩着他家的厄运一直沉重地压在他心上。悲剧发生之后，我很自然地感觉到，他所表现出来的恐惧绝非凭空而来。现在当这个家族又有人到这里来住的时候，我当然感到担心，因此我觉得，对于可能又降临在他身上的危险，应该提出警告，这就是我想传达给他的全部意思。"

"可是，你所说的危险指什么呢？"

"那个猎狗的故事你知道吧？"

"我不相信这种无稽之谈。"

"可是我信。如果你还能影响亨利爵士的话，那就

"那个猎狗的故事你知道吧？"

请你把他从他们家族的厄运之地带走吧。四海之大，处处有安身之地，为什么偏偏要住在这个凶险的地方呢？"

"正因为这是个凶险的地方，他才到这里住的，这就是亨利爵士的性格。除非你能再提供一些更具体的事实，否则，要想让他离开恐怕是不太容易的。"

"我说不出任何更具体的东西来了，因为我压根儿就不知道任何具体的东西。"

"我再问你一个问题，斯台普吞小姐。如果你当初跟我所说的话寓意不过如此，你为什么不愿让你哥哥听到呢？这里面并没有什么会引起他或任何人反对的地方呀。"

"我哥哥非常希望这座庄园的后代能有人住下来，他认为这样对沼地里的穷人们会带来一些好处。如果他知道我说了可能使亨利爵士离开这里的话，他也许会大发雷霆呢。我已尽了我的责任了，我什么也不说了。我得回去了，要不然他就会怀疑我是来和你见面了。再见吧！"她转身走了，几分钟之间就消失在乱石之中了，而我则怀着莫名的恐惧赶回了巴斯克维尔庄园。

华生医生的第一份报告

从现在起，我要按事情发生的顺序，把放在我面前桌子上的、我写给福尔摩斯先生的信件抄录下来。虽然其中一页已经遗失，但我相信我现在所写的内容准确无误。我对这些悲惨的事件记忆犹新，可是这些信还是更能准确地表现我当时的感觉和怀疑的。

华生医生的第一份报告

我亲爱的福尔摩斯：

我前面的信和电报，已让你了解了这个最荒凉的角落里所发生的一切。一个人在这里呆得越久，沼地的神韵就会越深地渗入他的灵魂，它是那样的无所不在，那样富有可怕的魔力。你一到沼地中心，就看不到现代英国的任何痕迹了。可是另一方面，在这里你到处都能看到史前人的房屋和劳动成果。你散步的时候，四周都是这些被遗忘的人们的房屋，还有他们的坟墓和巨大的石柱，这些石柱，可能就是他们的庙宇之所在。当你看到斑驳的山坡上那些灰色石屋时，你就会忘掉自己所处的年代，要是你看到从低矮的门洞里爬出一个身披兽皮，毛发茸茸的人，将燧石箭头的箭搭在弓弦上，你会感到他出现在这里比你本人出现在这里还要自然得多呢。奇怪的倒是这最贫瘠的土地上，人口竟曾是那么稠密。我虽不是考古学家，可我能想象得到，他们都是些不喜欢战争却又受人蹂躏的种族，被迫接受了这块谁都不愿落户的地方。

显然，这些都是和你派我来执行的任务毫不相干的，而且对你那最讲求实际的大脑来说，可能会很乏味。我还记得在谈到究竟是太阳围着地球转还是地球围着太阳转时，你全然不关心。那么还是让我回到有关巴斯克维尔爵士的案情上来吧。

如果我前些天没给你任何报告的话，那是因为一直没有什么值得报告的东西。后来倒是发生了一件很惊人的事情，我现在就原原本本地告诉你吧。首先，我得让你对整个情形中的其他相关因素有个大致了解。

其中之一就是沼地里的那个逃犯，关于他我以前很少提及。现已完全可以肯定，他已经跑了，这对本地区广为散居的住户来说，可以大大地松一口气了。他已逃跑两星期了，这期间，没有人看见过他，也没有关于他的消息。无法想象，他这段时间里能一直坚持呆在沼地里。当然，单就藏匿而言，他是毫无困难的，任何一个石头小屋都可为他提供藏身之处，可是除非他捕杀沼地里的羊，否则他是什么食物都没有的。因此我们认为他已逃走了，而那些偏远的农户也就可以睡得安稳了。

我们有四个身强力壮的男人住在一起，因此我们可以很好地照顾自己。可是我得承认，一想起斯台普吞这一家来，心里就有些不安。他们的住处方圆几英里之内没有人烟，家中只有一个女仆、一个老男仆和他兄妹二人，而这个哥哥也并不强壮。如果这个纳亭山逃犯一旦闯进去，他们落在这样一个亡命之徒手里，真会喊天不应，叫地不灵。亨利爵士和我都很为他们担心，还有人建议让马夫波金斯到他们那边去睡，可是斯台普吞不以为然。

事实上，我们的这位准男爵朋友，对我们的女邻居已开始表现出很大的兴趣来了。这是不足为奇的，他这样一个好动的人，在这样一个孤寂的地方实在觉得日子难熬，而她又那么美丽动人。她身上有着一种热带的异国情调，这和她哥哥的冷淡而不易动情形成了鲜明的对照，但他也让人感觉到内心的情感像一团火。他无疑具有某种左右她的力量，因为我曾注意到，她谈话时不断地看他，仿佛她所说的话都必须征求他的同意似的。我相信他待她很好。他的两眼炯炯有神，薄而坚毅的嘴唇显示出一种独断粗暴的性格。我想你一定会发觉他是个很有趣的研究对象吧。

第一天他就来拜访了巴斯克维尔，第二天上午，他又领着我们两人去看据说是邪恶修果的传说故事的发生地点。在沼地里走了好几英里才到。那地方荒凉凄惨，很容易使人触景生情，编出那个故事来。我们在两座乱石岗之间发现了一个小山谷，顺着这个山谷走下去，就到了一片开阔草地，到处都是白棉草。空地中央矗立着两块巨石，顶端已被风化成了尖形，好似什么庞大的野兽的獠牙。这个景象与传说中的悲剧情景非常相符。亨利爵士很感兴趣，还不止一次地问过斯台普吞，他是否真的相信妖魔鬼怪会干预人类事务。他问话的时候，看上去似乎漫不经心，可是他内心里显然是非常认真的。斯台普吞回答得很小心，看得出来他尽量少说是考虑到不愿影响准男爵的情绪——他并未把自己的意见都说出来。他和我们谈了一些类似的事情，说有些家族也曾遭受过恶魔的骚扰，这让我们觉得他对这件事的看法也和一般人一样。

回来的路上，我们在梅利琵吃了午饭，亨利爵士就是在那里认识了斯台普吞小姐，他似乎对她一见钟情，而且这种爱慕之情还并非是单方面的。我们回家的路上，他还一再提到她。从那以后，我们几乎每天都和他们兄妹见面。今晚他们在这里吃饭时就谈到我们下星期到他们那里去的事。人们一定会认为，这样的一对如果结合了，斯台普吞一定会高兴的，可是我多次看到，每当亨利爵士对他妹妹注视得稍久，斯台普吞的脸上便显得极为反感。他无疑非常喜欢她，没有她，他的生活就会非常寂寞，可他要是竟因此而阻止她如此美好的姻缘，那未免也太自私了。我敢肯定，他并不希望他们之间的亲密感情发展成为爱情，而且我还多次发觉，他总是设法避免给他俩单独相处的机会。唉，你曾指示过我，决不要让亨利爵士单独出去，可是其他种种困难之外再加上爱情的问题，这事就变得难办得多了。如果我不折不扣地执行你的指示，那我就可能会变成不受欢迎的人了。

那一天——准确说是星期四——摩迪默和我们一起吃午饭，他在岗地发掘了一座古坟，得到了一具史前人的颅骨，他为之欣喜若狂。真没见过像他这样执着的热心人!后来斯台普吞兄妹也来了,在亨利爵士的请求下,这位好心肠的医生便领我们去了水松夹道,给我们讲查尔兹爵士丧命的那天晚上,事情发生的详细经过。这次散步漫长而又沉闷,那条水松夹道被夹在两行高高的修剪整齐的树篱中间,小路两旁各有一片狭长的草地,尽头有一个

那是一扇装有门闩的白色木门。

破旧的凉亭。那扇开向沼地的小门正在中间,老绅士曾在那儿留下了雪茄烟灰。那是一扇装有门闩的白色木门,门外就是广阔的沼地。我还记得你对这件事的看法,我努力在心中想象着事情发生的实况。大概是老人站在那里时,看见有什么东西穿过沼地向他跑了过来,那东西把他吓得惊慌失措,没命地奔跑起来,一直跑到因恐惧和力竭而死为止。他就是顺着那条长而阴森的夹道奔跑的。可是,为什么他要跑呢?仅仅因为一只沼地上的牧羊犬吗?或者是看到了一只默不作声的鬼怪似的黑色大猎狗呢?是有人在其中搞鬼吗?是不是那白皙而警觉的白瑞

摩对情况还有所隐瞒呢？这一切都是那么的扑朔迷离，可是我总觉得幕后有着罪恶的阴影。

上次写信以后，我又遇到了另一个邻舍，就是赖福特庄园的弗兰克兰先生，他住在我们以南大约四英里的地方。他是一位老人，面色红润，头发银白，性情暴躁。他对英国的法律十分着迷，并为诉讼而耗费了大量财产。他所以与人诉讼，只不过是为了获得诉讼的快感，至于说站在问题的哪一边，全无区别，难怪他会觉得这是个费钱的玩意儿。有时他竟封闭一条路并公然反抗教区让他开放的命令；有时竟亲手拆毁别人的大门，并声言很久很久以前这里就已经是一条通路，以反驳原主对他提出的侵害诉讼。他精通旧采邑权法和公共权益法，他时而利用自己的知识维护弗恩沃西村居民的利益，时而又用来反对他们。因此，时而他被人欢呼着抬起来走过村中的大街，时而又有人按他的模样做成草人来烧。据说目前他手中还有七宗讼案，说不定这些讼案会耗尽他的全部财产。到那时候，他就会像一只被拔掉毒刺的黄蜂再也不能为害人了。如果撇开法律问题不谈，他倒像个和蔼可亲的人。我只不过是提一提他而已，因为你特意嘱咐过我，应该寄给你一些对周围人们情况的介绍。他现在正忙着，作为业余天文学家，有一架极好的望远镜，他成天伏在自己屋顶上，用它向沼地上扫视，希望能发现那个逃犯，要是他把精力都花在这上面，那就会太平无事了，可是据谣传，他现在正想以未征得死者近亲的同意而私掘坟墓的罪名控告摩迪默医生，因为摩迪默从岗地的古墓里掘出了一具新石器时代人的颅骨。这位弗兰克兰先生对于打破我们的单调生活大有帮助，并在迫切需要的时候给我们轻松的逗趣。

上面，已给你介绍了那逃犯、斯台普吞、摩迪默医生和赖福特庄园的弗兰克兰。最后让我给你讲讲那最重要的东西，讲讲白瑞摩,特别是昨晚那惊人的事态发展。

第一件就是那封旨在试探白瑞摩是否确实呆在这里的伦敦来电。我已解释过,邮政局长的话说明那次试探是毫无用处的,我们什么也没能证明。我把事情的真实情形告诉了亨利爵士,可是他以其雷厉风行的风格,立即把白瑞摩叫了来,问他是否是亲自收到的那封电报。白瑞摩说是的。

"那孩子亲自交到你手里的吗?"亨利爵士问道。

白瑞摩好像很惊讶,稍稍琢磨了一会儿。

"不是,"他说道,"当时我正在楼上小房间里面呢。是我妻子送上来的。"

"是你亲自回的电报吗?"

"不是,我告诉了我妻子怎么回答,她就下楼写去了。"

当晚,白瑞摩又提起了这件事。

"我不明白,亨利爵士,今天早晨为什么你提出那些问题来,"他说道,"我想,你之所以那样问我,该不会是因为我做了什么事使你对我失去信任了吧?"

亨利爵士这时不得不保证说绝无此意,为了让他安心,还将自己的大部分旧衣服给了他,因为在伦敦新置的东西全都到了。白瑞摩太太引起了我的注意。她长得又胖又结实,刻板拘谨,极为可敬,总带点清教徒似的严峻,你很难想象有比她更难动感情的人了。可是我已经告诉过你,我来这里的第一天晚上,就曾听到她伤心地啜泣过,那以后,我不止一次地看到她脸上的泪痕。看得出来,深深的悲哀在啃噬着她的心。有时我想,她心中是否有什么驱不散的内疚;有时我怀疑白瑞摩也许是个家庭暴君。我总觉得这个人身上有些奇特和可疑之处,可是昨晚的奇遇证实了我全部的怀疑。

也许这事本身是微不足道的。你知道,我睡觉时很警醒,

· 华生医生的第一份报告 ·

悄悄沿过道走去的身影。

加上我在这所房子里时刻保持警惕的缘故,所以睡得比平常更不踏实。昨天晚上,大约深夜两点的时候,我被门外悄悄走过的脚步声惊醒了。我爬了起来,打开房门往外窥探。一个长长的黑影从走廊的地上拖过。那是一个手里拿着蜡烛、悄悄沿过道走去的身影,穿着衬衫和长裤,光着脚。我只看得到他身体的轮廓,但从他的身材看得出来,这人就是白瑞摩。他走得又慢又谨慎,整个样子显得鬼鬼祟祟,似乎有着不可告人的东西。

我告诉过你,那环绕大厅的走廊插进了一段阳台,走廊在阳台的另一侧又延续下去了。我一直等到他走得看不见了以后才悄悄跟上去,我走近阳台时,他已走到走廊那一端的尽头了,我看到了从一扇开着的门里射出来的灯光,知道他已进了一个房间。由于这些房间没有家具,也无人住,所以他的行动就越发显得诡秘了。灯光很稳定,似乎他是一动不动地站在那里,我蹑手蹑脚地沿走廊走去,并从门边向屋里窥探。

白瑞摩拿着蜡烛,凑近窗玻璃,蹲伏在窗前,头侧面半向

651

着我。他注视着漆黑的沼地,脸部显得紧张而严峻。他站在那里聚精会神地观察了几分钟,然后深深叹了一口气,做了个不耐烦的手势弄灭了蜡烛。我马上退回房去,很快门外就又传来了鬼鬼祟祟往回走的脚步声。过了很久,我迷迷糊糊刚要入睡时,听到什么地方有开锁的声音,可又说不出声音来自何处。我猜不出这意味着什么。但我想得到在这阴森森的房子里正在进行着一桩隐秘的勾当,我们迟早会把它弄个水落石出的。我不想多说我的看法,因为你只要求我提供事实。今天早晨我和亨利爵士进行了长谈,我们已根据我昨晚的观察,制订了一个行动计划。我现在还不打算谈,但它一定会使我的下一篇报告读起来饶有兴味的。

于巴斯克维尔庄园
十月十三日

华生医生的第二份报告

沼地灯光

我亲爱的福尔摩斯:

如果说我担负这个使命之初,在无可奈何的情况下,我没能提供多少消息的话,那么,我现在正设法弥补已失去的时间,而且现在,在我们周围,事件的发生愈见纷繁复杂了。在我最近的那篇报告里,我只讲到白瑞摩站在窗前,就打住了,假如我没估计错的话,现在我已掌握了很令你吃惊的材料。事情发展完全出乎我意料。从几方面看来,在过去四十八小时里,事情已经变得明朗多了，可是从另一些方面来看，又似乎变得复杂多了。我现在就把全部情况统统告诉你，你自己判断吧。

深夜冒险后的第二天早饭前，我穿过走廊去察看前一天晚上白瑞摩到过的房间，结果发现他向外仔细观望过的西面窗户与房间里其他所有的窗户有一点不同——那儿是观察沼泽地最近的地方。从西面的窗口往外，透过窗外两树间的空隙正好能望到沼泽地上，而从其他窗口则只能隐隐约约地看到一点。因此可以推断出，白瑞摩一定是在寻找沼泽地上的什么东西或是什么人，因为只有这扇窗户才能达到这个目的。那天夜里很黑，因此我很难想象他能看到什么人。我曾突然想到，他也许是在搞什么偷情的把戏，这大概能解释为什么他行动诡秘而他妻子又为什么心神不宁的原因了吧。白瑞摩这家伙相貌出众，足可以让一个乡村女子动心，因此这一推测并非虚妄。我回自己房间后听到的开门声也许就是他出门去赴约会了。因此到了早晨我就自己细细琢磨了一番，虽然结果也许会证明我的这种怀疑并无根据，但还是让我把这几点怀疑都告诉你吧。

不管究竟应该怎样解释白瑞摩的行为才算合乎事实，我总觉得，在我能解释清楚之前，把这件事闷在心里对我来说是个沉重的负担。所以早饭后我到准男爵的书房去见他的时候，就把我看到的一切都告诉了他，可是他听了以后并不如我想象的那么吃惊。

"我早知道白瑞摩夜里经常走动，我曾想找他谈谈，"他说道，"有两三次我听到他在过道里走来走去，时间正和你所说的相差无几。"

"那么，也许他每晚都要到那扇窗前去一趟呢。"我提醒道。

"有可能。如果真是这样的话，我们不妨跟在他后面，看一看他究竟在找什么。我不知道如果你的朋友福尔摩斯在这儿的话,会怎么办。"

"我相信他一定也会采取同样的行动,"我说道,"他会跟踪白瑞摩,看看他干些什么。"

"那我们一块儿干吧。"

"可是我们跟在后面会让他听到的。"

"没关系,白瑞摩耳朵有点背。不管怎么说我们得抓住这个机会。今晚我们就一块儿坐在我房间里等他过去。"亨利爵士兴奋得直搓手。显然这么一次冒险可以调剂一下沼泽地孤寂单调的生活,准男爵因而对此事跃跃欲试。

准男爵已经和曾为查尔兹爵士设计过图纸的建筑师、从伦敦来的承包商,还有从普利茅斯来的装饰匠和家具商都打过交道了。所以,可能我们很快就能看到这里所起的巨大变化了。显然,我们的朋友志向远大而又具有相当的实力,决定不辞劳苦、不惜代价地恢复这个大家族昔日的辉煌。这座房子整修翻新、重新布置后就只缺一位女主人了。从种种迹象中我们可以清楚地看到,只要斯台普吞小姐点头,这一点缺憾就会消失了,因为我很少看见一个男人像他对我们美丽的女邻居那样着迷。但是这段真挚的恋情并不像人们通常所期望的那样进展顺利。譬如说吧,今天,平静的爱情之海就被一阵意想不到的风浪搅乱了,给我们的朋友带来了极大的烦恼和不安。

结束了我上面提到的有关白瑞摩的谈话后,亨利爵士戴上帽子就准备出门了,这时我也把帽子戴上了。

"怎么,你也去吗,华生?"他神情古怪地看着我问道。

"那要看你是不是要到沼泽地去。"我说。

"是的,我是上那儿去。"

"那,你是知道我的任务的。我很抱歉这样妨碍了你,可你也听到了,福尔摩斯再三强调我不应该离开你,尤其是不能让你单独到沼泽地去。"

亨利爵士高兴地笑着把手搭在我的肩上。

"我亲爱的伙伴,"他说道,"福尔摩斯虽然聪明过人,可也没能预料到我到沼泽地来以后发生的一些事。你明白我的意思吗?我相信你决不愿意扫别人的兴。我只能一个人去。"

这可让我很为难,不知道该怎么说、该怎么办才好。正在我犹豫不决的当儿,他已拿起手杖走了。

我站在那儿将此事重新考虑一遍后,我的良心受到了严厉的谴责,因为我竟让他走开了。我想象着,一旦由于我没有履行自己的职责导致了不幸的发生而不得不回到你的身边向你忏悔时,我的感受将会如何。说真的,一想到这儿我的脸马上就红了。也许马上去追他还不算太晚,于是,我立刻朝着梅利琵宅邸的方向出发了。

一路上,我以最快的速度匆匆往前赶,一直走到沼泽地小路分岔处才远远看见了亨利爵士。在那儿,我因为怕走错路而爬上了一座小山——就是那座插入阴暗的采石场的小山。在山上我可以将下面的一切尽收眼底。我很快就看到了他。他走在沼泽地的小路上,离我约有四分之一英里远,身旁还有一位女士,除了斯台普吞小姐外不可能是别人。显然他俩之间已有了默契,而且是约好了在这儿见面的。他们并肩缓缓而行,谈得很投机。我看见她急促地打着手势,似乎对自己的话很认真;他则聚精会神地听着,有一两次还表示完全不能同意似的坚决地摇了摇头。我站在乱石中间远远望着他们,不知道下一步如何办才好。跟上去打断他们亲密的交谈,似乎太不知趣,但我的责任就是要求我每时每刻盯着他。跟踪窥探一个朋友,真是一桩可恨的工作。尽管如此,除了从山上观察他,事后再向他坦白以求心安外,又还能有什么更好的办法呢。老实说,如果当时真有什么突发的危险威胁到他,我离他也太远了,来不及救助。可是我相信,你一定会赞成我的看法:我当时所处的位置很不利,而且我已经尽力了。

我们的朋友亨利爵士和那位女士这时停了下来,站在小路上热烈地交谈着。我突然发现,看见他们约会的并不止我一个,因为我一眼看见前方有个绿色的东西在动,仔细一看才知道那绿色的东西是装在一根杆子的顶端的,扛着杆子的人正在崎岖不平的路上走着。原来是斯台普吞拿着捕蝶网走了过来,他离那对情人比我近得多,似乎是正对着他们的方向。与此同时,亨利爵士突然一把将斯台普吞小姐拉到近旁,用胳膊搂着她,她把脸侧向一边似乎用力要从他怀里挣脱出来。他把头凑近她,但她却像是拒绝似的举起一只手来。随后我看到他们一跳就分开了,并且慌忙转过身来,原来是斯台普吞惊扰了他们。他向他俩狂奔过去,那只捕蝶网在他身后可笑地摆来摆去。他在那对情侣面前几乎愤怒得张牙舞爪。我想象不出这到底是为什么,不过看样子似乎是斯台普吞在责骂亨利爵士,爵士争辩着,可斯台普吞不听,于是两人之间的气氛变得更紧张了。此时此刻,那位女士高傲地站在一旁,一言不发。最后斯台普吞转过身去专横地向他妹妹招了招手,她迟疑地看了亨利爵士一眼后,就和她哥哥并排走了。那位生物学家的手势说明,他对自己的妹妹也很生气。准男爵望着他们的背影站了一会儿,然后低着头,十分沮丧地沿着来路慢慢地往回走。

我不明白这到底是怎么一回事,但我为自己在朋友并不知晓的情况下,偷看了他们这样亲密的场面而深感羞愧。我从山坡上跑了下来,在山脚下遇到了准男爵。他的脸气得通红,双眉紧锁,一副才智枯竭不知所措的样子。

"天哪!华生,你是从哪儿钻出来的?"他说道,"难道你

· 华生医生的第二份报告 ·

亨利爵士突然将斯台普吞小姐拉到近旁。

真的跟在我后面来了吗?"

我把一切都向他做了一番解释,告诉他我怎样觉得自己再也不能待在家里,我怎样跟踪了他,以及我怎样看到了发生的一切。有一阵他盯着我眼里像要冒出火来,但是我的坦白消解了他的怒气,最后他终于充满懊悔地苦笑起来。

"我原以为平原正中是个掩人耳目的相当可靠的地方。"他说道,"可是天哪!好像全乡的人都跑出来看我求婚似的——而且是糟糕透顶的求婚!你在哪儿找了个座位?"

"就在那座小山上。"

"原来是在很远的后排呀!但她哥哥却跑到最前排来了。你看到他向我们跑过去了吗?"

"是的,看到了。"

"你以前见过他这样像疯了似的吗?——她的那位好哥哥。"

"我没见过。"

"我得说,他根本不疯。到今天为止,我一直认为他头脑清醒。但是，请相信我，总有一个，不是他，就是我得关进疯人院去。我不明白，我究竟怎么了？你在我这儿也住了几个星期了，华生。好吧！跟我直说了吧！我有什么地方不好，做不了我所爱的女人的好丈夫呢？"

"依我看，没有。"

"他总不会因我的社会地位而反对我吧，因此，毛病一定出在我自己身上。但我到底有什么地方让他反感呢？就我所知，在我这一生所认识的人里，无论男女，我都没有得罪过。可是他几乎连我碰她的手指尖都不肯。"

"他这么说过吗？"

"比这还要多呢。我跟你说吧，华生，我和她认识还只有几个星期，可是从一开始，我就觉得她是为我而造出来的；而她呢，也这样认为——我敢发誓她和我在一起的时候很快活，因为女人的眼神比语言更能说明问题。可是他从不让我们呆在一起，今天我才算第一次找到了和她单独说几句话的机会。她很高兴见到我，可是见面以后，她又不愿谈及爱情，如果她能阻止我的话，甚至也不许我谈。她反复地对我说，这儿是个危险的地方，除非我离开这儿，否则她永远也不会快乐。我对她说，自从我见到她以后，就再也不急着要离开这儿，如果她真的想让我走的话，唯一的办法就是设法和我一块儿走。谈到这儿，我说了很多想要和她结婚的话，可是还没等她回答，她的那哥哥就朝我们跑了过来，神情像个疯子。他的脸都气白了，就连那双浅色的眼睛里也怒火中烧。我对斯台普吞小姐做了些什么？我怎么敢做什么让她不高兴呢？难道是我自以为是个准男爵，就可以随意惹他生气了吗？如果他不是她的哥哥的话，我是可以应付得了他的。当时我只对他说，我认为我对他妹妹的爱没有什么见不得人的，而且我还希望她肯下嫁于我为妻。

我的话似乎只让事情更糟。后来，我也发了脾气。考虑到她还站在旁边，也许我回答他的话时态度有些过分。结局你已经看到了，他和她一起走了，而我呢，简直被弄得比谁都莫名其妙、不知所措了。华生，如果你能告诉我这是怎么回事，那我真会对你万分感激。"

我当时虽然试着做出了一两种推测，可是，说真的，连我自己也如坠云雾。就我们朋友的身份、财产、年龄、性情和仪表来说，各方面都是最优秀的，除了他家那阴魂不散的厄运之外，我简直找不到任何对他不利的地方。让人惊诧的是：丝毫不顾及斯台普吞小姐本人的意愿，就如此粗暴地拒绝她的追求者，而她在这种情况下，也竟然丝毫不表示异议。当天下午，斯台普吞亲自登门拜访，才算是把我们心里的种种疑虑和猜测平息了下去。他是来为自己早晨的粗鲁态度道歉的，两人单独在亨利爵士的书房进行了长谈。从我们决定下星期五到梅利琵去吃饭这件事可以看出来，他们之间的隔阂已经消除了。

"这并不是说他现在就不是疯子了，"亨利爵士说，"今天早上他向我跑来时的那种眼神我是怎么也忘不了的，可我不得不承认，再没有谁能像他那样，把道歉的话说得尽善尽美了。"

"他怎么解释今早的行为？"

"他说妹妹就是他生活中的一切。这很自然，而且他这样珍视她，我也很高兴。他们一直生活在一起，而且用他的话说，他是个非常孤寂的人，身边只有她，因此，一想到自己将要失去她，就感到这有多么可怕啊！他说他原来并不认为我已经爱上了他妹妹，所以当他亲眼目睹了这一事实，而且感到我可能要把她从他手中夺走，便大吃一惊，以至于当时都无法控制自己的言行了。他对发生的事感到十分抱歉，并且意识到，自己竟妄想将像他妹妹那样美丽的女子的一生绑在自己的身旁，这是多么愚蠢和自私。如果她不得不离开他的话他情愿把她嫁给像我这样的邻居，而不愿是其他人。可是无论如何，这对他来说毕竟是个沉重的打击，因此还需要给他一些时间，以便让他对将要来临的一切做好思想准备。如果我答应把这件事暂搁一下，今后三个月内只是培养与斯台普吞小姐的友情而不向她寻求爱情的话，他就不再反对了。我答应了，于是事情也就这么过去了。"

因此在我们那些不多的谜里，就这样弄清了其中之一。就好像是我们在泥沼中挣扎的时候，突然在什么地方触到了底。现在我们明白了，为什么斯台普吞对他妹妹的追求者看不顺眼——即使那位追求者是像亨利爵士那样合适的人。现在我再转到从一团乱麻里理出来的另一条线索上去吧，就是那夜半哭声和白瑞摩太太满面泪痕的秘密，还有总管跑到西面花格窗前去的秘密。向我表示祝贺吧，亲爱的福尔摩斯，你得说我不负所托，你不会为派我来的时候对我寄予的厚望后悔的。这些谜经过一夜的努力就都彻底解开了。

我说"经过一夜的努力"，实际上是两夜的努力，因为头一夜我们什么也没弄清楚。我和亨利爵士在他房间里一直坐到凌晨快三点，除了楼梯上端大钟报时的声音外，我们什么也没听到。那可真是白熬了一夜，结果我们俩都坐在椅子里睡着了。值得庆幸的是我们并没有因此而灰心，并且决定再试一次。第二天夜里，我们把灯捻小，悄无声息地坐在椅子里吸烟。时间过得出奇地慢，我们怀着像猎人监视着自己布下的陷阱、等待猎物不小心闯进去时同样的耐心和兴趣熬了过来。钟敲了一下，又敲了两下，绝望之中，我们几乎要打退堂鼓了，就在这时，过道里传来了咯吱咯吱的脚步声，我俩猛地在椅子里坐直了，已经疲倦了的所有感官又再度变得警觉而敏锐了。

华生医生的第二份报告

我们听着那偷偷摸摸的脚步声从房间外经过，消失在远处。然后准男爵轻轻地打开了门，我们就开始了跟踪。那人已转入了回廊，走廊里一片漆黑。我们悄悄地走到另一侧厢房，在那儿刚好能看到他蓄着黑须的高大身影。他佝偻着背，踮起脚轻轻地走过了过道，然后进了上次进去过的那个门，黑暗中门框的轮廓被烛光映照了出来，一道黄光穿过了阴暗的走廊。我们小心翼翼地挪了过去，每踏上一块地板，都要先试探一下。为了以防万一，我们都没有穿鞋。尽管如此，陈旧的地板仍在脚底咯吱作响。有时觉得他不大可能听不到我们走近的声音。幸运的是白瑞摩耳朵相当背，而且正专心致志地干自己的事。最后，我们走到了门口，偷偷向里一望，看见他正弯腰站在窗前，手里端着蜡烛，那张苍白而神情急切的面孔紧紧地贴在窗玻璃上，和我前天夜里看到的一模一样。

我们事先并没有打算采取行动，可是对准男爵这个人来说，最直截了当的办法永远是最自然的办法。他径直走了进去，白瑞摩随即一跳就离开了窗口，猛地倒吸了一口气，在我们面前站住了，脸色发白，浑身颤抖。他先看看亨利爵士再看看我，苍白的脸上那双闪闪发亮的黑眼睛里充满了惊恐的神色。

"你在这儿干什么，白瑞摩？"

"没干什么，爵爷。"强烈的惊恐几乎使他说不出话来，手中的蜡烛不住地抖动，人影也跟着不停地跳动，"爵爷，我夜里四处走走，看看窗户是否都上了插销。"

"二楼的吗？"

"是的，爵爷。所有的窗户。"

"听我说，白瑞摩，"亨利爵士严厉地说，"我们已决心要让你讲出真话来，所以你不如趁早说了吧，免得找麻烦。好了，说吧！别撒谎！你在那窗前究竟干什么？"

那家伙无可奈何地看着我们，仿佛陷入了极端的疑惧和痛苦之中，双手扭在一起。

"我没干什么坏事，爵爷，我不过是把蜡烛拿到了窗前啊！"

"可是你为什么要把蜡烛拿到窗前呢？"

"别问了，亨利爵士，别问了！实话跟你说吧，爵爷，这并非我私人的秘密，我不能说

"你在这儿干什么呢，白瑞摩？"

出来。如果这与别人无关而只是我个人的事的话，我是不会瞒着你的。"

我突然灵机一动，把蜡烛从总管那抖动着的手里拿了过来。

"他一定是用它来打信号的，"我说，"我们试试看有什么反应。"我也像他那样拿着蜡烛，注视着漆黑的窗外。月亮被云遮住了，我只能依稀地分辨出一排黑色的树影和颜色稍淡的广大的沼泽地。突然一个极小的黄色光点出现在正对着方形窗框中央的漆黑的远处，刺穿了黑色的夜幕。我高兴得叫了起来。

"在那儿呢！"我嚷道。

"不，不，爵爷，那儿什么也不是——什么也不是！"总

管插嘴道，"我向你保证，爵爷……"

"请你把蜡烛拿开，华生！"准男爵喊了起来，"看哪，那个亮光也移走了！啊，你这老流氓，难道你还说那不是信号吗？得了吧，说出来吧！你的同伙是谁，你们在搞什么鬼？"

白瑞摩脸上竟公然摆出一副无所畏惧的样子来。

"这是我个人的事，和你无关，我什么也不会说的。"

"那你马上就要被解雇了。"

"那太好了，爵爷，如果我必须走的话我一定会走的。"

"你是很不光彩地离开的。上帝呀！你真该感到羞耻啊！你们家和我们家在这个屋檐下共同相处了一百多年了，而现在我竟发现你在处心积虑地谋害我。"

"不，不，爵爷，不是害你呀！"一个女人的声音传了过来。白瑞摩太太出现在门口，脸色比她丈夫更加苍白，样子也更加惊恐。如果不是她脸上还带着惊恐的表情，那穿着裙子、披着披肩的庞大身躯也许还会显得滑稽可笑呢。

"我们非走不可，伊莉萨。事情算是到了头了。去把我们的东西收拾一下。"总管说道。

"噢，约翰哪！约翰！是我连累了你，这都是我干的，亨利爵士——全是我的错。都是因为我，是我让他那么做的。"

"那么，都说出来吧，究竟是怎么一回事？"

"我那不幸的弟弟还在沼泽地里饿着肚子呢，我们不能眼看着他在我们门前饿死。灯光就是告诉他食物已经准备好了，而他那边的灯光是指明送饭地点的。"

"那么说，你的弟弟是……"

"就是那个逃犯，爵爷——那个逃犯塞尔丹。"

"这是真的，爵爷。"白瑞摩说道，"我说过，那不是我个人的秘密，所以我不能告诉你。可是，现在你都听到了，你会明白的，即使有什么阴谋，也不是要害你的。"

这就是有关深夜潜行和窗前灯光之谜的答案。亨利爵士和我都惊异地盯着那女人。难道这位顽强而可敬的女人竟会和那个全国臭名远扬的罪犯同母所生吗？

"是的，爵爷，我本姓塞尔丹，他是我的弟弟。他小的时候，家里太溺爱纵容他了，什么事都顺着他，弄得他以为这世界就是为了让他快活才存在的，他可以在这个世界里为所欲为。他长大以后，又交上了坏朋友，于是就变坏了，他让我母亲心都碎了，让我们家名声扫地。他一而再，再而三地犯罪，愈陷愈深，终于弄到了若不是上帝发慈悲，早就被送上断头台了。可是对我来说，爵爷，他在我眼里永远是那个我曾经抚育过、共同嬉戏过的一头鬈发的弟弟。他之所以敢从监狱里逃出来，爵爷，就是因为他知道我住在这儿，知道我们一定会帮他。一天夜里，他饿着肚子，拖着疲惫的身体到了这儿，狱卒在后面紧追不舍，我们还能怎么办呢？我们把他领了进来，给他饭吃，照顾着他。后来，爵爷，你回来了，我弟弟认为风头过去以前，他呆在沼泽地比在哪儿都安全些，所以他就到那儿藏起来了。每隔一个晚上，我们就在窗前放个灯，看看他是不是仍在那儿，如果有回应的信号，我丈夫就给他送些面包和肉去。我们每天都巴望着他早些走，可是只要他还在那儿，我们就不能置之不理。这就是全部的实情，我是个虔诚的基督徒，你应知道，如果这么做有什么罪过的话，不能怨我丈夫，而应该怨我，因为他那么干全是为了我。"

那女人说得十分诚恳，她的话本身就能证明这都是真的。

"这是真的吗，白瑞摩？"

"是的，亨利爵士，句句属实。"

"好吧，我不能怪你站在你太太一边。忘了我刚才所说的话吧。你们现在可以回自己屋里去了，这件事我们明早再谈吧。"

他们走后，亨利爵士把窗户打开，我们又朝窗外望去，夜里的寒风吹打着我们的脸。漆黑的远处，那小小的黄色光点依旧在闪动。

"我真不知道他竟然敢这么干。"亨利爵士说道。

"也许那亮光只有从这儿才能看到。"

"很可能，你认为离这儿有多远？"

"我看是在裂口山那边。"

"不过一两英里远。"

"恐怕还不到。"

"对，白瑞摩送饭去的地方不会很远，那个坏蛋还坐在蜡烛旁等着呢。天哪，华生，我真想去抓住那个人。"

我脑子里也闪过同样的念头，看起来白瑞摩夫妇并不太信任我们，他们的秘密是不得已才暴露出来的。那家伙对社会构成威胁，是个十足的恶棍，对他既不应该可怜，也不应该原谅。如果我们借此机会把他送回监狱，使他不能再害人，那我们也不过是尽了我们应尽的责任。就他那残暴、凶狠的天性而言，如果我们袖手旁观的话，很可能有人就会为此付出代价。譬如任何一天晚上，我们的邻居斯台普吞都可能遭到他的袭击，也许正是这个原因，才使得亨利爵士急着要去冒这样的险。

"我也去。"我说道。

"那么带上你的左轮手枪，穿上高统皮靴。我们越快动身越好，那家伙可能会灭掉蜡烛溜走的。"

五分钟内我们就出了门，开始了冒险之旅。在秋风低吟、落叶沙沙声中，我们匆匆穿过了黑暗的灌木丛，这时，夜晚的空气里带着一股浓厚的潮湿和腐烂的气味，月亮不时地从云隙间探出头来，流云在空中飞驰。我们刚刚来到沼泽地上时，天下起了濛濛细雨。那火光却依旧在前方静静地闪耀着。

"你带了武器吗?"我问道。

"我带了一根猎鞭。"

"我们必须迅速把他围住,据说他是个亡命之徒,我们得来个出其不意,在他反应过来之前就得把他制服。"

"我说,华生,"准男爵说道,"这么干福尔摩斯会怎么说,在这样罪恶嚣张的黑夜里?"

就像对他的话做出反应似的,辽阔而阴森的沼泽地里忽然传来了一阵奇怪的吼声,和我在格林盆大泥潭边上听到过的一样。这声音乘风划破了寂静的夜空,先是一声长而深沉的低鸣,而后是一阵高声的怒吼,接着又是一声凄惨的呻吟,便消失了。那声音是一阵阵传过来的,尖厉、狂野而吓人,整个空间都为之颤动起来。准男爵一把抓住了我的袖子,黑暗中他的脸变得惨白。

"我的上帝啊,华生,那是什么声音?"

"我不知道。那声音是从沼泽地里传出来的,我以前听到过一次。"

声音消失了,接着是死一般的沉寂紧紧地包围了我们。我们站在那儿仔细倾听,可是什么也听不到了。

"华生,"准男爵说道,"这是猎狗的叫声。"

我觉得全身的血一下子都凉了,因为从他说话时的停顿看,我感觉得到他内心突然充满了恐惧。

"他们把这声音叫什么?"他问道。

"谁呀?"

"乡下人啊!"

"噢,他们都是些无知的人,你何必在意他们把那叫什么呢!"

"告诉我,华生,他们怎么说的?"

我犹豫了一下,但是无法回避这个问题。

"他们说那就是巴斯克维尔猎狗的叫声。"

他嘟哝了几句以后,有一阵儿没出声。

"一只猎狗,"他终于又开口了,"可是那声音似乎从几里以外传来,我想大概是那边。"

"很难说是从哪儿传来的。"

"声音随着风势忽高忽低。那边不就是格林盆那个方向吗?"

"嗯,不错。"

"啊,就是那边。喂,华生,你不觉得那是猎狗的叫声吗?我又不是孩子,别担心,尽管说实话。"

"我前一次听到的时候,是和斯台普吞在一起。他说那可能是一种怪鸟的叫声。"

"不对,不对,那是猎狗。我的上帝啊,难道这些传说确有几分是真的吗?难道我真的因为这样不明不白的原因而处境危险吗?你不会相信这些吧,华生,是吗?"

"不,我决不相信。"

"这事在伦敦可以一笑了之,但是在这儿,站在漆黑的沼泽地里,听着那样的嚎叫,就完全不同了。我的伯父死后,尸体旁边有猎狗的足迹,这些都凑到一块了。我认为自己并不是个胆小鬼,但是,华生,刚才的声音简直让我浑身的血都凝固了。你摸摸我的手!"

他的手冷得像块大理石。

"你明天就没事儿了。"

"我想我已经无法忘掉那吼声了,它深深地印在我脑中。你觉得我们现在应该怎么办呢?"

"我们回去吧。"

"不，决不，我们是出来抓逃犯的，一定得干下去。我们搜寻罪犯，可是说不定后面有一只猎狗魔鬼似的正追踪着我们呢。来吧！就是洞里所有的妖魔都被放到这沼泽地里来了，我们也要把这事儿办完。"

我们在暗中跌跌撞撞地慢慢前进着，小山那参差不齐的黝黑的影子包围着我们，那黄色的光点依然在前方闪亮着。漆黑的夜里，再没有什么比一盏灯光显示的距离更具欺骗性了，有时那亮光好像远在天边，有时又似乎是近在咫尺。终于我们发现那光是从哪里发出来的了，这时我们才知道的确已经离它很近了。一支淌着烛泪的蜡烛被插在石头缝里，两边用岩石挡住了，这样既可以挡住风，又只能从巴斯克维尔庄园看得见。一块突出的花岗岩挡住了我们，于是，我们在石头后面弯下腰，从岩石上方观察着那作为信号的灯光。一支蜡烛在沼泽地的中央燃烧，周围却毫无生气——只有那向上的黄色火苗和两侧被它照得发亮的岩石。这情形确实令人惊奇。

"我们现在怎么办？"亨利爵士轻轻地问。

"在这儿等，他一定离烛光不远。试试看我们是否能看见他。"

我的话音还没落，蜡烛附近的岩石后面探出一张可怕的黄色面孔来——那是一张吓人的野兽般的面孔，表情狰狞，肮脏不堪，络腮胡须又粗又硬，头发乱蓬蓬的，活像个古代山边洞穴中的野人。烛光从下面照亮了他那狡猾的小眼睛，这双眼睛正在黑暗中吓人地左右张望，仿佛一只听到了猎人脚步声的狡黠的猛兽。

显然有什么地方引起了他的怀疑。可能是他和白瑞摩私下里订了什么暗号我们不知道，或许是那家伙因为什么别的原因感到大事不妙，我从他那张满是邪气的脸上看出了他内心的恐惧。想到每一秒钟他都有可能从亮处窜开、消失在无边黑暗之中，我猛地跳上前去，随后亨利爵士也跟了上来。那罪犯看见我们，厉声咒骂了一句，甩过来一块石头，正打在遮住我们的大石上撞得粉碎。他跳起来转身就逃，正巧月亮从云缝里探出头来，我一眼看到了他的背影，矮胖而粗壮。我们冲过了小山头，那人从山坡的另一面飞跑而下，一路上山羊似的在乱石中跳来跳去。如果这时我开枪，幸运的话可能会把他打瘸了，但我带枪只是为了在受到攻击的时候自卫用，而不是用来打一个逃跑中手无寸铁的人。

我们俩都是快腿，而且受过很好的训练，可是，不久我们就发现已经赶不上他了。月光下，我们很久还能看见他，直到他在远处一座小山旁的乱石堆中变成了一个迅速移动着的小点。我们跑啊跑，跑得筋疲力尽，结果距离还是越拉越大。最后，我们终于停下来，坐在两块大石头上喘着粗气，眼睁睁地看着他消失在远处。

这时，突然发生了一件意想不到的怪事。当时我们已经从石头上站了起来，打算放弃无望的追捕转身回家了。月亮低悬在右方的天空中，满月的下半部衬托出一座高耸的花岗岩山尖。我看见一个男人站在岩石的突起处，在明亮的背景衬托下，恰似一尊漆黑的铜像。你别以为那只是我的幻觉，福尔摩斯。我敢说，我这一生中还从没有像这样看得真切过呢。据我判断，那是个又高又瘦的男人。他两腿稍稍分开站立，两臂交叉，低着头，似乎在对着眼前满布泥炭和岩石的辽阔的荒野沉思着什么。他也许就是那恐怖之地的精灵呢。他不是那逃犯，因为他离罪犯逃跑的地方很远，而且他的身材也高得多。我惊叫了一声，打算指给准男爵看，可是就在我转身拉他手臂的时候，那人消失了。花岗岩山尖顶依然遮着月亮的下半部，可是顶上再也没有刚才静立不动的人的踪影了。

我本想朝那儿走去，把岩石搜索一遍，可是距离太远，而且自从听到那使他回想起他家族可怕传说的吼声以后，准男爵的神经还一直绷得紧紧的，所以他也无心再冒险了。他没有看到岩顶上的那个孤零零的人影，因此还体会不到那人的怪异的出现和他那威风凛凛的神气令我产生的恐怖感。

我看见一个男人站在岩石的突起处。

"是个狱卒，不错。"他说，"自从那家伙逃跑之后，沼泽地里到处都是这些人。"

也许他的解释是对的，但我想进一步证实。今天我们打算与王子镇的人联系，那儿才是他们应该寻找逃犯的地方。可是我们却很遗憾，没能将他当作囚犯带回来。而这正是我们昨天晚上的冒险行动。但你得承认，福尔摩斯先生，我的汇报还是很出色的。我告诉你的不少东西也许是不相干的,但我觉得最好还是把所有情况都告诉给你,由你自己去筛选出那些最有利于你做出结论的东西。我们当然正在取得进展。就白瑞摩他们而言,我们已弄清了他们的行为动机,而这便使得情形明朗了许多。但沼泽地连同它的神秘与怪异的住户仍如从前一样高深莫测。也许在我的下一个报告里能对此提供一些线索。你如果能到我们这儿来一趟,那就再好不过了。无论如何,过不了两天你还会收到我的信的。

寄自巴斯克维尔庄园
十月十五日

华生医生日记几则

前面一直在引用最初几天我寄给歇洛克·福尔摩斯的报告。可是故事进行到这儿,我不得不放弃这种写法,转而凭借当时的日记来回忆往事。记忆深处不可磨灭的点点滴滴随之浮现出来。那么,我们就接着叙述那天早晨追捕逃犯半途而废后沼泽地里发生的奇怪事情吧。

10月16日。今天阴雨连绵、雾气沉沉。宅院笼罩在一片翻滚的乌云之下,云雾不时起伏,露出沼泽地阴沉沉的轮廓来。山势蜿蜒,勾上了一线银边。远处的巉石闪闪烁烁,原来是其表面湿漉反射日光所致。四周一片萧瑟。准男爵让昨晚的怪事弄得情绪低落。我也心情沉重,感到大祸临头了——这种危险无时不在,我无法具体指明,因而更显恐怖。

我这种感受难道是凭空想象的吗？看看那一连串发生的一大堆事吧，都说明我们周围酝酿着某一罪行。先是庄园的前一个主人死亡，毫厘不爽地印证了这家族的传说，后又是农夫不断报告沼泽地有怪兽出没。我也两次亲耳听到一种声音，很像只猎犬在远处狂吠。要说它是超出自然法则之外的东西，那既不可信又不可能。一只狗的幽灵留下实实在在的脚印，又让人听到嚎声，真是不可思议。斯台普吞也许会抱有这种迷信，摩迪默也不例外。可是我只要还有一口气，就绝不会相信这类事情。我要是这么想，那就是自贱身份，去和那些乡下穷汉一般见识了。那些人不但说它是魔犬，而且还添油加醋，说它眼、口中喷出地狱之火。福尔摩斯才不理会这样的鬼话呢，而我又是他的助手。不过事实摆在了那里，我还两次听到沼泽里有犬吠。假设真有一只大猎犬在那里游荡，那一切都好解释了。可哪里又藏得住这样一只猎犬？它又在哪里觅食？它从哪儿来？为什么白天就没人看见？我们得承认，用超自然的方法去解释也好，用物质定律去说明也好，都难以说清。而且撇开猎犬不谈，我们在伦敦还总是发现有人类的参与，如马车里的那个人，还有那封警告亨利爵士不要靠近沼泽的信。这些是事实无疑，可没法分辨出是朋友的善意保护还是敌人所为。现在那朋友或敌人又在哪儿？他是留在了伦敦，还是跟着我们到了这儿？会不会……会不会是我在小山岗上看到的那个生人？

事实上我只看了他一眼，不过有几点我能确定。这人我在这儿从没见过，我已经认识了所有的邻居。他身材比斯台普吞高多了，比弗兰克兰瘦多了。也可能是白瑞摩，不过我们已经甩下他了，我肯定他跟不上我们。这么一来，一直跟着我们的就是个陌生人，同伦敦的情况一样。我们摆脱不了他。如果我能抓住他，一切难题都能迎刃而解了。我得全力以赴完成这个目标。

开始我一时冲动想要告诉亨利爵士我的全部计划。后来我清醒了，决定单独行动，能不说就不说。他沉默不言，心不在焉，被沼泽地上的声响吓住了。我可不愿多说什么来增添他的烦恼了。我要自个儿来办成这事。

早饭后又发生了一件小事。白瑞摩要求单独跟亨利爵士谈话。他们关在书房里密谈了一小会儿。我坐在弹子房，几次听到他们提高了嗓门，所以很清楚他们在说些什么。不一会儿，准男爵打开了房门叫我。

"白瑞摩觉得他有点委屈，"他说，"他认为他自动告诉我们那秘密后我们去追捕他的内弟是不公平的。"

站在一旁的总管脸色灰白，却很镇定。

"我说话也许太冲了点，爵爷，"他说，"如果是那样请你原谅。可是今早上我听说两位老爷回来了，而且还去追捕了塞尔丹，我真是大吃一惊。那可怜的家伙，我就是不去给他添乱，他也够受了。"

"如果真是你自动告诉我们的，那就是另一回事了，"准男爵说，"事实是出于万不得已，你，或者不如说是你太太才不得不告诉我们的。"

"我没想到你会利用这点，亨利爵士——我真没想到。"

"那个人危害公众。沼泽地里到处是一栋栋单独的屋子，而他又是个无法无天的人。你只要看看他的脸就会清楚的。比如说斯台普吞的屋子吧，那里只有他一个人看着。塞尔丹要不给抓起来，那谁也安全不了。"

"他不会闯进人家屋里的，爵爷。我向你发誓。而且他绝不会再在这个国家里打扰任何人了。亨利爵士，我向你保证，要不了几天我们就能安排妥当，可以把他送到南美去。看在上帝的分上，我求求你，爵爷，别告诉警察他还在沼泽地里。他们已经不再在那儿追捕他了，他可以安安静静地呆着，直至我们准备好船期。你要是告发了他，我和我妻子就有麻烦了。我求求你，爵士，别跟警察说。"

"你看怎么办，华生？"

我耸耸肩："如果他能安全离开这个国家，那倒是减轻了纳税人的负担。"

"可是他走之前会不会去抢点什么呢？"

"他不会那么狂，爵爷。他要什么，我们都给了他。要犯罪只会暴露他的藏身之所。"

"那倒是真的，"亨利爵士说，"行了，白瑞摩——"

"上帝保佑你，爵爷，我衷心感谢你！他要又给捉住了，我妻子会没命的。"

"我想我们这么做是在与重罪犯同谋吧，华生？不过我听到那些话后，没法再去检举那人了，所以这事就到此为止。好了，白瑞摩，你走吧。"

那人结结巴巴地说了几句感谢的话就转过了身子，可犹豫了一下又回过头来。

"你对我们这么好心，爵爷，我想尽力报答你。亨利爵士，有件事我知道，也许应该早点说，可是我发现这事时，审讯早就完了。我从没有跟别人讲过，这件事和可怜的查尔兹爵士的死有关。"

准男爵和我都站了起来。"你知道他是怎么死的吗？"

"不，爵爷，那个我可不知道。"

"那你又知道什么？"

"我知道他为啥要那个时候去大门口。他是去见一个女人。"

"见个女人！他？"

"是的，爵爷。"

"那女人叫什么？"

"名字我说不上，爵爷，不过我知道她姓名的缩写，是 L. L.。"

"你怎么知道的，白瑞摩？"

"这个，亨利爵士，你伯父那天早上收到一封信。他常常收到大量来信，因为他远近闻名，大家都知道他心地很好，所以一碰到麻烦就喜欢求他。可那天早上碰巧只有一封信，所以我留心注意了。是从库姆·特雷西寄来的，信封上是女人的笔迹。"

"是吗？"

"是的，爵爷，我没再想这事了，要不是我妻子的话，我绝不会想起这事的。就在几星期前她清扫了查尔兹爵士的书房，那间房子自他死后还没动过呢。她发现壁炉里有信件烧过后的灰。信大半都烧焦了，只有一小片纸端还看得出来，纸烧成了黑色，上面的字成了灰色的，不过还认得出，好像是信末尾的附笔，写着：'你是谦谦君子，千万，千万请你烧掉此信，并于10点到大门口来。'下面的署名是 L. L.。"

"那纸片还在你那儿吗？"

"没有，爵爷，我们一碰，它就碎了。"

"这种笔迹的信查尔兹爵士还收到过吗？"

"嗯，爵爷，他的信我没多留神。要不是当时只有这封信，我也不会留神的。"

"你一点儿也不知道谁是 L. L. 吗？"

"不知道，爵爷。我和你一样弄不明白。不过我想，要是我们找到那位女士，查尔兹爵士的死就会弄明白些。"

"我不懂，白瑞摩，你怎么要隐瞒这么重要的线索呢？"

"那个嘛，爵爷，那事以后我们自己马上也麻烦缠身了。

还有就是，爵爷，我们两口子都热爱查尔兹爵士，他对我们的恩情我们永记在心。把这事掀出来也许帮不了我们可怜的主人，而且还牵涉到一位女士，还是小心为妙。我们这些人再大方——"

"你认为这会损害他的名誉？"

"啊，爵爷，我认为这里没好事。可现在你好心待我们，我要再不把我知道的都告诉你，那也太不地道了。"

"很好，白瑞摩；你可以走了。"总管一离开，亨利爵士就转身对着我，"嗯，华生，这新线索你怎么看？"

"事情好像变得更复杂难解了。"

"我也是这么想。不过只要我们找到 L. L.，整个事情就真相大白了。我们已经了解到那些情况，知道有个人掌握了真相，只要我们找到她就好了。你认为我们该怎么办？"

"马上把全部情况向福尔摩斯报告，他就能沿这条线索查下去了。要是这还不能让他来这儿，那我就大错特错了。"

我立刻走回自己的房间，记下今天早上的谈话，向福尔摩斯报告。我看最近他很忙，因为从贝克街寄给我的信既少又短，对我提供的消息和我的使命一字不提。毫无疑问，一定是那件勒索案占住了他的全副身心。不过这个新情况一定会引起他注意，重新提起他对这事的兴趣。我盼望他能赶快来这儿。

十月十七日。今日倾盆大雨下了一整天。雨水冲刷着常春藤，从屋檐处一泻如注。我想起了寒冷荒原上那个风餐露宿的犯人。那可怜虫！不管他犯过什么罪，他吃了这么多苦，也算是得到了报应。后来我又想起了另外一个人——马车里那张脸，月光下的那个身影。那个藏在暗处的窥视者，那个隐身人，他也置身于这暴雨中吗？夜晚我穿好雨衣，朝远处的沼泽地走去。我脚踩着泥泞，雨点打在脸上，耳旁狂风呼啸，心中充满着不祥的预感。愿上帝保佑那些这会儿还在大沼泽里跋涉的人吧,因为就算是坚实的高地也变成一片泥泞了。我找到了那个黑色小山岗,我就是在那儿瞧见那个孤身窥视者的,现在我自己也登上犬牙交错的山顶,俯视着凄风惨雨的高地。狂风暴雨冲刷着红褐色大地,乌云压顶,而形状千奇百怪的山边却拖着几缕青云。左边远远的洼地里,巴斯

俯视着凄风惨雨的高地。

克维尔庄园两座高高的塔楼耸立在树丛中,让雨雾遮得半隐半现。除了山坡上到处可见的史前人穴窟外,我目力所及,只有那两座塔楼还表明有人类存在。前天晚上我在这儿看到的那个独行者现在踪迹全无。

我回家的路上碰到了摩迪默医生。他驾着双轮马车走在沼地的简易小道上。这条路一直通往远处的弗麦尔农庄。他非常关心我们,几乎每天都来庄园打听事情进展。他非要送我回家不可,所以我就上了他的车。我发现他那只小哈巴狗不见了;他为此非常不安。那只狗游荡到沼泽地里后就再也没回来。我竭力安慰他,不过心底里一想到格林盆大泥潭的那匹小马,就

认定他再也见不到那只小狗了。

"啊,对了,摩迪默,"我们在崎岖小道上上下下颠簸时我说,"我想这一带坐马车能去的人家里,你没有谁不认识的吧?"

"应该都认得,我想。"

"那你知不知道有哪位女士的姓名缩写是 L. L. 的?"

他想了一想。

"不知道,"他说,"吉卜赛人和打工的人中间有没有我说不上,可这一带的种田人或者乡绅中没有谁这么称呼的。慢点,嗯,"他歇了口气说,"有个叫劳拉·里昂斯的,缩写就是 L. L.,不过她住在库姆·特雷西。"

"她是什么人?"我问。

"她是弗兰克兰的女儿。"

"什么!弗兰克兰那个老怪物?"

"正是。她嫁给了一个来沼泽地写生的画家,叫里昂斯的。结果那下流胚遗弃了她。我听说好像错还不只在一方。她父亲对她不闻不问,因为他根本不同意这门婚事,也许还有别的原因吧。总之,这一老一小的关系恶劣透顶,那姑娘日子可真难熬。"

"她靠什么生活呢?"

"我猜老弗兰克兰给了她一笔小津贴,不过也不可能有多少,他还自顾不暇呢。她是自作自受,不过也不能看着她堕落却不帮一把呀。她的事传开了,有几个乡邻就帮她赚些正当钱。斯台普吞帮过她,查尔兹爵士也帮过。我自己帮了点小忙,让她干上了打字的活儿。"

他想知道我为什么要问这些,不过我只随便说了几句以满足他的好奇,因为我们现在不应该相信任何人。明天一大早我要去库姆·特雷西。如果能见到那名声不佳的劳拉·里昂斯太太的话，就极有希望解开这一长串神秘事件中的一环了。摩迪默不住地追问，我不好回答，就随口问他弗兰克兰的颅骨属哪一类，这样一来我们一路上就只谈论颅骨学了。我可真是越来越滑头了。这几年没有白跟着歇洛克·福尔摩斯转。

今天在这个狂风暴雨的阴沉日子里还发生了另外一件事，我得记下来。这就是我刚刚与白瑞摩的谈话。谈完后我又多了一张好牌，可以适时亮出。

摩迪默留下来吃晚饭，随后他和准男爵又玩起了双人扑克。总管到书房来给我送上咖啡，我正好要问他几个问题。

"哦，"我说，"你那宝贝亲戚是走了呢，还是仍躲在那边？"

"我不知道，先生。他要是走了，我倒是谢天谢地了，他尽在这儿添乱！上次我把食物送给他后就再没听到过消息了，那是三天前。"

"那以后见过他吗？"

"没有，先生，不过我再去那地方时食物已经不见了。"

"那么说他一定还在那儿？"

"是的吧，先生，除非是另一个人拿走的。"

我端起杯子正要往口里送，这时停下来瞅着白瑞摩。

"这么说，你知道那儿还有个人啰？"

"是的，先生；沼泽里还有一个人。"

"你见过吗？"

"没有，先生。"

"那你怎么知道有人呢？"

"塞尔丹一两个星期前对我说起过。他也是躲在那儿的，不过我觉得他不是犯人。我不喜欢这样，华生医生——我直话直说吧，先生，我不喜欢这样。"他突然一阵冲动，严肃地

"这么说,你知道那儿还有个人啰?"

说。

"好了,听我说,白瑞摩!我只关心你主人的事儿。我来这儿就是要帮他。实话告诉我,你为什么不喜欢?"

白瑞摩犹豫了片刻,他似乎对刚才的冲动后悔了,要不就是表达不出自己的感情。

"就是这儿老出事,先生,"他终于嚷了出来,手对那扇朝向沼泽的窗子一挥,这时雨水正不停地打着窗玻璃,"有人给谋杀了,一准有人动了黑心,我敢发誓!先生,亨利爵士要是能回伦敦去,我才会安安心心呢!"

"可是什么事让你这么担心呢?"

"看看查尔兹爵士是怎么死的!糟透了,验尸官就这么说的。你再说晚上沼泽里的声响吧。你钱出得再多,也没人愿意日落后去那儿。再就是躲在那里的陌生人,他老等着不知在看些什么!他等着什么呢?这里面有什么文章?对姓巴斯克维尔的人来说绝不是好事。亨利爵士的新佣人来接手的那天,我就可以离这园子远远的了,真是太好了。"

"可这陌生人的事,"我说,"你还能说出点什么吗?塞尔丹怎么说的?他找出他藏身之处了吗?知不知道他在做什么?"

"他见过这人一两面,不过他很神秘,一丝口风也不露。开始他以为是警察,可很快就发现他另有目的。他认为这人是上层人物,不过做些什么他却搞不清楚。"

"那他讲没讲过那人住在哪儿?"

"住在山坡那些老屋子里,就是古人住的那些石头房子。"

"可吃什么呢?"

"塞尔丹发现他雇了个小男孩为他运送东西。我敢说他所有东西绝对都是从库姆·特雷西弄来的。"

"太好了,白瑞摩。改天我们再详谈。"总管走后,我踱到窗前,外面已是夜色茫茫了。透过玻璃,我隐约看到云层急剧翻滚,风刮来刮去,树木连成一线,不断地晃动。这种夜晚呆在家里都觉得天气恶劣,更不用说呆在沼泽上的石穴里啦。这种时候躲在这种地方,心中的仇恨该有多深啊!他吃这么多苦,会有怎样深沉而急切的用心啊!这问题让我心烦意乱,看来其症结就在沼泽地的那间穴屋里。我下定决心,明天一定要全力以赴,去查明真相。

山岩上的人

上一章摘录了两则我的日记,那是10月18日之前的事。从那时起这些怪事开始迅速发展,演变成可怕的结局。随后几天里发生的事情我记忆犹新,不用看当时的记录也能说出。就从第二天说起吧。头天我已经掌握了两条关键线索:一条是库姆·特雷西的劳拉·里昂斯太太写信给查尔兹·巴斯克维尔爵士约他见面，他就死在约定的时间和地点；另一条是有人发现了那个藏在沼泽里的人住在山坡的石屋子里。掌握了这两条线索后，如果我还不能查出点秘密来，那就是缺乏智慧或者勇气了。

头天晚上我没机会告诉准男爵里昂斯太太的事，因为摩迪默医生和他玩牌玩得很晚。不过第二天早饭时，我就把我的发现告诉了他，并问他是否愿陪我去库姆·特雷西。起初他急着要去，可我俩再一琢磨，觉得还是我一个人去效果好些。我们越是郑重其事地上门拜访，能了解的情况就越少。所以我就把亨利爵士留在家里，上路去寻找新的线索，当然心中还是有点内疚的。

我一到库姆·特雷西就吩咐波金斯安置马匹，而我则去打听那位我要找的女士。我一下子就找到了她的家，那房子位置居中，陈设也不错。一个女仆没通报就领我进去了。我一进起居室，坐在一台雷明顿打字机旁的女士马上站起来，笑眯眯地招呼我。她一看清我是个生人，脸就拉下了，重新坐下，问我此行的目的。

里昂斯太太给人的第一印象是美得无法形容。深褐色眼睛，深褐色头发，两颊虽有不少雀斑，却显出一抹微红，和她那深色皮肤格外相衬，就像黄玫瑰花心中那娇艳的粉红花蕊一样，令人心动。我再说一遍，是对她的第一印象。然后多看一会儿毛病就出来了。她脸上有些难以察觉的缺陷，表情有些粗俗，眼神也好像有点冷酷，嘴角下垂，破坏了她那完美的唇形。当然，那都是事后才想到的。当时我只是觉得眼前这位女士美貌非凡。直到她问我此行的目的，我才发觉我这番行动得万分小心。

"我很荣幸，"我说，"认识你的父亲。"

从女士的反应看得出来，这种开场白非常愚蠢。

"我和我父亲毫不相干，"她说，"我不欠他什么，他的朋友也不是我的朋友。要不是已故的查尔兹·巴斯克维尔爵士和其他几个好心人，我早就饿肚子啦，我父亲才不理会呢。"

"我来见你就是为已故的查尔兹·巴斯克维尔爵士的事。"女士的脸一下子白了，脸上的雀斑更显眼了。

"他的事我能告诉你什么？"她问道，手指紧张地敲打着打字机上的符号键。

"你认识他，对吗？"

"我说过了，他对我恩重如山。我之所以能养活自己，全靠他在我困难时拉了我一把。"

"你和他写过信吗？"

女士猛地抬起头，深褐色眼中冒出怒火。

"你问这些要干吗？"她厉声问道。

"要防止丑闻扩散。我在这儿问总比眼看着事情传开了好。"

她不说话了，面孔依然苍白。最后她抬起头来，露出不顾一切的神情。

"好吧，我说，"她说道，"你要问什么？"

"你跟查尔兹爵士写过信？"

"我当然写过，写过一两次，感谢他对我慷慨的照顾。"

"你记得写信的日期吗？"

"不记得。"

"你见过他吗？"

"见过一两次，是他来库姆·特雷西的时候。他最怕出风头了，宁愿默默地做好事。"

"可是，如果你很少见他，又不常写信，他怎么知道你的境况不佳,所以来帮你呢?并且你还说他帮了那么多忙。"

她极其敏捷地绕过了我设的这道难关。

"有几位老爷知道我的不幸,他们合起来帮我。其中有斯台普吞先生。他是查尔兹爵士的邻居和密友,心肠好极了,就是他把我的事告诉查尔兹爵士的。"

我早就知道查尔兹·巴斯克维尔爵士几次托斯台普吞去送救济品,所以女士的话更证实了这点。

"你不是写信给查尔兹爵士,要见他吗?"我接着问。

里昂斯太太又气红了脸。

"真是的,先生,这问题问得太怪了。"

"抱歉,夫人,可我还是得问。"

"那我就回答你,当然没写。"

"查尔兹爵士死的那天也没有吗?"

她脸上的红色一下子退去了,我眼前的面孔是一片死灰。她干涩的嘴唇吐不出"不"字。我与其说是听到了,还不如说是看出了这个。

"肯定是你的记性欺骗了你,"我说,"我都能说出你信中的一段呢。是这样的:'你是谦谦君子,千万,千万请你烧掉此信,并于 10 点到大门口来。'"

我以为她要晕过去了,不过她费了全身力气振作起来。

"当真再没有君子风度这回事了吗?"她喘着说。

"你冤枉查尔兹爵士了。他确实烧掉了信。可有时候信烧掉了也能认得出来。现在你承认写过那信了?"

"是的,我是写过,"她喊道,把一腔心事滔滔不绝地说了出来,"我是写了,干吗不认账?这没什么见不得人的。我希望他能帮我。我相信只要能见到他,他就会帮我的,所以我求他见我一面。"

"可为啥要在那种时候?"

"真是的,先生,这问题问得太怪了。"

"因为当时我刚刚知道他第二天就要去伦敦,而且也许几个月不回来。我又有别的原因不能早一点去。"

"可是为什么约在花园里见面,而不进屋去呢?"

"你以为,一个女人可以在那个时候一个人到一个单身汉家里去吗?"

"好吧,那你到那儿后又出了什么事?"

"我根本没去。"

"里昂斯太太!"

"真的,我对天发誓。我根本没去。出了点事,我没去成。"

"出了什么事?"

"是私事,我不能说。"

"这么说,你承认你约了查尔兹先生见面,而就在约会的时间、地点他死了。可是你又声称你失约了。"

"事实就是这样。"

我翻来覆去地盘问她,可再也问不出什么了。

"里昂斯太太,"我站起身来,结束了这次漫长而又收获甚微的拜访,"你不把知道的情况原原本本说清楚,那你担的责任可就大了,而且你的处境会很危险的。要是我不得不去劳动警察的话,你就会明白你是脱不了干系的。如果你真的是无辜受累,为什么一开始要否认你那天给查尔兹爵士写了信?"

"因为我害怕人们从中得出什么错误的结论,我可不愿意卷进丑闻里去。"

"那么,为什么你一再要查尔兹爵士毁掉你的信呢?"

"你若看过信就会明白。"

"我没说我看过全信啊。"

"你刚才念了一段。"

"我念了附笔。我说过,信已经烧掉了,不能认出全部内容。我再问你一遍,为什么你一再要查尔兹爵士毁掉信呢?他收到信的那天就死了。"

"那涉及到隐私。"

"进一步说,你为什么要躲避公开的调查呢?"

"我来告诉你吧。如果你听说过我的不幸遭遇,就该知道我遇人不淑,早就后悔莫及了。"

"我倒是听说了。"

"我的生活受到我丈夫不断的骚扰,我恨透他了。法律站在他那边,而我没一天不担心他会来强迫我同他一起生活。我听说只要付出一定的费用,就有希望重获自由,于是我写了这信给查尔斯爵士。对我来说,那意味着一切——心灵的平静、幸福、自尊———一切。我知道查尔斯爵士很大方,心想如果他亲耳听到我这么说,一定会帮我的。"

"那你怎么又不去了?"

"因为那时我又从别的地方得到了资助。"

"那么,你为什么不写信给查尔兹爵士解释一下呢?"

"要不是第二天早上我在报上看到他死了的消息,我早就写了。"

这女人倒能自圆其说,我再问也问不出破绽。要查也只能查查,看悲剧发生时或那前后,她是否确实在办离婚手续。

看来,要是她真的去过巴斯克维尔庄园,是不敢说没去过的。因为她非坐马车去不可,而且第二天一早才能返回库姆·特雷西。这么转来转去是瞒不了人的。所以她可能说了实话,至少说出了部分实情。我没精打采地回来了。我又一次走进了死胡同,好像完成任务的每条路都堵死了似的。然而我一想到那位女士的面孔和神态,就觉得有什么事瞒着我。为什么她的脸色会发白?为什么她每次都推三推四,实在赖不掉才认账呢?为什么事发时她缄口不言呢?显然,这些事情不像她竭力表白的那样清白。这会儿我没法再深入调查下去了,不过我得换个方向,去调查另一条线索,查找藏在沼泽石屋里的那个人。

然而,这条线索十分含糊。我在回去的路上想到了这点。我注意到,一山接一山都有古人的遗迹。白瑞摩只说过,那陌生人住在这样一个空屋子里,而沼泽里遍地都是这样的屋子,有成千上百之多。不过我自己也有点目标,因为我看到过那人站在黑色山岩的顶端。那么,我就以此为中心展开搜索。我要从那里开始探查沼泽里的每间屋子,总能找出来的。如果这人待在屋子里,我要让他亲口告诉我,他是谁,为什么跟了我们那么久。有必要的话还要用枪逼着他。在摄政街的人群中他也许能甩开我们,但要在荒凉的沼泽里这么干,他会不知所措的。换种情况说,如果我找到了屋子,他又不在里面的话,我必须待在那里,不管熬多久,也要等他回来。在伦敦福尔摩斯没抓到他。我师傅没追到的要是我追到了,那我可真是大赢了一票。

这次的案件调查中,命运好像总在和我们作对,不过现在它总算来帮我忙了。而送来好运的恰好是弗兰克兰先生。这个胡子花白、脸色红润的家伙正站在他花园的大门外。我那时正经过他门外的大道。

"你好啊，华生医生，"他嚷嚷着，那副好脾气可真少见，"你得让马歇口气呀，进来喝一杯，给我道喜吧。"

自从我知道他是怎么对待女儿后，实在是对他没什么好感，但是我一心想让波金斯和马车回去，这可是个好机会。我下了车，留个信给亨利爵士，说我会按时走回去吃晚餐，然后跟着弗兰克兰进了餐厅。

"这可是我的好日子，先生——我一生当中的大节日啊，"他笑呵呵地嚷着说，"我两件案子都结了。我就是要教训教训他们，让他们明白，法律就是法律，这儿有个人竟然不怕打官司！我已经证明了，老米德顿的花园正中有一条公用道路，穿过整个花园，先生，就在他家前门外一百码内。怎么样？我们要给那些大角色一个教训，不能让他们践踏普通人的权利，一班杂种！我还封闭了林子，弗沃西家的老在那儿野餐。那些混蛋好像不知道产权这回事一样，他们为所欲为，乱扔纸屑、瓶子。两件案子都结了，华生医生，而且我都赢了。自打我告约翰·莫兰爵士在他自己的猎场开枪侵权以来，我还没这么高兴过呢。"

"你到底是怎么干的呢？"

"去看看记录吧，先生。值得一读——弗兰克兰对莫兰，女王法庭。我花了两百镑，可赢了官司。"

"你得到什么好处了吗？"

"没有，先生，没有。我引以为荣的是，我干这事没有掺杂半点私利，纯粹是受社会责任感驱使。比方说，我毫不怀疑，今天晚上弗沃西一家会点火烧掉我的模拟像的。上次他们这么干时我报告了警察,他们应该阻止这种卑鄙的行径。县警察局真是恶劣之至,先生,他们没有保护我,而这本是我该的。弗兰克兰上诉女王政府的案子会引起公众关注的。我对他们说过,他们这么对我,总有一天会后悔的。我的话果真兑现了。"

"怎么回事?"我问道。

这老头摆出一副无所不知的神情。

"因为他们拼命想知道的,我本来可以告诉他们;不过我绝对不帮那些混蛋的忙。"

我刚才还一直在寻思找个什么借口离开,不再听他啰唆。可这会儿我又盼着多听一点。我深知这老坏蛋爱和人对着干,只要一表现出关心,他肯定就会起疑心而闭口不谈了。

"一件偷猎的案子,没错吧?"我满不在乎地说。

"哈,哈,伙计,比那可重要多了!沼泽里的犯人怎么样了?"

我一惊。"你这是说,你知道他在哪儿?"我说。

"我也许说不上具体的地方,不过肯定能帮警察抓到他。要抓到那个人就要先找出他弄食物的地方,然后就能据此找到他,你从没这么想过吗?"

他确实已经快要发现真相了,真令人不安。"不错,"我说,"不过你怎么知道他在沼泽地里呢?"

"我知道这点,因为我亲眼看见了那个给他送饭的家伙。"

我想到白瑞摩,心直往下沉。要给这爱管闲事的恶毒老头逮着了,那就大事不好了。可他又说了一番话,让我如释重负。

"他的饭是个孩子送的,你听了很吃惊吧。我每天在屋顶上用望远镜看他。他在同一时间走过同一条路,如果不是去那犯人那里,又会去哪儿呢?"

真是喜从天降！不过我仍然不露出一丝关心的神情。一个孩子！白瑞摩说过，我们那个无名氏有个小孩给他送东西。弗兰克兰发现的是他的行踪，而不是犯人的。要是我能知道他查出的事，就可以省下大量功夫，不用去找东找西的了。不过显而易见，我最得力的工具仍然是表示怀疑和漠不关心。

"我得说，这多半是沼泽里哪个牧人的儿子在给他爸爸送晚饭吧。"

只要表现出一丁点反对的意思，那老独夫就怒不可遏。他恶狠狠地瞪着我，花白胡子翘起来，像只猫在发火。

"真是的，先生！"他说着指向外面那远远伸展的沼泽，"你看见那一边的黑色山岩了吗？好，你看见下面那矮一点的山吗，长满荆棘的那座？整个沼泽地里那一带的岩石最多。牧人会在那种地方呆着吗？你的看法，先生，可真是荒唐透顶。"

我恭敬地回答说，我不了解整个情况才那么说的。我的谦卑让他很高兴，从而更把我当知心人看。

"你可以相信我，先生，我每发表一个看法总有充足的理由。我一次又一次看到那孩子扛着包裹。每天，有时是一天两次，我都能……华生医生，是我看花了眼呢，还是有东西正往山坡上爬？"

那是几里开外，不过我能清楚地看到，暗绿和灰色的背景上有个小黑点。

"来，先生，来吧！"弗兰克兰叫着冲上楼梯，"你去亲眼看看再下结论吧。"

铅板屋顶平台上，有一具吓人的望远镜装在三角架上。弗兰克兰把眼凑上去，随后发出一声欢呼。

"快点，华生医生，快点，他要翻过山去了！"

没错，一个小可怜扛着一小包东西，慢慢地往山上爬去。

弗兰克兰把眼凑上去,随后发出一声欢呼。

当他爬到山顶时,我看见深蓝色的天空中突然冒出了一个外表凌乱的粗汉。他鬼鬼祟祟地四处看看,好像怕人跟踪似的。后来就走到山那边不见了。

"如何,我说对了吧?"

"确实,那小男孩好像在干秘密活动似的。"

"在干什么就连县里的警察也能猜出来。可他们从我这儿甭想打听到一个字,我请你也保守秘密,华生医生。一个字也别说!你明白吗!"

"就听你的吩咐。"

"他们对我那样,真不要脸——太不要脸了。等弗兰克兰上诉女王政府一案真相大白时,我敢说全国都会民怨沸腾的。我无论如何也不帮警察。他们只关心那些混蛋绑在柱子上烧的是不是我,才不管模拟像呢。你千万别走!得帮我干了这瓶酒,多么了不起的胜利啊!"

可是我回绝了他的再三劝诱。他声称要陪我走回家去,我也设法打消了这种念头。我沿着大路往前走,直到他看不见我了才突然转身穿过沼泽地,朝那小孩消失之处——岩石山走去。现在我是事事如意，我发誓绝不能因为缺乏干劲或毅力而错过了捡来的机会。

我到达山顶时，太阳已经西沉，脚下的山坡一面映成了金绿，另一面却蒙上层暗淡的阴影。天边暮色苍茫，衬出贝利弗山和维克森山那千奇百怪的山形。辽阔的大地上一片寂寥。蓝色天空中高高飞翔着一只灰色大鸟，是海鸥或是麻鹬吧。在这苍穹之下，荒漠之上，似乎就只剩它和我还活着了。一时间，景物的凄凉，感觉上的孤独，任务的神秘和紧迫，全都涌入心中，我不禁一颤。四周都看不到那个小孩。可我脚下的山沟里有一圈石头古屋，中间的一间屋子还有屋顶，能够遮风避雨。我一看到它，心就怦怦直跳。那个陌生人一定就躲在那里。最后我站到了他藏身之处的门口——他的秘密总算让我抓住了。

我小心翼翼地走近屋子，就像斯台普吞举着捕蝶网慢慢靠近停着的蝴蝶一样。我满意地发现，那地方确实有人住。乱石堆中依稀可见有条小道，延伸到一处坍塌了的开口，这就是门了。门里一片静寂。那无名氏可能藏在里面，也可能去沼泽游荡了。一种冒险感让我激动不已。我扔掉香烟，握紧枪柄，一下子蹿到门前。往里一看，里面空空荡荡的。

不过里面有充分证据表明我没找错地方。这里一定有人住。新石器时代的人睡过的那张石板上，放着毛毯，毛毯外裹着雨布卷成了一团。原始的壁炉里有一堆灰烬，旁边放着一些厨具和半桶水。有堆罐头盒都空了，表明有人已经住了一段时间了。当我的眼睛适应了那零星透过的光线时，看见屋角里放着一只小杯和半瓶酒。屋子当中有一块大平石，是当桌子用的，上面有只小布包。没错，正是我在望远镜里看见那个小孩扛着的那只。包里有一块面包、一听牛舌、两听桃罐头。我一察看后放下了。突然我的心一惊，看见下面有张写了字的纸。

我拿起来，上面用铅笔潦草地写着："华生医生到库姆·特雷西去了。"

我手拿着那张纸一时站住了，心里思索着这短短一句话的含意何在。那么说，这神秘人物跟踪的不是亨利爵士，而是我。他并没亲自跟踪我，而是派了个助手，也许就是那小孩，来调查我的去向。而这就是他的报告。自我到沼泽地以来，可能没有一步不落入他的眼底。我们总觉得有股不明势力，似乎已精心编好了一张网，而我们都毫无察觉地被网在了其中，直至紧要关头才会明白，我们已深陷网底了。

这种报告决不止一份，所以我在屋里四处搜寻，可是却一无所获。就连这怪地方的房客有些什么习性和打算，我也看不出丝毫痕迹，只知道他也许有斯巴达人的遗风，无需舒适的生活，一想到眼前这破房顶怎么抗得住倾盆大雨，我就明白了，这人得怀着多么不可动摇的坚强信念才能在这偏僻地方住下去啊。他是凶残的敌人，还是保护我们的幸运天使？我下定决心，不了解清楚绝不离开小屋。

屋外，太阳快下山了，西天映出一片火红的金光。远处格林盆大泥潭中的几处水洼闪耀点点红光。这儿能看到巴斯克维尔庄园那两座塔楼，远处烟雾缭绕的地方正是格林盆村。两地之间，小山后面就是斯台普吞的屋子。在黄昏的金色余晖中，一切都是那么甜美、宁静。但我看着这一切，却丝毫感受不到大自然的宁静。一想到那即将面临的一刻，我就心慌意乱。虽然我很不安，却义无反顾地坐在了小屋黑暗的深处，怀着沉重的心情耐心等候房客的到来。

这时我终于听出他来了。远远地传来了皮靴踏在石上的得得声，一下又一下，渐渐近了。我缩进黑黑的角落里，手伸进口袋打开扳机，决心先看清陌生人再露面。这时声音停了很久,说明他站住了。然后脚步声又近了,一道黑影落在了屋子的开口处。

"黄昏可真美啊,亲爱的华生,"一个万分熟悉的声音说道,"说真的,我觉得你出来肯定会比呆在里面舒服多了。"

命丧荒野

一时间我坐在那里,屏声息气,不敢相信自己的耳朵。随后我醒悟过来,同时心上那副沉重的担子也好像一下子卸掉了。这种尖刻、冷静的嘲讽腔调,世上只有一个人有。

"福尔摩斯!"我大叫,"福尔摩斯!"

"出来吧,"他说,"当心走火。"

我弯腰走出简陋的门栏。他就坐在门外一块石头上,看到我一脸吃惊的样子,他那灰色眼睛高兴得转来转去。他很瘦,显得劳顿不堪,却依然清醒、警觉。那张敏锐的面孔由于风吹日晒变得黝黑、粗糙了。他身穿粗呢外套,头戴布帽,像个来沼地旅行的游客,可是下巴光滑,内衣干净,竟然同在贝克街时一样。他个性如此,总喜欢像只猫一样把自己弄得干干净净。

"我活这么长看见人还从没有这么开心过呢。"我紧紧握着他的手说道。

"也没这么吃惊过吧?"

"啊哈,我只好承认啰。"

"说真的,也不只你一个人吃惊。我没想到你找到了我这临时住处,更没想到你会躲在里面。我是走到离门二十步时才发觉的。"

他就坐在门外一块石头上。

"是我的脚印吧,我猜?"

"不是,华生;我估计我还没本事从全世界的脚印中认出你的来。你要真想骗过我,非换个牌子的烟抽不可。我一看见烟头上印着'布雷德利,牛津大街',就明白我的朋友华生在这儿。烟头在路边,你可以看见。你肯定是在冲进空房子的那一刻扔掉的。"

"没错。"

"我这么一想,又知道你一向百折不挠,我就认定你就坐在暗处,手拿着武器,等着住客回来。那么,你真的以为我是罪犯?"

"我那时还不知道你是谁,可我下决心要找出来。"

"太好了,华生!不过你怎么找到这地方的呢?你看见我了吧,是不是抓逃犯的那个晚上?那晚我太大意了,竟然站在月光下。"

"是的,我就是那时看见你的。"

"那你一定是寻遍了这一带的石屋子,才找到这一间吧?"

"没有,你那个小男孩给人看见了,这样我才确定了搜寻的范围。"

"肯定是那老先生用望远镜看到的。我头回看见镜头反射的闪光还弄不清是什么呢。"他站起来向屋里瞥了一眼,"哈,我看见卡特莱特送了点必需品来了。这张纸是什么?这么说你去过库姆·特雷西了?"

"是啊。"

"去见劳拉·里昂斯太太吗?"

"没错。"

"干得好!看来我们调查的方向是一致的,要是把我俩查出的结果合起来,我想这个案子我们就能全面了解了。"

"嗯,你在这儿,我真是打心底里高兴,因为这案子责任重大,神秘难解,我实在承当不起了。可是你究竟动什么心思要来这儿,你干了些什么呀?我还以为你在贝克街查那桩敲诈案呢。"

"我就希望你那么以为。"

"原来你利用我,还不相信我!"我气得直嚷嚷,"我想你不该这么对我,福尔摩斯。"

"我的好伙计,不管在这案子中还是在别的案子里,对我来说你都是无价之宝。如果我真的对你做了手脚,请你多多原谅。说真的,我一半是为了你才这么做的。正是我感到你处境危险,才来这儿亲自查案的。我要是和你、亨利爵士呆在一块儿,我的看法一定会与你的相同,而且我一露面,我们那劲敌就会警觉,就会有所收敛。而我现在这样子可以到处走动,要是住在庄园里就办不到了,所以我在这件事中扮作一个不露面的人物,准备在关键时刻奋力一搏。"

"可为什么要瞒着我?"

"因为你知道了对我们一点好处也没有,还可能暴露了我。你准保会想来告诉我什么事,或者好心好意给我拿点什么舒适的东西来,那就要冒不必要的险了。我带了卡特莱特来——你还记得佣工介绍所的那个小伙子——我的简单用品就由他来办理:一块面包和一只干净领子。一个人还需要什么呢?他手脚麻利,眼睛敏锐,不可多得,给我帮大忙了。"

"那我的报告全都白写了!"——我回想起写报告时有多辛苦多自豪,声音都颤抖起来。

福尔摩斯从口袋里拿出一卷纸来。

"这就是你的报告,我的好伙计,我向你保证,我都仔细看过了。我做了妥善安排,它们只在路上耽搁了一天。这件案子难上加难,而你却表现出非凡的热情和智慧,我向你致以崇高的敬意。"

我受了骗,还是觉得不痛快,不过福尔摩斯一番赞美又解了我心头之火。我也暗自承认,他说得很对,我不知道他在沼泽上,这对我们的目的有百利而无一弊。

"好多了吧,"他看到我脸色缓和过来,就说道,"现在,跟我讲讲你拜访劳拉·里昂斯太太的结果——我一下就猜到,你去库姆·特雷西是去找她的,因为我已经知道,那儿只有她能帮我们查这案子。其实,就算你今天没去,极有可能我明天就去了。"

太阳落下去了,沼泽上暮色苍茫。空气变得寒冷刺骨,于是我们躲进小屋取暖。我们在昏暗的天色中坐在一起,我向福尔摩斯说起我和那位女士的谈话。他对这事非常关注,有些地方我得重复两遍他才满意。

"这事非常重要,"我讲完这事后他说道,"这案子错综复杂,有些地方我原来总弄不明白,现在可以一目了然了。也许你知道吧，那位女士和斯台普吞这个人关系极其密切?"

"我不知道他们有什么密切的关系啊。"

"这一点是确凿无疑的。他们常见见面，写写信，互相都十分了解。现在，我们手头又因此多了一件重型武器。只要我利用这点去离间他妻子——"

"他妻子?"

"刚才你告诉我那么多情况，现在轮到我来回报你一点情报了。这儿有位斯台普吞小姐，其实正是他的妻子。"

"我的老天！福尔摩斯，你说的当真吗? 他怎么能看着亨利爵士爱上她呢?"

"亨利爵士堕入情网，对谁都没害处，只会害了自己。他时刻小心，不让亨利爵士有机会表白爱意，你亲眼见过的。我再说一遍，那位女士是他的妻子，不是妹妹。"

"可为什么要精心策划这么一场骗局呢?"

"因为他预见到，她要是装成未婚的小姐，对他会大有用处的。"

我原来藏在心里的那些问号，那些模模糊糊的怀疑一下子都清晰起来，疑点都集中到那名生物学家身上。这个头戴草帽、手拿捕蝶网的人为人冷淡，言语无味，我却好像在他身上发现了某种可怕的东西——他隐忍不发、诡计多端，一张笑眯眯的面孔下藏着歹毒心肠。

"那么说，在伦敦跟踪我们的就是他，就是我们这个对头啰?"

"我就是这样解开谜底的。"

"那警告一定是她发出的啦?"

"一点不错。"

很长时间以来，我一直被某种邪恶所困扰，现在我们一半证实，一半猜测，这桩罪恶渐渐现出原形了。

"不过你弄清楚了吗，福尔摩斯？你是如何知道那女人就是他妻子的？"

"因为你初次见他时，他忘乎所以顺嘴说出了点真实身世。我敢说，打那以后他不知有多后悔呢。他在英格兰北部当过校长。如今要调查一个校长的下落是再容易不过了。干过教育这一行的都能在教育机构查到。我只稍稍做了点调查，就查出有所学校遇到祸事而关门了，而办校的那人却和妻子一道失踪了。当然姓名是不同的，但外形特征却很吻合。我一了解到这失踪者也酷爱昆虫学，他的身份我就确定无疑了。"

黑暗渐渐消失，但还有很多事情笼罩在阴影中。

"要说这女人真是他的妻子，那劳拉·里昂斯太太又在其中起什么作用呢？"我问道。

"这一点还是你亲自去调查出来的呢。你跟那位女士的谈话已经十分清楚地显示了目前的情形。我以前不知道她和她丈夫打算离婚。在那种情况下，她又以为斯台普吞尚未婚娶，毫无疑问，她肯定是指望做他太太呢。"

"那她要是发觉上了当呢？"

"那样一来，我们就会多个帮手了。我们首先要做的是去见她——我俩一起——明天就去。你有没有觉得，华生，你离开你的岗位已经太久了？你的位置应该在巴斯克维尔庄园。"

天边最后一道晚霞已经消散了，沼泽上夜幕已经降临，蓝紫色的天空中，几颗星星闪着暗淡的光彩。

"最后一个问题，福尔摩斯，"我说着站起身来，"我俩之间绝对用不着保密。这一切是冲什么来的？他想要什么？"

福尔摩斯沉声答道：

"这是谋杀，华生，是处心积虑、残忍无情的蓄意谋杀。

别再问我详细情况了。我已经对他张开了大网,就像他对亨利爵士那样。有你相助,他差不多已经落入我的掌握之中了。现在我们只害怕一点,怕我们还没来得及动手,他就抢先一步了。再过一天——最多两天——我就要了结这案子,不过在那以前,你得尽忠职守,要像慈母守护病童一样紧紧看好他。你今天干得不错,可我还是希望你不要离开他一步。听!"

一声惨叫,一声又一声恐怖和痛苦的叫喊划破了沼地的寂静。我听到那惨叫声,浑身血液都降到冰点。

"噢,天哪!"我大口喘着,"什么事?出什么事了?"

福尔摩斯一跃而起,我看见他那健美的身形黑乎乎地堵在门口。他弯下腰,头向前伸着,脸往黑暗中看。

"嘘!"他压低嗓门,"嘘!"

由于是在狂叫,所以声音很大,可这声音是从远处黑漆漆的荒野上喊出的。这时叫声越来越近,越来越响,也越来越急了,就在我们耳边轰鸣。

"在哪儿?"福尔摩斯小声说;我听到他声音发颤,明白了这个铁打的人也怕了,"在哪儿,华生?"

"那边,我想是。"我指向黑暗处。

"不对,是那边!"

那痛苦的叫喊又一次划破了寂静的夜空,声音比刚才更大更近了。这时一种新的声音掺和进来,是一种低沉的咕咕哝哝声,很有乐感却也很吓人,高低起伏像无休无止、低低的浪涛声。

"是猎犬!"福尔摩斯大叫,"来,华生,快来,老天,千万别晚了!"

他向沼地冲去,我也紧随其后。可这时,就在我们前方不远的乱石地上,传来最后一声绝望的呻吟,紧接着一声沉重的撞击声。我们停步听着。再没有别的声音了,这无风之夜又恢复到一片死寂。

我看见福尔摩斯手按住额头,像发了狂一样,直跺着脚。

"他打败我们了,华生。我们太晚了。"

"不,不,绝对没有!"

"我太蠢了,竟袖手旁观。而你,华生,瞧瞧你擅离职守出了什么乱子!唉,天哪,要是出了大祸,我们饶不了他!"

我们在黑暗中瞎跑,不时地撞到石头上。我们挤过金雀花丛,气喘吁吁地跑上山顶,又冲下山坡,一心寻着惨叫声的方向跑去。每到高处,福尔摩斯都着急地往四周望去,可是沼地上太黑了,阴沉沉的地面上也毫无动静。

"你看见什么没有?"

"什么也没看见。"

"可是,听,什么声音?"

我们耳旁传来一声低低的呻吟。接着又哼了一声,是在左边!那边石岭尽头是陡峭的石崖,崖下的坡地怪石嶙峋。就在那凹凸不平的地面上,躺着一堆黑乎乎的东西,那东西外表极不规则。我们跑近一看,那一团黑乎乎的东西原来是个人形。一个人趴在地上,头向胸前折着,看上去很可怕,他肩膀向里弯着,全身蜷曲,好像在翻跟斗。他姿势那么怪异,一时间我竟没有想到,那声呻吟是他断气前最后一声。我们弯下腰去,那黑黑的人体已经是悄无声息了。福尔摩斯伸手去摸,马上恐怖地大叫一声又缩回了手。他划亮火柴,照见手指上血迹斑斑,那受害者头骨破裂,血慢慢流出,地上已有一摊可怕的血渍。火光还照出另外一件事,令我们大惊失色——那死去的正是亨利·巴斯克维尔爵士!

我们俩谁也忘不了那身别具一格的红色粗呢外套——他第

一次到贝克街来见我们时就穿着这么一身。我们一眼就认出来了，这时火柴光闪了一闪就熄灭了，如同我们的灵魂失却了希望。福尔摩斯痛苦地叹息，黑暗中都能看出他脸色发青。

"畜生，畜生！"我双手握拳，大声叫道，"噢，福尔摩斯，我留下他一个人，让他遭了毒手，我永远不能原谅自己。"

"我的过失更重，华生。我为了要完全套住他，竟然置当事人性命于不顾。我这么多年工作中，这次打击最大。可我又怎么知道，我怎么会知道，我那么一再告诫他，他还要冒着生命危险，一个人跑到荒地上来呢？"

"我们还听到了他惨叫——我的天，那种叫喊声啊——我们却一点也救不了他！那只害死他的猎狗，那个畜生在哪儿？这会儿说不定还藏在岩石岗子里呢。那斯台普吞呢，他又在哪儿？他要得到报应的。"

"一定会的。我准饶不了他。伯侄俩都害死了——一个一看到那野兽，以为是天魔给吓死了；另一个被它追得没路可逃，摔死了。眼下我们得证明那人和兽的关系。除了听来的传闻，我们没法证实那野兽的存在。而亨利爵士明显是摔死的。可是，上帝作证，不管他有多狡猾，我明天一定要逮住他！"

我们站在这血肉模糊的尸体旁，痛心疾首。我们辛苦劳累了这么久，却遇到这样一场不可挽回的飞来横祸，落得个可怜的结局。这时月亮升起了，我们爬到岭上，我们那可怜的朋友就是从这儿摔下去的。我们从崖上往阴沉沉的沼地上看，沼地上半明半暗。几里开外，格林盆那个方向有一点黄光一直亮着，只能是斯台普吞那孤零零的房子发出来的。我瞪着那边，挥拳咒骂。

"我们干吗不立刻逮住他？"

"我们的证据还不全。那家伙老谋深算。问题不在于我们知道什么，而在于我们能证明什么。我们错一步，那坏蛋就会逃之夭夭了。"

"我们该怎么办？"

"明天可够我们忙的。今晚只能为那可怜的朋友料理一下后事了。"

我们又一起走下陡坡，向尸体走去。在月光辉映的乱石地上，黑色的尸体清楚可见。我看到那四肢扭曲的惨状，心如刀绞，泪水涌上眼眶。

"我们得找人帮忙，福尔摩斯！我们不能这么扛着他去庄园。天哪，你疯了吗？"

刚才他大叫一声，弯腰去看那尸体。这时他手舞足蹈，一边笑一边抓着我的手乱摇。这还是我那一向严谨自律的朋友吗？是心头之火再也忍不下去了吧，一定是的。

"胡子！胡子！这人有胡子！"

"胡子？"

"不是准男爵……是……嗯，是我的近邻，那个逃犯！"

我俩一阵狂喜，急忙把尸体翻了过来，一撮胡须滴答着血翘向那轮冷冷的明月。那突出的前额和野兽般深陷的眼眶，绝不会认错。正是这张脸，那天在烛光照耀下从岩石后面瞪着我——是那个逃犯塞尔丹的脸。

这时我恍然大悟。我记起来了，准男爵对我说起过，他如何如何把旧衣服给了白瑞摩。白瑞摩为了帮塞尔丹逃跑就转送给了他。靴子、衬衣、帽子——全是亨利爵士的。这出悲剧虽说仍令人沮丧，可依国家法律，他至少还是死得不冤。我喜不自胜，把事情的来龙去脉告诉了福尔摩斯，心里不住地谢天谢地。

"那么说，就是这衣服让这可怜虫送了命，"他说，"很清楚，一定是给那猎犬嗅了亨利爵士的一件东西——十有八九是旅馆里丢了的那只靴子,所以那狗才会追着他不放的。不过我还是有点不明白:天这么黑,塞尔丹怎么会知道这狗在追他?"

"他听到声音了吧。"

"塞尔丹这种蛮汉绝不会给沼地上的狗叫声吓得魂不附体,居然狂呼救命,不怕被人抓住。从他的叫喊声听起来,他知道那野兽追他后一定跑了很长一段路。他怎么知道的呢?"

"是我的近邻,那个逃犯!"

"还有一件事我觉得更加不可思议,假定我们把案情都分析对了,为什么这只猎狗——"

"我从不假定。"

"啊,好吧,为什么这只狗今晚要放出来。我猜它不会老呆在沼地上。斯台普吞也不会随便放出狗来,除非他有把握亨利爵士会来沼地。"

"这两个问题中,我的更难解决。我想你那个问题很快就会有答案,而我的可能永远是个谜了。现在的问题是,我们拿这可怜虫的尸体怎么办呢？总不能抛在这里喂乌鸦、狐狸啊。"

"我说，就把他放到石屋子里去吧，等联系上警察再说。"

"好吧。我相信我俩可以把他搬进去。啊哈，华生，那是什么？是他来了，真够胆大包天的！可别把你怀疑他的意思露出来了——一个字也别说，要不我的计划就泡汤了。"

沼地那边，一个人向我们走来，我还看见雪茄烟头的红光一明一灭。月光照着他，我甚至能看出，那名小个子生物学家步子迈得多么得意。他一看见我们就停下脚步，马上又走了过来。

"啊，这不是华生医生吗？这么晚了，我没想到还能在沼地上看到你。天哪，这是怎么回事？有人受伤了吗？不——别对我说是我们的朋友亨利爵士！"他急忙从我身旁走过去，俯身去看那尸体。我听到他倒吸了一口气，手指间夹着的烟也掉了下来。

"谁……这是谁？"他磕磕巴巴地说。

"是塞尔丹，王子镇的那个逃犯。"

斯台普吞转过脸来，脸上一片死灰。但他以惊人的自制力掩藏住吃惊和失望的神色。他那厉害的眼睛朝福尔摩斯和我扫来扫去。

"我的天！真让人震惊！他怎么死的？"

"看样子是从岩石上摔下来折断了脖子。我和我朋友正在沼地上闲逛，就听到有人叫喊。"

"我也听到叫声了。所以我才出来看看。我放心不下亨利爵士。"

"为什么只对他放心不下呢？"我忍不住问道。

"因为我请他来。他没来，我就觉得奇怪了，所以一听到沼地上有人喊叫，自然我就担心他有危险了。对了，"他不再看我，转而盯着福尔摩斯，"除了那声叫喊，你还听到别的声音吗?"

"没有,"福尔摩斯说,"你呢?"

"没有。"

"那,你怎么会这么问呢?"

"噢,你知道的,那些乡下人总是讲有只猎犬幽灵啊什么的。据说晚上在沼地上能听到。我倒是想,今天晚上是不是也有这种声音呢?"

"这个我们可没听到。"我说。

"那么,据你们看,这可怜的家伙是怎么死的呢?"

"我想肯定是他露宿野外,给急昏了头。他疯疯癫癫地在沼地上乱跑,结果掉下来摔断了脖子。"

"这倒是个合情合理的说法,"斯台普吞说着吁了一口气,我想他这下放心了,"你怎么看,歇洛克·福尔摩斯先生?"

我的朋友躬身致意。

"你认人挺快嘛。"他说。

"自从华生医生来了后,我们就盼着你也来这儿。你一来倒正好瞧见这桩不幸。"

"正是这样。我相信事情真相就像我朋友刚才说的那样。我明天要带着不快的记忆回伦敦了。"

"噢,你明天就回去?"

"我是那么打算的。"

"我希望你这次来查出了点名堂吧?我们可让这些事儿弄糊涂了。"

福尔摩斯耸耸肩。

"一个人不能总是心想事成啊。做调查需要的是事实而不是传说或谣言。这次查案算不上成功。"

我朋友说这话时态度极其坦率,神情满不在乎。斯台普吞仍然紧紧盯着他看,随后又转眼看着我。

"我本想说把这可怜人抬到我屋子里去,可那么一来,我妹妹会怕得要命,所以我觉得还是别那样做。我想,我们拿什么盖住他的脸就可以了,明天再说吧。"

于是,事情就这么办理了。福尔摩斯和我没有接受斯台普吞的客气邀请,而是迈步向巴斯克维尔庄园走去,让这名生物学家一个人回去了。我们回头看去,广袤的沼地上,一个人影慢慢地向远方移去,在他身后银光闪烁的山坡上有一团黑影,那就是那个人横尸之处。

撒 网

"我们终于快抓住他了,"我们一起走过沼地时,福尔摩斯说道,"这家伙的神经可真够坚强的!他发现自己错杀了人,所面临的情况本应使他万分惊恐,可他却那么镇定。我在伦敦曾和你讲过,华生,现在我还要和你讲,我们还从没遇见过比他更值得一斗的对手呢!"

"很遗憾,他竟看到了你。"

"我也有同感,可这是无法避免的事。"

"现在他已知道了你在这里,你认为这对他的计划会有什么影响呢?"

"他可能会变得更加谨慎,他也许会马上采取不顾一切的手段。和大多有点小聪明的罪犯一样,他可能过高估计了自己的小聪明,并且自以为已完全把我们骗了过去。"

"我们马上逮捕他不好吗?"

"我亲爱的华生,你天生就是急性子,你的本能总是激起你想痛痛快快地干点什么。想想看吧!如果我们今晚就把他逮捕了,这样对我们究竟有什么好处呢?对他不利的证据,我们什么也弄不到。这里边有魔鬼一般的狡猾手段,如果他是通过某个人来进行活动,我们还找得到些证据,可是假如我们在光天化日之下将这条大狗拉出来,这丝毫无助于我把绳子套在它主人脖子上的计划。"

"我们当然也有证据啊。"

"连个影子也没有呢——我们的证据无非是些推测和猜想。如果我们掌握的是这样的'证据',那我们会被人家从法庭里给哄笑出来呢。"

"查尔兹爵士的死不就是证据吗?"

"他死时身上没一点伤痕,虽然你和我都清楚,他完全是给吓死的,而且我们也知道是什么把他吓死的。可是我们怎么才能使陪审团的十二个人也相信呢。猎狗的踪迹呢,狗牙的痕迹呢?我们当然知道,猎狗不咬死尸,而查尔兹爵士又是在那畜生追上他之前死的。这些东西我们都得加以证明才行,可是,现在还办不到。"

"那么,今晚的事也证明不了吗?"

"今天晚上,我们的情形也没好多少。又和上次一样,猎狗与那个人的死并无直接的联系。我们没有看见那只猎狗,虽然听见了声音,可是这并不能证明它就跟在那人后面,那是毫无根据的。不,老朋友,我们必须承认一个事实:我们目前对整个案子还没有得出完整合理的结论,只要能获得合理证据,什么冒险行动都是值得一干的。"

"你认为该怎么干呢?"

"我指望着劳拉·里昂斯太太能给我们帮助,只要把实情向她讲清楚就行了。另外我还有自己的计划。今天只管今天就行了,何必为明天发愁呢?不过我希望明天我们能占上风。"

他再也不愿多谈什么了,在到巴斯克维尔庄园的路上,他一面走着,一面苦思冥想着。

"你也进去吗?"

"嗯,我没有理由再躲起来了。不过,还有一件事我得叮嘱你,华生,千万别对亨利爵士谈起那猎狗的事,就让他把塞尔丹的死因想成斯台普吞编造的那样吧。这样他就能以坚强的神经去迎接明天必须经受的苦难了。如果我没把你的报告记错的话,他们已约好明天到斯台普吞家去吃晚饭的。"

"他们也约了我。"

"那么,你一定得找个借口谢绝,他必须单独去,那样就好安排了。现在,我们已经错过了吃晚饭的时间了,我想我们两个就吃夜宵吧。"

亨利爵士见到福尔摩斯,与其说惊奇,不如说高兴,因为几天来他一直在盼望着他从伦敦到这里来。可是,当他发现我的朋友既没带行李,也没解释不带行李的原因时,他脸上露出惊疑之色。吃夜宵时,我们把我们经历的事情中准男爵可以知道的东西都尽量告诉他了。此外,我还得把这一消息透露给白瑞摩夫妇。对白瑞摩太太来说,这说不定还是件快意的事。可她听了之后竟抓起围裙痛哭起来。对全世界来说,他都是个残暴的,野兽和魔鬼般的人物;可在她的心目中,他却永远是幼时和她朝夕相处的那个任性的,紧抓着她的手不放的孩子。一个人临死时,连一个哭他的女人都没有,那可真是十恶不赦了。

"自从早上华生出去之后,我一整天都闷在家里,"准男爵说道,"我想我还是值得称道的,因为我恪守诺言。如果我没有发誓说决不单独外出的话,也许我就会有一个愉快的夜晚了，因为斯台普吞曾来一封信，邀请我到他那里去。"

"我相信，如果真的去了，确实会过上一个愉快的夜晚的，"福尔摩斯冷冷地说道，"可是，我们当时还以为你摔断了脖子而伤心不已呢，我想你总不会因为知道了这一点而感到高兴吧？"

亨利爵士睁大了眼睛，惊奇地问："到底怎么回事呢？"

"那个可怜的笨蛋穿的都是你的衣服，恐怕是你的仆人送给他的。说不定警察会要来找他的麻烦呢。"

"不会的，据我所知，那些衣服上，没有任何记号。"

"那他真幸运——事实上你们都很幸运，因为这件事情上，从法律来讲，你们全家都触犯了法律。作为一个正直的侦探，我肯定，我的责任首先是将你们全家逮捕。华生的报告就是给你们定罪的最有力的证据。"

"可是我们这桩案子怎么样了呢？"准男爵问道，"在这一团乱麻里，你摸到了头绪没有？我觉得，自从华生和我两人到这里以来表现得并不怎么聪明。"

"我想，不久情况会了解得更多一些。这真是一个最最困难、最最复杂的案件，现在还有几点我们没弄明白——可是不久就会水落石出。"

"华生一定早已告诉你了，有一次我们在沼地里听到那猎狗的声音，因此我敢发誓说，那决非无稽的迷信。在美洲西部的时候，我曾养过一阵子狗，我一听叫声就知道是怎么回事。你只要能给这只狗戴上笼头、套上铁链，我发誓我就承认你是绝世侦探了。"

"我想只要你肯帮忙，我就准能给它戴上笼头、套上铁链。"

"你让我干什么都行。"

"很好，你还得盲目服从，而不要老问为什么。"

"全听你的吧。"

"只要你这样做,我们的小问题不久就可以解决了。我坚信——"

他突然停住不说了,凝神注视着我头顶上方。灯光正好在他那专注的脸上,那么平静,就像是一座轮廓分明的古典雕像——机警和希望的化身。

"什么呀?"我们两人都站起身来。

他目光垂了下来,我看得出来,他在努力抑制着内心的激动。他表情虽然仍旧镇静自若,但眼睛却因狂喜而闪闪发光。

"请原谅鉴赏家的赞赏吧。"他说着挥手指着对面墙上满满一排肖像,"华生是不会承认我懂得艺术的,但那只不过是嫉妒罢了,因为我们对一件作品的看法往往是截然不同的。啊,这些像画得真是太好了。"

"啊,你这样说,我很高兴,"亨利爵士说着,用惊异的目光看了看我的朋友,"对此,我不敢充当内行。我对马或是阉牛倒是可以品评一番。我真不知道你怎么会有时间搞这些玩意儿。"

"我一眼就能看出好在哪里,哦,现在就看出来了。我敢发誓,那一张是奈勒画的,就是那边那个穿着蓝色绸衣的女人像;而那戴着假发的胖绅士像则肯定是出自雷诺兹之手。我想这些全是你家族里的人的画像吧?"

"全都是。"

"你都知道名字吗?"

"白瑞摩曾经详细地跟我说过,我想我还没忘记呢。"

"拿着望远镜的那位绅士是谁呢?"

"巴斯克维尔少将,在西印度群岛罗德尼麾下任职。那穿着蓝外套、拿着一卷纸的是威廉·巴斯克维尔爵士,庇特任首相时，他曾是下议院委员会的主席。"

"还有我对面的这位骑士——身穿黑天鹅绒斗篷、身挂绶带的这个呢？"

"啊，你一定得认识他——品质恶劣的修果，一切灾难的根源，巴斯克维尔的猎狗的传说就是从他那儿开始的。我们不会忘掉他的。"

我也兴致勃勃地惊奇地望着那张肖像。

"天啊！"福尔摩斯说，"他看上去很像一个慈祥而柔顺的人，可我敢说，他眼里暗藏着暴戾的神气。在我的想象中他比这还要粗暴、凶残得多呢。"

"这幅画像的真实性是不容置疑的，画布背面写着姓名和年代'1647'呢。"

福尔摩斯没再多说，可是他似乎对那老酒鬼的画像着了魔，吃夜宵时，他还一直盯着看。直到后来，亨利爵士回卧室后，我才知道是为什么。他又把我带到宴会厅，手里举着从寝室带来的蜡烛，照着墙上那由于年代久远而变得色彩暗淡的肖像。

"你在画像上能看出点什么来吗？"

我望着那装有羽饰的宽檐帽、额边的鬈发、镶着白花边的领圈和中间那副神色严肃的面孔。虽说不上暴戾，却相当粗鲁、冰冷和严峻，薄薄的双唇紧闭着，还有一双冷漠而顽固的眼睛。

"是不是像某个你认识的人？"

"下巴有点像亨利爵士。"

"也许稍稍有一点。等会儿！"他站在一只椅子上，左手举起蜡烛，抬起右臂掩住宽檐帽和下垂的长条发卷。

"天啊！"我惊奇地叫了起来。

斯台普吞的面孔就像是从画布里跳了出来。

"哈哈，看出来了！我的眼睛是经过多年训练的，辨别容貌时不会被附加的饰物所蒙蔽。侦探的首要功夫就是能看破任何伪装。"

"简直太妙了，说不定这就是他的画像呢。"

"是啊，这真是个返祖现象的有趣例子，而且同时在肉体和精神两方面表现出来。研究家族肖像会使人相信投胎转世的说法。显然，这家伙是巴斯克维尔家的后代。"

"还怀有夺取财产继承权的阴谋呢。"

"的确如此，这张画像还碰巧给我们提供了一个迫切需要的线索。我们算把他抓住了。我敢保证，明晚之前他就会在我们的

"天啊！"我惊奇地叫了起来。

网里像他捕的那些蝴蝶一样绝望地乱拍翅膀了。只需一根针、一块软木和一张卡片，我们就可以把他陈列在贝克街的标本室里了！"

离开那幅画像时，他突然发出少有的大笑。我很少听到他

笑,他一笑就有人要倒霉了。

第二天早上我起得很早,可是福尔摩斯比我起得更早,因为我穿衣服时,看到他正沿着车道从外边回来。

"啊,今天我得好好地干他一天!"他说道,因即将采取行动前的喜悦而搓着双手,"网已撒好,只等着往回拉了。今天就有结果,究竟是我们逮住那条尖嘴大梭鱼呢,还是它从我们的网里溜掉。"

"你到沼地里去过了吗?"

"我已从格林盆发了一份有关塞尔丹死亡的报告到王子镇了。我想我可以许诺,这件事再也不会麻烦你们了。我还和那忠实的卡特莱特联系了一下,要是不让他知道我平安无事的话,他准会像一只守在主人坟墓旁边的狗一样在我的小屋门口焦虑憔悴而死的。"

"下一步计划如何呢?"

"得找亨利爵士商量一下。啊,他来了!"

"早安,福尔摩斯,"准男爵说道,"你真像是个正在和参谋长策划一次战役的将军。"

"正是这样,华生正向我请战呢。"

"我也是来听候差遣的。"

"太好了,据说,你今晚被约去我们的朋友斯台普吞家吃饭吧?"

"希望你也去。他们很好客,而且我敢打赌,他们见到你一定会很高兴的。"

"华生和我恐怕必须回伦敦去呢。"

"到伦敦去?"

"是的,我想,这个时候我们回伦敦比在这里更有用。"

看得出来,准男爵心里有点不高兴。

"我希望你能伴我度过这一关。一个人独自住在这个庄园和沼地里可不是一件愉快的事啊。"

"亲爱的朋友,你一定得相信我,完全按照我的吩咐去做。你可以告诉我们的朋友,说我们本来很想跟你一起去的,可是有件急事使我们必须马上回到城里去。我们希望不久就能回到德文郡来。你能把这口信带给他们吗?"

"如果你认为必须的话。"

"我跟你说吧,只能这样了。"

从准男爵紧锁的眉头上可以看出,他觉得我们是撇下他不管了,因而深感不快。

"你们打算什么时候动身呢?"他冷冷地问道。

"吃了早餐就走。我们先坐车到库姆·特雷西去,不过华生会把行李和杂物留下来,作为他还将回来的保证。华生,你应该写封信给斯台普呑,说明你不能赴约的原因并向他表示歉意。"

"我真想与你们一起去伦敦。"准男爵说,"我何苦要一个人留在这里呢?"

"因为这是你的职责。你曾答应让你干什么就干什么,所以我就让你留在这里。"

"那么,好吧,我就留下吧。"

"再提一个要求,我希望你坐马车去梅利琵宅邸,然后把马车打发回来,让他们知道,你准备走回家。"

"走过沼地吗?"

"是的。"

"这正是你常常嘱咐我不能做的事呀!"

"这一次你可以这样做,保证安全。如果我对你的神经和勇气没有十分的信心,我也不会提出这种建议来。你一定得这么做。"

"那我就这样做吧!"

"如果你看重自己的性命的话,那么穿过沼泽地时,除了从梅利琵宅邸直通格林盆大路的直路外,不要走别的方向,那是你回家的必经之路。"

"我一定按你所说的做。"

"很好,我倒希望早饭后越快动身越好,这样下午就能到伦敦了。"

虽然我没忘记福尔摩斯昨晚和斯台普吞说过,他的拜访第二天就结束,可是他这个行程计划还是令我大为惊讶,我无论如何也没想到他会希望我跟他一块走。我也不理解,在这种他所说过的最危险的时候,我们两人怎能都离开呢?然而我没有办法,只能无条件地服从。于是,我们告别了那位恼怒的朋友。两小时后,我们抵达库姆·特雷西车站,又把马车打发走。一个小男孩在月台上等着我们。

"要我帮忙吗,先生?"

"卡特莱特,你乘这趟车进城,下车后,以我的名义发一个电报给亨利·巴斯克维尔爵士,告诉他,我忘了带记事本,如果他看到了,要他用挂号的形式寄到贝克街来。"

"是,先生。"

"你再去车站办公室看看有没有我的信。"

没多久小男孩带回来一封电报,福尔摩斯看完后递给我。上面写着:

电报收悉,已持空白拘票前来,五点四十分到。
　　　　　　　　　　　　　　　　雷斯垂德

"这是答复我早晨寄出的那封电报的。我觉得他算得上是官方侦探中最好的。我们说不定会需要他的协助呢。华生,我想咱们不妨现在去拜访一下你认识的那位劳拉·里昂斯太太。"

他的行动计划已经初露端倪。他想通过准男爵让斯台普吞夫妇相信我们确已离开,然而,只要有必要,我们随时可以回去。如果亨利爵士在斯台普吞夫妇面前提到伦敦来的电报,一定能够消除他们的最后一丝怀疑。我仿佛看到,我们向那条尖嘴梭鱼撒下的网正在慢慢拉紧。

劳拉·里昂斯太太在办公室里。歇洛克·福尔摩斯单刀直入地开始了谈话,这使她颇感意外。

"我正在调查与查尔兹·巴斯克维尔爵士之死有关的情况,"他说道,"我这位朋友华生医生告诉我,你们已经谈过话了,可是你对掌握的情况有所保留。"

"我隐瞒了什么?"她不服地说道。

"你承认曾叫查尔兹爵士十点钟去门口。我们都知道,那是他的死亡时间和地点。你没有说出这些事情之间有什么联系。"

"没有任何联系。"

"如果真是那样,可就太凑巧了。不过,我认为我们会找到这种联系的。我想跟你说句大实话,里昂斯太太,我们认为这是一起谋杀案。有证据表明,涉嫌此案的不但有你的朋友斯台普吞,还有他的妻子。"

这个女人惊得从椅子上弹了起来。

"他妻子?!"她叫道。

"这件事不再是秘密了。他称作妹妹的那个人其实就是他妻子。"

里昂斯太太重新坐下来,她双手死死地抓着扶手,我看到,她那粉红的指甲由于用力都变白了。

"他妻子!"她又说道,"他妻子!他没成家啊!"

歇洛克·福尔摩斯耸了耸肩。

"拿证据给我！拿证据给我！你要是能拿出证据……"她那可怕的眼神说明了一切。

"我来这里就是为了给你看证据。"福尔摩斯从衣袋里拿出几张纸，说道，"这张相片是他们夫妇四年前在约克郡照的。后面写着'凡戴勒先生和夫人'，你要认出他来并不难。如果你认识他妻子，也不难认出她来。这里有三份由几位可靠的证人提供的关于凡戴勒夫妇俩的材料，当时他开着圣·奥利弗私立小学。读一下这些材料，看看是否可信。"

她匆匆地看了一遍材料，然后抬起头来看着我们，她表情呆滞，悲痛欲绝。

"福尔摩斯先生，"她说道，"这个人曾经答应过我，只要我跟我丈夫离婚，他就和我结婚。这个混蛋，他想尽办法欺骗我，从来没有对我讲过一句真话。可是为什么……为什么？我一直以为他都是为了我。现在我才知道，我只不过是他利用的工具。他从来没有真诚地对待过我，我又何必忠于他呢？我何必这么拼命护着他，不让他遭受自己恶行的报应呢？你想问我什么，只管问吧，我什么也不会隐瞒。但是有一件事情，我要向你发誓，那就是：我当初写信，根本没想到会害及那位老先生，他一直待我很好，并且是我最好的朋友。"

"我充分相信你，太太，"歇洛克·福尔摩斯说道，"让你回忆这些事，一定使你倍感痛苦。还是我先说一下事情的经过，如有根本性错误，你再加以更正。那封信是斯台普吞叫你写的吧？"

"内容是他提供的。"

"我猜，他叫你写信，给出的理由是你可以因此从查尔兹爵士那儿得到经济上的帮助，以备离婚诉讼之用。"

"正是这样。"

"你发了这封信后,他又叫你不要如约前往见面。"

"他说,要是别人发现这笔钱用在离婚的事情上,他会觉得自尊心受了伤害。他还说,他虽然没有多少钱,但就算把钱花光,他也要用来排除阻挡我们结合的障碍。"

"看起来他倒是像一个说话算数的人。在报纸上看到那件死亡案件的报道以前,你没听到任何别的消息吧?"

"没有。"

"他有没有叫你发誓不向别人提起与查尔兹爵士约会的事?"

"是的,他说那起死亡很神秘,如果把事情泄露出去,我一定会引起人们的怀疑。他这么一说,吓得我只好闭口不提此事。"

"确实如此,可是你对他就没有一点怀疑?"

她犹豫着垂下了眼皮。

"我了解他,"她说道,"但是只要他忠实于我,我也会永远忠实于他的。"

"我想,你总算幸运地摆脱了,"歇洛克·福尔摩斯说道,"你掌握着他的性命,他自己也明白这一点,可是你竟然还活着,没有被他害死。几个月来,你的处境一直很危险。现在我们要跟你说再见了,里昂斯太太,说不定你很快又能得到我们的消息了。"

"我们已经做好了破案前的准备工作,困难也一个个被排除了,"我们站着等城里来的快车时,福尔摩斯说道,"很快我就可以写一本当代最离奇的犯罪小说了。研究犯罪的学生们会记得一八六六年在俄罗斯的果德诺发生过的类似案件,当然还有在北凯热兰诺州发生的安德森谋杀案。可是这个案子有一些与众不同的特点。直到现在我们还没有找到逮捕这个狡猾的家伙的确凿证据。不过,要是今晚睡觉以前还找不出证据的话,我才觉得奇怪呢。"

伦敦来的快车轰轰隆隆进了站,一个矮小而壮实的人从一等车厢里跳了下来。我们三人握了握手,雷斯垂德敬畏地看着我的伙伴,我立刻看出来,自从他俩合作以来,他已经从福尔摩斯那儿学到了不少东西。我很清楚地记得,善于推理的那一位是怎样讽刺和激怒注重实际的那一位的。

我们三人握了握手。

"有好消息吗?"他问道。

"几年来最大的收获,"福尔摩斯说道,"距行动开始还有两个小时。我想,咱们不妨在这段时间里吃完晚饭,然后,雷斯垂德,换上一口达特沼地晚上的清新空气,驱散你喉咙里从伦敦带来的雾气。从未去过那里?好啊!我想你不会忘记这次初游的。"

巴斯克维尔的猎犬

福尔摩斯有一个缺点——如果可以称作缺点的话——那就是：在事情成功以前，他从不愿向任何人透露他的计划。无疑，有一部分原因是出自他的本性，即喜欢统治一切和使他周围的人吃惊；还有一部分原因是出于工作谨慎的需要，使他不敢心存侥幸。这就往往让他那些委托人和助手颇为难堪。我经常遇到这种难堪的场面。然而最令人难受的是这一次黑暗中长时间的驾车旅行。我们面临着严峻的考验，就要发起最后一击，福尔摩斯却一声不吭，而我只能猜测他的意向。最后，当冷风吹到我们脸上，狭窄的道路两旁变得黑乎乎的，我才知道我们又回到了沼地。期待使我激动不已，马每走一步，车轮每转一圈，都使我们越来越接近最后的冒险。车夫是雇来的，因此我们不能自由交谈，只好聊一些无关紧要的琐事。由于激动和期待，我们其实都已弄得神经高度紧张。终于我们过了弗兰克兰的家，离庄园和出事地点不远了，我先前不自然的紧张状态才有所缓解。我们不是在房子大门前，而是在靠近车道的地方下了车。我们付过车钱，又叫车夫赶快返回库姆·特雷西，然后朝梅利琵宅邸走去。

"你有没有带枪，雷斯垂德？"

这位矮个子侦探微微一笑，说道："我的裤子后面有个口袋，我总要在口袋里装点东西。"

"好！我的朋友和我也都做好对付紧急情况的准备了。"

"你对这事可真是守口如瓶啊，福尔摩斯先生。我们现在该怎么办？"

"耐心等着吧。"

"我说，这可不是个好地方，"那侦探说道，同时打了个冷战，环顾着周围阴沉沉的山坡和格林盆大泥潭上空的雾障，"我看见前面有所房子的灯亮了。"

"那就是梅利琵宅邸，也是我们旅行的终点。现在我请你们务必踮起脚尖走路，压低嗓音说话。"

我们小心地沿着小路往前走，好像要去房子那里，然而走到距房子约两百码远时，福尔摩斯叫我们停下来。

"就在这里好了，"他说道，"右边的这些石头是天然的屏障。"

"我们在这里等吗？"

"是的，我们就在这里安排一次小小的伏击。雷斯垂德，跳到这个坑里去。华生，你到过这所房子里面吧？你能不能辨出这些房间的位置？这边安了格子窗户的是哪几个房间？"

"我想这些是厨房的窗户。"

"远一点那个很亮的房间呢？"

"那一间肯定是餐厅。"

"百叶窗都拉上了。你最熟悉这里的地形，你轻轻走过去，看一看他们在干什么，但千万别被他们发觉了。"

我踮着脚尖经过小径，猫着腰来到一堵矮墙后面。墙内是树木生长不良的果园。在阴影的掩护下我来到一个地方，透过没挂窗帘的窗户我可以直接看到里面。

房间里只有两个人，亨利爵士和斯台普吞。他们坐在圆桌的两边，我只能看到他们的侧面。两人都在抽烟，面前的桌上摆着咖啡和葡萄酒。斯台普吞正在情绪激动地说着什么，准男爵却一副脸色苍白、心不在焉的样子，也许他在想着独自穿越那片不祥的沼地，所以心情沉重。

我正看着他们，斯台普吞突然站起身离开了房间。亨利爵士又倒了一杯酒，仰靠在椅子上吐着烟圈。我听到门吱呀一响，然后是靴子走在石子路上的嘎吱声，脚步声经过了矮墙另一面的小路。越过墙头，我看见那名生物学家在果园边上的一间小屋子前面停住了。只听钥匙孔一响，接着从里面传出了奇怪的扭打声。他在房子里只停留了一分钟左右，我又听到一下落锁的声音，接着他经过围墙另一面的小路回到屋里来了。我看到他又和他的客人呆在一起了，便悄悄地回到我的伙伴们等我的地方，把我看到的一切告诉了他们。

"华生，你是说那位女士不在房间里吗？"我讲完之后，福尔摩斯问道。

"是的。"

"那么她可能在哪里呢？除了厨房，其他房间都没有亮灯啊！"

"我想不出她在哪里。"

我已经说过，格林盆大泥潭上空悬浮着厚厚一层白雾，此时白雾正朝我们这个方向慢慢靠近，然后逐渐堆积在我们身边，像一堵墙似的。白雾压得很低，但是很厚，界线也很分明。月光射在沼地上，使它看上去像一片闪亮的冰原，远处山岗的顶部则如同冰原上的岩石。福尔摩斯把脸转过去，看着慢慢浮动的浓雾，不耐烦地嘀咕道："雾正在朝这边移动呢，华生！"

"这很严重吗？"

"很严重，真的，可能会因此破坏我的计划呢。好了，他不会在里面呆很久的，已经十点钟了。我们的成功和他的性命可都取决于他能否在雾气移近小路之前出来。"

夜色清新而美好，天上寒星闪烁，半圆的月亮给沼地洒下了一片柔和而朦胧的清辉。我们面前矗立着房屋的阴影,它那尖尖的屋顶和高耸的烟囱被布满星星的天空勾勒出清晰的轮廓。下面窗户里射出了几道宽宽的黄色光线,落在果园和沼地上。有一个窗户的灯灭了,仆人们离开了厨房。只有餐厅的灯还亮着,里面的两个人仍在边抽烟边闲聊,他们中一个是暗藏杀机的主人,一个是毫无察觉的客人。

迷蒙的白雾笼罩了半个沼地,慢慢地向房子飘过来。先到的薄雾已经触到了透出晕黄灯光的窗格子。已经看不见果园的另一面矮墙了,果树下面滚动着漩涡般的白雾。我们看到,一团团的浓雾已经漫过了房顶,慢慢聚成厚厚的一层,房子的上面一层和屋顶则像浮在茫茫海上的一条奇怪的船。福尔摩斯焦急地拍打着面前的岩石,不耐烦地跺着脚。

"如果十五分钟之内他再不出来,这条路就会被雾遮住,半个小时后,我们就看不见自己的手了。"

"咱们向后往高处移动移动是否会更好些呢?"

"行,我想也许会好些。"

于是,当浓雾向前弥漫时,我们便往后退却,一直退到距离房子有半英里远的地方。然而那浓白色的"海水",在银色月光的照耀下,缓慢而势不可挡地朝前奔涌着。

"我们走得太远了,"福尔摩斯说道,"他会在接近我们之前被人追上,这个危险不能冒,无论如何我们一定要守在此地。"他屈下双膝,把耳朵紧贴在地面上,"谢天谢地,我想我听见他过来了。"

一阵急促的脚步声打破了旷野的沉寂。蹲伏在碎石之中,我们全神贯注地注视着面前那段银色的雾堤。脚步声愈来愈响亮。我们守候的那个人穿过浓雾,如同从一面幕帘中走出似的。他走出浓雾,出现在繁星闪烁的清朗夜色中,此时,他惊恐地朝周围望了望，然后又飞快地沿着小路走过来，从离我们潜伏地很近的地方经过，随后就朝我们身后那道长长的斜坡走去。他边走边局促不安地左右张望。

"喔！"福尔摩斯惊嘘了一声，我听见了手枪扳机尖细而清脆的扣动声，"小心！有动静。"

从缓缓弥漫的雾堤中传来连续不断的轻微脚步声。那雾团距离我们潜伏地大约五十码，我们三个人都目不转睛地盯着，拿不准那雾中会忽地冒出什么可怕的怪物。我紧挨着福尔摩斯。我朝他的脸瞥了一眼，他脸色发白，但却有些得意，眼睛在月光下明亮闪烁。但就在这时他突然两眼向前，严厉而又一动不动地盯着一点，嘴唇惊诧地张开着。与此同时，雷斯垂德惊骇地大叫一声，扑倒在地。我随即跳将起来，迟钝的手紧握着手枪。雾影中扑向我们的那形状恐怖的怪物吓得我魂飞魄散。原来真是一只猎犬，那猎犬身躯庞大，浑身漆黑如炭，但不是人们平常所见到的那种猎犬。它张开大

他惊恐地朝周围望了望。

口,向外喷射出火焰,眼里也闪亮得像冒火一样,嘴和鼻子、颈毛、脖子以下的垂皮亮光闪闪。即使是神志混乱的人在怪诞的梦里也想象不出比这头从雾堤里扑向我们的躯体漆黑、面孔凶猛的怪兽更可怕、更令人毛骨悚然、凶如恶魔般的怪物了。

那巨大的黑怪物沿着小径,大步跳窜,死死地追赶着我们的朋友。我们被这个幽灵吓得愣住了,等到我们恢复了神态,才意识到它已从我们的眼皮底下窜过去了。随后,福尔摩斯和我两人一齐开火,那怪物发出一阵恐怖的嚎叫,表明至少有一人已经击中了它。然而它并没有停住脚步,而是不停地朝前窜去。在小路远处,我们看见亨利爵士正往回张望,月光

它张开大口,向外喷射出火焰。

下,他脸色苍白,战战兢兢地扬起手,很无奈地瞪眼望着那个对他穷追不舍的怪物。可是,那怪犬痛苦的嚎叫已将我们所有的恐惧抛到九霄云外。只要它怕攻击,它就会受到致命的伤害。我们能击伤它,就能将其杀死。那天晚上我从没见过有谁能跑得像福尔摩斯那么快。我一向健步如飞,可是他却超过了

我，就如同我能把那位小个儿职业侦探远远甩在身后。我们沿着小路飞奔向前。我们听见前方传来亨利爵士一阵又一阵的惨叫声以及那猎犬发出的深沉的吼叫声。我赶到，正好看见那怪兽窜向爵士，将爵士扑倒在地，正要撕咬他的咽喉。说时迟那时快，福尔摩斯将他左轮手枪里的五颗子弹全部射进那怪兽的腰窝。随着最后一声痛苦的嚎叫，那怪兽向空中恶狠狠地咬了一口，便摇摇晃晃倒了下去，四只脚疯狂地乱蹬乱踹，然后侧身瘫倒不动了。我俯下身，气喘吁吁，用手枪顶着那可怕的泛着暗淡火光的头，此时扣扳机已无用，那家伙已气绝身亡。

亨利爵士人事不知，躺在原来跌倒的地方。我们解开他的衣领，发现他身上并没有伤痕，而抢救还来得及。福尔摩斯情绪激动，不停祈祷。这位朋友的眼皮动了一动，做了一番微微的努力，想要挪动一下。雷斯垂德将他的白兰地酒瓶嘴塞进准男爵的牙齿之间。于是他睁开两只惊恐的眼睛朝上打量着我们。

"天啊！"他轻声嘀咕道，"刚才那怪物是什么？到底是个什么东西啊？"

"不管它是何物，反正已经上了西天，"福尔摩斯说道，"我们已将你家的那只恶魔彻底地收拾了。"

撇开别的不说，单就体积与力量而言，四肢伸展直挺挺躺在我们面前的这个怪物足以把人吓晕，让人心惊胆战。它不属纯种大猎犬，也不属那种纯种大獒犬。倒像是这两类犬的杂交种——外貌瘦骨嶙峋，凶恶可怕，并且有一头小母狮般大。即使在此时它死了不能动弹，那血盆大口好像还在滴淌着蓝蓝的火焰，那细小而深陷、凶残阴森的眼睛周围都染上了一层火。我摸了摸它那光亮的嘴和鼻的周围，抬起手一看，我的手指在黑暗中闪闪发出亮光。

"黄磷。"我说道。

"好一个奸诈的计谋，"福尔摩斯说着，用鼻子嗅了嗅那只死犬，"没有什么气味能干扰它的嗅觉。使你受如此惊吓，我们深感抱歉，亨利爵士。我本来想象的是一只普通猎犬，而非这种猎犬。大雾重重，我们没来得及及时抓住它。"

"你终于救了我一命。"

"你受了如此的惊吓，还能挺得住吗？"

"给我再来一口白兰地，我就什么也不在乎了。啊！行了，劳驾把我扶起来吧，依你之见，该如何行动呢？"

"你就留在这里。今晚你不宜冒风险了。如果你愿意等一下，我们之中就会有一个随你回庄园去。"

他吃力地摇晃着站起身，但脸色仍然惨白，四肢抖个不停。我们搀着他到一块石头边，他坐下来，直打哆嗦，把脸埋在手里。

"我们现在得离开你了，"福尔摩斯说道，"我们下一步的工作非干不可了，每一分钟都至关重要。我们已掌握了充分的证据，现在就只须捉拿那家伙了。"

"要想在房子里找到他，这种可能性微乎其微，"我们往回走，顺着原来的小路飞速赶路的当儿，他又接着说，"那些枪声已经通知他，他那圈套已彻底完蛋。"

"当时，我们离他的距离还有些远，这场大雾可能已使枪声的传播大大减弱。"

"可以肯定他一直尾随那只猎犬，便于使唤——这一点是毫无疑问的。不，不，此时他已经离去！不过我们还是把房子搜查一番，证实一下为好。"

前门敞开，我们冲了进去，匆忙地挨屋搜查，在过道里碰到了战战兢兢、步履蹒跚而年迈的男仆。除了在饭厅有灯光之外，别处漆黑一片。福尔摩斯急忙抓住一盏油灯，不让房子里面任何一个角落漏过,但是根本没有发现我们所追寻的那人的踪迹,可是在二楼,我们发现有一间卧室的门是紧锁着的。

"里面有人!"雷斯垂德叫喊了起来,"我听到里面有动静。把门打开!"

从屋里传出微弱的呻吟和沙沙的声音。福尔摩斯用脚板朝门上使劲一蹬,一下子就把门蹬开了。我们三个人提着手枪,一齐冲进屋去。

但是没有迹象表明我们想要找的那个孤注一掷、胡作非为的凶犯就在里面。呈现在我们面前的是非常奇怪而我们又没料想到的情景,我们呆立在那里打量着,惊愕不已。

这间屋子被布置成了个小博物馆的样式,墙上的一排盒子上安装着玻璃盖,里面装的全是蝴蝶和飞蛾,那个心怀鬼胎而凶狠的家伙居然把采集这些东西当作娱乐和消遣。屋子的中央竖立着一根木桩,这木桩是过去某个时候竖起来,为了支撑那根横贯屋顶、被虫蛀了的旧木梁的。柱子上捆着一个人,那人被布单捆得严严实实,不能出声,无法在瞬间辨出来是男还是女。一条毛巾绕着脖子系在背后的柱子上,另一条毛巾蒙住了脸的下半部分,只露出两只眼睛——眼里满是痛苦与羞耻的神情,还夹杂着令人害怕的疑虑——死死地盯着我们。一眨眼工夫,我们就把堵在那人嘴上的东西及捆在身上的东西都解了下来,斯台普吞太太就倒在我们面前的地上。她那美丽动人的头低垂在胸前,在她的脖子上我看到了鞭子抽打出的红色鞭印。

"这都是那畜生所为?"福尔摩斯叫喊道,"哎,雷斯垂德,把你的白兰地拿过来。将她放置在椅子上!她因受虐待而衰竭,现在昏厥过去了。"

她又睁开了眼睛。

"他现在平安无事吧?"她问道,"他跑掉了吗?"

"他是逃不过我们的手掌的,太太。"

"不对,不对,不是指我丈夫。亨利爵士呢?他现在脱险了吗?"

"他平安无事。"

"那只猎犬呢?"

"已经上西天了。"

她满意地长叹了一声。

"谢天谢地!谢天谢地!啊,这个该死的家伙!你们看看他是怎样对待我的呀!"她猛然拉起衣袖伸出胳膊来,我们看见她臂上的

斯台普吞太太就倒在我们面前的地上。

斑斑伤痕,心里禁不住感到恐惧不已。"可这些还算不上什么——还不算什么了不起!更可恶的是他折磨了、玷污了我的心灵。原来我还心存希望,心想只要他依然爱我,无论是虐待、寂寞、受骗上当的生活等等,我都可以忍受,但现在我看透了,不是这么一回事,我成了他的欺骗对象和役使的工具。"她说着说着便突然伤心地抽泣起来。

"你对他已绝情了,太太,"福尔摩斯说道,"那么,请告诉我们,在哪里可以找到他的踪影。你要是曾帮他干过坏事的话,现在就请协助我们以便将功补过吧。"

"他只有一个地方可逃。"她回答道,"在沼泽地中心的一个小岛上,有一座废弃的锡矿,他把猎犬藏在那儿的,并且还在那儿做了防备,以备逃避之用。他肯定逃到那里去了。"

雾堤像雪白的羊毛,紧紧围在窗口外面。福尔摩斯提着灯走到窗前。

"瞧,"他说道,"今晚恐怕没人能找到走进格林盆沼泽的道路。"

她大笑起来,拍着手,眼里和牙齿都闪耀着极度狂喜的光芒。

"也许他会找到进去的路,可是做梦也别想再出来了。"她嚷了起来,"今晚他怎么看得清那些木棒路标呢?是他和我两人一起插下的,用来标明穿过沼泽地的小路的。啊,我今天要是都给他拔掉该多好啊,那样他真的就成了瓮中之鳖了!"

很明显,在雾散去之前,任何追捕都是徒劳的。我们留下了雷斯垂德,让他照看房子,福尔摩斯和我以及准男爵一起动身回到了巴斯克维尔庄园。有关斯台普吞家里发生的实情再也瞒不住他了,当他了解到他所钟爱的女人的真实情况时,竟然还能勇敢地承受住这种打击。然而夜间的那次惊险的恐骇已使他的神经受到了刺激,天还没亮,他便发起了高烧,迷迷糊糊躺在床上,不过摩迪默医生被请来照料他。他们两人已商定,在亨利爵士身体康复之前便去周游世界,他在掌管这份不吉利的财产之前,是多么精神抖擞,健壮有力啊。

好了,这个离奇的故事讲到这里就快要收尾了。我试图使读者体会体会故事中那些隐匿的恐惧与模糊不定的猜测。它们曾长期使我们的生活蒙上了阴影,结局却悲惨不堪。在猎犬丧命后的第二天上午,雾气散除,在斯台普吞太太的带领下我们到了一条贯通沼泽地的小路的地方。这地方是他们发现的。看她领着我们去追捕她丈夫时表现出的急切和喜悦的神情，我们便能意识到这个女人昔日生活的可怕程度。我们让她站在一个荒疏的小岛上，小岛地面坚实，土硬似泥煤。这块小岛往沼泽地延伸，面积逐渐变得窄小。从这小岛的起点开始就在四处插立着一根又一根的小木棒，标明着这蜿蜒曲折，从一堆乱树丛转到另一堆乱树丛的小路。其间有漂着绿沫的浅水坑和污浊的泥坑，陌生人无法穿行。丛生的芦苇和茂盛细长的水草散发出腐烂的臭味，浓重的瘴气直扑面孔。同时，我们一次又一次失足，陷入深没膝盖的、暗黑的泥沼里。这样摇摇晃晃走了数码远，黏糊糊的泥还是沾在脚上。我们往前走着，烂泥一直紧紧拖着我们的脚跟。我们一陷入泥窝，就好像有一只邪恶的手使劲往下拽，要把我们拽到污泥的深处，而且拽得毫不含糊，似乎蓄谋已久。偶尔我们也看到一处踪迹表明有人曾在我们之前越过了那条危险重重的路。在泥沼的一堆杂乱的棉草中有一件黑色的东西显露了出来。福尔摩斯越出那条小路，想去抓那东西，一下子陷入齐腰深的泥沼中，要不是我们眼疾手快赶过去把他拉出来，他再也不会踏上这块坚实的陆地了。他挥动着一只黑色的皮靴，里层的皮上印着"梅尔斯·多伦多"。

"这个泥水浴没白洗，"他说道，"这就是我们的朋友亨利爵士丢失的那只皮靴。"

"是斯台普吞逃窜时扔在那里的。"

"没错。他用这只靴子引导猎犬追踪之后，还把它留在手中，他知道圈套会被戳穿因而出逃的时候，仍把这靴子紧紧抓在手里，奔逃途中就丢弃在这里。这说明，到这里为止他还是安全的。"

但是我们无法知悉更为详细的情况，虽然我们可以做出种种臆测。在沼泽地里根本不可能找出脚印，因为涌出的泥泞已迅速将脚印盖住了。可是一走出沼泽地,踏上硬实的土面,我们便急切地寻找脚印。可偏偏找不出半点踪迹。如果地上所见没有欺骗我们的话,那么斯台普吞昨晚并没有到达他挣扎着穿过浓雾所要去的那个避难的小岛。在格林盆大沼泽地中央某个地方,沼地里污秽的泥浆早已将他吞噬了。这个冷酷无情,狼心狗肺的家伙永远被埋葬在这里了。

在他藏匿他那只凶猛的伙伴、周围被泥沼所围绕的小岛上,我们发现了很多与他有关的痕迹。一只大传动轮,一个填了一半垃圾的竖坑,表明这矿坑已废弃不用。旁边是零星散落的矿工居住后丢下的遗留物件。那些矿工无疑是被周围泥沼的浓烈臭味给熏跑了。在其中的一间屋里,我们发现一只U形钉、一条链子和一些啃过的骨头,可以看出这里就是禁闭那只畜生的地方。一具骨骸上面粘着一团乱糟糟的棕色毛发,散置于残留碎物之中。

这里就是囚禁那畜生的地方。

"原来是一只

狗!"福尔摩斯说道,"啊,是一只卷毛长耳獚。可怜的摩迪默再也见不到他宠爱的狗了。哼,我不清楚这里还有什么我们没有彻底弄清的秘密。他可以藏起他的猎犬,但他没法使猎犬闭住嘴,所以,传出来的犬吠声,即使在白天也是难听极了。在紧急情形下,他还可以把那只猎犬关在梅利琵的库房里,但这是要冒风险的,而且只有在时机成熟的那一天,并且他认为是万无一失的时候,他才敢采取行动。那只铁桶里黏糊糊的东西不用问就是涂抹在那畜生身上的发光的混合剂。自然,这方法是由于家族中流传下来关于地狱之犬的故事而得到启发的,其用意是要吓死查尔兹老爵士。怪不得那穷途末路的恶魔似的凶犯看见这样的一只怪兽穿过黑暗的沼泽地,尾随其后时,一边跑,一边尖叫,就像我们的那位朋友那样。不过,轮到我们说不定也会那样的。这是一桩奸诈的计谋。因为除了将蓄意谋害的人置于死地之外,许多在沼泽地见过这只猎犬的人当中又有谁敢于做进一步的深入调查呢?华生,我在伦敦说过,现在我再重复一遍,我们从没有一起追捕过比葬身此地的人更为危险的凶犯。"——他挥动着长手臂,指向那片茫茫的、斑驳陆离、其间布满点点绿色的沼泽地,它伸向远方,直至与那片赤褐色的沼泽地斜山坡浑然相连。

案 情 回 顾

时值十一月末。一个阴冷有雾的夜晚,在贝克街家中,福尔摩斯和我对坐在起居室里熊熊燃烧的火炉旁。自德文郡那一惨案后,他又接手了两件极为重要的案子。在头一桩案例里,他揭露了阿普伍德上校的丑陋行迹，指出后者与"天字第一号"俱乐部那臭名昭著的纸牌舞弊案有牵连。而在后一桩案例里，他则替蒙特邦西亚太太洗清了不白之冤：这个不幸的女人曾因丈夫前妻之女的死受嫌杀人罪。而事实却是，"死者"卡莱小姐，在案发后六个月仍然安然无恙，并在纽约结了婚。我的朋友因在这一连串棘手而事关重大的案例里获得了成功，而神采奕奕。也正因为这点，我才得以怂恿他谈谈神秘的巴斯克维尔一案的详细情况。我可是一直在耐心地期盼这样一个机会。因为就我所知，福尔摩斯从不允许案件的交叉干扰。他那条理清楚、逻辑分明的大脑从不把过去的记忆同目前的工作混搅起来，从而分散对目前工作的注意力。此外，亨利爵士同摩迪默医生当时也在伦敦。他们正准备动身去做一次长途旅行。据说这对亨利爵士那受惊神经的恢复大有裨益。也就在那天下午，他们拜访了我们，因此话题很自然地就转到这上面来了。

"整个案件过程，"福尔摩斯说道，"从那个自称为斯台普吞的人的角度看，是简单明了的。而对于我们而言，由于一开始对于他的行为动机及犯罪事实不得而知，我们仅仅知道一点点犯罪事实。因此，案情显得极为错综复杂。但经过我同斯台普吞太太的两次谈话之后，我感到整个案件到此已水落石出，没有什么不解之谜了。在我那备有检索的卷宗里，B字栏下，你们可以找到一些有关此案的记录。"

"可是也许你能凭着记忆给我们谈谈此案的大致过程？"

"当然，虽然我不能保证我把全部事实都留在记忆中了。神经的高度紧张往往抹杀过去发生的事，这是一种奇怪的现象：正在办案的律师也许能就手头的案例同一位专家在法庭上公开辩论。而他在后一两周内，会把这一切忘得精光。我办案时也是如此。后一桩案子总会取代前一桩所留下的记忆。卡莱小姐一案使我忘记了巴斯克维尔庄园一案。也许明天又会有新的小问题吸引我的注意力,同样,我也将忘了那漂亮的法国女人和臭名昭著的阿普伍德上校。尽管如此,目前就那桩猎犬案,我愿意尽可能忠实地给你们谈谈始末,如果我有什么遗漏之处,别忘了给我提个醒。"

"毫无疑问,我的调查证实了那张家庭照片并没有说谎。那家伙确系巴斯克维尔家族成员。他就是罗杰·巴斯克维尔的儿子,而后者是查尔兹爵士的亲弟弟。罗杰曾身背恶名逃到南美洲,据说在那里终身未婚。而实际上,他结了婚,并且有了个儿子。这小家伙的名字同他父亲一样,也叫罗杰·巴斯克维尔。他同哥斯达黎加的一位叫伯尔·卡茜亚的美女结了婚。此后,他盗取了一笔相当大数目的公款,逃到英格兰,改名万德勒。在英格兰约克郡东部他办起了一所学校。他之所以试着做这一特别行当,是缘于回家的那次海上旅行。在那次旅行中,他邂逅了一位身患肺病的家庭教师。他原想利用那人的才智赚一笔大钱。然而,事与愿违。那个叫弗雷泽的教师竟一病不起,撒手人寰了。留下那新兴的学校从声名狼藉到臭名远扬了。万德勒夫妇不得不再次改名换姓成了斯台普吞。接着他便带着剩余资产,揣着对未来的计划,以及他对于昆虫学的爱好迁到了英格兰南部。我从大英博物馆获知,他曾是昆虫学科界公认的权威。早在约克郡的日子里,他就首先发现了一种飞蛾,而后来,这种飞蛾就以他万德勒的名字命了名。

"我们现在谈到的他的这段生活,确会引起我们极大的兴趣。这家伙显然已经做了调查,并且已经获知只要除去两个人,他就能获得一笔可观的房地产。我相信,初到德文郡时,他的计划还是极其模糊的。但是他把妻子以妹妹的身份带在身边,从这点上看,他从那时就已图谋不轨了。他已经准备用她来做诱饵了，虽然此时他还未能确定计划的详细步骤。他决意要谋取地产，为此他将不择手段，铤而走险。他所采取的第一步措施就是把家安到了离祖屋尽可能近的地方；其次，他决定同查尔兹·巴斯克维尔爵士以及邻居们搞好关系，培养起感情来。

"查尔兹爵士本人将家里的那只猎犬的事告诉了斯台普吞，因此也就为自己的死铺平了道路。斯台普吞——，以下我都这么叫他吧——，得知老人的心脏不好，受不了惊吓。这些他都是从摩迪默医生那儿听来的。他还听说查尔兹爵士非常迷信，并且十分相信那可怕的传说。他那机敏的大脑很快设计了一条妙计，既能将男爵置于死地，又能使真凶无迹可稽。

"办法想出来了，他便煞费心机去实施。一般的罪犯顶多不过用用烈狗来作案。而他却技高一筹，想出了用人工的方法把烈狗涂抹得更像恶魔。狗是他从伦敦福尔汉姆街的狗贩子罗斯和曼格斯那儿买来的。这是他们手头的最凶猛的货色。他乘北德文专线把它悄悄带回来，特意沿着沼泽地走了好长一段路，以免引起别人的注意。早在捕猎昆虫时，他就学会了穿越格林盆大泥潭。现在他就这样在那里给狗找了个安全所在。他把狗锁在那儿，静候良机。

"但是机会难逢。老绅士在夜间决不愿出门。斯台普吞带着他的狗白白潜伏了几夜，一无所获。而在这几次徒劳的等待过程中，他更确切地说是他的同伙——那只猎狗，被农民发现了。于是，有关'魔狗'的传言又得到了确证。他也曾希望他的妻子能将查尔兹爵士引向毁灭，却料不到在这件事上，她表现得异常独立。她不愿将老绅士拉入情网，使他落入他的敌人之手。斯台普吞的威胁，甚至——很遗憾地说——打骂，对她也无济于事。她坚决不干。斯台普吞一度陷入了无计可施的境地。

"可是他终于抓住机会,走出了困境。已把他视为朋友的查尔兹爵士让他掌管一个慈善部门,负责救济那个名叫劳拉·里昂斯的不幸女人。靠着假扮的单身汉身份,斯台普吞很快对她施加了影响,他故意让她以为只要她与丈夫离婚,他就要娶她。但他的计划突然变得刻不容缓。因为在摩迪默医生的建议下,查尔兹爵士预备离家旅行。对于这一点,他不得不一面假装赞同,另一方面,他觉得自己必须尽快动手,否则到手的猎物就将远走高飞。他因此逼着里昂斯太太写了封信给老绅士,恳求他在离开伦敦前的一个傍晚能够见她一面。到了他们约定见面的时刻,斯台普吞又用了似是而非的理由,阻止她去。这样,他期盼已久的动手的机会终于来了。

"当晚从库姆·特雷西坐车回来,他从容不迫地将狗牵了出来,并给它全身漆上一层可怖的涂料。然后,他就把狗带到大门口附近,他确信,老绅士会在那儿等候。那狗受了主人的怂恿,跃过小门,直扑那可怜的老绅士。老绅士被迫得直沿着水松夹道飞奔而去,又喊又叫,魂飞魄散。在那样一个阴冷黑暗的夹道里,看见一只黑色的庞然怪物,嘴、眼都冒着火焰,向自己扑来,这情景的确是让人毛骨悚然。因此,在夹道尽头,身患心脏病的查尔兹爵士由于过度恐惧而倒地身亡。老绅士在沿着小路仓皇逃命时,那狗则踩着草地在后面追赶。因此,现场除了老绅士的足迹没有别的任何足迹。那狗看着老人倒下不动了,它很可能走近去嗅嗅他,发现他确已死了才掉头而去。也就在这时,它留下了足迹,这足迹后来被摩迪默医生所发现。狗很快被叫了回去并关回了格林盆沼泽地。但它却留下了一桩让当局困惑,让乡民震惊的谜案。这案子最终交到了我们手里。

"查尔兹·巴斯克维尔的死就讲到这。从中你们可以觉察到凶手作案手段之高超。我们几乎无法立案侦查,追查真凶。他唯一的同谋永不会将他暴露,而他手段之奇特,超于寻常想象又使得他的犯罪行之有效。牵涉在该案里的两个女人,斯台普吞太太及劳拉·里昂斯太太都对斯台普吞产生了强烈的怀疑。斯台普吞夫人知道丈夫对老绅士早有企图,而且也知道狗的存在。里昂斯太太不知道这些。但因为案发时间正是她与绅士未取消的约会的时间,而这事只有斯台普吞知道,因此,她也深表怀疑。但两位太太都受了他的左右,因此,他对她们无所畏惧。他计划的前半部已顺利完成,更难的还在后头。

"可能斯台普吞并不知道在加拿大还有一个继承人。可不管怎样,他很快就从他的朋友摩迪默医生那里得知了这一点,并且,通过这位朋友,他还了解到亨利·巴斯克维尔到来的详细情况。斯台普吞第一个念头就是把这位来自加拿大的陌生青年在伦敦就干掉,以免他再来德文郡。自从他太太拒绝帮他设陷阱加害老绅士,他就不再信任她。但他又不敢把她单独留下,怕这样一来失去了控制她的力量。因此,他到伦敦时,还是带上了她。我发现他们住在克雷文街麦克斯巴热的私人旅店里。我曾派人到那里去收集过证据。在那儿,他把妻子软禁在房间里,而自己却戴上假胡子,跟踪摩迪默医生,先到贝克街,随后又去了火车站和诺桑勃兰旅馆。他的妻子隐隐觉察出了他的阴谋,但出于对丈夫的恐惧——那种被野蛮虐待后产生的恐惧,她不敢写信去警告那处在危险中的人。万一信落入丈夫手中,她就自身难保了。最后,正如我们所知,她采取了权宜之计:用报上的剪字凑成了那条消息,并用伪装的笔迹写好了收信人地址。信到了准男爵的手中,首次向他发出了危险的信号。

"对于斯台普吞而言,弄到亨利爵士的衣物,是非常必要的：一旦他不得不使用猎狗，他总得给它提供些追踪的凭证。他即刻便以他特有的迅速和大胆着手干起来。毫无疑问，那旅馆的男女侍眷都得了他的好处，所以使他进展顺利。不料，第一只偷来的靴子是崭新的，对他的目的毫无用处。他便让人送了回去又盗来一只——这一细节颇具启发力。这使我确信我们面临的是一只真正的猎狗。否则将无法解释为什么急于弄到旧靴子，而对新靴无动于衷。事实越离奇古怪越值得探究。那似乎使案情趋于复杂的一点，如果加以适当的考虑和科学的处理，往往会成为案件的突破点。

"第二天早晨我们的朋友来拜访了我们，斯台普吞则又坐在出租马车内尾随。从他对我们房间及我的外貌的了解，同时根据他的一般行为，我猜想他的犯罪经历绝不仅止于巴斯克维尔这一桩。联想到在过去的三年里，西部乡村已发生过四次大的盗窃案，但是没有一案的罪犯被捉拿归案。这最后一桩，发生在五月的福克斯通场，尤为引人注目。一个童仆因想要偷袭那蒙面的孤身大盗而被枪击毙。我相信斯台普吞就是用这种方式，不断地补充他那日见匮乏的财产的。多年来，他一直是个危险的亡命之徒。

"那天早晨，当他成功地从我们手中逃脱，并且通过出租马车夫把我的姓名传给我时，我们就领略到他的足智多谋和胆大妄为了。也就从那一刻起，他明白我已经接手了这个案子，因此在伦敦他肯定已没有作案机会了。所以他返回了达特沼地，在那里等候准男爵的到来。"

"等等！"我说，"毫无疑问，你客观地描述了事情的全过程，但是还有一点你忘了解释：当狗的主人在伦敦时，狗怎么办呢？"

"我注意过这一点，无疑这点是重要的。毫无疑问，斯台普吞有一个亲信，尽管斯台普吞不可能将自己的全部计划袒露给他而使自己受制于人。在梅利琵宅邸有个名叫安桑尼的老仆，他同斯台普吞夫妇相熟多年，这可以追溯到办学校的日子。因此他知道男女主人是夫妇关系。这人现在消失了，从乡下逃走了。'安桑尼'在英国不是个常见的名字，这正如'安东尼奥'在西班牙或说西班牙语的美洲国家里不普通一样。这一点很具有启发意义。那个人，像斯台普吞太太一样，能讲一口好英语，但总带点奇特的大舌头味道。我曾亲眼看见那人沿着斯台普吞标示的小径穿过格林盆沼泽。因此，很有可能，在他主人不在的情况下，是他负责照管那猎狗，尽管他也许并不知道这狗的用处。

"接着，斯台普吞夫妇回到了德文郡。在那里，他们很快被亨利爵士和你跟上了。现在我插一句我当时的看法。你们也许还记得当时我检查了那贴有剪字的信纸。在仔细检查水印时，我把它放在离我眼睛仅几英寸之处。这样我便闻到了一种淡淡的白迎春花的香味。香水共有七十五种，一个犯罪专家应该能够区分彼此，这一点是非常必要的。在我的办案经历中，不上一桩案件的成功是基于对香味的迅速辨识。这香味暗示一位夫人的存在。我已想到了斯台普吞夫妇。这样，我便确认了猎狗的存在，在我们来西部乡村之前，就猜出了真正的凶犯。

"我的办法就是监视斯台普吞。但是很明显，如果我同你们在一起就无法办到这一点。他必定会严加防范。因此，我就弄了个留在伦敦的假象，把每个人——包括你们，都给蒙蔽了。当众人以为我还在伦敦的时候，我已悄悄潜到了沼泽地。我所遇到的困难并没有你们想象的那么大，并且，这样的小事绝不会影响案件的调查。大部分时间我呆在库姆·特雷西，有必要接近犯罪现场时我才到沼泽上的小棚里住一段。卡特莱特是同我一起来的,他扮成乡村小男孩,给了我极大的帮助,吃穿都靠了他。我在监视斯台普吞时,卡特莱特就不时地监视你们,因此我才得以控制全局。

"我已经说过,你们的报告很快就转到我的手中,因为它们一到贝克街就被转到库姆·特雷西。这些材料对我极为有用。尤其是那份有关斯台普吞生平的资料恰巧是真实的。这样我就能确认那男人女人的身份,最终得出正确的结论。那个逃犯及他与白瑞摩的关系确曾使案情一度复杂化。这点你们已经有效地弄清楚了,尽管我早已通过自己的观察得出了同样的结论。

"你在沼泽里发现我的时候,我早已对全案了解得水落石出。但是,我还没能收集到起诉的全部证据。即便是那晚斯台普吞企图谋杀亨利爵士,结果却导致了那不幸的逃犯之死这一事实,都无法向我们提供有力的罪证。除了当场擒获凶犯,几乎无他路可走。因此,我们不得不利用亨利爵士做诱饵,使他处于孤单一人且明显无任何保护的情境下。我们这么做了。我们成功地了结此案,把斯台普吞逼上了绝路,而当事人却受到极度的惊吓。亨利爵士这一遭遇,我承认,是我办案的缺点。但我们无法预知那野兽所展示的、使人丧失抵抗力的恐怖景象,也无法预知那阵能使它从中突如其来的大雾的出现。我们的结案是付出了代价的。而这代价,据专家和摩迪默医生确证只是暂时的。一次长途旅行就能使他——我们的朋友——恢复过来,不仅是他那深受刺激的神经,还有他那受伤的情感。他对那夫人的爱是真切而真挚的。而她却欺骗了他。对他而言,这是这整个黑色交易中最痛心的一部分。

"还要谈的就是这位夫人在案件中所扮演的角色了。毫无疑问,她是受斯台普吞控制的,这也许是出于爱,也许是出于恐惧。更可能两者兼有,无论如何它们本不是水火不容的情

· 案情回顾 ·

感。这种力量至少是绝对有效的。在他的命令下,她同意装成他的妹妹。但是,当他企图胁迫她成为谋杀的从犯时,他发现,他的影响力也是有限的。在不牵连丈夫的情况下,她已准备去警告亨利爵士。并且,她再三地这么做了。斯台普吞似乎挺爱嫉妒,当他看见准男爵向自己的妻子求爱时,禁不住大发雷霆——这实际上暴露了他巧妙地隐藏在平静的举止后的暴躁的本性——尽管这也是他自己计划中的一部分。通过纵容这种暧昧关系,他确信亨利爵士会常来梅利琵,而他则迟早会找到下手的机会。然而,事发的当天,妻子突然背叛了他。她已知道逃犯之死,并且她知道在亨利爵士来赴宴的傍晚,那条狗正拴在外面的小屋里。她谴责丈夫图谋不轨。在狂怒中他第一次向她表明他另有所爱。她的忠诚即刻化为了痛苦的仇恨。他知道她将背叛他了,便将她捆了起来,这样,她就无法告知亨利爵士;而且无疑他希望,当全乡人把亨利爵士之死归咎于他家族的厄运时——他们肯定会这么做——他就能够重新赢得妻子,争取让她接受那既成事实,并且对她所知道的一切守口如瓶。我想,在这一点上,无论如何,他是打错了算盘。如果不是我们即时赶到,他的寿数很可能已经尽了。一个骨子里流着西班牙血液的女人绝不会如此轻易地宽恕伤害。现在,亲爱的华生,就这桩奇特的案子,我所能记住的就这么多了。其余的就得参考记录了。不知我刚才解释的有没有遗漏的地方?"

"他不可能指望用对付老绅士的办法来用狗吓死亨利爵士。"

"那狗很凶狠,并且又饿得要死。即使它的外貌不能把猎物吓死,至少它能瓦解有可能出现的抵抗力。"

"那倒是。还有一个难点。如果斯台普吞得以继承财产,他又如何解释这个事实:他,作为继承人竟要隐姓埋名生活在离祖产这么近的地方呢?他如何才能获得财产而不致引起怀疑和受到调查呢?"

"这可是个无法解答的难题。如果你期待我去解决这问题,你未免对我期望过高了。过去和现在都在我的调查范围内,但一个人将来会干什么可不是个好回答的问题。斯台普吞太太曾听丈夫就这问题谈过几回。有三种可能性。他可能在南美申请这笔财产,向那儿的英国当局证实自己的身份,这样,根本无须来英格兰,就能获得财富;他也许在非呆在伦敦不可的短暂日子里采取精心化装的方式;当然也有可能,买通一个同谋,把证据和文件交给他,把他打扮成一位继承人,然后,从那人的收入里索取部分资产。以我们对他的了解看来,毫无疑问,他会找到走出困境的办法。现在,亲爱的华生,我们已经苦干了几个星期。今晚,我想我们可以换换脑筋,做些更有趣的事了。我在雨格诺戏院订了个包厢。听说过德·雷兹凯①吗?你应该能在半小时内做好准备吧。这样我们就可以顺路到玛西尼饭店吃晚餐了。"

---

① 让·德·雷兹凯:波兰歌剧演唱家,1853年生于华沙。